STEPHANIE LAM

DAS HAUS DER LÜGEN

STEPHANIE LAM

DAS HAUS DER LÜGEN

ROMAN

AUS DEM ENGLISCHEN
VON ANDREA BRANDL

PAGE & TURNER

Die Originalausgabe erschien 2014
unter dem Titel »The Mysterious Affair at Castaway House«
bei Penguin Books, London.

Dieses Buch ist auch als E-Book erhältlich.

MIX
Papier aus verantwortungsvollen Quellen
FSC® C014496

Verlagsgruppe Random House FSC® N001967
Das FSC®-zertifizierte Papier *Super Snowbright* für dieses Buch
liefert Hellefoss AS, Hokksund, Norwegen.

Page & Turner Bücher erscheinen im
Wilhelm Goldmann Verlag, München,
einem Unternehmen der Verlagsgruppe
Random House GmbH.

1. Auflage 2015

Redaktion: Friederike Arnold
Gesetzt aus der Janson Antiqua bei omnisatz GmbH, Berlin
Druck und Bindung: GGP Media GmbH, Pößneck
Printed in Germany
ISBN: 978-3-442-20445-8
www.pageundturner-verlag.de

Besuchen Sie den Page & Turner Verlag im Netz:

FÜR PHILIP LAM

PROLOG

Schon als ich Castaway House das erste Mal sah, wusste ich, dass es eines Tages mir gehören würde.

Damals war ich noch ein kleines Mädchen, in einem schmutzigen Kleid und Schuhen mit offenen Schnürsenkeln. Ich war ganz ans Ende des Piers gelaufen, wo ich die steile Klippe am Ortsausgang sehen konnte. Castaway House war das letzte Haus links, oben auf dem Plateau, größer als alle anderen und buttergelb gestrichen, in der Farbe des Sommers.

Natürlich wusste ich schon damals, dass es bis dahin noch eine Weile dauern würde.

Aber für etwas Wertvolles nimmt man das in Kauf. Die schönsten Dinge sind die, auf die man warten muss.

Ich blickte ein letztes Mal zu Castaway House hinauf und leistete einen Schwur.

Wart's ab, dachte ich.

Wart's einfach ab.

EINS

1965

Ein Gewitter ging etwa zehn Meilen entfernt an der Küste nieder. In der Ferne grollte Donner, heftiger Regen prasselte auf mich herab und durchnässte mein Kleid unter dem dünnen Regenmantel. Ein metallischer Geruch lag in der Luft. Ich hielt mich an dem rutschigen Geländer fest und ließ den Blick über den verwaisten Strand zwanzig Meter unter mir und den halb zerfallenen Holzsteg schweifen, der immer weiter im Meer versank.

Ich befand mich auf dem Rückweg eines Spaziergangs, der im wahrsten Sinne des Wortes ins Wasser gefallen war. Der Regen hatte den Untergrund in eine schlammige Rutschbahn verwandelt, auf der ich prompt ausgeglitten und um ein Haar über die Klippe in den sicheren Tod gestürzt war. Zum Glück waren die Bungalows am Wegrand die einzigen Zeugen meines würdelosen Strauchelns. Danach hatte ich den Versuch aufgegeben, mich von meinen Sünden reinzuwaschen, und war zurückgekehrt.

Ich sah an mir hinunter. Meine Sachen starrten vor Schmutz, und auch die geliehenen Gummistiefel waren schlammverkrustet. Doch mein äußerlicher Zustand spiegelte in gewisser Weise perfekt meine derzeitige Lebenssituation wider. Ich drehte mich um und sah, den Rücken gegen das eiskalte Geländer gepresst, zu dem Gebäude auf der anderen Straßenseite hinauf.

Wenn ich die Augen zusammenkniff, konnte ich die modrigen Mauern und den abblätternden Anstrich der Fensterrahmen ausblenden und stattdessen lediglich die Pracht des Bauwerks mit dem vage an einen Schlossturm erinnernden Dach, den hohen

Verandasäulen und den schmiedeeisernen Balkonen im ersten und zweiten Stockwerk erkennen. Das Haus verströmte eine beinahe autoritäre Aura – vielleicht wegen seiner Größe oder aber weil es oben auf dem Hügel stand.

Doch sobald ich die Augen wieder ganz öffnete und die Straße überquerte, ließ sich der Zerfall nicht länger leugnen: Rost zerfraß die Balkongeländer, das kaputte Fenster im Erdgeschoss war mit Klebeband geflickt worden, Lamettareste hingen traurig an der Balkoneinfassung im zweiten Stock, obwohl Weihnachten bereits neun Monate zurücklag, und an der Tür befand sich ein Schild mit der Ankündigung »ZIMMER ZU VERMITEN«, inklusive Rechtschreibfehler. Das hier war also mein neues Domizil seit Mitte August, als ich so überstürzt von zu Hause fortgegangen war, kurz vor dem Beginn des neuen Studienjahrs als Miss Waverleys vielversprechendste Schülerin der dreizehnten Klasse. Seit sechs Wochen war ich hier und redete mir ein, dass ich mein Zuhause nicht im Geringsten vermisste.

Ich ging die fünf Stufen hinauf. Meine Füße rutschten in den vollgelaufenen Gummistiefeln herum. Wie üblich blieb ich kurz stehen, um die eigentümliche Schönheit des Buntglasfensters über der Tür zu bestaunen. Die Dielenbeleuchtung erhellte die Tulpen und Ranken, die den Namen meines neuen Zuhauses formten: Castaway House.

Ich kramte mit meinen schmutzigen Fingern in den Taschen meines Regenmantels nach den Schlüsseln. Stimmen drangen aus der Eingangshalle: Zwei Männer hatten sich allem Anschein nach in der Wolle. Ich hörte Johnny, der drohte, sein Gegenüber solle sich schleunigst verziehen, sonst setze es etwas. Ich wünschte, es gäbe einen anderen Eingang, doch mir blieb nichts anderes übrig, als hineinzugehen.

Kaum trat ich auf den Fußabstreifer, erlosch die Deckenlampe, und ich verharrte im Dunkeln. Ich knipste sie wieder an, und die Eingangshalle wurde in düsteres gelbliches Licht getaucht.

Ich stand in dem kleinen Vestibül zwischen den zwei Haustüren – die innere blieb stets offen und gab den Blick auf die weitläufige, mit Steinfliesen ausgelegte, aber leider mit Bonbonpapierchen, Zigarettenstummeln und sonstigem Unrat übersäte Eingangshalle frei. Johnny hatte seinen Sonntagsanzug an. Er schien stinksauer zu sein. Ein alter Landstreicher klammerte sich schwankend am verschnörkelten Ende des Treppengeländers fest und drehte sich um, als er mich bemerkte. »Bitte, helfen Sie mir!«, stieß er mit rauer Whiskeystimme hervor.

»Oh! Was ist denn los?«, fragte ich.

»Halt dich da raus!«, sagte Johnny und betrachtete mich. »Großer Gott, Rosie, du siehst ja fürchterlich aus.«

»Ich bin nur im Schlamm ausgerutscht, das ist alles«, wiegelte ich ab und musterte den Landstreicher stirnrunzelnd. »Entschuldigung, aber kenne ich Sie?«

Der Alte schüttelte den Kopf. »Nein, genau deshalb brauche ich ja Ihre Hilfe.«

Er war die jämmerlichste Trauergestalt, die ich je in diesem Haus gesehen hatte: Er hatte einen grauen Zottelbart, seine Nase war von einem Netz aus geplatzten Äderchen durchzogen, und sein Mantel stank abscheulich nach schalem Alkohol und allerlei körperlichen Ausdünstungen.

»Hören Sie, Mann, Sie wohnen nicht hier und sind noch dazu voll wie eine Haubitze, also tun Sie uns den Gefallen und verschwinden Sie, verstanden?«, knurrte Johnny.

»Johnny«, wandte ich ein. »Wir sollten uns wenigstens anhören, was er zu sagen hat.«

Johnny lachte schnaubend. »Na gut.« Er machte eine vage Geste in Richtung des Alten. »Und danach kannst du dafür sorgen, dass er die Kurve kratzt.«

Ich lächelte dem Landstreicher ermutigend zu. »Also, was wollen Sie?«

Der Alte machte schwankend einen Schritt vorwärts und räusperte sich. »Ich bin weit gereist«, erklärte er. »Übers Meer, übers Land, und dies war mein Ziel. Und nun, da ich hier bin, verlange ich, dass Sie mich anhören.«

»Okay«, sagte ich leicht verunsichert. Johnny zwinkerte mir zu.

Der Mann lächelte und entblößte zwei Reihen verrotteter Zahnstummel, dann klopfte er die Taschen seines Mantels ab. »Ich hab hier was. Das muss ich Ihnen zeigen.« Er hob den Kopf und starrte mich durchdringend an. »Es ist von größter Wichtigkeit!«

Er förderte allerlei Gegenstände zu Tage und beäugte sie der Reihe nach, was einige Zeit in Anspruch nahm.

»Hör zu, Johnny, vielleicht könntest du mir einen Gefallen tun …«

»Nein.« Er zog seine Manschetten zurecht und strich sich das Haar aus dem Gesicht. »Sechs und keinen Cent weniger. Am Dienstag. Sonst ist hier Feierabend. Wenn du das Geld für die Miete nicht hast, leih dir eben etwas von deinen Mitbewohnerinnen.«

Ich schnitt eine Grimasse, aber er sah noch nicht einmal in meine Richtung. »Bitte, Johnny. Ich bin doch bloß gerade ein bisschen knapp bei Kasse.«

Er lachte freudlos. »Kenne ich.«

»Johnny …«

»Ist nicht mein Problem. Anweisung des Vermieters. Ich sorge nur dafür, dass diese Bruchbude nicht vollends auseinanderfällt, mehr nicht.« Beim Anblick meiner verzweifelten Miene wurden seine Züge eine Spur weicher. »Hast du dich schon ein wenig eingelebt?«

»Ja, einigermaßen.«

»Gut.« Johnny sah den Landstreicher an, der immer noch allerlei Kram aus seiner Manteltasche nahm, der wie Treibgut vom Strand aussah: eine Muschel, einen vertrockneten Zweig, ein paar sandige Busfahrkarten. »Kommst du später zu Star hoch?«

Ich stieß ein bitteres Lachen aus. »Vergiss es. Eigentlich sollte sie mich gestern Abend abholen. Wir wollten ins One-Two tanzen gehen, aber sie hat mich eiskalt versetzt.«

»Wieso bist du nicht raufgekommen? Bestimmt hat sie es vergessen.«

»Bin ich doch.« Ich unterdrückte einen Anflug von Erregung, die mich beim Gedanken an Stars und Johnnys Liebesnest überkam – die beiden dachten gar nicht daran zu heiraten und lebten trotzdem in einer Wohnung, mit Doppelbett und allem Drum und Dran. »Aber es hat niemand aufgemacht.«

»Ach ja.« Johnny nickte. »Wir waren noch was trinken. Keine Ahnung, was soll ich sagen, Rosie? Meine Kleine weicht mir einfach nicht von der Seite. Aber das One-Two ist sowieso eine miese Spelunke. Den Laden willst du mit Sicherheit nicht von innen sehen.«

Wieder erlosch die Beleuchtung. Er griff an mir vorbei und machte sie wieder an. Der Landstreicher fummelte an einer Rolle Pfefferminzbonbons herum. »Sachen aus der Zeitung«, brummte er. »Fünf oder zehn. Oder sieben. Sie werden schon verstehen. Sie werden sehen.«

»Du kannst ihr von mir ausrichten, sie kann … keine Ahnung … dass ich mir eine neue Freundin suchen werde«, sagte ich verdrossen.

»Ja, ja.« Johnny winkte ab, während der Landstreicher zeterte: »Wo sind sie hingekommen?«

»Ach, die tauchen schon wieder auf«, sagte ich und wünschte, ich könnte endlich gehen, um ein schönes heißes Bad zu nehmen.

»Da stehen die schlimmsten Nachrichten drin.« Der Alte zog die Brauen zusammen. »So wie ich sie verstanden hab … ich gebe zu, dass ich nicht mehr genau weiß, was da gestanden hat, aber als ich sie gelesen habe, wusste ich, dass ich zurückkommen muss. Ich musste nach Castaway House zurückkehren.«

»Zurückkehren?«, wiederholte Johnny. »Wie meinen Sie das?«

»Ich musste zurückkommen.« Der Mann starrte auf die überstrichene Tapete. »Zurück.«

»Na, wenn Sie schon mal hier gewohnt haben, können Sie ja wieder ein Zimmer mieten«, sagte Johnny. »Ich hab noch eins im Untergeschoss frei. Apartment vier. Hat einen schönen Ausblick auf den Garten. Und modernsten Komfort. Wenn das so ist, brauche ich Sie nicht vor die Tür zu setzen.«

»Stimmt. Das ist eine gute Idee. Wenn er bleibt, kann er auch in Ruhe nach den Zeitungsausschnitten suchen.«

»Ein Zimmer.« Der Landstreicher zog einen halb zerfledderten wattierten Umschlag voll schmutziger Banknoten heraus. »Ja. Ein Zimmer. Was verlangen Sie denn dafür, guter Mann?«

Gierig betrachtete Johnny das Geld. »Äh ... das besprechen wir dann unten.« Er nickte zum Durchgang, der ins Souterrain führte. »Hier entlang, Opa.«

»Moment!« Der Alte musterte mich. »Sie waren so nett zu mir, Kindchen. Deshalb sollen Sie als Erste die Wahrheit erfahren.«

»Na gut«, gab ich freudig zurück. »Sagen Sie einfach Bescheid, sobald Sie sich erinnern können.«

»Erster Stock«, war Johnnys Stimme aus dem Halbdunkel zu vernehmen. »Besucher jederzeit willkommen. Rosie macht Ihnen bestimmt auch eine schöne Tasse Tee. Rosie-Fee, macht den Tee, haha!«

»Wie wär's, wenn ich Sie stattdessen besuchen komme?«, fragte ich eilig und warf Johnny einen finsteren Blick zu. »Äh ... morgen vielleicht. Dann können Sie mir die Sachen aus der Zeitung zeigen.«

»Sehr gut.« Der Landstreicher streckte mir seine dreckige, schwielige Hand hin. »Ich bin Dockie.«

Als ich sie vorsichtig ergriff, fiel mir wieder ein, dass meine eigene Hand ja ebenfalls schmutzig war. Ich hatte keineswegs die Absicht, ihm am nächsten Tag einen Besuch abzustatten. Aber das war nicht weiter schlimm, denn ich vermutete, dass er mich bis dahin ohnehin längst vergessen hatte. »Rosie Churchill.«

»Ah, nach dem großen Winston.« Dockie nickte. »Ich hab mir das Begräbnis auf Mrs O'Sheas Fernseher angesehen. Sehr bewegend. So, und jetzt brauche ich Ruhe.«

Erleichtert sah ich den beiden Männern nach. Auf dem Weg nach oben sprang mir etwas am Telefon ins Auge.

Zuerst wusste ich nicht, was es war – bei dem Telefon handelte es sich um ein altes schwarzes Bakelit-Modell auf einem kleinen, an der Wand angebrachten Sockel. Darunter befand sich die Geldbüchse mit den beiden Knöpfen, A und B, und dem Schlitz für die Sixpence-Münzen. Darüber hatte jemand, wahrscheinlich Johnny, eine Schiefertafel aufgehängt. Das Ding war von einer dicken grauen Kalkschicht bedeckt, weil sich keiner je die Mühe gemacht hatte, es abzuwischen. Doch nun hatte jemand mit rosa Kreide eine Nachricht daraufgekritzelt. Ich musste mehrmals hinsehen, bevor ich merkte, dass sie an mich gerichtet war.

»Rosy – deine Mutter hat angerufen. Sie hat gesagt, dass sie so um fünf noch mal anruft.«

Ich sah auf die Uhr – es war zehn vor fünf –, dann wischte ich die Nachricht mit dem kalten, feuchten Staublappen ab, der hinter einem der beiden längs verlaufenden Kupferrohre klemmte. Als ich ihn wieder hineinsteckte, hörte ich erneut das Pfeifen – durchdringend und unmelodisch. Derjenige musste stocktaub sein und keinerlei Taktgefühl besitzen. Ich hatte es schon häufiger draußen auf dem Korridor gehört. Es schien von einem der Stockwerke über oder unter mir zu kommen, doch erst jetzt konnte ich es lokalisieren. Ich hätte es wissen müssen.

Niemand hatte je den Bewohner des Apartments im Erdgeschoss zu Gesicht bekommen, weder Susan noch Val noch ich. Doch es war eindeutig bewohnt, denn abends waren die Vorhänge im vorderen Zimmer zugezogen. Derjenige hatte Zugang zu dem großen Garten hinter dem Haus, den wir von unserem Küchenfenster aus sehen konnten, aber seit meinem Einzug hatte ich noch nie jemanden bemerkt.

Johnny musste wissen, wer dort wohnte; unter Garantie hatte er den Namen des Mieters in seinem kleinen schwarzen Büchlein notiert, das er in der Kommodenschublade in seinem und Stars Wohnung im Obergeschoss aufbewahrte, aber ihn zu fragen würde uns nicht weiterbringen. Johnny machte sich einen Spaß daraus, uns zu ärgern, indem er den Ahnungslosen spielte. Ich hätte auch Star fragen können, aber zurzeit herrschte Eiszeit zwischen uns. Aber egal. Jemand, der auf diese Weise vor sich hin pfiff, musste schon ein ziemlicher Psychopath sein – vielleicht einer mit Leichen im Keller so wie John Christie –, deshalb war es vielleicht klüger, gar nicht erst seine Bekanntschaft zu machen.

Ich ging die mit einem fadenscheinigen Läufer ausgelegte Treppe hinauf ins Zwischengeschoss. Das Badezimmer war frei, im Boiler war noch heißes Wasser, und ich konnte es wohl riskieren, mir ein Bad einzulassen, ohne meinen kostbaren Vorrat an Münzen anzugreifen. Ich schrubbte den Schmutzrand meines Vorgängers weg und drehte den Heißwasserhahn auf. Der Badeofen erwachte mit einem Rumpeln zum Leben.

Während die Wanne volllief, ging ich hinauf in unsere Wohnung im ersten Stock. Vor der Tür schlüpfte ich aus Vals Gummistiefeln, in denen noch das Wasser stand. Ich würde es später auskippen und die Stiefel sauber machen. Wenigstens war keiner da – Val und Susan waren ins Kino gegangen, um sich gemeinsam mit Susans Freund und seinem Kollegen zum fünfzehnten Mal *Hi-Hi-Hilfe!* anzusehen. Ich hängte meinen Regenmantel an den Haken und ging auf Strümpfen zu meinem Bett.

Die Anordnung der Betten unterlag einer strengen Hierarchie: Val, der das mittlere Bett gehörte, hatte ihre Stofftiersammlung wie eine Verteidigungslinie auf der Matratze aufgereiht. Susan hatte das beste Bett. Auf ihm lag eine rosa Tagesdecke mit Rüschen, und es stand an der Wand zur Küche, direkt hinter der Abtrennung, die wir als Garderobe benutzten. Es war die wärmste Stelle im ganzen Zimmer, und Susan hatte das Bett so platziert, dass sie ihre nackten Füße auf den Teppich stellen konnte, wenn sie sich mit einem theatralischen Räkeln à la Jean Shrimpton, das sie stundenlang vor dem Spiegel geübt hatte, aus dem Bett erhob.

Ich hatte logischerweise das schlechteste Bett erwischt. Das Kopfteil war zwar direkt neben dem Gasofen, was mir jedoch kaum etwas brachte, da es mit der Längsseite an der Außenwand stand, wo sich die ausgebleichte Tapete wegen der eindringenden Feuchtigkeit bereits wellte. Außerdem befand es sich am Fenster, durch das es an kalten Tagen fürchterlich hereinzog, wohingegen man im Sommer bei lebendigem Leib geröstet wurde.

Ich zog mir die nassen Sachen aus. Draußen prasselte immer noch der Regen nieder, und auf dem Balkon hatten sich riesige Pfützen gebildet. Ich nahm meinen gesteppten Morgenrock, der quer über dem Bett ausgebreitet lag und mir in kalten Nächten als zusätzliche Decke diente, und schlüpfte hinein. Vor dem Fenster sah ich Mrs Hale aus dem Bella Vista, dem Gästehaus nebenan, treten und an ihrer Wagentür rütteln. Schließlich gelang es ihr, sie zu öffnen und einzusteigen. Motorenlärm ertönte, und sie bog aus der Einfahrt und schlug den Weg zur Küstenstraße ein, wobei sie augenscheinlich Mühe hatte, den Wagen im Sturm auf der Fahrbahn zu halten.

Als ich mich abwandte, erkannte ich mein Gesicht in dem großen vergoldeten Spiegel, der leicht nach vorn geneigt über dem einstigen Kamin hing. Er war trüb und zerschrammt, und wenn man hineinblickte, hatte man das Gefühl, gleich seekrank zu werden. In der kurzen Zeit, seit ich hier war, hatte ich abgenommen, was zwar optisch von Vorteil sein mochte, andererseits hatte mir der Gewichtsverlust dunkle Ringe unter den Augen und hohle Wangen beschert. Ich fuhr durch mein nasses Haar, und einige Strähnen blieben an meinen Fingern haften.

Ich zog R. C. aus seinem Versteck in dem Bücherstapel, der mir als Nachttisch diente. Ich hatte R. C. von Star bekommen. Einer der Bewohner aus dem fünften Stock hatte ihn zusammengefaltet und zwischen Wand und Fußbodenleiste eingeklemmt gefunden. »Dieselben Initialen wie du«, hatte sie gesagt. »Eigentlich wollte ich ihn wegwerfen, aber wenn du willst, kannst du ihn gern haben.«

Da hatte sie gerade einen ihrer netten Tage gehabt: Sie war witzig, großzügig und froh über meine Gesellschaft gewesen. Ich strich R. C. glatt und betrachtete ihn.

R. C. war eine nicht sonderlich sorgfältige Bleistiftskizze von Kopf und Schultern eines jungen Mannes, doch etwas an der Form seiner Wangenknochen und den tief liegenden Augen unter dem wirren Haar erinnerte mich an mich. Auf seinen Zügen lag ein leicht verunsicherter Ausdruck, der jedoch auch von R. C.s zögerlichen Strichen herrühren konnte, mit denen er vor einundvierzig Jahren die Skizze aufs Papier geworfen hatte. »Zwanzig Minuten nach meiner Ankunft!«, lautete die Überschrift, und am Seitenende prangten seine Signatur und das Datum. »R. C., 10. Juni 24«.

Am meisten beschäftigte mich das Ausrufungszeichen. Mit »Ankunft« musste dieses Haus gemeint gewesen sein, doch ob das Satzzeichen Erregung oder Ungläubigkeit signalisieren sollte, war mir nach wie vor ein Rätsel. Letzteres erschien mir wahrscheinlicher, da mich zwanzig Minuten nach meiner eigenen Ankunft ein ähnliches Gefühl beschlichen hatte – nachdem ich meine Koffer die Treppe hinaufgezerrt und mir von Susan angehört hatte, dass wir uns wunderbar verstünden, solange ich nicht auf die Idee käme, mich als ihre Freundin zu betrachten, und zwischen sieben und halb neun Uhr morgens das Badezimmer nicht blockieren würde. Außerdem besuche sie normalerweise ihr Freund am Freitagabend übers Wochenende, weswegen sie es begrüßen würde, wenn ich mich rarmachte.

Das Telefon läutete. Ich sah auf den Wecker, der auf dem wackligen Bücherstapel stand. Es war Schlag fünf Uhr.

Ich schob R. C. in sein Versteck zurück und zog den Koffer hervor, der mir als Kommodenersatz diente. Ich nahm mein Handtuch heraus und ging nach unten ins Badezimmer, blieb allerdings noch einmal kurz stehen und blickte über das Treppengeländer auf das immer noch klingelnde Telefon. Hoffentlich nahm keiner ab. Das Haus wirkte verlassen, bis auf den Mörder im Erdgeschoss, Dockie im Souterrain und Johnny, der ziellos durch die zahlreichen Korridore schlich.

Endlich verstummte das Telefon. Ich ließ den Atem entweichen, den ich unwillkürlich angehalten hatte, und öffnete die Badezimmertür. Die Wanne war fast voll. Ich drehte den Hahn zu, hängte meinen Morgenmantel an den Haken und ließ mich ins siedend heiße Wasser sinken, fest entschlossen, nicht an Mum zu denken, wie sie mit dem Hörer am Ohr dastand und ungeduldig mit den Fingernägeln auf den Telefontisch trommelte.

Ich schloss die Augen und dachte an R. C., seine besorgte Miene und das Ausrufungszeichen. Im Geiste verlieh ich ihm Arme und Beine, ein Jackett und eine Anzughose. Ich malte mir aus, wie er die Treppe von Castaway House hinaufging, doch er war wie eines dieser Holzfigürchen in den Kuckucksuhren, die abwechselnd auftauchten und wieder im Häuschen verschwanden. Sein Gesicht glich einer weißen Leinwand, auf der nicht einmal mehr die Züge zu erkennen waren, die er selbst gezeichnet hatte. Ich begnügte mich damit, seine Initialen auf die beschlagenen Fliesen zu malen, dann hielt ich die Luft an und tauchte unter. Der verkrustete Schlamm löste sich von meinem Körper und zerlief, als könnte mich das heiße Wasser von meinen Sünden reinwaschen.

ZWEI

1924

Beide Züge vom Bahnhof Birmingham New Street nach London waren über die gesamte Strecke proppenvoll. Dasselbe galt auch für die Anschlussverbindungen nach Süden. Weil allem Anschein nach in jedem Waggon ein zigarrerauchender älterer Gentleman saß, beschloss ich bereits frühzeitig, auf meinen Sitzplatz zu verzichten und stattdessen auf dem Gang zu bleiben. Ich schob den oberen Teil des Fensters auf und reckte den Kopf, damit meine Lunge nicht rebellierte.

Alecs Brief hatte ich sorgsam in meine Brusttasche gesteckt. Abermals hatte er mich nach Castaway House eingeladen und mir versichert, dass das, was er bei der Beerdigung gesagt habe, durchaus ernst gemeint gewesen sei. Ich solle ihm lediglich das Datum und meine genaue Ankunftszeit telegrafieren. Ich betastete den Brief ein weiteres Mal. Seit ich von zu Hause, einer Kleinstadt in den Midlands, aufgebrochen war, diente er als eine Art Talisman, und nun, da ich immer weiter in unbekannte Gefilde vordrang, erinnerte er mich daran, dass ich das Richtige tat.

Mutter hatte nicht gewollt, dass ich wegfuhr. Die Befragung ihrer Teeblätter hatte ergeben, dass ich von dieser Reise womöglich nicht zurückkehren würde. Vater hingegen war der Ansicht gewesen, sie könne nur zu meinem Besten sein. »Gib deiner Lunge eine Chance, Robert«, hatte er mit der Pfeife im Mund gemurmelt, als ich meinen Eltern von der Unterhaltung mit Alec beim Begräbnis erzählte. »Sie können jede Hilfe brauchen.«

»Aber ausgerechnet Alec«, hatte Mutter eingewandt. »Diesem flatterhaften Gesellen habe ich noch nie über den Weg getraut.«

»Ach, das wird schon werden.« Vater hatte demonstrativ mit seiner Zeitung geraschelt, um zu signalisieren, dass die Unterhaltung damit beendet war. Wir saßen im Wohnzimmer mit dem Tisch mit der Wachstuchdecke, auf dem Kaminsims hatte Mutter all ihre Erbstücke aufgereiht. Allein die Vorstellung, einen ganzen Sommer in Alecs Gesellschaft zu verbringen, erfüllte mich mit freudiger Erregung, die ich jedoch beim Gedanken an die legendäre Regency-Pracht von Castaway House, dem Familiensitz meiner verstorbenen Tante Viviane, schnell zu unterdrücken versuchte.

»Wenn es nach mir ginge, könnte er genauso gut in einer bescheidenen Pension direkt am Strand wohnen«, sagte ich. »Wahrscheinlich würde ich mich dort sogar wesentlich wohler fühlen.«

»In diesem Fall wäre doch gar kein Platz für dich.« Mutter stieß einen ihrer typischen Seufzer aus. »Also nimm es, wie es ist, und freu dich darüber.«

Sie hatten mich zum Bahnhof gebracht, und ich hatte sogar den Eindruck gehabt, dass eine Träne in Mutters Auge schimmerte, was im Grunde albern war, denn hätte ich nicht die Hölle auf Erden erlebt und ein ganzes Jahr im Krankenbett verbracht, wäre ich ohnehin längst fort gewesen. Ich presste die Stirn gegen das Zugfenster, während die sanfte Hügellandschaft und die weitläufigen Weiden und Äcker Südenglands an mir vorbeizogen. Eine Weile fuhren wir am Ufer eines Flusses entlang, der silbern in der Junisonne glitzerte. Der Zug hielt an mehreren winzigen Bahnhöfen, in der Ferne sah ich Windmühlen. Dann wichen die vereinzelten Cottages größeren Häuseransammlungen, die sich an die grünen Hügel schmiegten. Ein Viadukt führte über eine belebte Straße mit Bussen und Reklameschildern, bis wir in den Bahnhof einfuhren und der Zug auf dem belebten Bahnsteig unter der gewaltigen Kuppel aus Glas und Stahl zum Stehen kam. Ein Mann mit einer quadratischen blauen Mütze rannte neben dem langsamer werdenden Zug her. »Helmstone, verehrte Fahrgäste! Helmstone, Endstation!«, verkündete er lautstark, während er die Türen aufriss.

Die ersten Fahrgäste hasteten bereits durch die Gänge, um möglichst als Erste auszusteigen, und drückten mich dabei unsanft gegen die Fensterscheibe. Ich wartete, bis das Gedränge nachließ, bevor ich ins Abteil zurückkehrte und meinen Koffer holte. Der Zigarrenrauch löste augenblicklich einen heftigen Hustenanfall aus.

Ein Gepäckträger kam auf mich zu und zog fragend die Brauen hoch, doch ich lächelte kurz und machte mich mit meinem schweren Koffer auf den Weg in der Hoffnung, dass er mir seine Dienste nicht aufdrängen würde, da ich zu knapp bei Kasse war, um ihm ein Trinkgeld zu geben. Alec hatte gesagt, er hole mich am Bahnhof ab, und ich blieb in der Ankunftshalle stehen und sah mich mit einem, wie ich hoffte, souveränen, beiläufigen Lächeln um.

Zwischen den beiden Rundbogen über dem Eingang hing ein Reklameschild, das Helmstone als Riviera-Paradies darstellte, mit bildschönen Menschen auf einer strahlend weißen Terrasse bei herrlich mediterranem Sonnenschein. Die Stelle erschien mir perfekt, um möglichst gut gesehen zu werden, also ging ich hinüber. Die Halle füllte sich allmählich mit Feriengästen: verliebte Flitterwöchner, leichte Mädchen mit langen Schals um den schlanken Hals, feiste Witwen mit falschen Perlenketten und kunstvollen Hüten.

Nach einer Weile wurde mir klar, dass Alec wohl aufgehalten worden sein musste. Ein weiterer Zug fuhr ein und spie abermals zahlreiche Fahrgäste aus, die wie Ameisen umherwuselten. Gleich darauf kam noch einer. Mit jeder Minute fiel es mir schwerer, mein Lächeln zu wahren. Vielleicht wartete er ja draußen auf mich.

Ich schleppte meinen Koffer auf den Bahnhofsvorplatz, wo ebenfalls reges Treiben herrschte. Taxis warteten mit laufendem

Motor in einer langen Reihe auf Kundschaft. Freunde und Familien begrüßten sich mit Handschlag und umarmten sich. Eine Handvoll Kriegsheimkehrer saß, mit ihren Orden am Revers, auf einem Karren und verkaufte Rosen. Ich spähte an ihnen vorbei zur Straße, die ein Stück den Hang hinunterführte. Am Ende befand sich das leuchtend blaue Meer, das sich scheinbar endlos zum Horizont erstreckte.

Der Anblick ließ mich erschaudern. Es hatte etwas Bedrohliches, als gäbe es kein Entrinnen – nichts als dieses Blau, dieses erbarmungslose Blau. Und von Alec war immer noch weit und breit nichts zu sehen.

Vielleicht hatte er sich ja die Ankunftszeit falsch gemerkt. Ich könnte mir ein Taxi nehmen, die Adresse kannte ich ja. Doch als ich an den bescheidenen Vorrat an Banknoten in meiner Brieftasche dachte, verwarf ich die Idee schnell wieder. Außerdem hatte Alec erwähnt, dass das Haus einen Ausblick aufs Meer bot, folglich konnte es nicht allzu weit sein. Ich beschloss, zu Fuß zu gehen und mich durchzufragen.

Mit meinem Koffer ging ich ein Stück die Straße entlang.

Der Bürgersteig war schmal und voller Menschen. Ich nahm meinen Koffer in die linke Hand und folgte zwei drallen Mädchen in wadenlangen Röcken. Ein Mann stand vor seinem Laden, wo unzählige Postkarten an langen, von der Decke bis zum Boden reichenden Schüren baumelten, und rauchte eine Zigarre. »Hübsche Karten«, rief er mir zu. In seinen Mundwinkeln hing Speichel. »Die besten in der ganzen Stadt.«

»N… nein danke«, stammelte ich. »Ich muss weiter.«

»Suchst du ein Hotel, mein Freund? Ich kann dir ein Zimmer besorgen. Hübsche kleine Pension, nur eine Half Crown pro Nacht.«

»Kein Bedarf, danke.« Ich hastete weiter und überholte die beiden feisten Mädchen, wobei ich mit dem Koffer gegen meine Schienbeine stieß. Schließlich gelangte ich zu einer Kreuzung. Busse fuhren an mir vorbei, einer mit offenem Deck, von dem aus mir ein paar Mädchen mit Strohhüten zuwinkten. Ich lächelte flüchtig und wandte eilig den Kopf ab, als sie anfingen, mir kichernd Handküsse zuzuwerfen. Ich überquerte die Straße, ging an einem Tanzlokal im Keller eines Gebäudes vorbei, das an vier Abenden pro Woche einzigartiges Tanzvergnügen anpries, bis ich zu guter Letzt an der belebten Promenade stand, die sich über die gesamte Länge des Strands zog. Wieder wechselte ich die Straßenseite, blieb an dem himmelblau gestrichenen Geländer stehen und stellte meinen Koffer zwischen die Beine.

Ich befand mich etwa drei Meter über dem Strand. Unebene Stufen führten auf einen Uferweg hinab. Aus den Verkaufsbuden der Händler in den Gewölben unter mir drang der Gestank nach Fisch. Zu meiner Linken waren mehrere Strandhütten, vor denen sich Familien eingefunden hatten – Frauen sonnten sich auf Liegestühlen, Männer schwitzten in ihren Oberhemden und Krawatten. Ein paar hatten als Zugeständnis an die sommerlichen Temperaturen zumindest die Hemdsärmel aufgerollt.

Ein Stück weiter standen Esel auf einer Koppel. Ein Kind ritt auf einem der Tiere und schrie mit hochrotem Gesicht nach seiner Mutter, die ihm vom Strand aus zuwinkte. Einige Strandbesucher, die Mehrzahl von ihnen Schulkinder, tummelten sich im Wasser. Auf der Promenade erblickte ich ein Kindermädchen, das seine beiden kleinen Schützlinge fest an den Händen hielt und ihnen erklärte, dass sie unter keinen Umständen eine Tüte Bonbons von dem zerlumpten Händler am Stand bekämen.

»Entschuldigen Sie bitte«, sagte ich, als sie an mir vorbeiging. Sie hob fragend die Brauen. »Ich suche Castaway House.«

»Das kenne ich! Das kenne ich!«, rief der kleine Junge, hüpfte aufgeregt auf und ab und zerrte an ihrer Hand.

»Still!«, ermahnte sie ihn scharf. Augenblicklich verstummte er und schob beleidigt die Unterlippe vor. Sie lächelte verkniffen. »Tut mir leid, aber ich habe den Namen noch nie gehört.«

»Es befindet sich auf dem … äh …« Ich zog Alecs Brief heraus. »Gaunt's Cliff.«

»Das ist da hinten«, meldete sich der kleine Junge wieder zu Wort und zeigte mit der freien Hand hinter sich. »Das da ist Gaunt's Cliff, und das Haus steht ganz oben. Vater hat es mir gezeigt und eine schlimme Geschichte erzählt …«

Das Kindermädchen packte ihn am Ohr. »Ich habe es dir schon einmal gesagt und werde es kein zweites Mal tun.« Sie seufzte. »Ich fürchte, ich kann Ihnen nicht helfen, Sir. Sie werden wohl jemand anders fragen müssen.«

»Schon gut.« Ich lächelte dem kleinen Jungen etwas verunsichert zu und tippte zum Gruß an den Hut. »Danke schön.«

Gaunt's Cliff war – zumindest nach dem, was der Knirps gesagt hatte, und ich war geneigt, ihm zu glauben – ein steiler Hang, der hoch über dem Meer aufragte. Ganz oben, hatte der Junge gesagt. Ich schloss abermals die Finger um den Griff meines Koffers. Sollte er gelogen haben, verdiente er es, kräftig am Ohr gezogen zu werden.

Ich bog nach rechts ab und folgte der Promenade ein Stück. Mietkutschen standen in einer Reihe am Straßenrand wie übergroße Kinderwagen, die auf Riesenbabys warteten. Eine hielt direkt neben mir, und ein buntes Grüppchen stieg lachend und aufgeregt plappernd aus. Unwillkürlich musste ich an das langsame Ticken der Uhr auf dem Kaminsims und das leise Rascheln von Vaters Zeitung denken. Obwohl ich erst seit ein paar Minuten hier war, hatte Helmstone mich bereits in seinen Bann geschlagen.

Ich ging zwischen den Kutschen hindurch und überquerte die Straße, hinter der sich Gaunt's Cliff erhob. Gerade als ich mich für den langen, steilen Marsch wappnen wollte, ertönte eine Stimme hinter mir. »He, du da mit dem Koffer! Stell den sofort hin!«

Erschrocken fuhr ich herum und sah meinen Cousin Alec den

Hügel herunterkommen. Er hatte blonde Haare und sah wie gewohnt blendend aus in seinem elfenbeinfarbenen Anzug und mit dem rosa Einstecktuch. Die Hände hatte er in die Hosentaschen geschoben. »Tut mir leid, mein Freund«, sagte er breit grinsend. »Ich habe mich in der Uhrzeit vertan. Aber du hast den Weg ja schon gefunden, was?« Er umschloss meine Finger mit beiden Händen und schüttelte sie. »Da bist du also. Diese Beerdigung … kann mich an nichts mehr erinnern. Voll wie eine Haubitze, verstehst du? War ja eine ziemlich rührselige Angelegenheit … dass Mutter plötzlich die Radieschen von unten ansieht und so. Vater hat mir später gesagt, ich hätte dich über den Sommer nach Castaway eingeladen.«

»Oh.« Ich schluckte. »Ich h… hoffe, das ist okay.«

»Es passt sogar ganz wunderbar. Kann mir nichts Besseres vorstellen.« Er nahm mir den Koffer aus der Hand und tat meinen Protest mit einer unwirschen Handbewegung ab. »War meine Schuld. Wollte dich eigentlich mit dem Wagen am Bahnhof abholen, aber … na ja, wir haben's hier nicht so mit den Förmlichkeiten. Castaway ist ein moderner Haushalt, Robert. Wirst schon sehen. Ich trage meinem Cousin sogar den Koffer.« Schwungvoll hob er meinen Koffer hoch, verzog jedoch das Gesicht, als er merkte, wie schwer er war.

»Das ist wirklich nett von dir«, sagte ich und folgte ihm japsend den Hügel hinauf. Ich konnte nur hoffen, dass sich der Zustand meiner Lunge über den Sommer verbessern würde.

»Nicht der Rede wert. Ich hatte ja keine Ahnung, dass du dem Tod gerade noch mal von der Schippe gesprungen bist. Was war denn los? Die Brust?« Er schlug sich auf den Brustkasten. »Hab gehört, du musstest die Uni verschieben.«

»Ja. Aber ich hoffe … ich kann … im Herbst endlich anfangen.«

»Gut. Ich schätze, du weißt, dass ich aus Brasenose geflogen bin. Aber darüber reden wir natürlich nicht, haha. Und wohin soll's dann gehen? Madgalen? Kannst froh sein, dass Großvater ein bisschen Geld für dich auf die hohe Kante gelegt hat. Das war das Mindeste, was der alte Griesgram tun konnte. Clara ist übrigens zu Hause.«

»Clara?«, wiederholte ich, verblüfft über den abrupten Themenwechsel.

»Meine Frau«, sagte er. »Die neue Mrs Bray.«

Seine Erklärung klang so merkwürdig, dass ich mir keinen Reim darauf machen konnte. »Ich kann mich nicht erinnern, sie beim Begräbnis gesehen zu haben.«

»Sie war auch nicht da«, erwiderte er knapp. »Aber jetzt, wo Mutter mir Castaway hinterlassen hat, ist sie recht glücklich.«

Von dem anstrengenden Anstieg und der heißen Sonne brach mir der Schweiß aus, und ich schlüpfte aus meiner Jacke und hängte sie mir über den Arm. Ich wusste nur, dass Castaway House der Sommersitz der Familie war; zu Lebzeiten meiner Tante hatte kein Mitglied der Carver-Familie jemals einen Fuß über die Schwelle gesetzt.

»Hast du noch deine alte Wohnung in London?«, erkundigte ich mich, als mir die Gerüchte über Alecs wilde Jahre in der Stadt wieder einfielen.

»Ich hab sie aufgegeben.« Wieder lag dieser eigentümliche Tonfall in seiner Stimme. »Castaway ist jetzt mein Wohnsitz. Als ehrbarer Mann kann man sich nicht mehr ungeniert in der Weltgeschichte herumtreiben.«

Vermutlich meinte er damit, dass er erst durch seine Heirat ein ehrbarer Mann geworden war, allerdings war ich nicht ganz sicher, weshalb. Alec und Clara hatten heimlich geheiratet, und die Neuigkeit hatte für einigen Wirbel gesorgt. Laut Familiengerüchteküche hatte Alecs Frau vor der Eheschließung als Schauspielerin auf irgendwelchen Londoner Bühnen gestanden, wenn auch nur in zweitklassigen Musicals und zeitweise sogar in diesen Revuen, wo die jungen Damen halb oder gar vollständig nackt auf der Bühne herumhüpften. Mutter, die mit ihrer eigenen Eheschließung gehörig in Verruf geraten war, hatte sich genüsslich über die Details ausgelassen, vor allem im Hinblick darauf, was ihr Bruder, mein Onkel Edward, wohl zu der Verbindung sagen würde.

»Er ist ein fürchterlicher Snob«, hatte sie voller Genugtuung gesagt. »Und Viviane ist keinen Deut besser. Du warst ja damals schon nicht standesgemäß. Der Himmel allein weiß, was sie zu dieser Verbindung erst sagen.«

Sie sprach mit meinem Vater, der mit seiner Pfeife zwischen den Lippen im Salon saß und lediglich nickte. Ich sah ihm an, dass er ihr gar nicht zuhörte. Ich dagegen malte mir aus, wie die geheimnisvolle Frischangetraute meines Cousins splitterfasernackt auf einer Londoner Bühne sang und tanzte, und hatte alle Mühe, mich auf die aktuelle Ausgabe des *Bystander* in meinem Schoß zu konzentrieren und meine Fantasie halbwegs im Zaum zu halten.

Logischerweise konnte ich es kaum erwarten, endlich ihre Bekanntschaft zu machen, auch wenn Alecs auffallender Mangel an Begeisterung meine Aufregung ein klein wenig dämpfte. Wenn sie weder über wichtige Beziehungen noch über eigenes Vermögen verfügte, musste sie eine wahre Schönheit sein, sonst hätte sie Alec wohl kaum für sich gewonnen.

Als Junge war Alec stets mein großes, leuchtendes Vorbild gewesen. Er war fünf Jahre älter als ich und besaß eine Souveränität, die ich nicht erklären konnte. Damals war mir nie in den Sinn gekommen, unsere unterschiedlichen familiären Verhältnisse in Frage zu stellen. Wir lebten in einem bescheidenen Ziegelsteinhaus und hatten eine Zugehfrau, die einmal pro Woche kam, wohingegen Onkel Edward und Tante Viviane in einem regelrechten Palast mit feudalen Säulen in Lancaster Gate und mit einer ganzen Armee schwarz gekleideter Dienstboten residierten, die sofort zur Stelle waren, wenn jemand mit der Glocke läutete, und außerdem ein, wie sie es nannten, »Strandhaus« in Helmstone besaßen.

Unser Kontakt beschränkte sich auf ein absolutes Minimum – einmal im Jahr fuhren Mutter und ich nach London, um unseren überheblichen Verwandten einen Besuch abzustatten. Bei den seltenen Gelegenheiten, wenn Alec gerade nicht im Internat war, sah ich ihn, allerdings verschwand er meist genauso schnell, wie er aufgetaucht war. Er wurde in regelmäßigen Abständen wegen schlechten Benehmens der Schule verwiesen – für mich, der damals noch mit den Nachbarskindern Kastanienweitwerfen spielte, eine unglaublich faszinierende Vorstellung.

Eines Tages, als ich etwa zehn Jahre alt war, beschloss Alec aus einer Laune heraus, eine kleine Spritztour mit mir zu unternehmen, während meine Mutter in der Gesellschaft meiner schwächlichen Tante Viviane mit ihrem ausgeprägten Upperclass-Akzent zurückblieb. Dank der Großzügigkeit meines Großvaters würde ich demnächst nach Crosspoint geschickt werden und sprach, sehr zu Tante Vivianes Missfallen, immer noch den lokalen Dialekt. Ich konnte nur staunen, mit welcher Lässigkeit Alec dem Chauffeur Anweisungen erteilte, während er mich in den Wagen verfrachtete.

»Ins Naturhistorische Museum, Fenner, wenn es beliebt«, sagte er und rutschte neben mich. Verblüfft blickte ich auf die vorüberziehenden Londoner Straßen. Ich hatte noch nie in einem Automobil gesessen und sog jede Sekunde dieses Abenteuers in mich auf. Alec bugsierte mich durch die gewaltigen Portale des Museums und an Dinosaurierskeletten vorbei, was an sich schon ein Erlebnis war, doch das Schönste bestand für mich darin, dass ich den Tag in Gesellschaft meines Cousins verbringen durfte.

Am Ende wollte er noch einmal zu dem Diplodokus zurück, vor dem wir eine Weile wortlos standen. Er wirkte schon den ganzen Tag leicht abwesend, doch ich kannte ihn zu wenig, um beurteilen zu können, ob das Teil seines Wesens war.

»Ich glaube, dass ich sowieso bald tot sein werde«, sagte er – dies schien das Ergebnis einer minutenlangen inneren Debatte zu sein, und ich erschrak ein wenig.

»Wieso, bist du krank?«, erkundigte ich mich. Ich wusste, dass Tante Viviane angeschlagen war – »die Nerven«, sagte meine Mutter immer –, Alec hingegen hatte stets den Eindruck gemacht, als erfreute er sich bester Gesundheit.

»Falls der Krieg weitergehen sollte«, fügte er hinzu. »Alle reden nur noch von der Zwangseinberufung. Vielleicht wäre es ja das Beste … von einer deutschen Maschinenpistole in Fetzen gerissen zu werden.«

»Aber die können dich doch nicht zwingen«, hielt ich dagegen. »Oder? Erst wenn du mit der Schule fertig bist.« Für mich betraf der Krieg stets nur die Erwachsenen. Einige meiner Klassenkameraden hatten ältere Brüder, die nach Frankreich an die Front geschickt worden waren. Manchmal fehlte einer von ihnen plötzlich beim Unterricht, und der Lehrer erklärte uns jedes Mal, wir sollten für die Gefallenen beten, aber auf keinen Fall vor Huggins oder vor Wilberforce darüber sprechen, wenn sie in der folgenden Woche zurückkämen. Für mich war der Krieg etwas, das in der Ferne vonstattenging.

Alec zuckte die Achseln. »Keine Ahnung. Wer weiß? Bestimmt wären alle froh, wenn ich weg wäre.«

»Ich nicht«, widersprach ich mit fester Stimme, woraufhin er lächelte und mir das Haar zerzauste.

»Danke, Robert. Wenn einen die Leute sowieso schon für einen schlimmen Finger halten, kann man auch gleich so weitermachen, verstehst du?«

Nein, ich verstand nicht, ganz und gar nicht, nickte aber trotzdem und versuchte (vergeblich), Alecs lässiges Schulterzucken zu imitieren. »Wenn es nach meiner Mutter ginge, wäre ich nie geboren worden«, fuhr er düster fort. »Aber ich habe gehört, sie hat schon ein neues Kind, das meinen Platz einnimmt.«

Das klang selbst in meinen Ohren so unwahrscheinlich, dass ich hastig sagte: »Das kann doch nicht sein.«

Ein kaltes Lächeln spielte um seinen Mund. »Sie wollte schon immer jemanden haben, der ihre … ihre …« Er machte eine hilflose Geste. »Jedenfalls bin ich eine Riesenenttäuschung, also kann ich genauso gut in den Krieg ziehen.«

»Bitte, geh nicht.« Unwillkürlich berührte ich seinen Jackenärmel.

Wieder lächelte er mich an, diesmal etwas wärmer. »Na gut, Carver, wenn du unbedingt willst, dass ich bleibe, dann bitte.«

Drei Monate vor dem Waffenstillstand wurde Alec achtzehn. Er befand sich auf dem Weg nach Frankreich, als sein Bataillon in Dover gestoppt wurde. Nach zweiundzwanzig Stunden schickte man die Männer nach Gloucestershire, wo er den Rest seiner Wehrzeit Briefe abstempelte. Trotz seiner düsteren Prophezeiungen war er für mich stets ein Glückspilz gewesen, und selbst nun, da er den steilen Hügel von Gaunt's Cliff vor mir hinaufging, empfand ich es beim Gedanken an seine Erbschaft und seine junge Braut einmal mehr als Privileg, mich in seinem glamourösen Dunstkreis aufhalten zu dürfen.

»Da wären wir«, verkündete er schließlich. »Willkommen in unserer bescheidenen Hütte. Natürlich ist sie nur halb so groß wie unser Haus in Lancaster Gate, aber ich hoffe, du fühlst dich dennoch wohl bei uns.«

Ich holte tief Luft und wartete darauf, dass sich meine Lunge halbwegs erholte. Wir befanden uns oben auf der Klippe. Zu meiner Linken trennte uns ein Geländer von der Promenade tief unter uns. Die Wellen klatschten lautstark ans Ufer, und ein Steg ragte wie ein dürrer Finger aus den im Sonnenschein glitzernden Wellen. Vor uns endete die Straße abrupt und mündete in einen Pfad, der an der Klippe entlang neben einem umgegrabenen Feld verlief. Rechts von mir schmiegten sich prachtvolle Regency-Häuser an den steilen Hang.

Das oberste Haus war größer als die anderen und in einem Buttergelb gestrichen, das das weiche Licht der Frühsommersonne reflektierte. Es hatte sechs Stockwerke und ein mit Zinnen versehenes Dach. Den Eingangsbereich säumten Säulen. Über der Haustür war ein Buntglasfenster im Art-déco-Stil eingelassen, dessen Inschrift ich jedoch nicht erkennen konnte. In diesem Moment ging die Tür auf, und ein Hausdiener mit kastanienbraunem Haar kam uns entgegen.

»Scone!« Alec überquerte die Straße und stellte meinen Koffer mitten auf den Weg. Der Mann, vermutlich ein Butler, nahm ihn. »Bringen Sie ihn in den fünften Stock, ja?«

Scone nickte. »Soll ich Mr Carver gleich den Weg zeigen?«

»Gute Idee.« Alec schob mich vor sich her. »Was hältst du davon, wenn du dich ein Stündchen ausruhst? Danach gehen wir in die Stadt und trinken etwas, damit wir um acht zum Essen wieder zurück sind.«

»Das klingt …« Ich dachte an die unzähligen Aufgaben, die mir selbst während meiner langen Krankheit zu Hause jeden Tag aufgetragen worden waren. »Absolut wunderbar.«

»Perfekt. Ich klopfe bei dir an. Hier, das wird dir gefallen.« Wir gingen die Treppe hinauf, und er zeigte auf das Fenster, in dem, wie ich nun erkannte, der Name des Hauses stand. »Mutter hat das Fenster einsetzen lassen, als sie das Haus geerbt hat. Sie hat es heiß und innig geliebt, musst du wissen. Und London hat sie gehasst wie die Pest.«

Ich trat über die Schwelle. Ein Perserteppich lag auf den schwarz-weißen Steinfliesen. Die Sonne schien durch das Buntglasfenster und warf farbige Rauten auf den Boden. Auf der einen Seite stand eine Mahagonikommode mit einer Silberplatte für die Post, darüber war ein mit Amorfiguren und Blattwerk verzierter Spiegel angebracht. Scone nahm mit einer raschen Bewegung das Jackett von meinem Arm und hängte es an einen Haken im Vorraum zwischen den beiden Haustüren.

»Hier ist das Esszimmer«, sagte Alec lässig und deutete auf eine halb geöffnete Tür zu seiner Linken. »Scone zeigt dir alles andere. Ich werde eine Runde im Garten drehen.«

Er zwinkerte mir zu und verschwand durch eine Tür am Ende eines schmalen Durchgangs. »Bitte, hier entlang, Sir«, sagte Scone.

Am Fuß der Treppe hing ein schimmernder Messinggong. Das auf Hochglanz polierte Holzgeländer war an einem Ende mit einem kunstvoll geschwungenen Schnörkel verziert. Die Stufen hatte man mit einem dunkelroten Teppich ausgelegt, und die Wände schmückten zahlreiche Gemälde. Ich fragte mich, ob Alec das Interieur geerbt oder ob die neue Mrs Bray Hand angelegt und ihrem Heim eine persönliche Note verliehen hatte. Was für einen Geschmack hatte wohl eine einstige Schauspielerin?

Im ersten Stock war ein kleiner Treppenabsatz, der von einem Fenster erhellt wurde. Vor uns erblickte ich eine Tür. »Hier ist der Salon, Sir«, sagte Scone und betonte jedes Wort mit bemerkenswertem Missmut, was die Frage aufwarf, wie ein einfaches Zimmer eine derartige Missbilligung auslösen konnte. Er deutete auf die Tür neben uns. »Und hier befindet sich die Bibliothek. Mr Bray wünscht, dass Sie sie ganz nach Belieben benutzen.«

Im Obergeschoss zeigte Scone mir Mr Brays Schlafzimmer, ehe er mir mit unübersehbarem Stolz das Badezimmer präsentierte. »Es ist hochmodern, Sir«, sagte er und deutete auf den Badeofen, der Heißwasser für die Wanne lieferte. Er bestand darauf, mir die Hähne sowohl für die Badewanne als auch fürs Waschbecken zu erklären. »Rechts für das kalte Wasser, links fürs heiße, Sir.«

»Hervorragend«, sagte ich, als wäre ich an Komfort wie diesen gewöhnt und müsste mich nicht mit eiskalten Bädern in der Schule oder der Zinkwanne vor dem Kamin meines Elternhauses herumschlagen.

»Der dritte Stock«, murmelte er auf dem nächsten Treppenabsatz mit einer vagen Geste zu den geschlossenen Türen, was den Schluss nahelegte, dass es sich um Mrs Brays und sonstige Privaträume handelte. Wir gingen weiter ins vierte Stockwerk, wo laut Scone das Arbeits- und Schlafzimmer von Mr Bray senior lagen.

»Wie oft kommt er denn zu Besuch?«, fragte ich mit einem aufgesetzten Lächeln in der Hoffnung, dass er sich auf gelegentliche Stippvisiten beschränkte. Mein Onkel gehörte zu den Männern, die ihre ständige Übellaunigkeit sorgsam pflegten, und dass er früh Witwer geworden war, trug auch nicht gerade zur Hebung seiner Stimmung bei.

»Bislang hat er noch keine Zeit gefunden«, antwortete Scone sanft. »Wir hoffen aber, dass wir ihn im Lauf des Sommers begrüßen dürfen.«

»Ah ja«, sagte ich und dachte mit einem Anflug von Erleichterung, dass es für ihn womöglich eine nicht hinnehmbare Schmach darstellte, in dem Haus, das einst ihm gehört hatte, eines der oberen Stockwerke bewohnen zu müssen, noch dazu, wo ihm die junge Hausherrin gesellschaftlich weit unterlegen war.

Wir gelangten in den fünften und damit obersten Stock des Hauses. Allerdings bemerkte ich eine Treppe, die zu einer geschlossenen Tür führte. Vermutlich die Dienstbotenquartiere. Vor uns waren zwei Türen. Scone öffnete die rechte und betrat ein hübsch möbliertes Zimmer mit einem Himmelbett, einem Kamin und einem Schreibtisch. Das Schiebefenster stand einen Spalt breit offen, und eine frische Brise wehte herein. »Möchten Sie, dass ich für Sie auspacke, Sir?«, erkundigte er sich, nachdem er meinen Koffer aufs Bett gelegt hatte.

»Nein, nein«, sagte ich eilig. So viel Aufmerksamkeit war mir peinlich. »Ich komme schon zurecht, danke.«

»Sehr schön. Darf ich Ihnen Tee bringen lassen?«

Ich grinste. »Das wäre wunderbar.« Ich sah mich um. »Sie sind sehr freundlich.«

Scone stieß ein leises Schnauben aus. Vermutlich war ich mit meiner Bemerkung zu weit gegangen. Errötend ging ich auf den dunklen Korridor hinaus. »Was ist hinter dieser Tür?«, fragte ich, als Scone zu mir trat.

Er öffnete sie. »Das Kinderzimmer, Sir.«

In der einen Ecke stand ein Gitterbettchen, in der anderen ein gewöhnliches Bett, wahrscheinlich für das Kindermädchen. Ich erblickte einen mit Tintenflecken übersäten Schreibtisch und ein ramponiertes Schaukelpferd, dessen Mähne fast vollständig ausgerissen war. An manchen Stellen wies das Holz tiefe Scharten auf, und jemand hatte mit Filzstift ein Auge gelb, das andere grün angemalt – sichtbare Beweise kindlicher Zerstörungswut.

»Ich wusste gar nicht, dass sie schon Kinder haben«, sagte ich, obwohl es keinen Grund gab, weshalb ausgerechnet ich es wissen sollte.

»Haben sie auch nicht.« Scone lächelte, und der Verdacht stieg in mir auf, dass er mich wohl für unterbelichtet hielt. »Das war früher Mr Brays Kinderzimmer.«

»Ah. Natürlich.« Wieso war wohl nichts in dem Zimmer verändert worden? Bestimmt wird es bald wieder benutzt, dachte ich errötend. Hoffentlich würden sie wenigstens das Schaukelpferd ersetzen – der stiere Blick aus den angemalten Augen fühlte sich höchst unangenehm an.

Ich kehrte in mein Zimmer zurück und nahm es gründlich in Augenschein. Alec hatte Recht: Das Londoner Haus seiner Eltern war doppelt so groß wie Castaway, allerdings hatte mir das riesige Anwesen mit seinen düsteren Zimmern und den langen Gängen, in denen das Echo der Schritte hallte, immer Angst gemacht. Dieses Haus hier, mit seinem elegant geschwungenen Treppengeländer, den hohen Schiebefenstern und den dunklen glänzenden Holzfußböden, war genau das Richtige für mich.

Ich trat ans Fenster und blickte auf den Garten hinunter. Er war herrlich großzügig angelegt, gepflasterte Wege verbanden mehrere Lauben. Ganz hinten entdeckte ich einen reich verzierten

Teich, um den mehrere Liegestühle gruppiert waren, und in der Ecke stand ein von Ranken überwuchertes steinernes Gartenhaus. Direkt unter mir befanden sich der Wintergarten mit Glasdach und eine Terrasse mit schmiedeeisernen Tischen und Stühlen.

Auf einmal erblickte ich Alec, der scheinbar gedankenverloren, die Hände tief in den Taschen vergraben, einen Weg entlangschlenderte. Ich lehnte mich gegen den Fensterrahmen und beobachtete ihn eine Weile voller Zuneigung. Bislang hatte ich nie Gelegenheit gehabt, ihn wirklich kennenzulernen, aber vielleicht konnte ich es ja jetzt nachholen.

Draußen vor der Tür klapperte Geschirr, dann hörte ich unterdrücktes Stöhnen. Ich riss die Tür auf und sah ein junges Mädchen mit gesenktem Kopf vor mir stehen, in der Hand ein Tablett, auf dem eine Teepfütze schwamm.

»Bitte entschuldigen Sie, Sir«, sagte sie. Ihre Stimme war kaum mehr als ein Flüstern. »Ich hole sofort neuen Tee.«

»Ist schon gut.« Sie wich erschrocken zurück, als ich ihr das Tablett aus der Hand nahm und auf der Kommode abstellte. Ich hob die Tasse hoch und fuhr mit dem Waschlappen, der für mich bereitgelegt worden war, über die Untertasse, säuberte die Tasse und stellte sie wieder hin. »So, schon fertig. Nichts passiert.«

Noch immer hatte sie den Kopf so tief gesenkt, dass ihr Kinn ihre Brust berührte. »Danke, Sir. Sie sind sehr freundlich, Sir«, wisperte sie.

Ich lachte. »Wir wollen doch aus einer Mücke keinen Elefanten machen, oder? Wie heißen Sie?«

Hastig schaute sie nach links und rechts, als wollte sie am liebsten fliehen. Eine strohblonde Haarsträhne ragte aus ihrem Häubchen. »Agnes, Sir. Ich bin erst seit kurzem Hausmädchen. Davor war ich nur Hilfsmädchen, deshalb bin ich nicht daran gewöhnt, Tabletts zu tragen, und …« Sie verstummte, als wäre ihr bewusst geworden, dass sie schon viel zu viel gesagt hatte.

»Nun, es freut mich, Ihre Bekanntschaft zu machen, Agnes.

Mein Name ist Carver. Ich bin Mr Brays Cousin und werde den Sommer hier verbringen.«

»Ja, Sir.« Langsam wich sie zurück zur Tür.

Plötzlich geriet ich in Verlegenheit, als hätte ich sie gegen den Schrank gedrückt und mich schamlos über sie hergemacht. »Nun ... äh ... ich dachte, Sie wüssten es vielleicht nicht.«

»Nein, Sir. Ist das alles, Sir?«

Noch bevor ich antworten konnte, war sie verschwunden. Ich seufzte. Gerade als ich beschlossen hatte, nicht länger über sie nachzudenken, fand ich mich unversehens auf dem Korridor wieder. »Agnes?«, rief ich ihr hinterher.

Sie blieb auf dem oberen Treppenabsatz stehen. Einen Moment erinnerte sie mich an einen Spatz, der versehentlich in ein Haus geflogen war und nicht wieder herausfand. »Ja, Sir?«

Ich lächelte. »Sicher gewöhnen Sie sich im Handumdrehen an alles.«

Sie ließ den Atem entweichen und stand in Erwartung einer weiteren Anweisung reglos da. Als ich schwieg, gestattete sie sich ein knappes Nicken. »Danke, Sir«, flüsterte sie und eilte davon. Kopfschüttelnd kehrte ich in mein Zimmer zurück und goss mir Tee ein. Der angemessene Umgang mit Dienstboten war noch nie recht meine Sache gewesen; sie schienen es regelrecht als Beleidigung aufzufassen, wenn man freundlich zu ihnen war. Andererseits machte diese Agnes den Eindruck, als hätte sie Angst vor ihrem eigenen Schatten.

Ich trank Tee, packte meinen Koffer aus und machte mich auf den Weg ins Badezimmer, wo ich mir das Gesicht mit heißem Wasser wusch. Das Scheppern und Rumpeln des Badeofens entpuppte sich als ausgesprochen lästig. Da mir noch etwas Zeit blieb, ging ich in mein Zimmer zurück und zog einen Stuhl vor den Spiegel, um ein kleines Selbstporträt anzufertigen. Auch wenn es mir so vorkam, als ob sich meine Fertigkeiten allmählich entwickelten, fragte ich mich am Ende, wessen Gesicht ich da zu Papier gebracht hatte. Fest entschlossen, mich von dem Fehlversuch nicht aus der Ruhe bringen zu lassen, faltete ich das Blatt zusammen, um es mir später noch einmal anzusehen. Dann stand ich auf und ging nach unten.

Als ich überlegte, was es wohl zum Abendessen geben würde, ging die Wohnzimmertür im ersten Stock auf, und eine Frau trat heraus – schätzungsweise jene Frau, deren Heirat mit meinem Cousin für einigen Aufruhr in der Familie gesorgt hatte, Mrs Alexander Bray.

Bei meinem Anblick sog sie scharf den Atem ein. Sie war kleiner, als ich erwartet hatte, und hatte ein bleiches, verkniffenes Gesicht, als hätte sie in eine Zitrone gebissen. Winzige Pickel sprossen auf ihrer Stirn. Ihr dunkles halblanges Haar war unfrisiert. Sie trug einen jadegrünen Morgenrock aus einem fließenden Stoff und mit Pelzbesatz an den Ärmeln und hatte sich die Nägel blutrot lackiert.

Ich streckte ihr die Hand hin. »Wie schön, dass wir uns endlich kennenlernen. Ich bin Robert Carver, Alecs Cousin.«

Sie starrte auf meine Hand, als hielte ich ihr einen toten Fisch hin. »Ich weiß, wer Sie sind, Mr Carver«, gab sie mit eisiger Stimme zurück.

»Oh, gut.« Ich grinste dümmlich und ließ meine Hand sinken. Dabei erhaschte ich einen Blick in das schöne, in Blau und Gold gehaltene Wohnzimmer mit einem riesigen goldgerahmten Spiegel über dem Kamin.

Schnell zog sie die Tür hinter sich zu. »Sie sind der Schmarotzer, der sich hier über den Sommer von meinem Mann aushalten lassen will.«

Ich starrte sie entsetzt an. »Ich … ich versichere Ihnen, dass ich keineswegs … dass ich niemals …«

Sie brachte mich mit einer barschen Geste zum Schweigen. »Bitte. Ihre Motive interessieren mich nicht im Geringsten. Sollte Sie allerdings mein wunderbarer charmanter Schwiegervater hergeschickt haben, damit Sie herumschnüffeln, können Sie ihm von mir Folgendes ausrichten: Wenn das der Preis für die Apanage meines Mannes ist, kann er sie sich in den Hintern schieben. Guten Tag.«

Damit drängte sie sich an mir vorbei und ging die Treppe hinunter.

Ich stand wie vom Donner gerührt da und starrte auf die Stelle, wo sie gerade noch gestanden hatte, während mir die Hitze ins Gesicht stieg. Meine Knie drohten nachzugeben, und ich musste mich am Geländer festhalten. Zu meinem Entsetzen spürte ich heiße Tränen, die ich eilig wegblinzelte. In diesem Augenblick hörte ich Alecs Stimme und ging die Treppe hinunter, die Hand fest auf dem Geländer.

»Da bist du ja!«, rief er mir grinsend zu. »Können wir … ich schlage vor, wir …«

Ich marschierte geradewegs an ihm vorbei, öffnete die Eingangstür, ging die Treppe hinunter, den Weg bis zum Tor und ein Stück die Straße entlang bis zu dem mit einem Geländer gesicherten Aussichtspunkt.

»Robert! Was ist denn los, Robert?«, hörte ich Alec hinter mir rufen. Mein Atem kam stoßweise. Ich hielt das Geländer so fest umklammert, dass meine Fingerknöchel weiß hervortraten. Mit halb belustigter, halb besorgter Miene stellte Alec sich neben mich. »Du bist an mir vorbeigerauscht, als hättest du eine Handgranate im Arsch.«

Unwillkürlich musste ich an Mrs Bray und ihre Unflätigkeit denken und verzog das Gesicht. »Ich kann hier nicht bleiben. Es tut mir leid, aber ich werde morgen früh gleich mit dem ersten Zug zurückfahren.«

»Weshalb um alles in der Welt …« Seine offenen, freundlichen Züge verdüsterten sich. »O nein. Sag mir sofort, dass sie es nicht getan hat. Sag mir sofort, dass meine Frau nicht über dich hergefallen ist.«

»Sie … äh …« Überwältigt von meinen Gefühlen bekam ich einen Hustenanfall. Das war das alte Problem: Sobald ich unter extremem Druck stand, streikte meine Lunge. Ich spürte das kühle eiserne Geländer unter meinen Fingern und versuchte, ruhiger zu atmen. Ein, aus, ein, aus. »Zum einen hat sie mir vorgeworfen, ein … nun ja, ein Schmarotzer zu sein, und außerdem soll mich dein Vater als Spion eingespannt haben.«

»Gütiger Gott.« Alec stützte sich mit den Ellbogen auf dem Geländer ab und barg das Gesicht in den Händen. »Es tut mir wahnsinnig leid, Robert.«

Am liebsten hätte ich ihm versichert, dass es nicht weiter schlimm sei, doch die Worte wollten nicht über meine Lippen kommen. »Hätte ich auch nur eine Sekunde daran gedacht, du könntest mich für … nun, ich würde doch niemals …«

»Hör nicht auf sie. Das hat sie nur gesagt, um dich zu kränken. Diese Frau ist der schlimmste Parasit auf Gottes Erdboden.« Er sah mich an. »Ich sage es nur sehr ungern, Robert, aber das Klischee stimmt leider. Übereilte Heirat et cetera et cetera.«

Ich erinnerte mich noch daran, wie ich vor langer Zeit mit Großvater auf Hasenjagd gegangen war. Wir hatten tatsächlich ein Tier aufgestöbert, das mit weit aufgerissenen Augen in den Lauf meines Gewehrs geblickt hatte. Genau so fühlte ich mich. »Ich fürchte, ich verstehe nicht ganz.«

»Nein?« Er zog ein Zigarettenetui aus seiner Sakkotasche und bot mir eine an. Ich schüttelte den Kopf, während er sich eine zwischen die Lippen schob und sie anzündete. »Ich dachte, ich zeige es diesen verstockten Langweilern mal so richtig – Vater, Mutter, all den anderen. Wenn man ein Mädchen liebt, ist es doch egal, ob sie Schauspielerin, Straßenfegerin oder Erntehelferin ist, oder? Aber sie hat gesehen, dass es bei mir etwas zu holen gibt, und jetzt ist sie mit mir verheiratet und hasst nicht nur mich, sondern auch alle anderen um mich herum, und leider hast du die volle Breitseite abbekommen. Es tut mir aufrichtig leid.«

Ich blickte auf die winzigen Gestalten hinunter, die die Promenade entlangschlenderten, und sog die kostbare Seeluft tief in meine Lunge. »Sie schien zu glauben, dass deine Apanage gefährdet sein könnte.«

»Vater droht uns schon seit der Hochzeit damit«, schnaubte Alec. »Sie muss fürchterliche Angst davor haben, wieder arm zu sein.«

»Wie auch immer. Du verstehst, dass ich unter diesen Umständen keinesfalls bleiben kann.«

Alec legte seine Hand auf die meine. »Du musst bleiben«, sagte er. »Ich bin drauf und dran, den Verstand zu verlieren – hier eingesperrt zu sein, mit ihr und den Dienstboten, die sich über jede Kleinigkeit das Maul zerreißen. Außerdem ist sie entweder unterwegs oder bei einer ihrer geheimnisvollen Besorgungen, von denen sie mir nie erzählt. Du wirst sie nicht einmal zu Gesicht bekommen.«

»Ich kann nicht«, sagte ich. »Mir war nicht bewusst ... das heißt, ich würde keinesfalls wollen, dass ...«

»Oh, verdammt«, unterbrach Alec mein Gestammel und blickte an mir vorbei den Hügel hinunter.

»Was ist?« Ich drehte mich um und sah einen bärtigen Mann mittleren Alters mit einem zerknautschten Hut und runder Brille auf uns zusteuern. Er winkte aufgeregt herüber, obwohl ihn gerade einmal ein paar Meter von uns trennten. »Guten Tag, Mr Bray!«

Alec begrüßte ihn wenig begeistert. »Dr. Feathers.«

Der Mann strahlte. »Sagen Sie bloß, das ist der berühmte Cousin. Wie geht es Ihnen? Es ist mir eine große Freude, Ihre Bekanntschaft zu machen.«

Er packte meine Hand und schüttelte sie heftig. Alec seufzte. »Robert, das ist unser Nachbar, Dr. Feathers. Mein Cousin, Robert Carver.«

»Sie verbringen hier den Sommer, stimmt's, Mr Carver?«

»Äh …« Ich zögerte.

»Ja«, antwortete Alec an meiner Stelle. »Und wir freuen uns beide sehr über seinen Besuch.«

»Wunderbar.« Der Doktor strahlte wieder. »Sollten Sie Probleme mit der Gesundheit haben, wissen Sie ja, an wen Sie sich wenden können. Meine Praxis ist direkt nebenan.«

Er drehte sich um und zeigte auf ein Haus, eine Miniaturausgabe von Castaway House.

»Oh … äh … vielen Dank«, sagte ich leicht gereizt.

»Robert erfreut sich bester Gesundheit, stimmt's, Robert?« Alec nickte eifrig.

»Tatsächlich?« Feathers wirkte etwas geknickt. »Wie geht es der reizenden Mrs Bray? Ich hoffe, sie ist wohlauf.«

»Durchaus, danke der Nachfrage. Es geht uns gut.« Alec tippte ungeduldig mit dem Fuß.

»Und die Dienstboten? Doris …« Der Doktor wandte sich mir zu. »Unser erstes Hausmädchen. Leider haben wir keinen Scone. Doris sagt, Ihr zweites Hausmädchen sei befördert worden und hätte die Stelle übernommen. Wie war ihr Name noch? Agnes?«

Alec blinzelte. »Sie scheinen sich ja besser in unserem Haushalt auszukennen als ich«, gab er mit einem halbherzigen Lachen zurück. »Für die Dienstboten ist meine Frau zuständig, deshalb werden Sie wohl sie fragen müssen, fürchte ich.«

Der Arzt schien ihm die Zurückweisung nicht im Mindesten krummzunehmen, sondern strahlte ihn unbeirrt an. »Doris sagt, das Mädchen sehe aus, als fiele es jeden Moment tot um.«

Alec presste die Lippen aufeinander. »Sollte sie sich nicht wohlfühlen, werden wir uns unverzüglich an Sie wenden, versprochen.«

»Gut.« Dr. Feathers wippte auf den Absätzen vor und zurück. »Wir müssen uns gut um unsere Dienstboten kümmern, denn wie könnten wir sonst von ihnen erwarten, dass sie dasselbe auch für uns tun, nicht?«

»Natürlich«, bestätigte Alec und nahm mich am Arm. »Also, wir müssen jetzt gehen.«

»Oh, Mr Carver«, sagte der Doktor, als Alec mich an ihm vorbeischob.

Alec verdrehte die Augen, während ich ein Grinsen unterdrückte. »Ja?«

»Ich bin sicher, Ihr Cousin hat Ihnen bereits erzählt, dass die Feathers in wenigen Wochen eine kleine Abendgesellschaft geben. Wir erwarten sogar den Herrn Bürgermeister.« Er nickte mit bedeutungsschwangerer Miene. »Es wäre uns eine große Ehre, Sie ebenfalls als Gast begrüßen zu dürfen.«

»Danke, allerdings kann ich noch nicht mit Gewissheit sagen, ob ich dann noch in Helmstone sein werde.«

»Er wird hier sein«, sagte Alec. »Und wenn der Bürgermeister erwartet wird, kann Carver wohl kaum fernbleiben.«

Ich mimte einen Hustenanfall, um mein Gelächter zu verhehlen. Wieder strahlte uns Dr. Feathers an. »Ich lasse Ihnen die Einladung gleich morgen zukommen.«

»Wunderbar«, rief Alec ihm über die Schulter hinweg zu und zerrte mich hinter sich her den Hügel hinunter. »Bis bald.«

Ich sah gerade noch, wie Dr. Feathers einen Diener machte, ehe Alec mich um die nächste Ecke zog. In würdigem Schweigen gingen wir ein paar Meter, brachen jedoch in haltloses Gelächter aus, sobald wir uns außer Hörweite befanden. Ich musste so lachen, dass ich mich ein weiteres Mal am Geländer festklammerte, bis sich meine Lunge ein wenig erholt hatte. »Dieser Mann ist ein derartiger Snob«, meinte Alec. »Er hat mich schon gehasst, als ich noch ein kleiner Junge war. Hat sich ständig bei meinen Eltern über mein Betragen beschwert. Und jetzt, wo Castaway mir gehört, hält er mich für den Allergrößten.«

»Wirbt er immer so aufdringlich um Patienten?«

Alec schnaubte. »Früher, als Mutter noch die Herrin von Castaway war, hat er die Dienstboten für einen Hungerlohn behandelt. Ich glaube, er ist nur beleidigt, weil wir seine Dienste noch nie in Anspruch genommen haben. Wenn du mich fragst, er ist ein schrecklicher Arzt … hat vermutlich mehr Leute umgebracht als geheilt.«

»Deshalb hast du mein …« Ich schlug mir auf die Brust. »Mein altes Problem nicht erwähnt.«

»Du kommst schon wieder auf die Beine«, sagte Alec. »Frische Luft und ein bisschen Sonne, das ist alles, was du brauchst.«

»Davon habe ich zu Hause nicht allzu viel«, räumte ich ein. »Das Haus ist klamm. Mein Arzt hat selbst gesagt, dass das schon die Hälfte meines Problems ausmacht.«

»Deshalb ist ein Sommer am Meer genau das Richtige für dich«, entgegnete Alec beiläufig.

»Deine …« Ich unterbrach mich. »Ich meine, Mrs Bray …«

»Ich bitte dich um einen Gefallen«, sagte er. »Ich brauche jemanden in meiner Nähe, dem nicht allein schon bei meinem Anblick übel wird. Und soll ich dir etwas sagen? Mit ihren Kränkungen komme ich zurecht, aber ich werde nicht erlauben, dass sie meine Familie beleidigt. Solltest du deshalb abreisen, kann ich sie ebenso gut in die Gosse zurückschicken, aus der sie gekommen ist.«

»Bitte nicht«, sagte ich schnell. Ich musste wieder an unseren Besuch im Naturkundemuseum denken, daran, wie ich neben Alec, meinem großen Helden und Inbegriff der Weltlichkeit, gestanden und zu ihm aufgeblickt hatte. »Nun ja, es wäre sinnlos, jetzt überstürzt abzureisen.«

Alec grinste. »Das nenne ich mal einen Freund.«

»Ich verspreche aber nichts«, fügte ich hinzu. Er nickte, obwohl ich den Eindruck hatte, dass er mir gar nicht richtig zuhörte.

»Helmstone wird dir gefallen«, sagte er. »Es ist zwar klein, aber hier gibt es alles, was man braucht.«

»Gesundheit und Sonnenschein?«

Inzwischen waren wir am Fuß des Hangs angekommen und blieben kurz stehen. Aus der Ferne drangen die pfeifenden schrägen Klänge einer Drehorgel herüber.

»Vergnügen«, gab er zurück. »Alle möglichen Arten von Vergnügen. Aber keine Angst, ich sage nicht, dass das unbedingt eine gute Idee ist.«

Ich fragte mich, was er damit meinen könnte, doch er hatte sich bereits wieder in Bewegung gesetzt und überquerte die Straße. Ich hastete hinter ihm her. »Die Sache ist nur die …«, begann ich, doch er hörte mir nicht zu.

»Genug Seeluft geschnappt«, sagte er. »Lass uns etwas trinken gehen.«

Er verschwand in einer Passage zwischen zwei Geschäften. Ich folgte ihm durch eine schmale dunkle Gasse, als mir unvermittelt der Hase wieder in den Sinn kam, diesmal jedoch erst nach dem tödlichen Schuss. Er hing kopfüber und mit glasigen Augen an einem Balken in Großvaters Scheune, um ausgeweidet zu werden, und ich hatte das ungute Gefühl, genau zu wissen, wie sich das anfühlte.

DREI
1965

Vierundzwanzig Stunden nachdem mich die heftigen Sturmböen beinahe über die Klippe gerissen hatten, stand ich im Kiosk am Rand des Vergnügungsparks und schlotterte vor Kälte in meiner dünnen Strickjacke. Der Wind peitschte auf das Wellblechdach und fegte heulend über die Wege zwischen den Fahrgeschäften.

Links von mir zog das Karussell quietschend seine endlosen Runden zu den Klängen von Camptown Races, während ein einzelner Junge auf dem Rücken eines grinsenden Porzellanpferds saß und sich an der Eisenstange festklammerte. Ich spähte durch die Luke und sah den Typen vom Autoscooter, der lustlos von einem leeren Wägelchen zum nächsten sprang. Er winkte mir zu und legte sich noch ein wenig mehr ins Zeug. Mit dem Anflug eines schlechten Gewissens winkte ich zurück, weil ich mir auch nach sechs Wochen Sommerjob seinen Namen immer noch nicht merken konnte.

Ich sah auf die Uhr. Noch zehn Minuten, dann endete mein letzter Arbeitstag. Es war fast, als würden mich diese zehn Minuten vom Ende des Sommers trennen, ein idiotischer Gedanke, schließlich hatte er sich schon vor ein paar Wochen verabschiedet – und nichts als einen heftigen Sturm, ein paar vereinzelte Reisebusse und Tagesausflügler hinterlassen, die mit grimmigen Mienen die Promenade entlangmarschierten.

Ab und zu verirrten sich noch ein paar Rentner hierher, so wie das Ehepaar, das auf mich zukam. Beide trugen Mäntel, und die Frau hatte sich ein lila Kopftuch umgebunden. Der Mann hatte einen bleistiftdünnen Schnurrbart. Als ich zwei angeschlagene Tassen und Untertassen von den Haken nahm und Tee eingoss, beäugte mich der Mann mit zusammengekniffenen Augen. »Sind Sie zufällig von hier?«

»Nein«, antwortete ich und gab noch einen Schuss heißes Wasser aus der zweiten Kanne in die Tasse. »Ich bin … nun ja, ich komme aus einem Vorort, aus Petwick.«

»Dachte ich mir fast.« Sein Schnurrbart zuckte. »Sie drücken sich viel zu gut aus, um aus diesem grässlichen Ort zu stammen.«

»Eric!«, zischte seine Frau mit hochrotem Gesicht. »Lass das!«

»Dafür haben wir also gekämpft, ja?« Er machte eine ausholende Geste in Richtung Vergnügungspark – der Autoscooter, das Karussell –, ehe er sich mit einem Schauder resigniert über seine Teetasse beugte. »Um am Ende Tee aus einer Tasse mit Sprung serviert zu bekommen?«

»Ich gebe Ihnen eine andere«, erbot ich mich eilig. Ich war heilfroh, dass Mrs Hale das nicht mitbekam und der Mann offenbar die Zuckerdose nicht bemerkt hatte, die in einem festgebackenen Ring aus Kristallen auf dem Tresen klebte.

»Hm«, brummte er, nur unwesentlich besänftigt, und wandte sich seiner Frau zu, die ihr Portemonnaie zückte. »Also. Es war Shipwreck«, sagte er.

»Nein, nein.« Sie reichte mir eine Zwei-Shilling-Münze und nahm die beiden Tassen. »Castaway. Ich bin sicher, es war Castaway«, hörte ich sie sagen, ehe sie sich auf die Suche nach einem Sitzplatz machten.

»Was ist denn damit?«, rief ich den beiden hinterher, doch der Wind riss mir die Worte aus dem Mund und trug sie davon. Sie redeten über einen Skandal, eine Tragödie, irgendein schlimmes Geheimnis. Mein Herzschlag beschleunigte sich: Johnny und Star. Bestimmt ging es um das geheimnisvolle Paar.

»Was für ein Tag!« Mrs Hale kam die Promenade entlang und klirrte mit ihrem Schlüsselbund, der die Unterhaltung des

Rentnerpaars übertönte. »Oh, Rosie, es wäre so schön, wenn du dich ein bisschen aufrechter hinstellen könntest. Die Leute sollen nicht denken, ich würde einen Krüppel ausbeuten.«

»Aber das tue ich doch«, protestierte ich, doch Mrs Hale hörte gar nicht hin. Der heftige Wind zerrte an den Zipfeln ihres Kopftuchs und blies ihr vereinzelte graue Strähnen in die Stirn. Sie verschwand um die Ecke und betrat den Kiosk. Ihre hohen Absätze klapperten auf dem Blechboden.

»Wie lief es?«, fragte sie und riss, ohne meine Antwort abzuwarten, die Kassenschublade auf. »Das ist ja ein Trauerspiel. Gütiger Himmel, du hast doch nicht etwa falsch herausgegeben!«

»Natürlich nicht.« Ich reichte ihr die Papiertüte, auf der ich jede Einnahme verzeichnet hatte.

»Katastrophal.« Mrs Hale studierte eingehend die Liste. »Wie soll ich davon meine Rechnungen bezahlen?«

»Ach, wahrscheinlich fliegen wir sowieso bald alle wegen der Atombombe in die Luft«, gab ich zurück.

Sie warf mir einen Blick zu. »Und das soll mich aufmuntern, ja?«

Ich zuckte die Achseln. »Man sollte das Hier und Jetzt genießen.«

»So habe ich früher auch immer gedacht«, sagte sie. »Also, willst du nun den Frühdienst im Hotel übernehmen, oder musst du für die unilaterale Abrüstung auf die Straße gehen und hast deshalb keine Zeit, Geschirr abzuwaschen?«

»Nein, nein«, erwiderte ich hastig. »Ich muss noch meine Miete für diese Woche bezahlen.«

»Aber es ist nur ein Teilzeitjob. Von halb sieben bis halb elf. Dienstags ist dein freier Tag. Wenn du willst, kannst du gleich morgen anfangen.« Sie reichte mir zwei Zehn-Shilling-Scheine als Tageslohn. »Was macht diese Tasse da im Abfall?«

Ich versuchte, lieber nicht daran zu denken, dass ich am nächsten Tag im Morgengrauen aufstehen musste. Wenigstens war das

Bella Vista direkt nebenan. »Die Gäste haben sich beschwert«, sagte ich und zeigte auf das Ehepaar, das schlotternd am Geländer stand.

»Ich verstehe nicht, wieso die Leute immer so ein Gewese um alles machen müssen.« Sie holte die angeschlagene Teetasse aus dem Abfall und stellte sie zu den anderen. »Ach ja, willst du vielleicht eine Dose Suppe mitnehmen?«

Ich hatte mir gerade die Schürze abgebunden und hielt mitten in der Bewegung inne. »Wie?«

Sie nahm eine der riesigen Dosen vom Haken. Die Suppe erhitzten wir auf dem kleinen Gasherd und servierten sie den Gästen. »Ich kann hier über den Winter nichts stehen lassen, deshalb kannst du sie gern haben.« Sie stellte die Dose auf dem Tresen ab. »Ist nicht sonderlich schwer.«

Das war eine Lüge, was ich allerdings erst merkte, als ich den Kiosk verlassen hatte und das Ding am Strand entlangschleppte. Trotzdem – es war Suppe. Ich war zwar kein leidenschaftlicher Suppenfan, aber immerhin.

Als ich an dem Ehepaar vorbeikam, fiel mir wieder ein, dass sie mein neues Zuhause erwähnt hatten. Also setzte ich die Dose auf dem Geländer ab, hielt sie fest und sagte: »Ich habe vorhin zufällig mitbekommen, dass Sie von Castaway House sprachen. Ich wohne dort.«

»Ich hab's dir doch gleich gesagt!« Die Frau stieß ihren Ehemann mit dem Ellbogen an. »Es heißt Castaway House.«

Der Mann stieß ein Schnauben aus.

»Ist dort etwas vorgefallen? Ich wohne erst seit August dort.«

Die Frau lachte. »Ach, das ist lange her, Schätzchen. Damals war ich noch ein kleines Mädchen, und wir kamen immer in den Sommerferien nach Helmstone. Wir aßen Fish & Chips, und Dad las uns laut aus der Zeitung vor, in die sie eingewickelt waren. An die Details kann ich mich nicht mehr erinnern, aber … oh, die Geschichte war so faszinierend.«

Enttäuscht nahm ich meine Suppendose. »Ach so. Ich dachte, es wäre erst kürzlich passiert.«

Der Mann schnaubte erneut. »Für diese jungen Leute ist doch alles, was vor ihrer Geburt passiert ist, Geschichte. Wenn es nach ihnen geht, könnten es genauso gut die Römer gewesen sein.«

Seine Frau drückte seine Hand. »Du und ich, wir sind längst Fossilien, was?« Sie lächelte mich an, und so ungern ich es auch zugab, musste ich ihr leider Recht geben.

Mittlerweile war mir die Idee gekommen, meine Suppendose einem Mieter der Strandhütten zu stiften. Als ich die Treppe hinunterging, lösten sich Strähnen aus meinem Haar, das ich zu einem Knoten im Nacken geschlungen hatte. Über Nacht hatte der Sturm allerlei Unrat an Land gespült. Abgerissene Farnwedel lagen überall herum und hinterließen ein spinnennetzartiges Muster im Sand.

Die Esel standen dicht beisammen und blinzelten wegen der lästigen Sandkörner. Ihre bunt gemusterten Sättel hoben sich grell gegen das Grau des Meeres und des Himmels ab. »Ausritt am Strand 5«, hatte jemand auf ein Schild geschrieben. Daneben saß eine Frau in einem Liegestuhl und las in einem Taschenbuch, während sie eine Rosinenschnecke aß.

Ich passierte die verwaisten Gewölbebuden der Fischhändler und kam zu dem Holzsteg, der an den Mietstrandhäuschen vorbeiführte. An einem hing eine Verfügung der Gemeinde, dass sämtliche Hütten bis zum 30. September geräumt sein mussten, doch schon jetzt schien nur noch eine einzige bewohnt zu sein – eine Frau packte einen kleinen Gasherd in einen Korb. Also ging ich weiter. Nach einer Weile begegnete ich einem kleinen Jungen, der eine Mütze trug, und seinem Vater. »Erst wenn du dich bei deiner Mutter entschuldigt hast«, hörte ich ihn den Kleinen anschnauzen. Der Mann warf mir einen gequälten Blick zu, der Knirps schmollte missmutig.

Ich drehte mich um und sah zum Vergnügungspark hinüber,

zu den sich drehenden Karussellpferden und dem Autoscooter. Von hier aus wirkte der Kiosk mit seinem verrosteten Zinkdach wie ein verwaister Bunker oder ein Beobachtungsposten. Es hieß, während des Kriegs hätte man überall am Strand Stacheldrahtzaun gespannt, um eine feindliche Invasion zu verhindern. Ich fragte mich, wie es für die Leute gewesen sein musste, sich an einem brüllend heißen Tag wegen der scharfkantigen Drahtschlingen nicht in die türkisfarbenen Fluten stürzen zu können.

Auf der anderen Straßenseite entdeckte ich das Skelett des neu gebauten Majestic Arcade – trotz des Baugerüsts war schon zu erkennen, wie in dem Kokon aus Balken und Eisenstangen ein Schmetterling aus Beton entstehen würde. Ich hatte den Architektenentwurf an einem Bauzaun hängen gesehen – der silberfarbene Traum eines Vergnügungstempels, dessen Name in Leuchtbuchstaben über dem Eingang prangte, mit spindeldürren Gestalten, die staunend an der eindrucksvollen Fassade emporblickten. Mrs Hale machte keinen Hehl daraus, was sie vom Abriss des alten Grandhotels hielt, ich hingegen konnte meine Faszination beim Anblick der Werbebanner, die die Gemeinde an jedem Neubau in der Stadt angebracht hatte, nicht leugnen: »Ein neues Helmstone für ein neues Zeitalter!« Ich sah die Zukunft beinahe bildlich vor mir – kilometerweit asphaltierte Wege über unseren Köpfen, und alle Leute ernährten sich bloß noch von Proteintabletten und Joghurt.

Ich ging bis zum Steg, der im Krieg zerstört worden war, damit keine feindlichen Flugzeuge darauf landeten, und seitdem nicht mehr instand gesetzt worden war, und nahm die Treppe hinauf zur Promenade. Bestimmt waren Susan und Val zu ihrem allwöchentlichen Sonntagsbesuch bei ihren Müttern aufgebrochen. Trotzdem ließ ich mir sicherheitshalber ein bisschen Zeit. Ich war bereits aufgestanden, als die beiden noch tief und fest schliefen, und konnte nur hoffen, dass mir Susans Gardinenpredigt noch eine Weile erspart bliebe – ich sollte gefälligst nicht mit Vals Gummistiefeln im Matsch herumlaufen und nichts von ihrem Arôme de Violette ins Badewasser geben.

»Hey, Süße.«

Ich fuhr herum. Star stand mit einer Zigarette zwischen den langen, schlanken Fingern schmollend im Türrahmen von Riccardo's. Ihr schwarz-rot gestreiftes Kleid schmiegte sich um ihre schmalen Hüften, und sie hatte sich eine überdimensionierte Mütze über den Kopf gezogen, so dass ihre neue geometrische Frisur, die sie sich in London hatte machen lassen, kaum auszumachen war. Sie sah aus, als wäre sie einer Modezeitschrift entstiegen.

Ich machte ein finsteres Gesicht, konnte jedoch nicht den Blick von ihr wenden. Sie zwinkerte mir zu und zeigte zum Café. »Wieso kommst du nicht rein, und wir essen zusammen ein Eis?«, fragte sie mit diesem blöden aufgesetzten amerikanischen Akzent, den sie sich neuerdings angewöhnt hatte.

Mit zusammengekniffenen Augen überquerte ich die Straße. »Du besitzt die Frechheit …«

»Was ist mit der Suppe?«, unterbrach sie mich, diesmal mit ihrer normalen Stimme. »Nein, sag's nicht: Die ist für ein Happening. Wir lassen sie herumgehen, während wir rückwärts Gedichte rezitieren.«

»Eh!« Riccardo trat mit drei Kaffeetassen in einer Hand zu uns. »Kommt ihr oder geht ihr? Macht die Tür zu, sonst erfrieren wir hier drinnen noch, okay?«

Star grinste dümmlich. Wahrscheinlich war sie high. »Ich sitze hier drüben, in der Nische, Rosie.«

Sie wandte sich um und ging wieder hinein. Nach ein paar Sekunden klemmte ich mir die Suppendose unter den anderen Arm und stapfte hinterher, fest entschlossen, mich diesmal nicht von ihr um den Finger wickeln zu lassen.

Um diese Tageszeit war das Riccardo's meistens von Kindern bevölkert, die sich nach der Schule noch ein Eis gönnten, bevor sie nach Hause gingen. Sie lümmelten auf den Barhockern herum und traten nacheinander, Jungs brüllten sich über den Lärm der Saftpresse hinweg Unflätigkeiten zu. Sonntags hingegen war weit und breit nichts von der hiesigen Jugend zu sehen, stattdessen saßen Eltern mit ihren wohlerzogenen Sprösslingen in Samtkleidchen mit Bubikragen an den Tischen. Der Dampf aus Riccardos Kaffeemaschine hatte eine dicke Kondensschicht auf dem Fenster gebildet. Ich fühlte mich beinahe wie auf einem Eisbrecher, der sich einen Weg durch die Eisschollen in der Nordsee bahnte.

»Also …« Ich stellte die hässliche Suppendose unter einen Stuhl und rieb mir die schmerzenden Arme. »Was für eine Ausrede hast du diesmal?«

»Ciao, Antonia!« Star wedelte mit ihrer Zigarette in die Richtung von Riccardos unscheinbarer Frau, die ihr von ihrem gewohnten Platz hinter den Wannen mit den bunten Eiscremesorten zunickte. »Wie geht's den Bambini?«

Sie wechselte ein paar pseudoitalienische Worte mit Riccardos Frau, während ich die Gelegenheit nutzte, sie zu betrachten, denn obwohl ich mich über sie ärgerte, war sie immer noch eine echte Augenweide; nicht nur wegen ihrer teuren Klamotten – die bestimmt Johnny finanzierte, da Star keinen anständigen Job hatte, seit ich sie kannte –, vielmehr lag ihr Geheimnis darin, dass sie eine Art Gesamtkunstwerk war. Sie war groß und schlank und anmutig, so als fänden ihre Arme und Beine ganz automatisch die richtigen Bewegungen, und ihr Gesicht – nun ja, vielleicht nicht makellos, dennoch war sie eine wirkliche Schönheit. Der Schirm ihrer lächerlichen Mütze war zu breit, weshalb sie den Kopf heben musste, um mir ins Gesicht zu schauen. Ich erhaschte einen Blick in ihre großen veilchenblauen Augen.

»Was hast du gerade gesagt?«

»Ich habe dich gefragt«, erwiderte ich so eisig wie möglich, »warum du mich am Freitag versetzt hast. Aber ist schon in Ordnung. Ich habe beschlossen, dass es mir schnurzegal ist.«

»Freitagabend …« Sie sah mit zusammengekniffenen Augen zur Kuchentheke hinüber und schnippte die Asche von ihrer Zigarette, die neben dem Aschenbecher landete. »Freitagabend.«

Mit einem Mal schien ihre Miene in sich zusammenzufallen, und sie ließ den Kopf auf die Resopaltischplatte sinken. Ich schwieg. »Linda, du Dummchen, gib das sofort her!«, schimpfte eine Frau in der Nische neben uns.

»Ich fühle mich schrecklich. Das werde ich mir nie verzeihen«, hörte ich Star murmeln, die Stirn immer noch auf der Tischplatte.

»Dasselbe hast du beim letzten Mal auch schon gesagt, weißt du noch? Wegen des Tagesausflugs nach London, den wir geplant hatten. Und davor, als wir nachts schwimmen gehen wollten.« Ich zuckte die Achseln – reine Zeitverschwendung, weil sie es sowieso nicht sehen konnte. »Aber inzwischen ist es mir egal.«

Ich verfiel wieder in Schweigen. Nach einer Weile hob sie den Kopf und schob mir ihr Eisschälchen zu. »Nimm du es. Das ist Pistazie.«

Ich blickte auf den halb zerschmolzenen grünen Eisklumpen. »Soll das eine Entschuldigung sein?«

Sie stützte das Kinn in die Hand und sah mich an. »Sei doch nicht so, Rosie. Das am Freitag war un… un… keine Ahnung.«

»Unmöglich? Unfassbar unzuverlässig?«

Sie schnippte mit den Fingern. »Unvorhergesehen. Und das allererste Mal.«

»Wie bitte? Du hast mich doch schon x-mal hängen lassen.«

»Spiel hier nicht den Schlauberger. Ich konnte nicht wissen, dass es passieren würde. Ich hatte mit Johnny Streit und völlig vergessen, dass wir ins One-Two gehen wollten.«

»Unwahrscheinlich«, brummte ich. Johnny und Star hatten nie Streit. Sie waren das Traumpaar von Castaway House. Obwohl ich es eigentlich nicht wollte, griff ich nach dem Löffel und machte mich über Stars Pistazieneis her.

»Doch, ganz ehrlich.« Sie setzte sich auf und drückte ihre Zigarette im Aschenbecher aus. »Und ich mache es wieder gut. Versprochen. Diesen Freitag gehen wir zusammen aus und werden uns großartig amüsieren. Okay?«

»Du musst mich für eine naive Vollidiotin halten«, sagte ich und aß meine Eiscreme. »Ich habe geschlagene zwanzig Minuten an eure Tür gehämmert.«

»Nein, das tue ich nicht, wirklich nicht«, widersprach sie, streckte die Hand aus und zwang mich innezuhalten. »Sei doch nicht böse auf mich. Das ertrage ich nicht.« Ein flehender Ausdruck lag in ihren Augen, und ich seufzte.

»Schon gut. Ich bin nicht wütend.«

Sie lächelte. »Gut.« Dann ließ sie meine Hand los, riss mir den Löffel aus der Hand und verschlang den letzten Rest Eis, ehe sie genüsslich den Löffel ableckte und ihn klappernd in das Schälchen fallen ließ. »Also, kommst du mit nach oben? Johnny ist nicht da. Wir können uns Bohnen auf Toast machen und uns auf die Terrasse setzen.«

Ich war eine naive Vollidiotin. Ich wünschte, ich könnte weiterhin schlechte Laune haben, doch sie schmolz genauso dahin wie die Eiscreme. »Eigentlich«, erwiderte ich, weil ich mich nicht so schnell geschlagen geben wollte, »habe ich noch andere Verpflichtungen.«

»Verpflichtungen?«, wiederholte Star, als hätte sie keinen blassen Schimmer, was man sich darunter vorstellen sollte.

»Gestern habe ich in der Eingangshalle einen älteren Mann kennengelernt und versprochen, ihn heute Nachmittag zu besuchen.« Ich unterschlug, dass ich nicht die Absicht hatte, mein Versprechen einzulösen. Außerdem hatte er ohne Zweifel sowieso vergessen, dass ich existierte, kaum dass ich außer Sichtweite gewesen war.

»Sei bloß vorsichtig.« Sie zwinkerte mir zu. »Ich weiß, wie diese schmutzigen alten Männer sind. Komm danach doch zu mir. Wir sehen fern und verbringen einen wunderbaren Abend zusammen.«

Trotz allem, was vorgefallen war, wärmte mich ihre Stimme wie Sonnenstrahlen. Davon abgesehen waren Johnny und Star die Einzigen im Haus mit einem Fernseher, und ich vermisste *Mit Schirm, Charme und Melone* und das freitagabendliche Highlight *Ready Steady Go!* so sehr, dass es beinahe körperlich schmerzte.

»Okay«, sagte ich, »aber sieh zu, dass du auch da bist.« Sie kicherte albern.

Dann schlüpfte sie in ihren quietschenden PVC-Regenmantel, warf ein paar Münzen auf den Tisch, und wir verließen das Café. Riccardo folgte mir mit der Suppendose und sagte, er wolle sie nicht behalten, da dieses Zeug bloß seinen Ruf als guter Koch ruiniere, also nahm ich sie wieder an mich. Ich erzählte Star, wie ich zu diesem kulinarischen Schatz gekommen war, und schmückte meine Schilderung noch ein wenig aus. Star brüllte vor Lachen, und mir wurde bewusst, dass ich trotz aller guten Absichten längst wieder in den klebrigen Fäden ihres freundschaftlichen Spinnennetzes hing.

Der Wind legte noch zu, als wir Gaunt's Cliff hinaufgingen. Ich musste mich regelrecht mit gesenktem Kopf dagegenstemmen, wobei ich mir die Suppendose wie einen Schutzschild vor die Brust hielt. Alle behaupteten, man gewöhne sich im Lauf der Zeit an den steilen Hügel, aber noch deutete bei mir nichts darauf hin. »Höchste Zeit, die Wintersachen aus dem Schrank zu holen«, bemerkte Star und hakte sich bei mir unter. Trotz des schalen Haschischgeruchs und des Gestanks nach neuem Plastik gelang es mir, ihren Körperduft auszumachen – nach Zimt, Nelken und Blutorangen.

»Ich habe keine hier«, sagte ich. »Sie sind immer noch bei meiner Mutter.«

»Wir könnten sie ja holen«, schlug sie vor. »Wenn du sie nicht sehen willst, warten wir einfach, bis sie weg ist.«

»Hm.« Ich hatte keine Ahnung, wie Star mir auf die Schliche gekommen war. »Vielleicht.«

Sie stieß mir den Ellbogen in die Rippen. »Du hast mir gar nicht erzählt, dass du neuerdings einen Verehrer hast.«

Ich runzelte die Stirn. »Hab ich doch gar nicht. Es sei denn ...« Ich dachte an meine vermeintliche Verabredung mit Dockie. »Meinst du den alten Mann? Hat Johnny dir erzählt, was gestern passiert ist?«

Sie berührte meinen Arm. »Ach Gott, Johnny erzählt mir in letzter Zeit überhaupt nichts mehr. Nein, ich rede von dem Mann in dem weißen Sportwagen. Ein Jaguar oder so, ich bin nicht ganz sicher.«

Ich lachte, obwohl mich ein mulmiges Gefühl beschlich. »Ich kenne niemanden mit einem weißen Sportwagen.«

»Aber jemand kennt dich.« Sie lachte. »Als ich vorhin aus dem Haus ging, fuhr der Kerl langsam die Straße hinauf und wieder hinunter. Im ersten Moment dachte ich, es sei ein Spinner, aber dann hielt er an und wollte wissen, ob ich eine Rosemary Churchill kenne und ob sie in Castaway House wohne.«

Ich löste mich von ihr und schlang mir die Arme um den Oberkörper. »Wie sah er aus?«

»Äh ... ein ganz schön steiler Zahn. Dunkle Haare. Aber uralt. Bestimmt schon dreißig oder so.«

Es war, als hätte jemand sämtliche Luft aus meiner Lunge gepresst. »Hast du ... hast du ihm etwas erzählt?«

Star zuckte die Achseln. »Nur dass du bei der Arbeit bist. Er hat nur Okay und Vielen Dank gesagt, und dann war er auch wieder weg. Hätte ich ... ich meine, war das okay?«

Ich blickte auf die tosenden Wellen, die an den Strand schlugen. »Es ist nicht wichtig«, antwortete ich düster.

»Gut. Ich werde ihn nicht mehr erwähnen, versprochen.« Ich spürte zwar ihr unstillbares Bedürfnis, mehr aus mir herauszuquetschen, blickte jedoch stur zum Bella Vista hinüber, als gäbe es nichts Spannenderes als die Pension mit der ausgebleichten roten Markise, die schief über dem Eingang hing, und dem »Zimmer frei«-Schild in der Einfahrt, das während der vergangenen Wochen kein einziges Mal durch ein »Belegt« ausgetauscht worden war.

»Widerlich«, murmelte Star. Ich fuhr vor Schreck zusammen, als hätte sie geradewegs in meine Seele geblickt, doch sie sah bloß einer Silbermöwe zu, die in der Einfahrt der Pension an einer heruntergefallenen Schindel herumpickte, als wäre es ein Stück Fisch. Die Säulen an der Eingangstür waren so baufällig, dass an vielen Stellen unter den Schichten aus Putz und abblätternder Farbe die bröckelnden Ziegel zum Vorschein kamen. In Wahrheit verfiel die gesamte Häuserreihe an der Klippe; vielleicht wäre es klüger, alles abzureißen und noch mal von vorn anzufangen, so wie beim Majestic.

Da registrierte ich eine Bewegung am Fenster im Erdgeschoss. Als ich noch einmal hinsah, erkannte ich einen älteren Mann, der zu uns herübersah. Ich fuhr vor Schreck zusammen, doch er hob die Hand zum Gruß.

»Sieh mal«, sagte ich zu Star und zeigte in seine Richtung, ehe ich ebenfalls die Hand hob und zurückwinkte.

»Hm«, brummte Star. »Hör mal, wegen des Kerls mit dem Sportwagen …«

»O Gott.« Ich sah zum Himmel hinauf. »Es fängt an zu regnen.«

Ich lief los – schließlich hatte ich keinen Regenmantel an – und erreichte die Treppe in dem Augenblick, als die ersten Tropfen fielen. Als ich die Schlüssel aus der Tasche kramte, hörte ich Star neben mir. »Alles in Ordnung?«, fragte sie atemlos.

»Ja, ja, mir geht's gut.« Ich blinzelte sie an. »Ich muss nur … meine Verpflichtungen …«

»Oh, der alte Mann?« Star zeigte auf die Suppendose unter meinem Arm. »Hey, du könntest ihm doch eine Suppe kochen.«

Ich drehte den silbernen Ring so lange hin und her, bis ich den abgeschrammten Messingschlüssel für die Haustür gefunden hatte. »Na ja … eigentlich hast du Recht.«

Star seufzte. »Ich wünschte, ich wäre wie du. Du bist so ein netter Mensch.«

Ich schob den Schlüssel ins Schloss und öffnete die Tür. »Ach, halt den Mund.« Ich machte das Licht an und streifte die Schuhe auf der Fußmatte ab. Auf dem schwarzen Brett über dem Telefon stand – Gott sei Dank – keine Nachricht.

»Ich meine es ernst«, beharrte sie und fuhr mit einem Finger das verschnörkelte Ende des Treppengeländers nach. »Du bist wirklich ein netter Mensch. Das ist einer deiner größten Vorzüge.«

Ich betrachtete sie argwöhnisch, doch ihre Augen lagen unter dem breiten Schirm ihrer Mütze verborgen, und ich war nicht sicher, ob sie sich über mich lustig machte. Auf einmal beschloss ich, dem alten Mann doch einen Besuch abzustatten – ein netter Mensch hielt seine Versprechen, außerdem war es das Mindeste, mich zu vergewissern, dass es ihm gut ging.

Star konnte sich immer noch nicht überwinden, mich anzusehen. Zwischen uns herrschte eine bedeutungsschwere Stille, von der ich nicht wusste, wie sie auf einmal entstanden war. »Ach ja«, sagte ich, um sie zu durchbrechen, »du weißt nicht zufällig, wer die Wohnung im Erdgeschoss gemietet hat, oder? Denn wer auch immer es sein mag – dieses Gepfeife ist eine echte Qual für die Ohren.«

»Äh … nein, keine Ahnung.« Sie trat auf die unterste Stufe. »Und ich habe es tatsächlich ernst gemeint.«

Ich sah sie an. »Wovon sprichst du?«

»Von Freitag. Das One-Two wird dir gefallen. Es ist der letzte Schrei, zumindest in diesem Kaff.«

»Das hast du mir schon erzählt. Es ist in einem alten Keller an der Promenade, und die Wände sind so gestrichen, dass man das

Gefühl hat, man befände sich unter Wasser. Und der Besitzer ist ein uralter Knochen namens George Basin.«

»Genau.« Mittlerweile war sie noch eine Stufe weiter nach oben gegangen und lächelte mich an, während sie mit ihren langen Fingern auf das Geländer trommelte. Als ich die Hand drauflegte und die Vibration spürte, bemerkte ich ein leises Ziehen in meinem Bauch.

»Ich komme nachher hoch«, sagte ich, und sie grinste mich an. Dann machte sie kehrt und rannte die Treppe hinauf, während ich den Gedanken, dass ich eine komplette Idiotin war, in den hintersten Winkel meines Gedächtnisses verbannte.

Ich spähte in den dunklen Korridor, der in den rückwärtigen Teil des Gebäudes führte. Das Zimmer des alten Mannes befand sich im Souterrain; die unteren Räume waren ausnahmslos Einzelzimmer und wurden zumeist an Leute vermietet, die längst mit dem Leben abgeschlossen und sich damit auch von den Gesetzmäßigkeiten des höflichen Miteinanders verabschiedet hatten. Manchmal lief ich einem von ihnen in der Eingangshalle über den Weg, wenn sie mit einem Laib Brot wortlos zur Treppe hasteten und verschwanden.

Nun ja, da Star mich für einen netten Menschen hielt, würde ich versuchen, meinem Ruf gerecht zu werden. Ich ging die Stufen hinunter, wobei mir der Gestank nach Kohl entgegenschlug – der Geruch der Verzweiflung –, und erreichte einen langen, schmalen Flur. Auf der einen Seite lag ein offenbar nicht beheizbares Badezimmer, auf dessen Schwelle jemand eine Mausefalle aufgestellt hatte. Am anderen Ende des Flurs erblickte ich die Kellertür.

Rechts von mir befand sich ein Durchgang, der von einer nackten Birne erhellt wurde. Apartment vier, hatte Johnny gestern gesagt. Es war die letzte Tür rechts. Die Nummer war mit weißer Farbe daraufgepinselt worden. Ich sehe nur nach, ob es ihm gut geht, und mache ihm eine Suppe, dann bin ich wieder weg, dachte ich, holte tief Luft und klopfte.

Niemand antwortete. Ich wartete, bevor ich es noch einmal versuchte. Die Zeitschaltuhr ließ das Licht erlöschen, so dass ich an der Wand entlang nach dem Schalter tasten musste. »Hallo?«, rief ich. »Ich bin's ... Rosie ... von gestern.«

Einen Moment lang war ich sicher, dass niemand aufmachen würde, doch dann hörte ich ein leises Knarzen von drinnen, gefolgt von einem heftigen Husten, der kein Ende zu nehmen schien. Schließlich drehte sich der Türknauf, und ein gelbliches Auge unter einer dichten grauen Braue linste durch den Spalt. »Wollen Sie die Miete kassieren?«, bellte eine brüchige Altmännerstimme.

»Nein.« Ich blickte lächelnd in das gelbe Auge. »Ich bin's. Rosie.«

Die Tür ging ein Stück weiter auf, und ein zweites Auge und Dockies geäderte Nase erschienen. »Hat Mrs O'Shea Sie geschickt?«

»Mrs ... O'Shea?«

Ein Geräusch drang aus dem Zimmer, eine Art unterdrücktes Gluckern. Ich hörte einen gedämpften Fluch. Dann wurde die Tür vollends aufgerissen, und eine Mischung aus übelriechenden Ausdünstungen und schalem Alkohol schlug mir mit einem Schwall entgegen. »Wo zum Teufel ist mein Zimmer hingekommen?«, polterte Dockie.

Er trug immer noch den schmutzigen Mantel von gestern. Vielleicht rührte der Kohlgestank ja daher. Dockie torkelte auf den Korridor und zeigte mit dem Finger in die Dunkelheit hinter uns. »Mein Zimmer ist weg.« Er raufte sich das wirre Haar. »Mrs O' Shea. Bitte sagen Sie mir, dass ich bei Mrs O'Shea bin. Ranelagh Road. Rathmines. Dublin. Irland.«

Ich schüttelte den Kopf. »Nein, ich fürchte, Sie sind in England.«

Dockie machte einen tiefen, rasselnden Atemzug und hielt sich am Türrahmen fest. »O Gott«, stöhnte er. »Was um alles in der Welt habe ich getan?«

Er ließ die Stirn gegen den Türrahmen sinken.

»Ich habe Suppe mitgebracht«, sagte ich und schwenkte die Dose vor seinem Gesicht, während er versuchte, seinen Blick scharfzustellen. Er gab ein Grunzen von sich, das ich als Einladung wertete. Mit angehaltenem Atem betrat ich das dunkle, stinkende Zimmer. »Ich würde gern das Fenster aufmachen, wenn Sie nichts dagegen haben«, presste ich hervor.

Wieder gab er einen Grunzlaut von sich, woraufhin ich in den etwas weniger dunklen Teil des Zimmers ging und die Nylonvorhänge mit einem Ruck zurückriss, hinter denen eine Art Kellerschacht zum Vorschein kam. Bis auf eine Handvoll Eisenplatten, die still vor sich hin rosteten, und einen riesigen Farn, dessen Blätter sich unter der Last der Regentropfen bogen, war er leer.

Ich machte das Schiebefenster so weit wie möglich auf. Eine kräftige Brise wehte herein, so dass mir die Regentropfen ins Gesicht spritzten und die Vorhangringe auf der wackligen Stange zurückrutschten. Erneut zog ich sie zur Seite und wandte mich zu Dockie um.

Ich stand in einer kleinen Kochnische, die durch eine halbhohe Wand vom restlichen Raum abgeteilt war. Es gab zwei Gasflammen, eine Spüle, eine Handvoll windschiefer Küchenschränke und einen kleinen Klapptisch, auf dem ich die Suppendose abstellte. Hinter der Trennwand stand ein Einzelbett mit einer rau aussehenden Decke und einem Kissen. Darüber hing ein Bücherregal. Dockie hatte sich nicht vom Fleck gerührt.

»Gewiss erinnern Sie sich nicht mehr an mich, stimmt's?«

Er schüttelte den Kopf und fuhr sich mit seiner schwieligen Hand über die Augen. »Ich fühle mich ein bisschen … könnten Sie mir vielleicht sagen, wo ich die Toilette finde?«

»Am Ende des Flurs«, sagte ich. »Links.«

Dockie schlurfte auf den Flur hinaus. Abrupt drehte er sich zu mir um. »Ich bitte um Entschuldigung, aber wo, sagten Sie, befinde ich mich?«

»In Helmstone«, antwortete ich. »In Südengland.«

Er spähte zum Ende des Flurs. »Helmstone«, murmelte er. »Helmstone.«

»Castaway House«, fügte ich hinzu. »So heißt das Haus hier.«

Er taumelte den Korridor entlang, während ich mich ans Fenster stellte und gierig die frische Luft einsog. Bei der Vorstellung, wie ich Star später meine Begegnung mit dem alten Mann schildern und sie mit meinen Ausschmückungen zum Lachen bringen würde, fühlte ich mich sofort besser.

Ich durchforstete die schief hängenden Küchenschränke und entdeckte in einer Schublade einen rostigen Spieß, der auch als Dosenöffner diente. Damit bearbeitete ich die Dose so lange, bis ein Loch entstand. Ich kippte etwas von der Suppe in den Blechtopf, den ich im Unterschrank gefunden hatte.

Die Gasflamme erwachte mit einem Fauchen zum Leben und erstarb dann wieder. Brummend lehnte ich mich gegen das regennasse Fensterbrett. Nützt ja nichts, dachte ich, kramte einen Shilling aus meiner Geldbörse und schob ihn in den Schlitz.

Als Dockie zurückkam, war die Suppe gerade einmal lauwarm. Er ließ sich auf einen Küchenstuhl fallen. »Ich mache Ihnen Suppe«, verkündete ich strahlend. »Ich hab eine Münze reingeschoben, damit Gas kommt.«

»Castaway House«, sagte er. »Jetzt weiß ich es wieder. Helmstone. Und Castaway House.«

»Oh. Gut.« Ich rührte die Suppe mit einem angelaufenen Blechlöffel um. »Es war ja nur ein Shilling.«

»Ich habe am Waschbecken gestanden. Rechts kaltes, links warmes Wasser.« Er streckte die Hände nach vorn. »Und als ich in den Spiegel gesehen habe, ist es mir wieder eingefallen.«

»Wieder eingefallen?« Ich öffnete den Schrank, in dem eine angeschlagene Schale stand.

»Die Herrentoiletten im Mulligan's.«

Ich goss die hellorange Flüssigkeit in die Schüssel.

»Ich war dort«, fuhr er fort, »am Waschbecken und habe in den Spiegel gesehen. Da war ein buntes Graffito hinter mir an der Wand. Und da wusste ich, dass ich hierherkommen musste, nach Castaway House.«

Ich stellte die Schüssel vor ihm auf den Tisch. »Bitte sehr«, sagte ich voller Stolz. »Essen Sie, solange es heiß ist.«

Dockie starrte in die Schüssel. »Ich habe ein Taxi zum Fährhafen genommen, daran erinnere ich mich inzwischen auch wieder, klar und deutlich. Einfache Fahrt. Dann weiter mit dem Bus nach London und mit einem anderen Bus hierher. Ich weiß alles noch ganz genau.«

»Gut.« Ich reichte ihm einen Löffel. »Wenn Sie nicht essen, muss ich mit Ihnen schimpfen.«

»Oh.« Stirnrunzelnd betrachtete er den Löffel, tauchte ihn in die Suppe und schob ihn in den Mund. Es schien einige Zeit zu dauern, bis er schlucken konnte. »Ich habe ein kleines Problem mit dem Gedächtnis, wissen Sie?«, krächzte er.

»Ja, das ist mir auch schon aufgefallen.«

Er legte den Löffel weg. »Und das Beste ist, dass ich mich in drei Teufels Namen gerade nicht daran erinnern kann, wieso ich es für eine gute Idee hielt herzukommen.«

»Sie sagten etwas von einer Geschichte, die Sie zu erzählen hätten. Das war gestern.«

»Puh«, stöhnte er. »Das kommt dabei heraus, wenn man vier Tage am Stück säuft. Man wacht in einem fremden Zimmer in einer Stadt auf, in der man vorher noch nie war. Ich bin ein Narr. Ein dummer alter Narr.«

»Na ja …« Ich zuckte die Achseln. »Das kann doch jedem mal passieren.«

Wieder tauchte Dockie den Löffel in die Suppe und hob ihn an den Mund, ehe er ihn ein weiteres Mal sinken ließ. »Castaway House, sagten Sie?«

»Genau. Sie erwähnten, Sie seien schon mal hier gewesen.«

»Ja.« Er reckte das Kinn. »Dieser Name ... als würde eine Blume in meinem Kopf aufblühen. Ich kenne ihn so gut, und doch frage ich mich ständig, woher, komme aber einfach nicht darauf. Verstehen Sie das? Es ist ... wie ein Traum, der immer weiter verblasst, je mehr man versucht, ihn festzuhalten.«

»Sie sagten etwas von einer Zeitung oder einer Zeitschrift oder so.«

»Ah.« Er kniff die Augen zusammen und blickte auf seinen Mantel hinunter, dann klopfte er die Taschen ab und leerte sie, genauso wie gestern. Als ich begriff, dass er die Suppe ohnehin nicht essen würde, stellte ich die Schüssel beiseite, falls er später darauf Lust bekäme. Er breitete seine Sammlung vor mir aus – Busfahrkarten, ein schmutziges Taschentuch und den zerschlissenen Briefumschlag mit den Banknoten.

»Was um alles in der ...« Er strich mit den Fingern darüber und sah mich an. »Das ist Franks Geld. Er hat mir seine gesamten Ersparnisse in einer Geldkassette hinterlassen, als er gestorben ist. Damit ich was habe, wenn ich alt und vollends senil bin, hat er gesagt. Sieht so aus, als wäre noch alles da.«

»Sie sollten das Geld nicht so offen herumtragen. Jemand könnte versuchen, es Ihnen wegzunehmen.«

Dockie zupfte an seinem Bart. »Ich bin völlig verdreckt. Offenbar war ich die ganze Zeit schon so unterwegs. Wo sind meine Sachen? Großer Gott, das ist ja schrecklich.«

Plötzlich kam mir eine Idee. Ich hatte ihm Suppe gekocht – eine nette, wenn auch zugegebenermaßen eher zufällige Geste. Doch nun hatte ich die Gelegenheit, ein wirklich gutes Werk zu tun und diejenige zu sein, für die Star mich hielt. »Ich besorge Ihnen welche«, sagte ich eilig, bevor ich es mir anders überlegen konnte.

Er starrte mich verblüfft an. »Was?«

»Kleider ... Toilettenartikel ... alles, was Sie brauchen.« Ich sah mich im Geiste bereits bei Bradley's – in dem Laden, in den ich seit

Monaten keinen Fuß setzen konnte, weil mir das Geld dafür fehlte. »Oh, bitte. Ich glaube, ich weiß, welche Größe Sie brauchen. Oh, das wäre so aufregend.« Ich klatschte in die Hände.

Er schluckte und zupfte an seinem widerlichen Mantel herum. »Sehe ich tatsächlich so schlimm aus?«, fragte er. »Als würde ich Not leiden?«

»Nun ...« Ich machte eine Geste mit Daumen und Zeigefinger. »Vielleicht ein ganz klein wenig.«

»Wenn das so ist ...« Er sah mich erneut an. »Sie haben völlig Recht. So kann ich nicht durch die Gegend laufen.«

»Ich werde Ihnen helfen«, sagte ich. »Sie können mir vertrauen. Ich war Gruppenleiterin bei den Pfadfindern. Ortsgruppe Petwick.«

»Aber ja, natürlich. Sie erinnern mich an ...« Er runzelte die Stirn. »Ich weiß gerade nicht, an wen, aber Ihnen kann man vertrauen, das weiß ich.«

Murmelnd blätterte er durch das Geldscheinbündel und suchte einige Pfundnoten zusammen. Ein Schauder der Erregung überlief mich, als ich sah, dass er noch zwei Fünfer dazusteckte, bevor er es mir in die Hand drückte. »Reicht das? Ich bin nicht auf dem Laufenden, was solche Dinge in diesem Teil der Welt kosten.«

Ich schloss die Finger um die Geldscheine. »D... das ... wird reichen.« So viel Geld hatte ich wahrscheinlich noch nie im Leben in der Hand gehabt. »Ich gehe gleich morgen nach der Arbeit los und bringe Ihnen die Sachen vorbei, okay? Gegen Mittag. Großes Pfadfinderehrenwort.«

Er stand auf, taumelte zum Bett und ließ sich vollständig bekleidet und mit Schuhen auf die Matratze fallen. »Ach ja, gibt's hier zufällig ein Fläschchen Buckfast? Oder sonst einen Likörwein, der mich sozusagen wieder ein bisschen auf die Beine bringt.«

»Das halte ich für keine gute Idee«, antwortete ich steif, obwohl ich bereits die Schränke durchsuchte.

»Wenn das so ist, möchten Sie mir vielleicht einen besorgen, wenn das ginge?«

Ich knallte die Schranktür zu.

»War wohl kein guter Vorschlag«, sagte er hastig. »Aber wie heißen Sie eigentlich, Kind?« Seine Augen waren geschlossen.

»Rosie«, antwortete ich. »Rosie Churchill.«

»Danke schön, Miss Churchill. Mein Name ist …«

»Ich kenne ihn.« Ich blickte auf die Geldscheine auf dem Tisch, deren Ecken aus dem zerfledderten Umschlag ragten. »Sie heißen Dockie.«

»Genau. Ich wurde … unten bei den Docks geboren.«

Erst jetzt bemerkte ich das schmutzige Quadrat auf den Banknoten, das sich bei genauerem Hinsehen als ein Foto entpuppte, sepiafarben und von der Sonne, dem Wasser oder dem Alter ausgebleicht.

Ich sah wieder Dockie an, der die Augen immer noch geschlossen hatte. Lediglich an der rechten oberen Ecke des zerknickten Bilds konnte ich ein Stück Ohr und eine Stirn auf dem alten Fotopapier erkennen – es bestand kein Zweifel, es war ein Baby.

Ich strich das Foto glatt. Auf der Rückseite prangte ein brauner Schmutzfleck. Lediglich ein einzelner Buchstabe in der oberen linken Ecke war noch zu sehen: »b«.

»Sind Sie das?«, fragte ich Dockie, doch statt einer Antwort erhielt ich lediglich ein leises Schnarchen.

Ich ließ das Foto liegen und ging in den dunklen Korridor zurück. Als ich die Tür schloss, glaubte ich ein Weinen zu hören.

Ich hastete die Treppe hinauf, weil es mir peinlich war mitzubekommen, dass jemand Kummer hatte. Die Schluchzer hörten sich nach einer Frau an, sicher war ich mir allerdings nicht. Ich wusste nicht, was schlimmer wäre – das Weinen eines Mannes oder einer Frau. Das Weinen jagte mich regelrecht die Treppe hinauf, und selbst in der Diele schien ich es noch zu vernehmen. Vielleicht bildete ich es mir aber auch bloß ein.

Ich ging hinauf in unsere Wohnung und klimperte mit dem Schlüssel, um die Laute zu übertönen. Es hatte sich so verzweifelt, so schrecklich angehört. Natürlich hatte auch ich schon so manche Träne vergossen, aber stets lautlos, gedämpft unter der Bettdecke, während Susan und Val friedlich in ihren Betten schliefen.

Ich trat ein, schloss die Küchentür und ließ mich dagegensinken. Erst nach ein paar Sekunden bemerkte ich, dass das Weinen nicht länger zu hören war.

In der Küche hielt ich mich am liebsten auf, vielleicht weil die anderen immer im zweiten Zimmer saßen, »Wer ist Ihr Traummann?«-Fragebogen in irgendwelchen Zeitschriften ausfüllten und ständig darüber redeten, wie fett sie seien. Aber selbst jetzt, wo ich allein war, mochte ich die Küche mit dem großen Tisch in der Mitte, dem wackligen Geschirrschrank in der linken Ecke und der kleinen Vorratskammer, deren oberste Regalböden man nur mit einer Trittleiter erreichte.

Dockies Geldscheine raschelten leise, als ich meine Handtasche auf den Tisch stellte. Erst jetzt wurde mir bewusst, was für eine Trickbetrügerin an mir verloren gegangen war. Es wäre ein Leichtes, mir etwas von seinem Geld unter den Nagel zu reißen. Im Schaufenster von Lady Lucinda stand seit Monaten ein Paar Sandalen mit weißen Riemchen und einer großen Messingschnalle, die mir perfekt passen würden. Bevor ich von zu Hause weggegangen war, hatte ich Mum wochenlang in den Ohren gelegen, dass ich sie mir zum Geburtstag wünschte. Inzwischen war mein Geburtstag vorbei, und mein ganzes Geld ging für die Miete und für Lebensmittel drauf.

Seufzend verstaute ich die Scheine ganz unten in meiner Tasche, damit ich sie nicht versehentlich mit meinem eigenen Geld vermischte. Ich war Rosie Churchill. Ein anständiges Mädchen. Man konnte mir vertrauen.

Ich schob eines der beiden Schiebefenster auf, die auf den Garten hinterm Haus hinausgingen, und blickte hinaus. Der Schacht vor Dockies Fenster war von dem alten viktorianischen Wintergarten verdeckt. Taubenkot und abgeblätterte Farbreste lagen auf dem gläsernen Dach.

Ich hielt mich am Fensterbrett fest und beugte mich weiter hinaus, bis ich die Regentropfen auf dem Gesicht spürte. Der Wintergarten führte auf eine rissige Terrasse und in einen verwahrlosten, überwucherten Garten. Überall aus den Ritzen quoll Unkraut, und die Büsche ragten weit in die Wege hinein. Mein Blick fiel auf eine von Möwenkot übersäte Steinbank, halb verborgen unter den tief hängenden Ästen eines Baums. Ganz hinten stand ein efeubewachsener Schuppen neben einem länglichen Teich, der von einer grünlichen schleimigen Schicht bedeckt war. Ein vergessener Liegestuhl lag herum, dessen Leinensitzfläche im heftigen Wind flatterte.

Der Regen nahm zu. Ich wich zurück, blieb jedoch am Fenster stehen, während sich der Himmel verfinsterte. Vorsichtig tastete ich die Unterseite des Fensterbretts entlang, fuhr die Maserung und die Rillen nach, die sich im Lauf der Jahre darin eingegraben hatten. Sie schienen irgendwie miteinander verbunden zu sein. Nach einer Weile dämmerte mir, dass die Rillen nicht zufällig waren, sondern dass es sich um Buchstaben handelte.

Ich kniete mich auf den welligen Linoleumboden und spähte auf die Unterseite. Tatsächlich. Jemand hatte Wörter ins Holz geritzt und mit Tinte nachgezogen. Sie waren ganz klein, so dass ich den Hals recken musste, um sie entziffern zu können. Es war viel zu dunkel hier drin. Ich hätte das Licht anmachen sollen. Aber da ich fürchtete, die Stelle nicht mehr wiederzufinden, versuchte ich, mit zusammengekniffenen Augen etwas zu erkennen. Allmählich wurden die Buchstaben klarer.

»ROBERT CARVER IST UNSCHULDIG«

Ich drehte den Kopf, was mein Nacken mit einem schauerlichen Knacken quittierte. Das musste ein Kinderscherz sein, ein Streich. Trotzdem überlegte ich, wer Robert Carver sein, von wem die geheimnisvolle Botschaft stammen könnte.

Robert Carver. Natürlich! R. C.! Ich sprang auf, knallte prompt mit dem Kopf gegen das Fensterbrett und kam mühsam auf die Füße. Natürlich konnte es auch ein Zufall sein. Die Initialen kamen ziemlich häufig vor – ich hatte beispielsweise dieselben –, und womöglich hatte Robert Carver, ob nun unschuldig oder nicht, gar nichts mit der zögerlichen Skizze von R. C. zu tun, die ich zwischen den Seiten eines ungelesenen Buches verwahrte.

Gleichzeitig hatte ich einen vagen Verdacht. Ich betrachtete die mit Tinte nachgezogenen Rillen. Ich war mir nicht sicher, aber sie konnten ohne Weiteres vierzig Jahre alt sein. Aufgeregt ging ich in der Küche auf und ab, wobei ich mich schämte, weil ich über etwas, das so lange zurücklag, so aus dem Häuschen war. Robert Carver war also hierhergekommen und hatte den Drang verspürt, der Welt – na gut, vielleicht nicht der Welt, aber zumindest der Unterseite des Fensterbretts – mitzuteilen, dass er unschuldig war.

Aber welchen Vergehens? Das war die große Frage. Es gab so vieles, dessen sich jemand schuldig machen konnte – wenn ich zum Beispiel an mein eigenes Vergehen dachte, obwohl sicherlich niemand zu meiner Verteidigung meinen Namen ins Holz schnitzen würde.

Ich setzte mich auf einen Küchenstuhl und dachte an zu Hause: daran, was ich zurückgelassen hatte, an den Sonntagsbraten, den Mum bestimmt gerade zubereitete, während Frank Sinatra bei Two-Way Family Favourites sang, und an mich in meinem Zimmer, wo ich nachdenklich auf einem Bleistift herumkaute und über der Konjugation französischer Verben brütete.

Rosie Churchill ist unschuldig.

Nicht mehr, dachte ich. Nicht mehr. Trotzdem hielt Star mich für einen netten Menschen, genauso wie Dockie. Und wenn sie es glaubten, konnte ich es vielleicht auch tun. Und falls wir nicht alle durch eine Atombombe in die Luft flogen, gab es ja vielleicht tatsächlich sogar so etwas wie eine strahlende Zukunft für mich. Ich zog die Knie an, schlang die Arme darum und malte mir aus, wie meine Vergangenheit sich allmählich immer weiter auflöste, wie Metall, das vom steten Regen zerfressen wurde.

VIER

1924

Ein leises Klopfen weckte mich. Ich murmelte etwas, bevor ich zurück in den behaglichen Kokon aus dem Duft nach frischem Toast und warmen Sonnenstrahlen auf meinem Gesicht glitt. Der schwere Samtvorhang wurde zurückgezogen. Als ich die Augen aufschlug, registrierte ich einen Schatten, der die Tür öffnete und hinter sich schloss.

Neben mir stand ein Tablett mit einer Tasse dampfendem Tee und gebuttertem Toast. Von mir aus, dachte ich und setzte mich auf. Eigentlich fand ich es affektiert und unnötig, meinen Tee im Bett zu mir zu nehmen, andererseits war es angenehmer, als nach unten tappen zu müssen. Vielleicht würde ich ja gleich aufwachen und wäre wieder in meinem kleinen, bescheidenen Zimmer zu Hause, wo mich das Klirren der Flaschen auf dem vorbeifahrenden Milchwagen und das Gezeter von Elsie, der Haushaltshilfe meiner Mum, empfingen.

Nach einer Weile schwang ich mich aus dem Bett und ging nach unten ins Badezimmer, um mich zu waschen und zu rasieren. Alec hatte erwähnt, dass ich womöglich seiner Frau beim Frühstück begegnen könne. »Ich lasse mich derzeit nicht unten blicken. Allein wenn ich sie sehe, kriege ich schon Verstopfung«, hatte er gestern Abend gesagt. Sie war nicht zum Abendessen erschienen, wohl nichts Ungewöhnliches, und es war eine echte Wohltat gewesen, sich nach Mrs Pennyworths ausgezeichneter Lammkeule ungeniert mit ihm zu betrinken.

Die Esszimmertür war angelehnt, als ich herunterkam. Ich holte tief Luft, wappnete mich innerlich und ging hinein.

Der Raum war groß, mit hohen Fenstern, an den Wänden hingen Landschaftsgemälde. Der Gestank nach Alecs Zigarren war längst verflogen, und das helle Tageslicht verlieh dem Zimmer etwas Frisches, Freundliches. Auf dem Tisch lag ein weißes Leinentuch. Mrs Bray saß mit der Zeitung in der Hand am Kopfende und aß ihr Frühstücksei.

Sie trug einen ähnlichen Morgenrock wie gestern über einer Art chinesisch anmutendem Pyjama, wobei ich begriff, dass es sich höchstwahrscheinlich nicht um einen gewöhnlichen Schlafanzug handelte. Sie war sorgfältig frisiert und musste irgendetwas mit ihrem Gesicht angestellt haben, denn von ihrer Blässe war seltsamerweise nichts mehr zu erkennen. Eine goldene Kette mit einem kunstvoll gravierten Medaillon hing um ihren Hals. Sie machte sich nicht die Mühe aufzublicken, sondern las unbeirrt weiter, als gäbe es mich gar nicht.

Ich war nicht bereit, mich auf ihr Niveau zu begeben, und sagte: »Guten Morgen«, und wurde mit einem Murmeln von Agnes belohnt, die an der Anrichte kalten Braten auf Platten häufte. Mrs Bray quittierte meinen Gruß mit Schweigen. Das Stottern, bereits meine gesamte Schulzeit hindurch ein Fluch, lähmte sekundenlang meine Zunge. »Ist d… d… der Kaffee frisch?«

Agnes nahm die Kanne. »Ich bin sofort zurück«, sagte sie und verließ das Zimmer, so dass ich allein mit der Hexe zurückblieb. Von meinen früheren Besuchen im Haus am Lancaster Gate und bei anderen Verwandten war ich mit den Gepflogenheiten beim Frühstück vertraut, daher setzte ich mich möglichst weit von Mrs Bray entfernt hin und häufte Speck, zwei Eier, Würstchen und einen Löffel voll gebratener Pilze auf meinen Teller.

Das Klirren von zerspringendem Porzellan, gefolgt von Stimmengewirr und Schritten, drang vom Korridor herein. Mrs Bray schüttelte ihre Zeitung auf und hob den Kopf, als Scone, begleitet vom Duft nach frischem Kaffee, hereinkam. »Alles in Ordnung?«

»Nur eine Teetasse, die zu Bruch gegangen ist, Madam.« Er stellte die Kanne und einen Ständer mit frischem Toast vor mir ab.

Mrs Bray nahm sich eine Scheibe. »Dieses Mädchen wieder, nehme ich an.«

Scone nickte. »Natürlich werde ich ihr den Schaden vom Lohn abziehen.«

Das Messer schrappte auf ihrem Toast, als sie ihn mit Butter bestrich. »Wenn sie noch nicht mal ein Tablett richtig tragen kann, degradiere ich sie ganz schnell zum Küchenmädchen, dann kann sie Mrs Pennyworth auf die Nerven fallen. Sagen Sie ihr das.«

»Wie Sie wünschen, Madam.« Er ging hinaus, vermutlich um der armen Agnes im Auftrag seiner Herrin einen gehörigen Rüffel zu erteilen. Ich fragte mich, wie die Ärmste in diesem erbarmungslosen Haushalt gelandet war, verkniff mir jedoch jeden Kommentar und schob mir einen Bissen von dem herrlichen Speck in den Mund, der mir in einer Art und Weise auf der Zunge zerging, wie ich es von zu Hause nicht kannte.

Nach einer Weile spürte ich, dass mich jemand beobachtete, und hob den Kopf. Mrs Bray saß mit ihrer Kaffeetasse in der Hand da und musterte mich. »Wie ich sehe, sitzen Sie nicht bereits wieder im Zug zurück in die Einöde«, bemerkte sie und tippte mit ihren blutrot lackierten Nägeln gegen die hauchzarte Tasse.

Prompt blieb mir der Speck im Halse stecken, und ich hatte Mühe, ihn hinunterzuschlucken. »Meine Gesundheit zwingt mich zu bleiben.«

Sie stützte die Ellbogen auf die Armlehnen ihres Stuhls auf. »Sehr gut. Vermutlich sollte ich ein schlechtes Gewissen haben, weil ich einen armen Invaliden so verschreckt habe.«

Ich spießte einen Pilz mit der Gabel auf. »Keineswegs«, gab ich zurück. »Sie haben mich nicht im Mindesten verschreckt.«

Sie legte den Kopf schief. »Vielleicht nicht. Vielleicht sind Sie ja so dankbar, sich in diesen legendären Räumlichkeiten aufhalten zu dürfen, dass Sie dafür alles in Kauf nehmen.«

Ich spürte, wie ich dunkelrot anlief. »Ehrlich gesagt nehme ich meine Umgebung meistens so gut wie gar nicht wahr«, entgegnete ich mit bemüht leiser Stimme.

»Oh, ich bitte Sie.« Sie stützte das Kinn in die Hand. »Als ich das erste Mal hier war, habe ich mir beinahe in die Hose gemacht. Sie und ich haben eine Menge gemeinsam, Mr Carver. Wir sind beide Außenseiter.«

Ich starrte sie finster an und zerknüllte meine Leinenserviette unter dem Tisch. »Natürlich kann ich nicht für Sie sprechen, ich jedenfalls betrachte mich nicht als Außenseiter«, widersprach ich.

Theatralisch riss sie die Augen auf. »Aber Alec hat mir alles erzählt. Wie Ihre Mutter aus dem Schoß der Familie verbannt wurde, weil sie sich von einem kleinen Beamten hat schwängern lassen. Trotzdem muss es eine sehr aufregende Romanze gewesen sein, nicht? Eine, die das ganze Bohei am Ende wert war.«

Ich sah die Ironie in ihren Augen aufblitzen und merkte, wie sich meine Linke fester um meine Gabel schloss. Am liebsten hätte ich sie in den bleichen Unterarm gerammt, der vor mir auf der Tischplatte lag.

»Sie genießt es, andere zu verhöhnen«, hatte Alec mir gestern Abend erzählt. »Und sie beherrscht es wie keine Zweite. Unruhe stiften, das tut sie am allerliebsten.«

Ich zwang mich, ruhig zu atmen. »So aufregend wie Ihre Romanze mit Alec, nehme ich an«, sagte ich so ruhig, wie ich nur konnte.

»Oh«, erwiderte sie. »Bei uns gab es weiß Gott Aufregung genug, das stimmt.«

Der Stoff ihres Morgenrocks umfloss ihren Körper, als sie sich erhob, ihre Zeitung schnappte und den Raum verließ. Mit hämmerndem Herzen starrte ich auf die buttrigen Pilze. Meine Kehle fühlte sich wie zugeschnürt an, und ich schämte mich ein wenig, trotzdem war ich erleichtert, dass ich den Disput überlebt hatte; sollte es zu weiteren Begegnungen dieser Art kommen – nun ja, ich wäre dafür gerüstet.

Allmählich beruhigte sich mein Herzschlag wieder. Ich aß in Ruhe mein Frühstück auf, betrachtete durch das Panoramafenster den kobaltblauen Himmel und dachte an den Skizzenblock und die Stifte in meinem Koffer. Ein anderes Mädchen kam herein und räumte das Geschirr ab. »Da ist wohl etwas zu Bruch gegangen vorhin, was?«, bemerkte ich freundlich, weil ich meine Neugier nicht länger zügeln konnte.

»Bitte entschuldigen Sie, Sir. Das neue Mädchen.«

»Agnes?« Sie nickte.

»Die Arbeit ist noch neu für sie, richtig?«

»Ja, für uns alle«, antwortete sie. »Seit Sally so plötzlich verschwunden ist, bekamen einige von uns neue Aufgaben zugewiesen. Ist eben so, Sir.«

»Verschwunden?«

»Ja, ohne ein Wort. Sie war plötzlich weg. Ich meine, so was tut man doch nicht, oder? Tja, ein Empfehlungsschreiben bekommt sie jetzt natürlich nicht.«

Sie raffte die Tischdecke und die Leinenservietten zusammen und verließ das Zimmer. Vermutlich kam es häufiger vor, dass die Hausangestellten mir nichts, dir nichts verschwanden. Ich hätte es jedenfalls keine fünf Minuten hier ausgehalten. Ich ging nach oben, um die Utensilien für mein Hobby zu holen, ehe ich, sorgsam darauf bedacht, Mrs Bray nicht in die Arme zu laufen, das Haus verließ, ohne einen weiteren Gedanken an die Unterhaltung mit dem Hausmädchen zu verschwenden.

Ich spürte die wärmende Kraft der Sonne, als ich den Weg zur Promenade einschlug. Ich bog scharf nach rechts ab und ging ein Stück an der Klippe entlang bis zum Drehkreuz am Pier, wo ich eine Münze einwarf. Unter mir packten die ersten Familien ihre Sonnenschirme, Decken und Picknickkörbe im Sand aus.

Ich setzte meinen Weg fort, vorbei an einigen älteren Herrschaften, die sich auf ihrem morgendlichen Spaziergang befanden, bis zum Ende des Piers, wo ich mich hinsetzte und mein Zeichenbuch herausholte. In dem Jahr meiner Genesung hatte ich diverse Skizzen mit Wasserfarben angefertigt – der Ausblick über die Dächer von meinem Zimmerfenster, die bunten Lastkähne auf dem Kanal. Ich schlug eine neue Seite auf und spürte, wie sich das gewohnte verheißungsvolle Gefühl in mir ausbreitete, als ich einen frisch gespitzten Stift nahm und die ersten Striche einer Möwe aufs Papier warf.

»Mr Carver!«

Ich erschrak so sehr, dass meine Hand vorschnellte und aus Versehen eine dicke graue Linie auf dem Rücken der Möwe hinterließ. Brummend drehte ich mich nach dem Störenfried um.

Es war der Nachbar von gestern, Dr. Feathers, der sich viel zu nahe über meine Schulter beugte und mich durch seinen Bart hindurch anlächelte. »Ich habe Sie von der anderen Seite des Piers gerufen«, sagte er, »aber Sie waren so sehr in Ihrer eigenen Welt, dass Sie mich nicht gehört haben.«

»Das stimmt«, antwortete ich in der Hoffnung, er möge es als Wink auffassen, dass ich auch weiterhin dort verweilen wollte, doch für diese subtilen Nuancen der Kommunikation schien der Doktor taub zu sein. »Sie malen die Aussicht, was?«, fragte er mit einer Geste auf das Meer vor uns.

Als ich merkte, dass der Doktor hinter mir stand, ließ ich meinen Bleistift sinken und drehte mich zu ihm um. »Das hatte ich vor, ja.«

Er strich sich über den Bart. »Ziemlich gut«, bemerkte er. »Ganz ohne Farben, wie? Ich wünschte, in mir würde auch ein Maler stecken. Sich ein wenig in den *beaux arts* zu versuchen, das würde mir gefallen. Was sagen Sie zur Pariser Szene? Ich persönlich kann damit ja überhaupt nichts anfangen. Pferde ohne Köpfe, mechanische Elefanten. Nein, nein, ich brauche einen Manet, einen Monet oder einen Degas. Das waren die wahren Genies.«

Mein Blick fiel auf zwei Mädchen, die ein Stück hinter dem Doktor am Geländer lehnten. Die eine, eine hübsche Blondine mit leuchtend blauen Augen, sah zu mir herüber und wandte sich dann kichernd ihrer Freundin zu. Ich lief krebsrot an und wäre vor Verlegenheit am liebsten im Erdboden versunken.

»Wie geht es Mr Bray?«

Ein Glück, dass Dr. Feathers vor mir stand und mich mit seinen Fragen löcherte. Dadurch hatte ich wenigstens einen Vorwand, beschäftigt zu wirken.

»Äh … soweit ich weiß, geht es ihm sehr gut.«

»Der Tod der armen Viviane war ein schrecklicher Schlag.« Versonnen blickte er aufs Meer hinaus. »Sie hat darauf bestanden, sich von diesem fürchterlichen Scharlatan in London behandeln zu lassen. Was für ein Verlust.«

»Alec scheint recht gut damit zurechtzukommen«, meinte ich und schlug meinen Skizzenblock zu.

Der Doktor hob die Brauen, wobei seine Brille auf der Nase wackelte. »Wussten Sie eigentlich, dass Mr Bray sich gerade einmal einen Monat, nachdem klar wurde, dass Viviane es nicht schaffen würde, Hals über Kopf in die Ehe mit dieser kleinen Tutt gestürzt hat? Haben Sie zufällig Freud gelesen? Ziemlich erstaunlich, dieser psychologische Aspekt. Kennen Sie Mrs Bray gut?«

»Nein, ich habe sie gestern das erste Mal gesehen«, erwiderte ich leichthin.

»Aha«, sagte er mit einem triumphierenden Lächeln, auf das ich mir keinen Reim machen konnte. »Ich kannte Clara Bray schon von Kindesbeinen an.«

Ich runzelte die Stirn. »Wie?«

Der Doktor strahlte. »Wussten Sie nicht, dass sie in Helmstone aufgewachsen ist? Sie war ein ungestümes Kind, ein richtiger Wildfang. Ich habe sie immer wieder vor Castaway herumlungern gesehen in der Hoffnung auf … ach, ich weiß nicht, worauf.«

»Oh.« Ich fragte mich, wieso Alec mir nichts davon erzählt hatte. »Ich habe nur gehört, dass sie früher Schauspielerin war, und dachte, die beiden hätten sich in London kennengelernt.«

»Davon weiß ich nichts«, gab Dr. Feathers unverblümt zurück. »Ich weiß nur, dass sie als die kleine schmutzige Clare Tutt mit der Ausdrucksweise eines Fischweibs die Stadt verlassen hat und als Clara Bray zurückgekommen ist und sich plötzlich aufführt, als wäre sie mit dem goldenen Löffel im Mund geboren worden. Das gesamte Personal hasst sie, denn was ihre Herkunft betrifft, steht sie ja sogar noch unter ihnen.«

»Offenbar hat sie Sprechunterricht genommen«, sagte ich. Seltsamerweise hatte ich den Anflug eines schlechten Gewissens, weil ich über Mrs Bray so unverfroren sprach. Zwar hatte sie mir keinerlei Anlass gegeben, sie in Schutz zu nehmen, trotzdem erschien es mir nicht richtig. Ich wandte den Kopf ab und schaute zum Dach von Castaway House hinauf, das über die Klippe ragte, und zu dem etwas schmaleren Haus der Feathers daneben. Castaway sieht einsam aus, dachte ich beim Anblick der endlosen Leere zu seiner Linken.

»Was für ein eindrucksvolles altes Gebäude«, sagte ich jedoch.

»Viel zu groß«, meinte der Doktor. »So ein Haus kauft doch nur eine Familie mit übertriebenen Ansprüchen. Aber genau so waren die Devereaus, Vivianes Familie. Haben keine Gelegenheit ausgelassen, auf ihren Stammbaum zu verweisen, der sogar bis zu den Normannen zurückgeht, als könnte man stolz sein, von einer Horde Wilder abzustammen.«

»Sie war immer schon sehr frankophil«, sagte ich. Wie viel Dr. Feathers wohl über unsere Familie wusste? »Alec hat mir erzählt, sie hätte dieses wunderschöne Jugendstil-Glasfenster über der Tür einsetzen lassen.«

»Ja, das glaube ich gern. Viviane war in jungen Jahren eine vollendete Schönheit. Ich habe oft darüber nachgedacht, was gewesen wäre, wenn ich damals nicht Mrs Feathers geheiratet … nun ja, es bringt nichts, über die Vergangenheit nachzugrübeln, stimmt's? Die derzeitige Herrin des Hauses tut das jedenfalls bestimmt nicht.«

Ich murmelte irgendetwas Unverfängliches und sah ein weiteres Mal zu den Mädchen hinüber, die inzwischen reichlich unverblümt zu uns herübersahen, als versuchten sie, einen Gesprächsfetzen aufzufangen.

Dr. Feathers drehte sich zu ihnen um und rief: »Ah! Lizzie, Maddie, kommt her und begrüßt unseren neuen Nachbarn!«

Als mir dämmerte, dass es sich bei den beiden um die Töchter des Doktors handelte, sank mein Mut ein wenig. Die Jüngere, die ich auf ungefähr fünfzehn schätzte und deren mausbraunes Haar zu einem nachlässigen Knoten im Nacken geschlungen war, stürmte geradewegs auf mich zu, während sich die hübschere Blonde, die etwa achtzehn sein musste, alle Zeit der Welt ließ. Ihre Wangen waren knallrot.

»Meine Töchter.« Feathers zog die beiden an sich und schob sie vor. »Das ist Madeleine, und das … los, komm schon, Lizzie! Das ist Elizabeth, meine Älteste. Na los, gebt Mr Carver die Hand.«

»Sehr erfreut«, sagte ich, belustigt über ihre Schüchternheit.

»Sind Sie Künstler?«, erkundigte sich Madeleine und spähte mit unverhohlener Neugier auf meinen Skizzenblock in der Tasche. »Wir wollten schon immer mal einen Künstler kennenlernen, stimmt's, Lizzie?«

»Maddie!« Lizzie stieß ihr den Ellbogen in die Rippen.

»Mr Carver ist ein begabter Amateur«, erklärte der Doktor. »Nichts von diesem modernen Unsinn, richtig?«

Maddie verzog das Gesicht. »Vater findet, ich habe einen fürchterlichen Geschmack.«

»Ich finde es nicht nur, sondern ich weiß es«, warf Feathers ein. »Bitte, Mr Carver, zeigen Sie meinen Töchtern doch, was Sie heute Morgen bereits gezeichnet haben.«

»So gut wie gar nichts«, erwiderte ich, plötzlich selbst verlegen. Ich zeigte nur sehr ungern halb fertige Arbeiten, doch da sie mich voller Eifer ansahen, zog ich widerstrebend meinen Block heraus und zeigte ihnen meinen Entwurf.

Sie betrachteten die Möwe, und Lizzie meinte knapp: »Recht gut gelungen, nicht?«

»Na also!« Der Doktor strahlte. »Und Lizzie ist unser Schlauberger in der Familie. Ihr können Sie gern glauben.«

Maddie verdrehte die Augen, während ihre Schwester hinzufügte: »Ich zeichne selbst sehr gern, allerdings bin ich hoffnungslos untalentiert, fürchte ich.«

Ich lächelte sie an. Inzwischen war ich froh, dass sie die Tochter des Doktors war und ich in den Genuss kam, ihre Bekanntschaft zu machen. »Es wäre mir ein Vergnügen, mit Ihnen über Zeichentechniken zu fachsimpeln.«

»Ja, wieso eigentlich nicht?« Feathers legte den Arm um seine jüngere Tochter. »Maddie und ich können ja solange ein Stück spazieren gehen, in Ordnung?«

»Kann ich nicht auch hierbleiben?«, fragte Maddie, aber Feathers hatte bereits ihren Arm genommen und zog sie mit sich auf die andere Seite des Piers. Ich stöhnte zwar innerlich über seine kleine Finte, gleichzeitig konnte ich nicht leugnen, dass ich mich freute.

Ich zeigte Lizzie eine Bleistiftskizze von Bäumen am Kanal, die ich vor einer ganzen Weile angefertigt hatte. »Das Wichtigste ist, sich die Formen zwischen den festen Gegenständen anzusehen«, begann ich, fürchtete jedoch, schrecklich blasiert zu klingen.

»Oje, natürlich«, sagte sie vage und knetete ruhelos ihre Hände. »Vater sagte, Sie verbringen den Sommer in Helmstone.«

Ich hielt inne, als mir dämmerte, dass sie in Wahrheit keinerlei

Interesse am Zeichnen hatte. Anscheinend war ich nach unserer gestrigen Begegnung Gesprächsthema am Abendbrottisch der Feathers gewesen. »Ja. Zumindest hoffe ich es.« Ich beschloss, nicht zu erwähnen, dass ich lediglich bleiben würde, sofern sich Mrs Bray mir gegenüber halbwegs anständig verhielt. »Ich bin ein Cousin von Alexander.«

Aber natürlich wusste sie auch das. Sie blickte durch ihre dichten sandfarbenen Wimpern zu mir auf. »Maddie und ich finden, dass die beiden beim Film sein müssten. Mr und Mrs Bray, meine ich. Die beiden sind so glamourös, finden Sie nicht auch? Und sie lieben sich so sehr.«

»Hm … äh … das tun sie gewiss«, stammelte ich, während Lizzie erneut rot anlief. Was für eine nervöse junge Dame, dachte ich und spürte, wie sich mein Beschützerinstinkt regte. »Erzählen Sie mir doch von Helmstone. Ich bin erst gestern angekommen.«

»Nun, es ist natürlich fürchterlich langweilig.« Die Sonne schob sich hinter einer Wolke hervor und schien ihr ins Gesicht, so dass sie die Augen mit der Hand abschirmen musste. Sie schaute zu ihrem Vater und ihrer Schwester hinüber, die durch ein Strandfernrohr spähten. »Aber die Altstadt ist ganz hübsch. Überall Kopfsteinpflaster und kleine alte Geschäfte und so.«

»Ah, stimmt.« Mir fielen die Gassen wieder ein, durch die Alec mich gestern Abend auf dem Weg zu seiner Lieblingsbar, dem Walmstead Arms, geschleppt hatte. »Und was gibt es sonst noch hier?«

»Äh …« Das Blau ihrer Augen war wirklich bemerkenswert. »Natürlich gibt es jede Menge Lichtspielhäuser, und das Majestic Hotel ist auch sehr schön. Ach ja, und das Bradley's, das Warenhaus.«

Ich sah den Doktor und Maddie in unsere Richtung kommen. »Wissen Sie, eigentlich brauche ich jemanden, der mich ein bisschen herumführt«, sagte ich in einem plötzlichen Anfall von Selbstvertrauen. »Ich fürchte, mein Cousin ist für so etwas überhaupt nicht zu haben.« Eigentlich beschränkten sich Alecs Interessen auf das Nachtleben, korrigierte ich mich im Geiste.

»Oh«, stieß sie atemlos hervor. »Oh. O ja. Das ist … ich meine, das würde ich gern tun. Wenn Sie es wünschen.«

Ich lächelte sie an und wurde mit einem Strahlen belohnt, das ihr ganzes Gesicht erhellte. »Haben Sie morgen zufällig Zeit?«

Sie nickte. »Nach dem Mittagessen. Sagen wir … um drei Uhr?«

»Gut. Dann hole ich Sie um drei Uhr ab.«

Sie stieß einen tiefen Seufzer aus, als hätte sie die ganze Zeit über die Luft angehalten. »Da wäre wunderbar«, hauchte sie.

In diesem Moment gesellten sich der Doktor und ihre Schwester zu uns. Ich schwatzte mit ihnen, hochzufrieden mit mir und meinem wagemutigen Vorstoß. Nachdem ich mich von ihnen verabschiedet hatte, machte ich mich wieder an die Arbeit, musste jedoch immer wieder innehalten, weil meine Gedanken zu Lizzie und unseren Plänen für den morgigen Tag schweiften. Meine Erfahrungen mit Mädchen waren einigermaßen überschaubar – eher aus Mangel an Gelegenheit denn aus Desinteresse –, und alles, was ich über sie wusste, hatte ich mir aus den Erzählungen meiner etwas weltlicher eingestellten Freunde zusammengereimt. So wusste ich zum Beispiel, dass es so etwas wie »Amüsiermädchen« gab, zu denen auch Mrs Bray zweifellos gehört hatte: junge Damen mit einer eher männlichen Einstellung zum Leben, sexverrückt und kaltblütig und ganz bestimmt nicht für eine gefühlvolle Romanze geschaffen; und andererseits gab es Mädchen wie Lizzie, die feminin und zart waren und die es mit besonderer Vorsicht zu behandeln galt, weil sie jeden Moment in Tränen ausbrechen konnten.

Meine Gedanken wurden vom lauten Knurren meines Magens gestört, und erst jetzt wurde mir bewusst, dass es bereits nach zwei Uhr nachmittags war. Scone hatte gesagt, das Mittagessen werde für gewöhnlich als kaltes Büfett serviert, da weder Mr noch

Mrs Bray sonderlichen Appetit hätten. Meiner Vermutung nach wollten sie lediglich verhindern, eine weitere Mahlzeit miteinander einnehmen zu müssen. Vielleicht könnte ich ja Mrs Pennyworth überreden, mir ein paar Sandwiches herzurichten, wenn ich mich sofort auf den Weg machte.

Entlang des Piers standen überall Bänke, die zu beiden Seiten Ausblick auf das Meer boten. Ich ging an der Seite entlang, wo sich die Küste über Meilen hinweg bis zur nächsten Stadt hinzog. Die helle Nachmittagssonne spiegelte sich in den Fensterscheiben der Häuser. Gedankenverloren und zufrieden mit mir und dem Rest der Welt marschierte ich über den Pier, als ein lautes Schluchzen in mein Bewusstsein drang.

Ich drehte mich um. Ein Mädchen kauerte, das Gesicht in den Händen verborgen, weinend auf einer Bank. Verlegen sah ich auf sie hinab und wollte gerade weitergehen, als ich Agnes, das junge Hausmädchen, erkannte, das ich gestern kennengelernt hatte – und das seit heute Morgen auf Mrs Brays Abschussliste stand.

Vermutlich vergoss sie genau deshalb Tränen. Ich wollte sie nicht behelligen und wandte mich zum Gehen, als sie den Kopf hob und mich aus verquollenen Augen anschaute.

»O nein!«, stöhnte sie und sackte noch ein Stück tiefer. »Bitte, verraten Sie mich nicht, Sir.«

Ich ging vor ihr in die Hocke. »Ist … ist alles in Ordnung?«

»Mir geht's gut.« Sie schniefte. »Das ist mein freier Nachmittag. Ich kann tun und lassen, was ich will.«

Aus irgendeinem Grund löste der Anflug von Trotz eine neuerliche Tränenflut aus. Ich kramte ein Taschentuch heraus und reichte es ihr. »Hier. Es ist sauber.«

Sie beäugte es argwöhnisch, bevor sie es nahm und sich die Nase putzte. Eine ältere Frau kam vorbei und musterte uns neugierig. Sicherlich dachte sie, ich brächte Agnes zum Weinen. Ich setzte mich auf die Bank neben ihr, getrennt von einer kunstvoll geschmiedeten Eisenlehne.

Schließlich verebbten ihre Tränen. »Danke, Sir«, murmelte sie, faltete das Taschentuch zusammen und schob es in ihren Ärmel. »Ich werde es waschen und Ihnen zurückgeben.«

»Es ist eine Schande, an seinem freien Nachmittag zu weinen«, meinte ich. »Noch dazu, wo das Wetter so herrlich ist.«

Sie blickte aufs Meer, auf die grauen Wellen, die gegen das Ufer schlugen. »Ich mache mich jetzt auf den Weg zu meiner Schwester«, sagte sie tonlos. »Mir geht's gut.«

»In Ordnung.« Ich überlegte, wie ich mich höflich zurückziehen könnte, ohne ihr das Gefühl zu geben, dass ich sie im Stich ließ. »Sind … sind Sie sicher, dass Sie zurechtkommen?«

Sie schluckte. »Sie sagten, Sie würden eine Weile bleiben, Sir.«

Ich nickte. »Das ist richtig. Soll ich … sollte ich …« Ich unterbrach mich, weil ich keine Ahnung hatte, was ich sagen wollte.

»Ich denke …« Auch sie hielt inne. »Sie sollten vorsichtig sein.«

»Was meinen Sie damit? Ist das eine Drohung?« Ich lächelte.

Sie schüttelte knapp den Kopf, als wollte sie ein Insekt verscheuchen. »Sie scheinen ein netter Mensch zu sein. Ich wollte Ihnen nur sagen, dass Sie vorsichtig sein sollten.«

Nun lachte ich. »Aber weshalb um alles in der Welt?«

Mit ausdruckslosen Augen sah sie mich an. »In diesem Haus geht Böses vor. Und wenn Sie nicht aufpassen, wird es Sie einholen, genauso wie Sally.«

»Ich fürchte, das werden Sie mir genauer erklären müssen.« Ich bemühte mich um einen belustigten Tonfall, doch Agnes' Miene blieb ernst. »Was ist denn mit Sally passiert?«

Sie presste die Lippen aufeinander. »Ich sollte jetzt zu meiner Schwester gehen.« Sie stand auf und strich ihren Rock glatt.

»Agnes …«

»Danke für das Taschentuch, Sir.« Sie ging davon. Die Absätze ihrer Stiefel hallten auf den Planken wider. Ich sah ihrer kleiner werdenden Gestalt nach, während ich mich ebenfalls erhob und ein paar Staubflusen von meiner Hose zupfte. Sie war blutjung, höchstens sechzehn oder siebzehn. Ich musste daran denken, wie ich in diesem Alter gewesen war. Damals hatte ich blindlings alles geglaubt, was man mir aufgetischt hatte. Zum Glück war ich mit meinen mittlerweile neunzehn Jahren im Besitz allen Wissens, das ich für das Leben benötigte.

Mit einem Mal kam mir Mrs Bray wieder in den Sinn; nicht so, wie sie heute war, sondern als freche, ungewaschene Göre, wie sie sich um Castaway House herumdrückte, sorgsam darauf bedacht, sich von den Dienstboten nicht erwischen zu lassen. Seltsam, dass keiner in der Familie je davon gehört hatte, aber womöglich hätte dieser Aspekt angesichts Alecs überstürzter Eheschließung noch zusätzlich Öl ins Gerüchtefeuer gegossen, und meine Tante und mein Onkel waren dafür bekannt, dass sie stets sorgsam den Schein wahrten.

Ich kehrte zum Haus zurück und verbrachte einen angenehmen Nachmittag allein im Garten, wo ich mich auf eine der schattigen Steinbänke entlang des gewundenen Wegs zurückzog und las. Als die Sonne allmählich unterging, ging ich nach oben in mein Zimmer, um mich fürs Abendessen umzuziehen.

Im Esszimmer mixte Alec gerade ein paar Drinks, als ich eintrat.

»Robert!«, rief er, und seine Züge erhellten sich. »Ich hatte schon Angst, du hättest die Flucht ergriffen, nachdem du nicht zum Mittagessen erschienen bist.«

»Keineswegs.« Er reichte mir einen Gin Martini. »Ich bin zufällig Dr. Feathers am Pier in die Arme gelaufen.«

»Es grenzt an ein Wunder, dass du ihm entkommen bist. Man hat schon von Leuten gehört, die nach einer Begegnung mit ihm nie wieder aufgetaucht sind.«

Ich lächelte. »Er hat übrigens eine sehr hübsche Tochter. Die ältere Miss Feathers, kennst du sie zufällig?«

Alec schnitt eine Grimasse. »Großer Gott, Robert, tu's nicht.

Wenn du nicht aufpasst, hat Feathers dich innerhalb einer Woche unter der Haube. Er hat fürchterliche Angst, irgendein Mistkerl könnte daherkommen und sich an seinen Augenstern heranmachen. Deshalb will er um jeden Preis selbst dafür sorgen, dass sie eine angemessene Partie macht.«

»Aber woher will er wissen, dass ich nicht ein mieser Schurke bin?«, bemerkte ich und setzte mich. Scone, den ich bislang noch gar nicht bemerkt hatte, trat hastig vor, um meinen Stuhl hervorzuziehen, und schien überaus enttäuscht zu sein, dass ich schneller war als er.

Alec sah mich nachdenklich an. »Aber nicht mit diesem Gesicht«, gab er zurück. »Du hast die Physiognomie eines Pfarrers.«

»Herzlichen Dank.«

Alec rülpste. »Gern geschehen.«

»Gott, du bist so ein Einfaltspinsel«, drang eine kühle Stimme von der Tür herüber. Wir wandten uns um und erblickten Clara Bray. Sie gestattete Scone, ihren Stuhl zurechtzurücken, und setzte sich. »Wir sollten lieber gleich mit dem Essen beginnen. Schließlich muss ja irgendetwas den ganzen Alkohol aufsaugen, den mein Gatte bereits intus hat.«

Scone zog sich zurück. Alec beugte sich vor und kitzelte sie am Kinn. »Ah, da nutzt wieder mal jemand jede Gelegenheit, zu sticheln, was?«

Clara wich abrupt zurück. »Lass das bitte, Liebling, sonst muss ich richtig zustechen. Mit einer stumpfen Gabel. Und zwar in deine Eier.«

Alec schnaubte. »Oh, die sind schon lange weg, wie du ja nur zu genau weißt.« Er nahm einen großzügigen Schluck aus seinem Glas. »Ich nehme nicht an, dass du mir verraten willst, wo du den Nachmittag über warst?«

Sie griff nach dem Glas, das Scone ihr eingeschenkt hatte, und musterte ihn über den Rand hinweg. »Nein, das werde ich nicht tun.«

Alec schätzte die Entfernung zu seinem Glas falsch ein, als er es nehmen wollte. Prompt kippte es um, und der Wein lief auf die Tischdecke. »Ist auch egal«, sagte er mit einem Seitenblick auf mich. »Ich kann es mir sowieso denken.«

»Das bezweifle ich, mein Lieber.« Sie verzog das Gesicht zu einem Haifischlächeln. »Aber tu dir keinen Zwang an und verleumde mich nur weiter. Mich kümmert das einen Scheißdreck.«

Alec zwinkerte ihr zu. »Wie immer ein Mundwerk wie aus der Gosse. Perfekt.«

Die ganze Zeit über hatte ich großes Interesse an dem Drachenkopf auf dem Kaminsims gemimt und mich ganz weit weg gewünscht, notfalls sogar in mein altes Krankenzimmer. Alles wäre angenehmer, als Zeuge ihrer Gemeinheiten werden zu müssen.

Doch da kam Scone mit den Vorspeisen herein, kleinen Pâté-Karrees auf Toast, und als ich mich darüber hermachte und sie mit einem Schluck Wein hinunterspülte, zog Mrs Bray ein Buch heraus und begann zu lesen, scheinbar völlig unberührt von den Sticheleien zwischen ihr und ihrem Ehemann. Ich spürte eine gewisse Entspannung, ein Abflauen der Feindseligkeit in der Gegenwart des Personals, und auch ich atmete wieder ein wenig leichter.

Ein Gang nach dem anderen wurde serviert. Alec aß nur wenig und trank dafür umso mehr. Eine unheilvolle Stille herrschte, bedrohlich wie ein aufziehendes Gewitter. Alec musterte seine Frau mit zusammengekniffenen Augen, während sich sein Gesicht mit jeder Minute mehr rötete. Ich versuchte, ihn in eine Unterhaltung zu verwickeln, doch seine Antworten blieben einsilbig. Auch meine Versuche, mich abzulenken, indem ich an etwas Schönes dachte, wie die zarte Röte auf Lizzie Feathers' Wangen und den herrlich salzigen Meeresgeruch, scheiterten kläglich.

»Also war's das dann, ja?«, fragte er eine halbe Stunde später. Inzwischen hatte ich jeden Versuch aufgegeben, Smalltalk zu betreiben. »Ganz ehrlich, Clara. Ich hätte gedacht, du gibst dir zumindest jetzt, wo wir Besuch haben, ein wenig Mühe.«

»Er ist nicht mein Gast, Liebling, wie du sehr wohl weißt«, gab Mrs Bray zurück, ohne den Blick von ihrem Buch zu lösen.

Alec schleuderte seine Serviette auf den Tisch, was eines der Mädchen, das die Teller zusammenstellte, vor Schreck zusammenfahren ließ. »Er ist mein Cousin, verdammt!«

»Hm«, murmelte sie. »Schlimm genug.«

Alec schäumte förmlich vor Wut.

»Bitte«, sagte ich, »reg dich nicht auf. Nicht meinetwegen.«

Aber er hörte gar nicht zu. »Na gut, dass du mich nicht leiden kannst, wissen wir ja, aber Robert ist ein feiner Kerl. So etwas hat er nicht verdient.«

»Vielleicht hättest du ihn einfach nicht einladen sollen, länger hierzubleiben.«

»Lieber soll er bleiben als du.«

Ich registrierte, wie die Dienstboten zurückzuckten und hinaushasteten.

»Jetzt machst du auch noch dem Personal Angst, mein Lieber.« Sie knallte ihr Besteck auf den Teller, erhob sich und zog ihre Strickjacke enger um sich. Mit einem eisigen Lächeln wandte sie sich mir zu. »Keine Angst, Mr Carver, nun haben Sie meinen Ehemann ganz für sich allein.«

Und damit rauschte sie davon. Schweigend saßen wir da, während sie Scone auf dem Korridor eine Anweisung entgegenbellte. Dann ertönte ein Knarren, als sie die Treppe hinauf nach oben ging.

Seufzend ließen wir uns auf unseren Stühlen zurücksinken. Ich hatte das Gefühl, als wäre ich, angeschlagen und erschöpft, in letzter Sekunde einer erbitterten Schlacht entronnen. Alec wischte sich mit dem Taschentuch die Stirn ab. »Wie geht es dir?«, fragte er.

Ich schnitt eine Grimasse. Vor mir stand eine Schale Obstsalat, die wie aus dem Nichts aufgetaucht war. »So hatte ich mir meinen Sommer eigentlich nicht vorgestellt.«

»Ich muss mich bei dir entschuldigen, alter Knabe.« Alec fuhr sich mit einer Hand durchs Haar. »Die letzten Wochen hat sie in ihrem Zimmer gegessen. Wahrscheinlich ist sie bloß heruntergekommen, um mich noch mehr zu quälen.«

Ich schob mir eine Kirsche in den Mund. »Sie will jedenfalls nicht, dass ich noch länger bleibe.«

Er beugte sich vor und legte mir die Hand auf den Arm. »Aber ich.« Er grinste. »Ich glaube, sie ist eifersüchtig.«

»Auf mich?«

Alec blickte zur Tür und senkte die Stimme. »Sie hasst mich, weil ich sie durchschaue.«

»Was um alles in der Welt willst du damit sagen?«

»Sch.« Wieder blickte er zu der halb geöffneten Tür hinüber. »Los, lass uns hinausgehen«, sagte er laut. »Ich will dir etwas zeigen.«

»Mir etwas zeigen?« Das Essen und der Wein hatten mich träge gemacht, und ich hatte keine große Lust, das Haus noch einmal zu verlassen. »Ist es wichtig?«

Er drückte meine Hand. »Sogar lebenswichtig«, knurrte er und sprang auf. »Und, was noch entscheidender ist, es macht Spaß. Carpe diem, veni, vidi, vici und so weiter, ad nauseam.«

Ich lachte. Es erstaunte mich immer wieder, wie schnell es Alec gelang, die Stimmung zu wechseln. Er riss die Esszimmertür auf, und ich hörte, wie er Scone sagte, dass er weder Kaffee noch Portwein zu servieren brauche. Seufzend stützte ich das Kinn in die Hand und wünschte, Mrs Bray hätte sich spontan entschlossen, den Sommer über eine Tour durch den Lake District zu machen.

Draußen war es warm, als wir durch den Garten zur Klippe gingen. Die Luft war vom süßen Duft der Mirabilis erfüllt, deren Blüten in der Dämmerung ihre volle Pracht entfalteten. Wir überquerten die Straße, und ich folgte Alec die rutschigen Stufen zum Strand hinunter. Es gab nirgendwo Straßenlaternen, und ich hielt mich vorsichtshalber am Geländer fest.

»Ist das nicht ziemlich gefährlich?«, fragte ich, doch Alec war bereits auf der Promenade. Vor uns erhoben sich die dunklen Schemen der Fischräucherhäuser. Ich hörte das Klatschen der Wellen am Ufer und spürte, wie die Feuchtigkeit durch meine Schuhe drang. Alec war kaum mehr als ein düsterer Schatten vor mir, und ich beschleunigte meine Schritte.

Vor uns befanden sich mehrere Gewölbe, einige Türen waren verriegelt, andere standen offen. Mit einem Mal stieß ich gegen Alec, als er unvermittelt stehen blieb und einen großen Eisenschlüssel an einer Schnur hervorholte.

»Bist du bereit?«, fragte er.

Wir standen vor einer mit einem Vorhängeschloss versehenen Tür mit den Ziffern »231« darüber.

»Du hast doch gesagt, es würde Spaß machen«, brummte ich.

»Tut es auch. Wart's ab.« Alec entriegelte die Tür, die sich widerstrebend öffnete, und verschwand in der Finsternis.

Zögernd blieb ich stehen. Im Vergleich zu der dunklen Leere vor mir wirkte der Strand geradezu einladend. Ich wusste, dass Alec einen ausgeprägten Sinn für fiese Scherze besaß. Früher hatte er mit Vorliebe Frösche im Lehrerpult versteckt und seinen Klassenkameraden Zettel mit irgendwelchem Unsinn an den Rücken geheftet.

»Was ist das hier?«, fragte ich ungeduldig.

»Komm rein.« Seine Stimme klang leicht gedämpft. »Irgendwo hier muss Licht sein. Ich suche gerade danach.«

Ich fasste mir ein Herz und trat über die Schwelle. »Ich kann rein gar nichts sehen …«, sagte ich. Plötzlich ging eine Gaslampe an, und ein bärtiger Mann sprang auf mich zu.

Ich schrie auf und wich erschrocken zurück. Der Mann taumelte rückwärts, ich hörte einen Fluch und sah einen dunklen Schatten, als Alec sich über die Gestalt beugte. »Gut gemacht,

Robert«, sagte er und hielt die Lampe über den Bärtigen. »Du hast den König umgeworfen.«

Er richtete die Gestalt wieder auf, die mich aus gläsernen Augen majestätisch zu mustern schien. Auf ihrer Uniformbrust prangten mehrere Orden, ihr Gesicht war hellrosa, ihre Wangen rötlich. »Hier.« Alec drückte mir die Lampe in die Hand. Ich hielt sie in die Höhe und drehte mich um die eigene Achse. Zahllose Gestalten schienen mich aus den Schatten zu mustern.

»O mein Gott«, stieß ich hervor. »Was ist denn das?«

»Halt die Lampe still.« Ich sah Alec hin und her hasten. »Ich kann nirgendwo … ah, da ist sie ja.«

Eine zweite Lampe ging an. Mein Cousin hob sie hoch und grinste mich an. »Na, was sagst du?«

Wir befanden uns in einem Tunnel weit unterhalb der Straße. Alle möglichen Gestalten waren an den Wänden aufgereiht – direkt hinter dem König standen die Königin und eine Figur in Grenadieruniform, höchstwahrscheinlich der Thronfolger. Rechts von mir erkannte ich einen kleinen Mann mit Schnauzer, einer Melone und einem Gehstock in der Hand, daneben ein lockenköpfiges Mädchen in einem Kleid aus Lumpen.

Noch immer schlug mir das Herz bis zum Hals, und die Angst und die modrige Luft schnürten mir die Kehle zu. »Wieso hast du mir nicht erzählt, dass du mich in ein Wachsfigurenkabinett schleppen willst?«

»Genau deswegen.« Er stützte sich auf die Schulter des kleinen Mannes mit der Melone. »Ich wollte deine Reaktion sehen. Die sind gut, was?«

Ich musterte seinen Kumpan. »Das soll Charlie Chaplin sein, nehme ich an. Aber diese Frau hier kenne ich nicht. Ist das Lillian Gish?«

»Das ist Mary Pickford, du Dummkopf«, gab er mit einem Anflug von Ungeduld zurück. »Los, komm mit, ich will dir noch viel mehr zeigen.«

Ich folgte ihm in die Dunkelheit – ich war nicht allzu scharf darauf, allein mit den Gestalten zurückzubleiben. Alec zählte die Namen auf, während wir weiter in den Tunnel vordrangen. »Hier ist Gloria Swanson, das dort drüben ist Sarah Bernhardt – bestimmt werden ein paar freche Jungs ihr unter den Rock linsen, um zu sehen, ob sie tatsächlich ein Holzbein hat. Das ist Mr Baldwin, hier der Kaiser, Mata Hari … gefällt dir das kunstvoll drapierte Laken? Rudolph Valentino … sämtliche Damen werden sich neben ihm fotografieren lassen wollen.«

Der Tunnel machte eine Biegung und mündete in einen weiteren Gang, der zum Strand zurückführte, wo sich ebenfalls ein Torbogen befand. »Das hier wird das Verlies des Todes«, erklärte Alec. »Aber im Moment stinkt es hier leider noch nach Fisch.«

Ich schob die Hände in die Taschen und ging um Douglas Fairbanks herum. In seinen Ohren hatte er Vorhangringe. »Und das … gehört alles dir?«, fragte ich mit schwacher Stimme.

»Ja. Nun ja, sie gehören mir und Bump Mason. Bump ist ein feiner Kerl. Die ganze Sache war im Grunde seine Idee, aber wir ziehen es gemeinsam auf. Masons und Brays Kabinett der Berühmtheiten, so wollen wir es nennen.«

»Verstehe.« Stirnrunzelnd betrachtete ich Fatty Arbuckle. »Mich erinnert das alles eher an diese berühmten Wachsfiguren in der Baker Street.«

»Ganz genau. So kam Bump auch auf die Idee. Überleg doch mal, Robert. Stell dir vor, du wärst ein kleiner Familienvater, der jeden Tag demselben langweiligen Job nachgeht und dadurch die Wirtschaft am Laufen hält. An deinem freien Tag packst du deine Frau und deine zwei Kinder ein und fährst mit ihnen nach Helmstone, hast dein Erspartes dabei. So, und jetzt stell dir vor, es regnet. Was tut man an einem Regentag in einem Seebad? Ins Kino gehen? Vielleicht. Ins Museum? Nicht mit einer Schar Kinder.«

»Du gehst in Masons und Brays Kabinett der Berühmheiten?«, schlug ich vor.

»Erwachsene zwei Shilling, Kinder einen Sixpence.« Er verzog das Gesicht zu einem breiten Grinsen, das ihn selbst wie ein Kind aussehen ließ – eines mit einem sehr teuren Spielzeug. »Du gehörst einer kleinen Minderheit an, Carver. Bislang gibt es nicht viele, die die Show schon vorab sehen durften.«

»Das glaube ich gern.« Ich musterte die Figuren. »Allerdings muss ich zugeben, dass ich die meisten ohne ihre Kostüme nicht erkannt hätte.«

»Ach, wen kümmert das schon?« Alec musterte Fairbanks eindringlich. »Genau dafür sind die Perücken und Kostüme doch da. Und die Requisiten. Zu erraten, wer sie sind, ist doch die Hälfte des Spaßes. Außerdem kriegt jeder eine Plakette mit seinem Namen drauf.«

»Mm.« Noch war ich nicht restlos überzeugt. Als kleiner Junge war ich einmal bei Madame Tussauds gewesen und hatte beim Anblick der lebensecht wirkenden Figuren nur staunen können. Allerdings war ich nicht sicher, ob die Touristen hier am Strand von Helmstone von einer murmeläugigen Imitation mit einem Schal um den Kopf so beeindruckt wären. »Du hast doch nicht etwa dein ganzes Geld in dieses Geschäft gesteckt, oder?«

Er seufzte. »Ach Robert, du klingst ja schon fast wie meine Mutter, und sosehr sie mir auch fehlen mag, bin ich nicht scharf darauf, ihr in Gestalt von dir noch einmal zu begegnen. Das wäre wohl ein wenig kompliziert.«

»Na gut.« Ich sah mich noch einmal um. »Es ist eine wunderbare Idee. Aber willst du ernstlich die Figuren alle so herumstehen lassen? Es wirkt ein bisschen wie Kraut und Rüben, wenn du mir die Bemerkung erlaubst.«

Alec kreuzte die Arme über der Brust. »Sprich dich ruhig aus.«

»Nun«, fuhr ich fort. »Es sieht aus, als würden sie sich in der Busschlange anstellen, und das passt doch wohl nicht so richtig zu Rudolph Valentino, oder?«

Ich drehte die Figur ein kleines Stück zur Seite. Er stand leicht nach vorn gebeugt, so dass seine dick mit Kohlestift umrandeten Augen deutlich zu sehen waren. Meine Finger streiften sein Scheichgewand, als ich ihn noch ein Stück weiterdrehte, und ich fuhr vor Schreck zusammen.

»Keine Angst, das passiert mir ständig«, beruhigte mich Alec. »Man denkt sofort, dass sie einen berühren. Am Anfang ist es ziemlich unheimlich, aber im Lauf der Zeit gewöhnt man sich dran.«

Gloria Swanson stellte ich so hin, dass sie Valentino direkt ins Gesicht sah. Sie hatte den Kopf leicht nach hinten gebogen, als wehre sie seine Annäherungsversuche ab. »So«, sagte ich. »Auf diese Weise wird eine Geschichte erzählt.«

Alec legte den Arm um Glorias Taille und blickte mir über ihre Schulter hinweg ins Gesicht. »Das«, meinte er, »ist schlichtweg genial.«

»Gut. Können wir jetzt gehen?«

Er stellte sich hinter Valentino und spähte über ihn hinweg. »Hättest du Lust, als unser künstlerischer Berater zu arbeiten, Robert? Weder Bump noch ich haben eine Ahnung von Ästhetik.«

»Künstlerischer Berater?« Ich sah mich in dem modrigen, stinkenden Raum um. Wenn man mich fragte, sollte diese Bude zuallererst anständig gelüftet werden.

Alec ging zu der Tischlerbank auf der anderen Seite. »Ich will ganz offen sein. Ich … nun ja, mit der Zeit habe ich durch die eine oder andere Aktivität ein paar Schulden angehäuft.«

Ich nickte. Klar. Kartenspiel, schätzte ich. Und das dürfte noch das Harmloseste gewesen sein. »Steckst du in Schwierigkeiten?«

»Überhaupt nicht.« Er schüttelte vehement den Kopf, was mir verriet, dass er immer noch betrunken war. »Aber Mutters Erbe ist … ehrlich gesagt ist praktisch nichts mehr davon übrig. Das Geld für diese Show ist der Rest. Ich bin endlich zur Vernunft gekommen und habe beschlossen, in meine Zukunft zu investieren.«

»Mit Mr Mason?«

»Eigentlich Mason-Chambers, aber das ist zu lang fürs Schild. Nein, Bump ist der Mann mit den Ideen, und ich liefere das Geld dafür. Clara war … sie sollte uns eigentlich bei allem anderen helfen.«

»Helfen?«, hakte ich nach.

Er winkte ab. »Du weißt schon, bei den Szenenbildern und so. Farbgestaltung, der ganze künstlerische Schnickschnack. Aber damit ist es jetzt natürlich Essig. Aber im Grunde ist dieses Projekt sogar eine große Hilfe. Es lenkt mich zumindest von meinen Problemen zu Hause ab.«

Ich setzte mich neben ihn auf die Werkbank. »Es tut mir leid. Das mit … du weißt schon …«

Er zuckte die Achseln. »Mein Fehler, Robert. Bump hat mich von Anfang an gewarnt. Du musst ihn unbedingt kennenlernen. Ein ziemlich schlauer Fuchs. ›Vögle sie, wenn du es dir nicht verkneifen kannst, aber um Himmels willen verliebe dich nicht in sie. Sie fressen dich bei lebendigem Leib‹, hat er immer zu mir gesagt.«

Ich starrte ihn an. »Wie?«

Aber Alec war mit den Gedanken woanders. »Ich habe sie über Bump kennengelernt. Er hat mich eines Abends in ein drittklassiges Musical mitgeschleppt. Wegen der so genannten griechischen Nackedeis. In Wirklichkeit viel Bohei um nichts. Eine Horde alberner Mädchen mit Feigenblättchen. Aber die Hauptdarstellerin – Clara … Als sie auf die Bühne kam, war es, als würde alles plötzlich leuchten.«

»O ja«, sagte ich arglos. »Ich habe gehört, dass sie Schauspielerin war.«

Er lächelte. »Ich habe mir die Vorstellung zwölf Mal angesehen, bevor ich mich entschlossen habe, sie anzusprechen.« Er sah mich an. »Mit einer Schauspielerin ins Bett zu gehen ist ein Kinderspiel. Das heißt, solange du das nötige Kleingeld mitbringst. Und bezahlen lassen sie dich, bei Gott.«

Ich malte mir Clara Bray in der schäbigen Garderobe eines schäbigen Theaters aus, wie sie darauf wartete, dass ein Mann an ihre Tür klopfte, die Beine übereinandergeschlagen, den Morgenrock sorgfältig-nachlässig über ihre Brüste drapiert, und verdrängte den Gedanken eilig. »Verstehe.«

Wieder schaute er mich an. »Nein, tust du nicht. Clara war anders. Zumindest dachte ich das. Aber natürlich habe ich mich gründlich in ihr geirrt. Es hat sich herausgestellt, dass sie mit halb London im Bett gewesen war, aber bei mir hat sie die einfache, süße Unschuld vom Lande gespielt, und ich habe es ihr abgekauft. Ich meine, diese Frau ist eine ausgezeichnete Schauspielerin, das muss man ihr lassen. Ich habe mich Hals über Kopf in sie verliebt und sie in meiner Euphorie vom Fleck weg geheiratet. Alles war so wunderbar … ich habe sie übers Wochenende nach Castaway mitgenommen und ihr die Stadt gezeigt, aber es kam kein Wort über ihre Lippen. Sie hat sich gegen einen Antrittsbesuch bei meinen Eltern gesträubt – verständlicherweise –, aber eines Tages waren wir wieder einmal hier, und Mutter ging es ein bisschen besser, deshalb beschloss sie, mit Vater vorbeizukommen. Wir saßen mit ein paar Freunden bei Cocktails im Garten, als meine Mutter den Gartenweg entlangrollte und Clara da sitzen sah. ›Du meine Güte, Clare Tutt, was machst du denn in meinem Garten?‹, sagte sie.«

Alec sah mich gespannt an.

Ich mimte Verblüffung. »Sie ist in Helmstone groß geworden?«

Er starrte mich stirnrunzelnd an. »Moment mal. Wer hat dir … nein, sag nichts. Feathers, diese alte Klatschbase. Hat offenbar keine Zeit vergeudet, was?«

Ich schnitt eine Grimasse. »Er hat mir erzählt, sie hätte sich früher immer ums Haus herumgedrückt.«

Alec nickte. »Mutter wollte unbedingt verhindern, dass jemand aus der Familie davon erfährt. Du bist der Erste. Ich erinnere mich nicht mehr an sie, schließlich war ich ja immer fort auf dem Internat, aber anscheinend hat sie sich systematisch Mutters Zuneigung erschlichen. Sie hat die ›Arme Waise‹-Karte ausgespielt, und Mutter hatte in ihrer Weichherzigkeit Mitleid mit ihr und hat sie zum Tee eingeladen und all solche Dinge.«

»Ich erinnere mich«, sagte ich. »Als wir damals im Naturkundemuseum waren, sagtest du etwas davon, ein anderes Kind nehme deinen Platz bei ihr ein.«

»Genau so war es auch«, bestätigte Alec bitter. »Natürlich war ich für alle eine schreckliche Enttäuschung, und Clara ... zuerst hat sie Mutter zum Narren gehalten und dann mich. Wann immer sie hier war, hat sie etwas mitgehen lassen. Sie hat zum Beispiel Geld aus Mutters Börse geklaut, wenn sie gerade nicht hingesehen hat. Vater ist ihr irgendwann auf die Schliche gekommen und hat sie kurzerhand vor die Tür gesetzt. Clara hat Mutter immer vorgeschwärmt, dass sie sich sehnlichst wünscht, eines Tages in einem Haus wie Castaway House zu leben. Offensichtlich hat sie beschlossen, ihre Pläne in die Tat umzusetzen, egal wie, dieses verlogene kleine Miststück.«

Unvermittelt kam mir die weinende Agnes auf dem Pier wieder in den Sinn. »Das Hausmädchen«, sagte ich. Alec blickte mich scharf an. »Sie hat gesagt, in diesem Haus gehe Böses vor sich. Ich weiß nicht, was sie damit gemeint hat ...«

Er seufzte. »Sie alle wissen, wie Clara in Wirklichkeit ist. Das ist ja kein Wunder. Nicht dass es sie kümmern würde. Diese Frau ist hart wie ein Diamant.«

Er legte die Hand auf meine und verschränkte seine Finger mit den meinen.

»Es tut mir so leid«, sagte ich.

Er drückte meine Hand. »Ich habe mich in ein Hirngespinst verliebt«, gestand er leise. »Clara Bray existiert in Wahrheit gar nicht, und jetzt, wo ich sie durchschaue, hasst sie mich wie die Pest. Hast du ihre Kette mit dem Medaillon gesehen?«

Ich nickte. Das Schmuckstück mit der reich verzierten Gravur war mir ins Auge gesprungen. »Hast du es ihr geschenkt?«

»Es gehörte meiner Mutter. Als sie krank geworden war, hat ihr das Tragen Schmerzen bereitet, deshalb hat sie es mir gegeben, damit ich es verwahre. Und ich war so vernarrt in Clara, dass ich es ihr mit einer Locke von mir geschenkt habe.« Er verzog das Gesicht. »An dem Tag, als ich gemerkt habe, dass sie mir nichts als Lügen aufgetischt hat, haben wir uns fürchterlich gestritten. Sie hat das Medaillon aufgerissen und die Locke herausgenommen, aber zurückgegeben hat sie es mir natürlich nicht. Dafür ist sie viel zu habgierig.«

»Es wundert mich, dass du sie nicht längst vor die Tür gesetzt hast«, meinte ich.

»Ich überlege immer noch, wie ich mich am besten verhalten soll.« Er wandte mir sein breites, offenes Gesicht zu. »Es ist alles noch ziemlich frisch und tut deshalb noch ein bisschen weh.«

Mit einem Mal fühlte ich mich in die Erwachsenenwelt katapultiert. Ein unerklärlicher Gefühlssturm erfasste mich. Ich rang mir ein Lächeln ab, in das ich mehr Zuversicht legte, als ich tatsächlich empfand. »Ich weiß, was wir jetzt machen.«

Beim Anblick seiner hoffnungsvollen Miene musste ich wieder an den Alec von damals denken, inmitten der Dinosaurier; ein junger Mann, der für mich damals alle Weisheit dieser Welt zu besitzen schien.

»Und was wäre das?«

Ich sprang von der Werkbank. »Wir sollten etwas trinken gehen.«

Er grinste, und mit einem Mal stand der alte Alec wieder vor mir. »Das nenne ich eine verflixt gute Idee. Wenn du uns hilfst, spendiere ich dir sogar ein Bier im Walmstead Arms.«

Ich runzelte die Stirn, doch dann begriff ich, dass er nicht von seiner Ehe, sondern von seinen beruflichen Projekten sprach; ersteres schien mir ohnehin ein unlösbares Problem zu sein. Auf dem Weg nach draußen zog ich Valentino die Kopfbedeckung herunter, während die Figuren mich mit ihren glasigen Augen anstarrten.

FÜNF
1965

Ich stand in der Küche im Untergeschoss des Bella Vista, bis zu den Ellbogen im grauen Spülwasser. Kondenswasser hatte sich auf der Unterseite des Ascot-Backofens gebildet, der über meinem Kopf hing. Zu meiner Rechten hantierte Mrs Hale klappernd mit Töpfen und Pfannen auf dem schwarz verkrusteten Herd und brummte etwas Unverständliches, als die Rühreier in der Pfanne krümelig wurden. Ich zwang mich, nicht an die Notiz zu denken, die Val mir gestern Abend hingelegt hatte, doch es wollte mir nicht gelingen.

»Rosie?« Mrs Hales Stimme ließ mich zusammenzucken.

»Entschuldigung. Ich habe nur …« Ich nahm ein Buttermesser und ließ es ins Wasser fallen. »Geschrubbt.«

»So nennst du das, ja?« Mrs Hale kratzte angebrannten Speck mit einem Pfannenwender vom Pfannenboden. »Vielleicht könntest du ja die schmutzigen Teller aus dem Frühstücksraum holen.«

»Aber natürlich. Bin schon unterwegs.« Mit einem sehnsüchtigen Blick auf meinen inzwischen kalten Tee schob ich den Vorhang beiseite, der die Küche vom Frühstücksraum trennte, wobei ich mit dem Schuh an irgendetwas Klebrigem auf den Teppichfliesen hängen blieb.

Natürlich war ich gestern Abend viel zu lange bei Star geblieben. Wir hatten uns *Sunday Night at the London Palladium* im Fernsehen angesehen, bei Bohnen in Sauce und Corned Beef über die Darsteller gelästert und nebenbei Karten gespielt. Aber all das hatte mir nicht geholfen, den Zettel mit Vals schwungvoller Handschrift aus meinen Gedanken zu verbannen. Stundenlang hatte ich danach im Bett gelegen und darüber nachgegrübelt, dass keiner vor seiner Vergangenheit davonlaufen konnte.

Düsteres Licht drang durch die vergitterten Fenster des Frühstücksraums und ließ ihn trübe wirken. Leise Mantovani-Orchesterklänge drangen aus Mrs Hales Transistorradio. Ich stapelte Teller aufeinander und kratzte Reste von gestocktem Ei auf kaltem Toast ab. Die meisten Gäste waren bereits verschwunden, um sich dem Kampf gegen den Wind zu stellen, der an der Küste entlangfegte; nur Mr und Mrs Smith – unter Garantie ein falscher Name – saßen noch albern kichernd und mit verschlungenen Händen an ihrem Tisch.

»Entschuldigen Sie, Miss.«

Sie waren jünger als ich, und sie trug einen Vorhangring am Finger. Die hellgelbe Wandfarbe verlieh ihren Gesichtern etwas Fahles, und sie wirkten hohläugig und übersättigt – womöglich vom Essen, viel eher jedoch vom vielen Sex.

»Was wollen Sie?«, fragte ich nicht gerade dienstbeflissen. Das Gewicht der Teller wog schwer auf meinen Handgelenken.

»Meine … äh … Frau wollte wissen, ob sie vielleicht noch etwas Tee haben könnte.«

»Peter!« Wieder kicherte sie.

»Noch Tee. Okay.« Ich nahm die Teekanne und kehrte in die Küche zurück, während mir der Inhalt von Vals Nachricht wieder in den Sinn kam.

»Rosie«, hatte sie geschrieben. »Jemand namens ›Harry‹ war hier und wollte dich sprechen. Er meinte, er käme jeden Tag her, so lange, bis er dich antrifft. Du musst uns UNBEDINGT erzählen, wer er ist!!! Du alte Geheimniskrämerin hast mit keiner Silbe erwähnt, dass es jemanden gibt!«

»Sie möchten noch Tee«, sagte ich zu Mrs Hale und legte den Hahn des Teekessels um. »Es ist so ekelhaft. Sie sind noch nicht mal verheiratet.«

Mrs Hale kippte die Essensreste in den Schweineeimer. »Eines Tages wirst auch du dich verlieben, Rosie, und dann sieht die Welt plötzlich ganz anders aus.«

»Liebe!«, sagte ich abfällig, gab Tee in die Kanne, stapfte in den Frühstücksraum zurück und knallte sie auf den Tisch. »Möchten Sie noch Toast?«

»Judy?« Er streichelte ihre Hand. »Möchtest du noch Toast?«

Mit einem affektierten Lächeln schüttelte sie den Kopf, und er sagte zu mir: »Sie ist satt, vielen Dank.«

Brummend schlurfte ich in die Küche zurück, wo Mrs Hale am Fenster eine Zigarette rauchte und den Rauch auf den Hof hinausblies. Sie sagte etwas zu mir, aber ich hörte nur mit halbem Ohr hin, während ich mich fragte, wann Harry wohl wieder auftauchen würde und wie ich es verhindern könnte, ihm zu begegnen.

»… und kannst du ihm eine Kanne Tee bringen, wenn du fertig bist?«

»Natürlich.« Ich kniff die Augen zusammen und versuchte, mir auf den Halbsatz einen Reim zu machen. »Welches Zimmer?«

»Zimmer eins. Dort ist er immer, wenn er zu Besuch kommt.« Sie verdrehte die Augen und stieß eine Qualmwolke aus. »Aber zum Glück wechseln wir uns ja mit ihm ab.«

»Ah, Ihr Vater.« Mir fielen ihre Monologe im Kiosk wieder ein, die ich mit mitfühlenden Lauten kommentiert hatte, ohne ihr jemals richtig zuzuhören. »Ich glaube, ich habe ihn gestern gesehen. Er hat mir aus dem Fenster zugewinkt.«

»Ja, Vater ist ein sehr umgänglicher Mensch. Sei vorsichtig, sonst nagelt er dich stundenlang fest.«

Ich musste lachen, denn ich hatte keineswegs die Absicht, meine Freizeit hier zu verbringen, selbst wenn ich dadurch riskierte, Harry in die Arme zu laufen. »Mache ich«, sagte ich, nahm das Tablett und ging die Treppe hinauf in die leere Lobby.

Josie, die Rezeptionistin, war nicht da, nur der Gestank nach ihren Zigaretten hing schwer in dem blutrot gestrichenen Raum. Hinter ihrem Schreibtisch klebten massenhaft Zettel, die sie auf Mrs Hales alter Imperial getippt hatte – Anweisungen wie »BITTE LÄRM VERMEIDEN« und »KEIN SAND IN DEN WASCHBECKEN« und »BETRETEN FÜR BETRUNKENE VERBOTEN«, von denen sie glaubte, sie würden der Pension ein gewisses Niveau verleihen, dabei fürchtete ich, dass sie Urlaubsgästen eher das Gefühl gaben, nicht gerade willkommen zu sein.

Ich balancierte das Tablett auf einer Hand und klopfte an die Tür von Apartment eins. Rumoren drang aus dem Zimmer, ehe endlich ein eingefallener älterer Herr mit einem weißen Bärtchen die Tür öffnete und sich, auf einen Stock gestützt, nervös umsah.

»Ah«, sagte er und bedeutete mir mit seiner zittrigen Hand einzutreten. »Bitte, kommen Sie doch herein.«

Ich betrat das Zimmer mit den zwei zerschlissenen Lehnsesseln und einem Einzelbett mit einer grünen Tagesdecke. »Dort drüben?«, fragte ich und nickte zu dem Tischchen hinüber.

»Genau.«

Ich stellte das Tablett ab. Langsam und auf unsicheren Beinen durchquerte er das Zimmer. Er setzte sich in den einen Lehnsessel, während sein Kopf immer noch unkontrolliert wackelte.

»Ob Sie wohl so freundlich wären, mir ein Glas Wasser zu bringen?«

»Natürlich.« Ich drehte den Kaltwasserhahn auf und füllte ein Glas, das ich ihm brachte.

»Danke«, murmelte er und nippte daran. Er holte tief Luft, stützte sich mit beiden Händen auf seinem Gehstock ab und sah mich an. »Sind Sie neu?«

Ich nickte. »Ich bin Rosie. Ich helfe Mrs … Ihrer Tochter beim Frühstücksdienst.«

»Wie schön für Sie.« Er schluckte mit sichtbarer Mühe, ehe

er ein Lächeln aufsetzte. »Wie geht es Ihnen, Rosie? Ich bin Dr. Feathers.«

Ich ergriff seine zitternde Hand. »Wie geht es Ihnen, Dr. Feathers?«

»Oh, ich fürchte, Doktor bin ich nur noch dem Namen nach.« Er lachte leise. »Wären Sie wohl so lieb und würden mir den Tee einschenken?«

»Natürlich.« Ich goss etwas Milch in seine Tasse und gab Tee dazu. »Zucker?«

»Zwei Stück, vielen Dank. Sie sehen so jung aus, Rosie. Wie alt sind Sie, wenn ich mir die Frage erlauben darf?«

»Ich bin gerade achtzehn geworden.« Ich betrachtete die Bücher auf der Fensterbank. Das war so eine Unart von mir: Sobald ich in ein Zimmer kam, musste ich einen Blick auf die Bücher werfen und fällte anhand der Auswahl ein Urteil über seinen Bewohner. Val und Susan besaßen überhaupt keine Bücher und hielten mich, nicht ganz zu Unrecht, für einen fürchterlichen Snob. In Johnnys und Stars Bücherregal standen mehrere James-Bond-Bücher und ein Roman von John le Carré. Harry hatte *Wie man Freunde gewinnt. Die Kunst, beliebt und einflussreich zu werden* von Dale Carnegie herumstehen. Das hätte mir eigentlich alles sagen müssen, was ich über ihn zu wissen brauchte.

»Achtzehn! Ich weiß noch, wie es war, als meine Töchter in dem Alter waren.« Er deutete auf die Bücher. »Ich sehe, Sie haben meine … meine Oase der geistigen Gesundheit entdeckt.«

Dr. Feathers schien Besitzer einer recht vielfältigen Auswahl zu sein: ein paar Shakespeare-Stücke, Klassiker aus dem 19. Jahrhundert, ein Bildband über die Vogelwelt der Britischen Inseln, ein Roman von George Orwell und Graham Greene. Obwohl er steinalt war und wir keinerlei Gemeinsamkeiten hatten, war ich überaus erfreut über diese Mixtur. Ich zeigte auf die ledergebundene Ausgabe von *Maß für Maß*. »Das behandeln wir im kommenden Schuljahr.«

»Wahrheit und Gerechtigkeit.« Dr. Feathers nickte. »Nicht sein berühmtestes Stück, aber eines seiner tiefgründigsten, finde ich. Möchten Sie es gern leihen?«

»O nein. Ich meine, vielen Dank, aber das geht nicht.«

Mit schmerzverzerrtem Gesicht verlagerte er sein Gewicht im Sessel. »Aber sagten Sie nicht gerade, dass Sie das Stück im nächsten Schuljahr durchnehmen?«

»Ja, das stimmt. Allerdings nur die anderen, ich nicht.«

Er runzelte die Stirn.

»Ich bin von der Schule abgegangen.«

Einen Augenblick lang herrschte Stille. »Oh«, sagte er dann. »Ich dachte, das hier sei nur ein Ferienjob.«

Ich schüttelte den Kopf. »Das neue Schuljahr hat schon vor zwei Wochen wieder angefangen. Eigentlich sollte ich in der dreizehnten Klasse sein, aber ich habe beschlossen, nach den Ferien nicht mehr hinzugehen.«

Er beugte sich auf seinem Stock vor und musterte mich eindringlich. »Und weshalb, wenn ich fragen darf?«

»Ich … äh … ich bin von zu Hause ausgezogen. Ich brauchte … Unabhängigkeit.«

»Unabhängigkeit«, wiederholte Dr. Feathers, als höre er das Wort zum ersten Mal. »Sie bekommen doch nicht etwa ein Baby, oder?«

Ich schnappte nach Luft. »Wie bitte?«

Seine Lider senkten sich, während sein Kopf immer noch hin und her wackelte. »Bitte entschuldigen Sie, Kind. Ich war Arzt, müssen Sie wissen, da gehören direkte Fragen zum täglichen Geschäft. Bitte verzeihen Sie mir. Natürlich brauchen Sie nicht darauf zu antworten.«

»Nein, ist schon gut. Ich war nur … ein bisschen überrascht.« Ich biss mir auf die Lippe. »Nein, ich bekomme kein Baby.«

»Tja, das ist immerhin etwas.« Er lächelte verkniffen. »Natürlich gehe ich davon aus, dass Sie wegen eines jungen Mannes Ihr

Elternhaus verlassen haben, und wo ein junger Mann im Spiel ist, gibt es gelegentlich eben auch ein Baby. Ich kenne das alles, habe solche Situationen hunderte Male erlebt. Aber es könnte alles schlimmer sein, Kind, viel, viel schlimmer.«

Ich lächelte ebenfalls, obwohl mir auf der Zunge lag, dass er überhaupt keine Ahnung hatte, was vorgefallen war. »Das kann es wohl immer, schätze ich.«

»Bitte.« Er deutete auf die Bücher auf dem Fensterbrett. »Suchen Sie sich etwas davon aus. Als Wiedergutmachung. Ich habe gesehen, wie Sie sie betrachtet haben. Ein Bücherliebhaber erkennt einen anderen auf den ersten Blick.«

»Nein, wirklich, das ist doch nicht nötig.«

»Ich bestehe darauf.« Er beugte sich vor und zog einen Stapel zu sich heran. »Hier, sehen Sie. Ich würde mich wirklich darüber freuen.«

Aus reiner Höflichkeit nahm ich den Stapel in die Hand und las die Titel. *1984*, *Northanger Abbey*, *Klein Dorrit*. Ich schlug eines auf und blätterte durch die verstaubten Seiten. Sie waren alle reichlich zerlesen, manche mit Kritzeleien an den Rändern und auf den Deckblättern versehen. Ich las den Rückseitentext von *Northanger Abbey*, sorgsam darauf bedacht, mir meine Verblüffung über den Inhalt nicht anmerken zu lassen.

Er strahlte mich an. »Ah, Austen. Ja, bitte nehmen Sie das. Es ist eines der Lieblingsbücher meiner Tochter. Ich glaube sogar, es hat ihr gehört.«

»Mrs Hale?«, fragte ich, als im selben Moment die Tür aufging und besagte Mrs Hale hereinkam.

»Nein, die andere.« Dr. Feathers wandte sich um und sah Mrs Hale im Türrahmen stehen. »Ah, Madeleine! Wir haben gerade von dir gesprochen.«

»Wie schön«, gab sie abwesend zurück. »Ich wollte Rosie nur sagen, dass es schon halb elf ist und ich ihren Lohn im Safe habe, falls sie gehen möchte.«

»Natürlich.« Dr. Feathers nickte. »Sie will wohl kaum mit einem alten Knaben wie mir länger plaudern als unbedingt nötig, nicht?«

»Nein, nein«, protestierte ich, doch er zwinkerte mir zu und scheuchte mich mit einer Geste davon. »Viel Spaß mit dem Buch«, rief er mir hinterher.

»Danke.« Ich hielt es fest gegen meine Brust gedrückt, und Mrs Hale beäugte es neugierig.

»Hat er dich mit seiner Fragerei belästigt?«, fragte sie, als sie mit mir in die Lobby ging. »Das tut er ständig, dieser alberne alte Narr.«

Vermutlich stand es einer Tochter zu, so abfällig über ihren Vater zu sprechen, außerdem wusste ich nicht, wie es war, sich um ihn kümmern zu müssen, trotzdem fand ich die Bemerkung ein wenig unfair. »Sind Sie hier in diesem Haus aufgewachsen?«, fragte ich. Josie saß inzwischen wieder an der Rezeption und tippte mit ihren rot lackierten Nägeln auf den Tresen.

»O ja«, antwortete Mrs Hale freundlich. »Apartment eins war früher Vaters Sprechzimmer.«

»Neugier hat noch keinem gutgetan«, bemerkte Josie, klimperte mit ihren falschen Wimpern und nickte, wobei ihre altbackene hochtoupierte Frisur wippte. Josie war siebenundvierzig und wie eine Achtzehnjährige angezogen. Die Frau machte mir Angst.

»Ich habe doch nur gefragt«, stieß ich hervor, was sie mit einem Schnauben quittierte.

Mrs Hale hob die Klappe der Rezeption an, schob sich an Josie vorbei und bückte sich. »Wie war noch mal die Kombination für den Safe?«

Josie verdrehte die Augen. »Eins-fünf-null-sechs-drei-vier.«

»Natürlich.« Mrs Hale kam mit einer roten Blechkassette wieder zum Vorschein und ging die Schlüssel an ihrem Bund durch. »Wo haben wir denn den Richtigen?«

Josie zog einen Schmollmund und griff nach ihrem Buch aus der Leihbibliothek, das mit der aufgeschlagenen Seite nach unten auf dem Tresen lag. »Der beste Arzt in der Stadt, Dr. F., sagt zumindest meine Mutter«, erklärte sie feierlich. »Vor dem Bombenangriff. Wo war der noch mal? In Southend?«

»Ein Flugzeug hat vor dem Rückflug noch Ballast abgeworfen.« Mrs Hale schob den winzigen Schlüssel ins Schloss, klappte den Deckel hoch und nahm ein Bündel Geldscheine heraus. »Er ist ja noch einmal davongekommen, aber die Nachricht von Anthonys Tod hat ihn völlig aus der Bahn geworfen. Hier, bitte schön, Rosie.«

Sie legte einen Geldschein in meine ausgestreckte Hand. »Zehn Shilling für heute. Es waren ja nur vier Stunden.«

Eine Erinnerung blitzte vor meinem geistigen Auge auf: eine Silberkette mit meinem eingravierten Namen, die ich von Harry bekommen hatte. Es war eines der ersten Geschenke gewesen – im Januar, unmittelbar nach Churchills Begräbnis. »Zehn Shilling für deinen Namensvetter«, hatte er gesagt, »aber du bist es wert.« Kaum war er fort gewesen, hatte ich es mir vom Handgelenk gerissen und ganz unten in meiner Schmuckschatulle versteckt.

»Eure Generation weiß doch gar nicht, was Arbeiten bedeutet«, stänkerte Josie. »Aber wenn man erst mal einem armen Teufel die Splitter aus dem Körper gezogen hat …«

Mrs Hale musterte sie erstaunt. »Sie waren bei den Freiwilligen Sanitätern?«

»Sehe ich aus, als wäre ich verblödet?«, blaffte Josie. »Nein, ich rede von meinem Derek. Kam eines Abends nach Hause und sah wie ein Streuselkuchen aus. Was erwartest du auch, wenn du wie ein Gockel die Princes Street entlangstolzierst, habe ich zu ihm gesagt.«

»Schrecklich.« Mrs Hale seufzte. »All die sinnlosen Toten.«

»Tja, Derek ist nicht gestorben. Obwohl es manchmal nicht das Schlechteste wäre.«

»Und Rosies Vater.« Sie wandte sich mir zu. »Hast du nicht gesagt, er sei angeschossen worden?«

»Ja, aber er hat überlebt. Erst später, nach meiner Geburt, ist er an einer Lungenentzündung gestorben. Der Arzt meinte, sein ganzer Körper sei völlig geschwächt gewesen und hätte der Krankheit nichts entgegenzusetzen gehabt.«

»Deine arme Mutter.« Mrs Hale schüttelte betrübt den Kopf.

Wieder schnaubte Josie, nahm eine Zigarette aus ihrer schwarzen Lederhandtasche, die wie ein bösartiger Kater auf dem Tresen thronte. »Als meine Mum das Telegramm bekam, dass mein Dad in Passendale vermisst wird, dachte sie zuerst, er sei noch am Leben, die dämliche Kuh. Zwei Wochen später stand plötzlich einer seiner Kameraden vor der Tür. Auf Krücken und mit einem Schuhkarton in der Hand. ›Das ist der Rest, den wir von Bill noch gefunden haben‹, sagte er. Sie machte den Karton auf, und da lag sein Finger drin, der geradewegs auf sie zeigte. Sie war im sechsten Monat mit mir schwanger. Natürlich ist sie prompt aus den Latschen gekippt und hat sich den Kopf am Türstock angeschlagen. ›Ich hab sofort gewusst, dass das sein Finger ist. Hat immer Dreck unter den Fingernägeln, der elende Schmutzfink‹, hat sie gesagt, als sie wieder zu sich kam.«

Mrs Hale lächelte nachsichtig und reichte mir meinen Mantel und meine Handtasche, die ich hinter der Rezeption verwahrte. »Bis Mittwoch, Rosie«, sagte sie. »Genieß deinen freien Tag.«

Ich winkte ihr zu. Die Aussicht, achtundvierzig Stunden nicht arbeiten zu müssen, war herrlich. Ich hüpfte förmlich die Stufen hinunter. Der heftige Wind blies mir das Haar ins Gesicht, als ich den Weg in Richtung Stadt einschlug. Die Wolken hingen unheilvoll über der Küste, aber ich freute mich so sehr über meine Freiheit, dass ich Vals Nachricht, Harry und alles andere vergaß. Das Leben war einfach wunderbar. Ich hatte Geld in der Tasche und würde zu Bradley's einkaufen gehen.

Ich bog erst nach links auf die King Street und dann nach

rechts auf die Wellington ab. Mit abgewandtem Kopf passierte ich Lady Lucinda, damit ich keinen Blick auf die Sandalen im Schaufenster erhaschen konnte. Ich überholte eine Hausfrau mit Kopftuch, die einen riesigen Kinderwagen vor sich herschob, und folgte einer Dame in Kamelhaarmantel und hohen Stöckelschuhen in den beeindruckenden Eingangsbereich des Kaufhauses, unter der riesigen Uhr hindurch, die an schweren Eisenketten im Erdgeschoss von der Decke hing.

Die sechs Etagen von Bradley's waren das Lebenselixier meiner Kindheit gewesen – der Liftboy, der die Knöpfe drückte, die riesigen Lettern, die verkündeten, wo man so wunderbare Dinge wie Kurzwaren oder Damenunterwäsche fand, der Coffeeshop im Obergeschoss, wo man den Blick über Helmstone genießen konnte, während einem weiß beschürzte Mädchen Sandwiches mit gegrilltem Käse servierten. Der Ausflug in die Stadt hatte den Höhepunkt der Woche dargestellt, unseren ganz speziellen Luxus, Mums und meinen, als sie noch der Mittelpunkt meines Vorstadt-Universums gewesen war.

Ich fuhr mit dem nagelneuen Aufzug nach oben und arbeitete mich abwärts, von der Herrenabteilung, wo ich mich mit pionierhaftem Eifer durch Hemden und Hosen kämpfte, mit hochrotem Kopf Unterhosen in meinen Korb legte und eilig unter den Sockenpaaren versteckte. Eine Verkäuferin im Faltenrock erbot sich, meine Einkäufe einzupacken, und fügte mit einem überlegenen Lippenstiftlächeln hinzu, dass die Sachen gegen einen geringen Aufpreis auch nach Hause geliefert werden könnten.

»Außerdem stehe ich Ihnen selbstverständlich gern zur Verfügung, sollten Sie weitere Hilfe benötigen«, sagte sie mit einem gierigen Blick auf die Banknoten in meiner Hand.

»Das wäre wunderbar«, säuselte ich, und für eine Stunde gehörte ich wieder dem wohlhabenden Teil der Gesellschaft an. Ein junger Mann rannte kreuz und quer im Laden herum und sammelte Toilettenartikel und Lebensmittel zusammen, während ich in die Damenabteilung schlenderte. Die neue Herbstmode war gerade eingetroffen. Ich strich über Polopullis und Wollröcke und wünschte, ich hätte wärmere Sachen eingepackt, als ich von zu Hause weggegangen war.

Irgendwann landete ich bei den Schuhen, und da waren sie – dieselben weißen Sandalen, die ich schon den ganzen Sommer über im Schaufenster von Lady Lucinda bewundert hatte. Sie waren eher flach mit einer großen runden Schnalle. »45 Shilling« stand in dezenter Handschrift auf dem kleinen Preisschild.

Verstohlen strich ich darüber. Sie waren fünf Shilling billiger als im Schuhgeschäft, aber das spielte keine Rolle für mich. Ich würde sie nicht kaufen. Trotzdem wanderten meine Gedanken wieder und wieder zu dem dicken Geldbündel in meiner Handtasche. Mir war völlig klar, dass Dockie die Differenz nie im Leben bemerken würde. Er hatte mich noch nicht einmal darum gebeten, ihm den Empfang des Geldes zu quittieren.

Minutenlang rang ich mit meinem Gewissen, während mich ein andere junge Verkäuferin mit Faltenrock und roten Lippen diskret umkreiste und auf mein aufforderndes Nicken wartete. Ich hatte ihm immerhin geholfen – das war mehr, als die meisten anderen tun würden. Ich würde mir diese Schuhe nie im Leben leisten können, zumindest nicht in den nächsten Jahren, was im Grunde dasselbe war. Und wofür brauchte er überhaupt so viel Geld?

»Kann ich Ihnen helfen, Miss?«, erkundigte sich die Verkäuferin und trat einen Schritt näher.

»Ich weiß nicht recht.« Ich dachte an den Tag, als ich mit meinen Freundinnen in die Stadt gegangen und dabei zufällig Harry begegnet war, daran, wie er sie zum Lachen gebracht hatte, wohingegen ich stumm wie ein Fisch gewesen war. Er war mit uns mitgegangen, auch wenn es mir nicht in den Kram gepasst hatte, und hatte angeboten, mir die Schuhe zu kaufen, derentwegen wir uns am Schaufenster die Nasen platt gedrückt hatten.

»Was? Jetzt sofort?«, sagte Sheila, und als ich merkte, wie die beiden einen verwirrten Blick tauschten, war mir klar, dass sie mir bald auf die Schliche kommen würden.

»Na ja, ich habe doch in einem Monat Geburtstag«, erwiderte ich verschmitzt, woraufhin sie mich wegen meiner kessen Art aufzogen. Hoffentlich hatte ich ihnen mit meinem Getue genug Sand in die Augen gestreut, dass ihnen all die anderen Sachen nicht auffielen, mit denen ich neuerdings in der Schule auftauchte – der Füllfederhalter mit der Goldverzierung, die gebundene Ausgabe von *Madame Bovary*, der rote Lippenstift, den ich heimlich in der Pause auftrug. Sie sollten nicht erfahren, dass ich die Sachen keineswegs von meinen eigenen Ersparnissen erstanden, sondern von genau jenem Mann bekommen hatte, der mit uns durch die Stadt zog.

Tja, damit war jetzt Schluss, wobei ich zugeben musste, dass es durchaus nett gewesen war, ständig so beschenkt zu werden; und in Wahrheit wünschte ich fast, ich hätte mich nicht so daran gewöhnt.

»Sagen Sie einfach Bescheid, wenn Sie mich brauchen«, sagte die Verkäuferin ein wenig angestrengt. Ich sah ihr an, dass sie es für Zeitverschwendung hielt, sich mit mir zu beschäftigen.

»Warten Sie«, sagte ich, als sie gehen wollte, »die hier hätten Sie nicht zufällig in 36?«

Kurze Zeit später verließ ich Bradley's mit etlichen Tüten, in einer steckte das bildschöne Paar teurer weißer Sandalen. Man hielt mir die Tür auf und winkte mir fröhlich hinterher, und ich schlenderte überglücklich die Wellington Street entlang, bedachte die Schuhe im Schaufenster mit einem letzten Lächeln, ehe ich auf die King Street abbog und in Richtung Gaunt's Cliff marschierte in der festen Überzeugung, ein gutes Werk getan zu haben – nicht nur im Hinblick auf den alten Mann, sondern auch was mich betraf.

Zu Hause ging ich auf direktem Weg ins Souterrain und klopfte energisch an Dockies Tür. »Hallo!«, rief ich. »Ich bin's, Rosie! Ich habe hier etwas für Sie.«

Wie gestern machte auch heute niemand auf. Lediglich der Bewohner des Zimmers gegenüber schnauzte durch die geschlossene Tür, ich solle gefälligst den Mund halten und abhauen. Nach einer Reihe weiterer Versuche, die ebenfalls mit Beleidigungen von gegenüber quittiert wurden, dämmerte mir, dass Dockie wohl nicht da war.

Ich betrachtete die Tüten in meiner Hand. Mein Instinkt sagte mir, dass sie innerhalb einer halben Stunde verschwunden wären, wenn ich sie stehen ließe, deshalb drückte ich die Türklinke herunter. Zu meiner Verblüffung war nicht abgeschlossen, und ich ging hinein.

Es roch nicht mehr so stark wie gestern, vielleicht weil das Fenster offen stand. Die zugezogenen Vorhänge bauschten sich und tauchten das Zimmer in gräuliches Licht. Ich machte die Umrisse des Tischs aus und stellte die Tüten ab.

»Wer ist da?«

Mit einem spitzen Schrei fuhr ich herum und erblickte mit klopfendem Herzen eine schemenhafte Gestalt auf dem Bett.

»Sie haben mir einen Riesenschreck eingejagt!« Ich ging zum Fenster und zog die Vorhänge zurück. Dockie lag, auf einen Arm gestützt, auf dem Bett. Er hatte sich zumindest den verdreckten Mantel und seine Stiefel ausgezogen, und seine Füße in den mehrmals gestopften Socken schauten unter der zerknüllten Decke hervor. Er musterte mich aus glasigen, halb geschlossenen Augen.

»Wassissnhierlos?«

»Ich bin's, Rosie.« Ich trat ans Bett und sah ihn an. »Ich wollte Ihnen Ihre Einkäufe bringen.«

»Hrgh.« Er schirmte mit der Hand seine Augen gegen die Sonne ab.

»Sie wollten doch, dass ich ein paar Sachen für Sie besorge, und haben mir Geld gegeben.« Ich öffnete meine Handtasche, nahm das restliche Geld heraus und legte es neben den Umschlag. Nein, dachte ich, er würde die fehlenden fünfundvierzig Shilling nie im Leben bemerken.

Er brummte etwas wie »Mein Kopf« und rollte auf die Seite.

»Später kommt noch mehr«, sagte ich und dachte an die in Seidenpapier eingeschlagenen Schuhe in dem hübschen weißen Karton. Behutsam stellte ich die Tüte ab. »Ich habe auch ein paar Lebensmittel gekauft. Soll ich Ihnen Tee machen?«

»Tee.« Er schnaubte. »Tee.«

Ich trug eine Tüte in die kleine Küche, gab Wasser in den Kessel und stellte ihn auf den Herd. »Erinnern Sie sich jetzt wieder an mich?«, fragte ich und zündete die Gasflamme an.

»Hm.« Pause. »Sie sind das Mädchen, das gestern schon mal da war.«

»Genau. Ich bin Rosie. Und Sie sind Dockie.« Ich schaute zu ihm hinüber. Er hing halb über der Bettkante. »Sie kommen also aus Dublin?«

Wieder gab er ein Brummen von sich, das jedoch eine Spur lebendiger klang. Ich gab Tee in die zerbeulte Blechkanne und nahm eine angeschlagene Teetasse und eine Untertasse aus dem Schrank.

»Das Haus«, murmelte er. »Der Name des Hauses.«

»Dieses Haus? Castaway House?«

Er grunzte. »Ja. O Gott, mein Kopf.« Die Bettfedern quietschten, als er sich aufsetzte und mit dem Rücken gegen die Wand lehnte. »Deswegen kann ich nicht atmen.«

Ich sah ihn an. »Nicht atmen?«

»Nachdenken. Mich erinnern.«

»Ja.« Als der Kessel zu pfeifen begann, nahm ich ihn vom Feuer und goss das heiße Wasser in die Kanne. »Sie haben erwähnt, dass Sie auf einer Sauftour waren.«

»Ah. Natürlich. Die Sauftour.« Er richtete seine glasigen Augen auf mich und schien mich zum ersten Mal richtig wahrzunehmen. »Sie haben eingekauft.«

»Sie haben mich darum gebeten. Als eine Art Gefallen.« Mit glühenden Wangen goss ich den Tee in die Tasse und gab Milchpulver dazu, während ich mich fragte, ob er es wohl merken würde, dass ich es mit der Wahrheit nicht so genau nahm. »Kleidung und solche Dinge.«

»Ich glaube, ich erinnere mich.« Er atmete langsam, als traue er seiner Lunge nicht recht. »Danke.«

»Gern geschehen.« Ich riss ein Päckchen Zucker auf und gab etwas davon in den Tee. »Hier ist Ihr Tee.«

Ich trug die Tasse zum Bett. Vorsichtig nahm er sie mir aus der Hand, während ich einen Stuhl heranzog und mich setzte. »Soll ich einen Arzt für Sie rufen?«

»Auf keinen Fall.« Er pustete in seine Tasse. »Mir geht's gleich besser.«

»Sie sehen nur nicht ...« Ich hielt inne. »Es scheint Ihnen aber gar nicht gut zu gehen.«

Seufzend nippte er an seinem Tee. »Ich habe nur ein Problem mit meinem Gedächtnis. Es liegt nicht am Alkohol. Der dient bloß als Medizin, damit diese Kopfschmerzen aufhören. Mich quälen schreckliche Kopfschmerzen, müssen Sie wissen.«

»Okay«, sagte ich langsam. »Wenn Sie es sagen.«

»Ich erwarte nicht, dass Sie das verstehen.« Er sah mich an. »Der Tee ist hervorragend. Sie werden eines Tages einmal eine gute Ehefrau.«

Ich gab ein bitteres Lachen von mir. »Wissen Sie immer noch nicht, weshalb Sie hier sind?«

»Castaway House ...« Er seufzte. »Der Name hat sich regelrecht in mein Herz gebrannt. Castaway House.«

»Sie sagten etwas von Dingen aus der Zeitung.« Das hatte ich schon gestern zu ihm gesagt, doch diesmal machte er keine Anstalten, den Inhalt seiner Taschen auf dem Tisch auszubreiten.

»Ah. Genau. Ich erinnere mich an etwas.« Er runzelte die Stirn. »Ich glaube, das war der Grund für die Sauftour.«

»Sie haben Zeitung gelesen und sind danach auf Sauftour gegangen?«

»Ich weiß nicht genau. Vielleicht. Ich glaube, ich habe etwas Wichtiges gelesen.« Er schüttelte den Kopf. »Aber mir fällt beim besten Willen nicht mehr ein, was es gewesen sein könnte. Vielleicht später.«

Ich sah auf das Geld neben mir auf dem Tisch. »Dieses Foto … aus dem Umschlag.« Ich zog die Aufnahme aus dem zerrissenen Umschlag und hielt sie ihm vor die Nase. »Das Foto haben Sie nicht zufällig damit gemeint, oder?«

Er betrachtete es. »Das hatte ich schon immer bei mir«, sagte er. »Von Geburt an.«

Ich schob es in den Umschlag zurück. »Ich dachte nur, dass Sie das sein könnten. Als Kind. Aber ich war nicht ganz sicher.«

»Hm, ich weiß nicht. Keine Ahnung. Wenn tatsächlich ein Baby auf dem Foto ist, weiß ich nicht, wer es sein könnte.«

Ich runzelte die Stirn. »Aber Sie sagten doch gerade, Sie hätten es schon von Geburt an.«

»In den Docks. Seit meiner Geburt in den Docks.«

»Sie wurden in den Docks geboren?« Ich glaubte mich zu erinnern, dass er gestern etwas in der Art erwähnt hatte, aber ich hatte nicht richtig hingehört.

Er blickte mich aus seinen rot geränderten Augen an. »Ich meine damit, dass ich bei den Docks gefunden wurde.«

»Wirklich? Wie ungewöhnlich.«

»Von Frank. Er hat mich dort gefunden, eingewickelt in eine zerrissene Decke und mit dem Foto in der Hand. Und das war meine Geburt, weil ich an die Zeit davor keinerlei Erinnerung habe.«

Ich beugte mich vor. »Wie? Keinerlei Erinnerung?«

»Alles, was davor war, ist verschwommen. Nebel.« Er zuckte

die Achseln. »Aber das ist alles lange her und spielt keine Rolle mehr.«

»Aber das … das ist … wie alt waren Sie da? Doch bestimmt kein Kind mehr.«

»Körperlich gesehen nicht, nein.« Er atmete schwer. »Aber in manch anderer Hinsicht war ich genau das.«

Ich schlug die Hand vor den Mund. »Das ist ja schrecklich.«

»Und seither leide ich unter diesen Kopfschmerzen. Sie verhindern, dass ich mich erinnern kann. Mein Gehirn ist wie ein Stück Schweizer Käse.«

»Aber jemand muss Ihnen doch alles erzählt haben. Wer Sie sind, wie Sie heißen.« Ich runzelte die Stirn. »Kennen Sie Ihren Namen? Ihren richtigen Namen, meine ich?«

»Ich weiß überhaupt nichts«, antwortete er. »Wie gesagt, ich wurde unten bei den Docks geboren.« Wieder nippte er an seinem Tee.

»Ja, aber …« Ich zögerte. »Man taucht doch nicht einfach aus dem Nichts auf. Jemand muss Sie als vermisst gemeldet haben.«

»Mich nicht«, erwiderte er. »Offenbar hat keiner Interesse daran gehabt, mich zu finden.«

»Wie grauenhaft.«

»Nein, gar nicht. Wer braucht schon Erinnerungen? Lasten einem doch bloß auf der Seele.« Er nickte entschlossen. »Frank war derselben Meinung. Hätte ich mich an meine Vergangenheit erinnern wollen, hätte ich es längst getan, hat er immer gesagt.«

Unwillkürlich musste ich an meine eigene Misere denken, dass ich meine Erinnerungen sofort verbannen würde – zumindest bestimmte –, wenn ich nur könnte. Unversehens kam mir ein Gedanke. »Aber dann müssen Sie ja schon vorher, bevor Sie das letzte Mal hier waren, das Gedächtnis verloren haben.«

Dockie schüttelte den Kopf. »Nicht unbedingt. Ich könnte auch letztes Jahr hier gewesen sein und es bloß vergessen haben. Frank hat sich alles für mich gemerkt, aber jetzt ist er tot, und ich muss mich auf mich selbst verlassen. Und wie Sie ja selbst sehen, gelingt mir das nicht besonders gut.«

»Vielleicht wenn Sie wüssten, wer das auf diesem Foto ist …« Ich stand auf. »Vielleicht würde das helfen.« Ich verstummte, als mir dämmerte, dass nichts, was ich sagte, auch nur annähernd zu beschreiben vermochte, was es bedeutete, seine Identität zu verlieren.

Er winkte ab. »Ich brauche keine Hilfe. Wenn man ein schlechtes Gedächtnis hat, muss man eben lernen, mit dem Strom zu schwimmen.« Er runzelte die Stirn. »Das Problem ist nur, dass ich jetzt hier bin, ohne die leiseste Ahnung zu haben, wieso, obwohl ich in dieser Sekunde in meinem Zimmer sitzen und Mrs O'Shea mir eine Schüssel Suppe bringen könnte.«

»Ich habe Ihnen gestern auch Suppe gemacht«, sagte ich, ging in die Küche und spähte in eine Tüte. »Das hier habe ich Ihnen übrigens mitgebracht.«

Dockie musterte die Flasche Wincarnis Tonic Wine. »Hm«, brummte er verwirrt.

Ich stellte die Flasche weg. »Morgen Nachmittag werden noch ein paar Sachen geliefert. Das Geld liegt hier auf dem Tisch. Sie können gern nachzählen.«

»Sie sind ein anständiges Mädchen«, sagte er und streckte mir die Hand hin, als ich an ihm vorbeiging. »Danke.«

Ich lächelte, brachte es jedoch nicht über mich, sie zu ergreifen.

»Ah. Und jetzt gönne ich mir ein bisschen Ruhe.« Er stellte seine Teetasse auf dem Boden neben dem Bett ab.

Ich öffnete die Tür. »Soll ich vielleicht morgen wiederkommen? Um nach Ihnen zu sehen?«

»O nein. Sie haben schon genug für mich getan«, sagte er, und ich bekam Gewissensbisse – ich hatte bei weitem nicht genug getan.

»Ich komme schon zurecht«, fuhr er fort. »Ich habe zu essen,

Kleider und anständigen Wein. Was könnte ich mir sonst noch wünschen?«

»Also gut.« Ich winkte ihm zu. »Dann auf Wiedersehen. Bestimmt begegnen wir uns demnächst mal oben in der Eingangshalle oder so.«

»Sobald es mir besser geht, kehre ich nach Dublin zurück.« Er seufzte. »Was für ein idiotisches Abenteuer.«

Ich ließ ihn zurück, zwischen den verhedderten Bettlaken, und ging die Treppe hinauf ins Erdgeschoss. Auf halbem Weg fiel mir ein, dass ich meine Schuhe vergessen hatte. Sie lagen immer noch in dem makellosen Karton in der Bradley's-Tüte, die unangetastet auf dem Tisch in Dockies Zimmer stand.

Ich schloss die Augen und ließ mich gegen das verschnörkelte Treppengeländer sinken. Ich sollte zurückgehen, diskret nach der Tüte greifen und mich wieder davonmachen. »Ich konnte ja nicht wissen, dass er krank ist«, murmelte ich und starrte auf das Stück Strukturtapete unter der Zierleiste, die von den zahllosen vorbeistreifenden Bewohnern und Gästen zerschrammt war.

Da läutete das Telefon.

Wie erstarrt sah ich es an, jedes Läuten ein überdeutlicher Vorwurf. Ich war nicht imstande, mich vom Fleck zu rühren, sondern klammerte mich am Geländer fest, als wäre es ein Rettungsanker, während die Deckenbeleuchtung erlosch und ich im düster-milchigen Spätnachmittagslicht dastand.

Das Telefon läutete erbarmungslos weiter. »Ja, ist ja schon gut, komme schon«, hörte ich jemanden knurren. Sekunden später wurde die Tür der Erdgeschosswohnung aufgerissen, und Star trat mit einer Schürze über ihrer gestreiften Bluse heraus. Sie knipste das Licht an, hastete zum Telefon und hob ab, als sie mich bemerkte und einen erschrockenen Schrei ausstieß, so wie ich zuvor in Dockies Zimmer.

»Scheiße«, stieß sie hervor, presste sich den Hörer ans Ohr und schüttelte vehement den Kopf. »Helmstone 4895«, bellte sie.

Ich lächelte schwach, doch sie runzelte die Stirn. »Wen wollen Sie sprechen? Rosie?«

Ich winkte hektisch ab. »Nein, tut mir leid, aber sie ist gerade weggegangen … Nein, tut mir leid, das weiß ich nicht«, sagte sie, ohne den Blick von mir zu lösen.

»Danke«, formte ich lautlos mit den Lippen. Sie nickte und schlang sich die Telefonschnur um die langen Finger. »Okay. Soll ich sie bitten zurückzurufen, wenn sie nach Hause kommt?« Sie lauschte. »Oh. Aha. Ich sorge dafür, dass sie ihn sieht.«

Star griff nach der Kreide und schrieb schon wieder »Rosie – deine Mutter hat angerufen« an die Tafel. »Ja, im obersten Stock«, sagte sie. »Ja. Ja. Ich kenne sie.«

Ich ließ den Kopf gegen die Wand sinken, während Star sich halb von mir abwandte. Mein Blick fiel auf die Kritzeleien an der Wand rings um das Telefon. Vielleicht stammten sie aus der Zeit, bevor jemand die Schiefertafel aufgehängt hatte. »Carry Me Home 5:2 (D'cester 3.18), Oral 15, £ 3, Tel. Mr Rattle 8390 (dringend!)«.

»Gut, ja, das mache ich.« Zwei rosige Flecke prangten auf Stars Wangen. Ich hatte sie noch nie vorher erröten gesehen. »Soweit ich weiß, ja. Ich denke, doch. Sehr glücklich … Nein, nein, sprechen Sie ruhig weiter.«

Ich hörte die blecherne Stimme meiner Mutter und spürte, wie mir ebenfalls die Hitze ins Gesicht stieg. Hastig drehte ich mich um und schaute zu der halb offen stehenden Wohnungstür hinüber, durch die sich ein Blick auf einen Flur und eine Art Schlafzimmer bot.

»So gut kenne ich sie auch wieder nicht«, sagte Star und drehte sich langsam zu mir um. »Einen Freund?«

Wieder schüttelte ich den Kopf und riss die Augen so weit auf, dass sie beinahe aus den Höhlen fielen. Sie nickte wie in Zeitlupe und lauschte. Die Telefonschnur schlang sich um ihre Finger. Ihr akkurat geschnittenes Haar schimmerte im hellen Licht der Deckenbeleuchtung. Mit einem Mal wurde mir bewusst, dass Star noch weniger hierher nach Castaway House passte als ich. Sie passte vielmehr auf eine Jacht, in einem schicken Einteiler und mit einem Glas Champagner in der Hand, lachend vor Begeisterung über die aufsprühende Gischt, während das Boot durchs Wasser pflügte.

»Nein. Das ist mir nicht aufgefallen.« Star musterte mich von oben bis unten. »Nein, absolut nicht. Sie scheint nicht diese Art von … Oh. Aha. Nein, ich bin sicher, es geht ihr gut … Meiner? Star. Ja, genau, Star.«

Mit hämmerndem Herzen wartete ich. »Ich werde es ihr ausrichten. Auf Wiederhören.«

Behutsam legte sie den Hörer auf die Gabel und sah mich eindringlich an. »Sie wollte wissen, ob du einen Freund hast.«

Ich lächelte. »So sind Mütter. Machen sich ständig Sorgen.« Ich breitete die Arme aus. »Aber du weißt ja, dass ich keinen habe.«

Star stützte sich auf dem Geländer ab. »Und sie wollte wissen, ob du dich kürzlich von jemandem getrennt hast. Ob ich von einem Mann wüsste, der dich gekränkt hat.«

Ich presste mich mit dem Rücken gegen die Wand. »Meine Mutter!« Ich lachte. »Sie vermutet hinter allem ein Geheimnis. Das große Rosie-ist-ausgezogen-Geheimnis.«

Star legte mir die Hand auf die Schulter. »Mir kannst du es erzählen.«

»Da gibt es nichts zu erzählen.« Ich löste mich von der Wand. »Es ist nicht wichtig. Außerdem hast du doch selber jede Menge Geheimnisse.«

Star riss die Hand zurück, als hätte sie sich verbrannt. »Was meinst du damit?«

Ich lächelte. »Na ja …«, neckte ich sie.

»Du hast doch keine Ahnung, wovon du sprichst. Und wenn du auf diesen albernen Klatsch hörst, bist du eine größere Idiotin, als ich dachte.«

Ich schnappte nach Luft. »Wie bitte? Schließlich hast du erzählt, du wüsstest nichts über diese Wohnung hier unten, obwohl das gar nicht stimmt.« Ich zeigte zu der offenen Tür.

»Oh.«

Ich kniff die Augen zusammen. »Wieso bin ich dann eine Idiotin?«

»Ich hab's nicht so gemeint.« Sie lächelte verlegen. »Tut mir leid, ich war nur … ach, vergiss es. Natürlich bist du keine Idiotin. Ganz im Gegenteil.«

»Aber von welchem Klatsch sprichst du? Was sagen denn die Leute?«

»Gar nichts.« Sie starrte mich herausfordernd an, während mir dämmerte, dass wir so nicht weiterkamen.

»Also gut«, entgegnete ich. »Erzähl mir von der Wohnung.«

Sie ließ die Schultern sacken. »Sie gehört dem Vermieter, und ich soll hier sauber machen. Das ist mein Job.«

»Und wieso hast du mir das nicht schon gestern erzählt?« Ich fragte mich, was sie mit »Klatsch« gemeint hatte, was die Leute über sie erzählen könnten.

Sie verzog das Gesicht und zupfte an ihrer Schürze. »Saubermachen und all dieser Hausfrauenkram. Das ist nicht gut für mein Image, verstehst du?«

Unsere Blicke begegneten sich, und wir mussten beide grinsen, was den Waffenstillstand zwischen uns noch weiter besiegelte. »Seltsam, aber ich dachte gerade, dass du viel eher auf eine Jacht passen würdest.«

»Schön wär's«, meinte sie. »Wir könnten aufs Meer hinaussegeln und nach Perlen tauchen. Und Johnny könnte das Ruder übernehmen.«

»Hm.« Es freute mich, dass ich Teil ihres Tagtraums sein durfte, auch wenn ich verärgert war, dass sie auch auf Johnny nicht verzichten wollte. »Ich dachte immer, der Vermieter sei eine Art schwerreicher Tycoon oder so was. Du weißt schon, mit einer

Jacht, Dauerbräune und Strandhaus in Rio. Ich hatte keine Ahnung, dass er hier im Haus wohnt.«

»Oh, das tut er gar nicht. Er … äh … kommt bloß ab und zu vorbei und sieht nach dem Rechten. Zum Glück passiert das nicht allzu häufig.« Sie zwinkerte.

»Aber wer bringt mich dann mit diesem fürchterlichen Gepfeife um den Verstand?«, fragte ich. Star runzelte verständnislos die Stirn. »Es kommt eindeutig aus dieser Wohnung.«

»Ich glaube, du hast den Verstand schon verloren. Hier war seit Wochen kein Mensch.« Sie lachte unvermittelt. »Vielleicht gibt es hier ja Mäuse.«

»Pfeifende Mäuse?«

»Ach, weiß nicht. Der Wind. Ja, bestimmt ist es der Wind. Du weißt ja, wie diese alten Bruchbuden sind. Voller Löcher.«

»Hör zu.« Ich deutete auf den Sockel, auf dem das Telefon stand. »Danke, dass du mit meiner Mutter geredet und ihr gesagt hast … ich meine, dass du sie beruhigt hast, okay?«

Star zuckte die Achseln. »Kein Problem.«

»Es ist nur … ich bin einfach gerade nicht in der Stimmung, mit ihr zu reden.«

»Hey, mich geht das alles nichts an.« Sie sah mich an. Die unausgesprochenen Worte hingen schwer zwischen uns.

»Und ich interessiere mich auch nicht für irgendwelchen Klatsch. Es ist mir egal, was die Leute sagen.« Gleichzeitig wünschte ich mir sehnlichst, mehr zu erfahren. Vielleicht ein andermal.

»Gut«, stieß sie hitzig hervor. »Ich wusste, dass du über solchen Dingen stehst.«

»Wenn du meinst.« Ohne nachzudenken, beugte ich mich vor und drückte meine Lippen auf ihre weiche Wange. »Danke.«

»Oh!« Verblüfft umklammerte sie das Treppengeländer und deutete mit einem unsicheren Lächeln auf die offene Wohnungstür. »Ich … ich muss jetzt weitermachen. Bis dann.«

Die Tür fiel krachend hinter ihr ins Schloss. Ich stieg die Treppe hinauf, die Erinnerung an ihre Wange immer noch auf meinen Lippen. Ich ging in die Küche, machte mir eine Tasse Tee und ein Käsesandwich und hörte Radio Luxembourg auf Susans Transistorradio. Erst nach einer Viertelstunde fiel mir auf, dass ich die Schuhe immer noch nicht aus Dockies Zimmer geholt hatte.

Ich strich die Krümel zusammen und formte sie zu einer kleinen Kugel in meiner Hand. Allein beim Gedanken daran, noch einmal in das Zimmer zu gehen, an den schalen Gestank und seine Horrorgeschichten über Gedächtnisverlust und Pensionen, an diesen alten Mann mit all den Löchern in den Socken und im Kopf, erschauderte ich. Es machte mich unendlich traurig, und ich war heilfroh, dass er demnächst nach Dublin zurückkehren wollte und damit weit weg war und ich ihm nicht helfen könnte.

Allerdings hatte ich ihm Geld gestohlen. Zwei Pfund und fünf Shilling, um genau zu sein, oder vier, wenn ich den einen für den Gaszähler abzog. Einen kranken alten Mann zu bestehlen war das krasse Gegenteil von einer guten Tat. Ich trank meinen Tee aus und dachte an das viele Geld in dem zerschlissenen Umschlag. Er würde es niemals merken, außerdem war es sowieso zu spät.

Auf einmal fiel mir die Ausgabe von *Northanger Abbey* wieder ein, die Dr. Feathers mir geliehen hatte. Ich holte das Buch aus meiner Handtasche und legte es auf den Tisch. Vielleicht würde ich morgen Mrs Hale fragen. Vielleicht hatte sie Robert Carver ja gekannt und wusste, weshalb jemand sich verpflichtet gefühlt hatte, seine Überzeugung über R. C.s Unschuld in die Unterseite des Fensterbretts zu ritzen.

Auf dem dunkelgrünen, reichlich mitgenommenen Buch prangte die Zeichnung eines jungen Mädchens. Die Goldbuchstaben des Titels waren zu einem Dunkelbraun verblasst. Der Buchrücken war gebrochen, so dass mir einzelne Seiten entgegenflatterten, als ich es aufschlug.

Aber all das interessierte mich nicht. Ebenso wenig wie der Inhalt des Buches. All das war weniger aufregend als die Tintenkritzeleien auf der hinteren Umschlaginnenseite. Die Handschrift war von beinahe kalligrafischer Perfektion – eine Kunst, die ich leider nicht beherrschte –, doch die Worte selbst waren auf der Seite zufällig verstreut wie umherflatternde Schmetterlinge:

Lizzie Carver
Mrs R. Carver
E. F. C.
Elizabeth Carver (Mrs)
Mr & Mrs Robert Carver

Unten ging dreimal hintereinander die Türglocke, doch statt aufzumachen, ging ich zum Fenster und tastete nach der Beteuerung von Robert Carvers Unschuld unter dem Sims. Ich bückte mich und nahm die Buchstaben in Augenschein, um herauszufinden, ob es dieselbe Handschrift war, was sich jedoch als unmöglich erwies.

Wieder läutete es an der Tür. Ich nahm das Buch und trat hinaus auf den Treppenabsatz. Zwar konnte ich von hier aus lediglich das Treppenhaus bis zum Erdgeschoss sehen, hörte aber das Klappern von Absätzen auf den Steinfliesen und Stars gedämpfte Stimme.

Leise pirschte ich mich ins Zimmer zurück. Nach der Nacht war die Luft abgestanden und vermischte sich mit der Feuchtigkeit der Wände. Ich schloss die Tür hinter mir und huschte auf Zehenspitzen ans Fenster, von wo aus sich ein Blick über die Straße bot.

Vor dem Haus stand ein weißer Wagen mit ausladender Schnauze und großen glänzenden Scheinwerfern. Ich ließ mich auf Vals Bett fallen, wobei ich ihre Stofftierarmee zerknautschte. Jetzt hing es einzig und allein an Star, ob sie begriffen hatte, dass ich für Besucher nicht zu sprechen war, vor allem nicht für solche mit weißen Sportwagen. Ich überlegte, ob ich notfalls einfach nicht auf sein Klopfen reagierte, falls er hochkäme, aber das würde ihn bloß zu weiteren Besuchen animieren.

Die Vorstellung, mit ihm reden zu müssen, behagte mir ganz und gar nicht. Ich will nicht, dachte ich, bockig wie ein Kind. Da fiel die Haustür ins Schloss. Ich stand auf und schaute mit angehaltenem Atem auf die Straße in der Hoffnung, einen Blick auf ihn zu erhaschen.

Ja. Da war er, mit seinem pomadisierten Haar und dem Schlüsselbund in der Hand. Ich glaubte sogar das leise Klimpern zu hören. Am Tor blieb er noch einmal stehen und drehte sich um. Eilig wich ich zurück. Ich hörte, wie die Wagentür zuschlug. Dröhnend sprang der Motor an, und ich beobachtete, wie er die Straße hinunterfuhr. Erleichtert stieß ich den Atem aus.

In der Stille ertönte wieder dieses Pfeifen.

Ich lauschte angestrengt.

Ja. Es war dasselbe arhythmische Pfeifen, das durch Mark und Bein drang. Ich erschauderte.

Löcher, hatte Star gesagt. Vielleicht hatte sie ja Recht, und es war tatsächlich der Wind, denn das Pfeifen kam nicht mehr aus der Erdgeschosswohnung, sondern von draußen, einsam und herzzerreißend, ähnlich wie das verzweifelte Weinen, das ich gestern gehört hatte.

Ich öffnete die Wohnungstür. Im Flur schien das Geräusch leiser zu sein. Ich wollte gerade wieder hineingehen, als mir das Päckchen vor der Tür ins Auge fiel.

Es war eine schwere Papiertüte mit Griffen, und als ich sie hochhob, fiel mein Blick auf das Logo: »Boutique Lady Lucinda«.

Unten klickte ein Türschloss – Star. Sie war die Treppe heraufgelaufen und hatte sie hingestellt, so als würde sie all meine Geheimnisse wie einen Laubhaufen zusammenkehren. Ich warf die

Tüte auf mein Bett. Beklommen nahm ich den Karton heraus, öffnete ihn und erblickte inmitten des Seidenpapiers ein weißes Paar Sandalen mit einer großen Schnalle in Größe 36.

An einem Griff hing ein Schildchen. »Rosie – alles Gute nachträglich zum Geburtstag. In denen wirst du wie eine kleine Sexbombe aussehen! Harry xxx«

Ich ließ mich rückwärts aufs Bett fallen.

Morgen, dachte ich. Morgen werde ich mich um alles kümmern. Als ich über die Tagesdecke strich, streiften meine Finger das Buch. Ich schlug die letzte Umschlaginnenseite auf und las die unterschiedlichen Namensvarianten noch einmal, deren Klang etwas seltsam Beruhigendes hatte: »Lizzie Carver, Mrs Robert Carver, Mrs Elizabeth Carver, E. F. C.«

Gleichzeitig hörte ich immer noch dieses durchdringende Pfeifen. Ich stieß den Schuhkarton vom Bett, der mit einem befriedigenden Knall auf dem Boden aufschlug. Nichts ist wichtig, dachte ich, konzentrierte mich auf die Namen im Buch und auf Robert Carver und das Mädchen, das sich ausgemalt hatte, seine Ehefrau zu sein. Auch ich hatte dasselbe mit einem anderen Namen getan, mit glühenden Wangen »Mrs Harold Bright, Mrs Rose Bright, R. C. & H. B.« in mein Tagebuch gekritzelt, wieder und wieder, nur um alles so vehement auszuradieren, dass ich ein Loch ins Papier gemacht hatte. Und nachts hatte ich von all dem geträumt, wovon ich nicht träumen durfte.

SECHS

1924

Die Wochen vergingen. Der Juni ging in den Juli über, und Helmstone zeigte sich in der hochsommerlichen Hitze von seiner farbenprächtigsten Seite. Die Fischer mit ihren wettergegerbten Gesichtern hockten auf Schemeln vor ihren Buden und nahmen Fische aus, junge Verkäuferinnen drängten sich vor riesigen Tanzsälen, aus denen heiße Jazzklänge auf die Straße drangen. Mit jedem Tag schienen noch mehr Menschen die Stadt zu bevölkern, die Pensionen waren proppenvoll mit Gästen, die sich tagsüber und abends am Strand und an der Promenade tummelten. Das ganze Leben verlangsamte sich, und es war, als wäre man Teil einer gemütlich sich fortbewegenden Menschenmenge, die, bewaffnet mit ihren Sonnenschirmen, Picknickkörben und der alten Angst des Engländers, fernab von zu Hause zu sein, die Stadt überschwemmten und sie wieder verließen.

Ich vertrieb mir die Zeit und half Alec beim Aufbau seines Berühmtheitenkabinetts, was länger dauerte als zunächst angenommen. Ab und zu zeichnete ich und ging ansonsten Mrs Bray tunlichst aus dem Weg, was sich als gar nicht so schwierig herausstellte, da sie sich lediglich zum Frühstück blicken ließ und so gut wie immer unterwegs war. Es habe den Anschein, als gehe sie einer Arbeit nach, sagte ich zu Alec, der in schallendes Gelächter ausbrach und entgegnete, das sei so ziemlich das Letzte, was er sich bei ihr vorstellen könne.

Auch mit Lizzie Feathers verbrachte ich sehr viel Zeit, die ihre Nervosität mit der Zeit immer weiter ablegte und manchmal sogar rundheraus ihre Meinung kundtat. Mehr als einmal ertappte ich mich bei lüsternen Gedanken, wenn wir nebeneinander im Kino saßen. Auch wenn ich wusste, wie unangemessen sie waren, gab ich mich ihnen hin.

Eines strahlenden Nachmittags Mitte Juli sahen wir uns *Zwei Herzen am Amazonas* an. Die Hände vor Spannung im Schoß verkrallt verfolgte Lizzie das Geschehen auf der Leinwand. Ich betrachtete sie, genauer gesagt, die Wölbung ihres Busens unter der Bluse. Sie hatte sehr üppige Brüste, und ich brachte viele angenehme Nachtstunden damit zu, sie mir in unbekleidetem Zustand vorzustellen, wobei meine Fantasien lediglich durch die französischen Fotografien genährt wurden, die unter der Schulbank die Runde gemacht hatten. Sie waren die einzigen Wissensquellen, die mir zur Verfügung standen.

Als wir danach auf der Treppe vor dem Regal Picturehouse standen, überkam mich jenes eigentümliche, leicht losgelöste Gefühl, wie so oft, wenn man aus einem abgedunkelten Raum in die gleißende Helligkeit tritt. Lizzie war immer noch Feuer und Flamme.

»Hat man je etwas Schöneres gesehen?«, sagte sie mit leiser, ehrfürchtiger Stimme. Ich ging davon aus, dass sie den Hauptdarsteller meinte und gar keine Antwort von mir erwartet wurde. Ich hatte keine Ahnung, worum es in dem Film gegangen war, da ich die ganze Zeit über nur Lizzie angesehen hatte, was ich jedoch keine Sekunde bereute.

Wir begaben uns in einen Teesalon in der Altstadt, die bei den Einheimischen den Spitznamen Snooks trug und wo sich Antiquariate an Juwelier- und Schokoladengeschäfte reihten. Ich spendierte Lizzie ein Stück Sahnetorte, während wir vom Fenster aus die Tagesausflügler beobachteten.

»Du kommst doch nächste Woche zu Vaters Dinnerparty, hoffe ich?«, fragte Lizzie und schob sich ein Stück Torte in den Mund.

»Wie könnte ich die versäumen? Wann immer ich ihn sehe, spricht er von nichts anderem.«

Sie verzog den Mund zu einem ironischen Lächeln, das sie bestimmt vor dem Spiegel geübt hatte, um erwachsener zu wirken. »Er bringt Mutter noch um den Verstand. Er hat solche Sorge, dass Mr Bray nicht kommt. Ich glaube, für ihn ist er die Kirsche auf der Sahnetorte.«

Ich lächelte, obwohl ich Dr. Feathers' Ansicht durchaus nachvollziehen konnte. Alec würde einem Abend, der ausgesprochen langweilig zu werden drohte, einen gewissen Glamour verleihen. Allein dass er aus London war, schien ihn in den Augen der hiesigen Gesellschaft mit einem verwegenen Charme auszustatten, mit dem man sich hier nur allzu gern schmücken wollte.

»Sicherlich wird Alec kommen«, sagte ich, obwohl ich mir durchaus vorstellen konnte, dass er seine Pläne in letzter Sekunde über den Haufen warf.

»Vater will unbedingt die Wogen glätten«, erklärte sie. Ihre Augen verengten sich zu Schlitzen, und sie fuhr in eisigem Tonfall fort: »Ich wünschte, dieses Mädchen würde dich nicht ständig anstarren.«

»Welches Mädchen?« Ich drehte mich neugierig um und sah zwei auffallend magere junge Damen, die sich am anderen Ende des Tresens lautstark bei einer Tasse Tee unterhielten. Allerdings schienen die beiden vollauf mit sich selbst beschäftigt zu sein. Ich wandte mich wieder Lizzie zu. »Wogen glätten?«

Lizzies Züge verdüsterten sich einen Moment. »Sie scheint zu glauben, dass sie jeden haben kann, auch wenn er vielleicht mit einer anderen zusammen ist. Sicher lachen sie sich kaputt über mich, weil ich so fett bin.«

Wir hatten diese Art Gespräch bereits mehrfach geführt, und jedes Mal war ich verwirrt gewesen. Allerdings hatte ich mir für solche Situationen mittlerweile eine Strategie zurechtgelegt. Meiner Meinung nach lag Lizzie mit ihrer Einschätzung völlig daneben, aber die Erfahrung hatte mich gelehrt, dass eine Bemerkung lediglich eine stundenlange Diskussion entfachte. »Erstens bist du nicht fett«, sagte ich, »und zweitens finde ich solche Mädchen nicht im Mindesten interessant, wie du sehr wohl weißt.«

Ihre Züge erhellten sich etwas. »Aber sie sind so unglaublich dünn. Und so … modisch.«

Ich riskierte einen zweiten Blick. »Für mich sehen sie wie abgemagerte Hühner aus«, meinte ich, obwohl es nicht ganz der Wahrheit entsprach, aber es half, Lizzie ein wenig aufzumuntern, was mir wiederum Gelegenheit gab, die Sprache auf Alec und die Frage zu lenken, weshalb ihr Vater glaubte, die Wogen glätten zu müssen.

»Nun ja, Vater sagt, Alec sei in jungen Jahren ein ziemlicher Tunichtgut gewesen.« Sie gestattete sich den Anflug eines Lächelns, vor allem, nachdem die beiden Mädchen ohne einen weiteren Blick in meine Richtung verschwunden waren und sie sich endlich entspannen konnte.

»Das stimmt allerdings«, bestätigte ich. »Meine Tante hat ihn nach Strich und Faden verwöhnt. Bestimmt hat er während seines Aufenthalts in den Sommerferien die ganze Stadt in Atem gehalten. Keine Angst, in der Familie hatte er genau denselben Ruf.«

Lizzie hielt mir ihre abgeleckte, fettige Gabel hin, doch ich schüttelte den Kopf.

»Vater hat sich ständig über ihn beschwert und uns Vorträge gehalten, der Junge sei ›von himmelschreiender Disziplinlosigkeit‹.« Sie imitierte ihren Vater und streckte die Brüste vor. »Ich glaube nicht, dass er deinem Cousin in besonders angenehmer Erinnerung geblieben ist.«

Ich zuckte die Achseln. »Alec verzeiht jedem. Er hat eine Gardinenpredigt verdient, und vermutlich weiß er das auch.«

»Vater möchte eben eingerissene Brücken wieder aufbauen. Vor allem jetzt, wo …« Sie legte den Kopf schief. »Wo wir Nachbarn sind.«

Insgeheim hatte ich den Verdacht, dass besagte Brücken in ihrem Zustand belassen worden wären, hätte Alec keine ansehnliche Erbschaft gemacht. Andererseits war ich vielleicht vorschnell mit meinem Urteil über den alten Knaben.

Danach schlenderte ich mit Lizzie am Ufer entlang bis zu Alecs Wachsfigurenkabinett. Bereits seit Wochen wollte sie unbedingt, dass ich sie herumführte, aber Alec hatte mir das Versprechen abgenommen zu warten, bis es in einem einigermaßen vorzeigbaren Zustand war.

Hämmern drang durch die geöffnete Tür. »Hallo?«, rief ich und steckte den Kopf hinein, woraufhin der Tischler erschien. Er kratzte sich am Kinn.

»Sie sind Mr Brays Freund, stimmt's?«, fragte er und lächelte.

»Sein Cousin«, sagte ich. »Und sein künstlerischer Berater.«

Laut ausgesprochen klang es reichlich albern, doch der Tischler machte einen Schritt zur Seite. »Und Sie möchten der jungen Dame alles zeigen, ja?«

»Wenn es Ihnen recht ist.« Ich trat über die leicht erhöhte Schwelle und hielt Lizzie die Hand hin.

Der Tischler zog seine Tabaksdose heraus. »Lassen Sie sich ruhig Zeit«, sagte er mit einem anzüglichen Grinsen.

Ich führte Lizzie in den Eingangsbereich, dessen Wände einen frischen Anstrich bekommen hatten. »Oh, wie aufregend«, rief sie. »Wer ist denn das?«

Sie ging durch das nagelneue Drehkreuz und musterte die königliche Familie aus nächster Nähe, als säße ein Käfer auf der Nase des Königs. »Lenin?«, fragte sie unsicher.

»Nicht ganz.« Ich zupfte seinen angeklebten Bart zurecht. »Komm, wir gehen weiter.«

Im hinteren Teil befand sich ein Milchglasfenster, hinter dem verschwommene Gestalten zu erkennen waren. Da das elektrische Licht noch nicht hundertprozentig funktionierte, knipste ich es nicht an, sondern beließ den Raum im Halbdunkel. Ich zeigte Lizzie Rudolph Valentino und Gloria Swanson.

»Wie hinreißend«, meinte sie. »Aber die beiden haben doch

gar nicht in *Der Scheich* zusammen gespielt, sondern in *Beyond the Rocks*.«

»Sag das lieber nicht Alec«, entgegnete ich. »Er hält mich für ein Genie, weil ich die beiden so arrangiert habe.«

»Du bist ein Genie«, erklärte sie im Brustton der Überzeugung und inspizierte brav die restlichen Exponate. »Und ich bin sicher, ihr werdet eine Menge Geld damit machen.«

»Ich nicht«, sagte ich. »Aber Alec und sein Geschäftspartner. Sie haben in dieses Geschäft investiert. Zumindest Alec. Sein gesamtes Erbe, glaube ich.«

Lizzie wandte sich um. »Ich bin sicher, er weiß, was er tut.«

»Ja«, sagte ich zweifelnd. »Bestimmt.«

»Natürlich sollte es jetzt, während des Sommers, am besten schon geöffnet sein.« Sie rückte Valentinos Kopftuch gerade. »Aber was weiß ich schon?«

Seit Wochen überlegte ich, wie es sich anfühlen mochte, allein mit Lizzie in einem Raum zu sein. Und nun, da es endlich so weit war, wusste ich nicht recht, wie ich mich verhalten sollte. »Lizzie …«, begann ich unsicher.

Sie drehte sich zu mir um. »Oh!«, stieß sie hervor, als sie merkte, dass ich unmittelbar hinter ihr stand. Ich registrierte, wie sich der Ausdruck auf ihrem Gesicht veränderte. Sie blinzelte, und der Anflug eines Lächelns spielte um ihren Mund. »Ja?«

Ich nahm ihre Hand. Sie wollte, dass ich sie küsste – ich spürte ihr Verlangen wie eine heiße Woge durch meinen Körper strömen. Sie machte einen Schritt auf mich zu. Ich neigte den Kopf, unterschätzte jedoch meinen Schwung und streifte mit dem Mund ihre Nase.

Sie unterdrückte ein Kichern. Ich legte die Hände auf ihre Taille und spürte, wie sie sich anschmiegte. »Diese Mädchen waren wirklich schrecklich, stimmt's?«, raunte sie.

»Hm?« Ich hatte keine Ahnung, wovon sie sprach. Wieder neigte ich den Kopf, und diesmal berührten ihre Lippen die meinen. Sie fühlten sich weich und angenehm an. Das lief ja besser, als ich vermutet hatte.

Ich war nicht sicher, wie lange so ein Kuss normalerweise dauerte. Ihre Nase drückte leicht gegen meine Wange, mir war ein wenig heiß, und ich wusste nicht recht, wohin mit meinen Händen, aber womöglich hatte ich den Dreh gleich heraus. In diesem Moment spürte ich ihre Zunge, die sich zwischen meine Lippen schob, ehe sie sich mit einem entsetzten Keuchen losriss und herumfuhr. »Tut mir leid«, stieß sie mit hochrotem Kopf hervor, hastete um die Ecke und war verschwunden.

Ich ging nach draußen und an den Strand hinunter. Der Tischler stand mit seiner Zigarette im Türrahmen und schob sich den Hut in den Nacken, als er mich sah. »Da sind Sie wohl ein bisschen zu weit gegangen, Freundchen«, bemerkte er mit einem widerwärtigen Lachen.

Ich beachtete ihn nicht, sondern suchte den Strand nach Lizzie ab, doch sie war davongestürzt und nirgendwo zu sehen. Ich stieg die Stufen hinauf zur Promenade, doch ich entdeckte lediglich eine Traube Kinder, die sich vor dem rot-weiß gestreiften Kaspertheater drängten.

Ich berührte meinen Mund, spürte noch immer Lizzies Zunge, die sich zwischen meinen Lippen eingebrannt hatte, und ging weiter, vorgeblich, um sie zu suchen, doch in Wahrheit war ich dankbar, mich sammeln zu können. Ich ging in Richtung Gaunt's Cliff, besann mich jedoch eines Besseren und lehnte mich gegen die Wand, während die aufgeregt schwatzenden Tagesausflügler und Urlaubsgäste an mir vorbeizogen.

Auf einmal bemerkte ich eine einsame Gestalt. Zunächst war mir nicht klar, weshalb mein Blick ausgerechnet an ihr hängen blieb – sie trug ein einfaches braunes Kleid, hatte eine alte Stola um die Schultern geschlungen und einen unmodernen, schlichten Strohhut auf. Erst als sie die Straße überquerte und die Sonne auf ihr ungeschminktes Gesicht fiel, erkannte ich sie. Es war

Mrs Bray. Und genau deshalb war sie mir aufgefallen – sie wirkte so unscheinbar.

Fassungslos starrte ich sie an. Noch nie hatte sie so … so gewöhnlich ausgesehen. Beim Anblick ihrer betont zurückhaltenden Aufmachung begriff ich schlagartig, dass sie sich wie jeden Tag auf den Weg gemacht hatte, wohin auch immer, und die Erinnerung an Lizzies Zunge, die sich zwischen meine Lippen drängte, festigte meine Überzeugung, dass Mrs Bray ein Stelldichein hatte und meinem Cousin Hörner aufsetzte.

Wut stieg in mir auf. Ich überquerte die belebte Straße, fest entschlossen, mich an ihre Fersen zu heften. Damit hätte Alec den notwendigen Beweis, falls er sich von ihr scheiden lassen wollte. Zumindest wüsste er dann, was für ein liederliches Frauenzimmer sie war. Ich folgte ihr die King Street entlang, vorbei an einem Reklameschild der Apotheke, die ihre »Kur gegen Glatzenbildung« anpries, und in die Wellington Street. Im Grunde konnte ich noch nicht einmal erklären, weshalb mich die Vorstellung ihrer Untreue so in Rage brachte; ich wusste lediglich, dass es so war.

Unvermittelt blieb sie stehen und spähte durchs Schaufenster von Dacres Metzgerei (»Wir führen ausschließlich Fleisch aus englischen Landen«). Eilig versteckte ich mich im Eingang von Lady Lucinda, während sie zu einem Mann hinaufblickte – vermutlich Mr Dacre persönlich –, der mit einem großen Schinken in der Hand eine Trittleiter erklomm und das Fleischstück an einen Haken im Fenster hängte. Sie rief ihm etwas zu, woraufhin er sich die Hände an der Schürze abwischte und herunterkletterte. Als Mrs Bray in dem Geschäft verschwand, wusste ich Bescheid.

Fieberhaft überlegte ich, wie ich weiter vorgehen sollte. Die Ankündigung im Schaufenster, »Neueste Pariser Mode!«, verhöhnte mich mit ihrer Verlogenheit – sie war bloß darauf angelegt, junge Möchtegernflapper durch die schwarz lackierte Holztür in den Laden zu locken. Diese Stadt war eine einzige Lüge, nichts als eine Illusion, und Mrs Bray war die größte von allen. Ich malte mir aus, wie sie es mit dem Fleischer im Hinterzimmer trieb, ein entblößtes Bein um seine Hüfte geschlungen und ihre Zunge zwischen seine Lippen drängend, so wie Lizzie vorhin bei mir. Ruhelos ging ich vor der Boutique auf und ab und spürte, wie ich in immer größere Erregung geriet, bis ich mich ermahnte, mich zu beruhigen, bevor ich dieses treulose Flittchen zur Rede stellen würde.

In diesem Moment ging die Tür der Metzgerei auf, sie trat ebenso unvermittelt wieder heraus, wie sie hineingegangen war, und setzte mit klappernden Absätzen ihren Weg fort. Ein in Papier eingewickeltes Stück Fleisch ragte aus ihrem Einkaufskorb. Wieder nahm ich die Verfolgung auf. Sicherlich hatte sie auf dem Weg zu ihrem Stelldichein bloß in der Metzgerei Halt gemacht, um ein Stück Fleisch für ihren Geliebten zu besorgen. Vielleicht beschwor ihr ungestümes Liebesspiel ja eine Wildheit in ihm herauf, die sich lediglich mit tierischem Fleisch zähmen ließ. Jedenfalls betrieb sie ein hinterlistiges Spiel sondergleichen, da die Beschaffung des Fleisches für den Haushalt ausschließlich Mrs Pennyworth oblag, die diese Aufgabe notfalls bis aufs Äußerste verteidigen würde, selbst wenn ihr die Hausherrin persönlich in die Quere käme.

Vor dem Schaufenster von Bradley's blieb sie erneut stehen. Aufgrund seiner leicht erhöhten Lage erinnerte das ehrwürdige Warenhaus an eine alte Jungfer, die gebieterisch den Trubel auf der Straße im Auge behielt. Unter der verschnörkelten viktorianischen Uhr hatte ich mich das erste Mal mit Lizzie getroffen und gestaunt, wie sehr sie aufblühte, sobald ihr Vater nicht in der Nähe war.

Auf der gegenüberliegenden Straßenseite befand sich ein kleiner Park mit einem Brunnen in der Mitte, auf den Mrs Bray nun geradewegs zusteuerte. Ich ließ den Blick über die Parkbänke rings um den Brunnen schweifen, auf der Suche nach einem einzelnen Mann, der vorgab, Zeitung zu lesen. Vielleicht trafen sich hier ja auch Fremde an einer ganz bestimmten Bank, um sich in ein billiges Hotel zurückzuziehen. Doch Mrs Bray schob sich durch die Menge, ohne nach links oder rechts zu schauen, und überquerte die Straße am anderen Ende des Parks.

Ich musste mich beeilen. Auf der anderen Seite lagen mehrere heruntergekommene Mietshäuser mit einer engen Gasse dazwischen, in der sie verschwand. Ich hastete über die Straße.

Die kopfsteingepflasterte Gasse war leicht abschüssig, so dass eine Art Abflussrinne in der Mitte entstand – ein Relikt aus vergangenen Tagen. Zwischen den zweigeschossigen Häusern erblickte ich in regelmäßigen Abständen schmale Durchgänge, wobei ich jedoch nicht erkennen konnte, wohin sie führten. Wäscheleinen waren über die Straße gespannt, und ein abscheulicher Gestank hing in der Luft – nach Latrinen, Kohlenstaub und fauligem Abfall.

Ich befand mich im Armenviertel.

Eine solche Straße hatte ich noch nie betreten. Natürlich wusste ich, dass sie existierten. In meiner Fantasie waren es Brutstätten der Verderbtheit und des Verbrechens, wo die Frauen sich mit Gin volllaufen ließen und schreiende Babys in feuchten Gemäuern einen frühen Tod fanden.

Ich hätte wissen müssen, dass die Frau meines Cousins genau so einen Ort für ihren Ehebruch auswählen würde. Was aus ihrem Mund kam, war genauso widerwärtig wie der Gestank, der mir in die Nase stieg, deshalb fühlte sie sich hier auch zu Hause. Einen Augenblick lang war ich versucht, auf dem Absatz kehrtzumachen, doch dann sagte ich mir, dass sich nur ein Feigling so verhalten würde, und ging weiter. Auch wenn ich sie ab und zu aus den Augen verlor, wenn sie um eine Ecke bog, verriet mir das Klappern ihrer Absätze, dass sie sich nur wenige Meter vor mir befand und es nur eine Frage der Zeit war, bis sie ihr Ziel erreichte.

Mit leisem Erstaunen registrierte ich, dass die Häuser wesentlich sauberer wirkten, als ich vermutet hatte. Ich kam an mehreren Frauen mit Blecheimern vorbei, die die Stufen und Hauseingänge schrubbten, andere polierten mit vom Wasser geröteten Händen ihre Fenster. Sie stießen einander an. »Na, was verloren, Kleiner?«, rief eine.

»Ich … nein, nein, ich komme schon zurecht, danke.« Ich lüftete kurz den Hut und eilte weiter – der Anblick ihrer kräftigen Unterarme und stämmigen Beine machte mir beinahe Angst.

»Keine Angst, sie hilft dir gern, es wiederzufinden«, rief ihre Freundin, woraufhin die beiden in schallendes Gelächter ausbrachen. Mit glühenden Wangen setzte ich meinen Weg fort, während mir dämmerte, weshalb Mrs Bray auf ihr sonst so sorgsam aufgetragenes Make-up verzichtet hatte – je unscheinbarer sie war, umso weniger fiel sie im Gewirr der schmalen Gassen auf.

»Sind Sie von der Stadtverwaltung, Mister?«

Eine Horde kleiner Jungs war wie aus dem Nichts hinter mir aufgetaucht.

»Nein.«

»Ham Sie 'nen Viertelpenny?«, wollte ein besonders kecker Knirps mit schmutzig blondem Haar wissen.

»Nein, habe ich nicht«, antwortete ich und beschleunigte meine Schritte, als hätte ich hier etwas zu tun und wüsste genau, wie ich aus diesem Moloch wieder herausfand. Doch mit jeder Straße, durch die ich Mrs Bray folgte, schien ich tiefer ins Gewirr dieses Elendsviertels einzutauchen. Mit jedem Meter wurde der Gestank schlimmer, und ich versuchte, möglichst flach zu atmen, mit dem Ergebnis, dass sich meine Lunge nur noch weiter verkrampfte und Panik in mir aufstieg.

Um ein Haar rempelte ich einen Mann an, der mit einem schwarzen Buch in der Hand aus einem Durchgang kam. Trotz seines zerbeulten Huts und seiner abgelaufenen Schuhe umgab ihn eine Aura der Selbstsicherheit. Ob dies der geheimnisvolle Vertreter der Stadtverwaltung war?

Vorsichtig wagte ich mich in die nächste Straße vor und sah eine winzige abgemagerte Frau in einer Kittelschürze Mrs Bray in die Arme schließen.

Die Vorstellung, dass Mrs Bray mit ihrem sorgfältig frisierten Haar und ihren hauchfein gezupften Brauen, die ihrem Gesicht einen Ausdruck ständiger Verächtlichkeit verliehen, sich von einem solchen Geschöpf anfassen ließ, war so absurd, dass ich einen Moment lang den Eindruck hatte, es nur geträumt zu haben. Vielleicht handelte es sich ja um ihre Kupplerin, obwohl ich bezweifelte, dass Mrs Bray derlei Dienste nötig hatte. Andererseits führte ich ein keusches, unschuldiges Leben und hatte folglich nicht die leiseste Ahnung, welche Ausmaße die Verderbtheit annehmen konnte.

Etwas Scharfes traf mich am Rücken, und als ich mich umdrehte, landete ein zweiter Stein mitten auf meiner Brust. Ein Grüppchen etwas älterer Jungs – besser gesagt, junger Männer – hatte sich mit den Händen in den Hosentaschen vor mir aufgebaut und starrte mich mit unverhohlener Feindseligkeit an.

Ich erwiderte ihre Blicke mit derselben Unfreundlichkeit, während einer von ihnen ausholte und einen weiteren Stein nach mir warf. Ich riss den Arm hoch, woraufhin er dagegenprallte. »Was haben Sie hier zu suchen?«, fragte einer.

Ich ließ den Arm sinken. »Ich habe eine dringende Angelegenheit zu erledigen«, gab ich zurück, fest entschlossen, mich von ihnen nicht ins Bockshorn jagen zu lassen. Schließlich waren die Bürschchen ein gutes Stück jünger als ich.

Der Anführer, dessen oberste Hemdknöpfe offen standen und der sich seine Mütze weit in den Nacken geschoben hatte, spie auf den Boden. »So, so, eine dringende Angelegenheit, ja?«, höhnte er. »Deine Scheißangelegenheiten kannst du woanders erledigen, Freundchen.«

»Genau«, bekräftigte ein Zweiter. »Schaff deinen Hintern gefälligst ins Majestic zurück.«

Der nächste Stein flog. Diesmal traf er mich direkt unter dem Auge. Ich taumelte rückwärts und hob schützend die Hände. »Pass doch auf! Ich hätte blind sein können, du Narr!«, rief ich.

»Beim nächsten Mal klappt's bestimmt.« Gleich würde der nächste Stein fliegen. Hinter mir befand sich die Wand, weshalb ich nicht ausweichen konnte. Inzwischen hatten sie mich umzingelt. Mein Blick fiel auf ihre schweren Stiefel und ihre von der harten Arbeit schwieligen Fäuste. Wieder krampfte sich meine Lunge zusammen, und ich fluchte stumm, weil sie mich genau in dem Moment im Stich ließ, wenn ich sie am dringendsten brauchte.

»Was in drei Teufels Namen ist hier los?«

Die Jungs fuhren herum. Die magere Frau in der Kittelschürze stand mit über der Brust gekreuzten Armen da und starrte uns an.

Die Jungen zuckten die Achseln. »Gar nix«, antworteten sie.

»Gar nichts? Einen Dreck!« Sie zeigte mit dem Finger auf mich. »Er blutet, das sieht man doch.«

»Was stolziert er auch hier rum wie ein Gockel?«, maulte der Anführer trotzig.

»Das solltest du, Ted, eigentlich besser wissen.« Sie scheuchte die Jungs mit einer unwirschen Handbewegung davon. »Los, verschwindet. Geht nach Hause und helft euren Müttern, statt hier herumzulungern und bloß Ärger zu machen.«

Verlegenes Gemurmel und Gescharre, dann schlurften sie mit hängenden Schultern davon. Ted sagte noch so etwas wie, dass er mich eines Tages schon kriegen würde.

Die Frau fuhr zu mir herum. »Und Sie«, sagte sie mit fester Stimme, »kommen rein, damit ich mir das ansehen kann.«

Ich folgte ihr in die Gasse. »Ich danke Ihnen«, sagte ich, obwohl die Worte in meinen Ohren reichlich unzulänglich klangen. »Ehrlich. Vielen Dank.«

»Keine anständige Arbeit, das ist das Problem mit diesen Burschen«, sagte sie eher zu sich selbst. »Haben nichts Besseres zu tun, als sich den ganzen Tag herumzudrücken. Reine Langeweile. Sind Sie wegen Clare hier? Sie hat nicht erwähnt, dass noch jemand mitkommt.«

»Äh …« Wir bogen um eine Ecke und standen in einem kleinen Innenhof.

Ein penetranter Gestank, der aus einer Art Plumpsklo in der Ecke zu dringen schien, raubte mir beinahe den Atem. Auch hier waren mehrere Wäscheleinen gespannt. Auf der Treppe der linken Behausung hockte ein kleines Mädchen in einem zerschlissenen Kleid und spielte, in eine imaginäre Unterhaltung versunken, mit einer Stoffpuppe, die sie erst in die eine, dann in die andere Richtung über die Stufe marschieren ließ.

Ein eigentümliches Gefühl beschlich mich. Es war fast, als würde ich von oben auf mich herabschauen. Ich schauderte: Ein junger, gut gekleideter Mann stolzierte durch ein Armenviertel, als hätte er das Recht dazu; er war nicht nur ein Dummkopf, sondern auch ein feiger Snob. Kein Wunder, dass die Jungs es auf mich abgesehen hatten. Ich hatte es nicht besser verdient.

»Nicht da.« Die Frau deutete auf das rechte Haus und trat durch die offene Tür. »Hier entlang. Ich muss die Wunde verbinden.«

Beklommen ging ich hinein, wobei ich wegen des niedrigen Türrahmens den Kopf einziehen musste. Ich stand in einem winzigen Raum mit einer steinernen Spüle, einem völlig verrußten Herd in der Ecke und einem Holztisch in der Mitte. Unter ein Tischbein hatte jemand ein zusammengefaltetes Stück Zeitungspapier geschoben. Mein Blick fiel auf Mrs Bray, die mit einer Zigarette in der Hand auf einem Stuhl saß und ungefähr so gut in diese Küche passte wie eine Rose in einen Müllhaufen.

Ihre Augen weiteten sich vor Entsetzen, als sie mich sah. »Gütiger Himmel«, stieß sie hervor. »Was zum Teufel soll das?«

»Ted Barker und seine Kumpane haben ihn draußen auf der Straße in die Mangel genommen.« Die Frau holte einen sauberen Lappen aus einer Schublade, nahm ein Fläschchen und gab etwas Flüssigkeit darauf. »Sie haben ihn mit Steinen beworfen, ist das zu glauben?«

»Ich würde ihm eine Granate an den Kopf werfen, wenn ich eine zur Hand hätte.« In ihrem Blick lag die altbekannte Eisigkeit.

Die Frau sah sie fragend an. »Ihr beide kennt euch?«

»Leider.« Mrs Bray schnippte ihre Asche in den Blechaschenbecher vor ihr auf dem Tisch. »Sie verfolgen mich also, Mr Carver?«

»Ooh.« Die Frau stieß ein gackerndes Lachen aus und sah mich an. »Dann wissen Sie also, dass sie verheiratet ist, ja?«

»Allerdings.« Mrs Bray nahm einen Zug von ihrer Zigarette. »Er ist der Cousin meines Ehemannes.«

»Verstehe«, sagte sie, obwohl sie keine Ahnung hatte, was hier gespielt wurde, doch sie kaschierte ihre Verwirrung mit einem barschen »Los, hinsetzen, damit ich mir die Wunde ansehen kann« und drückte mich auf einen Stuhl.

Ich wäre am liebsten im Erdboden versunken. Fieberhaft durchforstete ich mein Gedächtnis nach einer plausiblen Erklärung für mein Auftauchen, doch mir wollte beim besten Willen keine einfallen. »Ja, ich fürchte, ich bin Ihnen gefolgt«, sagte ich nur.

Die Frau presste das Tuch an meine Stirn. Der Alkohol brannte wie Feuer auf der Wunde.

»Tut's weh?«, fragte Mrs Bray, als ich vor Schmerz zusammenzuckte. »Hoffentlich.«

»Komm schon«, entgegnete die Frau und betupfte die Wunde. »Wir wissen doch, wie es ist, wenn man verliebt ist, oder?«

Abfällig zeigte Mrs Bray mit dem Finger auf mich. »Er ist nicht verliebt, Dotty, sondern wurde losgeschickt, um mir nachzuspionieren, entweder von meinem Mann oder von meinem Schwiegervater. Ich vermute, Mr Carver ist mir gefolgt, weil er dachte, ich befände mich auf dem Weg zu meinem Liebhaber, elende kleine Hure, die ich bin.«

Die Frau namens Dotty lachte. »Guter Witz«, meinte sie. »Hast wohl einen heimlichen Liebhaber, was? Tja, so einen könnte ich auch brauchen. Reich ihn einfach rüber, wenn du mit ihm fertig bist.«

»Ich spioniere Ihnen nicht nach«, flüsterte ich und zuckte neuerlich zusammen. »Ich … mein Onkel Edward hat mich nicht geschickt, und Alec … er ist auch völlig ahnungslos«, fügte ich beim Anblick ihrer verächtlichen Miene hinzu.

»Das ist ein wahres Wort«, gab sie gereizt zurück. »Das wird wohl eines Tages auf seinem Grabstein stehen.«

»Bitte.« Ich senkte meinen hochroten Kopf, aber Dotty hob ihn energisch wieder an. »Es tut mir so leid. Bitte, gestatten Sie mir, dass ich mich bei Ihnen entschuldige.«

»Wofür? Dafür, dass Sie mich für eine Ehebrecherin halten oder mir hinterherspionieren oder ein unangemessen großes Interesse an der Frau Ihres Cousins haben?« Sie stand auf und drückte ihre Zigarette aus.

Vielleicht könnte ich auch einfach sterben, gleich hier und jetzt. Das würde mich von der abgrundtiefen Scham erlösen, die mich auf meinem Stuhl immer mehr zusammensinken ließ. »Ich kann mich nur entschuldigen«, sagte ich noch einmal.

»Ach, werden Sie erwachsen, Jungchen.« Ihre Stola streifte meinen Nacken, als sie an mir vorbeifegte. »Bis dann, Dotty. Tut mir leid, dass ich nicht länger bleiben kann.«

»Ist schon gut, Schätzchen.« Dottys Stimme war ebenso angespannt wie meine. »Und danke für die Sachen. Du sollst doch nichts mitbringen.«

»O doch!« Ich hörte das leise Schmatzen von Wangenküssen, dann war Mrs Bray verschwunden wie ein Sturm, der über mich hinweggezogen war. Das Klappern ihrer Absätze hallte in der Ferne wider. Ich stellte fest, dass ich endlich wieder Luft bekam.

Dotty stieß einen Pfiff aus. »Oh, jetzt haben Sie sie aber ordentlich verärgert. Sie ist die reinste Tigerin, wenn man sie reizt, was?«

»Offen gestanden, kenne ich sie gar nicht anders.« Abermals zuckte ich zusammen.

»Ach, eigentlich ist sie das reinste Schmusekätzchen.« Sie beugte sich vor und inspizierte meine Wange. »Aber ich kenne sie natürlich auch schon von Geburt an. Der alten Dot kann keiner was erzählen.« Sie lachte.

»Sie ist hier aufgewachsen?«, fragte ich, unfähig, meine Neugier zu zügeln.

»Ja, sie ist ein Mädchen aus der Princes Street, durch und durch.« Dotty kehrte mir den Rücken zu, bückte sich und zog einen Vorhang beiseite, hinter dem Regale voll ordentlich aufgestapelter Kartons und Schachteln zum Vorschein kamen. »So heißt die Hauptstraße hier. Princes Street. Aber wir nennen das ganze Viertel so. Waren Sie vorher schon mal hier?«

»Nein.« Ich musste husten. »Ich bin nicht aus Helmstone.«

Sie nahm eine Rolle Verbandmull aus einer Schachtel und riss ein Stück ab. »Nun ja, Clare und ich waren früher Nachbarinnen. Sie ist in dem Haus gegenüber groß geworden.« Sie deutete auf das Nachbarhaus. Ich wandte mich um und blickte auf die volle Wäscheleine, die die Tür halb verdeckte. Das Mädchen spielte immer noch auf der Treppe. »Ihre Mum ist gestorben, als sie noch klein war. Ich hab auf sie aufgepasst, weil ihr Dad ein elender Nichtsnutz war. Aber, liebe Güte, was für ein Wildfang dieses Mädchen gewesen ist.«

»Tatsächlich?« Ich überlegte, was Mrs Bray wohl dazu sagen würde, dass Dotty all ihre Kindheitsgeheimnisse ausplauderte. Vermutlich war sie aus Wut einfach hinausgestürmt, ohne sich Gedanken über die Konsequenzen zu machen. »Ich hatte ja keine Ahnung.«

Dotty drückte die Gaze auf die Wunde. »Halten Sie mal den

Finger drauf, solange ich es festklebe.« Sie nahm meine Hand und drückte meine Finger darauf. »Knallhart, dieses Mädchen, aber das wäre wohl jeder an ihrer Stelle. Entweder man schafft den Sprung aus dem Sumpf, oder man geht unter. Und sie hat es geschafft. Sie hat immer gesagt, dass sie eines Tages von hier weggehen würde, schon als kleines Mädchen. Ich muss zugeben, ich hätte nicht gedacht, dass sie noch mal zurückkommt, aber das tut sie. Fast jeden Tag kommt sie her und bringt etwas zu essen vorbei. Das sind keine Almosen, nur damit das klar ist, das würde ich nie annehmen. Nein, ich seh's als eine Art Bezahlung für all die Jahre, in denen ich sie durchgefüttert habe, als sie selbst nichts hatte.«

Sie riss einen Streifen Pflasterband ab und klebte das Mullstück damit fest.

»Ich glaube, sie hasst mich«, sagte ich.

»Ich nehme an, dafür hat sie noch nicht lange genug über Sie nachgedacht«, meinte Dotty. »Die hat ganz andere Sorgen.«

»Na, das hilft mir auch nicht gerade weiter«, sagte ich düster, unterbrach mich jedoch, als mir wieder einfiel, wen ich vor mir hatte. »Bitte entschuldigen Sie. Ich habe Ihre Freundlichkeit schon zu sehr strapaziert.«

»Ach, lassen Sie doch, Mr … Wie heißen Sie eigentlich?«

»Carver«, sagte ich. »Aber bitte sagen Sie Robert zu mir.«

»Ich bin Dotty.« Sie musterte mich. »Und Sie wohnen also oben im Haus, ja?«

Ich nickte. »Auf Betreiben meines Cousins, muss ich hinzufügen.«

Dotty biss sich auf die Lippe und sammelte die Reste ihres behelfsmäßigen Verbands ein. »Da geh ich nicht rauf. Sie hat mich zwar schon etliche Male eingeladen … es würde ihr gefallen, mal ein bisschen Wirbel zu machen und mich zum Abendessen einzuladen, damit das ganze Personal um mich herumscharwenzelt und so, aber ich will das nicht.«

»Ich kann mir vorstellen, dass das reichlich … unangenehm wäre.«

»Das ist nicht der Grund.« Sie winkte ab. »Seit diese Sache passiert ist, muss ich immer dran denken, wenn sie vom Haus erzählt. Allein wenn ich den Namen Castaway House schon höre und an all die Geschichten denke, kriege ich eine Gänsehaut.«

Ich runzelte die Stirn. »Verzeihen Sie, aber ich weiß nicht, wovon Sie sprechen.«

Sie sah mich an. »Nein?«

»Nein. Was ist denn in Castaway passiert?«

Sie presste die Lippen aufeinander und schüttelte den Kopf. »Tut mir leid, aber wenn Sie's nicht wissen, bin ich nicht diejenige, die es Ihnen erzählt. Nicht wenn Sie hierbleiben wollen.«

»Ach bitte.« Ich lächelte und spürte, wie die Gaze gegen die Wunde drückte. »Das muss doch schon Jahre zurückliegen.«

»Gerade mal neun. Das ist nicht so lange.«

»Neun Jahre? Aber dann muss es ja in der Zeit gewesen sein, als das Haus meiner Tante und meinem Onkel gehört hat.«

»Was denken Sie denn?«, herrschte sie mich an und seufzte. »Ich bin sicher, Sie finden jemanden, der Ihnen alles erzählt, wenn Sie es unbedingt wissen wollen, aber ich werde es bestimmt nicht tun.«

Mein Interesse war geweckt, aber die sonst so redselige Dotty zeigte sich verschlossen wie eine Auster. »Also, wollen Sie Clares Tee haben, wo Sie schon mal hier sind? Ich hatte noch nicht mal Zeit, den Kessel aufzusetzen.«

»Nein, aber danke für das Angebot.« Ich stand auf und schob den Stuhl über den unebenen Steinboden zurück. »Und bitte entschuldigen Sie, dass ich Ihnen den Nachmittag verdorben habe.«

Dotty musterte mich kopfschüttelnd. »Meine Güte, wie ihr feinen Leute immer redet. Als hätte euch einer einen Stock hinten reingesteckt.« Sie scheuchte mich mit derselben Geste davon wie zuvor die jungen Männer. »Los, los, ich begleite Sie raus.

Sie wollen sich sicherlich nicht verlaufen und noch mal Teddy begegnen, oder? Auch wenn er ohne seine Bande nur ein ganz kleines Licht ist.«

»Ich versichere Ihnen, ich bin gar nicht so fein.« Ich rang mir ein Lachen ab. Dotty schloss die Tür hinter sich. Auf der anderen Seite des Hofs trat eine junge hochschwangere Mutter hinter dem kleinen Mädchen aus dem Haus und starrte mich mit unverhohlener Neugier an. Ich tippte mir an den Hut und lächelte ihre Tochter an, die aufsprang und sich an ihrem Rock festklammerte. »Guten Tag.«

Beide Hände auf die Schultern des Mädchens gelegt, nickte sie mir zu. Unter ihren Augen lagen dunkle Ringe, und ihre Wangen waren hohl wie die einer alten Frau. Dotty winkte ihr zu. »Bin gleich wieder da, Lorelei.«

Lorelei lächelte matt und hustete, ein scharfer, abgehackter Laut, den ich nur allzu gut kannte. Ich wünschte, ich könnte etwas für sie tun, aber Dotty war bereits weitergegangen. »Armes Ding«, sagte sie. »Die wird nicht alt.«

»Ich kenne das Problem«, sagte ich. Wir eilten die Straße entlang, wobei Dotty winkte und hier und da jemanden grüßte. Sie schien praktisch jeden im Viertel zu kennen. »Ich wäre letztes Jahr selbst fast gestorben.«

Dotty warf mir einen mitfühlenden Blick zu, und mir wurde bewusst, dass ich, wäre ich in der Princes Street geboren worden, sicher nicht mehr am Leben wäre. Hätte mich nicht die Bronchitis dahingerafft, dann eine Lungenentzündung.

»Die Häuser hinten sind am schlimmsten«, sagte sie und zog herzhaft die Nase hoch. »Weil man nichts von der frischen Luft abkriegt. Aber ich würde nicht in den vorderen wohnen wollen, wo man morgens den ganzen Weg zum Klo gehen muss, wenn man schier platzt. Na, Sarah, alles in Ordnung bei dir?«

Eine Frau mit einem randvollen Kübel in der Hand zwinkerte Dotty zu. »Was hast du dir denn da für'n Kerl angelacht?«

»Finger weg, der gehört mir.« Dotty legte den Arm um mich. »Sie haben doch nichts dagegen, oder, Robert?«

Da ich keine Wahl hatte, zuckte ich lediglich die Achseln und murmelte etwas Unverfängliches.

»Übrigens«, fuhr ich fort, »sollen Sie nicht glauben, ich sei ... nun ja, ich stamme selbst aus sehr bescheidenen Verhältnissen, ganz anders als mein Cousin. Meine Großeltern haben die Kosten für das Internat übernommen. Dort prügeln sie einem das gute Benehmen mit dem Rohrstock ein.«

»Ich war völlig von den Socken, als Clare hier wieder aufgetaucht ist und auf einmal wie eine feine Dame geredet hat. Unterricht, hat sie gesagt. Nicht nur Sprechen, sondern all der andere Kram. Bücher, Geschichte, Französisch, all das, was man braucht, damit man mit den Leuten der Gesellschaft reden kann. Also, mal ehrlich, wenn man es nicht wüsste, würde man doch nie draufkommen, dass sie hier geboren wurde, oder?«

»Nein, wohl nicht.«

»Na, da haben Sie beide schon etwas gemeinsam, was?« Dotty drückte meinen Arm. »Keine Angst, irgendwann wird sie sich schon wieder beruhigen.«

»Hm.« Ich war mir da nicht so sicher wie Dotty. Bislang hatte Mrs Bray mich grundlos gehasst; nun jedoch sah ich endgültig keinen Anlass mehr, weshalb sie einen Hehl aus ihrer Abneigung machen sollte.

Wir näherten uns dem Ende der Princes Street. Die Straße wurde breiter und befand sich in einem wesentlich besseren Zustand. Die Häuser, die mir anfangs noch schäbig vorgekommen waren, wirkten im Vergleich zu den Behausungen, die ich gerade gesehen hatte, geradezu feudal.

»Wie lange bleiben Sie oben im Haus?«, erkundigte sich Dotty.

»Ich hoffe, den ganzen Sommer über. Das heißt, wenn alles wie geplant läuft.«

Sie seufzte. »Lieber Sie als ich, wenn ich das so sagen darf.«

Ich nickte. »Die Atmosphäre war bislang reichlich … nun ja, zumindest tut die Seeluft meiner Lunge gut.«

Sie blieb stehen. Vor uns rumpelte ein Oberleitungsbus über die Kreuzung, was mir verriet, dass meine Freiheit unmittelbar bevorstand.

»Glauben Sie an Geister, Robert?«

»Was?« Die Frage kam so unerwartet, dass ich mehrere Sekunden brauchte, bis der Groschen fiel. »Äh … nein. Nein, keineswegs. Wieso?«

»Wegen Castaway House.« Sie kniff die Augen zusammen und presste die Lippen aufeinander. »Wie es da oben so steht, so ganz allein. Würde mich nicht wundern, wenn dort die eine oder andere ruhelose Seele herumgeistern würde.«

Ich unterdrückte ein Lachen. »Also, bislang habe ich nichts Übersinnliches erlebt und auch nichts dergleichen gehört.«

Sie schüttelte unwirsch den Kopf. »Männer merken doch nie was. Aber eines sag ich Ihnen: Näher als auf zehn Meter wage ich mich nicht ran. Und wenn ich an Ihrer Stelle wäre, würde ich ganz schnell die Beine in die Hand nehmen. Überall diese schmutzigen kleinen Geheimnisse, wie böse Geschwüre, wenn Sie verstehen, was ich meine.«

Ihre Andeutung, dass das Haus der Grund für die tödliche Erkrankung meiner Tante sein könnte, gefiel mir ganz und gar nicht, aber Dotty war so freundlich zu mir gewesen, dass ich lediglich sagte: »Wie soll ich eine Entscheidung treffen, ob ich gehen oder bleiben soll, wenn Sie mir nicht verraten wollen, was vor neun Jahren Schreckliches passiert ist?«

Wieder schüttelte sie den Kopf. »Ach, hören Sie nicht auf mich. Ich bin bloß ein verrücktes altes Weib.« Sie lachte und entblößte wie zum Beweis ihre verfärbten Zahnstümpfe. »Am besten verschwinden Sie, solange Sie es noch können.«

»Danke.« Ich nahm ihre Hand und schüttelte sie, was sie einigermaßen zu verblüffen schien. Ich spürte ihre knochigen Finger.

»Gern geschehen.« Sie sah mir nach, als ich die Kopfsteinpflasterstraße entlangging, doch als ich mich noch einmal umdrehte, um ihr zum Abschied zu winken, war sie bereits verschwunden.

Ich überquerte die Straße und betrat den Park, wobei mir das erste Mal auffiel, wie schön er eigentlich war. Zwei kleine Jungen saßen auf einer Bank und reihten ihre hölzernen Spielzeugsoldaten zum Gefecht auf. Mein Blick fiel auf die anderen Kinder, pausbäckig und mit niedlichen Hütchen. Zwei Kindermädchen hatten es sich auf einer anderen Bank bequem gemacht und plauderten, während das eine einen Kinderwagen mit Spitzendeckchen hin und her schob. Die Sonne fühlte sich angenehm warm auf meinen Schultern an, und ich spürte, wie ich den Sumpf der Princes Street wie eine abgestorbene Haut abstreifte in der Gewissheit, was für ein Privileg dies im Vergleich zu Dotty oder Lorelei war.

Eigentlich hatte ich zum Haus zurückkehren wollen, doch die Aussicht hatte mittlerweile jeden Reiz verloren. Stattdessen ging ich in Richtung Meer und überlegte, mir die Vorführung des Kaspertheaters anzusehen – trotz aller Gemeinheiten, die man dort präsentiert bekam, wusste man zumindest, mit wem man es zu tun hatte. Ich beschloss, Dottys düstere Unkereien aus meinem Gedächtnis zu verbannen. Was auch immer vor neun Jahren in Castaway House vorgefallen war, konnte nicht so bedeutend gewesen sein, sonst hätte es sich zweifellos längst in der Familie herumgesprochen. Vermutlich hatte Dotty sich genau deshalb nicht dazu äußern wollen, weil sie sehr wohl wusste, dass es nichts als ein Gerücht war. Vielleicht war mein Onkel Edward durch seine Gewalttätigkeit in Verruf geraten, angesichts seines aufbrausenden Naturells nicht weiter verwunderlich, oder aber Tante Viviane hatte jemand Wichtigen bei einer ihrer Gartenpartys brüskiert, der sich mit einer üblen Verleumdung an ihr gerächt hatte.

Oder vielleicht Alec … unvermittelt fiel mir der Tag im Naturkundemuseum wieder ein, Alecs ungewohnt bedrückte Stimmung und seine Bemerkung, in den Krieg zu ziehen sei besser als das, was er gerade zu Hause erlebe; ich war damals ungefähr zehn Jahre alt gewesen, sprich, das Ganze lag etwa neun Jahre zurück.

Und nicht zu vergessen, was er über dieses »andere Kind« gesagt hatte, das seine Mutter ihm vorziehe und von dem ich inzwischen wusste, dass er von Clara Bray gesprochen hatte. Ich fragte mich, ob Mrs Bray etwas mit dem geheimnisvollen Vorfall zu tun hatte, andererseits hätte Dotty es gewiss erwähnt, und sei es nur, um ihre Ziehtochter vor einer eventuellen Verunglimpfung zu bewahren.

Ich merkte, dass ich Gefahr lief, Mrs Bray erneut in einem sehr schlechten Licht zu sehen, und auch jetzt ohne einen handfesten Beweis. Dabei sollte ich mich lieber auf Lizzie und unseren Kuss konzentrieren, an den ich seit längerem nicht mehr gedacht hatte.

Ich ging weiter zum Strand. Sollte ich Lizzie dort nicht finden, würde ich bei den Feathers vorbeischauen. Vermutlich war sie aus falscher Scham geflohen. Ich würde ihr versichern, dass sie nichts Schlimmes gemacht hatte. Offen gestanden hatte ich mich viel schäbiger verhalten, auch wenn ich Lizzie nichts von meinem kurzen Ausflug in die Princes Street erzählen würde.

Ich dachte wieder an Mrs Bray, die gegenüber von Dotty groß geworden war – ein verdrecktes kleines Mädchen, das im Gegensatz zu Loreleis Tochter zweifellos nie die Gelegenheit gehabt hatte, mit Puppen zu spielen. Gleichzeitig war sie ein kaltherziges Miststück, schwere Kindheit hin oder her. Sie stattete ihrer ehemaligen Nachbarin also jeden Tag einen Besuch ab, um ihr etwas zu essen zu bringen – na und? Was bedeutete das schon? Gar nichts. Sie war trotzdem widerwärtig und unflätig, Eigenschaften, die auf eine anständige Frau nicht zutrafen. Ich spürte meinen gewohnten Hass abermals aufkeimen, obwohl deutlich zögerlicher als bisher.

Das wird sich schon noch ändern, dachte ich. In ein paar Tagen wäre ich bestimmt wieder an dem Punkt, an dem ich Abscheu für sie empfinden würde – ein tröstlicher Gedanke, trotz des schmutzstarrenden, mutterlosen Mädchens vor meinem geistigen Auge, in dessen Brust ein dicker Panzer wuchs, wo sich eigentlich ihr Herz befinden sollte.

SIEBEN

1965

Genüsslich kuschelte ich mich am Dienstagmorgen unter die Decke und meinen Mantel, während die Mädchen sich fertig machten. Val löffelte einen Fruchtjoghurt, Susan befestigte ihre Strümpfe am Strumpfgürtel und sang einen Song auf Radio Luxembourg mit. Das Radio musste in einem genau festgelegten Winkel auf der Kommode stehen, damit kein lästiges Rauschen den Empfang störte.

Als sie weg waren, räkelte ich mich und linste durch den Spalt in den Vorhängen. Die Sonne kämpfte sich gerade zwischen den Wolken hindurch. Ich wappnete mich für die Aufgabe, die mir heute bevorstand, und überlegte, was ich anziehen sollte: vielleicht das schlichte Trägerkleid mit der langärmeligen Bluse. Nichts zu Aufreizendes, Provokantes.

Vor dem fauchenden Gasofen schlüpfte ich in meine Unterwäsche und suchte auf dem freistehenden Kleiderständer zwischen Susans Nylonkleidern nach meinen Sachen. Ich zog meine schlichten schwarzen Schuhe an, nahm die Tüte aus ihrem Versteck unter meinem Bett und verließ das Haus. Auf dem Weg übte ich, was ich sagen wollte, und malte mir aus, wie ich hocherhobenen Hauptes den Raum betreten und wieder verlassen würde, so elegant wie Julie Christie und mindestens doppelt so unnahbar.

»Na, alles klar, Schätzchen?«

Die Stimme eines der Bauarbeiter, die wie die Affen auf dem Gerüst des Majestic Arcade herumturnten, riss mich aus meinen Grübeleien. Ein anderer beugte sich übers Geländer und zwinkerte mir zu. Ich ignorierte sie wie üblich, was die Burschen zu allerlei Kommentaren wie »Heiße Höschen!« und »Na komm schon, schenk uns nur ein kleines Lächeln!« animierte.

Auf der anderen Straßenseite befand sich der Vergnügungspark. Der Kiosk am Ende der Fahrgeschäftestraße war geschlossen. »Anne Watson ist eine Hure«, hatte ein Jugendlicher in schwarzen Lettern über die ausgebleichten Lutscher auf der Seitenwand gepinselt. Der Typ vom Autoscooter war immer noch da und unterhielt sich, gegen eine Stange gelehnt, mit jemandem – im Näherkommen erkannte ich Johnny in seinem gewohnten Anzug und mit seinem sorgfältig in die Stirn frisierten Haar.

»Na, wenn das mal keine Pampelmusen sind.« Ich hob abrupt den Kopf und sah einen Bauarbeiter, der sich lauthals lachend beide Hände vor die Brust presste.

»Ach, halten Sie den Mund!«, schnauzte ich ihn an, während ich mir meiner Brüste, die bei jedem Schritt wippten, plötzlich überdeutlich bewusst war.

»Ich mach doch nur Spaß, Schätzchen. Haben wir etwa keinen Humor mehr, oder was?«

»Halt die Klappe«, murmelte ich und ging weiter bis zu dem kleinen Hafen und den Räucherbuden mit ihren rußgeschwärzten Schornsteinen. Zwei alte Männer mit Südwestern saßen neben einem Boot auf Hockern und beklagten sich lautstark über die Unbill des Lebens. Einer hatte eine Pfeife zwischen den Zähnen. An diesem verlassenen Fleckchen Erde hatte sich so wenig verändert, dass man beinahe glauben könnte, zweihundert Jahre in der Zeit zurückversetzt worden zu sein, wenn man einen Moment die Augen zusammenkniff.

Ich bog in die Regency Road, die vom Ufer wegführte, und steuerte auf den kleinen Park mit dem Springbrunnen zu, um den sich die alten Frauen mit ihren Einkaufswägelchen versammelt hatten. Rechts von mir verlief ein gut drei Meter hoher Holzzaun an einer staubigen Holperstraße, hinter dem ein riesiges Schild aufgestellt worden war. Auch hier gab der Künstler, der sich bereits an der Arcade-Baustelle verewigt hatte, eine Kostprobe seines Könnens, nur diesmal in Farbe – ein Elternpaar mit leuchtend kupferfarbenem Haar stand mit seinen beiden sommersprossigen Kindern staunend vor dem atemberaubenden Neubau. »PRINCES STREET ESTATE – Ein neues Helmstone für ein neues Zeitalter!« stand auf dem Schild.

Ich öffnete die Tür im Zaun und ging hinein.

Dahinter erstreckte sich eine gewaltige Baustelle mit einer Handvoll ebenfalls eingerüsteter Neubauten, bis auf einen, der bereits fertiggestellt war und stolz gen Himmel ragte. Abgesehen von hohen Betonsäulen schien das Gebäude ausschließlich aus Fenstern zu bestehen, und seine schiere Höhe raubte mir den Atem.

»Entschuldigung, Schätzchen, aber eigentlich dürfen Sie gar nicht hier sein.«

Ich wandte mich um. Vor mir stand der Vorarbeiter, ein grauhaariger Mann mit Bartstoppeln. Er trug ein altes Hemd, dessen Ärmel aufgerollt waren. Seinen Bauhelm hatte er in den Nacken geschoben.

»Sie sind Ted, stimmt's?«, fragte ich mit einem strahlenden Lächeln und streckte ihm die Hand hin. »Ich bin Rosie Churchill. Wir sind uns schon mal begegnet. Ich wollte zu Mr Bright.«

Ted kratzte sich am Kopf und sah sich um. »Vielleicht sollten Sie lieber hier warten. Ich will nicht, dass Ihnen irgendwas auf den Kopf fällt.«

»Ach, mir passiert schon nichts.« Ich marschierte an ihm vorbei auf die mitten auf dem Baugelände stehenden Container zu. Sekunden später hörte ich Teds angestrengte Atemzüge hinter mir.

»Die ziehen die Dinger ziemlich schnell hoch, was?«, bemerkte ich und deutete auf die Häuser. »Als ich das letzte Mal hier war, hatten sie gerade erst angefangen.«

»Ja, arbeiten schnell, meine Jungs«, gab er stolz zurück. »Ich hoffe, meine Tochter kriegt eine Wohnung hier, wenn sie erst mal fertig sind. Aber nicht dass Sie glauben, wir bekämen hier eine Vorzugsbehandlung.« Er drohte spielerisch mit dem Finger.

»Nein, natürlich nicht.« Ich malte mir aus, wie es wäre, ganz oben in diesem Wolkenkratzer zu wohnen, mit Blick auf Helmstone. Wie in einem Adlerhorst.

»Früher hab ich mal hier gewohnt.« Ted nickte einem Mann auf einem Bagger zu, in dessen Schaufel sich Erdreich, Steine und Äste türmten. »Bevor alles zerbombt und in Schutt und Asche gelegt wurde. Oh, damals war ich ein Tunichtgut.« Er lachte kehlig.

»Ehrlich?« Eigentlich interessierte mich seine Lebensgeschichte nicht, aber ich sollte ihn wohl bei Laune halten, wenn ich zu den Baucontainern gelangen wollte. Einer stand leicht erhöht und hatte sogar ein Fenster, hinter dem ich Harry hinter seinem Schreibtisch sitzen sah. Allein beim Anblick seiner Silhouette zogen sich meine Eingeweide zusammen.

»Sie sind doch nach Castaway House gezogen, stimmt's?«, fragte Ted unvermittelt. Ich fuhr herum und starrte ihn an. »Mr Bright hat es mir erzählt. Als ich den Namen gehört hab, ist es mir gleich wieder eingefallen.«

Ich blieb vor der Holztreppe des Containers stehen. »Was ist Ihnen eingefallen?«

»Das mit Clare.« Er schüttelte den Kopf, als amüsiere er sich über einen längst vergessenen Witz. »Ein Mädchen aus unserem Viertel. Ich hab früher immer mit ihrem Bruder gespielt, bis er Tb bekommen hat. Knallhartes Miststück war sie, und am Ende hat sie diesen feinen Pinkel geheiratet, dem der Schuppen gehörte. Auf einmal hat sie die Nase ganz hoch getragen, hat sich unterrichten lassen und sich Clara genannt, als ob das was ändern würde.«

Ich ging die Treppe hinauf. »Danke, dass Sie mir das erzählt haben, Ted.«

»Ach, ich weiß ja, dass Sie das sowieso nicht interessiert. Gehen Sie schon.« Er scheuchte mich mit einer Handbewegung weg.

»Doch, tut es, ehrlich. Ich muss nur …« Ich neigte den Kopf. »Sie wissen schon.«

»Klar, zum Schluss ist alles den Bach runtergegangen«, sagte er, mehr zu sich selbst, und ging davon. »Das tut es ja immer.«

Ich sah ihm hinterher. Seine Worte beunruhigten mich ein wenig, auch wenn ich nicht genau sagen konnte, weshalb. Aber jetzt hatte ich Wichtigeres zu tun. Ich machte die Tür auf und ging hinein.

Vor Harrys Büro befand sich eine Art Vorraum mit einer Tür mit bruchsicherem Glas, durch dessen Strukturmuster ich seine Umrisse ausmachen konnte. Er hatte sich wie gewohnt so weit auf seinem Stuhl zurückgelehnt, dass er beinahe lag, und betrachtete den riesigen Plan des Princes Street Estate an der Wand.

Ich öffnete die Tür.

Harry wandte den Kopf und fuhr abrupt hoch. »Rosie!«, rief er und strahlte. »Was für eine reizende Überraschung.«

Er stand auf und kam auf mich zu, während ich sorgsam darauf bedacht war, mich von seinem Äußeren nicht allzu sehr beeindrucken zu lassen. Seine leicht schief stehenden Zähne verliehen ihm eine Art makelbehaftete Perfektion, und sein dunkler Bartschatten schien seine Attraktivität eher noch zu betonen.

Ich knallte die Tüte mit den noch immer im Karton verpackten Schuhen auf seinen Tisch. »Ich will nicht, dass du mir noch weiter Geschenke kaufst. Und ich will dich auch nicht mehr sehen. Hast du mich verstanden?«

Harry starrte auf die Tüte. »Äh … soll ich vielleicht kurz rausgehen?«, ertönte eine Stimme aus dem Hintergrund.

Ich drehte mich um. Ein blasser blonder Mann in einem etwas fadenscheinigen Anzug stand zu meiner Rechten und blickte ebenfalls auf den Plan an der Wand.

»Entschuldigen Sie, Joe«, sagte Harry mit seinem gewohnt

lässigen Charme, als käme so etwas jeden Tag vor. »Rosie, das ist Joe Prendergast von der Stadtverwaltung. Joe, das ist Rosie Churchill, meine Stieftochter.«

»Sehr erfreut, Miss Churchill.« Der Mann streckte mir seine Hand entgegen, die ich mit hochrotem Kopf ergriff und schüttelte.

»Bitte entschuldigen Sie«, sagte ich. »Ich habe Sie gar nicht bemerkt.«

»Kein Problem.« Noch immer leicht verunsichert, lächelte er uns beide an. »Meine Nichten sind in Ihrem Alter, deshalb höre ich häufiger von den Kabbeleien zwischen Mädchen und ihren Eltern.«

»Rosie ist von zu Hause ausgezogen«, erklärte Harry überflüssigerweise. »Sie wohnt jetzt im Castaway House. Sie wissen schon, der Kasten oben auf dem Gaunt's Cliff.«

»Ach ja, das Regency-Haus.« Mr Prendergast nickte. »Oder stammt es aus der Zeit nach William IV.?«

»Äh … keine Ahnung.« Ich wäre am liebsten im Erdboden versunken.

»Joe ist für die Planung der Stadtverwaltung zuständig«, sagte Harry. »Er hat eine Vision für unsere Stadt, stimmt's, Joe?«

Ich durchschaute Harrys Strategie. Er wollte den Mann ablenken, und es funktionierte.

»Absolut.« Mr Prendergasts blaue Augen weiteten sich. »Es gibt jede Menge Leute, die dringend eine Wohnung suchen und nicht wissen, wohin. Nehmen Sie zum Beispiel das Haus, in dem Sie wohnen, Miss Churchill – oder Rosie, wenn ich Sie so nennen darf. Wie viele Leute leben dort?«

»Ich bin nicht sicher.« Ich registrierte, wie Harry auf der anderen Seite seines Schreibtischs bereits die nächsten Schritte plante. »Zwanzig vielleicht.«

»Und ich nehme an, es ist schrecklich feucht und zugig dort, richtig?«

Ich warf einen flüchtigen Blick auf Harry. »Alles ist in Ordnung«, log ich. »Zumindest ist mir noch nichts aufgefallen.«

»Wie auch immer«, fuhr Mr Prendergast eilig fort. »Stellen Sie sich einfach eine Reihe Wolkenkratzer an diesem Hang vor, Rosie. So wie die, die Ihr Vater hier gerade baut. Bis hinunter in die Stadt. Stellen Sie sich vor, wie die Stadt vom Meer aus aussehen würde, völlig verändert.« Er deutete auf die Baustelle vor dem verdreckten Fenster.

»Ich weiß nicht recht«, sagte ich, nachdem ich sechs Wochen lang jeden Tag über dieses Haus geflucht hatte. »Ich finde die Terrasse wunderschön.«

Joe drohte mir mit dem Finger. »Mag sein, aber Schönheit allein reicht eben nicht. Wir könnten fünfhundert Menschen in einem einzigen Gebäude von der Größe Ihres Hauses unterbringen! Mit eigener Gasversorgung und Einbauküchen. Kinder könnten auf den Gehwegen spielen. Es gäbe Aufzüge in jedes Stockwerk. Eine Stadt in den Wolken. Und jetzt sagen Sie mir, ob Sie immer noch in diesem zugigen, feuchten Kasten wohnen wollen?«

Ich kreuzte die Arme über der Brust, fest entschlossen, Harry eins auszuwischen. »Na ja, doch.« Ich spürte, dass Harry die Augen verdrehte. »Es hat … Charakter.«

Mr Prendergast schüttelte den Kopf. »Sie haben mir gar nicht erzählt, dass Ihre Tochter so konservativ ist«, sagte er. »Allerdings gehört es wohl dazu, dass die Jungen sich gegen ihre Altvorderen auflehnen.«

»So alt nun auch wieder nicht«, widersprach Harry, »ich bin gerade mal zweiunddreißig.«

»Es hat Geschichte«, sagte ich. »Und das Dach sieht aus wie bei einem Schloss. Es hat ein wunderschönes Treppenhaus mit einem verschnörkelten Holzgeländer. Also, mir wäre es lieber, Sie würden es nicht abreißen.«

»Verstehe. Die Jugend will also zurück in die Vergangenheit.« Mr Prendergast lächelte. »Aber man kann den Fortschritt nicht aufhalten, Rosie. Beton und Aluminium, das sind die Werkstoffe der Zukunft. Und die Zukunft ist für uns alle da.«

»Apropos«, meldete sich Harry zu Wort und kam hinter seinem Schreibtisch hervor. »Ich glaube, jeden Augenblick ist Teepause, und ich würde die Gelegenheit nutzen, mich kurz mit meiner Stieftochter zu unterhalten, wenn es ihr nichts ausmacht. Rosie?«

»Nein«, antwortete ich mürrisch. »Natürlich nicht.«

»Ah ja.« Joe Prendergast sah auf seine Uhr. »Zeit und Bewegung, Zeit und Bewegung«, sagte er. Ich wusste nicht, was er damit meinte.

Harry nahm seine Jacke vom Haken neben der Tür. »Komm, Mädchen. Drehen wir eine kleine Runde. Ich muss dir unbedingt meinen neuen Jaguar zeigen.«

Als wir den Container verließen, ertönte ein lautes Pfeifen, und die Bauarbeiter ließen ihre Werkzeuge fallen. Einige spähten neugierig herüber, als ich mit Harry zu seinem Wagen ging. Es ärgerte mich, dass lediglich seine und zuvor Teds Gegenwart sie daran hinderte, mir wie die Arbeiter des Majestic hinterherzupfeifen, und es ärgerte mich noch viel mehr, dass ich scheinbar unfähig war, darüber zu lachen.

»Und, was sagst du?«, fragte Harry und schlenkerte seine Wagenschlüssel. »Hab ihn erst letzte Woche bekommen. E-Type. 4,2 Liter. Harry, alter Junge, du hast dir eine Belohnung verdient, hab ich mir gesagt. Das Schätzchen fährt sich einfach wunderbar, der reinste Traum.«

Er stieg ein und beugte sich über den Sitz, um mir die Tür zu öffnen. Schon als ich mit angezogenen Beinen auf den Ledersitz glitt, war mir klar, dass ich einen Fehler begangen hatte. Ich hätte einfach die Tüte auf den Tisch knallen und wieder hinausgehen sollen, ohne Rücksicht darauf, ob da ein Kerl von der Stadtverwaltung herumstand oder nicht. Ich war wütend auf mich selbst, auf meine Feigheit, weil ich kein Theater hatte machen wollen.

Wir fuhren langsam den Zufahrtsweg für die Baustellenfahrzeuge entlang und an einem verlassenen Betonmischer vorbei. Die Männer standen in Grüppchen herum, hatten sich auf Holzpaletten gesetzt oder lehnten an den Wänden, tranken Tee aus Plastikbechern und sahen mich an, wie ich auf dem Beifahrersitz kauerte, während Harry den Jaguar mit röhrendem Motor auf die Straße lenkte.

»Ich bin froh, dass du gekommen bist«, sagte er, nachdem er das Tor geschlossen hatte und wieder eingestiegen war. »Ich war die ganze Woche schon oben im Haus und hab versucht, dich zu erwischen.«

»Ich weiß«, erwiderte ich. Er fädelte sich in den Verkehr ein und fuhr zur Promenade, wo er hinter einem Bus zum Stehen kam.

Er schlug mit der Faust aufs Lenkrad. »Herrgott noch mal!«

Ich zuckte zusammen, aber er hatte lediglich wegen des Verkehrs geflucht.

»Diese verdammten Busse!«

Wir standen direkt neben dem Vergnügungspark, gegenüber des Majestic Arcade. Ich ließ den Blick über das stillstehende Karussell und die Wägelchen des Autoscooters schweifen, während ich mich innerlich dafür wappnete, was gleich passieren würde. Auf einmal sah ich Johnny hinter dem Karussell hervortreten, den Reißverschluss seiner Hose zumachen und sein Jackett zurechtziehen. Offenbar hatte er hinter das Fahrgeschäft gepinkelt. Doch dann bemerkte ich den Jungen vom Autoscooter, der Sekunden nach Johnny zwischen den Fahrgeschäften hervorkam, sich auf die Plattform schwang und die Hand zum Abschied hob. Johnny, der die Promenade entlangging, hob ebenfalls die Hand. Hätte ich die beiden nicht zur gleichen Zeit gesehen, wäre ich nie im Leben auf die Idee gekommen, dass sie einander zuwinkten.

Seltsam, dachte ich. In diesem Moment setzte sich der Bus in Bewegung, und Harry gab Gas.

»Aber nicht zum Castaway House«, sagte ich. »Ich will nicht, dass du dich noch einmal bei mir zu Hause blicken lässt.«

»Dein Zuhause ist in Petwick«, gab er zurück, bog jedoch nicht in die Straße ein, die zur Klippe hinaufführte, sondern fuhr weiter die Promenade entlang, vorbei an Riccardos Eisdiele und der geschlossenen Schranke vor dem Strand bis zu der hohen Felswand am Ende. Er hielt am Straßenrand an, machte den Motor aus und sah mich an. »Also, könntest du jetzt vielleicht mit diesem albernen Unsinn aufhören und wieder zu deiner Mutter und mir zurückkommen?«

Ich starrte auf den dunklen Felsen, der vor uns emporragte. »Mehr hast du nicht zu sagen?«

Plötzlich beugte er sich zu mir herüber. Ich spürte, wie ich mich versteifte, doch er öffnete bloß das Handschuhfach, nahm ein Päckchen Zigaretten heraus und drückte den Anzünder, ehe er sich auf seinem Sitz zurücksinken ließ. »Dieser ganze Quatsch bringt Grace um.«

»Sie wird schon darüber hinwegkommen.«

»Deine Ausbildung, sie macht ihr am meisten Sorgen. Einfach so die Schule hinzuschmeißen … das ist doch völlig unnötig.«

Mit zusammengepressten Lippen starrte ich weiter durch die Windschutzscheibe. »Ist das alles?«

»Sie weiß, dass ich regelmäßig bei dir vorbeigefahren bin. Genau genommen hat sie mich sogar zu dir geschickt. Sie hat Angst um dich. Jetzt, wo du allein lebst.«

»Ich lebe nicht allein.«

»Und nie zurückrufst.«

Ich wollte etwas erwidern, doch er kam mir zuvor.

»Sie möchte nur mit dir reden.«

»Gut.« Ich umklammerte die Kante des Sitzes. »Ich rufe sie morgen an.«

»Morgen besucht sie deine Tante, um den Verkauf der Farm zu besprechen. Sie wird erst spät zurück sein, hat sie gesagt.«

»Okay, dann am Donnerstag.« Mir kam ein Gedanke. Morgen wäre Mum den ganzen Tag aus dem Haus, sprich, es wäre keiner da. Und bis Donnerstag war noch Zeit. »Sag ihr, ich rufe sie am Donnerstag an.«

»Wird auch höchste Zeit.« Der Zigarettenanzünder sprang heraus. »Wenn du mich fragst.«

Er zündete seine Zigarette an und stieß den Rauch aus, der in der Enge des Wagens schwebte. »Ich bin wegen dir ausgezogen«, sagte ich. »Und wegen dir habe ich sie nicht zurückgerufen. Ich weiß nicht, wie ich ihr gegenübertreten soll. Denn wenn sie mich fragt, wieso ich nicht mehr mit ihr rede, bin ich nicht sicher, ob ich sie anlügen kann.«

»Herrgott, Rosie, musst du aus allem so ein Drama machen?« Er kurbelte das Fahrerfenster ein Stück herunter und schnippte die Asche durch den Spalt. »Ich verstehe nicht, weshalb dieses Theater sein muss. Wir amüsieren uns doch nur ein bisschen.«

»Du vielleicht«, schnauzte ich ihn an.

»Hey.« Er berührte meinen Arm. Unwillkürlich erschauderte ich. »Soweit ich mich erinnern kann, hast du doch nur zu gern mitgemacht. Großer Gott, als ich nach Hause kam und deine Mutter völlig aufgelöst war, weil du ausgezogen bist, dachte ich, mir bleibt das Herz stehen. Wenn wir tatsächlich … na ja … du weißt schon, was ich meine … hätte ich glatt Angst bekommen, dass du ein Brötchen im Ofen hast.«

Ich richtete meinen Blick wieder auf die Felswand. Ein älterer Mann, vermutlich ein Rentner, schlurfte auf einen Stock gestützt an uns vorbei. Er ging im Schneckentempo bis zum Ende des Gehsteigs und hielt sich am Geländer fest, um Atem zu schöpfen. »Hör auf damit, ich fühle mich schon mies genug.«

»Dafür gibt es keinen Grund.« Er beugte sich weiter herüber, so dass mir sein vertrauter Geruch nach Zigarettenrauch in die Nase stieg. »Wo liegt das Problem, solange sie es nicht herausfindet? Es tut doch keinem weh.«

Unsere Gesichter trennten nur wenige Zentimeter. Ich wandte mich ihm zu. Seine Lippen berührten meinen Mund.

»Na also«, flüsterte er und löste sich von mir; ein sehr cleverer Schachzug von ihm – sich zurückzuziehen, während ich mich nach mehr sehnte. Ein winziger Kuss, und schon hing ich wieder am Haken. »Wir wollen doch nur ein bisschen unseren Spaß haben, das ist alles.«

»Nein.« Ich schlang mir die Arme um den Oberkörper. »Das hat nichts mit Spaß zu tun, sondern ist gemein. Es ist nicht richtig.«

»Mein Gott!« Er stieß einen genervten Seufzer aus, was mich mit Erleichterung erfüllte, denn Frust ließ ihn gleich viel weniger anziehend wirken. »Ich mag dich, und du magst mich. Und bald gehst du doch sowieso an die Uni, und wir verlieren kein Wort mehr darüber.«

Mit neu gewonnener Entschlossenheit schaute ich ihn an. »Es ist mir egal, ob du mich für dumm oder kindisch oder sonst was hältst. Fest steht, dass ich dich nicht mehr sehen will.«

»Tja, das wird wohl ein wenig schwierig werden, schließlich bin ich mit deiner Mutter verheiratet.«

»Du könntest sie verlassen.«

Er lachte auf.

»Wenn du gehst, ziehe ich wieder ein.«

»Und das soll helfen? Deine arme Mutter in die Verzweiflung zu treiben? Ihr Leben zu ruinieren?«

»So besonders bist du nun auch wieder nicht«, hielt ich dagegen. »Würdest du sie wirklich lieben, würdest du dich auch entsprechend verhalten.«

»Hey!« Wieder stieß er mich an, und diesmal ließ mich die Berührung nicht erschaudern. »Du bist ihre Tochter. Ihr Blut fließt in deinen Adern. Hättest du auch nur einen Funken Loyalität im Leib, hättest du dich gar nicht erst mit mir eingelassen.«

Ich öffnete den Mund, brachte vor Wut jedoch keinen Ton

heraus. »Du warst derjenige, der mich angemacht hat«, stieß ich endlich hervor.

»Ach, spiel hier nicht die Unschuld vom Lande. Du bist doch in deiner knappen Schuluniform um mich herumscharwenzelt und hast mir beim Nachhausekommen ein Begrüßungsküsschen gegeben. Ich meine, sieh dich bloß mal an. Aufreizend bis zum Gehtnichtmehr. Da musste ich ja auf dumme Gedanken kommen, oder etwa nicht?«

Ich saß sprachlos da, erschüttert, in was für eine schreckliche Situation ich geraten war. Hilflos zupfte ich am Saum meines Trägerkleids. »Aber es war bloß meine Schuluniform«, stammelte ich. »Ich habe nichts getan, sondern war so, wie ich immer bin.«

»Du bist so widerwärtig.« Er schnippte seinen Zigarettenstummel aus dem Fenster. »Du bist ein mieses kleines Luder, und das weißt du auch.«

»Hör auf!« Ich presste mir die Hände auf die Ohren. »Hör sofort auf!«

»Ich bin ein Mann, Rosie. Ich habe Bedürfnisse.«

Blindlings tastete ich nach dem Türgriff und riss die Tür auf. »Nun sei nicht so. Du bist nun mal etwas ganz Besonderes«, versuchte er, mich zu beschwichtigen, als ich nach meiner Handtasche griff.

Ich kämpfte mich aus dem Sitz. »Ruf mich nicht an. Und lass dich nicht noch mal im Haus blicken!«, schnauzte ich ihn wütend an, doch er lächelte unbeeindruckt. Ich knallte die Beifahrertür zu, kramte meinen Hausschlüssel heraus und schrappte damit über die gesamte Wagenlänge und wieder zurück.

Als er merkte, was ich da tat, drückte er auf die Hupe. »Hör sofort damit auf, du Miststück!«, schrie er, wobei seine Stimme durch die geschlossenen Wagenfenster gedämpft klang. Der Rentner am Geländer drehte sich erschrocken um.

Die Schlüssel noch immer in der Hand, beugte ich mich hinunter und sah in sein wutverzerrtes Gesicht. »Ich will dich nie wiedersehen!«, brüllte ich, fuhr herum und hastete mit klappernden Absätzen davon. Ich hörte, wie er den Motor anließ. Auf einmal war er neben mir und kurbelte die Scheibe herunter.

»Du bist eine frigide Kuh!«, schrie er. Dann trat er aufs Gas und schoss davon. Momente später waren Harry und sein nagelneuer Jaguar E-Type aus meinem Blickfeld verschwunden.

Ich klammerte mich am Geländer fest. Vor mir befand sich der versperrte Zugang zu dem auseinandergebrochenen Steg, dessen in den Betonsockel eingelassene Stahlstreben aus dem feuchten Sand ragten. Der Steg sah aus, als neige er sich dem Meer zu, als hätte er sich längst dem alles zerfressenden Salzwasser und dem Möwenkot ergeben.

Verzweiflung überkam mich bei dem Anblick, und ehe ich michs versah, wurde ich von heftigen Schluchzern geschüttelt. Ich stand am Geländer, der Rotz lief mir aus der Nase, und meine Tränen tropften auf die sandigen Steine unter mir. Ich tastete in meiner Handtasche nach einem Taschentuch, konnte aber keines finden. Diese Erkenntnis erfüllte mich mit neuerlichem Kummer und drohte mich zu überwältigen, bis ich das Gefühl hatte, auch ich würde von den eisigen Fluten überspült und mitgerissen werden, meine Haut weiß verkrustet vom Salz des Meeres, mein Haar zu einem Seil verschlungen, während ich wild um mich schlug und doch immer weiter in die Tiefe sank.

»Hier.«

Ich fuhr zusammen, als mir jemand ein Taschentuch in die Hand drückte. Johnny Clark stand neben mir, und noch während die Tränen weiter über meine Wangen liefen, verfluchte ich ihn.

»Es ist auch ganz sauber«, fügte er hinzu, also nahm ich es, putzte mir die Nase und tupfte mir die Augen trocken. Ich wünschte, er würde verschwinden, aber er blieb stehen und wartete, bis ich mich ein wenig beruhigt hatte und ihn mit verquollenen Augen ansah. Meine Lider fühlten sich an, als wären Sandkörner darunter.

»Ich brauche es nicht zurück. Ehrlich.«

Ich schluckte und unterdrückte einen Schluchzer. »Danke.«

»Niemand sieht gern, wie sich ein Mädchen die Augen ausweint«, meinte er und beugte sich übers Geländer. Minutenlang standen wir schweigend da, während die Wellen unter uns gegen den Strand schlugen. »Soll ich vielleicht Star oder sonst jemanden holen?«, fragte er schließlich. »Du weißt schon … zum Reden.«

»Nein!«, erwiderte ich hektisch. »Bitte nicht. Mir geht's gut. Ganz ehrlich, es war nichts.«

»Schon gut, nur die Ruhe.« Er drehte sich um und stützte sich mit den Ellbogen am Geländer ab. »Nur zwischen dir, mir und dem blauen Meer, was?«

»Nur ein … na ja, das übliche Frauenproblem, das einen einmal im Monat überfällt.«

»Igitt.« Er verzog das Gesicht. »Aber das heißt nicht, dass du die Miete nicht zu bezahlen brauchst, verstanden?«

»Natürlich nicht«, krächzte ich. Meine Stimme war ganz heiser vom Weinen. »O Gott, heute ist sie fällig, stimmt's?« Mir wurde flau im Magen.

»Ich komme heute Nachmittag runter.« Er schlug mit beiden Handflächen auf das Geländer. »Mit meinem Büchlein.«

Zu spät fiel mir ein, dass ich ihm ja noch ein Pfund schuldete. Ich hatte bloß vierzehn Shilling in der Tasche, mehr nicht. »Mir fehlen sechs Shilling«, stieß ich panisch hervor.

»Nicht mein Problem. Frag deine Wohnungsgenossinnen, ob sie dir was leihen.«

Ich fuhr mir mit der Hand durchs Haar. »Das geht nicht … Ich meine … o Gott.« Ich sah Susans verächtliches Grinsen vor mir. »Bitte, gib mir nur noch bis morgen Zeit. Ich kriege meinen Lohn täglich ausbezahlt. Ich bringe es dir gleich nach der Arbeit vorbei, okay?«

Johnny musterte mich. »Ich bin einfach zu gutmütig, das ist mein Problem.«

»Oh, vielen Dank. Tausend Dank.«

Er zeigte mit dem Finger auf mich. »Bis morgen Mittag, verstanden?«

»Ja, ja. Du kriegst es sogar noch früher.« Schniefend schob ich das Taschentuch in meinen Blusenärmel. »Ich danke dir wirklich sehr.«

»Schon gut, keine große Sache.« Er wandte sich ab und ging zu der Stelle, wo Gaunt's Cliff steil den Hang hinauf nach oben führte. »Kommst du am Donnerstag zu unserer Party?«, fragte er.

»Party?« Ein flaues Gefühl machte sich in meinem Magen bemerkbar. »Welche Party?«

»Ich dachte, Star hätte es dir gesagt. Ja, wir schmeißen bei uns oben eine Party. Wird bestimmt bombig. Wir haben ein paar tolle Ska-Platten besorgt, und ein Kumpel von mir bringt etwas zu essen mit. Ach ja, wir brauchen dringend noch etwas Anständiges zu trinken. Du solltest kommen.«

»Sie hat mich nicht eingeladen.«

»Na und, dann tue ich es eben.«

Ich strich mir über meine verquollenen Augen. »Vermutlich will sie nicht, dass ich komme.«

Johnny schnaubte. »Was ist das immer nur mit euch Mädels? Ihr seid immer so empfindlich. Genau wie letztes Jahr mit dieser anderen Freundin.«

Ich sah ihn an. »Welcher anderen Freundin?«

»Ach, irgendein Mädchen namens Gill. Keine Ahnung, damals gehörten wir noch alle zur selben Clique. Das war, bevor wir zusammengekommen sind. Sie und diese Gill waren ganz dicke, dann haben sie sich wegen einer Kleinigkeit fürchterlich gestritten. Gill ist nach London abgehauen, und Star hat geheult wie ein Schlosshund.«

Inzwischen hatten wir die Spitze des Hügels erreicht. Vor dem Bella Vista hielt ein Taxi an, und der Fahrer stieg aus, ohne den

Motor auszumachen. Ich musste wieder an meine Unterhaltung mit Star gestern denken und fragte mich, ob sie wegen dieser Gill einen Augenblick lang die Beherrschung verloren hatte. Irgendetwas stimmte hier nicht, nur konnte ich nicht genau sagen, was.

»Ich bin überhaupt nicht empfindlich«, widersprach ich. »Und ich komme auch zu der Party, okay?«

»Ohhh, die feine Dame beehrt uns gnädigerweise mit ihrer Gegenwart, na so was aber auch«, sagte Johnny.

»Halt den Mund.« Grinsend verfolgte ich von der anderen Straßenseite aus, wie eine ältere Dame sich mit Hilfe eines Gehstocks aus dem Fond des Wagens quälte.

»Woher kennst du eigentlich diesen … wie hieß er noch? … diesen Jungen, der drüben beim Autoscooter arbeitet? Ich habe wochenlang im Kiosk direkt gegenüber gearbeitet, dich aber nie dort gesehen.«

»Ich kenne ihn nicht«, erwiderte er barsch. »Wer behauptet das?«

»Niemand. Ich habe bloß beobachtet, als wir vorhin … als ich … egal. Ich bin die Promenade entlanggegangen und habe dich gesehen. Ihr habt euch unterhalten«, fügte ich hinzu, obwohl das nicht ganz der Wahrheit entsprach.

»Was redest du da? Er wollte nur wissen, ob ich zufällig Feuer habe«, antwortete Johnny hastig und schluckte. »Ich meine, natürlich kenne ich ihn. Ich kenne jeden hier. Er heißt Adam.«

»Adam, genau das war's.« Ich sah die Frau mit gebieterischer Miene am Straßenrand stehen, als erwarte sie, dass ihre Ankunft gebührend zur Kenntnis genommen wurde.

Wir überquerten die Straße, als Mrs Hale die Treppe herunter- und durch den Garten kam. »Da bist du ja, Maddie«, hörte ich die fremde Frau sagen, während sich eine leise Vermutung in mir regte. Die Frau hatte blondes Haar, das nie wirklich grau wurde, und ein paar Altersflecken. Sie hatte eine Handtasche mit einer verzierten Messingschnalle und eine Stola über der Schulter, die sie mit einer bernsteinfarbenen Brosche an ihrem Kleid befestigt hatte.

Mrs Hale drückte dem Taxifahrer einen Geldschein in die Hand. »Behalten Sie den Rest«, sagte sie.

»Danke, Missus.« Der Fahrer stieg ein, während sich Mrs Hale an die fremde Frau wandte. »Lizzie! Ich dachte schon, du kommst überhaupt nicht mehr!«

»Es gibt eben Leute, die auch noch wichtige Dinge zu erledigen haben«, gab die Frau eisig zurück. Und da wusste ich es – sie war es. Das Mädchen, das sich als Robert Carvers Ehefrau verewigt hatte.

»Gut, dann also bis morgen. Die Miete, nicht vergessen, verstanden?«, sagte Johnny, lief die Treppe hinauf und verschwand im Haus, während sich Mrs Hale und ihre Schwester zu uns umdrehten.

»Rosie!«, sagte Mrs Hale. »Darf ich dir meine Schwester vorstellen? Lizzie, das ist eine unserer Mitarbeiterinnen.«

Lizzie musterte mich, als wäre ich unter einem Stein hervorgekrochen. »Aha. Nun, wenn es dir nichts ausmacht, würde ich jetzt lieber hineingehen und Vater begrüßen. Vermutlich hast du ihn schon den ganzen Vormittag schmoren lassen.«

Auf ihren Stock gestützt, hinkte sie zur Tür. Mrs Hale sah ihr betrübt nach. Dann drehte sie sich zu mir um. »Bitte entschuldige, Rosie. Meine Schwester fühlt sich nicht besonders. Das schlägt sich auf ihre Laune nieder. Wir sehen uns morgen früh, ja?«

»Hat sie …?«, begann ich. Mrs Hale blieb stehen und blickte mich an. Ich hätte sie gern nach Lizzie und Robert gefragt, wusste aber nicht, wie ich es bewerkstelligen sollte, ohne schrecklich unhöflich und naseweis zu wirken. »Ach, unwichtig«, wiegelte ich ab und beobachtete, wie meine Chefin ihre Schwester die Treppe hinaufbegleitete und ihren Arm nehmen wollte, den Lizzie jedoch unwirsch abschüttelte.

Ich drehte mich zum Castaway House um. Johnny hatte die Tür sperrangelweit offen stehen lassen. Als ich hineingehen wollte, fiel mein Blick auf die Kellertreppe, wo Dockie in seinen alten Mantel gehüllt leise vor sich hin murmelnd auf den Stufen saß und zu dem von Säulen gesäumten Eingang hinaufsah.

»Dockie!«, rief ich, und mein Mut sank, als er sich umdrehte. »Geht es Ihnen gut?«

»Rosie. Meine liebe, liebe Rosie.« Mühsam rappelte er sich hoch und kam ein paar Stufen herauf. »Danke, dass Sie mir das Leben gerettet haben.«

Er umfasste meine Hände so schnell, dass ich sie nicht zurückziehen konnte. Wenigstens war der Schmutzrand unter seinen Fingernägeln verschwunden, und er hatte sie geschnitten. Auch von den ekelhaften Ausdünstungen war so gut wie nichts mehr zu riechen. »Ich bin Ihnen zu tiefem Dank verpflichtet«, sagte er und senkte den Kopf. Einen schrecklichen Moment lang dachte ich, er würde gleich meine Hand küssen, als wäre ich der Papst höchstpersönlich.

»O nein, bitte nicht«, sagte ich verlegen. »Das war doch nichts.«

Er machte keine Anstalten, meine Hände loszulassen. »Sie haben mich ins Leben zurückgeholt«, fuhr er fort. »Als ich herkam, war ich ein Nichts. Sie haben mir ein Zimmer besorgt, mir etwas zu essen gemacht und die Symbole eines zivilisierten Lebens gekauft. Seife, saubere Kleidung. Ich stehe tief in Ihrer Schuld, meine Liebe. Sehr tief.«

Ich schloss aus seinen Worten, dass er meine Schuhe noch nicht bemerkt hatte. Ich musste sie dringend holen, bevor ihm aufging, dass er mir vielleicht doch nicht so viel schuldig war, wie er glaubte. »Das war ja das Mindeste«, erwiderte ich, wobei mir auffiel, dass sein Bart immer noch recht struppig war, allerdings deutlich sauberer als gestern.

»Ganz gewiss nicht.« Er richtete sich auf und tippte sich mit dem Finger an den Kopf. »Zumindest hat Ihre Fürsorge die Klarheit zurückgebracht, Rosie.«

»Tatsächlich?« Ich überlegte, ob er etwas von dem Wein getrunken hatte, den ich ihm mitgebracht hatte. Jedenfalls stand fest, dass er wesentlich aufgeweckter war.

»Ich bin heute Nacht aufgewacht, und mit einem Mal war alles glasklar in meinem Kopf«, sagte er mit einer Geste zum Haus. »Ich bin rausgelaufen und habe hochgesehen, so wie jetzt, und da fiel mir alles wieder ein, Rosie. Es war alles wieder da.«

»Oh, wie schön.« Ich überlegte, wann ich die Flucht ergreifen konnte, ohne unhöflich zu wirken. Ich sah mich um und bemerkte eine langbeinige Gestalt, die ich nur allzu gut kannte. Star kam den Hügel herauf und direkt auf uns zu. Sie hatte uns noch nicht bemerkt. Ihr Anblick löste einen heftigen Gefühlswirrwarr in mir aus.

»Ich konnte mich plötzlich wieder an Castaway und seine Bedeutung erinnern«, fuhr er fort, während ich widerstrebend den Blick von Star löste. »Mir ist bewusst geworden, dass hier der Schlüssel zu allem liegt.«

»Aha.« Hatte ich irgendetwas verpasst? »Der Schlüssel wozu?«

Er schlug sich auf die Brust. »Der Schlüssel zu mir selbst.«

Inzwischen hörte ich Stars Absätze auf dem Asphalt klappern, so laut, dass ich Dockies Worte kaum verstehen konnte. »Was? Wollen Sie damit sagen, Sie hätten Ihr Gedächtnis wiedergefunden? Nach all den Jahren?«

Er nickte mit leuchtenden Augen. »Gestern Abend habe ich die Zeitungsausschnitte gefunden, und plötzlich öffnete sich die Welt. Sie waren in meinem Stiefel. Ist das zu fassen? In meinem linken Stiefel.«

Ich konnte es kaum glauben. »Das ist ja wunderbar«, sagte ich, angesteckt von seiner Begeisterung – all das war viel wichtiger als Harrys Gemeinheiten und Stars seltsames Verhalten.

»Ich wusste alles. Wer ich bin, was mich hergeführt hat

und welche Bedeutung Castaway für mich hat.« Er zuckte die Achseln. »Aber es hielt nur einen kurzen Augenblick an. Einen strahlenden, wunderbaren Augenblick lang war alles sonnenklar. Und dann, fast genauso schnell, war es wieder weg.«

Die Schritte verklangen. Star.

»Was? Sie meinen …?«

»Aber ich wusste es. Und wenn ich es heute Nacht wusste, kommt es bestimmt bald zurück.«

»Sie haben es also wieder aus Ihrem Gedächtnis verloren? Sie können sich an nichts mehr erinnern?« Ich registrierte, dass Star auf dem Bürgersteig hinter mir stehen geblieben war. Es fühlte sich an, als würde ich wie durch einen Magneten in ihren Dunstkreis gezogen werden. Ich versuchte, sie zu ignorieren. »Was ist mit den Zeitungsartikeln?«

»Ah.« Er hob den Finger. »Ich habe sie an einem sicheren Ort verstaut. Leider kann ich mich nicht mehr erinnern, wo. Aber ich finde sie sicherlich wieder, keine Angst.«

»Nein, Dockie. Nein. Wir müssen sie unbedingt finden. Das ist schrecklich.«

»Aber nein.« Er grinste breit. »Ich will keine Hilfe. Ich will mich allein daran erinnern, aus eigener Kraft. Deshalb habe ich mich hier hingesetzt und darauf gewartet, dass es zurückkommt.«

Die Vorstellung war so unfassbar traurig, dass ich nicht wusste, was ich darauf sagen sollte, doch Dockie schien längst wieder in seiner eigenen Welt versunken zu sein. Er sah an der Fassade empor, so entrückt, dass er erschrocken zusammenfuhr, als Star zu uns trat. »Entschuldigung, darf ich mal durch?«

Er starrte sie mit weit aufgerissenen Augen an, und ich drehte mich um. Sie stand dichter hinter mir, als ich angenommen hatte, und verströmte einen süßlichen Duft – nach Honig? Ich machte einen Schritt zur Seite. »Ich habe dich gar nicht bemerkt.«

Sie lächelte. »Kein Problem. Dann will ich euch beide nicht länger stören.«

Ein gurgelnder Laut drang aus Dockies Kehle, und er starrte Star fassungslos an. »Clara«, flüsterte er. »Clara.«

»Was?« Star wich einen Schritt zurück.

Dockie packte mich am Arm. »Ich … Ich muss …«

»Was ist denn?«

»Ich muss nachdenken. Ich muss über Clara nachdenken.« Er schnaufte, als wäre er gerannt. »Kommen Sie mit, Rosie. Kommen Sie mit und hören Sie mir zu. Helfen Sie mir, es zu begreifen.«

»Ich … na gut.« Ich warf Star einen Blick zu, die scheinbar völlig fasziniert mit in die Hüften gestemmten Händen auf der Treppe stand. »Wo möchten Sie denn hin?«

»Egal.« Mit einem letzten Blick auf das Haus ließ er meinen Arm los und ging die Treppe hinunter auf den Bürgersteig. »In die Stadt. Nicht hier. Ich muss es begreifen. Sie helfen mir doch dabei, ja, meine Liebe?«

»Natürlich. Ich …« Ich sah wieder Star an.

»Oh, tut einfach so, als wäre ich gar nicht da«, meinte sie fröhlich.

»Ich wollte dir nur sagen, dass ich mich schon sehr auf eure Party am Donnerstag freue.«

Ihre Züge entglitten ihr. »Wie?«

»Ja, danke für die Einladung. Schön zu wissen, dass wir so gute Freundinnen sind.«

»Rosie … Kann ich dich vielleicht kurz sprechen?«

Mir war klar, dass ich eigentlich Dockie begleiten, mich nicht wie üblich von ihr breitschlagen lassen sollte, aber ich konnte nicht anders. »Warten Sie kurz«, rief ich ihm zu. »Ich bin gleich wieder hier.«

Er winkte und drehte sich um.

Star lehnte sich gegen das Geländer der Kellertreppe. »Also?«, fragte ich.

»Na ja, ich dachte eben, du hättest keine Lust. Auf die Party, meine ich.«

Ich musterte sie eingehend, während ich erneut sehr intensiv ihre Gegenwart wahrnahm. »Solltest du ein Problem mit mir haben, sag es einfach, okay? Aber mit diesem ewigen Hin und Her komme ich nicht zurecht. Für so etwas bin ich nicht geschaffen.«

»Das wollte ich auch nicht.« Sie streckte die Hand aus und berührte meine Schulter, genauso wie sie es gestern getan hatte. »Du bist meine Freundin.«

»Wieso hast du mich dann nicht eingeladen? Schämst du dich meinetwegen? Ist das der Grund? Denkst du, ich würde dich vor deinen Freunden blamieren?«

»Nein«, schoss sie beleidigt zurück, mit einer Vehemenz, die den Schluss nahelegte, dass meine Vermutung durchaus ein Körnchen Wahrheit enthielt. »Natürlich nicht.«

»Wahrscheinlich bin ich zu spießig für dich«, sagte ich. »Nun ja, Johnny sieht das anders. Deshalb hat er mich eingeladen, und ich werde auch kommen.«

»Du bist überhaupt nicht spießig.« Sie zog ihre Hand weg und legte sie um die Spitzen des Treppengeländers. »Vielleicht ein klein bisschen, aber das macht nichts. Ich mag das. Und ich freue mich, dass du kommst. Ganz ehrlich.«

Ich schloss die Finger ebenfalls um das Geländer, ganz dicht neben ihren. »Hat das etwas mit Gill zu tun?«

Sie blinzelte kurz. »Gill war eine dämliche Kuh.«

»Ich bin aber nicht sie, okay? Ich meine, weswegen ihr euch auch immer gestritten habt, mir kannst du vertrauen.«

Star schüttelte den Kopf. »Du verstehst es nicht. Ich wollte es nicht verderben. Die Party … ich wollte nicht, dass sie unsere Freundschaft kaputtmacht.«

Ich wusste nicht, ob das die Wahrheit war oder ob sie bloß wieder versuchte, mich einzuwickeln. »Sei nicht albern. Natürlich wird das nicht passieren. Weshalb sollte es auch?«

»Keine Ahnung.« Sie presste ihren kleinen Finger gegen meinen. »Ich bin froh, dass du kommst.«

Ich verschränkte meinen Finger mit ihrem. Das Eisen fühlte sich warm an, und ich spürte, wie die Farbe unter meinem Griff abblätterte. Ein Schauder überlief meinen Arm. »Ich muss jetzt los.«

Star sah zu Dockie hinüber, der immer noch an der Steinmauer stand und vor sich hin gestikulierte. »Er ist verrückt. Halt dich lieber von ihm fern.«

»Nein, ist er nicht.« Ich löste mich vom Geländer. »Er ist nur eine arme verlorene Seele.«

Star runzelte die Stirn. »Alles in Ordnung? Du siehst aus, als hättest du geweint.«

Ich zuckte die Achseln. »Ach, nur das übliche Monatsproblem.« Sie schien immer noch besorgt zu sein. »Es war jedenfalls nicht wegen der Party, wenn das der Grund ist, weshalb du fragst. Mein Lebensglück hängt nicht von diesem Abend ab.«

Sie grinste. »Nein. Ja, ich geb's ja zu. Ich und mein Ego.« Sie machte einen Schritt auf die Haustür zu. »Trotzdem ist dieser Typ irgendwie unheimlich.«

Ich senkte die Stimme. »Er hatte eine Kopfverletzung. Sein Gehirn wurde dabei in Mitleidenschaft gezogen.«

»Entweder er spinnt komplett«, meinte sie, »oder aber er ist so ein Prophet, du weißt schon, einer dieser in Lumpen gehüllten Typen, die Wunder vollbringen, und keiner merkt es. Erst wenn es zu spät ist.«

Ich schnaubte und wandte mich zu Dockie um. »Wir sehen uns später, okay?«

In letzter Sekunde packte sie mich am Arm und zog mich zurück. Der süßliche Geruch ihres Atems schlug mir entgegen, als sie sich vorbeugte und mir zuflüsterte: »Doch, er muss einer sein. Woher um alles in der Welt sollte er sonst meinen richtigen Namen kennen?«

»Was?«

Sie zwinkerte mir zu, ehe sie, scheinbar aus einem Impuls heraus, die Hand ausstreckte und über meine Wange strich. Dann zog sie sie abrupt zurück.

»Bis dann«, flüsterte sie und war verschwunden.

Meine Haut prickelte noch von ihrer Berührung. »Clara ...«, sagte ich leise.

Dockie stand inzwischen vor dem Säuleneingang des Bella Vista. Ich sah Dr. Feathers in seinem gewohnten Lehnstuhl am Fenster. Lizzie, die ihm gegenübersaß, redete hektisch auf ihn ein, doch er schien gar nicht zuzuhören. Ich hob die Hand. Als er mich bemerkte, erwiderte er meinen Gruß mit einem abwesenden Winken.

»Clara«, murmelte Dockie und zupfte sich am Bart. »Wer ist Clara?«

Bestimmt war es nur ein ulkiger Zufall, dass Star in Wirklichkeit Clara hieß. Mir fiel wieder ein, dass auch Ted einen ähnlichen Namen erwähnt hatte, aber sicher hatte ich mich verhört. Ich wünschte, ich hätte genauer aufgepasst.

»Kommen Sie«, sagte ich. »Vielleicht schaffen wir es ja, Ihr Gedächtnis zu reaktivieren.«

Er nickte lächelnd. Gemeinsam machten wir uns auf den Weg den Hügel hinunter in die Stadt. Noch immer war ich ganz erfüllt von Stars Liebkosung. Ihre Pupillen waren so riesig gewesen, dass ihre Augen nicht mehr blau zu sein schienen, sondern schwarz.

ACHT

1924

Nach meinem Ausflug ins Armenviertel regnete es mehrere Tage lang. Ich lungerte entweder in der Bibliothek herum oder saß in abgedunkelten Kinosälen. Zum Glück war ich meiner Gastgeberin kein einziges Mal begegnet, und nun, da sich das Wetter unvermittelt gebessert hatte, überbrachte Scone mir eine Nachricht von Alec, ich solle ihn »vor unserer Strandhütte« treffen. Auf meine Frage, wo sich diese Hütte befinde, erwiderte der Butler, Mr Bray habe ihm versichert, Mr Carver fände sie ohne größere Schwierigkeiten, schließlich sei er ja ein »helles Bürschchen«.

Gegen fünf Uhr nachmittags stapfte ich also am Strand entlang, während mir der Sand in die Schuhe rieselte. Ich spähte in jede Hütte, in der Urlauber sich umkleideten – einige waren noch vollständig angezogen, andere halb nackt. Vereinzelte Wolken zogen über den Himmel, was jedoch die Londoner Wochenendausflügler nicht davon abgehalten hatte, wie die Heuschrecken in Helmstone einzufallen. Ich stolperte über ausgestreckte Füße und Sonnenschirme und musste mich wieder und wieder entschuldigen. Die Kleider klebten mir am Leib, und ich spürte die vertraute Enge in der Brust. Mein Gesicht war hochrot und meine Stimmung auf dem Nullpunkt, als ich jemanden »Robert!« rufen hörte.

Ich drehte mich um und sah Alec, der vor einer Hütte stand und winkte. Die Türen des Häuschens standen weit offen, und Alec saß in einem Rattanstuhl auf der Holzterrasse, neben sich ein Tischchen mit einem Eiskübel und zwei Gläsern. Auf der anderen Seite des Tischs stand ein zweiter Stuhl, der von der massigen Gestalt eines jungen Mannes vollständig ausgefüllt wurde.

Schwer atmend blieb ich vor ihnen stehen. »Was für ein grauenhafter Tag«, sagte ich. »Da sind mir Wolken und Regen schon lieber.«

Alec schirmte seine Augen mit der Hand ab. »Ganz ehrlich, Robert, wenn man dich nicht kennt, könnte man glatt glauben, du wärst gerade hundert geworden. Los, komm her und sag Hallo. Bump, das ist mein Cousin Robert Carver.«

Der fette Mann beugte sich vor und schloss seine feisten, schwitzigen Finger um meine Hand. »Wie geht's, Carver? Sag einfach Bump zu mir. Freut mich, dich endlich kennenzulernen. Alec meinte, du wärst uns eine große Hilfe bei unserem Wachsfigurenkabinett gewesen.«

»Ach … nicht der Rede wert«, entgegnete ich. »Ich habe nur ein bisschen die künstlerische Seite im Auge behalten.«

»Ich hab gehört, die Idee mit den Filmszenen stammt von dir. Feine Sache.« Er drehte sich auf seinem Stuhl herum. »Sampson!«

Wie aus dem Nichts erschien ein athletisch gebauter Mann mit glänzendem Haar und einer Champagnerflöte in der Hand. Gewandt nahm er die Flasche aus dem Eiskübel, goss etwas von der prickelnden Flüssigkeit in das Glas und reichte es mir.

Wir stießen auf den Erfolg des Kabinetts an, während Sampson so schnell verschwand, wie er aufgetaucht war.

»Toller Bursche, mein kleiner Jude, was?«, meinte Bump mit dem Stolz eines Großvaters auf seinen wohlgeratenen Enkelsohn und beugte sich auf seinem Stuhl vor, um mit mir anzustoßen. »Auf die künftigen Reichtümer!«

»Das möchte ich auch hoffen«, brummte Alec, ehe seine gewohnt gute Laune zurückkehrte. »Aber mit Robert an Bord ist das ja praktisch garantiert.«

Unbehaglich verlagerte ich das Gewicht unter der Last der zusätzlichen Verantwortung. »Wann wollt ihr eröffnen?«

»Demnächst«, antwortete Bump unbeschwert. »Es sollte nicht mehr lange dauern. Am Ende gibt's eben doch immer ein paar Problemchen, was, Bray?«

»Kinderkrankheiten«, sagte Alec. »Natürlich ist es allein ihre Schuld. Würde sie uns wie versprochen helfen, hätten wir all das längst hinter uns.«

Einen Moment lang herrschte Stille. Bump drehte sein Glas zwischen den Fingern hin und her und betrachtete die aufsteigenden Bläschen, während ich aufs Meer hinausblickte.

Schließlich hüstelte Bump. »Und, Carver, kommst du heute Abend zu unserem kleinen Saufgelage? Bray und ich wollen ein wenig die Puppen tanzen lassen.«

»Aber heute Abend findet die Soiree bei den Feathers statt. Oder hast du etwa abgesagt?«

Alec schloss die Augen. »Mist. Das habe ich völlig vergessen.« Dann zwinkerte er Bump zu. »Das wäre Robert natürlich nie passiert. Er hat ein Auge auf eines der Feathers-Mädchen geworfen. Wie läuft's denn so? Schlummert hinter der unschuldigen Fassade in Wahrheit eine Wildkatze?«

»Absolut nicht«, antwortete ich und bemühte mich, schockiert zu klingen. Alec und Bump brachen in schallendes Gelächter aus.

»Sag nichts«, johlte Bump. »Du gehst mit ihr ins Kino und verplemperst den ganzen Abend damit, dich Zentimeter für Zentimeter an ihrem Arm aufwärtszuarbeiten, und dann, wenn's endlich spannend wird, zappelt sie herum, und du kannst wieder von unten anfangen.«

Das entsprach nicht ganz den Tatsachen, aber das würde ich ihm bestimmt nicht auf die Nase binden – weder dass ich Lizzie heimlich neben Rudolph Valentino geküsst hatte noch dass wir uns bei unserer nächsten Begegnung mit hochroten Köpfen unterhalten und so getan hatten, als wäre nichts geschehen. Fest stand, dass sie diejenige gewesen war, die sich im Kino an mich geschmiegt hatte, und aus irgendeinem unerfindlichen Grund hatte ich wie gebannt das Geschehen auf der Leinwand verfolgt und mich beinahe darüber geärgert, dass sie meine Hand hielt und sie streichelte.

Mittlerweile empfand ich eine tiefe Abneigung gegen Bump und trank stillschweigend meinen Champagner, als wäre die Vorstellung, mich über das Benehmen einer Dame auszulassen, weit unter meiner Würde, während die beiden einander feixend zuzwinkerten. »Gehört die Hütte dir?«, fragte ich Alec, um das Thema zu wechseln.

»Äh … sie ist gemietet.« Er rülpste und schlug die Hand vor den Mund. »Normalerweise belegt Clara sie mit Beschlag und kleckst Farbe auf irgendwelche Leinwände, aber als sie gehört hat, dass Bump vorbeikommt, hat sie die Flucht ergriffen.«

»Sie kann mich nicht ausstehen.« Bump bemühte sich um eine betrübte Miene. »Zweifellos weil ich einen schlechten Einfluss auf ihren Göttergatten ausübe.«

»Du bemühst dich jedenfalls nach Kräften darum«, bestätigte Alec, woraufhin die beiden erneut grinsten.

»Sie malt?« Ich spähte in die Hütte in der Hoffnung, einen Blick auf ein Gemälde zu erhaschen. »Das wusste ich ja gar nicht.«

»Wenn man es so bezeichnen möchte.« Alec gab ein Schnauben von sich. »Ich würde es eher schmieren nennen.«

»Aber es spricht doch nichts gegen ein nettes kleines Hobby«, warf Bump nickend ein. »Zumindest für die Damen. Bei den Herren ist das etwas völlig anderes. Ich habe schon eine ganze Reihe männlicher Künstler kennengelernt. Alles Schlappschwänze, sage ich euch.«

Alec hüstelte und sah mich an. »Robert ist ebenfalls Künstler.«

Bump musterte mich mit unverhohlenem Abscheu. »Ach ja, das hatte ich ganz vergessen.«

Ich stellte mein Glas auf dem Tischchen ab. »Danke für den

Champagner, aber ich muss jetzt nach Hause und mich fürs Abendessen umziehen.«

Alec stöhnte, als wäre allein die Vorstellung, bei den Feathers zu Abend zu essen, zu viel für ihn. »Um wie viel Uhr sollen wir da sein?«

»Um sieben. Das Essen beginnt um acht.«

Er rümpfte die Nase. »Dann komme ich um fünf vor.«

»Zeig's ihnen«, dröhnte Bump. »Hört sich sowieso nach einem Haufen blöder Langweiler an.«

Ich wandte mich zum Gehen und hörte Bump hinter mir nach Sampson rufen, dass er ihm noch einmal nachschenken solle. Ich hoffte inbrünstig, Alecs Geschäftspartner nie wieder begegnen zu müssen. Er gehörte zu denjenigen, die ich auf der Schule am meisten gehasst hatte. Kerle wie er rannten einen beim Rugby um und klatschten einem in der Umkleide ein nasses Handtuch auf die Schenkel. Für sie galten Wissen und Lernen als Ketzerei, die man tunlichst umging.

Zwei Stunden später verließ ich Castaway House. Allein. Eine angenehme Brise wehte vom Meer herüber. Als ich die Treppe zum Haus der Feathers hinaufging, wünschte ich beinahe, der Weg sei länger gewesen. Doris, das Hausmädchen, trug ein dem Anlass entsprechendes schwarzes Hausmädchenkleid. Sie führte mich in die Diele, die natürlich deutlich kleiner war als die Eingangshalle von Castaway House. Dennoch überkam mich bei jedem Besuch das Gefühl, als spiele sich hinter den geschlossenen Türen ein fröhliches, ausgelassenes Leben ab.

Wie zum Beweis wurde in diesem Augenblick eine Tür aufgerissen, und ein Junge, den ich noch nie zuvor gesehen hatte, rannte mit einem Holzschwert in der Hand geradewegs auf mich zu. »Haaaa!«, brüllte er. »Hinfort mit dir!« Sein Mund war mit etwas Klebrigem verschmiert.

Doris stöhnte. Eine dralle Frau in einer gestärkten Uniform beugte sich übers Treppengeländer und rief: »Du kleiner Teufel!

Wenn du nicht sofort aufhörst, gibt's eine Tracht Prügel, dass du eine Woche nicht mehr sitzen kannst.«

Kurz schien der Junge Angst zu bekommen, dann machte er kehrt und stürmte zur Dienstbotentreppe.

»Na warte!« Das Kindermädchen kam die Treppe herunter. »Dem ziehe ich das Fell über die Ohren«, brummte sie, als sie an uns vorbeiging und die Verfolgung aufnahm.

Aus dem Untergeschoss drangen leise Schreie.

»War das der jüngste Feathers-Sprössling?«, fragte ich Doris.

»Ja, Master Anthony. Treibt Miss Woods zur Verzweiflung, das arme Ding.« Hämische Belustigung lag in ihrer Stimme; die beiden waren wohl keine Busenfreundinnen.

Bei meinem ersten Besuch war mir aufgefallen, dass das Haus der Feathers ein perfektes Abbild von Castaway House war, nur wesentlich kleiner, und mit der Zeit gefiel es mir sogar besser als der riesige Kasten meines Cousins. Die Tür zum Wohnzimmer im ersten Stock war stets geöffnet – im Gegensatz zum Wohnzimmer von Castaway House, das Mrs Bray stets mit Beschlag belegte. Doris führte mich hinein.

Gäste standen herum und unterhielten sich leise, untermalt von diskreten Klängen aus einem Grammophon. Ich hielt nach Lizzie Ausschau, sah aber lediglich Dr. Feathers, der mit ausgebreiteten Armen auf mich zukam, als wollte er mich an seine Brust drücken.

»Mr Carver, wie schön, dass Sie pünktlich sind. Eine heutzutage viel zu wenig verbreitete Tugend, wenn ich mir die Bemerkung erlauben darf. Elizabeth und die anderen Mädchen kommen gleich. Es gab heute bereits Tränen, weil ich nur Elizabeth erlaubt habe, zum Essen zu bleiben. Mädchen, Mr Carver, bescheren einem nichts als Ärger. Tamsin! Tamsin! Mr Carver ist hier.«

Ich schüttelte Mrs Feathers die Hand. Sie war sehr bleich und wirkte kraftlos. Müsste man sie mit einer Farbe beschreiben, wäre Beige wohl am zutreffendsten. Ich hatte mich bereits gefragt, wie um alles in der Welt sie Dr. Feathers' endlose Monologe ertrug, ohne dabei den Wunsch zu verspüren, ihm mit dem Schürhaken eins überzuziehen. Aber bei genauerer Betrachtung gelangte ich zu einem anderen Schluss: Sollte jemals so etwas wie Leben in ihr existiert haben, hatte der Doktor es wohl längst erstickt.

»Wie reizend, Sie wiederzusehen, Mr Carver«, sagte sie mit ihrer leisen Stimme, die an raschelndes Laub erinnerte. »Lizzie spricht immer so nett von Ihnen.«

»Ja. Wie gut, dass Sie sie sich ihrer angenommen haben«, meinte Dr. Feathers. »Seit dieser Episode mit Frederick Sponder ist sie wie ein Gespenst im Haus herumgewandert.«

»Vater!«, ertönte eine scharfe Stimme. Er wandte sich um. Maddie stand mit gerunzelter Stirn hinter ihm. »Du kannst doch nicht …« Aber dann schien sie der Mut zu verlassen, denn sie machte abrupt kehrt und ging davon.

»Bitte entschuldigen Sie«, sagte Mrs Feathers unsicher, als überlege sie, was genau es mit der Episode mit Frederick Sponder auf sich haben mochte. »Ich erkenne sie in letzter Zeit kaum wieder.«

»Sie ist fünfzehn«, brummte Dr. Feathers. »Das erklärt wohl alles.«

Lizzie betrat das Zimmer. Ihr Haar war zu einem kunstvollen Chignonknoten frisiert, und ihre Augen blitzten, als sie mich sah. Ich war erleichtert, dass wir den peinlichen Kuss endgültig ad acta gelegt hatten. »Guten Abend, Robert«, sagte sie sittsam, doch ich spürte ihren eindringlichen Blick selbst dann noch, als ich zu Boden schaute.

»Ah. Da bist du ja. Sehr gut. Ich will, dass du dich unter die Gäste mischst, Lizzie, und nicht wie ein streunender Welpe den ganzen Abend an Mr Carver klebst. Darf ich Ihnen etwas zu trinken holen, Carver? Sie sehen aus, als könnten Sie einen guten Scotch vertragen.« Ehe ich ablehnen konnte, brachte er mir ein Glas mit dem ekligen Zeug.

Lizzie beugte sich zu mir herüber. »Ich muss jetzt gehen«, sagte sie leise. »Tut mir leid. Anweisung von meinem Vater.«

»Schon gut«, flüsterte ich. »Ich amüsiere mich schon.«

Ich stellte mich an das raumhohe Fenster und blickte auf die Nebelbänke, die vom Meer landeinwärts zogen. Die Gäste zählten mehr oder weniger zur Crème de la Crème der Helmstoner Gesellschaft: der vollmundig angekündigte Bürgermeister, ein paar Stadtväter, ein oder zwei Schuldirektoren und die obligatorische Ansammlung von unverheirateten Frauen, die sich, gehüllt in geblümte Kleider und Parfumwolken, am Fenster versammelt hatten. Mir fiel auf, dass sie für alte Jungfern recht vergnügt wirkten und ihre Cocktails mit ausgelassener Begeisterung schlürften. Ich setzte ein Lächeln auf, um meine Missbilligung über ihre Trinkfreude zu kaschieren.

Unvermittelt musste ich an Mutter und Vater denken, wie sie am Esszimmertisch mit dem Wachstuch und dem Zierdeckchen in der Mitte saßen, an die Jadefigur auf dem Kaminsims, die Mutter zu ihrem siebzehnten Geburtstag geschenkt bekommen hatte. Bei uns zu Hause war es nie laut und lebhaft zugegangen – bereits als Kind hatte man mir jeden Anflug von Temperament ausgetrieben. Trotzdem ging ich davon aus, dass ich ihnen fehlte, denn ohne mich blieb ihnen nur eine einzige Gemeinsamkeit: ihr tiefes inneres Bedürfnis, bloß kein Aufheben von irgendetwas zu machen. Vermutlich rührte dieser Wunsch von dem Aufruhr her, den sie ausgelöst hatten, als sie vor zwanzig Jahren durchgebrannt waren. Seit dieser Zeit setzten sie alles daran, dass so etwas nie wieder vorkam.

»Wie gefällt Ihnen die Sammlung meiner Eltern?«

Erschrocken fuhr ich herum und sah Madeleine Feathers neben mir stehen. Sie hatte die Hände auf dem Rücken verschränkt, wie ihr Vater es häufig tat, und nickte in Richtung der Gemälde, die ich unwissentlich betrachtet hatte.

»Oh, Verzeihung, die Bilder waren mir gar nicht aufgefallen.«

Maddie lachte. »Kommen Sie, wir sehen sie uns an. Finden Sie, ich benehme mich wie eine gute Gastgeberin? Mutter sagt nämlich, wenn ich meine Sache gut mache, darf ich nächstes Mal auch zum Essen bleiben.«

»Sie machen Ihre Sache ganz ausgezeichnet«, antwortete ich. Ich war bereits mehrere Male im Wohnzimmer gewesen, hatte mich aber nie getraut, mich eingehender umzusehen. Die Wände schmückten mehrere Porträts, vermutlich von Mitgliedern der Feathers-Familie, darunter ein Gemälde von Lizzie und Maddie als kleinen Mädchen mit weißen Federn in den Händen, das ich aufgrund seines kitschigen Symbolismus beinahe abstoßend fand. Daneben hingen mehrere Bilder von vermutlich verstorbenen Haustieren und eines, ganz am Rand, das auf den ersten Blick so gar nicht in die Galerie zu passen schien.

Es zeigte einen Sonnenaufgang über dem Meer, also ein gängiges Motiv, doch die zinnoberroten und ockerfarbenen Farbflecke auf den tosenden Wellen hatten etwas Zorniges an sich, als hätte der Künstler mehrfach die Leinwand übermalt.

»Wie finden Sie das hier?«, fragte Maddie. »Keine Angst, es ist keines von unseren, deshalb dürfen Sie Ihre Meinung ruhig freiheraus sagen.«

»Mm.« Mit gespielter Ernsthaftigkeit runzelte ich die Stirn. Das Bild hatte etwas. »Ein bisschen undiszipliniert, aber es strahlt eine wilde Leidenschaft aus, finden Sie nicht auch?«

Maddie lachte. »Haben Sie eine Ahnung, von wem es ist?«

Ich spähte auf die Signatur, als eine ironische Stimme hinter mir erklang: »Bewundern Sie mein Bild, Mr Carver?«

Maddie lief tiefrot an, und ich drehte mich zu Mrs Bray um. »Es ist sehr hübsch«, antwortete ich in der Hoffnung, dass sie nicht mitbekommen hatte, was ich gerade gesagt hatte.

Sie hob eine Braue. »Hübsch?«

Ich sah Alec hinter ihr. Er schwankte leicht und ließ den Blick durchs Zimmer schweifen.

»Würdest du mir einen Gin Tonic besorgen?«, blaffte sie ihn an, woraufhin er einen Seufzer ausstieß, die Hände in den Hosentaschen vergrub und zur Bar schlenderte.

Sie trug ein figurbetontes Etuikleid, hatte sich die Lippen leuchtend rot geschminkt und die Wimpern tiefschwarz getuscht, und ihr Parfum vermischte sich mit dem Geruch nach Zigaretten. Sie erinnerte mich an ein wildes Tier, das jeden Moment seine Fangzähne ins Fleisch schlagen würde.

»Nun, Mr Carver, waren Sie in letzter Zeit mal wieder in der Princes Street?«

Obwohl ich mit einem derartigen Kommentar gerechnet hatte, traf er mich unvorbereitet. »N… nein«, stammelte ich. »N… natürlich nicht.«

»Seltsam. Ich dachte, Sie hätten die Gegend vielleicht ins Herz geschlossen.« Ein verschmitzter Unterton schwang in ihrer Stimme mit, den ich bislang nicht bemerkt hatte. »Sie waren Gesprächsthema Nummer eins. Alle glauben, Sie seien rasend in mich verliebt.«

Ihre Frotzeleien machten mir nichts aus. Vermutlich bedeutete es lediglich, dass ihr Zorn nachgelassen hatte. Der Gong ertönte. Ich musste die Gelegenheit nutzen, mich ihr zu erklären, bevor sie an Alecs Seite zurückkehren würde. »I… ich bin k… kein Spion«, stotterte ich.

Ihre Augen weiteten sich. »Pardon?«

»Was Sie … mir v… v… vorgeworfen haben.« Aus irgendeinem Grund verließ mich mein Sprechvermögen, und ich fühlte mich unvermittelt in den Albtraum meiner ersten Schuljahre zurückversetzt. »N… niemand aus der Familie hat mich gebeten, B… B… Bericht zu erstatten. Ü… über Sie, meine ich.«

Sie nickte. Ein Hausdiener servierte ihr einen mit klirrenden Eiswürfeln gefüllten Drink. Sie prostete Alec am anderen Ende des Zimmers zu. »Na gut. Ich glaube Ihnen.«

Diese radikale Kehrtwende verblüffte mich. »Wi… wirklich?«

Die ersten Gäste gingen ins Esszimmer. Ich sah Lizzie auf uns zukommen.

Mrs Bray schlürfte ihren Drink durch einen Strohhalm. »Wüsste ich es nicht besser, würde ich glatt glauben, dass Sie mich verfolgen, weil Sie sich sexuell zu mir hingezogen fühlen, und sich, da Sie sich selbst dafür verachten, erfolgreich eingeredet hätten, dass ich eine freche kleine Schlampe bin, die es nicht besser verdient.«

»Nun, wenn das so ist, können wir bloß froh sein, dass Sie es besser wissen«, konterte ich.

Mrs Bray lächelte, ohne den Strohhalm aus dem Mund zu nehmen, während ihr Blick nach links schweifte. »Elizabeth«, rief sie. »Wie schön, Sie zu sehen. Ich freue mich ja so, dass Sie sich um unseren Cousin kümmern. Alec und ich sind einfach zu beschäftigt, und ich fürchte, wir haben unsere Pflichten ein wenig vernachlässigt.«

»Oh, wir haben uns sehr gut amüsiert.« Lizzie sah Mrs Bray aus großen Unschuldsaugen an. »Was für ein wunderschönes Kleid«, fügte sie hinzu und lief dunkelrot an.

»Sie sind so ein Schatz. Sie müssen mich unbedingt einmal besuchen kommen, dann machen wir es uns im Garten gemütlich und plaudern ein bisschen.« Sie strahlte mich an. »Aber jetzt geht nur nach unten. Ich glaube, da kommt mein Mann. Ah, da ist er ja.«

Niemand käme je auf die Idee, welch eisiges Schweigen zu Hause herrscht, dachte ich, als ich neben Lizzie die Treppe hinunterging. Alec und seine Frau hatten den ganzen Abend kaum ein Wort miteinander gewechselt, was jedoch außer mir keiner zu bemerken schien.

Das Esszimmer der Feathers war ein höchst eigentümlicher Raum. Ich betrat ihn zum ersten Mal und bemerkte verblüfft mehrere verschlossene Schränke, darüber mit zerfledderten Akten vollgestopfte Regale. Einige Möbelstücke hatte man mit weißen Laken zugedeckt. Zu meinem – vielleicht auch unser beider – Leidwesen bekam ich einen Platz neben Mrs Bray zugewiesen, wandte mich jedoch unverzüglich meiner anderen Nachbarin zu, einer alten Jungfer, und begann mit ihr über den erstbesten Unsinn zu plaudern, der mir einfiel.

»Was für ein reizendes Zimmer, nicht?«

Sie warf einen verstohlenen Blick auf die Feathers. Die Dame des Hauses nickte lustlos und lauschte dem Endlosmonolog eines der Stadtväter, während der Doktor damit beschäftigt war, das Servieren der Suppe zu überwachen. »Es ist sein Sprechzimmer«, zischte meine Nachbarin mit einer Geste in seine Richtung.

»Tatsächlich?« Ich bemerkte, dass Alec sein Glas geleert hatte und um Nachschub bat.

»Der vordere Teil dient als Büro, der hintere als Behandlungszimmer.« Sie deutete mit ihrem Löffel auf die abgedeckten Möbelstücke. »Ich habe schon so manche erfolgreiche Behandlung auf dieser Couch hinter mich gebracht, daher fühlt es sich umso seltsamer an, sich ausgerechnet hier zum Abendessen aufzuhalten.«

Als der Doktor sich auf der anderen Seite neben Mrs Bray niederließ, wechselte meine Nachbarin eilig das Thema. Wir plauderten angeregt, während die Suppe abgeräumt und eine gegrillte und mit Fenchel gefüllte Makrele serviert wurde. »Wie geht es denn Ihrem Hausmädchen?«, hörte ich Dr. Feathers beim Schweinebraten fragen. »Wie heißt sie noch? Agnes, stimmt's?«

Meine Tischnachbarin ließ sich gerade über irgendeinen besonders eindrucksvollen Landsitz aus, den ich dringend besuchen müsse, wo ich schon einmal hier sei. (»Der Rittersporn ist eine wahre Pracht um diese Jahreszeit.«) Ich versuchte, zu nicken und zu lächeln, während ich auf Mrs Brays Antwort lauschte.

»Oh, das kümmert mich nicht länger.«

(»Haben Sie einen Chauffeur? Oh. Verstehe. Nun ja, allein die Fahrt ist schon spektakulär.«)

»Wenn Sie mich fragen, hat sie das alles nur erfunden.«

»Aber es war …« Der Doktor hüstelte. »Ich meine, es ist dasselbe Zimmer?«

»Vermutlich. Auf derlei Arrangements achte ich nicht.«

(»Sagen Sie ihm einfach, er soll an Walmstead Hall vorbeifahren – nein, nein, das stimmt nicht. Direkt davor geht es links, ja, genau …«)

»Aber danke der Nachfrage. Sie ist ein hysterisches kleines Ding, und ihre Behauptung, sie hätte Heimweh, zieht bei mir nicht, das weiß sie ganz genau. Ich bin mit vierzehn von zu Hause fortgegangen, und das war das Beste, was ich tun konnte.«

»Nun ja, wie Sie wissen, bin ich für Aberglauben in jeglicher Form und Ausprägung nicht empfänglich, und Gott sei Dank ist auch Mrs Feathers dieser Meinung. Allerdings halte ich es für höchst interessant, dass etwas, was lediglich im Kopf stattfindet, auch körperliche Auswirkungen haben kann.«

(»Ich persönlich finde ja, der National Trust ist eine der wichtigsten Institutionen, die in diesem Land in den letzten fünfzig Jahren ins Leben gerufen wurden.«)

»Und nur weil es keinen konkreten Anlass gibt, bedeutet es noch lange nicht, dass sie nicht unter heftigen Schmerzen leidet.«

»Schmerzen!«

(»Oh, was für eine hervorragende Köchin die Feathers doch haben. Ich muss Mrs Feathers später dringend nach ihr fragen.«)

»Das Mädchen hat keine Vorstellung davon, was Schmerz bedeutet. Ich glaube sogar, ich werde sie nach Hause schicken müssen. Ich werde ihr ein Referenzschreiben mitgeben und …«

Leider war ich gezwungen, eine direkte Frage meiner Tischnachbarin mit einiger Ausführlichkeit zu beantworten, und als ich endlich wieder Gelegenheit hatte, den beiden zu lauschen, hatte der Doktor sich zu seiner Nachbarin zur anderen Seite umgedreht, und Mrs Bray schwieg.

Ich wollte mein Gespräch mit der eifrigen National-Trust-Verfechterin fortführen, doch die hatte sich ebenfalls ihrem anderen Tischnachbarn zugewandt und beglückte ihn mit demselben Monolog, so dass mir nichts anderes übrig blieb, als mich ein weiteres Mal ins Haifischbecken des gesellschaftlichen Geplauders mit der Frau meines Cousins zu stürzen.

Natürlich hätte ich sie rasend gern nach Agnes gefragt. Doch dann hätte sie gewusst, dass ich zugehört hatte, und da ich den Vorwurf des Spionierens bereits von mir hatte weisen müssen, erschien es mir ratsam, dieses Thema tunlichst zu umgehen und mich in sichereren Gefilden zu bewegen. »Ich wusste gar nicht, dass Sie malen«, sagte ich.

»Wohl eher schmieren«, gab sie zurück. Die Einschätzung kam Alecs Urteil so nahe, dass ich mir ein Lächeln verkneifen musste.

»Vermutlich haben Sie mehr Talent als ich«, sagte ich beim Gedanken an meine bescheidenen Werke.

Sie kniff die Augen zusammen. »Vermutlich, ja.«

Ich betrachtete mein Weinglas. »Falsche Bescheidenheit ist Ihre Sache nicht.«

»Nein. Allerdings halte ich sie auch nicht für falsch, sondern bin überzeugt davon, dass Sie Recht haben.«

»Ich hatte sogar mal eine Ausstellung«, platzte ich heraus. »In der Bibliothek bei uns zu Hause.«

»Wie schön für Sie.« Sie schob sich das letzte Stück Kartoffel in den Mund. »Mein Kreis wäre gewiss sehr erfreut über Ihr Gemeinschaftsgefühl.«

»Ihr Kreis?« Die Teller wurden abgeräumt und ein Orangenkompott serviert. Alec starrte abwesend auf sein Dessert.

»Mein Malkreis. Wir treffen uns einmal im Monat und fahren hinaus aufs Land. Wir malen vorwiegend mit Wasserfarben. Zufällig ist es morgen wieder so weit. Vielleicht möchten Sie ja mitkommen.«

Ich starrte sie fassungslos an, während sie scheinbar unbeteiligt ihren Löffel in das Kompott tauchte.

»Sie … Sie möchten, dass ich mitkomme?«

Sie machte immer noch keine Anstalten, mich anzusehen. »Mir ist das im Grunde einerlei. Ich dachte nur, Sie wollen vielleicht Ihre Fertigkeiten verbessern. Vermutlich haben Sie es auch bitter nötig.«

»Nun ja.« Ich blickte auf mein Dessert. »Nun. Ich … ich nehme an. Man könnte … ich meine, ich könnte …«

»Ich stehe morgen früh um Punkt neun Uhr vor der Haustür.« Sie tupfte ihre Lippen mit der Serviette ab und hinterließ eine rote Lippenstiftspur auf dem weißen Leinen. »Es liegt ganz bei Ihnen.«

Unwillkürlich fragte ich mich, ob sie mir eine raffinierte Falle stellen wollte, quasi als Rache wegen meiner Neugier, andererseits schien es sie nicht im Mindesten zu kümmern, ob ich mitkommen wollte oder nicht. Daher beschloss ich abzuwarten, wie sich der Abend entwickelte und ob sie mir gegenüber noch weiter auftauen würde.

Doch es sollte mir nicht gelingen, das herauszufinden. Kaum hatten die Gäste das Essen beendet und die Damen sich in den Salon zurückgezogen, sprang Alec wie von der Tarantel gestochen auf und verkündete: »Tut mir leid, Leute, aber Robert und ich müssen jetzt aufbrechen.«

Verblüfft starrte ich ihn an, in der Hand eine dicke, noch unangezündete Zigarre. Ich hatte mich bereits darauf gefreut, ausnahmsweise an diesem Ritual teilzunehmen, das mir zu Hause wegen der Auswirkung auf meine Lunge versagt blieb. Außerdem hatte ich mir die eine oder andere Bemerkung über die neu gewählte Regierung zurechtgelegt und gehofft, sie an geeigneter Stelle anbringen zu können. »Jetzt sofort?«, fragte ich, doch meine Frage ging in Dr. Feathers' erstauntem »Was? Gibt es einen Notfall?« unter.

»Nun … so kann man es wohl nicht bezeichnen.« Verlegen wie ein bei einer Lüge ertappter Schüler sah Alec die versammelten Männer an. »Ich muss lediglich noch einen alten Freund treffen. Genauer gesagt, meinen Geschäftspartner«, fügte er hinzu, als entschuldige das sein überstürztes Aufbrechen.

»Kenne ich ihn?« Feathers schmauchte mit sichtlichem Genuss seine Zigarre. Bei der Vorstellung, Bump schon wieder zu begegnen, sank meine Laune auf den Nullpunkt, und ich überlegte, wie ich am besten kneifen könnte, ohne jemanden vor den Kopf zu stoßen.

»Wahrscheinlich nicht.« Alec wollte sich gegen die Anrichte lehnen, stellte jedoch in letzter Sekunde fest, dass es womöglich keine gute Idee wäre, und versuchte, wieder aufrecht zu stehen. »Er ist der Duke of Cowray, der zehntreichste Mann von England.« Er lächelte breit.

Die Information löste ein Raunen aus. Dr. Feathers schien hochbeglückt zu sein, als adle ihn allein die indirekte Verbindung zu einem Mann dieses Standes. »Nun, wenn das so ist, müssen Sie natürlich gehen.« Er blickte sich um, um sicherzugehen, dass es auch jeder mitbekommen hatte. »Aber müssen wir auch auf das Vergnügen von Mr Carvers Gegenwart verzichten?«

»Ich würde sehr gern noch bleiben«, wandte ich ein und starrte Alec an, als könnte ich meine Botschaft telepathisch übermitteln.

Alec schwenkte sein Brandyglas. »Leider …« Er sah zur Wanduhr und schien einen Moment lang beinahe im Stehen einzuschlafen, ehe er sich zusammenriss und ins Hier und Jetzt zurückkehrte. »Es ist ein geschäftlicher Termin, und Robert ist unser künstlerischer Berater. Daher brauchen wir seine Meinung unbedingt.« Er kicherte.

Ich wollte widersprechen, doch die Männer schienen durchaus erfreut über die Aussicht, mich loszuwerden. Zögernd erhob ich mich und schüttelte den hohen Tieren, die ich vermutlich nie wiedersehen würde, reihum die Hand.

Doris wurde losgeschickt, um Lizzie zu holen, die wenige Minuten später die Treppe herunterkam. Alec stand bereits vor der Tür und lehnte sich Halt suchend an einen Pfeiler. Vielleicht nüchterte ihn ja die Nachtluft ein wenig aus, allerdings hatte ich wenig Hoffnung.

»Musst du schon gehen?«, fragte sie schmollend. »Wenn du bleiben willst, kannst du es deinem Cousin doch bestimmt ausreden.«

»Nicht ohne Alec wie einen miesen Lügner dastehen zu lassen.« Ich hielt inne. »Aber erzähl das bloß deinem Vater nicht«, fügte ich hastig hinzu.

»Du hast aber versprochen, den Abend bei uns zu verbringen.« Sie zog die Brauen zusammen. »Aber natürlich ist es viel aufregender, mit Mr Bray loszuziehen, statt zuzuhören, wie ich auf dem Klavier herumklimpere.«

»Ich würde viel lieber bleiben!«, protestierte ich gekränkt. »Und ich bin doch gekommen. Du hast mit keiner Silbe erwähnt, dass du ein Stück zum Besten geben würdest.«

Sie schmollte immer noch. »Eine von Chopins Nocturnes. Es sollte eine Überraschung sein.«

»Es tut mir leid, Lizzie. Aber ich werde es wiedergutmachen, versprochen.«

Sie schniefte. »Vielleicht könntest du ja morgen zum Mittagessen kommen.«

Ich dachte an den Malkreis, wollte jedoch vorsichtig sein, zumindest solange sie in dieser gereizten Stimmung war. »Ich fürchte, es wird etwas später werden. Wie wär's um vier zum Tee?«

Wieder schob sich ihre Unterlippe drohend nach vorn, aber ich blieb hart. Schließlich setzte sie ein widerstrebendes Lächeln auf.

»Los, komm schon, Carver.«

Alecs Silhouette hob sich tiefschwarz vom dunkelblauen Abendhimmel ab.

Lizzie warf mir einen verstohlenen Luftkuss zu und ging die Treppe hinauf. Ich rief ihr einen Abschiedsgruß hinterher, doch die Tür zum Salon wurde bereits geöffnet, so dass meine Worte im Gemurmel der Frauen untergingen. Jemand brach in ein heiseres, kehliges Lachen aus, das sich anhörte, als käme es direkt aus der Gosse.

»Meine Frau«, bemerkte Alec mit einer Kopfbewegung. »Man kann sich noch so bemühen, alles auszuradieren, aber das Lachen verrät eben doch, woher man kommt.«

»Was ausradieren?«, hakte ich nach, als wir nebeneinander die Stufen hinuntergingen.

»Das alte Fischweib, weißte«, antwortete Alec in einer grottenschlechten Imitation eines Cockney-Akzents und verzog das Gesicht zu einem schiefen Grinsen. »Es gibt nun mal Dinge, die bekommt man auch mit der besten Ausbildung nicht weg«, fuhr er in seinem gewohnten Tonfall fort. »Das Lachen ist eines davon, aber natürlich gibt es noch etwas anderes.«

Ich fragte mich, was, doch er ging bereits vor mir her zur Klippe. »Ehrlich gesagt habe ich sie noch nie lachen hören«, sagte ich und musste mich beeilen, um ihn einzuholen.

»In meiner Gegenwart tut sie es auch nicht, alter Knabe. Und auch nie im Haus. Nur mit ihren ›Freunden‹.« Er spie das Wort förmlich aus. »Trotzdem werden wir uns jetzt tüchtig amüsieren, was?«

»Das Problem ist bloß …«

»Ich dachte, ich sterbe gleich vor Langeweile«, unterbrach er mich und schwankte den Gehsteig entlang. »Die schlimmste Strafe ist, mit einer Ehefrau aufkreuzen zu müssen, die man auf den Tod nicht ausstehen kann. Wie erging es dir, so direkt neben ihr? Sie hat dich doch nicht in der Luft zerrissen, oder?«

»Nein, zumindest nicht ernsthaft.« Ich hielt inne. »Sie hat mich sogar zu einem Ausflug mit ihren Malerfreunden morgen eingeladen.«

Alec brach in schallendes Gelächter aus. »Oh, diese Frau ist die reinste Teufelin!«

Ich musterte ihn. »Wieso? Ich kann auch hierbleiben, wenn du nicht willst, dass ich mitfahre.«

»Oh, du solltest mitfahren. Solange du dich nicht ins Bockshorn jagen lässt, wird das ein Heidenspaß.« Wieder lachte er, was nicht einmal ansatzweise zu meiner Beruhigung beitrug.

Am Fuß des Hügels überquerten wir die Straße und gingen an Snooks vorbei bis zum Majestic Arcade. Mit einem lauten Gruß packte Alec die fleischige Hand des Portiers, ehe er die Treppe hinaufging und durch die Drehtür trat. Ich folgte ihm ein wenig langsamer, aus Angst, hinauskatapultiert zu werden. Der Portier, dessen rote Wangen und von bläulichen Adern durchzogene Nase seine Trinkgewohnheiten erahnen ließen, lächelte Alec hinterher.

In der von Kronleuchtern erhellten Lobby saß ein schnurrbärtiger Greis und klimperte vor sich hin, während es sich einige Feriengäste in den ausladenden Sesseln bequem gemacht und alle Mühe hatten, nicht einzuschlafen. Alec ging zur Rezeption und stützte sich mit einem Ellbogen auf die polierte Oberfläche. »Lord Hugh Mason-Chambers erwartet uns bereits.«

»Mr Bray und Begleitung?«

Alec zeigte auf mich und nickte mit der bedeutungsschwangeren Ernsthaftigkeit einer Bulldogge.

»Zimmer 82, Sir. Oberste Etage.«

»Und was genau tun wir hier?«, fragte ich Alec, als wir auf den Lift warteten.

Alec legte mir den Arm um die Schultern. »Uns amüsieren, mein Junge. Ist das nicht der Zweck des Lebens?«

Es erschien mir sinnlos, ihn darauf hinzuweisen, dass ich mich heute Abend durchaus amüsiert hatte. Alec trat vor mir in den Lift. »Ist er wirklich der zehntreichste Mann Englands?«

»Großer Gott, nein«, antwortete Alec und betrachtete sein

Gesicht in der verspiegelten Aufzugswand. Mir drehte sich der Magen um, als sich der Aufzug in Bewegung setzte. Offenbar hatte ich mehr Portwein getrunken als beabsichtigt.

»Bump ist der Jüngste in der Familie. Hat keinen einzigen Penny, sondern ist auf die Apanage seines alten Herrn angewiesen, und eins kann ich dir sagen – es ist schon einiges an Gemauschel nötig, damit er glaubt, dass Bump das Geld braucht, um seinen Lebensunterhalt davon zu bestreiten. Und genau das ist der Plan mit unseren hübschen Puppen unter der Brücke. Wir wollen ein Vermögen damit machen.«

»Was ist mit Sampson?«, fragte ich. Als der Lift im achten Stock zum Stehen kam, wurde mir abermals übel.

»Der Duke of Cowray bezahlt ihn.« Alec schnippte einen vermeintlichen Fussel von meinem Revers. »Das ist sein alter Herr.«

Also nicht Bump selbst. »Das heißt, du hast Dr. Feathers angelogen.«

Er zog mich durch den Korridor zu einer Zimmertür und klopfte. »Los, Dummkopf, lass uns rein!«, bellte er. »Wir warten schon seit Stunden hier draußen!«

Die Tür wurde geöffnet, doch nicht Bump, sondern ein Mädchen mit einer Feder im Haar und so viel Schminke, dass Clara Bray wie das reinste Schulmädchen neben ihr wirken würde, stand vor uns. Sie hatte ein Cocktailglas in der Hand und starrte uns aus kurzsichtigen Augen an, ehe sie sich abwandte und rief: »Oi! Da stehen zwei Freunde von dir vor der Tür. Soll ich sie reinlassen?«

Statt einer Antwort ertönte ein Brüllen. Das Mädchen trat zur Seite und winkte uns mit einer übertriebenen Geste herein. »Ihr seht aus, als wärt ihr nette Jungs«, meinte sie, »sonst würde ich das wohl kaum zulassen, versteht ihr?«

Zögernd betrat ich das Zimmer. Wir befanden uns in einer Art Vorraum, und durch die Tür sah ich Bump, flankiert von zwei Mädchen, sich auf dem Sofa fläzen. Alle hatten den gleichen Cocktail in der Hand, irgendeine blubbernde, mit Minzblättchen garnierte Flüssigkeit. Ein Mädchen war lediglich mit einem Unterrock bekleidet.

»Da seid ihr ja endlich.« Bump schob die Mädchen weg und hievte sich hoch. »Ich dachte schon, ihr kneift. Kommt rein. Also. Das ist … tut mir leid, aber ich hab deinen Namen vergessen. Jedenfalls sind sie verdammt hübsch, findet ihr nicht auch?«

Ich wusste kaum, wo ich hinsehen sollte. Alec hingegen setzte sich ohne Umschweife aufs Sofa und zeigte auf die Gläser. »Wie wär's, wenn ihr mir auch so einen mixt? Hier drin könnte man ja glatt verdursten.«

Bump schnippte in Richtung des Mädchens mit der Feder. »Du! Geh und sag Sampson, er soll uns noch ein paar von diesen Dingern machen.«

Das Mädchen legte wie beim Salut zwei Finger an die Schläfe und taumelte davon.

Alec sah ihr nach. »Wie viele Scheißzimmer gibt's hier überhaupt?«

»Ist 'ne ganze Scheißsuite.« Bump machte eine ausholende Handbewegung. »Das Schlafzimmer ist so groß wie ein verdammter Swimmingpool.« Er zwinkerte den gelangweilt aussehenden Mädchen auf dem Sofa zu, die sofort ein gekünsteltes Lächeln aufsetzten.

Hin- und hergerissen zwischen Entsetzen und Faszination, saß ich auf der Sessellehne. Bump zwängte sich wieder zwischen die Mädchen.

»Also, wo war ich?«, fragte er, legte beide Arme auf die Lehne, und die Mädchen rückten näher. »Was sagst du, Bray? Obwohl Sampson noch nie einen Fuß in dieses Kaff gesetzt hat, schleppt er diese Schönheiten an.«

Die Mädchen kicherten freudlos. Sie waren alles andere als Schönheiten, aber vermutlich wollte Bump bloß nett sein. Das Mädchen im Unterrock stand auf und schlurfte zu Alec hinüber.

»Hallo, Schätzchen«, sagte sie. »Wie heißt du denn?«

»Sag es ihr nicht!«, rief Bump. »Keine Namen, keine Strafe.«

Das Mädchen streckte ihm die Zunge heraus. »Du bist so ein Idiot, Oscar Wilde.«

»Willst du etwa sagen, ich sei ein warmer Bruder, du kleine Hure?« Affektiert drehte sich Bump weg. »Ich sollte lieber mit dir reden, meine Hübsche«, sagte er und streichelte den Hals der anderen.

Das Mädchen mit der Feder im Haar kehrte zurück. »Tat-taah!«, verkündete sie und schwenkte ein Tablett voller Gläser, die gefährlich klirrten, als sie auf uns zukam. Alec nahm ein Glas und murmelte einen Dank. Dann reichte sie mir meinen Drink. »Hier, bitte, Süßer.«

Ich nippte an meinem Glas. Es war extrem stark. Ich sollte gehen, dachte ich. Die Situation war so unmoralisch, dass ich es keine Sekunde länger hier aushielt. Trotzdem saß ich wie erstarrt in meinem Sessel, auch als das Mädchen mit der Feder sich auf der Lehne niederließ und mir der Geruch ihres Parfums in die Nase stieg.

»Hast du eine Freundin, Süßer?«, fragte sie. »Würde mich nicht wundern bei einem so gut aussehenden jungen Mann wie dir.«

Ich hustete. »Ich … äh … ja«, antwortete ich in der Hoffnung, dass sie mich dann vielleicht in Ruhe lassen würde, während ich mir gleichzeitig wünschte, sie würde es nicht tun. »Das heißt, ich … sie heißt Lizzie.« Kaum hatte ich die Worte ausgesprochen, bereute ich sie schon.

»Klingt reizend.« Sie presste mir die Lippen ans Ohr. »Aber ich wette, sie treibt es nicht mit dir, was?«

Ich hatte Mühe zu schlucken. »Äh … darüber … möchte ich lieber nicht sprechen«, erwiderte ich lahm. Ihr Atem kitzelte mein Ohr, als sie lachte. »Was ist mit Ihnen?«, fragte ich. »Ich meine, sind Sie verheiratet oder …«

Das Mädchen lachte laut. »Nein, Schätzchen, ich bin nicht verheiratet«, sagte sie, als sie sich ein wenig beruhigt hatte. »Ich hab keine Zeit für einen Beau, verstehst du? Außerdem wär's doch 'ne Schande, sich an einen zu binden, wo es so viele schöne Männer gibt, oder?«

Ihre letzte Bemerkung war an die beiden Mädchen gerichtet. Die eine, die gerade mit Bump geredet hatte, sah auf. »Tja, und ich hab wohl den schönsten von allen erwischt, was?« Sie streichelte Bumps Gesicht.

»Hör auf zu quasseln.« Bump stand auf und streckte ihr die Hand hin. »Los, komm mit.«

Das Mädchen quiekte vor Entzücken und erlaubte ihm, sie hochzuziehen. Sie winkte zum Abschied und folgte ihm ins Schlafzimmer. Unwillkürlich musste ich an Clara Bray denken. Ob ihr Leben genauso verlaufen war, bevor sie Alec kennengelernt hatte? Jeder wusste, was drittklassige Schauspielerinnen in Wahrheit waren. Das hatte auch Alec bestätigt. Trotzdem gelang es mir nicht, diese frechen, unverfrorenen Mädchen mit den harschen Stimmen und den schlechten Manieren mit Mrs Bray, die bei einer Tasse Kaffee am Frühstückstisch die Zeitung studierte, unter einen Hut zu bringen.

Ich sah zu Alec hinüber, der sich mit geschlossenen Augen auf dem Sofa lümmelte. Das Mädchen neben ihm musterte ihn. Dann zuckte sie die Achseln und streckte sich auf den zwei frei gewordenen Plätzen aus. Augenblicke später drang rhythmisches Schnarchen aus zwei Ecken herüber.

Das Mädchen neben mir lachte. »Na, hör sich das einer an. Wie die verdammten Expresszüge, was?«

»Er ist …« Ich hatte einen Schluckauf und stellte fest, dass mein Glas leer war. »Er ist ein verheirateter Mann.«

»Verstehe«, sagte das Mädchen desinteressiert. »Moment mal, ist das tatsächlich der, von dem ich glaube, dass er es ist?«, fragte sie aufgeregt.

Ich sah sie an. »Was?« Ich spürte bereits, dass ich von ihrem Parfum Kopfschmerzen bekam.

»Na ja, dieser Skandal … ist schon eine ganze Weile her.« Sie musterte ihn. »Der Fettsack, dein Freund, hat so etwas erwähnt, und da dachte ich, ja, das ist er doch. Ich meine, er wurde ja entlastet und alles, aber trotzdem ist er's, stimmt's?«

»Ich … ich … äh …« Ich bekam kaum ein Wort heraus, da ihre Hand unablässig an der Innenseite meines Schenkels entlangstrich. Ich fragte mich, ob sie ohne all die Schminke und das schwere Parfum wohl schön war.

»Schrecklich«, sinnierte sie, ohne in ihrer Bewegung innezuhalten. »Das arme, arme Mädchen. Ich meine, ich weiß ja, dass er nichts damit zu tun hatte, aber trotzdem. Das arme Mädchen.«

»Ich weiß nicht, w…«, begann ich, doch plötzlich stürzte sie sich auf mich, presste ihren Mund auf meine Lippen und drängte ihre Zunge dazwischen.

Sie schmeckte warm und feucht und nach Zigaretten. Ihr Kuss war ein völlig anderes Kaliber als Lizzies Manöver. Diese Frau ging mit professioneller Routine ans Werk. Mir schwirrte der Kopf. Ich war betrunken, dessen war ich mir ebenso bewusst wie ihrer aufwärtswandernden Hand, ihres billigen Parfums, des leisen Schnarchens im Hintergrund und der hohen, spitzen Schreie, die aus noch weiterer Ferne herüberdrangen. Ich musste an die Schweine auf der Farm meiner Großeltern denken, die sich stets lautstark auf ihr Fressen gestürzt hatten. Aber mit einem Mal schienen all meine Gedanken in den hintersten Winkel meines Kopfes verbannt.

In einem Gewirr aus Armen und Beinen gelang es dem Mädchen, auf meinen Schoß zu klettern. Ich hörte mein Glas auf den Teppichboden fallen, gefolgt von einem leisen Klirren, als die Eiswürfel herauskullerten. Sie ließ von meiner Zunge ab und machte sich an meinem Ohr zu schaffen, während sie den obersten Knopf meiner Hose öffnete. Ihre Hand strich immer noch über meine Lenden. Ich biss die Zähne zusammen und versuchte, an etwas Unerfreuliches zu denken, doch ihre Finger strichen über die Knöpfe meiner Hose, und plötzlich war es vorbei, mit einem leisen Schrei und ohne jede Vorwarnung.

»Oh.« Das Mädchen blickte auf meinen Schoß und dann mich an. Sie lächelte. »Du hast dich wohl gut amüsiert, was?«

»Ich … es … es tut mir schrecklich leid.« Mein Gesicht glühte. Meine Hose war klatschnass. Inzwischen brauchte ich mich nicht länger um unerfreuliche Gedanken zu bemühen; sie kamen von ganz allein. Nach wie vor drang Schnarchen aus der einen Ecke, vermischt mit Grunzen und Schreien aus dem Schlafzimmer. Es war, als wollten sie mich alle verhöhnen.

»Brauchst dich nicht zu entschuldigen, Süßer.« Sie drückte mir einen Kuss auf die Stirn. »Meine Schuld, dass ich dich ein bisschen schnell auf Touren gebracht habe. Manchmal ist mir selber nicht klar, wie groß meine Macht ist.«

Kurz glaubte ich, gleich in Tränen auszubrechen. »Es ist mir so unendlich peinlich«, flüsterte ich. »Das ist alles … ich meine, normalerweise tue ich so etwas nicht.«

Sie schüttelte den Kopf. »Ich werde keiner Menschenseele davon erzählen, versprochen. Aber ist auch egal. Du bist immer noch so unschuldig wie ein Lämmchen, das ist doch das Wichtigste, nicht?« Sie zwinkerte.

Mir fiel keine passende Antwort ein. Sie hob mein Kinn und sah mich an. »Außer du willst es. Wir können auch eine Weile warten und es noch mal probieren.«

»Nein, nein.« Ich rutschte hoch. Sie stieg von mir herunter und kehrte zu ihrem Sessel zurück. »Danke, aber lieber nicht.«

Sie zuckte die Achseln. »Der Fettsack hat uns für den ganzen Abend bezahlt. Mir macht das nichts aus.« Sie betrachtete meine Hose. »Man sieht rein gar nichts, Süßer. Alles bestens.«

Ich schaute an mir hinunter. Das Licht war düster, allerdings spürte ich, dass meine Unterwäsche durchnässt war. Wie um alles in der Welt sollte ich nach Hause kommen? Das war meine gerechte Strafe – für meine abscheuliche Verruchtheit. »Es tut mir leid«, flüsterte ich noch einmal. »Ich habe Sie auf schamlose Weise benutzt …«

»Ach, halt den Mund, Schätzchen«, erwiderte sie und nahm aus einer silberfarbenen Tasche eine Zigarette und ein Feuerzeug heraus. Sie bot mir eine an, aber ich lehnte ab. »Dein Liebchen – Lizzie heißt sie, richtig?« Sie zündete sich die Zigarette an.

»Ja.« Erpressung. Ich überlegte, wie ich ihr beibringen sollte, dass bei mir nichts zu holen war. Ich zitterte.

»Aber wer ist dann Lara?«

Ich blinzelte. »Lara?«

»War das nicht der Name, den du gesagt hast? Gerade eben. Lara oder Clara, etwas in der Art.«

»Nein, nein«, wiegelte ich eilig ab. »Ich habe C… Caravaggio gemeint. Das Licht in seinen Arbeiten ist so … so berührend.«

Sie schnippte die Asche in mein leeres Glas. »Das ist doch der, der einen kaltgemacht hat, oder?«, fragte sie. »Schon komisch. All die Schönheit in sich zu haben und gleichzeitig so viel Gewalt.«

Ich verspürte eine plötzliche Übelkeit. »Ich muss jetzt gehen.«

Ich ließ sie einfach im Zimmer sitzen, ohne einen Abschiedsgruß, und ging hinaus in den Vorraum. Selbst hier verfolgte mich das Crescendo der Geräusche, als Bump zum Höhepunkt kam, gefolgt von einem erlösenden Schrei. Ich öffnete die Tür und stolperte auf den Korridor hinaus. Blindlings hastete ich zum Treppenhaus. Die Vorstellung, mich in der verspiegelten Aufzugswand sehen zu müssen, war schlichtweg unerträglich.

Ich ging die acht Stockwerke zu Fuß hinunter, wobei mir der stete Rhythmus meiner Schritte half, ein wenig Ruhe in meine Gedanken zu bringen, aber im hellen Licht der Flure in den unteren Etagen wurde mir mein schauderhafter Zustand ein weiteres Mal bewusst. Im ersten Stock zog ich meinen Frack aus, faltete ihn zusammen und hielt ihn vor mich, um den feuchten Fleck auf meiner Hose zu verdecken, und hastete weiter.

In der Lobby war es still geworden. Der Greis hatte zusammengepackt, und der Portier war über seinem Buch eingeschlafen. Er sah kurz auf, während ich mich zwang weiterzugehen, als wäre nichts geschehen. Ich rang mir sogar ein Lächeln ab und hob die Hand, ehe ich erleichtert in die kühle Nacht hinaustrat.

Auf dem Weg zum Castaway House begegnete mir zum Glück niemand. Mir schwirrte immer noch der Kopf von den Ereignissen. Gott sei Dank hatte Alec geschlafen, als mir der Name seiner Frau entschlüpft war. Was hatte ich mir bloß dabei gedacht? Ein kurzer Anfall von Irrsinn, ohne jeden Zweifel. Ich musste den Ausflug morgen absagen. Wie konnte ich ihr nach allem, was vorgefallen war, unter die Augen treten? Aber womöglich sollte ich mitgehen, sonst würde sie nur Verdacht schöpfen.

Meine Gedanken drehten sich im Kreis. Erst als ich die Klippe erklomm, fiel mir wieder ein, was das Mädchen über Alec und den Skandal gesagt hatte. Ich hätte sie fragen sollen, was es damit auf sich hatte, aber dafür war es jetzt zu spät. Ich ging zum Haus hinauf und wollte die Tür öffnen, doch sie war zugesperrt.

Ich schloss die Augen und legte die Stirn dagegen. Nach einer Weile blickte ich an der Hauswand hinauf, aber natürlich war mir längst klar, dass ich nie im Leben unbemerkt hineingelangen würde. Wieso hatte Alec nicht angeordnet, dass das Schloss nicht einrasten durfte? Ganz einfach. Weil er einen Schlüssel mitgenommen hatte. Bisher war es nie spät geworden, so dass noch jemand vom Personal wach gewesen war.

Ich setzte mich auf die Stufen und schaute in den nächtlichen Himmel. Irgendwann würde Alec schon nach Hause kommen. Vielleicht sollte ich ja doch klopfen, aber allein bei der Vorstellung, dass Scone aufmachen und mich in diesem Zustand sehen könnte, wurde mir ganz anders.

Links von mir befand sich der Zugang zum Dienstbotengeschoss. Ich spähte durch das Geländer. Vielleicht hatte im unwahrscheinlichen Fall jemand die Kellertür offen gelassen, einen Versuch war es wert.

Ich ging die Treppe hinunter und rüttelte an der Tür, die wie erwartet abgeschlossen war. Trotz der Feuchtigkeit und Kälte könnte ich mich vielleicht eine Weile ausruhen, bis Alec nach Hause käme. Doch schon begann ich zu schlottern. Unversehens ertönte ein metallisches Klicken, als der Riegel zurückgeschoben wurde, dann ging die Tür auf. Es war zu spät, um wieder nach oben zu laufen, also blieb ich stehen und stellte mich meinem Schicksal. Ein bleiches Gesicht spähte durch den Spalt. »Wollten Sie hier rein, Sir?«, fragte eine dünne Stimme.

Es war Agnes. Sie öffnete die Tür ein Stück weiter, so dass mir nichts anderes übrig blieb, als in den langen, dunklen Korridor zu treten. »Ich war im Gesinderaum«, erklärte sie, »und da hab ich Sie auf einmal die Treppe runterkommen sehen und gedacht: ›Aber natürlich, er hat keinen Schlüssel.‹ So ist es doch, oder?«

Zu meiner Linken ging es in die Gesindestube, in der ein langer Tisch und mehrere Stühle standen. »Sie müssen doch nicht etwa noch arbeiten, oder?«

Sie wirkte bleich und zerbrechlich im düsteren Schein der Lampen, beinahe wie ein Geist. »O nein, Sir«, sagte sie. »Ich hab bloß zu große Angst, in meinem Zimmer zu schlafen, das ist alles, deshalb bin ich runtergekommen.«

»Sie schlafen im Gesinderaum?« Ich streckte die Hand aus und stieß dabei versehentlich die Tür ein Stück weiter auf. Mein Blick fiel auf zwei zusammengeschobene Stühle mit einer Decke darauf. »Aber Sie können hier nicht schlafen, Agnes.«

»Doch.« Ihre Lippe bebte. »Und Sie haben kein Recht, mir zu sagen, was ich zu tun und zu lassen habe, Sir. Nicht nachdem ich Sie reingelassen habe. Das geht nicht. Das ist einfach nicht fair.«

»Aber nein«, beteuerte ich. »Ich werde niemandem davon erzählen. Sie zittern ja.«

»Mir ist nur ein bisschen kalt, das ist alles. Daran gewöhnt man sich.«

Ich hob einen Finger. »Warten Sie hier.« Ich ging den über die gesamte Hausbreite verlaufenden Korridor entlang, der lediglich von einer einzelnen Birne erhellt wurde. Ich war noch nie hier unten gewesen. Es roch modrig. Die untere Hälfte der Wände war braun, der obere Teil mit grünlicher Temperafarbe gestrichen.

Ich widerstand dem Drang, einen Blick in Mrs Pennyworth' Küche zu werfen, und ging weiter, vorbei an den Klingeln für die Dienstboten, unter anderem auch die für mein Zimmer (»Hinteres Zimmer oben«), und hinauf ins Erdgeschoss.

Auf der Anrichte stand eine bis auf ein Viertel leere Flasche von Alecs teurem Cognac, von dem ich ein großzügiges Glas eingoss. Es mochte ein läppischer Ersatz für ein schönes warmes Bett sein, aber der einzige Trost, den ich ihr spenden konnte, ohne ein Riesengeschrei morgen früh zu riskieren.

Als ich zurückkehrte, saß sie in einem Schaukelstuhl im Gesinderaum und knetete die Hände. Ich wusste sehr wohl, welchen lästigen Fragen ich mich stellen musste, falls jemand herausfand, was ich hier trieb, aber nach meinem in höchstem Maße unmoralischen Verhalten heute Abend fiel eine weitere Übertretung vermutlich ohnehin nicht mehr ins Gewicht. Außerdem war vielmehr Agnes diejenige, die in Verruf zu geraten drohte. Doch das Mädchen schien derart aufgelöst zu sein, dass Anstand und Moral wahrscheinlich seine geringste Sorge waren.

In der Ecke brannte ein kleines Feuer, und trotz der sommerlichen Temperaturen war es unangenehm kalt. Ich setzte mich auf den Stuhl ihr gegenüber, sorgsam darauf bedacht, meinen Frack über meinen Schoß auszubreiten, aber Agnes war viel zu sehr mit sich beschäftigt, um auf mein Äußeres zu achten. Ich schob ihr das Glas hin.

Sie schüttelte entschieden den Kopf. »O nein, Sir, das darf ich nicht.«

»Trinken Sie. Dann nehme ich das Glas wieder mit nach oben, und wenn jemand fragt, ist es meines.«

Zögernd nahm sie es und nippte daran, schnitt jedoch eine Grimasse, die unter normalen Umständen amüsant gewesen wäre. »Schmeckt wie Feuer«, meinte sie und rümpfte die Nase.

»So können Sie auf keinen Fall weitermachen«, sagte ich.

Sie runzelte die Stirn. »Werde ich aber. Solange Sie niemandem davon erzählen.« Sie nippte ein zweites Mal vorsichtig an dem Cognac. »Sir.«

»Vielleicht kann ich ja helfen. Wie wär's, wenn Sie sich einfach ein anderes Zimmer geben ließen?«

»Das geht nicht. Wegen Madam«, erwiderte sie düster. »Sie schickt mich weg, wenn ich Theater mache.«

»Das wird sie nicht tun«, gab ich zurück, wobei mir wieder einfiel, dass Mrs Bray beim Abendessen genau diesen Schritt angekündigt hatte. »Vielleicht kann ich … na ja … mit ihr reden.«

»Würden Sie das wirklich tun, Sir?« Zum ersten Mal blitzte so etwas wie Hoffnung in ihren Augen auf.

»Allerdings ist das keine Garantie.« Nun, da ich genauer darüber nachdachte, erkannte ich sogar die Gefahr, Mrs Bray in ihrem Vorhaben noch zu bestärken, wenn ich einschritt, nicht zuletzt, weil ich wie ein Unhold dastünde, wenn ich zu großes Interesse an den Schlafgewohnheiten der weiblichen Dienstbotenschaft an den Tag legte. »Aber ich verstehe das alles nicht. Weshalb um alles in der Welt haben Sie Angst, in Ihrem Zimmer zu schlafen?«

Sie blickte auf ihre Hände. »Es war Sallys Zimmer. Als man mich befördert hat, habe ich es zugewiesen bekommen. Ich habe gesagt, dass ich es nicht will, aber sie meinten, in meiner neuen Stellung als Hausmädchen müsste ich es nehmen. Es sei nicht richtig, wenn eines der anderen Mädchen ein Zimmer für sich allein hätte.«

»Sally? Das ist das Mädchen, das verschwunden ist, richtig?«

Sie nickte. »Dieses Zimmer ist böse. Und es fügt jedem Böses zu, der dort schläft.«

Mir fiel ihr melodramatischer Auftritt am Pier am Tag nach meiner Ankunft wieder ein. »Was meinen Sie damit? Vielleicht hat Sally ja bloß ... ein Angebot für eine bessere Stellung bekommen.«

Agnes schmollte. »Aber davor war es Gina, Sir. Ich meine, das ist schon eine ganze Zeit her, aber trotzdem. Ich weiß, dass sie auch in dem Zimmer geschlafen hat. Sally hat's mir erzählt.«

Ich unterdrückte ein Gähnen. »Und wer ist Gina?«

Tränen stiegen ihr in die Augen. »Sie war auch Hausmädchen, so wie ich. Ich hab Angst, Sir. Dass mir dasselbe passieren könnte wie ihr und ... weil Sally eben auch etwas Böses widerfahren ist.«

Was sie sagte, ergab keinen Sinn. Mit einem Mal fielen mir Dottys vage Andeutungen wieder ein. Ich setzte mich auf. »Diese Gina ... ist das vor etwa neun Jahren passiert?«

»Ja, so ungefähr. Natürlich war ich damals noch nicht hier, aber wir haben davon gehört, in der Stadt. Die meisten Leute haben davon gehört. Ich war damals noch ein kleines Mädchen und hab mir nichts dabei gedacht. Aber dann bin ich hergekommen, und seitdem muss ich dauernd daran denken.«

»Erzählen Sie es mir«, forderte ich sie auf. »Erzählen Sie mir, was damals vorgefallen ist.«

Sie legte die Hände um den Cognacschwenker. »Gina war ... Gina bekam ein Baby.«

»Verstehe.«

»Nein, Sir, bitte entschuldigen Sie, aber das tun Sie nicht. Sie hat keinem etwas davon gesagt. Es war ihr Geheimnis.«

»Und wer ...« Ich hielt inne und holte tief Luft. »Wer war der Vater?«

Agnes zuckte die Achseln. »Das weiß keiner, Sir. Sie ... die Leute haben sich natürlich das Maul zerrissen, aber keiner hat es je erfahren. Sie hat es für sich behalten. Wie gesagt, es war ihr Geheimnis.«

»Ein schmutziges kleines Geheimnis«, sagte ich, während mir beim Gedanken an Dottys seltsame Warnung letzte Woche ein Schauer über den Rücken lief. »Was ist passiert?«

Agnes seufzte. »Eines Morgens kam sie nicht zur Arbeit. Sie haben das zweite Hausmädchen hochgeschickt, damit sie nach ihr sieht und … und …«

»Und?«

»Sie hatte sich im Kleiderschrank erhängt, Sir. In dem Zimmer, das jetzt mir gehört. Und manchmal glaube ich, dass ich sie sehen kann, wie sie am Strick baumelt.« Agnes' Stimme bebte. »Ich traue mich nicht, in dem Zimmer zu schlafen, Sir. Ich verliere schon beinahe den Verstand.«

Ich rutschte tiefer auf meinem Stuhl. Inzwischen war ich todmüde, trotz der Angst, die sich in mir regte. »O Gott«, murmelte ich und betete stumm, dass der Verdacht, der sich in mir regte, sich nicht bestätigte.

NEUN

1965

Ich aß das Sandwich mit Corned Beef und Ketchup auf und fuhr mit dem Finger über den zerknitterten Busfahrplan an der Küchenwand neben der Wohnungstür. Immer noch roch ich nach gebratenem Ei mit Speck, aber mir blieb nicht genug Zeit, um mich anständig zu waschen. Ich hatte mir mit der Entscheidung, was ich tun sollte, so lange Zeit gelassen, dass es Mittag war. Zwar würde sie nicht so schnell nach Hause kommen, trotzdem wollte ich ihr auf keinen Fall in die Arme laufen. Denn das würde in einer Katastrophe enden.

Mir blieb noch eine halbe Stunde, bis der nächste Bus nach Petwick fuhr, und ich nahm die Ausgabe von *Northanger Abbey* hervor und betrachtete Lizzies Handschrift. Den ganzen Morgen über hatte ich immer wieder versucht, Mrs Hale beiläufig über ihre Schwester auszuquetschen, doch sie hatte jedes Mal schnell das Thema gewechselt. Am Ende hatte ich es aufgegeben.

Das Ganze hätte mich vermutlich nicht weiter gekümmert, aber nach allem, was Dockie mir gestern Abend im Pub erzählt hatte, ließ mich der Gedanke nicht mehr los. Irgendwie war es ihm gelungen, mich zu überreden, ihn bei der Suche nach seiner wahren Identität zu unterstützen, obwohl ich im Moment ganz andere Sorgen hatte. Ich kippelte auf dem Küchenstuhl und dachte über seine Worte nach, als mir unvermittelt einfiel, dass ich meine Miete immer noch nicht bezahlt hatte.

»Mist!« Ich sah auf meine Uhr. Noch vor der Mittagszeit, hatte Johnny gesagt. Die beiden anderen waren ausgeflippt, als ich ihnen erzählt hatte, dass ich um Zahlungsaufschub hatte bitten müssen. Ich sprang auf, holte meine Spardose aus ihrem Versteck in einer Schublade und zählte die Münzen und Scheine ab. Den Restbetrag gab ich aus meiner Geldbörse dazu und steckte alles in meine Tasche.

Ich rannte die Treppe hinauf ins oberste Stockwerk, vorbei an den Badezimmern auf halber Treppe und Apartments, aus denen leise Gitarrenklänge, das Pfeifen eines Wasserkessels und das Klappern einer Schreibmaschine drangen, bis zum letzten Absatz, wo ein Telefonanschluss aus der Wand hing. Über einen mit Linoleum ausgelegten Korridor gelangte man zu der schmalen Wendeltreppe. Nur ein einziges winziges Fenster spendete Licht. Ein schaler Geruch hing in der Luft.

Dann stand ich vor der weiß gestrichenen Tür von Stars und Johnnys Apartment und klopfte. Ich konnte nur hoffen, dass er zu Hause war. Vergangenen Freitag hatte ich geschlagene zwanzig Minuten hier gewartet, in meinen schönsten Sachen, um mit Star tanzen zu gehen. Ich hatte wie von Sinnen an die Tür gehämmert, aber niemand hatte aufgemacht. Dabei hätte ich schwören können, dass sie zu Hause war – ich hatte leises Weinen zu hören geglaubt, auch wenn ich mir nur schwer vorstellen konnte, dass Star jemals Tränen vergoss. Doch auch jetzt nahm ich das gedämpfte Schluchzen wahr; vielleicht war es auch kein Schluchzen, sondern die Tauben im Dachstuhl oder die abscheulich kreischenden Möwen.

Schließlich ertönten Schritte, und Johnny riss die Tür auf. Er trug seine Arbeitskluft – eine Hose und ein mit Farbklecksen übersätes Hemd – und hielt einen gefährlich aussehenden Schraubenzieher in der Hand. Im Hintergrund ertönte Ska-Musik aus der Stereoanlage, und der schwache Geruch nach Marihuana stieg mir in die Nase.

»Du willst mich wohl verarschen«, brummte er. »Ich wollte gerade die Kündigung schreiben.«

»Ich wurde aufgehalten.« Ich war nicht sicher, ob er das wirklich ernst gemeint hatte. »Ich bin dir unendlich dankbar. Tausend Dank.«

»Dafür bist du mir was schuldig. Los, komm rein«, forderte er mich mit einer Kopfbewegung auf.

Ich trat in die winzige Diele und registrierte, dass das Schluchzen leiser wurde, als ich ihm durch den Flur folgte, vorbei am Schlafzimmer auf der rechten Seite, das seit jeher meine Neugier weckte, und dem Kühlschrank, der aus unerfindlichen Gründen gegenüber vom Badezimmer unter einem Dachfenster stand. Wir gingen ins Wohnzimmer.

Obwohl ich schon häufiger hier gewesen war, versetzte mich die chaotische Einrichtung jedes Mal wieder in Erstaunen. An zwei Wänden waren unterschiedlich lange Küchenzeilen eingebaut. Neben einem Lehnsessel, aus dem bereits die Füllung quoll, stand ein ausladender Herd mit verkrusteten Kochplatten und einem halb herausgezogenen Grillblech. Der Linoleumboden wölbte sich vor den zwei Kaminen und wies überall dort schwarze Striche auf, wo Möbelstücke verrückt worden waren.

Die Schallplatte war zu Ende und drehte sich lautlos auf dem Teller weiter. »Kann ich eine neue auflegen?«, fragte ich und reichte Johnny das Geld, das er gemeinsam mit dem Schraubenschlüssel auf die Spüle legte. Er nahm seinen halb gerauchten Joint aus dem Aschenbecher und zündete ihn wieder an. »Wenn du Lust hast. Aber nichts von dem Schwachsinn, den Star immer hört, klar?«

Er zog an dem Joint, während er das Geld zählte. Ich ging neben dem tragbaren Plattenspieler in die Hocke, der auf einem Tischchen neben der Tür zum Gästezimmer stand, und sah die Platten durch. Schließlich zog ich eine LP von Prince Buster heraus und zeigte sie Johnny, der nickte. Ich nahm sie aus der Hülle und legte sie auf.

»Hier.«

Johnny hielt mir den Beleg hin, auf dem er mit krakeligen Buchstaben den Erhalt von sechs Pfund quittiert hatte.

»Okay. Noch mal danke.« Ich steckte den Beleg ein. Wenn ich den Bus noch kriegen wollte, musste ich mich beeilen.

Er sah mich aus blutunterlaufenen Augen an. »Vielleicht könntest du ja mal mit meinem Mädchen reden.«

»Mit Star?«

»Sie ist schon den ganzen Morgen mies drauf und redet kein Wort mit mir.« Er hielt mir den Joint hin, aber ich lehnte ab. »Nicht du«, meinte er. »Der ist für sie. Sag ihr … sag ihr, dass ich aufhören würde, wenn ich könnte.«

Ich nahm den aufgeweichten Joint zwischen Zeigefinger und Daumen. »Wo ist sie?«

Er wies zum Fenster. »Draußen. Ich muss jetzt los. Das Scheißrohr im zweiten Stock tropft. Muntere sie ein bisschen auf.«

Er tappte davon. Ich hörte die Wohnungstür ins Schloss fallen. Am Fenster machte ich einen dunklen Umriss aus. Ich ging über den welligen Linoleumboden zum Tisch im hinteren Teil des Raums, wobei ich wegen der Dachschräge den Kopf einziehen musste, und hielt den immer noch qualmenden Joint aus dem Fenster.

Metall schrappte über den Betonboden. »Ich hab doch gesagt, ich will nichts«, hörte ich Stars barsche Stimme, ehe sich ihr Tonfall änderte. »Oh, du bist es, Rosie.«

Sie rutschte zur Seite, um mir auf der winzigen Terrasse mit den zwei Stühlen Platz zu machen. »Hallo.«

»Hi.« Sie sah mich mit zusammengekniffenen Augen an. Bei der Erinnerung, wie sie gestern über meine Wange gestrichen hatte, lief ich wieder rot an. Sie hob den Joint auf, den ich auf den Boden gelegt hatte, und warf ihn über die Brüstung. Ich beugte mich darüber und blickte auf die steile Klippe und das Meer mit seinen Blau- und Grauschattierungen, das im Schein vereinzelter Sonnenstrahlen glitzerte.

»Er hat gemeint, er würde es aufgeben, wenn er könnte.«

»Hm?«

»Johnny«, antwortete ich. »Ich soll dir den Joint geben und ausrichten, er würde es aufgeben, wenn er könnte.«

»Wovon um alles in der Welt spricht er?« Sie schüttelte unwirsch den Kopf. »Ist er weg?«

»Ja, irgendein leckes Rohr reparieren.« Ich sah erneut auf die Uhr. »Äh, ich muss jetzt auch gehen. Ich wollte nur kurz vorbeischauen, um die Miete zu zahlen und Hallo zu sagen.«

»Oh.«

Ihre veilchenblauen Augen blitzten auf. Zu meiner Verblüffung registrierte ich, dass sie enttäuscht war. Offenbar wollte sie, dass ich noch blieb. Ich dachte an ihre weichen Lippen auf meiner Wange. »Du kannst ja mitkommen, wenn du Lust hast«, platzte ich unvermittelt heraus.

Sie hob eine Braue. »Wohin gehst du denn?«

Kaum waren die Worte ausgesprochen, bereute ich sie bereits wieder. Wenn sie mitkam, bestand die Gefahr, dass sie alles herausfand, und wenn das passierte, wäre ich nicht länger das nette Mädchen, für das sie mich hielt. »Ach, es ist nichts Besonderes«, wiegelte ich hastig ab. »Ich wollte nur kurz nach Hause fahren und ein paar Sachen holen.«

»Nach Petwick?« Sie richtete sich auf. »Kann ich wirklich mitkommen?«

»Äh …« Ich rang mir ein Lächeln ab. »Natürlich. Aber es ist sterbenslangweilig, ganz ehrlich. Ich werde auch nur kurz bleiben.«

»Super.« Sie sprang auf. »Fahren wir mit dem Bus?«

»Ja. Die Fahrt dorthin dauert ewig«, antwortete ich, doch Star schob sich bereits an mir vorbei, wobei ihre Hand meinen Arm streifte. Ich schloss einen Augenblick lang die Augen und überlegte, meine Pläne über den Haufen zu werfen. Aber dies war die einzige Gelegenheit – der einzige Tag, an dem ich sicher sein konnte, dass Mum nicht zu Hause war. Seufzend ging ich mit

Star in die Wohnung und wartete, während sie im Schlafzimmer verschwand, um ihre Sachen zu holen und ihr Make-up aufzufrischen. Endlich kam sie heraus und knöpfte ihr graues Cape zu.

Wir stiegen die Treppe hinunter. »Du musst das nicht tun«, sagte ich, als wir vor die Tür traten.

Sie drehte sich um. »Ich will sehen, woher Rosie Churchill kommt. Außerdem musste ich aus dieser Wohnung raus, bevor ich Johnny noch umbringe.«

»So schlimm?« Ich deutete nach rechts. »Die Bushaltestelle ist da oben.«

»Schlimmer.« Wir gingen zur Kreuzung. Auf der gegenüberliegenden Seite waren die Bungalows und der Pfad, auf dem ich am Samstag um ein Haar in den Tod gestürzt wäre. Die Bushaltestelle befand sich noch ein Stück weiter oben, an der Ecke Shanker Road/Duckett Lane. »Und ich will unbedingt deine Mutter kennenlernen.« Sie lehnte sich gegen den Betonpfeiler.

»Oh, sie ist gar nicht da.« Ich spürte, wie ich erneut rot wurde. Ich hatte schon viel mehr preisgegeben als beabsichtigt. »Genau das ist ja der Grund, weshalb ich jetzt hinfahre. Damit ich sie nicht sehen muss.«

Star nickte nur. »Ich bin mit fünfzehn von zu Hause weggegangen und zu meiner Großmutter gezogen. Meine Mutter hat mich behandelt, als hätte ich ihr Heiligenbild angezündet.«

Sie warf mir einen vorsichtigen Blick zu, als hätte sie Angst, ich könnte mich von ihrem Eingeständnis abgestoßen fühlen.

»Weil du lieber bei deiner Großmutter wohnen wolltest?«, fragte ich und unterdrückte ein Lachen.

Star wiegte den Kopf. »Mein Vater war Pfarrer.«

Nun brach ich in Gelächter aus. »Du machst Witze.«

Sie verzog das Gesicht. »Leider nicht. Und meine Großmutter ist sehr speziell. Sie versteht sich überhaupt nicht mit meiner Mutter. Ich will damit sagen, dass ich zu Hause auch nicht gerade mit offenen Armen empfangen werde.«

Gegenüber von uns erreichte der Bus die Endstation und hielt an. Drei Fahrgäste stiegen aus. Ich hätte Star gern erzählt, dass ich mich mit einem völlig anderen Problem herumschlug, wusste aber nicht, wie ich es formulieren sollte, ohne die Wahrheit über Harry zu verraten. »Mum hat sich mit meiner Oma auch nicht gut verstanden«, erwiderte ich. »Sie hatten eine Farm, Großmutter und Josh, ihr Mann. Er konnte Mum nie sonderlich leiden, weil sie in seinen Augen hochnäsig war und sich für etwas Besseres hielt.«

»Er war ihr Stiefvater?«, fragte Star. Der Bus fuhr bis ans Ende der Straße, wendete und hielt auf unserer Seite. »Stiefväter können ein echtes Problem sein, habe ich mir sagen lassen.«

Ich sah sie scharf an, doch sie hatte mir den Rücken zugekehrt und stieg ein. Wir kauften unsere Fahrkarten und setzten uns auf die miserabel gefederten Sitze. Der Bus rumpelte los, vorbei an der inzwischen stillgelegten Farm und der Altstadt, bog an der Tankstelle rechts ab nach New Petwick, wie es die alteingesessenen Bewohner nannten, mit der Grundschule, den Crescents und Avenues und den Geschäften, die die Hauptstraße säumten.

Nichts hatte sich verändert, seit ich vor sechs Wochen weggegangen war. Der Tischler hatte seine Werkstatt immer noch neben der Fleischerei Dodds & Sons; die Eisenwarenhandlung mit dem gelb-grünen Schild, auf dem Leihrasenmäher für fünfzehn Shilling angeboten wurden, befand sich immer noch an der Ecke neben Mr Costers Süßigkeitenladen. Ich ging mit Star hinein und kaufte eine Papiertüte Colafläschchen und Gummibärchen, die wir auf dem Weg zu unserem Haus verputzten.

»Ich hab gehört, hier gibt es sogar einen See«, sagte Star und biss den Kopf von einem Gummibärchen ab. »Können wir da nicht hin?«

»Wieso nicht?« Ich sah auf die Uhr. Es war immer noch früh. »Aber eigentlich ist er nichts Besonderes.«

Sie zuckte die Achseln. »Im Bad im dritten Stock hängt ein

Bild davon. Ich weiß nicht, wer es gemalt hat, aber es sieht eigentlich ganz nett aus.«

»Von mir aus.« Ich führte sie über den schmalen Pfad zwischen zwei Häusern in einer der Nebenstraßen zum See. Die weißen Buchstaben auf dem Wegweiser am Ufer waren im Lauf der Jahre ausgebleicht, so dass lediglich »ZUM PET EE« übrig war. Im Gänsemarsch stapften wir den Pfad entlang, trampelten über Brennnesseln, die links und rechts zwischen den Zäunen hindurchwuchsen, bis wir zu einer kleinen Lichtung und einem verschlossenen Eisengitter mit einem »BETRETEN VERBOTEN«-Schild gelangten.

»Tut mir leid«, sagte ich. »Normalerweise ist nie abgeschlossen. Vermutlich glaubt jemand, es sei gefährlich hier.«

Sie blickte durch das Tor auf den matschigen Pfad, der zum bräunlich verfärbten See führte. Am Ufer entdeckte ich den verrosteten Einkaufswagen, außerdem lagen überall Scherben und zerborstene Bierflaschen herum. Unmittelbar hinter dem Tor schaukelte ein schlaffer, verblichener Ballon in der Brise.

»Sehr nett«, bemerkte Star. »Hat sich im Lauf der Jahre wohl etwas verändert.«

»Sieht ganz danach aus.« Ich hielt mich am Tor fest und dachte an Mr Prendergast. »Vielleicht bauen sie ja irgendwann mal Häuser hier.«

»Vielleicht.« Star holte einen zerknitterten Joint aus ihrer Handtasche und schwenkte ihn einladend vor meiner Nase. »Lust, was zu rauchen?«

Star hatte mir schon häufiger einen Joint angeboten, aber ich hatte jedes Mal abgelehnt. Doch nun, angesichts dessen, was mir bevorstand, sagte ich: »Okay.«

»Gut. Ich auch.« Sie steckte ihn sich zwischen die Lippen, kramte eine Schachtel Streichhölzer heraus und zündete ihn an.

Fasziniert beobachtete ich, wie die Spitze sich orange färbte, während sie mich grinsend ansah.

»Besser als Johnnys aufgeweichte Schlabberdinger, was?«

»Das mit dem Aufgeben klappt wohl nicht so ganz«, sagte ich, als sie den Rauch ausstieß und mich stirnrunzelnd ansah. »Na ja, er hat doch gesagt, er will damit aufhören, oder nicht?«

Sie schüttelte den Kopf und lehnte sich gegen das Tor. »Nein, das hat er damit nicht gemeint.« Sie deutete auf den Joint.

»Oh.«

Unsere Finger berührten sich, als sie ihn mir reichte.

»Sondern?«

Sie schien zu einem Entschluss gelangt zu sein und stieß einen leisen Seufzer aus. »Johnny ... er ist schwul.«

Ich hielt, den Joint zwischen den Fingern, mitten in der Bewegung inne. »Was?«

Sie kreuzte die Arme über der Brust. »Das ist es, was er aufgeben will. Zumindest behauptet er es. Ich weiß nicht, ob ich ihm überhaupt noch glauben soll. Ich denke, er sagt es nur, weil er weiß, dass ich es gern hören will.«

Ganz langsam fügten sich die Puzzleteilchen zu einem Bild zusammen. Adam, der Typ vom Autoscooter, das angedeutete Winken auf der Promenade. »O Gott, bist du sicher?« Ich zog an dem Joint.

»An dem Tag, als wir tanzen gehen wollten, erinnerst du dich? Ich bin nach Hause gekommen, und sie waren gerade ... er war mit ... jemand war bei ihm, okay?« Sie biss sich auf die Lippe. »Ich habe ihm einen Teller an den Kopf geworfen. Deshalb habe ich völlig vergessen, dass wir ausgehen wollten. Am Ende sind wir im Walmstead Arms gelandet und haben stundenlang geredet, aber das Gespräch hat sich dauernd bloß im Kreis gedreht.«

»O Mann.« Ich stieß den Rauch aus, so wie ich es bei ihr beobachtet hatte. Der Gedanke, dass Johnny vom anderen Ufer war, hatte etwas seltsam Erregendes. »Aber man merkt es ihm gar nicht an, oder? Ich meine, dass er zu denen gehört. Nicht dass ich schon mal einen kennengelernt hätte, aber trotzdem.«

»Rosie!«, herrschte sie mich an. Ich sah sie erschrocken an. »Er und ich sind ein Paar. Er könnte im Gefängnis oder in der Zeitung landen oder sonst was. Außerdem verstößt das, was er da tut, gegen jedes Naturgesetz. Du musst schlucken.«

»Was?«

Sie tippte sich gegen die Kehle. »So.«

Ich zog an dem Joint und schluckte den Rauch hinunter. Meine Lunge brannte, und ich bekam einen heftigen Hustenanfall. »Igitt!« Ich warf ihr einen verstohlenen Blick zu und fragte mich, ob ich ihr die Frage stellen konnte, die mich schon die ganze Zeit beschäftigte. »Und du liebst ihn wohl sehr, oder?«, fragte ich leichthin, als würde es mich nicht kümmern, was sie darauf antwortete.

»Das hat doch damit nichts zu tun«, erwiderte sie knapp. Vielleicht liebt sie ihn nicht, dachte ich mit einem Anflug von Erregung. »Stell dir mal vor, die Leute bekommen es mit. Niemand würde je wieder mit uns reden. Oder, was noch viel schlimmer wäre, sie hätten Mitleid. Das wäre schrecklich für mich.«

Andererseits, dachte ich und spürte, dass mir ein wenig schwummerig war, liebte sie ihn vielleicht doch und wollte sich nur nicht über etwas so Persönliches mit mir unterhalten. Ich zuckte lässig die Achseln. »Vielleicht solltest du dich ja … keine Ahnung, von ihm trennen.«

»Ich glaube, dir ist nicht klar, wie ernst die Lage ist.« Sie riss mir den Joint aus der Hand und zog kräftig daran. »Los, gehen wir.«

Sie trat den Stummel im Matsch aus und machte kehrt.

»Moment mal«, rief ich. »Du kennst doch den Weg überhaupt nicht.« Ich hatte weiche Knie.

Aber das schien Star nicht zu stören.

»Und das Allerschlimmste ist, dass er sich nicht mal dafür schämt«, brummte sie und marschierte zur Hauptstraße zurück.

»Ich nehme das Ganze ernst, ehrlich«, rief ich, obwohl meine Ernsthaftigkeit mit jedem Schritt verflog, und als wir in unsere

Straße einbogen, hatte das Haschisch meinen Verstand endgültig aufgeweicht. »Ich glaube, ich bin stoned«, sagte ich.

Endlich verlangsamte sie ihre Schritte und drehte sich zu mir um. Ihre Züge wurden weich, und ein Lächeln spielte um ihre Mundwinkel. »Großer Gott, du hast ja bloß ein paarmal gepafft«, sagte sie.

»Ich bin Anfänger.« Ich wies auf das Gartentor. »Hier ist es.«

Star nickte. »Und hier stehen wir nun vor dem Haus, in dem die große Rosemary Churchill ihre Kindheit verbracht hat«, verkündete sie mit Nachrichtensprecherinnenstimme.

Ich fand das so rasend komisch, dass ich in hemmungsloses Gekicher ausbrach.

»Los, komm schon«, zischte Star, und ich taumelte hinter ihr her zum Haus. »Du schaffst das«, fügte sie hinzu, was mich noch mehr zum Lachen brachte.

Der Ersatzschlüssel unter der Fußmatte fühlte sich fest und befriedigend in meinen Fingern an. Dann standen wir in der engen Diele, und es sah alles so normal und vertraut aus, dass ich kaum glauben konnte, so lange weg gewesen zu sein.

Star nahm ihr Cape ab und hängte es an den Haken neben dem Telefontischchen. »Darf ich mich mal umsehen?«

Ich winkte ab. »Da gibt es nicht viel zu sehen.«

»Überlass die Entscheidung mal hübsch mir.« Sie ging in die Küche. Ich nahm ihr Cape und sog den Geruch tief in meine Lunge, während ich an den Tag zurückdachte, als ich Harry das erste Mal begegnet war. Mum hatte ihn an einem Sonntag zum Essen eingeladen, und ich hatte ihm die Tür aufgemacht.

»Ah, die berühmte Rosie!«, hatte er gerufen und mir einen Strauß Rosen hingehalten. Ich war eine naive Vierzehnjährige und auf Anhieb ein klein wenig verliebt in meinen künftigen Stiefvater mit seinem leicht derben Humor und seiner Großzügigkeit. Er hörte sich meine Meinung an, als hätte ich ernsthaft etwas zu sagen.

»Alle modernen Annehmlichkeiten«, rief Star aus der Küche. Ein knirschendes Geräusch ertönte, als würden Messer aneinandergewetzt. Ich öffnete ein Auge und sah Star, die wieder und wieder den Knopf des elektrischen Müllzerkleinerers in der Spüle drückte. Harry hatte Mum die Küche gekauft, als er mit seinem dicken Scheckbuch bei uns eingezogen war. Das Beste sei gerade gut genug für seine Mädels, hatte er gesagt. Also bekam Mum ihre Abendkleider und den Schmuck, und ich wurde ins Golden Dragon ausgeführt, wo ich zum ersten Mal chinesisches Essen probieren durfte, und ins Kino, wie eine Erwachsene. Ich fand damals, dass Harry das Tollste seit der Erfindung von Schnittbrot war.

Mit sechzehn kritzelte ich seinen Namen in mein Tagebuch und wünschte, ich hätte ihn schon vor Mum kennengelernt, weil sie sowieso viel zu alt für eine Liebesbeziehung war. Ich nahm an, dass sie eigentlich eher eine Freundschaft pflegten, und als ich seine aufmerksamen Blicke bemerkte, behielt ich dies schön für mich, obwohl ich vor unterdrücktem Verlangen beinahe platzte.

Ich war siebzehn, als Harry mich das erste Mal in der Küche küsste. Er und Mum waren spät von einer Party nach Hause gekommen, beide leicht angeheitert, und Mum hatte sich ins Schlafzimmer zurückgezogen.

Er drückte mich mit dem Rücken gegen den Wandkalender mit den englischen Palästen und schob mir seine Zunge zwischen die Zähne, dann ließ er abrupt von mir ab. Seine Lippen glänzten noch von meinem Speichel. Er sagte, ich sei ein ganz böses Mädchen, drehte sich um und ging nach oben ins Bett. Am nächsten Tag kam er mit einem Geschenk für mich an, einem in Seidenpapier gewickelten Füllfederhalter. Er hätte ihn im Schaufenster des Schreibwarengeschäfts gesehen und sofort gewusst, dass ich begeistert davon wäre. Und das war ich auch.

Ich zwang mich, ins Hier und Jetzt zurückzukehren. Star war mittlerweile ins Wohnzimmer gegangen, wo wir uns normalerweise nie aufhielten, es sei denn, wir bekamen Besuch. Plötzlich fiel mir ein, was sich in diesem Zimmer befand. Panik überfiel mich. »Warte«, rief ich und riss die Tür auf.

Sie fläzte sich auf dem Sofa und streckte ihre langen Beine aus. Ihr Rock war ihr bis zu den Schenkeln hochgerutscht. Ich stand im Türrahmen und sah sie an, während mir jener Abend wieder in den Sinn kam: Mum war zur Farm gefahren, um die Sachen meiner toten Großmutter auszusortieren. Gegen zehn hatte sie angerufen und gesagt, es sei so viel, dass sie über Nacht bleiben würde.

»Tja, dann sind wir beiden Hübschen wohl allein, was, Rosie?«, meinte Harry, bot mir ein Bier an und tätschelte einladend den Platz neben ihm auf dem Sofa. Seit dem ersten Mal hatte er mir häufiger Geschenke mitgebracht. Wir hatten uns schon häufiger geküsst, und ab und zu betastete er meine Brüste durch den Stoff meiner Bluse. Ich war bis über beide Ohren in ihn verknallt, und er flüsterte mir ins Ohr, wie schön ich sei, als ich ihn eines Tages in seinem staubigen Büro auf der Baustelle besuchte.

Wir küssten uns eine ganze Weile, ehe er meine Hand nahm und auf seinen Schoß legte. »Sieh dir an, was du mit mir machst, Rosie.«

Ich starrte ihn an, ohne recht zu kapieren, was er meinte. »Bisher war das alles bloß Kinderkram«, sagte er mit belegter Stimme und stand auf. Er nahm mich bei der Hand und führte mich nach oben ins Schlafzimmer.

Star strahlte mich an und räkelte sich genüsslich auf dem Sofa wie eine Katze. »Das hier ist der reinste Luxus. Kein Vergleich zu diesem eiskalten und zugigen Pfarrhaus.«

Noch hatte sie die Anrichte nicht gesehen, und um das zu verhindern, setzte ich mich neben sie. »Dir gefällt's hier wohl, was?«

»Ja. Ich glaube, ich bleibe hier.« Sie kicherte.

Ich wusste, dass sie sich gleich umsehen würde, deshalb schnellte ich vor, packte ihre Handgelenke und drückte sie auf die Kissen.

»Hey!«, stieß sie leise hervor.

»Ich werde dafür sorgen, dass du bleibst.« Ich beugte mich vor, so dass mein Haar ihr Gesicht streifte. »Und dann kannst du die beste Tochter der Welt sein.«

Sie entspannte sich und lächelte. »Du willst mich also zwingen?«, flüsterte sie.

Ich nickte und beugte mich noch ein Stück tiefer. Unvermittelt flackerte etwas in ihren Augen auf, und ihr Blick schweifte ruhelos umher. »Oh, Fotos!«, rief sie, befreite sich aus meinem Griff und sprang auf.

Angespannt verfolgte ich, wie sie zur Anrichte ging, wo Mum seit jeher all unsere wichtigen Familienfotos aufstellte, sorgsam platziert, damit die durch die Gardinen scheinende Nachmittagssonne sie nicht ausbleichte.

Star nahm eines und hielt es mir hin. »Das bist du, oder? Wie süß!«

Ich nickte wortlos. Als Nächstes betrachtete sie das Foto meines Vaters in Uniform und strich mit dem Finger über seinen Schnurrbart.

»Und das da! Ist das deine Mum? Und wer ist der Mann neben ihr?«

»Mein Stiefvater«, antwortete ich trübselig, während Star das attraktive Gesicht studierte – jenes Gesicht, das sie bereits zweimal in dieser Woche gesehen hatte. Unter dem Bild stand: »Harold & Grace, 11. April 1962«.

Sie wandte sich mir zu. »Rosie …?«

»O Gott, was ist denn das?«, rief ich, um sie abzulenken.

»Was denn?«

Ich nahm ein etwas kleineres Foto, das ziemlich weit hinten stand.

»Das war früher nicht hier.« Ich betrachtete die sepiafarbene Aufnahme eines Babys in einem Wagen mit einem Stück Rasen im Hintergrund.

»Okay. Kann ich dich was fragen?«

Ich betrachtete das Foto genauer. »Ich habe es schon mal gesehen, ganz bestimmt. Erst vor kurzem.«

»Ach, na ja, Babys sehen ja irgendwie alle gleich aus.« Star nahm mir das Bild aus der Hand und stellte es zurück. »Das ist er, stimmt's?«, sagte sie und zeigte auf Harrys Gesicht. »Der Typ in dem Sportwagen, der das Geschenk vorbeigebracht hat.«

Ihre Lider flatterten. Ich wusste genau, was sie dachte: Kein anständiger Stiefvater würde seiner Stieftochter eine solche Nachricht zukommen lassen. Ich sah auf die Uhr. »Ich muss nach oben und meine Sachen zusammensuchen«, sagte ich so beiläufig wie möglich. »Nicht dass ich es noch vergesse. Dann wäre ja der Besuch umsonst gewesen.«

Ich stürzte hinaus, wobei ich murmelte, ich sei gleich zurück, und rannte die Treppe hinauf.

Mein Zimmer sah noch genauso aus wie an dem Hochsommertag, als ich fortgegangen war. Meine Schulbücher standen säuberlich aufgereiht auf dem Schreibtisch, eine dünne Staubschicht lag auf dem Behälter für meine Stifte. Ich machte den Kleiderschrank auf und fand eine alte Reisetasche, in die ich meine Pullis packte. Genau hier, auf meinem Bett, hatte ich mit Harry gesessen. »Bist du bereit, richtig erwachsen zu werden, Rosie?«, hatte er gefragt.

Ich hatte die Achseln gezuckt. Die Bedeutung seiner Worte machte mir Angst. Er küsste mich, zuerst meine Hände, dann meinen Mund, während seine Finger über meinen nackten Arm strichen. Ich schnappte nach Luft und verspürte das starke Verlangen, das er jedes Mal in mir entfachte. Er zog meine Bluse aus dem Rockbund und öffnete die winzigen Knöpfe. Dann streifte er sie mir über die Schultern und schob einen Finger unter den Träger meines BHs. »Zieh ihn aus, okay?«

Ich gehorchte. Ich war sogar froh darüber, weil es eines dieser grässlichen Dinger von Marks & Spencer war. Doch als ich mit entblößten Brüsten vor ihm saß, fühlte ich mich fast so, als wäre ich beim Arzt. Ich beobachtete, wie er meine Brüste streichelte, und konzentrierte mich darauf, abermals dieses Verlangen in mir heraufzubeschwören. Ja, da war es, aber nur sehr schwach, als hätte es sich ins Hinterzimmer verkrochen, um erst einmal in Ruhe abzuwarten und zu sehen, was hier vor sich ging.

Er griff unter meinen Rock und tastete sich am Rand meines Höschens entlang. Mein Verlangen fiel in sich zusammen wie ein Kartenhaus, und ich entwand mich ihm. Er hielt inne und musterte mich ausdruckslos. »Keine Angst, wir können uns Zeit lassen.«

Ich lächelte dankbar, weil er nicht wütend auf mich war. »Danke.«

Er zwinkerte mir zu. »Trotzdem könntest du mir vielleicht hier helfen, sonst habe ich bald ein Problem.«

»Ja, ja. Natürlich.« Ich verstand nicht, was er meinte. Er öffnete seinen Gürtel, streifte eilig Hose, Socken und Unterhose ab und zog das Hemd über den Kopf.

Im Gegensatz zu seinem braun gebrannten Gesicht und Hals waren seine Brust und sein Bauch bleich, aber muskulös. Sein Penis sah anders aus, als ich ihn mir vorgestellt hatte – er ragte in die Höhe, leicht schief, als wäre er betrunken. Darunter seine Hoden. Einen Moment lang ergriff mich Panik.

Harry nahm meine Hand und legte sie um seine Erektion. »So«, sagte er und bewegte meine Hand auf und ab. »So ist es gut. Ja, genau so, Baby.«

Ich massierte ihn weiter, so wie er es mir gezeigt hatte. Er schloss die Augen, ließ sich ein Stück nach hinten sinken und stützte sich auf meiner gehäkelten Tagesdecke ab. Ich spürte, wie ich eine Gänsehaut bekam, registrierte den bitteren Biergeschmack auf meiner Zunge. Ich versuchte, mich dem Zauber des Augenblicks hinzugeben, doch stattdessen ertappte ich mich dabei, wie ich meine Schulbücher auf dem Stuhl ansah, die Notizen für die Prüfung, meine gerahmten Abschlusszeugnisse der Mittelstufe an der Wand.

Harry erschauderte, und eine milchige Flüssigkeit schoss aus seinem Penis. Entsetzt starrte ich sie an, als sie über meine Hand spritzte. In meiner Naivität hatte ich natürlich keine Ahnung, was das war. Vermutlich hatte es etwas damit zu tun, Kinder zu machen. »O Gott«, stöhnte er leise, ließ von mir ab und fiel auf die Matratze zurück.

Ich blickte auf das klebrige Zeug an meiner Hand. Harry hatte die Augen immer noch geschlossen, also wischte ich es schnell am Laken ab. Das Zeug roch komisch, irgendwie säuerlich.

»Du bist so schön.« Harry musterte mich aus halb geöffneten Augen und streichelte meinen Arm. Mir war so kalt, als wäre es mitten im Winter. Reglos saß ich da, bis er mit einem Seufzer aufstand, sich anzog und mir einen Kuss auf die Stirn drückte, so wie früher, als alles noch so unschuldig gewesen war.

Danach hörte ich ihn unten rumoren. Er machte sich noch ein Bier auf, ging ins Fernsehzimmer und setzte sich vor die Glotze. Ich zog mein Nachthemd an, nahm die Schmuckschatulle aus ihrem Versteck, holte die Kette heraus, die er mir geschenkt hatte, und legte sie auf meine inzwischen nicht länger jungfräulichen Brüste – der Beweis für Harrys Liebe.

Nun stand ich in meinem Zimmer und rollte einen Pullover zusammen. Auf einmal hörte ich das metallische Klicken des Türschlosses, gefolgt von Schritten und einem Krachen, als die Tür ins Schloss fiel. Mir blieb beinahe das Herz stehen.

Die Wohnzimmertür wurde geöffnet, dann ein leiser Aufschrei meiner Mutter – zweifellos war sie entsetzt, weil ein wildfremdes Mädchen mit Schuhen auf dem Sofa lag.

Ich stopfte meine Klamotten in die Reisetasche und kämpfte mit dem Reißverschluss. Stimmen drangen herauf – Mutter klang aufgeregt und laut, Star war leise und einsilbig.

Endlich gelang es mir, den Reißverschluss zuzuziehen. Ich

nahm die Tasche vom Bett und lief nach unten. Meine Mutter stand neben der Wohnzimmertür, so dass ich sie um ein Haar anrempelte. Wieder stieß sie einen spitzen Schrei aus und fuhr herum. »Rosie«, flüsterte sie.

Sie trug ein Ensemble aus einem Wollrock mit dazu passender Jacke; vermutlich war sie beim Anwalt gewesen. Ihre Locken fielen ihr lose über die Schultern, und sie hatte einen Hauch Make-up aufgelegt: perlrosa Lippenstift und cremefarbenen Lidschatten. Ich ging an ihr vorbei ins Zimmer. Star war mittlerweile aufgestanden und stammelte eine Entschuldigung.

»Mum, das ist meine Freundin Star. Ich habe sie eingeladen … äh … mit mir …«

Aber Mums Blick hatte sich bereits auf die Reisetasche in meiner Hand geheftet. Sie legte die Hand auf die Brust und biss sich auf die Lippe. »Oh, Rosie. Hasst du mich denn so sehr?«

Schuldgefühle überkamen mich. Auf die Idee, dass sie so denken könnte, war ich bislang gar nicht gekommen. »Nein, Mum, nein, natürlich nicht.«

»Ich …« Star zwängte sich an Mum vorbei. »Ich warte dann draußen, okay?«

Am liebsten hätte ich sie gebeten zu bleiben, doch ich schwieg. Die Haustür wurde geöffnet und wieder geschlossen. »Ich bin nur hergekommen, um ein paar Sachen zu holen«, sagte ich überflüssigerweise.

Sie ließ sich in den Sessel sinken. »Du wolltest mir auf keinen Fall über den Weg laufen«, sagte sie und starrte auf den Couchtisch. »Du wusstest, dass ich nicht hier sein würde, deshalb bist du vorbeigekommen.«

»Es ist nicht so, wie es scheint«, log ich und setzte mich auf die Sessellehne. »Es tut mir so leid.«

Sie sah mich an. »Was habe ich dir getan? Das ist das Einzige, was ich gern wüsste. Wodurch um alles in der Welt habe ich dich aus dem Haus getrieben?«

»Gar nichts.« Ich streckte die Hand nach ihr aus, doch sie wich abrupt zurück. »Natürlich hast du gar nichts getan.«

»Aber wieso dann das alles?« Sie hatte abgenommen. Ihre Jacke hing wie ein Sack von den schmalen Schultern herab. »Und davor schon … Glaub bloß nicht, ich hätte nicht gemerkt, dass du mir die ganze Zeit schon aus dem Weg gegangen bist. Dass du das Zimmer verlassen hast, sobald ich hereingekommen bin. O Gott, Rosie, damit kann ich mich irgendwie abfinden, aber du musst mir die Wahrheit sagen.«

Ich schüttelte heftig den Kopf. »Ich brauchte einfach meine Unabhängigkeit.«

»Warum? Enge ich dich so sehr ein? Ich bin nicht so streng wie viele andere Eltern.« Sie stand auf und schob geistesabwesend die Fotos auf der Anrichte an ihre angestammten Plätze. »Du musst mich ja für ein verdammtes Miststück halten.«

»Natürlich nicht.« Mums unflätige Worte schockierten mich. Ich erhob mich ebenfalls. »Das alles tut mir sehr leid. Ich wollte nie, dass es dazu kommt.«

»Was hast du erwartet?« Mir fiel auf, dass sie das Foto von dem Baby in der Hand hielt, das mir zuvor ins Auge gefallen war. »Dass ich sage, ›Ach, meine Tochter ist mitten während der Abschlussprüfungen von zu Hause ausgezogen und will mir nicht sagen, wieso. Aber das wird schon wieder, da habe ich gar keine Sorge?‹«

»Dieses Foto.« Ich zeigte darauf. »Bist du das?«

»Was?« Sie sah es an. »Ja. Ich habe es beim Ausräumen auf der Farm gefunden. Mein Onkel Peter hat es direkt nach meiner Geburt mit seiner Box Brownie aufgenommen.«

»Ich glaube, ich habe das Foto schon mal gesehen«, sagte ich. »Und zwar erst kürzlich.«

»Das kann nicht sein, Schatz.« Sie seufzte. »Ich habe es ja selbst jahrelang nicht zu Gesicht bekommen.«

»Es hat etwas …«, begann ich, aber mir war klar, dass ich mich nicht aus der Angelegenheit herauslavieren konnte, indem ich einfach das Thema wechselte. »Ich kann nicht darüber reden, das ist alles.«

»Ich dachte schon, du bekommst vielleicht ein Baby.« Ihr Blick fiel auf meinen Bauch. »Ich habe mich ein bisschen umgehört, bei deinen Freundinnen und so. Sie sagen, du hättest dich in letzter Zeit etwas seltsam benommen.«

»Ich bekomme kein Baby«, erwiderte ich.

»Dann hat es etwas mit einem Jungen zu tun.« Sie musterte mich, und ich fühlte mich, als blicke sie geradewegs in meine verdorbene kleine Seele. »Hab ich's mir doch gedacht.«

»Nein ...«, stritt ich kläglich ab.

Sie wandte sich um und ging im Zimmer auf und ab. »Ich bin nicht von gestern, Rosie«, rief sie und warf die Hände in die Luft. »Du kannst über alles mit mir reden. Über Jungs und Sex und ... ach, du weißt schon.«

»Nicht darüber«, flüsterte ich. »Nicht darüber.«

Sie stieß einen Seufzer aus, und als ich aufsah, stand sie im Türrahmen und betrachtete mich. »Du hast abgenommen«, sagte sie.

»Du auch.«

Sie zupfte an ihrem Rockbund. »Oh, das hatte ich schon seit Jahren versucht. Ist doch jetzt schick, oder? Und, wie geht es dir in diesem zugigen alten Kasten?«

»Ganz gut. Ich arbeite. Um die Miete zu bezahlen.«

»Und dieses Mädchen?«, fragte sie mit einer Handbewegung. »Ist das die, mit der ich neulich telefoniert habe?«

»Sie wohnt ganz oben. Sie ist ... äh ... sie ist nett.«

»Bestimmt ist sie das«, erwiderte Mum mit einem Anflug von Skepsis in der Stimme. »Vielleicht ein bisschen von sich eingenommen, aber wahrscheinlich war ich in dem Alter genauso.«

»Ich habe schon neue Freunde gefunden«, fuhr ich fort und nickte, um meiner kleinen Lüge mehr Wahrheitsgehalt zu verleihen. »Unten im Keller wohnt ein alter Mann.«

»Ein alter Mann?« Mum hüstelte.

»Er ist ein echter Schatz. Wie ein … wie ein Großvater.«

»Die Leute sind nicht immer so, wie sie scheinen.«

»Das stimmt.« Ich wünschte, ich hätte das Wort Großvater nicht in den Mund genommen. »Aber er schon. Ich meine, er ist eine arme verlorene Seele. Er hat Gedächtnislücken und ist mit einem Umschlag voll Geld und einem Foto aufgetaucht …«

Ich blickte wieder auf das Sideboard. »Vielleicht solltest du ein bisschen mehr für dich bleiben«, sagte Mum, aber ich hörte gar nicht hin, weil mir mit einem Mal einfiel, wo ich dieses Foto zuvor gesehen hatte.

»O Gott!« Ich nahm es und hielt es ihr hin. »Er hat genau dasselbe. Seines ist ganz zerfleddert, aber trotzdem … es ist dasselbe Foto.«

»Das ist doch lächerlich.« Sie riss es mir aus der Hand und stellte es wieder hin. »Woher sollte ein alter Mann ein Babyfoto von mir haben?«

»Keine Ahnung. Es sieht nur …« Ich betrachtete es noch einmal, den Rasenstreifen im Hintergrund, die verschwommenen Umrisse des Kopfes. »… so ähnlich aus«, sagte ich zögernd.

Mum umfasste mein Kinn und zwang mich, sie anzusehen. »Komm wieder nach Hause, Rosie«, sagte sie sanft. »Es ist noch nicht zu spät. Die Schule nimmt dich wieder auf. Ich habe mit ihnen gesprochen. Miss Waverley macht sich große Sorgen um dich.«

Mein Magen verkrampfte sich. Die Vorstellung, morgens in einem weichen, warmen Bett aufzuwachen und sich um nichts anderes Gedanken zu machen als um die Gründe für den Ausbruch des Hundertjährigen Kriegs, war so verführerisch, dass ich am liebsten in Tränen ausgebrochen wäre.

»Es tut mir leid«, entgegnete ich. »Sag ihnen, dass es mir leidtut.«

»Warte hier«, sagte sie und verschwand mit klappernden Absätzen in der Küche. Ich betrachtete das Foto abermals. Vielleicht hatte sie ja Recht. Schließlich war auf Dockies Foto fast nichts mehr zu erkennen.

Sie kam mit einem mit einem Gummiband umwickelten Geldbündel zurück, das sie mir in die Hand drückte. »Hier, nimm es. Bitte.« Sie lächelte, ihre Lippen zitterten. »Kauf dir davon die Sandalen, die du dir so gewünscht hast.«

Ich schluckte und steckte das Geld ein. »Danke.«

Sie hielt mich bei den Schultern fest. »Wenn du es schon nicht erträgst, wieder nach Hause zu kommen, dann ruf wenigstens zurück.«

Ich nickte. »Das werde ich, versprochen.«

»Und du könntest auch zu Besuch kommen. Nur damit ich sicher bin, dass du noch lebst.« Sie hielt inne. »Wie wär's am Sonntag? Zum Mittagessen. Ich kaufe einen schönen Rinderbraten bei Dodds. Nur wir drei, du, Harry und ich.«

»Ich kann nicht. Nicht ... nicht am Sonntag.« Mein Herz hämmerte schmerzhaft gegen meine Rippen. »Aber vielleicht am Dienstag«, fügte ich beim Anblick ihrer enttäuschten Miene hinzu. »Dienstags habe ich frei und könnte zum Mittagessen kommen.«

»Aber dann kann Harry nicht hier sein«, wandte sie stirnrunzelnd ein.

»Nein. Nun ja ...« Ihre Züge veränderten sich, als eine Ahnung in ihr aufstieg. Bevor sie Gelegenheit hatte, sich in ihrem Kopf festzusetzen, schlang ich die Arme um sie und zog sie an mich. »Ich hab dich lieb, Mum«, sagte ich, und sie lachte vor Verblüffung auf, weil es höchst ungewöhnlich für mich war, meine Gefühle so offen zu zeigen.

»Ich hab dich auch lieb«, sagte sie und küsste mich auf die Wange. Ich löste mich so schnell von ihr, wie ich konnte, ohne unhöflich zu wirken, und nahm die Reisetasche. »Warte einen Augenblick, Rosie«, sagte sie.

»Ich muss los.« Ich sah demonstrativ auf meine Uhr. »Der Bus muss jede Minute hier sein.«

Ihre Hand lag noch immer auf meinem Arm. »Harry …«, begann sie.

Ich zog meinen Arm weg. »Ich rufe dich an«, sagte ich. »Wegen Dienstag, okay? Bis dann.«

Damit stürmte ich in die Diele, riss meine Jacke vom Haken, hastete zur Tür hinaus und den Gartenweg entlang, vorbei an der sichtlich verblüfften Star, die an der Hauswand lehnte, und die Straße hinunter.

An der Bushaltestelle vor Drover's News holte sie mich ein. Nervös trommelte ich gegen den Pfeiler und tat so, als hielte ich nach dem Bus Ausschau. »Er sollte jeden Moment hier sein.«

Sie sah mich an. »Das lief wohl nicht besonders«, bemerkte sie.

»Ich hätte nicht gedacht …«, begann ich leise. »Ich hätte nicht vermutet, dass ihr mein Auszug so nahegeht.«

Sie lachte leise. »Hey, wer nicht mindestens einmal im Leben seine Mutter todunglücklich macht, ist nicht normal.«

Ich lehnte mich gegen den Pfeiler. »Ich habe keine andere Wahl, aber natürlich kann ich ihr das nicht sagen.«

»Du hast ihr also nichts von Harry und dir erzählt, richtig?«

Ich verzog das Gesicht und sah weg. »Lass uns nicht darüber reden«, sagte ich leise.

»Gott, Rosie, ich verurteile dich deswegen nicht.« Ich sah sie an. Sie wippte auf der Bordsteinkante vor und zurück. »Ich habe doch vor ein paar Tagen mit deiner Mutter am Telefon gesprochen, und sie hat mir erzählt, dein Stiefvater sei bei dir gewesen. Und ich dachte: ›O Gott, bitte nicht der Typ mit dem Jaguar, der sogar einen Baum vögeln würde, wenn er Möpse hätte.‹ Von der lüsternen Nachricht mal ganz abgesehen. Da habe ich eins und eins zusammengezählt.«

»Gute Arbeit, Miss Marple«, brummte ich. »Jetzt siehst du endlich, was für ein wunderbarer Mensch ich bin.«

»Aber das bist du doch!« Mit einer dramatischen Geste legte sie mir den Arm um die Schultern. »Er ist der eklige Perversling hier.«

Ich schüttelte den Kopf. »Nein, wir sind beide schuld. Ich noch viel mehr. Ich bin … ach, ich hätte klüger sein müssen.«

»Wie alt warst du, als es angefangen hat?«

»Siebzehn«, antwortete ich leise. In der Ferne sah ich den Bus um die Ecke biegen.

»Dann ist er derjenige, der klüger hätte sein müssen. Ich nehme an, er hat dir tonnenweise Lügen aufgetischt, oder?«

»Ich war so eine Idiotin«, sagte ich.

Der Bus kam näher. Star hob den Arm. »Sei nicht blöd.«

»Doch, das war ich. Ich habe mir eingebildet, dass er mich wirklich mag, verstehst du? Dass ich die Richtige für ihn bin und die Hochzeit mit meiner Mutter ein Fehler war. Und die ganze Zeit war ich nur … nur …«

»Nur eine Eroberung?«, sagte Star. Ich nickte. Der Bus hielt an, und wir stiegen ein. »Du bist eingeladen, keine Widerrede«, sagte Star und legte ein paar Münzen auf die Ablage neben dem Fahrer.

Wir setzten uns auf die hinterste Bank. »Das Schlimmste ist«, sagte ich mit gedämpfter Stimme, obwohl das Dröhnen des Motors ohnehin alles übertönte, »dass ich nicht sofort weggegangen bin, nachdem wir … du weißt schon … vielleicht hätten wir …«

»Spuck's aus«, sagte Star. »Ihr habt's hoffentlich getan.«

Sie brach in Gelächter aus. Empfand ich dasselbe wie sie, als sie mir vor einer Stunde vorgeworfen hatte, ihre Probleme mit Johnny nicht ernst zu nehmen? »Ich war in Mums Schlafzimmer, weil ich mir ihr Glätteisen leihen wollte«, sagte ich verdrossen. »Und da habe ich all diese Zettel und Karten in der Schublade gefunden – alle von ihm.«

Star kramte eine Zigarette aus ihrer Handtasche. »Du hast also nicht geglaubt, dass die beiden sozusagen eine richtige Beziehung führen, stimmt's?«

Ich wurde rot. »Ich war so dumm.« Sobald ich Harrys Nachrichten gelesen hatte, die Sprache, so viel schmutziger als alles, was er mir je geschrieben hatte, war mir alles klar geworden. All die kleinen Dinge, die ich gesehen, aber ignoriert hatte, ergaben plötzlich einen Sinn: Harry, wie er Mum beim Wäscheaufhängen in den Hintern kniff, ihr schrilles Quieken im Wagen, während ich auf dem Rücksitz so tat, als würde ich ein Buch lesen, oder die gedämpften Laute, die abends durch die Schlafzimmerwand drangen.

Hätte er behauptet, sie zu lieben, wäre es mir egal gewesen: Ich hätte es für eine Lüge gehalten, aber all die Anspielungen auf die unterschiedlichen Teile ihres Körpers und seine Ideen, was er damit anstellen würde … allein davon war mir übel geworden – teils, weil schon die Vorstellung, dass meine Mutter ein sexuell aktives Wesen sein könnte, absurd war, vor allem aber, weil ich mir in meiner Fantasie etwas ausgemalt hatte, was niemals passieren würde. Die Illusion von uns beiden als über beide Ohren verliebtes Paar zerfloss so schnell wie damals im Kino, als die Filmrolle Feuer gefangen hatte und Sean Connerys Technicolor-Gesicht vor unseren Augen in Flammen aufgegangen und geschmolzen war.

»Der Gedanke, im selben Haus zu wohnen wie sie«, sagte ich, als wir in Richtung Helmstone rumpelten, »war unerträglich. Also bin ich in den Bus gestiegen, so wie jetzt, habe das Schild im Fenster von Castaway gesehen und das Zimmer gemietet. Dann bin ich wieder nach Hause gefahren und habe meiner Mutter gesagt, dass ich ausziehen werde.«

»Klar«, meinte Star. »Ist doch völlig normal.«

Die ersten weißen verwitterten Häuser von Helmstone tauchten auf, und seltsamerweise fühlte es sich an, als käme ich erst jetzt nach Hause.

»Und jetzt ahnt sie vielleicht etwas«, sagte ich. An der nächsten Haltestelle mussten wir aussteigen, und ich zog an der Schnur.

»Sie hat mich nach Harry gefragt, und ich wusste nicht, was ich sagen soll.«

»Wenn sie es nicht wissen will, wird sie auch nichts ahnen.« Star stand auf und folgte mir durch den Bus. »Aber du bist ihre Tochter. Dir würde sie keinen Vorwurf machen.«

»Natürlich würde sie das. Ich wäre diejenige, die alles zerstört hat. Bestimmt würde sie nie wieder ein Wort mit mir reden.«

»Vielleicht würde sie ihm auch einen anständigen Tritt in die Eier verpassen und seine Sachen auf die Straße werfen.«

Ich schnaubte. »Natürlich nicht. Sie liebt ihn. Und er ist ein begnadeter Lügner.« Wir gingen die zugige Straße entlang.

»Ich fand ja von Anfang an, dass er ein schleimiger Mistkerl ist.« Sie legte den Arm um mich. »›Etwas Besseres als den Kerl kriegt sie allemal‹, habe ich mir gedacht.«

»Wie klug du doch bist«, gab ich neckend zurück und kuschelte mich enger an sie. Aus irgendeinem Grund fühlte ich mich in ihrer Nähe seltsam geborgen, so als könnte mir nichts und niemand etwas anhaben.

Wir stiegen die Treppe zum Haus hinauf. »Hast du Lust, auf eine Tasse Tee und einen Joint mit nach oben zu kommen?«, fragte sie, als wir in der Eingangshalle standen.

Ich zögerte. Johnny könnte zu Hause sein, und ich wollte sie mit niemandem teilen. Nicht jetzt. »Komm lieber zu mir«, sagte ich. »Die Mädchen sind noch bei der Arbeit.«

Sie sah mich an und nickte. »Ja. Wir wollen nicht, dass uns einer stört.«

Ihre Wangen röteten sich, und ich fragte mich, wieso sie plötzlich so verlegen war. Ich ging die Stufen hinauf und schloss die Wohnungstür auf.

Alles war noch genau so, wie ich es zurückgelassen hatte, und doch schien mit einem Mal alles anders zu sein. Ich stellte die Reisetasche auf einen Stuhl und gab Wasser in den Teekessel. Star blickte auf den Garten hinaus. »Schöne Aussicht hat man von hier«, meinte sie. »Ich finde es immer ein bisschen deprimierend, dass man durch die Gaubenfenster nur den Himmel sehen kann.«

»Aber dafür habt ihr die Dachterrasse.« Ich schaltete den Kessel ein. Sie drehte sich um und lächelte. »Übrigens ist dort, wo deine Hände gerade sind, etwas sehr Interessantes«, sagte ich.

Wieder lief sie rot an. »Und zwar?«, fragte sie und nahm eilig ihre Hände weg.

»Da.« Ich nahm ihre Hand, legte sie unter das Fensterbrett und fuhr über die Furchen im Holz. »Hier. Spürst du es?«

»Ich weiß nicht recht.«

Ich schloss meine Finger um ihre und führte sie über die Buchstaben.

»Ja«, sagte sie. »Ja, jetzt spüre ich etwas.«

»Da steht ...« Ich fuhr die Worte nach, ohne ihre Hand loszulassen. »Robert Carver ist unschuldig.«

Sie runzelte die Stirn. »Robert Carver?«

»Ja. Hier, sieh selbst.« Ich zog sie neben mich auf den Boden. Wir lehnten uns mit dem Rücken gegen die Wand, um die Unterseite des Fensterbretts in Augenschein nehmen zu können. Ich hielt noch immer ihre Hand fest und fuhr die Vertiefungen im Holz nach. »Da.«

Sie rutschte näher und spähte nach oben. »Ja, tatsächlich.«

»Erinnerst du dich an die Skizze, die du mir geschenkt hast? Dieses Selbstporträt? R. C. stand darunter. Ich glaube, das ist er.«

»R. C.« Sie umschlang die Knie. »Deine Initialen. Glaubst du wirklich? Aber ist das nicht schon eine Ewigkeit her?«

»Einundvierzig Jahre. Und dann ...« Ich unterbrach mich. Sollte ich ihr wirklich davon erzählen? Vielleicht würde sie mich ja auslachen und für verrückt erklären, weil ich über Dinge nachdachte, die so lange zurücklagen. Aber sie musterte mich erwartungsvoll, deshalb beschloss ich, das Risiko einzugehen. »Mrs Hale von nebenan, für die ich arbeite. Na ja, ihr Vater hat mir ein Buch geschenkt, ein uraltes, und da standen all diese ... warte, ich zeige es dir. Ich habe es in meinem Zimmer ...« Ich unterbrach mich, weil Star mit den Gedanken ganz woanders zu sein schien.

»Entschuldige«, sagte sie. »Was ist in deinem Zimmer?«

Ich zuckte die Achseln. »Egal. Ist nicht so wichtig.«

»Nein, nein, ist schon gut, ich habe nur gerade gedacht, dass ich diesen Namen schon mal gehört habe. Robert Carver.«

Ich setzte mich auf. »Ehrlich? Wo denn?«

Sie runzelte die Stirn. »Ich kann mich nicht erinnern.«

»Du kennst doch Dockie, oder?«, platzte ich heraus. »Den alten Mann von gestern, der dich Clara genannt hat.«

»Ja. Dieser verrückte Zausel. Was ist mit ihm?«

»Wir waren gestern Abend in Snooks, und er wollte unbedingt ins Blind Pig.«

»O Gott. Ein Wunder, dass ihr lebend wieder rausgekommen seid.«

»So schlimm war es gar nicht.« Um die Mittagszeit war die Kneipe mit den Resopaltischen und den mit blauem Vinyl, das einem jedes Mal einen leichten elektrischen Schlag versetzte, wenn man etwas Metallenes anfasste, bezogenen Stühlen bei weitem nicht so bedrohlich, wie man annehmen sollte. Dockie hatte mir ein Shandy spendiert. Wir hatten uns einen freien Tisch zwischen all den stumm über ihren Stouts und Bitters brütenden Gästen gesucht, denen wir bestenfalls einen desinteressierten Blick wert gewesen waren.

Lange Zeit hatte auch Dockie in sein Glas gestarrt. Dann hatte er unvermittelt aufgeblickt und gesagt: »Frank hat mich gerettet, wissen Sie?«

Ich nickte und überlegte, worauf er wohl hinauswollte. »Okay.«

»Frank. Mein Retter. Er hat mich in irgendeiner Ecke bei den Docks gefunden, hinter einem Stapel Paletten, in eine zerschlissene Decke eingewickelt. Ich hatte eine Kopfwunde. Frank hat mir das Leben gerettet. Er hat mich zu sich nach Hause mitgenommen und in sein Bett gesteckt, obwohl ich nur wirres Zeug gebrabbelt habe. Er hat mir Suppe gebracht und mir neue Kleider gekauft, so wie Sie, Rosie. Genauso wie Sie.«

Ich wurde rot. »Das war doch nicht der Rede wert.«

Dockie begann zu erzählen. Scheinbar mühelos verfiel er in den Rhythmus seiner Geschichte, als hätten sich die Worte längst in seinem Kopf geformt. »Anfangs wollte mein Körper nicht tun, was mein Kopf ihm gesagt hat, müssen Sie wissen. Also hat er mich gewaschen und stündlich den Verband um meinen Kopf gewechselt. Er hat mich beruhigt, wenn ich wirres Zeug gerufen habe. Ganz langsam ging es mir besser. Frank hat mich von der Schwelle des Todes zurückgerissen. Eine Stunde später, hat er gesagt, und ich wäre vielleicht tot gewesen. Ich verdanke ihm alles.«

Ich legte die Hände um mein Glas. Wie Frank wohl ausgesehen hatte? Ich stellte mir einen schweigsamen Bären von einem Mann vor, der einem locker das Genick brechen kann, aber sich so still verhält, dass man es erst im selben Augenblick bemerkt. »Aber hat er nie Anstalten gemacht, Sie ins Krankenhaus zu bringen?«

»Das war nicht notwendig. Er hat sich besser um mich gekümmert, als diese Schwestern es jemals gekonnt hätten. Das sind doch nur kleine Sadistinnen mit Häubchen, hat er immer gesagt. Nein, nein, er hat mich gepflegt, in seinem Häuschen, wochen-, sogar monatelang. Und als ich so weit wieder auf dem Posten war, hat er mir Arbeit gegeben. Er hatte ein eigenes Geschäft, hat Schiffsmakler beliefert. Ich habe gefegt und geschrubbt und repariert. Am Anfang war ich noch sehr schwach und konnte nicht viel tun, aber ich habe schnell gelernt und neue Kräfte gesammelt, und Frank war sehr stolz auf mich. Sehr stolz, das hat er gesagt.«

Dockies Geschichte hatte etwas zutiefst Beunruhigendes, das ich jedoch nicht genau benennen konnte. »Er schien ja ein sehr altruistischer Mensch zu sein.«

»Hat mir alles hinterlassen, als er gestorben ist.« Dockie blinzelte. »Die Schulden haben sein Geschäft und das Haus verschlungen, aber seine Spardose, die war randvoll mit Scheinen.«

»Also war er wie ein Vater für Sie?«

Dockie überlegte. »Nein, eher nicht.«

»Aber er hat Ihnen geholfen, nach Ihrer Familie zu suchen, oder?«

»Ja. Er hat Anzeigen in den Zeitungen aufgegeben und ist zur Polizei gegangen, sogar in England, weil er meinte, dem Akzent nach müsste ich wohl von dort stammen. Aber es hat sich niemand gemeldet. Am Ende meinte er, ich sei wohl vor sehr langer Zeit von zu Hause weggegangen, zu lange, als dass mich noch jemand vermissen würde. Ich wäre vielleicht auf einem Schiff gewesen, weit weg von meinem Heimathafen, und ins Meer gefallen oder gestoßen worden. Schmuggler hätten mich rausgezogen, mir meine Kleider weggenommen und mich dann zum Sterben bei den Docks liegen lassen, irgendetwas in der Art.«

»Klingt, als hätte er jede Möglichkeit in Betracht gezogen.« Ich nippte an meinem Shandy.

»Und dann, eines Tages, habe ich ein Geheimfach in seiner Geldkassette gefunden.« Etwas flackerte in seinen Augen auf. »Zeitungsartikel.«

»Oh, Sie meinen die Artikel, die Sie kürzlich erwähnt haben?«

»Ich denke schon.« Er beugte sich über den Tisch. »Aber, meine liebe Rosie, ich kann mich beim besten Willen nicht erinnern, was in diesen Artikeln stand. Ich weiß bloß noch, wie ich beim Lesen begriffen habe, dass Frank mich verraten hatte.«

»Sie verraten? Inwiefern?«

Er schüttelte den Kopf. »Auch das weiß ich nicht. Aber ich war sehr wütend – so wütend, dass ich auf Sauftour gegangen bin, und danach habe ich beschlossen, hierher, nach Castaway House, zu kommen.«

»Um sie zu finden, richtig?« Mir fiel der Name wieder ein, den er zuvor erwähnt hatte. »Was ist mit dieser Clara?«

Er runzelte die Stirn. »Clara?«

»Als wir vor dem Haus waren. Sie haben Star angesehen, meine Freundin, und Clara gesagt.«

»Das hatte ich schon wieder vergessen.« Er schlug sich auf den Hinterkopf. »Ja, natürlich. Natürlich!«

Er lehnte den Kopf gegen ein Buddelschiff und schien einen Moment in seine eigene Welt abzutauchen. Ein leises Lächeln spielte um seinen Mund.

»Dockie?«, sagte ich nach einer Weile. »Wer ist Clara?«

»Sie ist ...«, krächzte er. »Ich sehe sie vor mir. So klar und deutlich, wie ich Sie sehe. Dunkles Haar, rote Lippen. Aber wer sie ist ... ich habe nicht die leiseste Ahnung.«

Ich gab es auf. Vermutlich war es ohnehin unwichtig. Ich hatte etwas von meinem Getränk auf dem Tisch verschüttet und versuchte vergeblich, es mit ein paar Bierdeckeln aufzuwischen. »Sie sagten, Castaway sei der Schlüssel zu Ihnen.«

Er nickte.

»Dann ist es vermutlich lange her, dass Sie das letzte Mal hier waren.«

»Genau.«

»Zwanzig, dreißig Jahre vielleicht?«

»Oder noch länger.« Er blickte mit zusammengekniffenen Augen auf die gegenüberliegende Wand. »Ich kenne noch nicht mal das genaue Datum, wann Frank mich bei den Docks gefunden hat. Wir haben immer am 3. September den Jahrestag gefeiert, aber Frank hat gemeint, das genaue Jahr sei nicht wichtig. Er hat die Grenzen meiner Welt für mich festgelegt, verstehen Sie?«

»Vielleicht sogar vierzig.« Ich rechnete nach, während eine Idee in meinem Kopf Gestalt annahm. Ich beugte mich über den Tisch. »Bei dem Namen Robert Carver klingelt es nicht zufällig bei Ihnen, oder?«

Dockie starrte mich an. »Robert ... Carver«, wiederholte er langsam.

»Vermutlich nicht, aber er hat um diese Zeit im Haus gewohnt, und ...«

»Robert Carver.« Er wiederholte den Namen ein drittes Mal. »Robert Carver.«

»Sagt Ihnen der Name etwas?«

»Ich kenne ihn. Ich kenne ihn.« Er hob sein Glas an die Lippen und leerte es in einem Zug. »O Gott, ich kenne diesen Namen.«

»Aber wer ist er?«, rief ich aufgeregt. Ich spürte, dass ich an der Schwelle zu etwas sehr Wichtigem stand.

Seufzend tastete er sich durch die vagen Schemen seiner Vergangenheit. »Es fällt mir wieder ein. Ein Universum explodiert in meinem Kopf. Es kommt alles wieder zurück.«

Er ging an die Bar, um sich noch ein Bier und einen Whiskey zum Runterspülen zu holen. Danach fiel er mehr und mehr in sich zusammen. Er brabbelte von Dublin – von Frank, einer Katze, mit der er Freundschaft geschlossen hatte –, bis er meine Gegenwart nicht länger zu brauchen schien. Er war nur eine der typischen Gestalten, die im Blind Pig gestrandet waren und zufrieden in einer Ecke vor sich hin murmelten, während der rotgesichtige Wirt mit der dreckigen Schürze und den blutunterlaufenen Augen sie mit frischen Getränken versorgte.

Ich schilderte Star meine Unterhaltung mit Dockie. Schweigend saß sie neben mir und trommelte mit den Fingern auf ihre Knie. »Schon komisch«, sagte sie schließlich und verfiel neuerlich in Schweigen.

»Was ist komisch?«, hakte ich nach.

Sie warf mir einen flüchtigen Blick zu, der mir verriet, dass sie nicht sicher war, ob sie mit der Sprache herausrücken sollte. »Die Sache ist die, Rosie ... Die Leute sagen, dass ich meiner Großmutter sehr ähnlich sehe.«

»Aha. Und wer ist deine Großmutter?«

»Ich meine, ich sehe ihr nicht nur ähnlich, sondern wir haben auch denselben Namen. Sie heißt auch Clara.«

»Clara?«

Dunkles Haar, rote Lippen.

»Ich wurde nach meiner Großmutter benannt – damals, als meine Mutter noch mit ihr geredet hat –, aber ich hatte immer Schwierigkeiten, den Namen auszusprechen. Es hat sich immer eher wie Star angehört. Daher habe ich meinen Spitznamen.«

»Aber wieso ... woher um alles in der Welt könnte Dockie deine Großmutter kennen?«

»Na ja ...« Wieder sah sie mich an, dann holte sie tief Luft. »Meine Großmutter hat früher hier gelebt«, stieß sie hervor.

»Ehrlich?«

»Genauer gesagt, mit meinem Großvater. Ihnen hat Castaway House gehört.«

Ich lachte. »Was? Das gesamte Gebäude?«

Star nickte. »Es war mal ein sehr herrschaftliches Anwesen.«

»Also hat deine Großmutter Dockie vielleicht kennengelernt, als er hier war, und er erinnert sich deshalb an sie. Und womöglich ist er auch Robert Carver begegnet.«

»Genau. Das würde zumindest erklären, wieso er mich Clara genannt hat. Die Leute sagen, ich würde genauso aussehen wie sie als junge Frau.«

»Und leben deine Großeltern noch?«

»Nur meine Großmutter. Mein Großvater ist vor Jahren schon gestorben.« Sie legte das Kinn auf die Knie. »Inzwischen lebt Granny in Paris. Sie fühlt sich eher als Französin.«

Ich stupste sie mit der Schulter an. Mir war sehr wohl bewusst, welche Überwindung es sie kostete, mich in die Geheimnisse ihres Lebens einzuweihen. »Ich würde sie sehr gern kennenlernen.«

»Das wirst du.« Wieder holte sie tief Luft. »Sie kommt am Samstag her.«

»Diesen Samstag?«

»Sie kommt her, weil ... das Haus gehört ihr bis heute.«

»Moment mal.« Allmählich dämmerte es mir. »Willst du damit sagen, deine Großmutter ist unsere Vermieterin?«

»Ja.« Sie blickte auf ihren Schoß.

Johnnys Drohungen wegen der Miete und Stars ausweichende Antworten kamen mir wieder in den Sinn. »Und die Wohnung im Erdgeschoss?«

»Gehört ihr. Dort wohnt sie, wenn sie zu Besuch kommt.«

»Aber … aber du …«

»Ich wollte nicht, dass die anderen etwas davon erfahren.« Wieder sah sie mich an. »Ich wohne hier, damit ich ein Auge auf das Haus haben, die Miete kassieren und mich um alles kümmern kann. Sie bezahlt mich dafür.«

»Oh.« Ich musste an ihre schicken Kleider, ihren Londoner Haarschnitt denken, die ihr offenbar doch nicht Johnny spendiert hatte. »Verstehe.«

»Bitte denk jetzt nicht schlecht über mich.« Sie nahm meine Hand. »Ich selbst habe überhaupt kein Geld, sondern es gehört alles Granny.«

»Weshalb sollte ich schlecht über dich denken?« Ich schloss die Hand um ihre warmen, trockenen Finger.

»Keine Ahnung.« Sie senkte den Kopf. »Vielleicht hältst du mich ja für eine verwöhnte reiche Göre oder so.«

»Na und?« Ich lachte. »Na und?«

Sie sah mich wieder an. »Ich will nicht, dass du mich verachtest.«

Ich strich über die Sorgenfalte auf ihrer Stirn. »Natürlich verachte ich dich nicht.« Als ich mich vorbeugte und sie küsste, verspürte ich ein Ziehen im Bauch.

Zuerst schnappte sie nach Luft, doch dann entspannte sie sich und erwiderte meinen Kuss. Ich drängte mich an sie. Ihre Lippen teilten sich, und als sich unsere Zungen fanden, schien ein elektrischer Schlag durch meinen Körper bis hinab in meine Lenden zu zucken.

Schließlich löste sie sich von mir. »Ich muss gehen«, sagte sie, stand auf und strich ihr Kleid glatt.

»Aber was ist mit dem Tee?«, fragte ich, noch immer benommen von der Berührung.

»Keine Zeit. Tut mir leid.« Sie nahm ihr Cape und ihre Handtasche vom Küchenstuhl. »Ich … wir sehen uns bald.«

»Übermorgen. Die Party, schon vergessen?« Ich lächelte sie an.

Zögernd blieb sie an der Tür stehen. »Was? Ach ja. Die Party.« Sie nickte zum Abschied und ging. Gleich darauf hörte ich sie die Treppe in die Dachgeschosswohnung hinauflaufen.

Ich blieb noch eine Weile sitzen, dachte an Robert Carver und spürte Stars Geschmack auf meinen Lippen. Dann ging ich ins Schlafzimmer. Die tief hängenden Wolken tauchten den Raum in ein trübes Licht, so dass die Konturen der Möbel verschwammen.

Ich machte die Vorhänge zu und zog mich aus, obwohl es mitten am Nachmittag war. Dann schlüpfte ich unter die Decke und versank in die Erinnerung an Stars weiche Lippen, an die Hitze ihres Körpers, als wir uns küssten.

In meinen Gedanken zog ich sie neben mich, streifte ihr Kleid und Unterwäsche ab und schlang die Arme um sie, während sie auf mir lag und mich anlächelte.

Meine Finger wanderten unter mein Nachthemd und fanden den Punkt zwischen meinen Beinen. Ich begann mich zu streicheln, langsam und sanft, und spürte, wie mich Wärme durchströmte. Nach einer Weile verstärkte ich den Druck meiner Finger, bis ich mit einem unterdrückten Schrei kam. Wohlig ließ ich mich in die Kissen zurückfallen.

Danach lag ich da, eingehüllt in eine Wolke der Befriedigung, und sah zu, wie die Sonne fahl durch den Spalt der Vorhänge drang. Ich dachte an Star, diesmal voller Zärtlichkeit und voller Vorfreude auf die Party am Donnerstag.

Irgendwann schweiften meine Gedanken zu ihrer Großmutter Clara und der jungen Frau, die Dockie einst gekannt hatte. Dunkles Haar und rote Lippen, hatte er gesagt – die Erinnerung schien so klar und deutlich zu sein, dass sie sogar die Mauer jahrelangen Gedächtnisverlusts überwunden hatte. Wie sie wohl gewesen war? Ob sie ihrer Enkelin ähnelte, die mich so mühelos um den Finger wickelte, ein ums andere Mal?

ZEHN

1924

Ich saß eingequetscht auf dem Rücksitz des Automobils. Neben mir türmten sich Stoffmassen, und ab und zu streifte eine Hand meinen Schenkel. Obwohl das Verdeck des Wagens heruntergeklappt war, roch es intensiv nach Parfum, und wildes Geplapper übertönte meine Gedanken.

»Wie geht es Ihnen, Sie Ärmster?«, erkundigte sich das Mädchen auf dem Klappsitz mir gegenüber. »Es ist bestimmt nicht angenehm, mit einer Horde Frauen zusammengepfercht zu sein.«

Meine Sitznachbarin – die Dame mit den wanderfreudigen Fingern – stieß mich heftig in die Seite. »Ich bin sicher, er genießt jede einzelne Sekunde, nicht wahr, Mr Carver?« Sie stieß ein wieherndes Lachen aus.

»Mir geht's gut, danke«, presste ich mühsam hervor, und selbst diese Antwort ging im allgemeinen Gelächter unter. Nicht zum ersten Mal an diesem Morgen fragte ich mich, was um alles in der Welt ich hier zu suchen hatte.

Agnes' Schilderungen hatten mir eine höchst unangenehme Nacht beschert. Die Brays hatten Ginas Schicksal dem Rest der Familie absichtlich vorenthalten, sonst wäre es mir längst zu Ohren gekommen. Abgesehen vom Makel des Selbstmords, der dem Haushalt anhaftete, blieb zudem die Frage, wer der Vater des ungeborenes Kindes und ob er der Grund für ihren Freitod gewesen war.

Ich wagte noch nicht einmal, über die Antwort nachzudenken. Doch die Geschichte mit Gina hatte mich nicht mehr losgelassen, sondern war wie ein herrenloser Penny in meinen Gedanken umhergerollt, während ich im Bett gelegen und das Spiel aus Licht und Schatten betrachtet hatte, das der Mond an die Zimmerdecke warf. Auch Agnes, die in ihrem Schaukelstuhl im Souterrain zweifellos ebenso um ihren Schlaf gebracht wurde, war mir nicht mehr aus dem Sinn gegangen. Ich fühlte mich verpflichtet, einen letzten Hilfeversuch zu unternehmen, indem ich das Gespräch mit Mrs Bray suchte. Allein diese Überlegung hatte mich heute Morgen aus dem Bett getrieben. Verkatert und mit staubtrockenem Mund hatte ich Skizzenbuch, Pinsel und nagelneue Wasserfarben zusammengepackt und mich zum Frühstück ins Esszimmer zu ihr gesellt.

»Es erstaunt mich, Sie zu sehen«, begrüßte Mrs Bray mich und faltete ihre Zeitung zusammen. Ich nahm mir eine Scheibe Toast und ließ mich vorsichtig am Tisch nieder. »Ich habe gehört, Sie haben gestern Abend mit meinem Mann ein Zechgelage veranstaltet.«

»Ich wollte mir den Ausflug auf keinen Fall entgehen lassen«, krächzte ich. Zugegebenermaßen fühlte ich mich viel zu elend, um über mein – in jeder Hinsicht – würdeloses Abenteuer mit diesen Mädchen gestern Abend nachzudenken.

Ich versuchte, die Sprache auf Agnes zu bringen, was sich jedoch als unmöglich erwies, da sie die ganze Zeit anwesend war und mit dem Frühstücksgeschirr herumhantierte. Daher beschloss ich, die Unterredung auf die Fahrt zu verschieben. Vermutlich würden wir gemeinsam im Automobil der Brays chauffiert werden, einem glänzenden Ungetüm, das Alec beim Versuch, es selbst zu lenken, prompt beschädigt hatte. Doch als wir in den morgendlichen Sonnenschein hinaustraten, bog ein anderes Gefährt um die Ecke.

»Fahren wir nicht mit Ihrem Wagen?«, fragte ich überrascht.

»O nein, wir sparen gern Benzin.« Sie rückte ihren Glockenhut gerade, als das Automobil vor uns hielt.

»Ein Mann! Das ist wieder mal typisch Clara! Clara! Wo steckst du? Los, sag uns sofort, wer das ist«, ertönte eine Frauenstimme aus dem Wagen.

Sie bedachte die Damen mit einem zuckersüßen Lächeln. »Oh, Kinder, beruhigt euch. Mr Carver ist ein Cousin und hat mich regelrecht angebettelt, uns begleiten zu dürfen.«

Ich warf ihr einen Seitenblick zu, doch sie schien mich gar nicht zu bemerken. Die Tür ging auf, und eine große, kräftige Frau mit dem Gesicht eines Raubvogels stieg aus. »Nun, wenn das so ist, Mr Carver, bestehe ich darauf, dass Sie neben mir sitzen. Ich werde Sie vor all den Damen beschützen.«

Ehe ich michs versah, wurde ich bereits in den Wagen gezerrt. »Was ist mit Ihnen?«, fragte ich Mrs Bray.

»Ich nehme den anderen«, antwortete sie überfreundlich und deutete auf das zweite Gefährt, das die Straße heraufkam. »Mrs Darling wird manchmal übel, und ich habe versprochen, ihr die Hand zu halten. Wir sehen uns später.«

Und so saß ich hier, eingequetscht in den tiefen Polstern und auf Gedeih und Verderb den Damen ausgeliefert, mit dem Chauffeur als einzigem Geschlechtsgenossen, den das ganze Spektakel auch noch zu belustigen schien. Die Frau mit dem Raubvogelgesicht und der dröhnenden Stimme, die passenderweise auch noch Mrs Eagle hieß, informierte mich, dass dies ein reiner Damenmalzirkel sei, zu dem Männer sehr selten, falls überhaupt, zugelassen waren, und dass mir Mrs Bray mit ihrer Einladung einen sehr großen Gefallen getan habe. »Wobei ich annehme, dass Sie im Grunde Ihres Herzens auch ein Mädchen sind, hab ich Recht?« Wieder versetzte sie mir einen kräftigen Stoß in die Rippen.

Nun verstand ich, was Alec mit seinem Rat, mich von den Damen nicht ins Bockshorn jagen zu lassen, gemeint hatte; und auch dass Mrs Bray ihre vermeintlich freundliche Einladung nicht ohne Hintergedanken ausgesprochen hatte. Rings um mich herum plapperten die Damen in atemberaubendem Tempo – über die Unzulänglichkeiten des weiblichen Personals, über irgendeinen Skandal der Nachbarskinder, von jemandes himmlischer Stola. Beunruhigenderweise diskutierten sie auch über Politik und führten eine ganze Reihe scharfsinniger Argumente an, die ohne Weiteres in Dr. Feathers' gestrige Herrenrunde bei Port und Zigarren gepasst hätten.

Die Geschwindigkeit, mit der mir die Worte um die Ohren flogen, machte mich beinahe ein wenig schwindlig, und ich begnügte mich damit hinauszuschauen, wo die Vororte von Helmstone an mir vorbeizogen, nagelneue Anwesen aus roten Ziegeln, ehe die Straßen holpriger und das Grün üppiger wurden.

Schließlich fuhren wir eine Landstraße entlang, vorbei an Pferdegespannen und einer baufälligen Farm mit einem Freilauf voller Hühner, und gelangten nach Petwick mit seinen reizenden Cottages. Klatschmohn und Kornblumen wuchsen am Straßenrand, und Schmetterlinge ließen sich auf den Blüten nieder. Erst jetzt wurde mir bewusst, wie sehr ich all das vermisst hatte, die frische Landluft, die grünen Hügel in der Ferne, das Gefühl, nur ein winziger Punkt in einer schier endlosen Landschaft zu sein.

Hinter Petwick bogen wir von der Straße ab und rumpelten eine von tief hängenden Weiden und Eschen gesäumte Straße entlang. Die Damen hatten während der gesamten Fahrt unablässig geplaudert, und nun, als der Wagen vor einem Zaunübertritt zum Stehen kam, waren überraschte Freudenrufe zu hören: »Ohh, sind wir schon da!?«

Mrs Eagle, die das Heft in der Hand zu haben schien, scheuchte die Damen unter deutlich größerem Bohei als nötig aus dem Wagen.

»Los, los!«, rief sie, als wir uns versammelt hatten, und zwinkerte mir zu. »Und natürlich gilt das auch für unseren Mr Carver, den wir selbstverständlich niemals mit einer Dame verwechseln würden – bitte fühlen Sie sich durch meine Worte nicht beleidigt, Sir, das ist keineswegs meine Absicht. Wir werden jetzt eine Viertelmeile weit zu Fuß gehen, und da wir bis zwei Uhr dort bleiben werden, nehmen Sie bitte alles mit, was Sie brauchen, vor allen Dingen das Mittagessen!«, rief sie, was neuerliches Gekicher ringsum auslöste, auch wenn mir beim besten Willen nicht klar war, weshalb.

Während die Frauen ihre Utensilien zusammensuchten, zückte Mrs Eagle ihren Sonnenschirm und deutete auf den Zaun. »Mr Carver ist gewiss ein Gentleman und sieht weg, solange wir diesen Zaun in wenig damenhafter Art überwinden, und falls er es nicht tut, werde ich ihm mit dem hier einen ordentlichen Stupser versetzen.«

Ich lächelte verkniffen und fragte mich, weshalb um alles in der Welt ich das Bedürfnis haben sollte, Mrs Eagle beim Übersteigen eines Zauns zu beobachten.

»Entschuldigung«, meldete sich die Jüngste zu Wort – ein bleiches, kränkliches Ding, das seine Mutter begleitete. »Aber gibt es dort … nun ja … Waschräume?« Sie lief tiefrot an und senkte verlegen den Blick.

»Meine liebe Constance, die Natur bietet doch Möglichkeiten genug«, trompetete Mrs Eagle. »Was so viel bedeutet, dass du einfach hinter den nächsten Baum gehst und dir später Gedanken wegen der Folgen machst. Also, gehen wir.«

Ich hielt nach dem zweiten Automobil Ausschau, gelangte jedoch zu der Erkenntnis, dass ich sowieso nur wieder Opfer von Mrs Brays Sticheleien werden würde, wenn ich auf sie wartete. Also stieg ich wie die anderen über den Zaun, nachdem ich zunächst artig den Blick abgewandt hatte. Der Weg verlief an einem Wäldchen entlang, auf der anderen Seite war ein offenes Feld. Nach einer Biegung kamen wir auf eine Lichtung, an deren Ende der See zwischen den Bäumen zu erkennen war. »Ohh«, riefen die Damen begeistert.

Mrs Eagle blieb stehen und wandte sich um. »Das hier ist

heute unsere Muse«, erklärte sie mit einer ausladenden Geste. »Ihr könnt euch niederlassen, wo es euch gefällt, aber der See ist vor allem dafür bekannt, wie einzigartig sich das Licht auf seiner Oberfläche spiegelt, was insbesondere für die Schülerinnen interessant sein dürfte, die sich auf die Darstellung von Lichtverhältnissen spezialisiert haben. Ich freue mich jedenfalls schon darauf, die Ergebnisse der Arbeiten zu sehen, vor allem die Ihren, Mr Carver.«

Bei der Vorstellung, was sie zu meinen amateurhaften Skizzen sagen würde, wurde mir ganz anders. Trotzdem war ich entschlossen, mich tapfer an die Arbeit zu machen in der Hoffnung, dass sie mich für einen stillen, aber souveränen jungen Mann und keinen nervösen, verunsicherten Anfänger hielten.

Die Frauen ließen sich eine halbe Ewigkeit Zeit mit der Entscheidung, wo sie ihre Staffelei aufstellen sollten, wobei es von größter Bedeutung zu sein schien, möglichst nahe bei der engsten Freundin zu sitzen. Ich bezog auf einer kleinen Anhöhe Stellung, mit dem Wald im Rücken, der mir ein Gefühl der Sicherheit verlieh.

Ich lehnte mich gegen einen Baumstumpf und zog mein Skizzenbuch heraus. Das Licht war in der Tat ganz besonders, und der See schillerte in den unterschiedlichsten Türkis-, Indigo-, Kobalttönen und Grün- und Grauschattierungen. Da ich irgendetwas zu Papier bringen musste, wenn ich nicht riskieren wollte, von den Damen verhöhnt zu werden, packte ich Wasserglas, Pinsel und Farben aus und ging, zunächst noch etwas scheu, dann jedoch mit wachsender Entschlossenheit, zu Werke und skizzierte den See zuerst mit Bleistift, bevor ich zu den Farben griff.

»Ich glaube, das hier ist der beste Platz von allen.« Mrs Eagles laute Stimme ließ mich vor Schreck zusammenzucken. »Ich bitte um Verzeihung, Mr Carver. Ich bin manchmal auch so vertieft, dass ich kaum den Gong fürs Abendessen höre.«

Schwer atmend und mit hochrotem Gesicht stapfte sie durch

das Unterholz auf mich zu und klammerte sich theatralisch an einem Baumstamm fest. »Gehören Sie zu denen, deren Arbeit niemand sehen darf, solange sie noch nicht fertig ist? Ich würde es durchaus verstehen, wenn Sie eher empfindlich wären. Mir macht so etwas nichts aus, aber es ist nun mal nicht jeder so hartgesotten wie ich, stimmt's?«

»Nein, nein«, erwiderte ich. »Es stört mich nicht.« Ich reichte ihr das Zeichenblatt. Sie nahm es, hielt es auf Armeslänge von sich und betrachtete es eingehend.

»Das sieht sehr vielversprechend aus«, meinte sie. »Vor allem gefällt mir, wie Sie die klaren Farben einsetzen.« Sie deutete auf ein paar Stellen, wobei ihr Finger der noch feuchten Farbe gefährlich nahe kam.

»Ich habe sie gemischt«, sagte ich. »Aquamarin und Türkis.«

Sie hob eine Braue. »Tatsächlich? Dass Sie sich diese Mühe gemacht haben … trotzdem eine sehr beeindruckende Leistung, Mr Carver. Ich bin sicher, hier gibt es Potenzial.« Sie reichte mir das Blatt zurück. »Außerdem wollte ich Ihnen sagen, dass wir gegen ein Uhr eine Pause machen werden, damit die Farbe trocknen kann. Nicht dass Sie dazu verpflichtet wären, versteht sich, aber ich möchte Sie trotzdem ermutigen, weil ich allzu genau weiß, dass die Stunden nur so dahinfliegen, wenn man sich der Kunst hingibt, und wir alle müssen ja etwas essen.«

»Das stimmt«, bestätigte ich und schaute mich um. Die anderen Damen hatten sich an verschiedenen Plätzen am See niedergelassen. Die zarte Constance saß mit ihrem Block auf einem umgekippten Baumstamm neben ihrer Mutter, die durch ihren Kneifer hochkonzentriert auf ihre eigene Arbeit blickte. Selbst hier oben hörte ich das Geplapper und fragte mich, wie sie nur malen konnten, wenn sie ununterbrochen schwatzten. Inzwischen herrschte reges Treiben am See. »Sind die anderen auch schon eingetroffen?«, erkundigte ich mich.

»Bereits vor einer ganzen Weile«, antwortete Mrs Eagle lachend. »Sie haben vollkommen die Zeit vergessen. Es ist fast Mittag.«

»Tatsächlich?« Ich suchte das Ufer ab, konnte Mrs Bray jedoch nirgends entdecken. »Wie schnell die Zeit vergeht.«

»Allerdings.« Ohne Vorwarnung stapfte sie an mir vorbei über Farnkraut und Gänseblümchen. »Clara! Wie geht es dir, meine Liebe?«, trompetete sie.

Ich fuhr herum und spähte zwischen den Bäumen hindurch, doch außer Mrs Eagles geblümter Kehrseite war nichts zu erkennen. Sie hatte sich genau so positioniert, dass sie mir die Sicht versperrte. Weshalb nur ärgerte ich mich so sehr darüber? Und wieso spielte das überhaupt eine Rolle? Schließlich verschwendete Mrs Bray keinerlei Gedanken an mich – ich begriff nicht, weshalb ich überhaupt mitgekommen war.

Wieder raschelte es im Unterholz, doch diesmal war ich vorbereitet. Ich legte meinen Pinsel beiseite und wartete auf Mrs Eagles Rückkehr, stattdessen trat Mrs Bray mit einem kleinen Ranzen über der Schulter zwischen den Bäumen hervor.

Sie blieb neben mir stehen. »Mrs Eagle besitzt das Feingefühl eines Rhinozerosses.«

Ich war kurz perplex, weil sie mit mir sprach, als wären wir nicht bis aufs Blut verfeindet. »Ich … ich würde eher sagen, Sie tun dem armen Tier damit Unrecht«, stammelte ich.

Sie stieß einen schnaubenden Laut aus, der als Lachen interpretiert werden konnte. »Sie hat mir das Malen dermaßen verleidet, dass ich genauso gut Mittagspause machen kann«, fuhr sie fort.

Ehe ich Gelegenheit hatte, die Bedeutung ihrer Worte zu begreifen, ging sie weiter und setzte sich auf einen Baumstumpf am Ufer.

Stirnrunzelnd sah ich ihr nach. Dann gab ich meine Pinsel ins Wasserglas, wobei etwas von der Flüssigkeit über den Rand schwappte und einer auf den Boden fiel. Ich kramte meine Sandwichdose heraus und gesellte mich zu ihr. Mittlerweile hatte sie ihr Essen ausgepackt und schien vollkommen vergessen zu haben, dass ich überhaupt existierte.

Ich ließ mich auf einem Baumstumpf nieder und öffnete meine Dose, während ich mir das Hirn zermarterte, wie um alles in der Welt wir jemals eine halbwegs zivilisierte Unterhaltung führen sollten.

»Die sind mit Fischpastete«, bemerkte sie. »Mrs Pennyworth ist ja nicht gerade berühmt für ihre Sandwiches, aber die hier könnten wirklich schlechter sein.«

»Sie sind köstlich«, sagte ich. Wenn sie Streit wollte, konnte sie ihn gern haben.

Sie blickte wieder übers Wasser. Die Sonne schien auf ihr Haar, so dass es schimmerte. »Als Sie heute Morgen auf der Treppe vor dem Haus standen, sahen Sie aus, als würden Sie gleich zum Exekutionskommando abgeführt werden.«

Ich biss in mein Sandwich. »Das hat Ihnen bestimmt gefallen.«

Ein Lächeln spielte um ihren Mund. »Wie um alles in der Welt kommen Sie darauf, Mr Carver?«

»Ist nur so eine Ahnung«, antwortete ich knapp.

Sie gab keine Antwort. Eine Weile saßen wir schweigend am Ufer, ähnlich wie sonst, wenn wir gemeinsam frühstückten. Wäre es nach mir gegangen, hätten wir unsere Sandwiches gegessen, und danach wäre jeder seiner Wege gegangen. Doch dann fiel mir das Versprechen wieder ein, das ich Agnes gestern Abend gegeben hatte. Ich spürte, wie mich der Mut verließ.

Aber ich musste es versuchen, und dafür musste ich diese schreckliche Frau in ein scheinbar unverfängliches Gespräch verwickeln. »Ich muss zugeben, ich hätte nicht gedacht, dass Sie einem Malkreis angehören. Sie machen auf mich nicht den Eindruck, als wäre Ihnen an der Gesellschaft anderer viel gelegen.«

Sie warf mir einen eisigen Blick zu. »Es gibt eine ganze Menge Dinge, die Sie nicht über mich wissen, Mr Carver.«

Das bekomme ich doch mit Sicherheit besser hin, dachte ich

und versuchte es noch einmal. »Das stimmt wohl. Zumindest hat es für mich den Anschein. Trotzdem ist es der Inspiration gewiss förderlich, zu einem solchen Kreis zu gehören.«

Seufzend schloss sie den Deckel ihrer Sandwichdose. »Der Malkreis ist ein Ableger des Sozialistischen Frauenbunds, der die Frauen darin unterstützen soll, sich künstlerisch zu betätigen, aber natürlich haben Frauen der Arbeiterklasse keine Zeit für derlei Beschäftigungen, deshalb sind in dem Verein nur die Damen der Gesellschaft. Genügt Ihnen das als Information?«

Ich runzelte die Stirn. »Sie sind Sozialistin?«

Sie wiegte leicht den Kopf.

»Das überrascht mich aber«, sagte ich.

»Ach ja?« Ihr Lächeln wirkte ein wenig verkniffen. »Warum?«

»Nun ja …« Ich musste mit äußerster Vorsicht vorgehen. »Beispielsweise würde ich nicht davon ausgehen, dass eine Sozialistin in einem Haus mit so viel Personal leben will.« Oder falls doch, dass sie sich zumindest bemühen würde, sie gut zu behandeln, fügte ich im Geiste hinzu.

Ihr Lächeln wurde noch eine Spur schmallippiger. Wäre ich davon überzeugt, dass diese Frau überhaupt so etwas wie Nerven besaß, hätte ich geschworen, dass ich einen getroffen hatte. »Sie wollen unbedingt alles über mich wissen, oder, Mr Carver? Und wenn Sie in Erfahrung gebracht haben, was Sie wissen wollen, werden Sie mir einreden, dass Sie Ihre Erkenntnisse nicht haarklein der Familie petzen. Nicht dass es mir etwas ausmachen würde. Erzählen Sie denen, was Sie wollen. Was mich daran stört, ist bloß diese elende Schnüffelei. Wie erniedrigend.«

Ich verdrehte die Augen. »Ich versuche lediglich, ein halbwegs vernünftiges Gespräch mit Ihnen zu führen, aber Sie müssen mich natürlich der Spionage bezichtigen. Ganz ehrlich, haben Sie sich schon mal selbst zugehört?«

»Ah!« Sie sah mich an. »Endlich zeigen Sie Gefühle. Ich dachte schon, Sie sind ein Automat.«

»Ich?« Ich war viel zu verblüfft, um gekränkt zu sein. »Sie sind doch diejenige, die seit meiner Ankunft nie auch nur ein Fünkchen Gefühl gezeigt hat. Von Ihnen kommt bestenfalls eine bissige Bemerkung, schlimmstenfalls eine unverschämte Beleidigung. Der einzige Grund, weshalb ich bleibe, ist Alec.«

»Oh, wie nett von Ihnen, Mr Carver. In einem Haus zu leben, das zehnmal so groß ist wie Ihr eigenes, mit Personal, das Sie von vorn bis hinten bedient, und all das auf Kosten meines Ehemannes. Was für ein aufopfernder Mensch Sie doch sind.«

Ich starrte sie an. Irgendwo in meinen hintersten Hirnwindungen registrierte ich, dass ihre Hände zitterten, doch ich war viel zu wütend, um Notiz davon zu nehmen. »Ich schere mich keinen Deut um all das. Ich bin sicher, Ihnen bedeutet das sehr viel, aber Sie sollten nicht von sich auf andere schließen.«

Die Röte schoss ihr ins Gesicht. Sie schleuderte ihre Sandwichdose fort und sprang auf. »Seien Sie nicht so ein elender Heuchler, Mr Carver. Das steht Ihnen nicht zu Gesicht.«

Und damit ging sie durch den Wald davon. Ich sah ihr hinterher und spürte, wie sich meine Lunge verkrampfte. Das Adrenalin in meinen Venen verebbte, und meine Kehle war wie zugeschnürt. Ich beugte mich vor und schnappte nach Luft, während mir der Rat meines Arztes wieder einfiel – atmen, ganz ruhig durchatmen, ein und aus, ein und aus. Ich formte mit den Händen einen Trichter vor meinem Mund und atmete hinein. Ein und aus, ein und aus.

Der Anfall war zum Glück nicht allzu schlimm. Ich erholte mich einigermaßen schnell und trank ein paar Schlucke Wasser. Mrs Brays Worte schmerzten mich immer noch. Ich mochte meine Fehler haben, aber ein Heuchler war ich nicht. Und das unheilvolle Haus meines Cousins hätte ich nicht für viel Geld haben wollen.

Ich ging ein Stück den Weg entlang, der in den rasch dichter werdenden Wald hinaufführte. Minuten später war nichts mehr vom See zu sehen, und abgesehen von Vogelgezwitscher und den heiseren Schreien von Krähen in den Wipfeln auf dem Kamm des Hügels herrschte herrliche Ruhe.

Ich ging weiter, hielt mich an den Ästen fest, tauchte unter tief hängenden Zweigen hindurch in der Hoffnung, dass ich sie bald finden würde.

Endlich erreichte ich den Gipfel des Hügels, und die Sonne brach durch die lichter werdenden Bäume. Ich gelangte zu einer Bruchsteinmauer und sah mich um. In einiger Entfernung glaubte ich eine Gestalt auszumachen. Auf den ersten Blick schien es, als säße sie auf der Mauer, was jedoch kaum möglich sein konnte, da überall spitze Steine herumlagen. Ich ging auf sie zu. Nach ein paar Metern stellte ich fest, dass es sich tatsächlich um eine Frau handelte, allerdings saß sie auf einem Gatterzaun neben einem sorgfältig gemähten Feld. Sie weinte.

Ich blieb abrupt stehen. Wenn dies wirklich Mrs Bray war – und wer sollte es auch sonst sein? –, wollte sie sicherlich nicht in diesem Zustand gesehen werden. Außerdem konnte ich unser Streitgespräch wohl kaum fortführen, solange sie weinte. In diesem Moment schaute sie zu mir herüber.

Ihre Züge verfinsterten sich, und sie wandte den Blick wieder ab. Mit einem resignierten Seufzer trat ich zu ihr.

»G… g… geht es Ihnen gut?« Das Stottern, von dem ich den ganzen Tag verschont geblieben war, lähmte erneut meine Zunge.

Sie reagierte nicht. Ich schwang mich ebenfalls auf das Gatter, das bedenklich wackelte. Vor uns grasten ein paar schwarzgesichtige Schafe, die kurz den Kopf hoben. Das Feld befand sich am Hang und wurde von Bäumen auf der einen und weiteren Feldern auf der anderen Seite begrenzt. In der Ferne erblickte ich Kühe, abermals Schafe und dahinter die Rauchwolke eines Zugs. Allein der Anblick hatte etwas Tröstliches.

»Ist das nicht herrlich?«, fragte ich. »Der Gedanke, dass alles hier noch so sein wird, wie es immer war, selbst wenn wir längst nicht mehr hier sind?«

Sie schwieg noch immer, und einen Augenblick lang glaubte ich, dass sie mich auch weiter ignorieren würde, bis ich wieder herabstieg und sie in Ruhe ließ, doch dann sagte sie mit krächzender Stimme: »Die meisten Männer würden, wenn sie eine Frau sehen, die nicht gestört werden will, kehrtmachen und dorthin zurückgehen, wo sie hergekommen sind, und so tun, als wäre nichts geschehen.«

»Dann bin ich offenbar ein grober Klotz«, sagte ich, schob die Hand in die Hosentasche und zog eine alte Dose heraus, die noch vom letzten Sommer stammte. »Ein Pfefferminz?«

Sie betrachtete die gelblichen, leicht krümeligen Reste, stieß einen Seufzer aus, der sich beinahe wie ein Lachen anhörte, und nahm eines. »Das sind Sie.«

»Wie schön, dass das damit geklärt wäre.«

Schweigend lutschten wir unsere Bonbons, bis Mrs Bray sich räusperte. »Die Sache ist die … ich … ich habe mein Baby verloren«, sagte sie leise. So hatte ich sie noch nie sprechen hören.

Ich brauchte einen Moment, um die schockierende Neuigkeit zu verdauen – und dass sie sie ausgerechnet mir anvertraute. Ich wagte es nicht, sie anzusehen. »E… erst kürzlich?«

»Fünf Tage vor Ihrer Ankunft.«

Ich senkte den Kopf, während mir wieder einfiel, wie auffallend blass und gehässig sie bei unserer ersten Begegnung vor dem Salon gewesen war. Es stimmte – ich war ein ungehobelter Klotz. »Es tut mir so leid«, sagte ich. »Hätte ich es gewusst, wäre ich natürlich nie hergekommen.«

»Mein Mann …«, sagte sie. »Ich habe ihn gebeten, Ihrer Familie zu schreiben, aber er … ich glaube, er würde alles tun, um mich zu quälen, und wahrscheinlich dachte er, mit Ihrer Anwesenheit gelänge es ihm ganz hervorragend.«

»Ich werde sofort packen, wenn wir nach Hause kommen.«

Ich merkte, dass sie etwas erwidern wollte. »Nein, nein«, kam ich ihr zuvor. »Und gleich morgen früh nehme ich den ersten Zug.« Mit einem Anflug von Bedauern dachte ich an Lizzie, aber ich konnte ihr ja schreiben, außerdem waren wir einander in keiner Weise verpflichtet.

»Gehen Sie nicht.« Eine warme Hand legte sich auf die meine. Erstaunt hob ich den Kopf und sah ihr zum ersten Mal ins Gesicht. Ihre Augen und ihre Nase waren gerötet und ihr zu einem Bob frisiertes Haar zerzaust. »Ich will nicht, dass Sie abreisen. Nicht wegen mir.«

Ich konnte ihren Sinneswandel kaum fassen. Es war beinahe, als wäre die Mrs Bray, die ich kannte, am See geblieben und als säße eine andere Person neben mir. »Es ist schon gut«, sagte ich. »Das Haus, die Dienstboten und all dieser Luxus bedeuten mir nichts. Ehrlich.«

Sie verdrehte die Augen. »Ach, das habe ich doch nur gesagt, um Sie zu ärgern. Außerdem hatten Sie vollkommen Recht. Ich bin diejenige, die das alles haben will. Castaway, meine ich. Und all den Rest. Das Personal, die Gewissheit, sich nie Gedanken um irgendetwas machen zu müssen.«

»Das verstehe ich vollkommen.« Und ich meinte es ernst. Ich verstand sie voll und ganz.

»Ob Sie es glauben oder nicht, Mr Carver, aber seit Sie hier sind, ist alles besser geworden. Am Anfang wollte ich Sie nicht hier haben. Aber jetzt ... Dank Ihrer Anwesenheit gehen wir ein wenig zivilisierter miteinander um. Wären Sie nicht hier, wären Alec und ich uns gegenseitig längst an die Gurgel gegangen.« Sie rang sich ein Lachen ab. »Natürlich verstehe ich, dass die Verhinderung eines Mordes nicht unbedingt das ist, was man unter einer Sommerfrische versteht.«

Inzwischen plagten mich Gewissensbisse, weil ich Alecs Verunglimpfungen so bereitwillig Glauben geschenkt hatte. Ich war fassungslos über die Grausamkeit meines Cousins: Selbst wenn seine Ehe nicht mehr so unbeschwert sein mochte wie zu Beginn, war er es seiner Frau schuldig, sich um sie zu kümmern, wenn sie ihn brauchte.

»Es tut mir unendlich leid«, sagte ich.

»Das muss es nicht.« Ihre Stimme klang zerbrechlich. »Frauen verlieren Kinder jeden Tag. Mrs Eagle hat beinahe so viele Babys verloren, wie sie zur Welt gebracht hat, und einige sind sogar nach der Geburt gestorben. Was noch viel schlimmer ist.«

»Natürlich«, sagte ich. »Trotzdem …«

»Es sollte meine Rettung sein«, fuhr sie fort. »Ich habe ziemlich viele schlechte Dinge in meinem Leben getan, und durch das Baby sollte es endlich wieder einen Sinn bekommen. Und jetzt … aller Wahrscheinlichkeit nach werde ich kein weiteres bekommen können. Er war fünf Monate alt, als er … als er von uns gegangen ist. Mein Sohn. Noch drei weitere Monate, und alles wäre gut gewesen.«

Das Gatter wackelte. Ich hatte Angst, dass sie neuerlich weinte. Ich konnte nicht fassen, dass mir keiner davon erzählt hatte, andererseits lag es auf der Hand: Dem Personal hatte man vermutlich nicht offiziell mitgeteilt, dass Mrs Bray ein Kind erwartete, und Alec hatte vielleicht lediglich den Wunsch seiner Frau nach Privatsphäre respektiert. Vielleicht.

Mir fiel wieder ein, was ich über Mrs Brays Leben vor ihrer Hochzeit wusste. War sie tatsächlich mit halb London im Bett gewesen, wie Alec behauptete? Beschämt dachte ich an das Mädchen von gestern Abend – ich hatte sie nicht einmal nach ihrem Namen gefragt. Hatte Mrs Bray vorgehabt, genau solche Dinge durch die Geburt eines Kindes wiedergutzumachen?

Aber in Wahrheit hatte ich nicht die leiseste Ahnung. Ich hörte ein Schrappen, dann stieg mir der Geruch nach Tabak in die Nase. »Ich muss mich bei Ihnen entschuldigen, Mr Carver«, sagte sie. »Weil ich Sie mit all diesen Unerfreulichkeiten langweile.«

»Bitte«, sagte ich. »Es wird allmählich Zeit, dass Sie mich Robert nennen. Und glauben Sie mir – Sie langweilen mich keineswegs.«

»Ich war …« Sie hielt inne, als wäge sie die Worte ab. »Ich war in letzter Zeit nicht ich selbst. Eigentlich schon seit meiner Heirat nicht mehr.« Sie lachte heiser.

»Noch stehen Sie am Anfang«, sagte ich, doch im Grunde war ich viel zu jung, um über das Mysterium der Ehe und Mrs Brays Platz bei diesem Arrangement zu diskutieren.

»Sie wissen ja, wie Alec ist – er rennt jedem Rock hinterher.« Sie seufzte. »Nicht dass es mir etwas ausmachen würde. Von einem Mann wie ihm kann man nichts anderes erwarten, oder? Bloß über seinen Umgang mit dem Personal bin ich nicht gerade begeistert.«

Mir fielen beinahe die Augen aus dem Kopf. »Mit dem Personal?«

»Egal«, fuhr sie scheinbar ungerührt fort. »Jedenfalls habe ich Sie schlecht behandelt, und dafür möchte ich mich entschuldigen.«

Wieder senkte ich den Kopf. Sosehr ich mich über die unerwartete Entschuldigung freute, verwirrte mich der abrupte Sinneswandel auch ein wenig. »Mir tut es auch leid«, sagte ich. »Hätte ich über Ihren Zustand Bescheid gewusst, wäre ich nicht so unsensibel gewesen. Oder hätte mit Ihnen gar über Dinge wie den Sozialismus debattiert.«

Sie winkte ab. »Wie gesagt, es stimmt. Sie müssen wissen, Mr Carver – Robert –, vor meiner Heirat war ich überzeugte Anhängerin der Actresses Franchise League und habe mit meinen Suffragetten-Freundinnen für einigen Wirbel gesorgt. Und jetzt führe ich ein sehr bürgerliches Leben.«

»Das glaube ich nicht«, sagte ich. »Ich habe ja gesehen, wie Sie all die Lebensmittel in die Princes Street bringen, und bin sicher, Sie behandeln Ihre Angestellten sehr fair …«

Eigentlich hatte ich gehofft, sie würde näher auf Alecs »Umgang« mit dem Personal eingehen, aber sie warf den Kopf in den Nacken und sagte: »Überhaupt nicht. Zumindest nicht, wenn sie sich beschweren. Das Problem ist, dass ich nur zu gut weiß, wie es ist, arm zu sein; ärmer, als die meisten von ihnen je waren. Deshalb ertrage ich ihr Gejammer über ihre lächerlichen kleinen Ärgernisse nicht.«

Ich wagte einen neuerlichen Vorstoß. »Und Agnes, zum Beispiel?«

Sie stöhnte, klang jedoch erleichtert, als wäre sie froh, sich endlich wieder auf sichererem Terrain zu befinden. »Hören Sie mir bloß mit diesem Mädchen auf. Sie ist unmöglich. Dieses ewige Geschwätz über das Böse und Geister und all diesen Kram.«

Ich sah sie an. »Aber was damals passiert ist, war doch ziemlich schlimm, oder?« Ich zögerte, aus Angst, sie könnte mich abermals der Spionage bezichtigen. »Das Hausmädchen, das sich erhängt hat.«

Mrs Bray schüttelte den Kopf. »Sie hat sich nicht erhängt, sondern ist an einer Überdosis Schlafmittel gestorben oder etwas in der Art. Aber Sie wissen ja, wie Gerüchte sich ausbreiten.«

»Oh.« Aber natürlich, Mrs Bray hatte die Familie bereits damals gekannt, deshalb musste sie besser Bescheid wissen als Agnes.

»Für die Familie des Mädchens muss es eine absolute Katastrophe gewesen sein, genauso wie für Alecs Mutter. Jedenfalls hat es sie ziemlich mitgenommen. Aber das ist lange her, neun Jahre. Das Zimmer wurde neu hergerichtet. Es ist sehr gemütlich, und Agnes hat eben eine blühende Fantasie, die die anderen Mädchen mit ihrem Gerede nur noch anheizen. Wenn Sie mich fragen, gibt es nur eine Lösung für dieses Problem – wir müssen dafür sorgen, dass die Sache nicht aus dem Ruder läuft.«

»Andererseits«, entgegnete ich, »bin ich nicht sicher, ob ich in einem Zimmer schlafen könnte, in dem sich jemand das Leben genommen hat.«

Sie schnalzte mit der Zunge. »Vermutlich haben Sie genau das bereits getan«, sagte sie. »Diese alten Häuser haben alle eine Geschichte, Robert. Und offen gestanden hat das rein gar nichts mit Ihnen zu tun.«

Ich hielt inne und lauschte, als in der Ferne Stimmen ertönten. Es klang, als würde jemand unsere Namen rufen. Ich blickte zur Sonne hinauf und stellte fest, dass wir viel länger fort gewesen waren als beabsichtigt.

Sie schwang sich über das Gatter. »Also gut. Ich werde sehen, ob ich dem Mädchen ein anderes Zimmer geben kann.«

Ich sprang ebenfalls herunter. »Vielleicht wäre es das Beste.«

Sie öffnete ihre Handtasche. »Wären Sie wohl … könnten Sie vielleicht schon vorgehen und den anderen sagen, dass ich gleich komme? Ich muss mein Gesicht zuerst in Ordnung bringen.« Sie warf mir einen flüchtigen Blick zu. »Sie wissen nichts von dem Baby. Im Grunde bin ich dieselbe kleine Spießerin wie sie. Immer alles schön unter Verschluss halten, damit bloß keiner etwas mitbekommt.«

Wieder war ich zutiefst beeindruckt und völlig überwältigt über das Vertrauen, das sie mir entgegenbrachte. »Natürlich, Mrs Bray«, sagte ich feierlich und nickte.

Sie holte ihre Puderdose heraus. »Und nennen Sie mich um Himmels willen Clara«, fügte sie hinzu und betrachtete ihr Gesicht.

Ich machte kehrt und stapfte davon. Natürlich ahnte sie nicht, dass ich sie gestern Abend längst so genannt hatte, wenn auch aus Versehen, und als ich den Hügel hinunterging, ertappte ich mich dabei, wie ich mir ausmalte, dass sie sich über mich beugte, mein Hemd aufknöpfte und mir meinen Namen ins Ohr flüsterte.

Zutiefst beschämt schob ich das Bild beiseite. Die anderen Mitglieder des Malkreises erwarteten mich bereits. Ich gestattete ihnen, mit mir zu schimpfen. Sie hätten sich solche Sorgen um uns gemacht und bereits befürchtet, wir seien in den See gefallen und ertrunken – ein so unwahrscheinliches Szenario, dass ich mir das Lachen verkneifen musste.

Nichts vermochte meine Stimmung zu trüben, und ich machte mir nicht die Mühe, mich zu fragen, weshalb ich so guter Dinge war. Weder Clara, die frisch gepudert erschien und schrill mit den anderen Damen über einen ihrer geheimen Scherze lachte, konnte mir die Laune verderben, noch die Fahrt zurück nach Helmstone, als ich erneut dicht gedrängt neben Mrs Eagle saß, die mir vertraulich über meinen Schenkel strich und mich mit frei erfundenen Geschichten mit ihr als großer Heldin unterhielt. Und auch nicht dass Clara, als wir ausstiegen, sagte: »Nun, wie sind Ihre Pläne für den heutigen Nachmittag?«, und ich ihr mitteilen musste, dass ich bei den Feathers zum Tee eingeladen und bereits spät dran sei, obwohl ich ahnte, dass sich hinter ihrer barschen Frage eine Einladung verbarg.

Da ich schon über mehr als genug nachdenken musste, wollte ich unsere neu gewonnene Vertrautheit jetzt nicht analysieren. Im Augenblick war ich zufrieden damit, dass ich eine Erklärung für Claras anfängliche Kälte hatte und sie nicht wollte, dass ich abreiste, sondern, ganz im Gegenteil, meine Anwesenheit sogar als vorteilhaft empfand.

Ich erklomm die Treppe zum Haus der Feathers. Die weiblichen Familienmitglieder hatten sich im Salon zum Tee eingefunden und empfingen mich sehr freundlich. Madeleine sprang auf und bat mich, einzutreten.

»Gott sei Dank, dass Sie da sind, Mr Carver«, rief sie. »Wir brauchen dringend jemanden, der uns unterhält. Mutter ist so sterbenslangweilig, fürchte ich.«

Ich warf Mrs Feathers einen entschuldigenden Blick zu, die mit der Zuckerzange in der Hand abwesend ins Leere blickte.

»Das stimmt gewiss nicht«, sagte ich.

Sie lächelte vage. »Guten Tag, Mr Carver«, sagte sie und starrte auf das Tablett mit dem Teeservice.

Obwohl das Zimmer bereits in seinen Ursprungszustand zurückverwandelt worden war, schien noch immer etwas von der gestrigen Stimmung in der Luft zu liegen. Mit den sorgsam platzierten Topfpflanzen und den samtbezogenen Sesseln besaß es etwas angenehm Feminines. Natürlich war es wesentlich größer als das kleine Wohnzimmer im Haus meiner Eltern, wirkte jedoch nicht so förmlich wie die Räume in Castaway House. Ich stellte mir vor, wie Lizzie als kleines Mädchen mit ihrer Puppe im Arm die Treppen hinauf- und hinabgelaufen war.

Die erwachsene Lizzie saß auf dem Sofa und las. Ich zwinkerte ihr zu, als ich aufgefordert wurde, auf einem Polsterstuhl Platz zu nehmen, und wurde mit einem Lächeln belohnt. Vermutlich hatte sie mir verziehen, dass ich gestern Abend so früh aufgebrochen war.

»Wie war Ihr Tag, Mr Carver?«, erkundigte sich Mrs Feathers und reichte mir eine Tasse.

Ich gab ein paar Eskapaden der Damen des Malkreises zum Besten, worauf Lizzie kicherte, Maddie in schallendes Gelächter ausbrach und ihre Mutter müde lächelte.

»Lizzie hat erzählt, Mr Bray hätte Sie gestern bei Nacht und Nebel fortgeschleppt«, sagte Maddie und schob sich einen Bissen Zitronenkuchen in den Mund. »Was haben Sie angestellt? Etwas Aufrührerisches?«

»Madeleine«, tadelte Mrs Feathers. »So etwas fragt man nicht.«

Maddie verdrehte die Augen.

»Ehrlich gesagt war es ziemlich langweilig«, antwortete ich, während ich meine Teetasse mit zitternder Hand zum Mund führte. Ich dachte daran, wie ich mitten in der Nacht meine steife fleckige Hose in der Badewanne ausgewaschen hatte. Ich nippte an meinem Tee – Darjeeling mit einem hauchfeinen Aroma, wie man es von Mrs Feathers nicht anders erwarten würde. »Ich bin, so schnell es ging, verschwunden und habe zugesehen, dass ich ins Bett komme.«

»Das ist bestimmt eine glatte Lüge«, bemerkte Maddie unverblümt. »Und sag nichts, Mutter. Ich weiß, dass man so etwas nicht zu Gästen sagt.«

»Mad, du bist wirklich peinlich.« Lizzie stellte geräuschvoll ihre Tasse hin. »Komm, Robert, lass uns auf den Balkon gehen.« Ihr Rock schwang um ihre Beine, als sie in einer Wolke aus Rosenduft an mir vorbeirauschte. Ich sah, dass Maddie ihr hinter ihrem Rücken trotzig die Zunge herausstreckte, und grinste, was sie mit einem gutmütigen Achselzucken quittierte.

Die Balkontüren standen weit offen, und die Sonne fiel in breiten Streifen auf den Holzboden. Eine angenehme Brise fuhr mir durchs Haar, als ich hinaustrat.

Lizzie stand am schmiedeeisernen Geländer. »Manchmal hasse ich meine Schwester«, sagte sie leise.

»Aber sie ist ein nettes Mädchen«, meinte ich und blickte in die schwindelerregende Tiefe. »Sie hat dich gestern Abend in Schutz genommen.«

»Ich fasse es nicht. Wie um alles in der Welt konnte das passieren?«

Zu meinem Erstaunen standen die Türen in Castaway House ebenfalls offen. Ich spähte hinüber in der Hoffnung, Mrs Bray – Clara – am Fenster sitzen zu sehen. »Oh, dein Vater erwähnte einen Mann, und Maddie hat sich sehr für dich eingesetzt.«

»Nicht …« Lizzie schloss die Augen. »Gütiger Himmel, nicht Freddie Sponder.«

»Ja, ich glaube, der war's.« Ich hielt inne und wandte mich Lizzie zu. »Du brauchst es mir nicht zu erzählen, wenn du nicht willst. Wir sind einander schließlich nicht verpflichtet.«

»Nun, das stimmt«, erwiderte sie, und ich fragte mich unvermittelt, ob das Gegenteil nicht womöglich sogar angenehm wäre.

»Eigentlich gibt es nicht viel dazu zu sagen. Freddie und ich waren über Jahre hinweg Freunde, schon seit unserer Kindheit.

Alle gingen immer davon aus, dass wir eines Tages heiraten würden. Aber dann, letztes Jahr, verkündete er plötzlich, dass er nach Ägypten gehen werde, um für das Britische Konsulat in Alexandria zu arbeiten. Es sei nur für ein paar Wochen, meinte er, also habe ich ihm geschrieben, und er hat zurückgeschrieben, aber irgendwann kam keine Antwort mehr von ihm. Sechs Monate später haben wir erfahren, dass er eine Einheimische geheiratet hat und in einer winzigen Bude über dem Souk El-Attarine haust. Ich habe mir geschlagene sieben Tage lang die Augen ausgeweint, aber jetzt bin ich darüber hinweg.«

»Was für ein Flegel.« Vor meinem geistigen Auge sah ich einen teigigen Engländer auf einem Diwan, den eine Schwarzhaarige mit Datteln fütterte, während unter ihnen meckernde Ziegen durch die engen Gassen getrieben wurden. Da Lizzie eine weitere Reaktion von mir zu erwarten schien, fügte ich hinzu: »Wenn ich könnte, würde ich dem Kerl glatt eins auf die Nase geben.«

»Sei nicht albern. Wäre ich immer noch mit Freddie zusammen, hätte ich dich nie kennengelernt, oder?« Sie musterte mich neugierig. »Bist du etwa eifersüchtig?«

Ich sah Lizzie prüfend an. Hatte sie Freddie Sponder auch die Zunge in den Mund geschoben? Höchstwahrscheinlich nicht, ich verwarf den Gedanken. »Oh, sogar glühend«, antwortete ich leichthin, woraufhin sie ein etwas einfältiges Lächeln aufsetzte.

»Aber das brauchst du nicht zu sein«, sagte sie und beugte sich zu mir. »Inzwischen weiß ich, dass er mir eigentlich nie wirklich etwas bedeutet hat.«

»Gut.« Über Lizzies Schulter hinweg sah ich Clara mit einem Drink in der Hand auf den Balkon gegenüber treten. Ich fragte mich, was sie wohl trank, aber was auch immer es sein mochte, es war unter Garantie tausendmal aufregender als Darjeeling aus einem zarten Porzellantässchen.

Lizzie drehte sich ebenfalls um. Clara entdeckte uns, lächelte und hob prostend ihr Glas. Ich winkte ihr zu. Ich hätte sie gern in ein Gespräch verwickelt, doch sie ließ sich am anderen Ende des Balkons mit dem Rücken zu uns auf einem Liegestuhl nieder.

»Oh, ich wünschte, ich wäre Mrs Bray«, sagte Lizzie leise und seufzte. »Dann hätte ich keine Sorgen mehr.«

Die Ironie ihrer Worte traf mich wie ein Schlag ins Gesicht, und kurz war ich unsicher, was ich darauf erwidern sollte, ohne zu viel preiszugeben. »Nun, sie hat häufig Ärger mit dem Personal, daher hat auch sie ab und zu Sorgen.«

»Es wäre herrlich, Personal zu haben«, fuhr Lizzie verträumt fort. »Eigenes, meine ich. Im Grunde genommen geht es ja bloß um dieses Hausmädchen, das nicht in seinem Zimmer schlafen will.«

»Du weißt davon?«, fragte ich überrascht.

»Doris hat es uns erzählt.« Sie lachte. »Doris weiß alles.«

Ein Gedanke kam mir. »Dann musst du doch auch von dem anderen Hausmädchen gehört haben … von der Geschichte von vor neun Jahren … du weißt schon, die Überdosis.«

»O ja, das habe ich damals mitbekommen. Aber ich dachte immer, sie hätte sich in der Badewanne ertränkt.« Sie schaute zum Salon hinüber, um sicherzugehen, dass uns keiner hören konnte. »Und offenbar hatte sie sich in Schwierigkeiten gebracht«, fügte sie genüsslich hinzu.

Ihre wollüstige Begeisterung war ein wenig beunruhigend. »Das heißt, du kanntest sie?«

»Nein, nein, ich war damals gerade mal neun Jahre alt.« Sie kniff die Augen wegen der Spätnachmittagssonne zusammen. »Ich weiß nur noch, dass ich aus dem Kinderzimmerfenster gesehen und beobachtet habe, wie sie sie mit einem Laken verdeckt auf einer Bahre herausgetragen haben. Man hatte Vater morgens gerufen, aber er ist nun mal Arzt und durfte uns deshalb nichts Genaues darüber sagen. Trotzdem, die Dienstboten klatschen nun mal.«

»Allerdings. Was für eine traurige Geschichte, nicht?«

»Oh ja«, erwiderte Lizzie aufgeregt und sah abermals zu Clara hinüber. »Niemand hat je herausgefunden, wer ihr Verehrer war«, flüsterte sie. »Böse Zungen behaupten, es könnte vielleicht … nun …«

»Alec?«

Sie nickte.

»Aber er war zur fraglichen Zeit auf dem Internat. Dennoch zerreißen sich die Leute das Maul. Und Mrs Bray war sehr verstört deswegen. Mrs Viviane Bray, meine ich. Was auch verständlich ist. Wer will schon, dass so etwas im eigenen Haus passiert, stimmt's?«

Unwillkürlich schweifte mein Blick zu Clara. Sie hatte uns immer noch den Rücken zugekehrt, und ich konnte lediglich ihren Hinterkopf sehen. Sie schien zu schlafen, denn ihren Drink auf dem gläsernen Beistelltischchen hatte sie nicht angerührt. Die Kordel ihres smaragdgrünen Morgenrocks hing über die Kante ihres Liegestuhls, neben dem sie ihre Schuhe ordentlich nebeneinander hingestellt hatte. Ich malte mir ihr schlafendes Gesicht aus und überlegte, ob dieses ironische Lächeln wohl auch jetzt um ihren Mund spielte, während ich so tat, als lauschte ich gespannt Lizzies Worten.

Zu guter Letzt verabschiedete ich mich mit dem Versprechen, dass wir bald wieder in die Nachmittagsvorstellung im Kino gehen würden, und machte mich auf den Weg, als Doris mich abfing. »Der Doktor lässt fragen, ob Sie vielleicht auf ein Wort in seine Praxis kommen könnten, Sir.«

Meine Lunge zog sich zusammen. Ich wusste, dass er mit mir über Lizzie sprechen wollte, und wünschte für den Bruchteil einer Sekunde, ich könnte sie von ihrer Familie trennen und ihre quirlige Lebendigkeit und ihre Unschuld ganz für mich allein haben, ohne das ganze Getue und die guten Manieren, die ich ihren Eltern gegenüber an den Tag legen musste.

Doch dann begriff ich, dass Lizzie ohne ihre Familie niemals die geworden wäre, die sie heute war. Ein Mädchen ohne gute Kinderstube wäre wild und zügellos – eher so wie Clara Bray früher. Und das war gewiss keine erstrebenswerte Eigenschaft für eine Frau.

Der Raum, in dem wir gestern Abend unser Dinner eingenommen hatten, war wieder in Dr. Feathers' Behandlungszimmer verwandelt worden. Falttüren teilten ihn von seinem Sprechzimmer im hinteren Teil ab, und an der Wand waren mehrere Stühle und kleine Beistelltische mit verstaubten Zeitschriften aufgereiht. Ihnen gegenüber stand ein Schreibtisch mit einer Schreibmaschine, einem Telefon und einigen aufgeschlagenen Krankenakten. Vor einem der gestern noch verhängten Aktenschränke stand eine griesgrämig dreinblickende Frau und schien etwas zu suchen. Als wir hereinkamen, sah sie auf.

»Tut mir leid«, sagte sie mit einer Stimme, die alles andere als Bedauern verriet. »Aber der Doktor hat heute keine Sprechstunde mehr.«

»Nein, Miss Splendour …«, begann Doris, doch die Sekretärin schnitt ihr das Wort ab.

»Und offen gestanden ist es ohnedies besser, wenn Sie sich telefonisch anmelden«, fuhr sie brüsk fort, wandte sich um und nahm eine Visitenkarte von einem Stapel, die sie mir reichte. »Bitte.«

Doris neben mir sah leicht bestürzt aus. »Keine Sorge«, sagte ich und schob sie in die Diele. »Ich mache das schon.«

Miss Splendour stand immer noch mit gezückter Karte da, als wäre es eine Feuerwaffe. Ich nahm sie entgegen. »Danke. Dr. Feathers hat darum gebeten, dass ich ihn aufsuche. Ich bin Carver.«

»Hm«, brummte sie, sichtlich unbeeindruckt. »Nun, der Doktor hat gerade eine Patientin bei sich, deshalb werden Sie sich gedulden müssen. Er ist ein sehr beschäftigter Mann, müssen Sie wissen.«

»Gewiss.« Ich lächelte sie an und schlenderte durch den Raum, um einen Blick auf die Bilder zu werfen. Dazu hatte ich gestern Abend keine Gelegenheit mehr gehabt. In der Mehrzahl handelte es sich um Jagdszenen, die so gar nicht meinem Geschmack entsprachen, aber vermutlich sollten sie den Appetit anregen und Dr. Feathers' Patienten den Eindruck vermitteln, dass er im Zuge seiner ausgiebigen Jagdausflüge über die Ursachen ihrer Leiden kontemplierte. Ich spürte Miss Splendours argwöhnischen Blick im Rücken, als hätte sie Angst, ich könnte mit einem Gemälde unterm Arm flüchten und versuchen, es am Strand zu verhökern.

Gedämpfte Geräusche drangen durch die Falttüren, dann ertönte Dr. Feathers' gewohnt lautes Organ. »Nun, die Zeit wirkt wahre Wunder!«

Eine verhuschte Frau erschien, die Handtasche fest gegen ihre Brust gepresst, und blinzelte die missmutige Sekretärin an, die sich mühsam ein Lächeln abrang.

»Alles in Ordnung, Mrs Corby?«

Wieder blinzelte die Frau. »Oh, ja danke, Miss Splendour.« Sie beäugte mich nervös und streifte sich die Handschuhe über. »Wie geht es Ihnen?«

»Ich erfreue mich gottlob bester Gesundheit.« Miss Splendour nickte übertrieben, als wollte sie ihren Worten Nachdruck verleihen. »Wie geht es Mr Corby?«

Einen Augenblick lang herrschte Stille, bevor Mrs Corby leise erwiderte: »W… wie?«

Die Sekretärin biss sich auf die Lippe. »O Gott, wie unhöflich von mir. Nun habe ich Sie doch glatt mit einer anderen Patientin verwechselt. Nun, jedenfalls wünsche ich Ihnen einen schönen Abend.« Sie geleitete Mrs Corby zur Tür. »Hoffen wir, dass das Wetter so schön bleibt. Auf Wiedersehen.«

In diesem Moment kam Dr. Feathers mit auf dem Rücken verschränkten Händen aus seinem Sprechzimmer. »Ah, Miss Splendour.«

»Ich fürchte, ich bin bei Mrs Corby ganz gehörig ins Fettnäpfchen getreten«, jammerte sie. »Ich hatte völlig vergessen, dass ihr Mann mit der Kellnerin aus dem Kerrison Arms davongelaufen ist.«

»Ah, da liegt also die Ursache für das gesundheitliche Problem.« Er tippte sich mit dem Finger an die Stirn. »Psychologisch. Natürlich kann man das den Leuten nicht sagen, weil sie sowieso bloß eine Tinktur oder eine Salbe haben wollen, mit der sich all ihre Probleme von ganz allein lösen. Aber für Psychologie hat unser Mr Carver natürlich keine Zeit, stimmt's?«

»Das habe ich nie behauptet!«, protestierte ich, während Miss Splendour sich brüsk den Aktenschränken zuwandte – ein untrügliches Zeichen, dass ich entlassen war. »Übrigens kann ich kaum glauben, dass wir gestern Abend noch unser Dinner hier eingenommen haben. Was für eine Verwandlung!«

Ich hörte ein leises Schnauben hinter mir, das sich im Zweifelsfall als Erkenntnis deuten ließe, dass ich vielleicht doch nicht der Hochstapler war, für den sie mich gehalten hatte.

Der Doktor trat näher. »Ja, manchmal geht es leider nicht anders«, sagte er. »Aber wie Sie sicherlich wissen, speisen wir üblicherweise im Salon. Wie war der Tee?«

»Hervorragend, danke«, antwortete ich, obwohl ich annahm, dass der Doktor keine Ahnung hatte, wie die Teestunde in seinem Hause ablief. Wieder schnaubte Miss Splendour leise. »Ich glaube, Sie wollten etwas mit mir besprechen, richtig?«

Feathers nickte. »Ja, hier entlang bitte.« Er kehrte in sein Sprechzimmer zurück. Ich folgte ihm, wobei mich Miss Splendour geflissentlich ignorierte, als ich an ihr vorbeiging.

»Ihre Sekretärin ist wohl nicht allzu angetan von mir«, bemerkte ich, als ich die Tür hinter mir schloss. Im Gegensatz zum Vorraum war das Sprechzimmer dunkel und klein und mit nur einem Fenster ausgestattet, das auf den Hof hinausging. In einer Ecke stand eine Patientenliege, die ich beklommen betrachtete – in meinem Jahr als Dauerpatient hatte ich nur allzu enge Bekanntschaft damit geschlossen.

»Was? Aber keineswegs. Sie ist eine wahre Menschenfreundin, unsere Miss Splendour.«

Ich wollte lieber nicht beschwören, dass er scherzte.

»Scotch?«

»Äh …« Vermutlich war es klüger, das Angebot anzunehmen. »Ja. Gut. Danke.«

»Guter Mann.« Der Doktor setzte sich hinter seinen ausladenden Mahagonischreibtisch, zog eine Schublade auf und nahm eine Flasche Whiskey und zwei Gläser heraus. »Setzen Sie sich.«

Er deutete auf den Stuhl vor seinem Schreibtisch, ein weiches Ledermöbelstück, das leicht nachgab, als ich mich setzte. Unwillkürlich musste ich an all die angespannten Patienten denken, die hier bereits Platz genommen hatten in der Hoffnung, dass der Doktor alles in Ordnung bringen würde.

Feathers reichte mir meinen Drink, nippte an seinem Glas und stellte es vor sich ab. Dann legte er die Fingerspitzen aneinander, als stünde er im Begriff, mir meine Diagnose darzulegen. »Ich freue mich, dass Sie einen angenehmen Sommer hier verbringen, Robert. Ich darf Sie doch Robert nennen?«

»J… ja«, stammelte ich perplex. »Ist alles in Ordnung?«

Er strahlte mich an. »Wie kommen Sie auf die Idee, dass etwas nicht in Ordnung sein könnte? Freud würde das vermutlich als Ausdruck Ihres schlechten Gewissens bezeichnen.«

Ich wurde rot, obwohl ich wusste, dass es keinerlei Anlass für Gewissensbisse gab. Na ja, fast keinen. Ich drängte die Erinnerung an das Mädchen von gestern Abend in den hintersten Winkel meines Gedächtnisses, fest entschlossen, sie für sehr lange Zeit nicht mehr hervorzuholen. »Ich habe mich nur gefragt, weswegen Sie mich wohl sprechen wollten.«

»Gar nicht erst um den heißen Brei herumreden, sehr gut. Ich mag Männer, die gleich auf den Punkt kommen.« Er betrachtete mich über seine Fingerspitzen hinweg. »Sie und Elizabeth kommen gut miteinander aus, stimmt's?«

Natürlich ging es um Lizzie. Ich schluckte. »Ich denke schon, allerdings sollten Sie vielleicht lieber sie fragen.«

»Oh, für sie sind Sie der Allergrößte, wie Maddie es ausdrücken würde.« Wieder lächelte er. »Sie waren in Crosspoint, richtig?«

»Ja, ich hatte großes Glück«, erklärte ich und gab damit die allgemeine Meinung meiner Familie wieder, dass ich Glück gehabt und sieben Jahre in dieser elenden Hölle von einer Schule hatte verbringen dürfen. »Mein Großvater hat darauf bestanden, mich auf eine Privatschule zu schicken, sonst hätte ich die öffentliche Schule bei uns in der Stadt … nun ja.«

»Hm.« Feathers nickte.

»Ich meine …« Wieder schluckte ich. »Bestimmt hat Lizzie Ihnen längst alles über meine Eltern erzählt.«

»Nein, keineswegs.« Feathers erinnerte mich an einen Lemuren, der mich aus riesigen Augen musterte. »Neuerdings spricht meine Tochter kaum noch mit mir. Aber ich habe mir sagen lassen, so sei das nun einmal, wenn sie erwachsen würden.«

Vielleicht teilte Lizzie aber auch Alecs Meinung, dass er ein fürchterlicher Snob war, und hielt deshalb lieber den Mund. Sie fand die Geschichte meiner Eltern schrecklich romantisch und ein klein wenig verrucht und hatte eine regelrechte Hollywood-Schnulze daraus gemacht. Zweifellos würde Feathers die Sache etwas anders sehen, doch ich hielt nichts davon, die Ereignisse zu beschönigen.

»Meine Mutter ist Alexanders Tante«, begann ich. »Mein Urgroßvater ist im Transportwesen zu einigem Reichtum gelangt. Vermutlich wissen Sie das.«

»Eisenbahn, richtig?« Feathers nickte. »Ich erinnere mich, dass Viviane es erwähnt hat, aber natürlich ist der Reichtum ihrer eigenen Familie wesentlich älter.«

»Das stimmt«, sagte ich leicht verärgert. »Mein Großvater hat das Geschäft und das Haus mitsamt Grundstück von seinem Vater geerbt und seine Familie ab und an zum Bahnhof mitgenommen. Vor allem meine Mutter.« Ich hielt inne, weil ich ahnte, dass Dr. Feathers das nächste Kapitel der Geschichte als zu intim empfinden könnte.

Aber er hatte bereits seine Schlüsse gezogen. »Und sie hat dort jemanden gesehen, der ihr gefiel.«

»Ja, er hat den Betrieb dort geleitet«, sagte ich. »Ein guter Job, aber natürlich nicht gut genug für die Tochter des Besitzers.« Ich hatte mich häufig gefragt, warum meine Mutter sich Hals über Kopf in meinen Vater verliebt hatte, aber sie waren beide sehr zurückhaltend und sprachen niemals über ihre Gefühle. Aber einmal, bei einem Besuch bei meinen Großeltern väterlicherseits – arme Leute, die in einem zugigen Bauernhaus mit einer Ziege im Garten lebten –, hatte ich eine alte Aufnahme aus dieser Zeit auf der Anrichte gesehen. Ich hatte nicht geahnt, was für ein gut aussehender Mann mein Vater einst gewesen war. In seinen Augen lag ein tiefes Verlangen, mehr aus seinem Leben zu machen, und der Drang, der Welt aus Kohlenschippen und Schmierfett eines Tages den Rücken zu kehren.

»Sie sind durchgebrannt, haben geheiratet und sind in die Heimatstadt meines Vaters gezogen«, fuhr ich fort. »Dort bin ich aufgewachsen, bis ich neun war.« Ich hatte eine herrliche Kindheit in dieser regnerischen Industriestadt verbracht, war durch die Straßen gestromert und hatte nach einem geheimen Schatz gesucht, bis mein Großvater aus einem latenten Gefühl der Verpflichtung heraus beschlossen hatte, mich nach Crosspoint zu schicken – diese Entscheidung war kurz nach meinem Besuch bei Alec in London gefallen. Ich erinnerte mich noch genau an das bekümmerte Gesicht meines Vaters, der den Tod mehrerer Familienmitglieder betrauerte, die an der Somme gefallen waren. Es schien, als sei alles Glück auf der Welt in diesem einen Monat jäh zerstört worden, und ich, frisch mit dem Geld anderer Leute eingekleidet und mit einer massiven Sprechblockade im Gepäck, litt sogar doppelt – einerseits, weil ich künftig unter dem Deckmäntelchen meiner charakterlichen Festigung für irgendwelche Idioten aus den höheren Klassen Toast würde zubereiten müssen, andererseits, weil der Krieg seine hässlichen Klauen auch nach unseren kleinen Leben ausstreckte.

Feathers' Brillengläser funkelten. »Und diesen Herbst werden Sie nach Oxford gehen, richtig?«

»Ja. Ich habe ein Stipendium am Magdalen College bekommen«, antwortete ich, als mir noch etwas einfiel. »Übrigens bekomme ich an meinem fünfundzwanzigsten Geburtstag mein Erbe ausbezahlt. Vermutlich hat Großvater es absichtlich so eingefädelt, damit mein Vater es sich nicht unter den Nagel reißen kann.«

Feathers schwieg. Mit dem sicheren Gefühl, jede Chance bei Lizzie soeben verspielt zu haben, lehnte ich mich auf meinem Stuhl zurück.

»Sie sind in der ungewöhnlichen Position, das Leben aus zwei unterschiedlichen Blickwinkeln zu kennen, Robert.«

Ich zuckte die Achseln. »Vermutlich. Allerdings hat es sich nicht auf meinen Charakter ausgewirkt.«

Das war eine Lüge, aber ich war nicht bereit, Feathers von den ersten Jahren auf der Schule zu erzählen; von meinen Schulkameraden, die mich anfangs dermaßen drangsaliert hatten, dass ich mich abends leise in den Schlaf geweint hatte. Dank einer glücklichen Kombination aus Charakter, Begabung für Kricket und unreflektiertem Stolz auf meine Herkunft war ich jedoch zu einer Art Maskottchen avanciert, einem Repräsentanten einer Welt, die meine Klassenkameraden irrigerweise für das Proletariat hielten.

»In diesem Punkt haben Sie etwas mit Mrs Bray gemeinsam, im Gegensatz zu Ihrem Cousin mit seiner weitaus privilegierteren Erziehung«, sinnierte Feathers.

Ich wusste nicht, ob er mich aufzog, und begnügte mich mit einem knappen »Mag sein«.

Feathers nickte und bemühte sich um eine feierliche Miene. »Nun, vielen Dank, dass Sie sich mir anvertraut haben«, sagte er. Seine Augen funkelten. »Als Lizzies Vater habe ich natürlich ein großes Interesse daran zu erfahren, welche Position Sie im Leben innehaben.«

Wieder verkrampfte sich meine Lunge. Feathers stand auf und ging mit auf dem Rücken verschränkten Armen im Raum auf und ab. »Wenn Sie im Herbst nach Oxford gehen«, sagte er und starrte mich an, »haben Sie die Absicht, mit ihr befreundet zu bleiben?«

»Ich … ich … ich … natürlich«, stotterte ich. »Ich habe sie sehr gern.«

Feathers nickte. »Gut. Sie ist noch jung, das weiß ich, aber ihr Schicksal liegt Mrs Feathers und mir sehr am Herzen. Elizabeth neigt zu einer gewissen Vertrauensseligkeit. Wir möchten auf jeden Fall verhindern, dass sie eine Verbindung eingeht, die nichts für sie ist.«

»Ich nehme an, mein familiärer Hintergrund gibt Ihnen zu denken«, entgegnete ich steif.

»O nein, nein, Robert, Sie missverstehen mich. Wir betrachten Sie durchaus als eine geeignete Verbindung. Vor allem, da Sie mir von Ihrer … nun ja, ich denke, wir haben ihr eine anständige Erziehung angedeihen lassen, und solange Sie an Ihrem fünfundzwanzigsten Geburtstag … sofern das gewiss ist …«

»O ja«, sagte ich und glaubte einen Moment lang zu wissen, wie diese Mädchen sich gestern Abend gefühlt haben mussten. »Sicherlich.«

Er hüstelte. »In diesem Fall würden wir eine weitere Freundschaft mit unserer Tochter begrüßen, solange sie nicht … den Pfad verlässt, den wir für angemessen erachten.«

»Verstehe«, sagte ich, obwohl mir nicht sicher war, was er meinte.

Feathers stellte sich hinter mich und hielt die Lehne meines Stuhls fest, so dass er vor- und zurückwippte. Ich roch seinen Whiskeyatem. »Ziehen Sie eine Eheschließung in Betracht? Das wüsste ich sehr gern.«

Ich spürte, dass ich Kopfschmerzen bekam. »Äh … ich bin ja erst neunzehn«, sagte ich. »Aber irgendwann einmal … später …«

»Natürlich nicht jetzt sofort«, erwiderte er und ließ den Stuhl los, so dass er nach vorn schnellte. Ich verspürte Übelkeit. »Ich erwarte, dass Sie beide mindestens einundzwanzig sind. Aber Sie sind ein intelligenter junger Mann, Robert. Das würde gut passen. Ja, ich denke, es wäre eine gute Verbindung.«

»Tatsächlich?« Nun, da ich seine Zustimmung hatte, wusste ich plötzlich nicht länger, ob ich sie überhaupt wollte. »Das ausstehende Erbe ist … um eine Familie zu ernähren, müsste ich nichtsdestoweniger arbeiten.«

»Sehr gut. Ich kann diese Faulpelze, die von Geld leben, für das sie keinen Finger krumm machen mussten, sowieso nicht leiden«, brummte er. Ich vermutete eine unbewusste Anspielung auf meinen Cousin.

»Ich habe mich für Geschichte eingeschrieben«, sagte ich. In Wahrheit hatte ich keine Ahnung, was ich nach dem Studium machen sollte, aber Feathers nickte begeistert.

»Sehr gut, sehr gut. Und natürlich werden Sie an der Universität erstklassige Kontakte knüpfen. Ich sehe Ihnen an, dass Sie ein fleißiger junger Mann sind, Robert. Und wenn nötig, werden Mrs Feathers und ich Sie bei Ihren weiteren Unternehmungen gern unterstützen. Natürlich im Rahmen eines Darlehens. Ja, ich bin zuversichtlich, dass eine glänzende Zukunft vor Ihnen liegt.«

Ich hatte den dunklen Verdacht, dass ich hier gerade zu einer Art fester Vereinbarung gedrängt wurde. »Das ist … sehr freundlich von Ihnen«, sagte ich.

»Aber keineswegs.« Er grinste breit und tätschelte mir die

Schulter. »Immerhin werden Sie meine Tochter sehr glücklich machen. Also, wie wär's, wenn wir das begießen? Noch ein kleiner Scotch gefällig?«

Eine halbe Stunde später verließ ich das Haus der Feathers, leicht benommen und mit dem unguten Gefühl, mit seiner Tochter verlobt zu sein, ohne ihr überhaupt einen Antrag gemacht zu haben. Ich musste zugeben, dass Feathers mit großer Raffinesse vorgegangen war, und fragte mich, wie er das nur angestellt hatte.

Aber solange Lizzie sich nicht dazu geäußert hatte, spielte es vermutlich keine Rolle, es war nicht mehr als eine Unterhaltung zwischen zwei Männern. Ich stellte mich ans Geländer und blickte auf das leuchtend blaue Meer hinaus.

Eine Brise zerzauste mir das Haar und klärte meine Gedanken ein wenig. Wie um alles in der Welt hatte ich eine Verlobung mit dem Vater eines Mädchens ohne dessen Beteiligung beschließen können? Das waren ja Methoden wie im Mittelalter. Vielleicht wollte Lizzie mich gar nicht heiraten – dieser Gedanke war mir in meiner Arroganz bislang nicht gekommen.

Wollte ich Lizzie überhaupt heiraten? Ich dachte daran, wie sie mit ihren rosigen Wangen und ihren funkelnden Augen vorhin auf dem Balkon gestanden und ich überlegt hatte, dass es nicht so übel wäre, eine Bindung mit ihr einzugehen. Sie war attraktiv, intelligent und sittsam – drei überaus wünschenswerte Eigenschaften für eine zukünftige Ehefrau. Ihr wenig tugendhafter Kuss im Wachsfigurenkabinett ließ eine tiefe Leidenschaft unter der unschuldigen Oberfläche erahnen, und die Vorstellung, als erster Mann diese Leidenschaft im ehelichen Bett zum Lodern zu bringen, hatte etwas überaus Verführerisches.

Aus unerfindlichen Gründen kam mir Clara Bray wieder in den Sinn. Ich sah sie auf dem Gatterzaun sitzen, mit Tränen in den rot geränderten Augen, unattraktiver als je zuvor und zugleich doch tausendmal schöner. Ich malte mir aus, wie es wäre, mit ihr verheiratet zu sein, sie nachts in den Armen zu halten, ihre Tränen fortzuküssen und derjenige zu sein, der alles wiedergutmachte.

Ich versuchte, diese alberne Vorstellung zu verdrängen, doch sie setzte sich hartnäckig fest. Alec und Clara passten einfach nicht zusammen; ihre einzige Gemeinsamkeit war ihr ungestümes Temperament. Ihre Liebe war seit langem erloschen, aber ich … ich …

Dr. Feathers' Scotch befeuerte diese Gedanken, trieb mich dazu, meine Gefühle für Lizzie mit jenen zu vergleichen, die ich für Clara hegte. Doch das war unmöglich, und meine Regungen hatten nur so lange im Verborgenen geschlummert, weil ich mir eingeredet hatte, dass Mrs Bray ein garstiges Miststück war, dem ich tunlichst aus dem Weg ging.

Ich liebte sie. Ich liebte Clara Bray, aber es war sinnlos. Ich liebte sie, weil sie tapfer, eigensinnig und aufrichtig war, eine Wildkatze. Vielleicht liebte ich sie schon seit unserer ersten Begegnung auf der Treppe, bleich und unflätig, und ich war angetrunken und rührselig, was alles andere als zuträglich war. Am besten konzentrierte ich mich auf Lizzie, mit der mir eine solide, strahlende Zukunft bevorstand und die mich sehr viel lieber mochte als Clara Bray, auch wenn diese neuerdings ein wenig aufzutauen schien.

Als ich mich zum Castaway House umwandte, entdeckte ich Dr. Feathers am Fenster seines Sprechzimmers. Er winkte mir zu und lächelte. Ich winkte zurück, doch als ich die Treppe hinaufging, voller Vorfreude auf eine Nacht voll unschuldiger Träume von Clara Brays roten Lippen, beschlich mich das ungute Gefühl, dass ich eigentlich gar nicht mit Lizzie Feathers verlobt war, sondern mit ihrem Vater.

ELF

1965

Ich zog den Stöpsel aus der Badewanne und ließ das Wasser ablaufen. Dann stieg ich heraus, stellte mich vor den beschlagenen Spiegel und schrieb meinen Namen darauf.

Hinter der Milchglastür machte ich Schemen aus. Das Klirren von Flaschen ertönte, lautes Lachen, als jemand einen Witz riss, gefolgt von ausgelassenem Kichern. Offenbar war die Party bereits in vollem Gange.

Mein Name war schon fast nicht mehr zu erkennen. Ich schrieb Stars Namen darunter und malte ein wackliges Herz um uns. Als ich mich im Spiegel sah, verliebt bis über beide Ohren, fragte ich mich, was zum Teufel mit mir los war.

Ich hatte gestern den ganzen Tag an Star gedacht, und auch heute Morgen hatte ich grinsend wie eine Idiotin in der Küche des Bella Vista gestanden, obwohl Mrs Hale gesagt hatte, dass sie mich vielleicht nicht länger beschäftigen könne, wenn die Buchungen nicht anzögen. Den ganzen Nachmittag hatte ich mich auf die Party gefreut und gegen den Drang angekämpft, schon früher hochzugehen. Ich war ganz hibbelig vor Aufregung.

Natürlich war mir klar, wie albern ich mich benahm. Was hier lief, war nicht real, zumindest nicht im herkömmlichen Sinne. Sie war ein Mädchen, ich war ein Mädchen, und deshalb konnte es nicht mehr als eine törichte Schwärmerei sein – ich war verschossen, so wurde es in den Internatsromanen immer genannt, die ich als Mädchen verschlungen hatte. Zudem trennten uns Welten von den Mannweibern in Anzügen, die sich an junge Mädchen heranmachten. Nein, wir waren bloß Star und Rosie, die sich unterm Fensterbrett geküsst und sich alte Geschichten aus der Vergangenheit erzählt hatten.

Ich verknotete den Gürtel meines Morgenmantels und schloss die Badezimmertür auf. Der Flur war leer, und ich tappte die schmutzigen Stufen hinauf ins Apartment. Eine halbe Ewigkeit versuchte ich vergeblich, mein Haar zu glätten, ehe ich mich vor dem fauchenden Gasofen anzog. Ich streifte ein Paar frischer Strümpfe über, machte sie am Strumpfhalter fest und schlüpfte in mein Wollkleid mit den roten und grauen Blockstreifen. Susan und Val unterhielten sich in der Küche bei Kakao und Zigaretten.

Was Star wohl heute Abend anzog? Und wie sah ihr Make-up aus? Ob sie merken würde, welche Mühe ich mir mit meinen Augen gegeben hatte – ich hatte einen dicken Lidstrich gezogen und mir sogar falsche Wimpern angeklebt. Hoffentlich bekam ich Gelegenheit, mit ihr allein zu sprechen. Wieder ertappte ich mich dabei, dass ich grinste, und bemühte mich eilig um eine coole, souveräne Miene. Aber es funktionierte nicht.

Ich sah auf meinen Wecker. Um zehn oder kurz nach zehn würde ich hochgehen, hatte ich beschlossen, damit es nicht zu gewollt aussah. Ich wollte Star unbedingt noch sehen, bevor sie betrunken war, aber wenn ich zu früh auftauchte, würde es übereifrig wirken. Also saß ich auf dem Bett, schlug mit den Fersen gegen den Pfosten und wartete. Kühle Luft drang durch den Spalt zwischen den Fensterscheiben. Auf einmal fiel mir das Versprechen ein, das ich mir gegeben hatte.

Ich ließ mich nach hinten fallen und schloss die Augen. Vielleicht sollte ich gleich zur Party gehen. Schließlich rechnete er nicht damit, dass ich auftauchte. Aber dann dachte ich daran, wie er dort unten im Keller saß. Ich hatte ihn schon gestern nicht gesehen, weil ich viel zu sehr mit Star beschäftigt gewesen war, um mir wegen eines alten Mannes den Kopf zu zerbrechen. Außerdem musste ich Wiedergutmachung leisten – wenn schon nicht für ihn, dann zumindest für mich.

Ich nahm das Geldbündel aus der Tasche, das Mum mir am Dienstag gegeben hatte, zählte vierzig Shilling gab und gab noch fünf Shilling aus meinem eigenen Portemonnaie dazu. Dann ging ich die Treppe hinunter ins Souterrain. Dockies Zimmertür war angelehnt, doch das Zimmer schien leer zu sein.

Sein Mantel hing über der Stuhllehne, eine halb volle Teetasse stand auf dem Tisch. Der widerliche Gestank, der mir bei meinem ersten Besuch entgegengeschlagen war, war verschwunden. Es roch nach Tomatensuppe. Die große Dose stand immer noch da.

Ich spähte hinter die Tür und sah die Bradley's-Tüte mit meinem in Seidenpapier verpackten Diebesgut. Ich nahm sie und legte die fünfundvierzig Shilling auf den Tisch in der Hoffnung, mich nicht erklären zu müssen. Aber Dockie würde keine Erklärung von mir verlangen.

Sein Umschlag mit dem Geld lag auf dem Tisch, daneben das Foto, das er in der Hand gehalten hatte, als Frank ihn in eine Decke gehüllt bei den Docks gefunden hatte. Ich wünschte, ich hätte Mums Foto zum Vergleich mitgenommen. Die Fotos waren womöglich tatsächlich identisch. Aber wenn, was hatte das dann zu bedeuten? Wo um alles in der Welt könnte es eine Querverbindung zwischen Dockie und meiner Mum geben? Aber darüber konnte ich jetzt nicht nachdenken; nicht solange mir Star im Kopf herumschwirrte und ich Schmetterlinge im Bauch hatte.

Ich legte das Foto wieder hin und verließ das Zimmer. Als ich am Badezimmer am Ende des Korridors vorbeikam, sah ich einen grauhaarigen Mann mit militärisch kurz geschnittenem Haar in einem frisch gebügelten blauen Hemd, der sich übers Waschbecken beugte und sein Gesicht im Spiegel inspizierte.

»Entschuldigung«, sagte ich, woraufhin er erschrocken herumfuhr. »Sie haben nicht zufällig den Herrn gesehen, der in Apartment vier wohnt, oder?«

»Rosie«, krächzte er, als mir schlagartig klar wurde, dass Dockie in dem neuen Hemd von Bradley's vor mir stand. Sein Mund, der ohne den Bart seltsam nackt wirkte, zitterte leicht im flackernden Schein der Badezimmerlampe.

»Gütiger Himmel«, sagte ich. »Sie sehen … viel jünger aus.«

Er betastete sein kurz geschnittenes Haar. »Ich war in diesem Laden«, stieß er hervor. »In der Altstadt. Gaslampen und Messing. Ein Rasiermesser in einer Lederscheide. Etwas fürs Wochenende, Sir. Roch nach Haaröl. Ich wusste, dass ich schon mal dort war.«

»Und die haben das gemacht?«

Er nickte. »Ich würde ihnen hundert Pfund geben, wenn sie es wieder rückgängig machen könnten.«

»Was? Aber warum denn?«

Er taumelte an mir vorbei in sein Zimmer zurück. Ich folgte ihm. Er sank aufs Bett und schlug die Hände vors Gesicht. Ich dachte an die Party, an den Alkohol, das Gelächter, die Musik. Kurz nach zehn dort aufzutauchen, daraus wurde nun nichts. Ich setzte mich. »Was ist los, Dockie?«

Er schüttelte nur den Kopf. Nach einer Weile ließ er die Hände sinken und sah mich an. »Oh, Rosie«, murmelte er. »Süße Rosie, meine kleine Retterin. Wissen Sie überhaupt, wie hart es manchmal ist, wenn die Vergangenheit zurückkommt?«

»Äh … ja. Das kenne ich.«

Er stieß einen tiefen Seufzer aus. »Allmählich begann ich mich zu erinnern, verstehen Sie? Fetzen meiner Kindheit. Sonne auf einer Weide, ich mit dem Netz, wie ich einen Schmetterling fange. Meine Mutter – ihre Stimme, als sie mich ruft, ich solle zurückkommen. Limonade in einem Krug. Und ich, wie ich immer weiterlaufe.«

»Ja«, sagte ich leise. »Sich an die Kindheit zu erinnern kann hart sein.«

»Und dann, als die Haare fielen, habe ich mein Gesicht im Spiegel gesehen«, fuhr er mit einer Geste fort, als erkläre dies alles, und erhob sich ungeduldig. »Und ich wünschte, ich hätte es nie getan.«

»Aber warum denn?«

»Frank hat es gesagt.« Er sah sich um und nahm seinen Mantel von der Stuhllehne. »Frank, der schlaue Fuchs, hat die Wahrheit gesagt. ›Dockie, du erinnerst dich nicht, weil du dich nicht erinnern willst‹, hat er zu mir gesagt.«

Er schlang seinen Mantel um sich.

»Bitte, bleiben Sie hier. Wir reden in Ruhe über alles. Vielleicht kann ich Ihnen ja helfen.«

Sein Mund zuckte. »Keiner kann mir helfen«, zischte er, und sein Bieratem schlug mir entgegen. »Ich habe angefangen, mich zu erinnern, Rosie. Als ich in den Spiegel gesehen habe, konnte ich das Gesicht auf einmal erkennen. Und eines wusste ich: Ich war ein schlechter Mensch.«

Er nahm das Geld und den Umschlag, riss die Tür auf und ging hinaus.

»Aber das können Sie doch gar nicht wissen«, rief ich und lief hinter ihm her, die Tüte mit meinen Sandalen in der Hand, während er sich das Geld in die Tasche stopfte. »Das wissen Sie erst, wenn Sie Ihr Gedächtnis hundertprozentig wiedererlangt haben.«

»Ich war ein schlechter Mensch!« Er ging hinauf ins Erdgeschoss. »Ich erinnere mich an all das hier, Rosie. Diese schwarzweißen Steinfliesen, ich habe sie schon einmal gesehen. Der Schnörkel am Treppengeländer. Dort, wo heute das Telefon ist, hing früher ein Spiegel, darunter stand eine Mahagonikonsole. In der Mitte war ein Tisch, immer mit einer Vase voller Blumen auf einem Spitzendeckchen. Daran erinnere ich mich noch.«

»Und was ist mit …«

Er steuerte auf die Eingangstür zu.

»… mit der Geschichte, die Sie erzählen wollten?«, rief ich hastig. »Der Wahrheit?«

»Die Wahrheit!« Er schlug sich mit der Hand an die Schläfe.

»Die Wahrheit ist, dass ich mich nicht länger erinnern will. Die Wahrheit ist, dass ich mir wünsche, sie würde in tausend Teile zerbersten.«

»Aber was ist mit Clara? Mit Robert Carver?«, fragte ich leise. Er legte die Hand auf den Türknauf. Wegen der Partygäste war die Tür nicht verschlossen.

»Das ist doch egal.« Er riss sie auf.

Stars Geständnis fiel mir wieder ein. »Ich weiß, wer Clara ist. Sie kommt am Samstag her. Das Haus gehört ihr. Dockie, hören Sie mir doch zu. Sie ist die Vermieterin.«

»Es ist vorbei.«

Er stand bereits auf der Veranda, und als ich hinaustrat, ging er die Treppe hinunter. Es hatte wieder angefangen zu regnen. »Wohin gehen Sie?«

»Dorthin, wohin ich von Anfang an hätte zurückkehren sollen – nach Dublin.«

»Aber … aber …«

»Ich danke Ihnen für Ihre Freundlichkeit, Rosie.« Er hob die Hand, während der Regen sein frisch geschnittenes Haar durchnässte. »Gehen Sie rein. Es regnet.«

Nach ein paar Metern drehte er sich noch einmal zu mir um. »Ich glaube, im Zimmer steht etwas, das Ihnen gehört.«

Ich hob die Tüte hoch. »Hier«, rief ich, aber er war bereits verschwunden. »Ich habe es Ihnen zurückgezahlt«, sagte ich noch. Ich kehrte ins Haus zurück und stieß die Tür mit dem Fuß zu.

Minutenlang verharrte ich in der Eingangshalle, auch als das Licht längst erloschen war. Ich stand in der Dunkelheit neben dem Telefon. Weshalb ging mir sein abrupter Aufbruch so an die Nieren? Er war doch nur ein alter Suffkopf, was hatte das Ganze denn mit mir zu tun? Trotzdem war ich frustriert – weil er einfach davongelaufen, weil das Leben auf einmal so kompliziert und verworren war und ich nicht wusste, wie ich mich aus diesem Wirrwarr befreien sollte.

Von irgendwoher drang auf einmal wieder dieses Pfeifen. »Ach, leck mich doch!« Zornig schlug ich mit der Hand auf den Lichtschalter.

Mein Blick fiel auf das Telefon, dann auf die Schiefertafel darüber. Offenbar hatte ich die Nachricht vorhin übersehen. Mir stockte der Atem.

»Rozy. Ruf deine Mum an. Wegen harry.«

Hastig nahm ich den Schwamm, spuckte darauf und wischte die Nachricht weg.

Plötzlich kam eine Horde junger Leute lärmend zur Tür herein. »Ganz nach oben«, rief einer von ihnen, woraufhin sich die vier, eingehüllt in eine Parfumwolke, an mir vorbeidrängten und mich neugierig beäugten. Erst jetzt erkannte ich den Jungen, der als Letzter hereingekommen war und anscheinend den Weg kannte – es war Adam, der Typ vom Autoscooter.

»O hallo!«, sagte er und stieß mich im Vorbeigehen mit dem Ellbogen an.

Mit einem Anflug von Erregung sah ich ihm hinterher. Über Dockie brauchte ich mir keine Gedanken mehr zu machen. Er war weg, stieg in den nächsten Zug nach London, während er verzweifelt versuchte, seine wiederkehrenden Erinnerungen zu verscheuchen.

Ich ging nach oben, nahm die Sandalen aus dem Karton und zog sie an. Meine Waden kamen darin perfekt zur Geltung. Susan und Val hatten bloß die Gesichter verzogen, als ich ihnen von der Party erzählt hatte, und gesagt, bestimmt treibe sich dort oben nur übles Volk herum. Sie waren nur beleidigt, weil Johnny sie nicht eingeladen hatte. Ich nahm meine Flasche billigen Gin und ging nach oben, begleitet von lauter werdendem Klaviergeklimpere und Gitarrenklängen. Als ich das Dachgeschoss erreichte, dröhnte Ska-Musik in voller Lautstärke durchs Treppenhaus. Vor der Wohnungstür knutschte selbstvergessen ein Pärchen, das sich nicht daran zu stören schien, dass jeder, der hinein- oder herauswollte, sich auf dem engen Treppenabsatz an ihnen vorbeiquetschen musste.

Im Schlafzimmer hatte sich ein Grüppchen auf dem Fußboden niedergelassen und rauchte Marihuana, einer hatte sich auf dem Bett auf die Mäntel der Gäste gelegt. Ich kannte niemanden. Wortlos grüßten sie mich. Ich ging weiter ins Wohnzimmer, aus dem die laute Musik drang.

Der Raum wurde lediglich von einer Handvoll Kerzen und den glühenden Zigaretten erhellt. Das Sofa war an die Wand geschoben worden, und ein paar Gäste tanzten. Andere standen mit einem Bier in der Hand herum, zwei lehnten sich gegen den Kühlschrank und knutschten, und ein Typ fläzte sich auf dem Sessel mit der herausquellenden Füllung.

Dann sah ich Star, die gerade mit Hilfe einiger Freunde auf die Dachterrasse hinauskletterte. Sie trug ihr weißes Op-Art-Kleid, das vorn einen durchgehenden Reißverschluss hatte. Sie lachte ausgelassen. Ich ging zu ihr hinüber.

»Hallo!« Ich schwenkte meine Ginflasche. »Lust auf einen Drink?«

Sie lächelte flüchtig. »Oh, hi, Rosie. Später, okay?«

Und damit war sie verschwunden. Ich zuckte die Achseln. So war Star nun einmal. Ich würde sie erst einmal ihren Freunden überlassen. Sicherlich ergab sich später die Gelegenheit, mit ihr allein zu sein. Ich holte mir einen nachlässig abgewaschenen Plastikbecher und goss mir einen großzügigen Schluck Gin ein.

»Ich nehme gern etwas davon.«

Ich schaute auf. Ein Typ im Parka, mit ins Gesicht frisiertem Haar und Haifischgrinsen stand neben mir. Ohne eine Erwiderung abzuwarten, nahm er mir die Flasche aus der Hand und bediente sich ungeniert. Dann hob er seinen Kaffeebecher und prostete mir zu. »Ich bin Geoff. Prost.«

»Rosie«, sagte ich widerstrebend, stieß mit ihm an und kippte die Hälfte meines Bechers in einem Zug hinunter, sorgsam darauf bedacht, eine möglichst coole Fassade zu wahren, als meine Kehle wie Feuer zu brennen begann.

Zwinkernd zeigte er auf eine Plastiktüte voll blauer Tabletten in seiner Hosentasche. »Lust auf eine? Ich mach dir einen guten Preis, quasi als Gegenleistung für den Gin.«

Ich trank noch einen Schluck. »Ich weiß nicht recht. Vielleicht später.«

»Warte aber nicht zu lange. Die Dinger gehen weg wie warme Semmeln.« Wieder verzog er das Gesicht zu diesem Haifischgrinsen und wandte sich den Mädchen zu, die sich um ihn scharten. »Hey, Mädels, kennt ihr Rosie schon?«

Er stellte mich ihnen vor, wir tranken und unterhielten uns, während der Alkohol allmählich Wirkung zeigte. Die ganze Zeit über behielt ich Star im Auge, die sich draußen mit ihren Freunden amüsierte, und als sie wieder hereinkletterte, ließ ich die anderen stehen.

Ich fand sie im Badezimmer, wo sie an einem Fleck auf ihrem Kleid rubbelte. Als sie mich sah, fuhr sie vor Schreck zusammen. »Oh, du bist es.« Sie schwankte leicht.

»Hast du etwas verschüttet?«, fragte ich und schloss die Tür hinter mir.

»Irgendein Idiot hat sein Bier über mir ausgeschüttet.« Sie inspizierte den Fleck auf der Vorderseite. »Das Ding hat mich über dreißig Shilling gekostet.«

»Du meinst wohl Granny.« Sie runzelte die Stirn, und ich stieß sie spielerisch an. »Ich mache doch nur Spaß.«

»Ich glaube, Geoff hat mir einen Blindgänger angedreht.« Sie nuschelte leicht. »Das Ding wirkt überhaupt nicht. Ich knöpfe ihm noch eines ab.«

Ich stellte mich hinter sie und sah sie im Spiegel an. »Aber wenn das Zeug wirkt, bist du voll wie eine Haubitze.«

»Schon gut, Mami«, brummte sie.

Aber das kümmerte mich nicht. Der Gin verlieh mir Selbstvertrauen. Ich legte die Arme um ihre Taille. »Du siehst so schön aus.«

»Rosie …«, sagte sie leicht widerstrebend, doch der weiche Unterton in ihrer Stimme ermutigte mich.

Ich presste die Lippen auf die weiche Haut in ihrem Nacken und sog tief ihren Duft in meine Lunge.

»Nicht«, hörte ich sie murmeln.

»Mir egal, ich bin betrunken«, flüsterte ich.

Leise stöhnend senkte sie den Kopf. Behutsam strich ich über ihre weiche Haut an ihrem Hals, tastete nach dem Reißverschluss auf der Vorderseite und zog ihn ein Stück herunter, um meine Hand hineinzuschieben und ihr Schlüsselbein zu streicheln.

»Hör auf!« Sie schlug meine Hand weg und zog abrupt den Reißverschluss wieder hoch. Einen Augenblick lang starrte sie auf das Waschbecken vor ihr, und als sie den Kopf hob und meinem Blick im Spiegel begegnete, war ihre Miene eisig.

»Was ist?« Ich fühlte mich, als hätte mir jemand eine Ohrfeige verpasst. »Ich dachte …«

»Was, wenn jemand reingekommen wäre?«, zischte sie. »Und uns gesehen hätte?«

Natürlich hatte sie Recht, und wäre ich nüchtern gewesen, hätte ich ihr zugestimmt, aber der Alkohol ließ mich jede Vorsicht über Bord werfen. »Na und? Was kümmert dich, was die anderen sagen?«

»Sie sind meine Freunde!«, schnauzte sie mich an, riss die Tür auf und stürzte sich wieder ins Partygetümmel.

Minutenlang stand ich da und blickte auf meine Hände. Nie wieder würde Star mich als netten Menschen bezeichnen. So hatten sich die Mädchen in meinen Internatsgeschichten bestimmt nicht benommen, wenn sie für jemanden schwärmten, und vielleicht war ich ja obszön oder pervers, trotzdem kümmerte es mich nach wie vor nicht. Ein Kichern entschlüpfte mir, als Geoff plötzlich auftauchte. »Na, da hat ja jemand gute Laune.«

»Ich wollte gerade gehen«, sagte ich und spürte, dass ich leicht schwankte.

Er öffnete den obersten Knopf seiner Hose. »Bleib ruhig.«

Ich lachte nur, trat hinaus auf den Flur und lehnte mich gegen die Tür.

»Hast du's dir anders überlegt?«, fragte er, als er herauskam und seine Hose zumachte. Der Geruch nach Moschus stieg mir in die Nase, als er sich mit dem Ellbogen an der Wand neben mir abstützte.

»Keine Ahnung«, nuschelte ich, aber etwas sagte mir, dass heute Abend alles möglich war.

»Pass auf, ich geb dir einfach was zum Probieren, ganz umsonst. Na, wie klingt das?«

Ich wiegte den Kopf, woraufhin er die Tüte aus der Hosentasche zog und eine blaue Pille herausschüttelte.

»Streck die Zunge raus.«

Ich gehorchte, doch statt mir die Tablette auf die Zunge zu legen, biss er ein winziges Stück ab, legte die Hände um meinen Hinterkopf und presste seine Lippen auf meinen Mund.

Ich spürte seine Zunge, die sich in meine Mundhöhle drängte, schmeckte die säuerliche Tablette. Er löste sich von mir und verzog das Gesicht erneut zu diesem Haifischgrinsen. »Bitte sehr.«

Ich schluckte und wischte mir mit dem Ärmel den Mund ab. »Ganz schön frech.«

Er zwinkerte. »Wer nicht wagt …«

»Geoff!«

Er drehte sich um. Star winkte ihn herüber und faselte etwas von wegen, er habe sie mit einer eingefärbten Aspirin über den Tisch gezogen, deshalb verlange sie eine zweite Tablette. Mir schenkte sie keine Beachtung. Hatte sie gesehen, dass wir uns geküsst hatten?

»Star …«, sagte ich. Sie setzte ein breites, trunkenes Lächeln auf.

»Oh, Rosie«, sagte sie, als wären wir uns heute Abend noch nicht über den Weg gelaufen. »Kennst du Geoff schon?«

»Wir lernen uns gerade kennen«, antwortete ich und riss theatralisch die Augen auf, um ihr zu verstehen zu geben, dass es völlig anders war, als es den Anschein hatte.

»Sehr gut.« Sie zwinkerte mir übertrieben zu. »Ist mir sowieso schnurzegal«, sagte sie halblaut und tänzelte davon. Abrupt blieb sie stehen, warf sich die Tablette in den Mund und spülte sie mit einem Schluck Bier hinunter.

»Es ist nicht so, wie du denkst«, rief ich ihr hinterher, doch sie hatte sich längst wieder unters Volk gemischt.

»Mach dir keinen Kopf wegen ihr«, meinte Geoff. »Die ist bloß sauer, weil sie seit Monaten scharf auf mich ist. Ich hab ihr klipp und klar gesagt, dass ich mich nicht zwischen sie und Johnny drängen werde, aber sie hat nun mal einen Narren an mir gefressen, verstehst du?«

Ich sah ihn an. »Du lügst«, brummte ich.

Er schnalzte mit der Zunge. »Ach, halt die Klappe. Jeder weiß doch, dass Star gern herumpoussiert. Hast du mitgekriegt, was sie letztes Jahr mit dieser Freundin angestellt hat? Gill hieß sie.«

»Nein«, stieß ich hervor. »Was denn?«

»Dir würden die Haare zu Berge stehen, das kann ich dir sagen«, antwortete er und zwinkerte. »Die ist eine verdorbene kleine Schlampe, die's mit jedem treiben würde.«

Grenzenlose Wut stieg in mir auf, als mir dämmerte, dass mein Kuss Star rein gar nichts bedeutet hatte. Natürlich nicht. Sie hatte ihn sofort wieder vergessen.

Ich packte Geoff bei den Schultern und knallte ihn mit einer solchen Wucht an die Wand, dass er gegen den Lichtschalter stieß und die Deckenbeleuchtung anging. Augenblicklich wurde Protest laut.

»Holla!« Geoff schaltete das Licht wieder aus, während ich die Arme um seinen Hals schlang, ihn zu mir herabzog und küsste.

Die Welt ringsum verschwamm, und ich verlor jedes Zeitgefühl. Ich konnte nur hoffen, dass Star mich sah. Du bist nicht die Einzige, die herumpoussieren kann, dachte ich triumphierend.

Geoff löste sich von mir und nickte zum Gästezimmer hinüber. »Wie wär's, wenn wir uns eine ruhigere Ecke suchen?«

Ich wusste, dass ich viel zu betrunken war, und aus der hintersten, noch nüchternen Ecke meines Verstands meldete sich eine kaum vernehmbare Stimme warnend zu Wort, doch sie war zu leise, als dass ich ihr Beachtung geschenkt hätte. Ich zuckte die Achseln. »Okay.«

Er zwinkerte mir erneut zu. »Braves Mädchen.« Er beugte sich herunter. »Du nimmst doch die Pille, oder? Ich mach's nämlich nur ohne, okay?«

Das Bild von Harrys riesigem Penis blitzte vor meinem geistigen Auge auf, aber ich verdrängte es rasch. Ich torkelte zum Gästezimmer und riss die Tür auf. In dem winzigen Raum mit dem unbenutzten Kamin standen ein Klappbett, ein Schrank und ein Sessel, auf dem eine Gitarre lag.

Auf dem Bett sah ich Johnny und Adam, eng umschlungen.

»Verdammt noch mal!«, bellte Johnny. Adam sprang auf und wendete mir den Rücken zu. »Klopf gefälligst vorher an, kapiert, Rosie?«

»Tut mir leid«, nuschelte ich. Johnny zupfte seine Manschetten zurecht und strich sich das Haar glatt. Geoff kam herein.

»Hey, Kumpel«, begrüßte er Johnny überschwänglich. »Macht's dir was aus, die Plätze zu tauschen? Hätte etwas Dringendes zu erledigen.«

Johnny würdigte ihn keines Blickes. »Raus hier«, blaffte er, schüttelte eine Zigarette aus dem Päckchen auf dem Hocker neben dem Bett und steckte sie in den Mund.

Einen Moment lang herrschte Schweigen, dann sagte Geoff: »Drauf geschissen.« Er drehte sich zu mir um. »Komm, Süße, lass uns abhauen.«

»Rosie bleibt hier.« Johnny zündete seine Zigarette mit einem silbernen Feuerzeug an.

»Hey.« Geoff zeigte mit dem Finger auf ihn. »Du hast doch schon Star. Du brauchst nicht noch eine.«

Johnny beachtete ihn nicht. Ich hielt mich am Schrank fest. Allmählich ließ die Wirkung des Alkohols nach, und in meinem Kopf herrschte einen Moment wieder Klarheit. »Ich bleibe«, sagte ich zu Geoff.

Geoff musterte mich. »Selber schuld, Süße.« Er stürmte hinaus und knallte die Tür hinter sich zu.

Keiner sagte etwas. Schließlich stieß Adam ein Schnauben aus, und Johnny lachte. Ich legte die Gitarre auf den Boden und ließ mich in den Sessel fallen.

»Was für ein Blödmann«, meinte Johnny. »Verkauft ein paar Pillen und glaubt, er sei der Allergrößte.«

»O Mann, mir ist gar nicht gut.« Ich lehnte den Kopf gegen den Schrank.

»Komm her und setz dich neben deinen Retter in glänzender Rüstung.« Johnny schlug mit der Hand auf den freien Platz neben ihm, und ich taumelte hinüber. »Ich hoffe, du vergisst nicht, dass ich dich gerade davor bewahrt habe, vom schlimmsten Wichser von ganz Helmstone gebumst zu werden.«

»Du bist so … geschmacklos«, erwiderte ich.

»Dabei habe ich noch nicht mal richtig losgelegt.«

»Bis später, J.« Ich registrierte einen Schatten, als Adam zur Tür ging.

»Brav sein.« Johnny winkte Adam hinterher, dann legte er den Arm um meine Schultern. Ich bemerkte, dass seine Pupillen die Größe von Stecknadelköpfen besaßen. Er zwinkerte mir zu. »Aber egal. Das Zeug war billig, und ich bin so was von breit, also wen interessiert's?« Er lachte.

Ich sah Johnny prüfend an, auf der Suche nach irgendwelchen Hinweisen, dass er vom anderen Ufer war, doch das einzig Auffallende war seine Zigarette, die wie verrückt zwischen seinen Fingern wippte, als wäre er von einem Dämon besessen.

»Star …«, begann ich, aber ich wusste nicht, was ich sagen sollte.

»Ich habe dich vorgestern gebeten, sie ein bisschen aufzumuntern, weißt du noch? Aber als sie heimkam, war sie völlig durch den Wind. Bekam keinen anständigen Satz heraus. Was hast du mit ihr angestellt?«

»Sie hat mir erzählt, dass ihre Großmutter unsere Vermieterin ist«, brummte ich.

»Ach ja?« Er nahm seine Zigarette aus dem Mund und schob sie mir zwischen die Lippen. Ich zog an dem feuchten Ende und gab sie ihm wieder zurück. »Das ist kein Pappenstiel. Ich musste ihr versprechen, keiner Menschenseele davon zu erzählen. Aber ich weiß ja, dass sie auf dich steht.«

»Keine Ahnung«, sagte ich, wenn auch nicht mehr ganz so selbstsicher wie zuvor. »Geoff sagt, sie …« Dann fiel mir wieder ein, wen ich vor mir hatte, und ich unterbrach mich.

»Was sagt Geoff?« Johnny schnippte seine Asche in eine leere Bierflasche auf dem Boden. »Dem Typ hau ich eins in die Fresse, sobald ich wieder aufstehen kann. Er ist schon seit Monaten hinter ihr her.«

»Du und Star …«, sagte ich langsam. Der Alkohol veranlasste mich, Dinge zu sagen, die ich mich im nüchternen Zustand niemals auszusprechen getraut hätte. »Was ist da? Ich meine, ganz ehrlich? Wie steht ihr zueinander?«

Er zuckte die Achseln. »Sag du's mir, Rosie. Sie ist meine beste Freundin. Mein Kumpel. Aber … Heilige Scheiße, früher mal waren wir, na ja, richtig zusammen. Ein Paar. Aber jetzt …«

»Seid ihr Wohnungsgenossen.«

»Wohnungsgenossen, genau«, erwiderte er und machte eine ausholende Geste. »Wie du siehst, bin ich hier im Gästezimmer. Deshalb, ja, wir sind bloß noch Wohnungsgenossen.«

Ich spürte, wie sich ein Lächeln auf meinem Gesicht ausbreitete und mich ein Gefühl der Erregung und Vorfreude erfasste. »Also habt ihr euch getrennt.«

»Na ja, nicht offiziell. Star will … Ach, ich weiß nicht, was Star will. Sie ist verschlossen wie eine Auster. Was gibt's da zu grinsen?«

»Nichts.« Das Herz schlug mir bis zum Hals. Ich weiß, dass sie auf dich steht, hatte er gesagt. Ich war eine Idiotin gewesen, aber jetzt sah ich wieder klar. »Ich gehe jetzt eine Runde tanzen.«

»Aber halt dich von dem Arschloch fern.« Er zeigte mit dem Finger auf mich. »Hast du mich verstanden?«

»Keine Sorge, das werde ich«, antwortete ich und gab ihm einen Kuss auf die Wange, worauf er mit der Zunge schnalzte. Dann sprang ich auf und stürzte mich ins Getümmel. Ich musste unbedingt Star finden und ihr sagen, dass ich von der Trennung von Johnny wusste und dass es im Grunde genommen egal war, was ihre Freunde dachten, oder? Die Welt lag uns zu Füßen, wir brauchten bloß zuzugreifen, wenn wir es wollten.

Im Wohnzimmer war sie nicht, aber irgendwann würde sie schon auftauchen. Neue Energie durchströmte mich, die ich auf keinen Fall verpuffen lassen wollte. Die Tanzfläche war brechend voll, und ich warf mich hinein, tanzte und zuckte, den Blick auf das wilde Muster des Teppichs geheftet, auf die Rauchwolken, die zur Decke stiegen, während sich die Stimmen in meinem Kopf zu überschlagen schienen.

Ich verlor jedes Zeitgefühl. Auf einmal schwebte Star an mir vorbei. Ich packte sie am Arm. »Ich muss mit dir reden!«

Sie starrte mich an. Das Make-up um ihre Augen war zerlaufen und hatte schwarze Schlieren auf ihren Wangen hinterlassen. Geoff stand neben ihr und hatte den Arm um ihre Taille geschlungen. Sie schürzte die Lippen und wandte sich ab.

»Star!« Ich packte sie und zog sie zu mir. Ihr Blick irrte ziellos umher. Ich merkte, wie sehr ich sie begehrte, selbst jetzt, in diesem Zustand. Ich wollte sie, mehr als ich je etwas oder jemanden gewollt hatte. Ich sehnte mich danach, mich an sie zu pressen, mit den Fingern durch ihr kurzes Haar zu fahren, ihre Hüften zu streicheln. Der Reißverschluss ihres Kleides war bis oben hochgezogen. Mein Blick klebte auf den glänzenden Metallzähnen und dem Schiebergriff an ihrem Hals.

»Hände weg.« Sie riss sich los.

»Star, bitte.«

Geoff grinste anzüglich. »Sie will nicht mit dir reden, kapiert?«

»Halt du dich da raus«, schnauzte ich ihn an. »Das geht dich überhaupt nichts an.«

»Bleib bloß weg von mir«, rief Star. Abrupt endete die Musik, und ihre Worte klangen überlaut in der nachfolgenden Stille. »Bleib weg von mir, du ekelhafte Lesbe.«

Schockiertes Lachen ertönte ringsum. Zu meinem Entsetzen spürte ich, wie meine Unterlippe zu beben begann. »W… was?«

»Sie hat vorhin versucht, mich im Badezimmer zu belästigen.« Die Worte waren an Geoff gerichtet, doch ihre Stimme hallte durch die ganze Wohnung. »Sie hat mich betatscht. Das hatte sie schon die ganze Zeit im Sinn, seit sie hier eingezogen ist.«

Mit einem hämischen Grinsen musterte Geoff mich von oben bis unten. »Interessant.«

»Sag ihr, sie soll abhauen, Geoff.« Hysterie schwang in Stars Stimme mit. »Sag ihr, ich will nicht, dass sie noch mal in meine Nähe kommt.«

Wut und Entsetzen erfüllten mich. »Keine Angst«, stieß ich hervor und spürte, wie mein Herz zerbarst und ich keine Luft mehr bekam. »Ich will dich nie wieder sehen.«

Inzwischen waren die Leute zurückgewichen, als hätte ich eine ansteckende Krankheit, und keiner machte Anstalten, eine neue Platte aufzulegen. Stars Oberlippe kräuselte sich spöttisch. »Los, dann geh und such dir eine andere, die du befummeln kannst, du perverses Miststück«, herrschte sie mich an.

Sie drehte sich jäh um, stolperte über den Couchtisch und schlug der Länge nach hin.

Einen Augenblick herrschte entsetzte Stille, bevor sich mehrere Mädchen durch die Menge drängten und sich neben sie knieten. Sie schoben ihr das Kleid über die Schenkel und gaben den Umstehenden Anweisungen. »Los, geh und hol Johnny!«

»Steh doch nicht so blöd herum, Geoff. Hol ihr ein Glas Wasser.«

»Star, Süße, kannst du mich hören? Star, Schatz? Star?«

Ich stand immer noch wie angewurzelt im Wohnzimmer und registrierte vage, wie sich die anderen aus ihrer Erstarrung lösten. Jemand machte sich auf die Suche nach Johnny, der jedoch unauffindbar war, und ohne Johnny konnte nichts unternommen werden. Allmählich kam auch ich wieder zu mir, drehte mich um und eilte hinaus, vorbei an dem stummen Plattenspieler, an Johnnys Zimmer, dem Bad und Stars Schlafzimmer.

An der Wohnungstür kam Johnny mir mit wutverzerrter Miene entgegen. »Ich muss zu Star«, sagte er. »Wo ist sie?«

Ich ignorierte ihn, doch ein Mädchen, dessen Haarband halb heruntergerutscht war, zog ihn am Ärmel. »Sie ist zusammengebrochen und bewusstlos. Du musst mitkommen«, stieß sie mit mühsam unterdrückter Panik hervor.

»Heiliges Kanonenrohr.« Johnny schüttelte sie unwirsch ab. »Nicht so schlimm. Das wird schon wieder. Wahrscheinlich hat sie nur ein bisschen viel Stoff erwischt.«

»Ja, aber sie kommt nicht wieder zu sich.«

»Okay, okay, ich komme ja schon.« Seufzend drehte er sich zu mir. »Könntest du uns einen Gefallen tun, Rosie?«

»Nein«, antwortete ich verärgert.

»Was?« Er starrte mich ungläubig an. »Du bist mir aber was schuldig, und zwar nicht zu knapp.«

Ich seufzte. »Aber ihr nicht. Für sie tue ich rein gar nichts.«

»Hä?« Er schüttelte ungläubig den Kopf. »Ich kann jetzt eure

Mädchendramen nicht brauchen. Hör zu, der Vermieter ist unterwegs.«

»Vermieter?«

»Die Vermieterin, meine ich.« Er beugte sich vor. »Stars Großmutter. Die respekteinflößende Mrs Bray.«

Obwohl ich außer mir war, blieb ich stehen. »Was? Jetzt?«

Er nickte. »Eigentlich haben wir sie erst übermorgen erwartet, aber sie hat beschlossen, schon heute zu kommen. Und auch noch mitten in der Nacht, ist das zu fassen? Sie hat gerade vom Bahnhof angerufen und gesagt, dass sie ein Taxi nimmt und gleich da ist. Jemand muss sie unten in Empfang nehmen.« Er fuhr sich mit der Hand übers Gesicht. »Aber jetzt hat Star einen Aussetzer, ich bin breit wie eine Axt, und Mrs Bray wird ausflippen, wenn keiner strammsteht.«

Mrs Bray. Clara Bray. Die ganze Zeit hatte ich mich gefragt, wie sie wohl sein mochte, und jetzt kam sie, bloß leider zur falschen Zeit. »Ich habe etwas Wichtiges zu tun«, sagte ich.

Johnny starrte mich an. »Nein, hast du nicht. Denk dran, dass du mir noch einen Gefallen schuldest. Ich sage nur vorgestern. Ganz davon abgesehen, dass ich dich gerade eben vor einem höchst unerfreulichen sexuellen Erlebnis bewahrt habe.«

»Johnny«, jammerte das Mädchen. »Du musst mitkommen und helfen.«

»Herrgott noch mal, bin ich vielleicht ihre Scheißkrankenschwester? Ist doch nicht meine Schuld, dass sie so unberechenbar ist. Los, Rosie, mach schon. Das dauert nicht mal zwei Minuten.«

Ich holte tief Luft. Die Aussicht, Stars Großmutter kennenzulernen, war überaus aufregend, trotz allem, was vorgefallen war. »Na gut«, versetzte ich. »Aber ich tue das nur für dich, nicht für sie, ist das klar?«

»Ja, ja. Geh einfach runter, warte, bis sie auftaucht, und sag Hallo. Mehr nicht. Sag ihr … ach, keine Ahnung … sag ihr einfach, Star hätte die Grippe. Wenn sie mitkriegt, dass wir hier oben eine Party feiern und Drogen nehmen, reißt sie uns die Rübe ab.«

Ich ließ die Wohnung und den allgemeinen Aufruhr hinter mir, schob mich an dem noch immer wild knutschenden Pärchen im Treppenhaus vorbei, ging hinunter ins Erdgeschoss und riss die Haustür auf.

Eine Frau stand auf der Veranda. Trotz ihrer hohen Absätze war sie ein Stück kleiner als ich, trug ein maßgeschneidertes, figurbetontes Kostüm, schwarze Seidenstrümpfe und hatte den grazilen Hals einer Tänzerin. Ihr silbriges Haar war zu einem Knoten im Nacken frisiert, ihre Brauen zu zwei hohen Bogen gezupft. Sie verengte ihre funkelnden Augen zu Schlitzen und musterte mich. »Und wer um alles in der Welt sind Sie?«, fragte sie barsch.

»Rosie Churchill«, antwortete ich, noch immer leicht benommen vom Gin und von der Tablette. »Ich wohne im ersten Stock.«

»Dann sind Sie vermutlich die Vorhut, ja?« Sie zeigte auf die beiden Koffer neben ihr. »Die können Sie hineintragen.«

»Wie?«

Ungerührt ging sie an mir vorbei in die Eingangshalle, blieb vor ihrer Wohnung stehen und drehte sich um. »Ich bin die Besitzerin von Castaway.« Dann holte sie einen Schlüssel aus ihrer Handtasche und schloss die Wohnungstür auf. »Los, zack, zack«, sagte sie und verschwand in der Wohnung. Ich verdrehte die Augen und folgte ihr.

Ich stand in einem winzigen Flur, den ich vor ein paar Tagen von der Halle aus bereits gesehen hatte. Zu meiner Rechten befand sich ein kleines Badezimmer, vor mir ein Schlafzimmer, das Mrs Bray betrat. »Hier herein«, rief Mrs Bray. »Auf den Stuhl.«

Fahles Mondlicht fiel durch die raumhohen Fenster. Dahinter erkannte ich den Wintergarten, auf dessen Dach ich von unserem Küchenfenster aus hinuntersah. Ein Messingbett mit metallenen Tulpen an den Bettpfosten stand in einer Ecke, darüber hing ein

Ölgemälde mit einer sturmgepeitschten Küstenlandschaft. Ich erblickte einen glänzenden Schreibtisch im viktorianischen Stil mit winzigen Fächern und einer Unterlage aus Löschpapier, daneben einen weißen Rattanstuhl mit einem abgenutzten Kissen, auf den Mrs Bray zeigte.

Ich stapelte die Koffer übereinander, während sie die Nachttischlampe anknipste, deren Fuß wie eine abstrakte Frauenfigur geformt war. Erst jetzt sah ich das zweite, schmalere Bett mit der dünnen Decke. Ich bemühte mich, aufrecht zu stehen, was mir jedoch einige Mühe bereitete, weshalb ich mich lässig gegen den Türrahmen lehnte.

Mrs Bray öffnete ihre Handtasche und kramte eine Münze aus ihrer Geldbörse, die sie mir reichte. »Hier, für Sie, Miss Churchill.« Verblüfft nahm ich das Geld. Ich hatte weder damit gerechnet, dass sie sich meinen Namen gemerkt hatte, noch damit, dass sie die Notwendigkeit sah, mich für meine Dienste zu bezahlen. »Würden Sie jetzt bitte meine Enkelin holen?«

Sie kehrte mir den Rücken zu und zog die Vorhänge zu.

»Sie hat die Grippe«, sagte ich und sah Star ein weiteres Mal mit bis zur Taille hochgerutschtem Kleid bewusstlos auf dem Boden vor mir. »Sie hütet schon den ganzen Tag das Bett«, fügte ich lahm hinzu.

»Grippe! Wohl kaum ein Grund, die eigene Großmutter nicht zu begrüßen, noch dazu, wenn selbige es ausdrücklich angeordnet hat.«

»Nun ja, es hat sie tatsächlich übel erwischt. Könnte sogar …« Ich durchforstete mein Gedächtnis fieberhaft nach etwas Geeignetem. »Drüsenfieber sein.«

Mrs Bray räusperte sich skeptisch, ehe sie in etwas versöhnlicherem Tonfall fortfuhr. »Nun ja, ich bin zwei Tage früher eingetroffen als geplant.« Sie schaute mich eindringlich an. »In diesem Fall muss ich eben mit Ihnen vorliebnehmen.«

Ich runzelte die Stirn. »Wie?«

»Im letzten Moment hat sich herausgestellt, dass ich allein reisen muss, ohne Louise, mein Mädchen. Sie hat Krebs.«

»Oh.« Ich versuchte, ein betroffenes Gesicht zu machen. »Das tut mir leid.«

»Mir auch. Ich war gezwungen, den ganzen Weg von Paris meine Koffer selbst zu tragen.« Sie rümpfte die Nase. »Es gibt zwar Kofferträger, aber natürlich ist es nicht dasselbe, wenn man zwanzig Minuten neben dem Zug warten muss, bis sich irgendein schmutziger Prolet herablässt, einem zur Hand zu gehen.«

»Mm«, machte ich, als würden auch mir schmutzige Proleten tagtäglich das Leben schwermachen. Ich dachte an all die Dinge, die ich unserem Vermieter an den Kopf hatte werfen wollen, sollte ich ihm je begegnen – zum Beispiel, dass man für zwei Pfund Miete pro Woche wohl verlangen könne, dass die Ritzen in den Fenstern repariert würden. Doch nun, da ich Mrs Bray gegenüberstand, kam mir seltsamerweise kein Wort der Kritik über die Lippen.

Wieder kramte sie in ihrer Geldbörse. »Fünf Pfund«, verkündete sie. »Sind Sie damit einverstanden?«

Offenbar hatte ich einen wesentlichen Teil unserer Unterhaltung nicht mitbekommen. »Ob ich einverstanden bin?«

»Da meine Angestellte nicht zur Verfügung steht – sofern man meine Enkeltochter als Angestellte bezeichnen mag, schließlich achtet sie darauf, sich auf meine Kosten die Finger tunlichst nicht allzu schmutzig zu machen –, werde ich Ihnen fünf Pfund bezahlen, Miss Churchill, und keinen Penny mehr.«

»Ich fürchte, ich verstehe nicht ganz«, sagte ich.

Sie kreuzte die Arme über der Brust. »Dann hat man Sie also nicht informiert. Der Grund, weshalb ich Ihnen fünf Pfund zahle, ist … nun ja, ich will nicht um den heißen Brei herumreden. Ich brauche jemanden, der nachts hier bei mir bleibt.«

Ein Schmerz pulsierte hinter meiner linken Schläfe. »Entschuldigung?«

Mrs Bray deutete auf das schmale Bett in der Ecke. »Dort schläft Louise normalerweise. Eigentlich hätte meine Enkelin einspringen sollen. Sie können natürlich im Wohnzimmer bleiben.« Ich starrte immer noch verständnislos das Bett an. »Und sobald es hell wird, können Sie gehen«, fügte sie hinzu.

Ich schluckte trocken. »A… aber warum?«

Mrs Bray stellte sich vor den Spiegel gegenüber dem Bett und schob eine lose Haarsträhne in ihren stramm frisierten Knoten. »Ich schlafe niemals allein in dieser Wohnung. Bezeichnen Sie es als exzentrische Anwandlungen einer alten Frau, wenn Sie wollen.« Ihre Augen suchten meinen Blick im Spiegel. »Meine Enkelin schreibt mir jede Woche. Ich habe eine Menge über Sie beide gehört. Ich glaube, für sie sind Sie ein rundum gefestigter Mensch. Und nun, wo ich Sie selbst sehe, kann ich nur sagen, dass sie Recht hat.«

Ich musste an meine Finger denken, die über Stars Schlüsselbein strichen, an meinen Mund auf ihrem Hals. »Äh … vielen Dank.«

Sie presste die Lippen aufeinander. »Also fünf Guineas. Mehr englisches Geld habe ich nicht bei mir. Also nehmen Sie es, oder lassen Sie es bleiben.«

Ich dachte daran, was ich mir für fünf Guineas alles kaufen könnte. »Einverstanden«, sagte ich schnell.

»Gut.« Wieder musterte sie mich. »Ich schlage vor, Sie holen jetzt aus Ihrer Wohnung, was Sie für die Nacht benötigen. Klopfen Sie dreimal an die Tür, dann mache ich Ihnen auf.«

Ich lief so schnell die Treppe hinauf, wie mich meine wackligen Beine trugen. Fünf Guineas nur dafür, bei jemandem in der Wohnung zu schlafen: Es war fast zu schön, um wahr zu sein. Vermutlich brauchte sie einen Leibwächter, was bei den zwielichtigen Gestalten in Castaway House durchaus nachvollziehbar war. Nicht dass ich im Zweifelsfall viel ausrichten könnte, aber schneller als die alte Louise wäre ich wohl allemal.

Susan und Val lagen bereits in ihren Betten. Val hatte ihren Riesenelefanten im Arm, Susan lag auf dem Rücken, das Gesicht dem orangefarbenen Schein der Straßenlampen zugewandt wie die Lady von Shalott. Ich holte den Karton aus der Bradley's-Tüte, nahm mein Nachthemd, frische Wäsche zum Wechseln, meinen Kulturbeutel und den Wecker. Als ich hinausging, befiel mich kurz Angst, und ich hatte das Gefühl, als mache ich eine Reise ins Unbekannte und würde nicht nur ein Stockwerk nach unten gehen und dort bei einer alten Frau in der Wohnung übernachten.

Im Flur war es still. Nichts deutete darauf hin, dass oben eine Party gefeiert wurde. Hoffentlich war Star immer noch bewusstlos. Und hoffentlich tat ihr jeder Knochen im Leib weh, wenn sie wieder zu sich kam. Ich klopfte an die Tür und biss mir auf die Lippe, als mir wieder einfiel, was sie mir an den Kopf geworfen hatte. Ich würde nie wieder einen Gedanken an sie verschwenden. Nie wieder.

Mrs Bray öffnete die Tür. Sie hatte den modernen elektrischen Heizstrahler im Kamin eingeschaltet, dessen Heizstäbe gerade von Orange auf Rot wechselten. »Ist natürlich nicht mit einem richtigen Kaminfeuer zu vergleichen«, sagte sie, »aber man kann ja kein Vermögen für den Kaminfeger hinblättern, nur weil es abends ab und zu ein bisschen frisch wird, oder? Das Bett lässt sich übrigens aufklappen. Ich glaube, die Matratze ist ziemlich dünn, aber Louise kommt normalerweise gut damit zurecht, und sie ist schon dreiundfünfzig.«

Es dauerte einige Zeit, bis ich das Bett auseinandergebaut und sämtliche Hebel entriegelt hatte, da Mrs Bray keinerlei Anstalten machte, mir zu helfen. Stattdessen räumte sie in aller Seelenruhe ihre Sachen aus den Koffern. Ich schleppte das Bett ins angrenzende Wohnzimmer.

Das Zimmer besaß zwei breite Fenster, die auf die Straße hinausgingen. Die Vorhänge standen offen. Zwei elegante lederbezogene Holzstühle im Art-déco-Stil flankierten den Kamin, über dessen Sims ein eindrucksvoller Drachenkopf aus Stuck hing. Mrs Bray hatte fünf Pfundnoten und fünf Shilling auf den Sims gelegt. Trotz Kaminbesteck stand auch hier ein Heizstrahler. Alles war sehr oberflächlich gesäubert worden – vermutlich Stars Werk. Auf dem Griff des Schürhakens klebten Politurreste, und in den Ritzen des Drachenkopfs war Staub zu erkennen.

In der Ecke befand sich eine kleine Küchenzeile, auf der anderen Seite standen ein Esstisch mit einer Spitzendecke, vier zierliche Stühle und ein Mahagonibüfett. Ich klappte das Bett auf und rückte es an die Wand. Dabei fiel mein Blick auf drei gerahmte Poster, auf denen längst vergessene Stücke auf Londoner Bühnen angekündigt wurden, von denen ich noch nie gehört hatte. Allerdings stand auf allen derselbe Name: Clara Fortescue.

»Meine Glanzjahre.«

Erschrocken fuhr ich herum. Ich hatte nicht gemerkt, dass Mrs Bray hereingekommen war. Sie deutete auf ihren Namen in einem kleinen Kästchen: Sie hatte zur Tanztruppe in *Goldene Lilien* gehört, hatte als Ingénue in *Zing-Zing!* eine Nebenrolle und schließlich als Maria in *Maria will heiraten* die Titelrolle übernommen.

»Fortescue war mein Künstlername. Ich fand, dass er sehr angemessen klingt.«

Inzwischen konnte ich sie als Schauspielerin vor mir sehen, ihr langer Schwanenhals, ihre Körperhaltung. Sie griff an mir vorbei nach einem Foto in einem kleinen ovalen Rahmen.

»Das bin ich als Maria.«

Auch wenn das Foto ziemlich vergilbt war, konnte ich ein stark geschminktes Mädchen mit einer Papierrose ausmachen. Das erklärte wohl, weshalb Dockie ihren Namen kannte: Vermutlich war er ein Fan von ihr gewesen. Vielleicht hatte er nie einen Fuß in Castaway House gesetzt. Susan behauptete, jeden Winkel von Paul McCartneys Londoner Wohnung zu kennen, nur weil sie sich immer die Fotos in den Magazinen ansah.

Ich zerrte die Matratze und das Bettzeug herein, während Mrs Bray eine Zigarette in eine geradezu obszön lange Spitze steckte und sie am Gasring in der Küche anzündete. Trotz des Schwurs, den ich vor ein paar Minuten geleistet hatte, dachte ich an meine Unterhaltung mit Star auf dem Küchenfußboden unserer Wohnung.

»Sind Sie zufällig einmal jemandem namens Robert Carver begegnet?«, fragte ich.

»Was?«

Ich drehte mich um, die Kopfkissen immer noch unterm Arm. Mrs Bray stand am Kamin, um ihre Asche abzuklopfen, und hielt mitten in der Bewegung inne.

»Oben bei uns ist ein Name auf der Unterseite des Fensterbretts eingeritzt.« Ein eigentümlicher Ausdruck lag in Mrs Brays Augen, der mich zögern ließ. »Und ... es ist ein bisschen kompliziert, aber ich dachte eben, dass er womöglich in den Zwanzigern einmal hier war. Ich habe mich gefragt, ob Sie ...«

»Ich möchte nicht darüber sprechen«, unterbrach Mrs Bray mich barsch. »Wenn Sie jetzt vielleicht ins Badezimmer gehen wollen, ich würde mich gern hinlegen. Ich werde eine Schlaftablette nehmen, damit ich während der Nacht nicht aufwache.«

»Entschuldigung ...«, begann ich, doch sie hatte sich bereits abgewandt. Als ich ins Badezimmer ging, saß sie vor der Frisierkommode und verteilte Nachtcreme auf ihrem Gesicht, ohne Notiz von mir zu nehmen. Das moderne Bad war zartrosa gefliest und beheizt. Ich betrachtete mein bleiches Gesicht im Spiegel. Wie gern hätte ich mehr über Robert Carver erfahren, ich lechzte regelrecht danach, und es war frustrierend, sich damit zufriedenzugeben, dass sie mir nichts über ihn erzählen wollte.

Ich kehrte ins Wohnzimmer zurück, schloss die Tür hinter mir und zog die Vorhänge zu. Ich hatte noch nie in einem Zimmer mit so vielen alten wertvollen Stücken geschlafen. Jedenfalls vermutete ich, dass die reich verzierten, scheinbar nutzlosen

Einrichtungsgegenstände kostbar waren. Ich nahm das Bücherregal und das Büfett in Augenschein, die Skulptur, die den Lampenfuß bildete, die Ziernägel und die Holztruhe am Fenster mit ihrem eigentümlichen chinesischen Muster. Das offene Schloss lud förmlich dazu ein, einen Blick hineinzuwerfen. Als ich vorsichtig den Deckel anhob, stieg eine Staubwolke auf. Die Truhe enthielt lauter alte Briefe und Dokumente, außerdem entdeckte ich ein Bild in einem schweren Silberrahmen mit der Rückseite nach oben. Meine Neugier gewann die Oberhand, und ich nahm es heraus.

Es war eine Studioaufnahme eines jungen Paares vor einem Vorhang. Daneben stand ein mit Samt verhängtes Tischchen, und auch auf dem Boden war der Stoff üppig drapiert worden – vielleicht hatte es damals als chic gegolten. Auf mich wirkte es eher, als hätten sich die beiden in einem übergroßen Vorhang verheddert.

Trotz ihres zu einem akkuraten Bob geschnittenen Haars erkannte ich Mrs Bray sofort. Sie trug eine Perlenkette, und der Saum ihres glänzenden Kleides war mit Halbedelsteinen besetzt. Sie hatte den Kopf leicht zur Seite geneigt und sah mit wissendem, selbstsicherem Blick direkt in die Kamera. Die Ähnlichkeit mit Star war unverkennbar, und auch ihre Großmutter schien sich ihrer Ausstrahlung durchaus bewusst gewesen zu sein.

Der Mann an ihrer Seite war aller Wahrscheinlichkeit nach Stars längst verstorbener Großvater, ein auf altmodische Weise gut aussehender Mann. Er trug einen Abendanzug, dazu ein Hemd mit Vatermörderkragen, und seine hochgezogene Braue ließ erahnen, was er von dem Szenario hielt. Für ihn schien das Ganze bloß eine lächerliche Show zu sein. Etwas an ihm kam mir vage bekannt vor, vielleicht sein angedeutetes Lächeln, als verberge sich hinter seiner Fassade das eine oder andere Geheimnis.

Unter dem Foto lagen mehrere Stapel verstaubter Umschläge und Dokumente, allerdings zögerte ich, sie aus ihrem jahrzehntelangen Dornröschenschlaf zu reißen. Als ich den Bilderrahmen zurücklegen wollte, fiel mir auf, dass auf einem Umschlag – genauer gesagt, einer Art Päckchen – Mrs Alexander Bray und die Adresse von Castaway House in einer altmodischen, gestochen scharfen Handschrift standen.

Ich wusste nicht, warum mir ausgerechnet dieses Päckchen ins Auge gefallen war. Behutsam hob ich die Ecke mit einem Finger an und spähte auf die Rückseite des Umschlags – er war noch verschlossen.

Sehr seltsam. Aber Mrs Bray hatte gewiss ihre Gründe, weshalb sie ihn nicht geöffnet hatte. Ich betrachtete das Foto ein letztes Mal, ehe ich es zurücklegte. Nun kannte ich also auch den Namen des Mannes. Alexander, von seiner Familie und Freunden möglicherweise auch Alec genannt. Der Name passte zu der Lässigkeit, die er ausstrahlte.

Ich schloss den Deckel und wusch mir in dem winzigen Spülbecken an der Küchenzeile die Hände. Dann stellte ich meinen Wecker. Ich wollte lieber nicht darüber nachdenken, wie wenige Stunden mir noch blieben, bevor ich zur Arbeit musste. Ich legte mich auf die fürchterlich dünne Matratze, durch die sich jede einzelne Bettfeder in meinen Rücken bohrte, als ich mich streckte und die Lampe ausknipste. Inzwischen war der Mond weitergewandert und auf dieser Seite des Hauses nicht mehr zu sehen, und die bodenlangen Vorhänge schluckten das Licht der Straßenlampen vor dem Haus. Ich breitete meinen Morgenrock über der Bettdecke aus, damit ich nicht fror, aber eigentlich brauchte ich ihn gar nicht, da ich nicht neben der feuchten Stelle unter dem Fenster lag. Genüsslich wackelte ich mit den Zehen, als sich die ungewohnte Wärme unter der Decke ausbreitete. Inzwischen war ich froh, dass ich nur die Hälfte der Tablette genommen hatte. Denn die Ereignisse des Abends rückten allmählich in den Hintergrund, und ich driftete in den Schlaf.

Und dann war ich plötzlich hellwach.

Ich lag reglos da, leicht desorientiert in der tiefen Dunkelheit, während mir der absurde Gedanke durch den Kopf schoss, dass ich zu Hause in Petwick war, der Nachbarshund den Mond anheulte und Harry nebenan schnarchte. Doch dann spürte ich die Bettfedern im Rücken, die mich daran erinnerten, wo ich war: in der Erdgeschosswohnung, wo ich fünf Guineas dafür bekam, hier zu übernachten.

Keine nächtliche Geräuschkulisse – keine Atemzüge von meinen beiden Mitbewohnerinnen, kein Furzen, kein Knarzen der Bodendielen, wenn der Bewohner der Wohnung über uns schlaflos auf und ab ging, kein gelangweilter junger Mann, der mit seinem Moped unermüdlich den Hügel hinauf- und wieder hinunterfuhr. Was hatte mich nur aus dem Schlaf gerissen? Vielleicht ein Traum, an den ich jedoch keinerlei Erinnerung hatte, weil ich hochgeschreckt war.

Ich drehte mich auf die Seite, zog mir die Decke und den Morgenrock fester um die Schultern und versuchte, wieder einzuschlafen. Im letzten Moment, bevor ich endgültig in der Schwärze versank, nahm ich einen scharfen Atemzug direkt neben meinem Ohr wahr.

Ich riss die Augen auf, sah jedoch nur Schemen, die sich gegen die Vorhänge abzeichneten – den bedrohlichen Kamin, die beiden Stühle. Abgesehen vom Ticken des Weckers herrschte Stille. Allmählich beruhigte sich mein Herzschlag, und mir dämmerte, dass mir mein Gehirn einen Streich gespielt haben musste. Endlich gestattete ich meinen Lidern, erneut herabzusinken.

Ein scharfes Knacken ertönte.

Mit hämmerndem Herzen setzte ich mich auf. »Wer ist da?«, fragte ich. Meine Stimme war kaum mehr als ein Flüstern. Ich schluckte. »Wer ist da?«

Keine Antwort. Mir rutschte das Herz in die Hose. Schließlich nahm ich all meinen Mut zusammen, streckte die Hand nach der Lampe aus und knipste sie an. Ich sah mich um, inzwischen hellwach, wobei ich mir wünschte, die Lampe wäre etwas heller und würde nicht bloß trübe Schatten an die Decke werfen.

Natürlich war niemand im Zimmer.

Ich blickte auf die Wand, hinter der sich die Eingangshalle befand. Vielleicht war ja einer von Johnnys und Stars betrunkenen Partygästen draußen vorbeigegangen. Womöglich lag es auch an Geoffs Tablette, die noch in meinem Blutkreislauf nachwirkte. Wie versteinert saß ich da, eine Hand in das Laken gekrallt. Ich fühlte mich, als säße ich in einer Wanne voll lauwarmem Wasser und dürfte mich auf keinen Fall bewegen, damit es nicht überschwappte.

Und dann setzte das Pfeifen ein.

Es klang anders als sonst; es schien nicht aus den Wänden, unter den Dielen oder hinter irgendwelchen Türen hervorzudringen, sondern kam von hier, so als stehe jemand irgendwo im Zimmer, wo ich ihn nicht sehen konnte.

Mir stockte der Atem. Abgesehen von dem Pfeifen war nach wie vor nichts zu hören, nicht einmal Mrs Brays Atemzüge aus dem Zimmer nebenan. Ich hätte ebenso gut mutterseelenallein hier sein können, bloß dass irgendjemand außerhalb des schwachen Lichtkegels der Lampe in der Dunkelheit stand und pfiff.

Ich zwang mich, die Beine über die Bettkante zu schwingen, stellte die Füße auf den Teppich und schob mich mit dem Rücken an der Wand entlang zum Lichtschalter. Erst jetzt wurde mir bewusst, dass die schweren Vorhänge jedes Licht schluckten, genauso wie der Samtstoff auf dem alten Foto. Mein Peiniger war hier, in diesem Zimmer.

Ich schlug auf den Lichtschalter, woraufhin die trübe Deckenlampe anging. Ich stürzte zum Kamin, riss den Schürhaken aus dem Ständer und hielt ihn mir wie eine Waffe vor die Brust. »Das. Ist. Nicht. Lustig«, verkündete ich mit bemüht strenger Stimme, während ich mich Richtung Fenster vorarbeitete.

Wieder keine Reaktion. Ich berührte mit dem Schürhaken die

Vorhänge. Auf einmal bemerkte ich, wie überanstrengt meine Augen waren. Sie fühlten sich an, als hätte ich Sandpapier unter den Lidern. Gleichzeitig schloss sich die Angst wie eine eisige Faust um meinen Magen. Die Ringe klimperten, als ich den Vorhang zurückriss und die kalten Fensterscheiben zum Vorschein kamen.

Mein Mund war trocken, und ich schluckte. Das orange Licht der Straßenlampe fiel auf das spitze Eisengeländer der Kellertreppe. Auf der anderen Straßenseite erstreckten sich das Meer und der Himmel in die tintige Endlosigkeit.

Meine Handflächen waren schweißnass, mein Atem flach. Ich blickte mich um. Das verhedderte Bettzeug lag auf dem Boden, die Lampe hatte ich vor lauter Panik umgestoßen, der Vorhang hing schief auf der Stange. Erst jetzt dämmerte mir, worüber ich schon viel früher hätte nachdenken sollen: Jemand, der fünf Guineas dafür bezahlte, nicht allein in einer Wohnung schlafen zu müssen, hatte einen guten Grund dafür.

Und dann sah ich etwas, das mir endgültig das Blut in den Adern gefrieren ließ: Der Deckel der Truhe stand offen.

Mit dem Schürhaken in der Hand ging ich hinüber und spähte hinein. Das Foto lag immer noch verkehrt herum auf dem dicken Umschlag. Nichts hatte sich verändert, trotzdem stand die Truhe offen. Das musste das laute Geräusch verursacht haben, das mich so erschreckt hatte.

Ich strich über den Riegel und erinnerte mich daran, dass ich die Truhe vorhin zugemacht hatte.

Wenigstens hatte das Pfeifen aufgehört. Obwohl es kühl im Zimmer war, stand mir der Schweiß auf der Stirn. Ich wandte mich um, hastete durch das Zimmer und öffnete die Tür.

Mrs Bray hatte den Heizstrahler angelassen, in dessen Schein ich ihre Umrisse im Bett erkennen konnte. Ich hörte ihre tiefen, vom Schlafmittel sedierten Atemzüge. Von ihr konnte ich keinen Trost erwarten. Als ich mich auf ihre Bettkante setzte, fing das

Pfeifen neuerlich an. Ich presste mir die Hände auf die Ohren und kniff die Augen zu, trotzdem schien das Geräusch den Weg in mein Gehirn zu finden. Jetzt begriff ich, weshalb Mrs Bray ein Schlafmittel genommen hatte und sie sich weigerte, allein hier zu schlafen.

Ich überlegte, auf die fünf Guineas, die immer noch auf dem Kaminsims lagen, zu verzichten und zu verschwinden, als ich das Glasfläschchen auf Mrs Brays Nachttisch bemerkte. Auf dem Etikett stand in krakeliger Handschrift etwas auf Französisch, das ich im Halbdunkel nicht entziffern konnte.

Ich nahm das Fläschchen und schüttelte es. Ich hielt kurz inne, dann schraubte ich es auf, nahm eine Tablette heraus und schob sie mir in den Mund. Zur Sicherheit nahm ich eine zweite heraus, holte mir im Wohnzimmer ein Glas und spülte die Tablette hinunter. Sie war so riesig, dass ich Mühe hatte, sie zu schlucken. Meine zweite Tablette heute Abend. Ich konnte nur hoffen, dass es das war, wofür ich es hielt, sonst könnte es Ärger geben.

Ich knipste die Deckenlampe aus und ging wieder ins Bett, den Schürhaken immer noch umklammernd. Die andere Tablette schob ich unters Kopfkissen für den Fall, dass ich sie noch brauchen sollte. Die Vorhänge waren immer noch offen, doch die Straßenbeleuchtung war mir lieber als die tiefe Dunkelheit.

Ich schlang die Laken enger um mich, blieb jedoch aufrecht sitzen und ließ das Licht brennen. »Ich warte«, knurrte ich und schloss die Finger um den Schürhaken. »Ich warte.«

Stille umfing mich, lediglich durchbrochen von Mrs Brays leisem Schnarchen nebenan. Das Pfeifen hatte wieder aufgehört. Ich blieb sitzen wie ein Scharfschütze, der auf das Auftauchen seines Opfers wartet. Jemand hustete. Wieder erstarrte ich, doch dann merkte ich, dass der Laut aus dem Souterrain gekommen war. Allmählich setzte die Wirkung der Schlaftablette ein, weshalb ich nicht länger unterscheiden konnte, was sich im Zimmer abspielte und was von draußen hereindrang. Ein dumpfes Poltern ertönte, doch es war lediglich der Schürhaken, der mir entglitten war. Ich konnte nur hoffen, dass ich nicht würde flüchten müssen, da sich meine Glieder wie Blei anfühlten. Kurz bevor mich der künstlich herbeigeführte Schlaf überwältigte, schoss mir noch die Frage durch den Kopf, was Mrs Bray bewogen hatte, eine Fotografie von sich und ihrem Ehemann mit dem Gesicht nach unten in eine alte, ausrangierte Truhe zu legen, als wollte sie nicht mehr an ihn erinnert werden.

ZWÖLF

1924

Am zweiten August herrschte eine Gluthitze. Es war der erste richtige Hochsommertag seit meiner Ankunft, und die Hausmädchen stöhnten bereits den ganzen Vormittag bei der Arbeit und schoben sich wieder und wieder feuchte Haarsträhnen unter ihre Häubchen. Auch ich war schweißüberströmt und mit gerötetem Gesicht von meiner gewohnten Morgenrunde zurückgekehrt. Es war mir zu riskant gewesen, hinunter an den Strand zu gehen, da meine helle Haut bei dieser Sonneneinstrahlung nur krebsrot werden würde, und ich hatte mich nach dem Mittagessen in die angenehm dämmrige, kühle Bibliothek im ersten Stock zurückgezogen. Ich wollte mir aus den Unmengen verstaubter Bände etwas Passendes aussuchen, womit ich mir den Nachmittag auf einer schattigen Bank im hinteren Teil des Gartens vertreiben konnte.

Aus heiterem Himmel ertönte ein lautes Scheppern von draußen. Ich verließ das Zimmer, spähte übers Treppengeländer und sah Scone behäbig die Eingangshalle durchqueren und die Tür öffnen. Dann hörte ich eine gedämpfte, aber bestimmte Männerstimme, die Einlass verlangte. Ich ging nach unten und betrat die Eingangshalle genau in dem Moment, als die Tür aufschwang und Onkel Edward hereinkam. Er schien sichtlich aufgebracht. Sein Gesicht war rot, und sein grau melierter Schnurrbart bebte.

»Hier draußen kommt man ja um!«, bellte er. »Das ist der reinste Backofen hier. Robert! Du bist ja immer noch da! Wo ist mein Sohn? Ich muss ihn auf der Stelle sprechen!«

Er trat ein. Scone schloss leise die Tür hinter ihm. Ich streckte ihm die Hand hin. »G… guten Tag, Onkel Edward.«

»Hör mir mit diesem Onkel Edward auf.« Er schnüffelte argwöhnisch. »Was hat sie mit dem Haus angestellt? Hier riecht's ganz komisch. Früher hat es hier nie so gerochen. Wo ist er überhaupt, der so genannte Hausherr?« Er hatte die Frage an Scone gerichtet, da er mir offenbar keine korrekte Antwort zutraute.

»Ich glaube, Mr Bray ist vor einiger Zeit ausgegangen, und ich fürchte, wir wissen nicht, wann wir ihn zurückerwarten dürfen«, antwortete der Butler.

»Typisch.« Onkel Edward streckte die Arme aus und gestattete Scone, ihm aus dem Jackett zu helfen. Dunkle Schweißflecke prangten auf seinem Hemd. Er nahm sein Halstuch ab und wischte sich damit über die Stirn. »Ist sie da?«

»Mrs Bray ist ebenfalls ausgegangen, Sir.« Scone legte das Sakko und das Halstuch über seinen Arm. »Aber wir erwarten sie recht bald zurück.«

Mein Onkel machte ein finsteres Gesicht. Es musste ihm ziemlich schwerfallen, in ein Haus zurückzukehren, das ihm nicht länger gehörte. »Vie… vielleicht könnten wir ja im Garten etwas zusammen t… trinken, während wir warten«, schlug ich vor.

Onkel Edward kniff die Augen zusammen, als argwöhne er, dass sich hinter meiner Einladung eine Finte verbarg. »Etwas trinken?«, wiederholte er und warf Scone einen Blick zu, als traue er ihm nicht zu, einen Drink zu mixen. »Na gut.«

Er machte auf dem Absatz kehrt, durchquerte den ungenutzten kleinen Salon links neben der Eingangshalle und den angrenzenden Wintergarten und ging hinab in den Garten. Ich folgte ihm. Als Kind hatte ich Angst vor ihm gehabt und war auf Zehenspitzen durch das Haus am Lancaster Gate geschlichen, wenn wir dort zu Besuch gewesen waren. Er hatte nicht die leiseste Ahnung, wie man mit Kindern umging, und hatte mir stets das Gefühl gegeben, dass er mich für einen Schwachkopf hielt, der sich erbärmlich stotternd durch die Antworten auf seine barschen Fragen mühte.

Auch heute noch verunsicherte mich seine Gegenwart ein wenig, aber mittlerweile empfand ich zugleich so etwas wie Mitgefühl mit ihm, weil er in seiner Trauer um meine verstorbene Tante hoffnungslos gefangen zu sein schien. Trotz seines Gehabes wirkte er kleiner auf mich, so als wäre er geschrumpft, und als ich hinter ihm den Gartenweg entlangging, begriff ich, dass ich tatsächlich größer war als er.

»Das hier war früher einmal das reinste Paradies«, erklärte er und zeigte auf den Teich, doch ich vermutete, dass er vom Garten im Allgemeinen sprach. »Bevor deine Tante angefangen hat, den Garten anzulegen, herrschte hier die reinste Wildnis. Sie hat alles selbst entworfen, musst du wissen. Und Liegestühle gab es früher auch«, fügte er trübselig hinzu. Er zog seine Hosenbeine hoch und setzte sich auf eine der drei Sitzbänke, die in der Laube zu einem offenen Kreis arrangiert waren. Ich nahm ebenfalls Platz.

»Wir wussten nicht, dass du kommst«, sagte ich, »sonst wäre Alec bestimmt hiergeblieben.«

Mein Onkel winkte ab. »Ich wusste ja heute Morgen selbst noch nichts davon. Ich habe kurz überlegt, ob ich telegrafieren soll – Zeitverschwendung. Weshalb ihn auch noch warnen? Der läuft ja sowieso davon, dieser feige Nichtsnutz.«

Das klang reichlich seltsam. »Stimmt etwas nicht?«

Onkel Edward schnaubte. »Wenn ich diesen sturköpfigen Mistkerl nicht in die Finger kriege, dann stimmt etwas nicht. Soll ich dir sagen, was das Problem eurer Generation ist? Zu viel Frieden, verdammt noch mal. Weicheier seid ihr, alle miteinander. Einen neuen Krieg, das brauchen wir. Da würde euch tüchtig Hören und Sehen vergehen.«

Mit einem Mal verspürte ich eine tiefe Müdigkeit. Ich musste mich zwingen, mich nicht auf der Bank auszustrecken. »Das glaube ich nicht«, sagte ich.

»Eine Schande, dass ich keinen Beitrag zum Kampf gegen Deutschland leisten konnte.« Er strich sich über seinen Schnurrbart. »Ich hätte gern dem einen oder anderen das Bajonett in die Brust gerammt. Wie geht's deiner Mutter?«

Der abrupte Themenwechsel war typisch für ihn. Ich erinnerte mich an ihren letzten Brief voller langweiliger Details über Leute, die mir sowieso egal waren. Gleichzeitig hatte es etwas Tröstliches, dass zu Hause alles seinen geordneten Gang ging. »Gut. Nun ja, natürlich plagt sie das eine oder andere Zipperlein, aber …«

»Das ist ihre eigene Schuld.« Für Onkel Edward war Mutters Entscheidung, meinen Vater zu heiraten, so ziemlich an allem schuld, was in ihrem Leben schieflief. »Und hat sie in letzter Zeit wieder mal gezeigt, was für eine Hexe sie in Wahrheit ist?«

Ich runzelte die Stirn, weil ich annahm, dass er von meiner Mutter sprach, doch dann sah ich ihn in Richtung des Hauses nicken. »Oh!«, stieß ich hervor, als mir dämmerte, wen er meinte. »H… Hexe? Nein … eigentlich ist sie in letzter Zeit sogar recht guter Dinge.«

Das stimmte. Seit unserem Gespräch bei dem Ausflug des Malkreises war Clara mir gegenüber merklich aufgetaut. Es kostete mich einige Überwindung, meine Erkenntnis für mich zu behalten. Ich konnte mir nur zu genau vorstellen, mit welcher Häme sie jegliche Form der Liebeserklärung quittieren würde, doch unsere aufkeimende Freundschaft schien zumindest für eine etwas entspanntere Atmosphäre im Haus zu sorgen. Als Wärme würde ich es nicht bezeichnen, aber zumindest als Ende der Feindseligkeiten.

»Guter Dinge!«, entrüstete sich mein Onkel. »Ja, dafür hat sie auch allen Grund. Immerhin hat sich dieses kleine Miststück Castaway House unter den Nagel gerissen. Hätte deine Tante geahnt, wem sie das Haus hinterlässt …«

Von irgendwoher erklang das leise Klirren von Gläsern, was

bedeutete, dass wir schon bald nicht mehr allein wären. »Ja«, sagte ich schnell. »Ich habe gehört, dass sie Tante Viviane schon früher kannte.«

»Viel zu gutmütig, meine Frau«, meinte Onkel Edward. »Und wie charmant die Kleine war. Wusste genau, was sie sagen musste, hat immer die richtige Worte gefunden. Dieses ganze Waisengetue und die Krokodilstränen. Dabei wollte sie bloß etwas haben, das ihr nicht gehörte.«

»Was genau ist denn passiert?«, fragte ich leise, als das Klirren des Servierwagens lauter wurde.

»Weißt du das etwa nicht?« Er zuckte verärgert die Achseln. »Vermutlich ist es jetzt sowieso egal. Da war dieses alberne Ding, das kleine Hausmädchen, das sich das Leben genommen hat und …«

»Vater!«, ertönte eine hohe Frauenstimme. »Was für eine reizende Überraschung! Du hättest doch anrufen können, dann hätte ich dich mit dem Wagen vom Bahnhof abgeholt.« Clara Bray trug ein Tablett voller Gläser – Gin Tonic mit Gurkenscheiben. Sie hatte einen Leinenhut mit breiter Krempe auf, die ihre allwissenden Augen abschirmte.

Ob sie unsere Unterhaltung mit angehört hatte? Ich spürte, wie ich rot wurde, weil ich wusste, was für eine scharfe Zunge sie hatte. Doch sie stellte das Tablett auf dem kleinen Tisch ab und verteilte die Gläser. »Ich habe Scone bestochen, dass er mir auch einen mixt, wenn ich dafür das Tablett herausbringen darf.« Sie rührte ihren Drink um. Ihre Nägel waren leuchtend rot lackiert und glänzten in der Nachmittagssonne. »Was für ein herrlicher Tag!«

Sie setzte sich auf die dritte Bank. Onkel Edward zupfte an seinem Hemdkragen. »Viel zu heiß für mich.«

»Zumindest haben wir hier Schatten.« Als sie den Kopf der Sonne zudrehte, fiel mein Blick auf ihren weißen anmutigen Hals. Mein Onkel wandte sich mit einem Brummen ab. Sie gähnte. »Vielleicht gehe ich später noch eine Runde schwimmen. Hast du deinen Badeanzug mitgebracht?«, fragte sie. Sie hatte die Augen geschlossen, so dass ich nicht sicher war, mit wem sie redete.

»Natürlich nicht«, knurrte Onkel Edward. »Ich kann den verdammten Strand nicht ausstehen.«

»Ach ja, ich erinnere mich. Viviane hat erzählt, du machst dir nicht viel aus dem Meer.«

Onkel Edward presste die Lippen aufeinander und sah aus, als wäre er Clara am liebsten an die Gurgel gesprungen, weil sie den Namen seiner Frau in den Mund genommen hatte. »Ich kann schwimmen, bloß nicht im Meer.«

Clara nippte an ihrem Drink. »Wie schade. Eigentlich verrückt, uns in unserem Strandhaus zu besuchen, wenn man gar nicht vorhat, ins Wasser zu gehen.«

Ihre Verwendung des Wortes »uns« schien meinen Onkel erst recht auf die Palme zu bringen. Seine Nasenlöcher blähten sich. Das verschmitzte Lächeln machte deutlich, dass Clara genau wusste, was sie tat. Ich trank einen Schluck. »Ich muss an meine Gesundheit denken.« Der Gin Tonic war eiskalt und schmeckte säuerlich.

Clara schmollte. »Natürlich, mein Lieber.« Der Anblick ihrer roten Lippen stürzte mich in einen Gefühlswirrwarr. Eilig drehte ich mich zur Seite und gab vor, eine Hummel zu beobachten, die sich auf einer Lupine niedergelassen hatte. »Wie war die Reise?«, erkundigte sie sich bei meinem Onkel.

Er schnaubte. »Dir ist klar, weshalb ich hier bin?«

Ich schaute Clara an und bemerkte das leichte Zucken an ihrem linkem Auge.

»Ehrlich gesagt, nein«, antwortete sie, und ein Anflug von Nervosität verbarg sich hinter ihrem charmanten Lächeln, als ihr Ehering leise gegen das Glas in ihrer Hand schlug.

»Dann erzählt er dir wohl doch nicht alles, was? Ich dachte, in einer modernen Ehe tut man das.« Onkel Edward warf mir einen Blick zu, als wäre ich der Experte für die moderne Ehe. »Frischverheiratete erzählen sich selbst die langweiligsten Details aus ihrem Leben.«

»In diesem Fall sind wir wohl nicht sonderlich modern«, bemerkte Clara trocken. Sie tat mir leid, unendlich leid – mit einem unsensiblen Klotz wie meinem Cousin verheiratet zu sein und in einer Welt leben zu müssen, in die sie nicht gehörte.

Onkel Edward brummte, doch es klang wohlwollend. »Nun ja, ich nehme an, du wirst es erfahren, nachdem ich mit ihm geredet habe.« Er wandte sich mir zu. »Das Problem ist nur, dass keiner zu wissen scheint, wo zum Teufel er steckt.«

»Ich werde ihn suchen gehen.« Ich erhob mich. Der Gin zeigte bereits Wirkung. »Ich klappere die Orte ab, wo er immer hingeht. Bestimmt hat ihn jemand gesehen und kann mir weiterhelfen.«

»Mein Mann hat eine Menge Freunde«, warf Clara leichthin ein und zupfte an einem losen Faden an ihrem Kleid. »Er ist das, was man einen Salonlöwen nennt.«

»Ich kenne meinen Sohn«, schnauzte mein Onkel sie an, woraufhin ihr Auge ein weiteres Mal leicht zuckte.

»Ich werde ihn schon finden«, sagte ich, inzwischen etwas zuversichtlicher, »und nach Hause bringen.«

»Danke.« Aufrichtige Wärme lag in Claras Lächeln. Ich erwiderte es. Mein Onkel leerte schweigend sein Glas, knallte es aufs Tablett und betrachtete es erwartungsvoll.

Ich verließ das Haus. Nach ein paar Metern hörte ich eine Stimme hinter mir. »Sir! Sir, warten Sie!« Ich drehte mich um.

Agnes kam mit hochrotem Kopf und völlig außer Atem die Kellertreppe heraufgelaufen. Ich ging ein Stück zurück.

»Ich war unten im Gesinderaum und habe Ihre Füße gesehen«, stieß sie hervor. »Ich wollte mich bei Ihnen bedanken.«

Ich runzelte die Stirn. »Wofür?«

»Dass Sie mit Madam geredet haben. Sie erlaubt mir, das Zimmer mit Jane und Harriet zu teilen. Es ist ein bisschen eng, aber das geht schon. Tausend, tausend Dank, Sir.«

Es war mir beinahe ein wenig peinlich, dass eine so winzige Veränderung eine solche Verwandlung bewirkt hatte. Sie war wie ausgewechselt. Nichts erinnerte mehr an das verschüchterte Mäuschen, das mir vor wenigen Wochen am Pier begegnet war. »Das heißt, jetzt ist alles so, wie Sie es sich gewünscht haben?«, fragte ich.

Sie lachte. »Ich kann nicht behaupten, dass Jane und Harriet begeistert wären, aber das kümmert mich nicht. Sie wollen das Zimmer genauso wenig haben wie ich. Madam behauptet natürlich, ihr würde es nichts ausmachen, aber sie ist auch nicht wie wir, nicht wahr, Sir?«

»Allerdings«, erwiderte ich nachdenklich.

»Sollte es irgendetwas geben, das ich für Sie tun kann, Sir, brauchen Sie es mir bloß zu sagen.«

»Nein, nein«, antwortete ich eilig. »Ich freue mich, dass ich helfen konnte.«

Sie zuckte die Achseln. »Falls doch, sagen Sie einfach Bescheid.«

Ich wandte mich zum Gehen, als mir noch etwas einfiel. »Ach, Agnes.« Sie sah mich an. »Hat irgendjemand noch mal von Sally gehört? Sie wissen schon, das Mädchen, welches das Zimmer vor Ihnen bewohnt hat.«

Sie schüttelte den Kopf. »Nein, Sir, kein Sterbenswörtchen.«

»Oh. Gut. Das ist alles. Danke.«

Leicht beunruhigt machte ich mich auf den Weg. Ich konnte nicht sagen, weshalb ich das Mädchen noch einmal erwähnt hatte, aber etwas an ihrem plötzlichen Verschwinden irritierte mich.

Als ich endlich zum Strand gelangte, klebte mir das Haar unter meinem Hut am Kopf. Junge Männer, deren Haut sich mit jeder Minute krebsroter färbte, saßen im Sand, während sich ihre

Liebsten hektisch Luft zufächelten. Erst gestern hatte auch ich mit Lizzie in unseren gemieteten Liegestühlen im Schutz eines Sonnenschirms hier gesessen.

Obwohl ich schon einige Zeit in Helmstone war, konnte ich einem Sonnenbad am Strand immer noch nicht viel abgewinnen – es roch nach Untätigkeit. Außerdem konnte ich mich nach wie vor nicht überwinden, meinen Anzug auszuziehen. Folglich war ich einem Hitzschlag nahe gewesen, wohingegen Lizzie in ihrem schlichten Leinenkleid munter wie ein Fisch im Wasser gewirkt hatte. Ich hatte meine Unterredung mit Dr. Feathers vergangene Woche mit keiner Silbe erwähnt und wusste nicht, ob er etwas zu ihr gesagt hatte. Doch mir war aufgefallen, dass sie häufiger über die Zukunft sprach als gewöhnlich.

»Ich überlege, ob das Esszimmer nicht pfirsichfarben sein sollte«, bemerkte sie verträumt und verschränkte ihre Finger mit den meinen. »Ich habe gelesen, das sei der letzte Schrei in der Stadt.«

»Entschuldige, aber ich habe von so etwas keine Ahnung.« Das schlechte Gewissen zwang mich, meine Finger nicht aus ihrer Umklammerung zu lösen.

Sie kicherte. »Nicht so schlimm. Ich habe nur … ein bisschen vor mich hin geträumt.« Als Nächstes erging sie sich in der begeisterten Beschreibung eines herrlichen Brautkleids aus Organza irgendeines Filmstars, und ich verfiel neuerlich in Schweigen, während ich mir wünschte, meine Begleiterin hätte kirschrote Lippen, einen gelangweilten Tonfall und jede Menge Geheimnisse. Und wäre die einzige Frau, die ich niemals würde berühren dürfen.

Die Tür von Mason & Bray Hall of Fame war abgeschlossen, aber Alec hatte mir einen Schlüssel gegeben. Ich schloss auf und nahm die Holzbretter ab, mit denen die Tür für den Fall eines Sturms gesichert worden war.

Mittlerweile hatte man weitere Lampen angebracht, die zwar nicht sonderlich viel Licht spendeten, aber immerhin verhinderten, dass ich die königliche Familie umstieß. Auch der Kassenbereich war fertig, eine Preisliste war aufgehängt und das Drehkreuz aufgestellt worden.

Auf meinen Rat hin hatte man neben den Figuren Informationstafeln aufgehängt – je länger die Leute sich in der Galerie aufhielten, umso mehr hätten sie das Gefühl, dass sie etwas für ihr Geld bekamen.

»Hallo?«, rief ich und trat ein. »Jemand hier?«

Keine Reaktion. Ich sah mich um und stellte fest, dass die Arbeiten in den vergangenen Wochen praktisch zum Erliegen gekommen waren. Dabei sollten Alec und Bump das Kabinett so schnell wie möglich eröffnen, um mit den Urlaubsgästen Kasse zu machen, bevor der Sommer zu Ende war und die Leute in die Fabriken und Büros in ihren verregneten Städten zurückkehrten.

Stirnrunzelnd betrachtete ich Rudolph Valentino: Jemand hatte ihm das Gewand über die eine Schulter gezogen, wodurch er für meinen Geschmack viel zu weibisch wirkte. Unvermittelt kam mir mein unbeholfener Kuss wieder in den Sinn und mein zweiter Abend in Helmstone, als Alec mir gestanden hatte, wie schlecht es um seine Ehe stand. Er hatte einzig und allein seiner Frau die Schuld daran gegeben, aber schon damals hätte mir klar sein müssen, dass es nicht ganz so einfach war. Ich zog Valentinos Ärmel wieder hoch, wobei ein Stapel Umschläge herausfiel und auf dem Boden landete.

Kopfschüttelnd bückte ich mich und hob sie auf. Es war typisch für Alec, dass er seine Geheimnisse an den absurdesten Orten verwahrte. Zuerst dachte ich, es handle sich um Briefe einer Geliebten. Ich konnte mir durchaus vorstellen, dass Clara mit ihrer Vermutung richtiglag und Alec sich mit einem halben Dutzend Mädchen gleichzeitig amüsierte, wenn auch nur aus reiner Lust an der Eroberung. Insgeheim hoffte ich sogar darauf, dass er eine heimliche Affäre hatte. Dadurch könnte ich mich ungenierter meinen lustvollen Gedanken an Clara hingeben.

Doch die Umschläge waren förmlich adressiert. »Mr A. Bray Esq., Torbogen Nr. 231, West Beach, Helmstone« stand in Schreibmaschinenschrift darauf. Jemand hatte sie aufgerissen und das Blatt herausgezogen. Die zwei Worte im Betreff des ersten Schreibens sagten mir alles, was ich bereits geahnt hatte und zu wissen brauchte: »Letzte Mahnung«.

Mein Cousin hatte den letzten Rest des mühsam zusammengehaltenen Erbes seiner Mutter für ein riskantes Unterfangen mit einem Nichtsnutz als Geschäftspartner verprasst. Dann hatte er sich neue Geldgeber gesucht und womöglich sogar das Vermögen seines Vaters als Sicherheit benutzt. Das würde erklären, weshalb Onkel Edward so außer sich war.

Ich hob die restlichen Briefe auf und trat hinaus. Die Sonne blendete mich, als ich zwischen den am Strand geparkten Mietkutschen hindurchging. Ich überquerte die Straße und tauchte in die kühlen, schattigen Gassen von Snooks ein. Ich wollte ins Walmstead Arms, Alecs Lieblingspub.

Trotz des Trubels in den Gassen war der Pub nahezu leer. Alec saß auf einem Hocker am Tresen und stierte in sein Glas. Ich schwang mich auf den Hocker neben ihm. »Ich habe dich schon überall gesucht.«

Sein Hocker kippte beinahe um, als er sich mir zuwandte. »Robert!«, rief er, während sein Blick allmählich klar wurde. »Wie geht's dir? Willst du einen Drink?«

»Nein danke.« Ich stützte mich mit dem Ellbogen auf dem Tresen ab. Auch wenn meine einst hohe Meinung von ihm während der letzten Tage ein wenig gelitten hatte, genoss ich seine Gegenwart nach wie vor, selbst wenn er sturzbetrunken war. »Dein Vater ist aufgetaucht«, sagte ich.

»Ah.« Er stützte sich ebenfalls auf dem Tresen auf. »Und hat er schlechte Laune?«

»Ich fürchte, ja. Clara unterhält ihn gerade im Garten.«

»Und ich dachte schon, schlimmer könnte es nicht mehr werden.« Er legte die Stirn auf den Tresen. »Sie haben dich hergeschickt, damit du mich holen kommst, ja?«

»Ich habe es freiwillig getan.« Dass er mich für einen Laufburschen zu halten schien, ärgerte mich. »Aber ich war froh, aus dem Haus zu kommen. Du weißt ja, dass Onkel Edward mich nicht ausstehen kann.«

»Das ist nichts Persönliches bei Edward. Er kann niemanden ausstehen. Abgesehen von meiner Mutter, aber die ist ja tot, und die Folgen davon bekommen wir alle zu spüren. Und du bist noch nicht mal sein Sohn. Stell dir nur vor, wie das erst wäre.«

Ich legte die Briefe vor ihm auf den Tresen. »Ich war im Kabinett. Die hier sind aus Valentinos Ärmel gefallen.«

Alec starrte die Umschläge an, machte jedoch keine Anstalten, sie an sich zu nehmen. »Ich bin pleite«, sagte er. »Nein. Pleite klingt zu dramatisch. Ich stecke in ernsten finanziellen Schwierigkeiten.«

»Wie viel?«

»Ich habe eine Hypothek auf Castaway aufgenommen.« Er drehte sein Glas hin und her. »Es ging alles bloß fürs Geschäft drauf. Das Kabinett frisst das ganze Geld regelrecht auf. Bump kennt die genauen Zahlen, behauptet aber die ganze Zeit, wenn wir erst mal eröffnet hätten und etwas hereinkäme, würde es schon hinhauen.«

»Trotzdem hast du eine letzte Mahnung bekommen.« Ich tippte mit dem Finger auf das Schreiben. »Er lag ganz oben, ich habe nicht geschnüffelt.«

Alec winkte ab. »Ich habe Vater als Bürgen angegeben, ohne ihm etwas davon zu sagen. Vermutlich ist er deshalb hergekommen. O Gott, ich will Castaway nicht verlieren, Robert. Das darf nicht passieren.«

»Aber Onkel Edward kann dir doch bestimmt aushelfen, oder nicht? Ich dachte immer, er hätte Geld.«

»Ihm ist es egal, ob Castaway verkauft wird. Er hasst dieses

Haus. Es erinnert ihn zu sehr an Mutter.« Er biss sich auf die Lippe. »Vielleicht muss ich sogar Dienstboten entlassen. Zumindest gibt es, was das angeht, ein bisschen Spielraum.«

»Scone?« Der Mann gehörte gewissermaßen zum Inventar.

»Das wird teuer.« Alec schnappte die Briefe und glitt von seinem Barhocker. »Nun gut. Es ist wohl besser, ich bringe es hinter mich. Kommst du mit, Robert? Um Zeuge meiner letzten Demütigung zu werden?«

»Wenn ich etwas für dich tun kann …«, begann ich, doch Alec taumelte bereits zur Tür hinaus. Ich hastete hinter ihm her. Schweigend gingen wir durch die engen Gassen der Altstadt. Alec hielt den Kopf gesenkt und hatte die Hände tief in den Hosentaschen vergraben.

»Meine Frau scheint dir gegenüber ein bisschen aufgetaut zu sein«, meinte er unvermittelt.

»Ich weiß. Es ist unglaublich. Wahrscheinlich liegt es daran, dass ich diesen qualvollen Ausflug mit ihrem Malkreis lebend überstanden habe.«

Er stieß ein spöttisches Lachen aus. »Ich an deiner Stelle wäre vorsichtig. Freundlich ist sie nur, wenn sie etwas will.«

»O nein. Ich glaube, sie ist sehr unglücklich«, platzte ich heraus, wobei ich völlig vergaß, dass ich genau neben jenem Mann herging, dem sie die Schuld an ihrem Kummer gab.

»Sie hat dir erzählt, dass ich mich quer durch die Betten vögle, stimmt's?«

Ich wurde rot. »Äh … nein, zumindest nicht so.«

»O Gott, sie hat dir doch nicht etwa von dem Baby erzählt?« Alec blieb stehen und sah mir ins Gesicht. »Es ist nicht zu fassen. Diese Frau würde absolut alles tun, um mich schlechtzumachen. Sie besitzt keinerlei Schamgefühl. Vermutlich hat sie dir erzählt, ich hätte sie im Stich gelassen.«

»Sie war ziemlich aufgebracht«, sagte ich. »So sehr, dass sie sogar geweint hat.«

»Krokodilstränen«, höhnte er. »Sie hat sich keinen Pfifferling um dieses Baby geschert. Ich aber. Ich war völlig aus dem Häuschen vor Freude, als sie mir erzählt hat, dass sie ein Kind bekommt. Ich meine, ich bitte dich – wirkt Clara etwa wie die geborene Mutter auf dich?«

Etwas sagte mir, dass es mir nicht zustand, diese Frage zu beantworten, deshalb schwieg ich. Wir überquerten die Straße am Fuß von Gaunt's Cliff. »Dieses Baby war die einzige Chance, unsere Ehe zu kitten, und sie hat es getötet«, sagte Alec.

»Sei nicht albern«, gab ich zurück.

»Widersprich mir nicht, Robert. Ich weiß es.« Er hielt sich mit einer Hand am Geländer fest. »Sie wollte unbedingt tanzen gehen. Ich habe gesagt, sie soll es nicht tun, nicht in ihrem Zustand, aber natürlich ist sie trotzdem hingegangen und prompt gestürzt.«

»Ein Unfall«, sagte ich.

»Nein, absolut nicht. Sie hat sich die Treppe hinuntergestürzt, und dabei ist es passiert. Ich bin sicher, sie hat mehr als genug Erfahrung darin, ein Baby loszuwerden.«

»Das stimmt nicht«, rief ich, aber Alec war bereits ein gutes Stück vorausgegangen, außerdem hörte er mir ohnehin nicht zu. Wie konnte er nur so blind sein? Ich hatte doch mit eigenen Augen gesehen, wie erschüttert sie war; so etwas konnte niemand spielen. Aber Alec hatte im Augenblick ganz andere Sorgen. Als wir nach Hause kamen, ließ er sich von Scone in die Bibliothek bringen, wo Onkel Edward ihn bereits erwartete.

Alec schlurfte die Treppen hinauf – noch nie hatte er mich so sehr an einen Schuljungen erinnert wie jetzt –, blieb auf halbem Wege stehen und winkte mir zu. Ich winkte zurück, und er schnitt eine Grimasse. Die Tür der Bibliothek fiel ins Schloss. Hoffentlich war er inzwischen so nüchtern, dass er die Gardinenpredigt seines Vaters halbwegs ertrug.

Clara war immer noch im Garten. Sie lag auf einem Liegestuhl unter einem Sonnenschirm am Teich und las. Ich drückte mich verlegen herum, bis sie sagte: »Wollen Sie etwa den ganzen Nachmittag wie ein Butler herumstehen? Los, nehmen Sie sich einen Stuhl und setzen Sie sich hin.«

Sie deutete auf das Gartenhäuschen. Ich ging hinüber, entfernte die Spinnwebe über der Tür und trat ein. An der Wand lehnte eine Tischtennisplatte. Daneben lagen mehrere zusammengeklappte Liegestühle mit halb vergammelten Sitzkissen, ein ausgebleichter Kinderreifen, eine Regenjacke und eine uralte, vergilbte Zeitung. Ich nahm einen Liegestuhl und zerrte ihn über die Wiese bis zum Teich. Als ich die Auflage abklopfte, stieg eine Staubwolke auf. Clara hustete.

»Sie wollen doch keine Operation auf dem verdammten Ding durchführen«, bemerkte sie.

»Die ist aber schmutzig«, sagte ich, obwohl ich vor Scham über meinen pikierten Tonfall am liebsten im Boden versunken wäre. Ich legte die Auflage auf den Liegestuhl und setzte mich vorsichtig hin.

Clara nahm wieder ihr Buch zur Hand; ihre Augen schienen förmlich über die Zeilen zu fliegen. Auf einmal sagte sie: »Sie haben meinen Mann also gefunden, ja? Vermutlich in irgendeiner Bar.« Sie seufzte. »Ich nehme an, es geht um Geld. Darum geht es bei Alec fast immer.«

»Ich weiß es nicht«, sagte ich – ich wollte nicht der Überbringer der schlechten Nachrichten sein. »Aber dann wird Onkel Edward ihm bestimmt unter die Arme greifen.«

Sie ließ ihr Buch sinken. »Er hat sich schon seit Jahren Sorgen gemacht, wann mit der Unterstützung Schluss ist. Ihr Onkel ist schließlich kein Dummkopf.«

»Wohingegen Alec …«, warf ich leichthin ein in der Hoffnung, dass uns die nachsichtige Zuneigung für Alec vereinte.

»Auch er ist kein Dummkopf«, entgegnete sie scharf. »Sondern ein Kind. Er verschwendet niemals einen Gedanken an die

Konsequenzen seines Tuns. Ihm kommt etwas in den Sinn, dann handelt er entsprechend, und der Rest der Welt kann sehen, wo er bleibt. Aber lassen Sie uns nicht von ihm reden. Wie finden Sie den Garten, Robert?«

»Äh …« Ich schirmte mit der Hand meine Augen ab und sah mich um. »Er ist sehr hübsch.«

»Alecs Mutter hat ihn ganz allein entworfen«, sagte sie. »Früher hat sie hier massenhaft Gartenpartys veranstaltet.«

Ich beugte mich vor. »Ah, davon habe ich gehört.«

Clara legte ihr Buch beiseite. »Sie hat mir alles darüber erzählt. Es hörte sich immer wie ein Traum an: Überall Kerzen, Glasschalen mit schwimmenden Schnittblumen darin, die Damen trugen herrliche Kleider, und die Männer flirteten mit den Frauen.«

Ein Bild erschien vor meinem geistigen Auge: nicht von der Party, sondern von einem Mädchen mit zerzaustem Haar, das mit einer Teetasse in der Hand kerzengerade auf seinem Stuhl saß und Tante Vivianes glasklarer Stimme lauschte.

In diesem Moment kam die Erkenntnis. »Sie«, flüsterte ich. »Sie sind … genauso wie sie.«

Ich dachte, sie würde meine Worte abfällig abtun, aber auf ihrem Gesicht erschien ein Lächeln, flüchtig und geheimnisvoll, ein Lächeln, das nur für uns beide bestimmt war. »Als ich noch ein Mädchen war, hatte sie in meinen Augen alle Eigenschaften, die ein Mensch haben muss«, sagte sie. »Ich habe sie regelrecht studiert. Wie sie dasaß, wie sie ihr Glas hielt, wie sie redete.«

»Wollen Sie damit sagen, Sie versuchen, sie nachzuahmen?«

Wieder lächelte sie, und wieder war es dieses intime Lächeln, das mich in ihre Welt einlud. »Keineswegs«, antwortete sie, »aber das Unterbewusstsein ist etwas ganz Wunderbares. Haben Sie sich je mit Psychologie befasst? Ein sehr faszinierendes Thema. Ich bin mir sehr wohl darüber im Klaren, dass Viviane Bray genauso eine Kunstfigur war, wie ich es bin, wenn auch eine völlig andere.«

»Was meinen Sie damit?«

»Das erzähle ich Ihnen ein andermal, Schätzchen.« Sie sah sich um. »Mir ist es zu heiß hier draußen. Ich werde jetzt hineingehen, um mich auf den bevorstehenden Bankrott meines Mannes vorzubereiten.«

»Vielleicht wird ja alles wieder gut«, murmelte ich.

Clara ging den gewundenen Pfad an der Hecke entlang. Noch einmal drehte sie sich um und musterte mich scharf. »Wenn schon alles den Bach runtergeht«, sagte sie, »dann sorge ich zumindest dafür, dass ich mit einem anständigen Knall abtrete.«

Ein leises Lächeln spielte um ihre Mundwinkel, dann verschwand sie. Ich überlegte, was um alles Welt sie damit gemeint haben könnte.

Alec und sein Vater schlossen sich für den Rest des Nachmittags in der Bibliothek ein. Die Stimmung beim Abendessen war wie gewohnt angespannt, was durch die Gegenwart meines Onkels, der an allem etwas auszusetzen hatte, noch verschlimmert wurde – der Kartoffelsalat bis hin zur Temperatur des Weins, nichts fand seine Zustimmung. Alec stocherte in seinem Essen herum und trank, so dass es Clara und mir überlassen blieb, Konversation zu machen.

»Wie geht es eigentlich Lizzie?«, erkundigte sie sich, nachdem minutenlang eisiges Schweigen geherrscht hatte.

»Lizzie?« Zwei qualvolle Sekunden lang sah ich mich außerstande, mich zu erinnern, wer Lizzie war oder wie sie aussah. »Ja. Lizzie. Sie ist … es geht ihr gut.«

»Was für ein süßes Mädchen«, fuhr Clara fort. »Ich habe völlig vergessen, dass ich sie ja zum Tee herüberbitten wollte. Sie müssen die Familie unbedingt zu unserer Gartenparty einladen.«

Alec presste die Lippen zu einer schmalen Linie zusammen. »Welche Gartenparty?«

»Die Gartenparty Ende August. Deine Mutter hat immer ganz wunderbare Partys gegeben, das habe ich zumindest gehört. Ich dachte, ich lasse diese Tradition wieder aufleben.«

Alec starrte auf sein Weinglas. »Ich halte das für unpassend«, sagte er kalt.

»Aber nein, Liebling, ich bestehe sogar darauf.« Clara strahlte ihn an. »Wir laden alle ein, die wir kennen.«

Alec verkrallte die Finger in der Tischdecke. »Wir reden später darüber.«

Onkel Edward hüstelte. »Vermutlich ist es keine schlechte Idee, diese verdammte Party zu feiern. So schnell wirst du wohl keine Gelegenheit mehr dazu haben.« Er schleuderte seine Serviette auf den Tisch und stand geräuschvoll auf. »Es war ein langer Tag. Ich werde jetzt nach oben gehen.« Ohne uns gute Nacht zu wünschen, verließ er das Zimmer.

Schweigend saßen wir am Tisch, während die Dienstboten den Tisch abräumten und Käse und Kaffee servierten. Alec schenkte sich ein Glas Port ein, ohne mir eines anzubieten. Als das Personal verschwunden war, zündete Clara sich eine Zigarette an. »Also, du kannst mir auch gleich sagen, was los ist. Früher oder später erfahre ich es ja sowieso.«

»Wenn ihr mich entschuldigen wollt.« Ich schob meinen Stuhl zurück.

»Bleiben Sie doch«, bat Clara. Ich sah den flehenden Ausdruck in ihren Augen, obwohl ihr Tonfall neutral war.

Ich setzte mich wieder hin. Alec war ohnehin viel zu betrunken, um sich darum zu scheren. Gedankenverloren drehte er sein Zigarettenetui zwischen den Fingern hin und her.

»Für dich muss das Ganze ein echtes Fest sein«, meinte er, an seine Frau gewandt. »Meinen Absturz mitzuerleben.«

Clara blies eine Rauchwolke an die Zimmerdecke. Nicht zum ersten Mal in diesem Sommer wünschte ich, mich in Luft auflösen zu können.

»Da wir nun einmal Eheleute sind«, gab sie zurück, »habe ich nur dein Bestes im Sinn.«

Alec schnaubte.

Sie schaute ihn an. »Los, raus mit der Sprache.« Ihre Stimme klang beinahe sanft.

Er hob den Kopf. Noch nie hatte ich eine derartige Kälte in seinem Blick gesehen. »Wir müssen einen Teil von Mutters Möbeln verkaufen. Und den Wagen. Und der Großteil des Personals wird entlassen, einschließlich Scone.«

»In Ordnung.« Sie schnippte ihre Asche ab.

»Ich werde mir einen Job suchen müssen.«

Sie zog an ihrer Zigarette. »Ja«, sagte sie nachdenklich. »Da stimme ich deinem Vater zu. Das täte dir bestimmt gut.«

»Und wir werden Castaway House verkaufen.«

»Nein.« Das klang nicht wie eine Bitte, sondern wie eine Feststellung.

Er zuckte die Achseln. »Uns bleibt nichts anderes übrig, mein Herz. Wir ziehen in eine Wohnung in London, Vater besorgt mir über einen seiner Freunde einen Job, und dann leben wir dort glücklich bis ans Ende unserer Tage.«

»Wir werden Castaway nicht verkaufen.«

Im Gegensatz zu mir bekam Alec nicht mit, wie sehr ihre Hände zitterten. »Deine Mutter hätte das nie zugelassen«, sagte sie.

»Wage es nicht, den Namen meiner Mutter in den Mund zu nehmen!« Er zeigte mit dem Finger auf sie. »Castaway ist nicht dein Haus, sondern meines, und ich kann damit tun, was ich will.«

Sie schlug mit der flachen Hand auf den Tisch. »Sie werden es in Apartments aufteilen oder ein Hotel daraus machen oder sonst irgendetwas Grässliches.«

»Es ist nur ein Haus, Clara. Kein Baby.«

Sie wich zurück, als hätte er sie geohrfeigt. Dann blickte sie zu mir, und ich sah Tränen in ihren Augen. »Das wirst du bereuen«, sagte sie leise und schluckte.

»Ich an deiner Stelle wäre lieber vorsichtig.« Sein Gesicht rötete sich. »Ich habe dich aus der Gosse geholt und kann dafür sorgen, dass du genauso schnell wieder dort landest.«

Sie blies ihm den Rauch ins Gesicht. »Wenn ich untergehe«, sagte sie mit butterweicher Stimme, »dann gehst du mit. Mein Liebster.«

Alec stieß einen Fluch aus. Erst jetzt schien er mich zu bemerken. »Und? Genießt du die Show?«, schnauzte er mich an.

Ich starrte ihn verblüfft an. »Ich bitte dich, Alec.«

Er fluchte abermals und ging hinaus. Die Haustür schlug so heftig zu, dass die Erschütterung noch im Esszimmer zu spüren war.

Eine Weile herrschte Stille, und nur ein Zischen war zu vernehmen, als Clara ihre Zigarette ausdrückte. Ich überlegte, wie ich mich verhalten sollte: Entweder ich ließ Clara allein und mimte den neutralen Außenstehenden, oder aber ich bezog klar Position. Plötzlich hörte ich, wie Clara leise schniefte, damit war klar, was ich ohnehin die ganze Zeit gewusst hatte: Es gab keine Alternative.

»Ich weiß ja nicht, wie es Ihnen geht«, sagte ich und stand auf, »ich für meinen Teil brauche jetzt einen anständigen Drink.«

Sie riss die Augen auf, um den Tränen Einhalt zu gebieten, und wollte die Glocke neben dem Kamin betätigen.

»Aber nicht hier«, sagte ich schnell, woraufhin sie die Hand sinken ließ.

Sie stand auf und stellte sich vor den Spiegel über dem Kaminsims, um ihre perfekt sitzende Frisur zu richten. Ihre Augen waren schwarz wie Kohle. »Ich weiß, wohin wir gehen«, sagte sie leise.

Damit verließ sie das Zimmer. Ich hörte sie mit Scone sprechen, dem der Disput unmöglich entgangen sein konnte, und als ich in die Eingangshalle kam, war sie bereits ausgehfertig. Ich nahm meinen Hut vom Haken, und wir schritten gemeinsam in die angenehm duftende Nacht hinaus.

Den ganzen Weg den Hügel hinunter sprach sie kein Wort, nur ihre Absätze hallten zornig auf den Pflastersteinen wider.

In Dr. Feathers' Praxis brannte Licht. Ich sah ihn mit auf dem Rücken verschränkten Händen am Fenster stehen und winkte, woraufhin er mir zunickte. Was er wohl denken mochte – ich in Begleitung der Frau meines Cousins, nachdem nicht einmal fünf Minuten zuvor der Herr des Hauses hinausgestürmt war.

Wir gingen die Promenade entlang, passierten die Altstadt. Obwohl die ersten Sterne am indigoblauen Himmel funkelten, hatte die Dunkelheit noch nicht richtig eingesetzt. Wir gingen zum östlichen Stadtrand, in Richtung des kleinen Hafens, und überquerten die Straße. Aus dem Keller eines Hauses drang gedämpft Livemusik.

Clara blieb vor der Treppe stehen und drehte sich zu mir um. »Danke, Robert«, sagte sie. »Sie haben mir wirklich sehr geholfen. Ich weiß, wie schwierig es für Sie ist, zwischen Alec und mir zu stehen.«

»Ich will nur, dass Sie beide glücklich sind«, erwiderte ich.

Sie schüttelte den Kopf. »Zwei Lügner, die miteinander verheiratet sind, das kann nicht gut gehen.« Sie schnitt eine Grimasse. »Und wissen Sie, was? Ich habe die Nase voll von dieser Lügerei.«

Ich runzelte die Stirn. Noch nie war sie mir so aufrichtig vorgekommen. »Lügen Sie denn jetzt auch?«

»All das hier …« Sie strich über ihr schwarzes perlenbesetztes Kleid. »Ich bin eine einzige Lüge. Das einzig Ehrliche, was ich noch habe, ist dort unten.« Sie deutete auf den Keller.

Ich beugte mich vor und sah eine Bewegung hinter den vergitterten Fenstern. »Was ist da?«

Sie legte den Kopf schief. »Kommen Sie mit und sehen Sie selbst«, sagte sie und stieg die Stufen hinunter. Ich zögerte kurz, bevor ich ihr folgte. Sie klopfte an die Tür. Als sie aufging, drangen ein Schwall heißer Luft und Musik heraus. »Süße, da bist du ja wieder!«, sagte eine Männerstimme, ehe sich zwei kräftige Arme um sie schlossen.

Clara lächelte zu der Gestalt empor und trat durch die Tür.

Drinnen war es brüllend heiß, und man sah fast die Hand vor Augen nicht. Es herrschte dichtes Gedränge, und die Gäste schienen sich zu unterhalten und gleichzeitig zu tanzen, was den Eindruck eines surrenden Insekts mit zahllosen Köpfen erweckte. Im hinteren Teil des Raums stand eine Bühne, auf der eine Band spielte. Klaviertöne vermischten sich mit den Klängen von Streich- und Blasinstrumenten. Erschrocken stellte ich fest, dass es sich bei den Musikern um Neger handelte.

Eine Hand packte die meine, und Clara zog mich durch die Menge zu einer kleinen Bar auf der rechten Seite, hinter der ein Mann mit dünnem elegantem Schurrbart – womöglich der Kerl, der sie umarmt hatte – Drinks ausschenkte.

»Das ist mein Cousin Robert Carver«, stellte Clara mich atemlos vor. »Robert, das ist George Basin, ein guter Freund von mir.«

Der Mann stellte das Glas beiseite, wischte sich die Hände an der Schürze ab und ergriff meine Hand. »Wie schön, dass Sie sie überredet haben, das Haus zu verlassen«, rief er über die laute Musik hinweg. »Wir haben sie in den letzten Wochen schon vermisst.«

»Spar dir die Schmeicheleien«, sagte Clara, doch ihre Augen blitzten. »Gib uns lieber etwas zu trinken. Was nehmen Sie, Robert? Gin? Für alles andere ist es viel zu heiß, nicht?«

Ich nickte, denn ich war viel zu verblüfft darüber, wo ich hier hineingeraten war, um mir Gedanken darüber zu machen, was ich trinken wollte. Mehrere Pärchen tanzten direkt vor der Bühne. Der Sänger hatte die Augen geschlossen und gab einen flotten Jazzsong zum Besten, zu dessen Klängen sich die Paare in dem engen Raum dicht gedrängt bewegten. Clara reichte mir mein Glas, das ich in einem Zug leerte. Ich sehnte mich förmlich nach der betäubenden Wirkung des Alkohols, um all die neuen Eindrücke verarbeiten zu können.

»Und? Gefällt Ihnen das Geschrummel?«, rief ein kleiner Mann mit blau getönten Brillengläsern neben mir.

»Die Band«, erklärte er beim Anblick meiner verständnislosen Miene.

»Die Band? Oh, ja sehr.« Ich unterschlug, dass sich meine Erfahrungen mit Livedarbietungen weitgehend auf die Auftritte der Heilsarmee an Feiertagen im Park beschränkten.

»Sie sind aus London«, fügte der Mann sichtlich befriedigt hinzu, »und spielen dort in den besten Etablissements, müssen Sie wissen. Clara! Ich wusste ja gar nicht, dass du auch hier bist!«

Clara umarmte den Mann und küsste ihn auf beide Wangen, ehe sie ihn mir als Eli Golden, den Besitzer des Clubs, vorstellte. »Eli hat mich vor dem Tod durch Langweile gerettet«, sagte sie. »Nach dem Umzug hierher hatte ich Angst, ich könnte nie wieder tanzen gehen, aber dann habe ich Eli kennengelernt.«

»Sie ist eine wunderbare Revuetänzerin.« Eli zwinkerte mir zu. Vermutlich hielt er mich für ihren Liebhaber. Ich war heilfroh, dass es dunkel im Raum war, so dass er nicht sehen konnte, wie mir die Röte ins Gesicht stieg. Mir fiel wieder ein, was Alec über das Tanzen gesagt hatte, und ich überlegte, ob der Unfall hier passiert war, vielleicht auf der Treppe draußen.

Doch die Erinnerung an den Vorfall schien ihr nichts auszumachen. »Wollen Sie tanzen?«, schrie sie über den Lärm hinweg, und ich glaubte das heisere Echo einer anderen Stimme wahrzunehmen, einer Stimme, die ohne jede Ironie auskam und die Dinge beim Namen nannte, klar, ungekünstelt und ohne jeden Schnörkel.

Ich schüttelte den Kopf. »Ich fürchte, ich kann nicht.«

Statt einer Erwiderung nahm sie mir das leere Glas aus der Hand, stellte es auf den Tresen und zog mich hinter sich her auf die Tanzfläche. Trotz des Gewühls bekam ich ihre Rechte zu fassen und legte meine andere Hand auf ihren schweißfeuchten Rücken. Irgendwie gelang es mir, mich im Takt der Musik zu bewegen, während sie sich mit wiegenden Hüften von mir weg- und wieder zurückdrehte und dabei den Text mitsang, als pulsiere der Rhythmus im Einklang mit dem Schlag ihres Herzens.

Irgendwann belegten sie andere Tänzer, Männer wie Frauen, mit Beschlag, was mir Gelegenheit bot, mich an den Rand der Tanzfläche zurückzuziehen. Ich bestellte mir noch etwas zu trinken und sah ihr von der Bar aus zu, wobei ich jedes Mal lautlos fluchte, wenn sich ein Pärchen vor mich schob und die Sicht auf Clara versperrte. Ich wünschte, ich hätte in meiner Jugend Tanzstunden genommen. Weshalb hatte mir keiner gesagt, dass Tanzen tausendmal wichtiger war als lateinische Deklinationen oder ein albernes Kricketspiel?

Drüben bei der Bühne schien etwas vor sich zu gehen, denn Johlen und Applaus wurden laut. »Da«, sagte George Basin hinter mir. »Ihre Cousine. Wann immer sie hier ist, überreden sie sie, auf die Bühne zu gehen.«

Der Sänger verbeugte sich und machte Platz für Clara, die reichlich unelegant auf die Bühne kletterte. Sie drückte ihr Glas jemandem in die Hand. Allmählich kehrte Ruhe ein. Der Bassist stimmte ein paar Noten an, der Mann am Klavier klimperte eine Melodie, und Clara breitete die Arme aus. »Your love won't give me no roses …«, sang sie mit einer Stimme so tief wie das Meer.

Die Paare auf der Tanzfläche nickten einander zu und passten sich dem etwas langsameren Rhythmus an, während die anderen ihre Gespräche wieder aufnahmen. Ich blieb stehen, einen Ellbogen auf die Bar gestützt, und blickte Clara wie gebannt an. Ihre Augen schimmerten gefühlvoll, wobei sie mit ihrer Stimme all meine heimlichen, tief verborgenen Gefühle wachrief.

In diesem Moment wusste ich, dass ich sie immer lieben würde, egal, was die Zukunft brachte oder wer sie in der Vergangenheit gewesen war. Meine Bewunderung für sie war selbstlos und nicht an Bedingungen geknüpft. Nein, sie existierte einfach, und allein das erfüllte mich mit Glück.

»Gute Schauspielerin, was?«

George Basin grinste mich an. Es ärgerte mich, dass er mich aus meinen Tagträumen gerissen hatte, und ich schenkte ihm keine Beachtung, was ihn jedoch nicht zu stören schien.

»Ja«, fuhr er fort. »Hätte sie nicht geheiratet, wäre aus ihr vielleicht etwas ganz Großes geworden. Sie wissen schon, ein Filmstar oder so was. Wenn sie singt, schmilzt man regelrecht dahin, verstehen Sie, was ich meine?«

Ich nickte stumm und richtete mein Augenmerk wieder auf die Bühne. Selbstgefällig dachte ich daran, dass ich – auch wenn sie eine noch so gute Schauspielerin war – die echte Clara Bray kannte. Die Clara Bray, die auf einem Gatterzaun gesessen und geweint hatte. Und als sie nun unter begeisterten Rufen und Applaus die Bühne verließ und atemlos und mit leuchtenden Augen zu mir an die Bar kam, wusste ich, dass ich die wahre Clara vor mir hatte. Am liebsten hätte ich sie in die Arme genommen und sie geküsst, doch ich begnügte mich mit einem schwachsinnigen »Bravo! Gut gemacht!«, als wäre ich der letzte Idiot.

»Bestimmt halten Sie mich für eine fürchterliche Angeberin«, sagte sie, als die Band weiterspielte. »Nun ja, und Sie haben vollkommen Recht.«

Die wogende Menge drückte sie gegen mich. Kurz glaubte ich, ihren Herzschlag zu spüren, ehe mir bewusst wurde, dass es mein eigener war. Es fühlte sich an, als hämmere ein Karnickel mit den Läufen gegen meine Brust. »Danke, dass Sie mich mitgenommen haben«, rief ich.

Lächelnd machte sie eine ausholende Geste. »Das hier war mein Leben«, rief sie. »In London. Bis ich Alec begegnet bin. Und jetzt bin ich eine alte, sterbenslangweilige verheiratete Frau.«

»Nein, das sind Sie nicht, absolut nicht! Verheiratet ja, das ist aber auch schon alles.«

Sie strich mir mit der Hand übers Kinn. »Wie lieb von Ihnen, süßer Robert«, sagte sie, und ich spürte, wie sich meine Eingeweide zusammenzogen. Noch nie hatte sie ihre Zuneigung deutlicher gezeigt, und es war mir egal, ob der Alkohol seinen Teil dazu beigetragen hatte.

Wir blieben noch eine Weile. Sie stellte mir ihre Freunde vor, die mich keinen Pfifferling scherten, trotzdem lachte und scherzte ich mit ihnen. Irgendwann sagte Clara, sie sei schrecklich müde und wolle gern nach Hause. Ich schüttelte reihum die Hände. Als wir die Treppe hinaufgingen, betrachtete ich ihr Hinterteil, das sich unter dem dünnen Seidenstoff einladend vor meinen Augen bewegte.

»Ich weiß genau, dass Sie da hinsehen, wo Sie nicht hinsehen sollten, Robert Carver«, sagte sie.

»Tue ich nicht!«, widersprach ich laut, als müsste ich mich selbst überzeugen. »Ich habe nur aufgepasst, dass Sie nicht fallen.«

Wir gingen zur Promenade. Clara umfasste das Geländer und ließ den Blick über die Segelboote mit ihren klirrenden Masten schweifen. »Genau das ist passiert«, sagte sie leise. »Als ich das letzte Mal hier war. So habe ich das Baby verloren. Ich war eine Närrin. Ich hätte besser aufpassen müssen.«

Ich lehnte mich neben ihr gegen das Geländer. »Manchmal passiert eben ein Unglück.« Alecs grausame Worte kamen mir wieder in den Sinn.

»Ja. Das ist wahr.« Ihr Gesicht lag halb im Schatten, so dass ich ihre Augen nicht erkennen konnte. »Wie weise Sie doch für Ihr Alter sind.«

Vermutlich machte sie sich über mich lustig. »So weit sind wir altersmäßig gar nicht auseinander«, gab ich steif zurück.

»Oh, aber ich bin verheiratet. Das lässt einen ganz erheblich altern. Tun Sie's lieber nicht. Oder erst in ein paar Jahren.«

»Das Problem ist … dass ich Dr. Feathers gewissermaßen versprochen habe, Lizzie einen Antrag zu machen. Wenn ich die Universität abgeschlossen habe.«

»Oje.« Sie lachte. »Da haben Sie sich ja was Schönes eingebrockt.«

Ich runzelte die Stirn. »Vielleicht will ich Lizzie ja heiraten.«

»Vielleicht. Aber sie wird nicht immer so hübsch und jung bleiben.«

»Wenn man jemanden liebt, spielt so etwas keine Rolle«, gab ich leichthin zurück.

»Genau.« Sie seufzte. »Ganz genau.«

Schweigend standen wir nebeneinander und blickten zu dem runden silbrigen Mond hinauf. Es war noch immer sehr warm, und ich hatte meine Jacke unter den Arm geklemmt, während der Schweiß langsam trocknete.

»Ich frage mich, ob Alec die Scheidung möchte«, sagte sie nach einer Weile leise.

Mein Herzschlag beschleunigte sich. »Mit welcher Begründung?«, erwiderte ich mit gespielter Lässigkeit.

»Oh, ihm wird sicherlich etwas einfallen. Er lässt sich mit einem kleinen Flittchen fotografieren oder so. Das wird seinem Ruf nicht allzu sehr schaden.« Ihr Ehering schlug gegen das Metall, als sie mit den Fingern auf das Geländer trommelte. »Außerdem ist es doch die Wahrheit. Zu lieben, zu achten und zu ehren, hieß es nicht so? Ich glaube, wir saßen noch nicht mal richtig im Zug in die Flitterwochen, da trieb er es schon mit der Kellnerin aus dem Speisewagen.«

»Ich dachte, das macht Ihnen nichts aus«, sagte ich vorsichtig.

Sie wandte mir ihr wunderschönes Gesicht zu. »Man arrangiert sich. Aber ein Verhältnis mit einer Dienstbotin, das war wirklich das Allerletzte.«

Da fiel der Groschen. »Es war Sally, nicht wahr? Das Mädchen, das verschwunden ist.«

»Sie hat mir einen Zettel unter der Tür durchgeschoben ... in der Nacht, als sie in das Loch zurückgekrochen ist, aus dem sie gekommen war. Sie würden sich lieben, hat sie geschrieben.«

Clara lachte höhnisch. »Er würde mich verlassen und sie stattdessen heiraten. Ich konnte das kleine Flittchen ja nie leiden, aber dass sie so dumm war, hätte ich eigentlich nicht gedacht.«

»Ist sie deshalb einfach verschwunden?« Clara richtete sich auf, und ich verstand, dass wir innerhalb der Mauern von Castaway House niemals so offen miteinander sprechen würden. Ich wünschte, dieser Moment würde ewig andauern, nur wir beide, frei von Zeit und Raum.

»Vermutlich. Ich gehe davon aus, dass sie selbst jetzt noch irgendwo sitzt und darauf wartet, dass er angeritten kommt und sie mitnimmt.« Sie schüttelte den Kopf. »Das war der Abend, als ich tanzen gegangen bin. Ich war so wütend. Ich konnte nicht mit ihm darüber reden. Das kann ich bis heute nicht. Und dann habe ich das Baby verloren, und er gibt mir die Schuld daran. Mir! Hätte er nur ein einziges Mal seine Hose zugeknöpft gelassen, trüge ich vielleicht immer noch sein Kind unterm Herzen.«

»Großer Gott.« Ich wandte den Blick ab. Zwar glaubte ich nach wie vor nicht, dass Alec im Grunde seines Herzens ein schlechter Mensch war, der andere gern quälte, aber einen anständigen Kerl machte das noch lange nicht aus ihm. »Es stimmt. Er ist wie ein Kind.«

»Und ich stehe hier herum und langweile Sie mit meinen albernen Sorgen.« Sie lachte.

»Überhaupt nicht. Allerdings zwingen Sie mich, Partei zu ergreifen.«

»Tja.« Sie lächelte verschmitzt. »Ich bin ziemlich sicher, Alec hat seine Angel längst nach Ihnen ausgeworfen. Weshalb sollte mir nicht dasselbe zustehen?«

»Ich wundere mich, dass Sie meine Meinung interessiert«, sagte ich.

»Wir sind doch Kameraden, oder nicht? Sie und ich.«

»Sind wir das?«, fragte ich ehrlich überrascht und völlig überwältigt, als sie ihre zarte Hand unter meine Armbeuge schob.

Sie lachte nur. »Wissen Sie, was ich jetzt gern tun würde, Robert?«, fragte sie, als wir uns auf den Rückweg machten.

»Was denn?«

»Schwimmen gehen.«

»Oh. Nun, ich fürchte, das wäre schrecklich gefährlich.«

»Hm.« Sie hielt inne. »Los, kommen Sie.«

»Was?«

Doch sie lief bereits die Treppe hinunter zum Strand. Als ich sie einholte, zog sie sich gerade die Schuhe aus.

»Sie wollen doch nicht ernsthaft schwimmen gehen!«

Ihre Augen blitzten. »Aber sind Sie nicht auch klebrig und verschwitzt? Das ist das perfekte Mittel dagegen.«

»Aber man darf nachts nicht ins Meer.« Ich hastete besorgt neben ihr her. »Die Gezeiten sind unberechenbar.«

»Ach, Robert«, erwiderte sie seufzend. »Wollten Sie denn noch nie etwas tun, dessen Folgen Sie nicht absehen konnten?«

Doch, rief ich insgeheim. Doch, doch, doch. »Natürlich«, antwortete ich. »Aber als Erwachsener kann man nun einmal nicht immer das tun, was einem gerade einfällt, ohne sich Gedanken über die Konsequenzen zu machen.«

Die Schuhe in einer Hand, blieb sie auf dem Holzsteg stehen, der zu den Strandhütten führte. Sie war barfuß. »Wenn Sie es jetzt nicht tun, werden Sie es niemals tun«, sagte sie.

Erregung ergriff mich, eine tiefe Sehnsucht, die sich schmerzlich durch mein Herz schnitt. In diesem Augenblick, hier und jetzt, fühlte es sich an, als wäre alles möglich. Clara Bray stand vor mir und wollte, dass ich mit ihr im Meer schwimmen ging. Und sie hatte Recht: Wenn ich es jetzt nicht tat, würde ich es niemals tun.

Trotzdem sah ich mich außerstande, Ja zu sagen. »Aber ich habe kein Badekostüm dabei.«

Sie lächelte mich an; ein Lächeln, das eine Welt voller Geheimnisse offenbarte. »Aber Alec hat eines. In der Strandhütte. Sie sind zwar ein Stück größer als er, aber es wird schon gehen.«

Wir gingen zu den Strandhütten. Sie zog einen Schlüssel aus ihrer Tasche und fummelte ihn in das Vorhängeschloss. »Die Hütte ist vermutlich als Erstes weg«, sagte sie leichthin, als es aufsprang. »Sobald hier neue Saiten aufgezogen werden.«

Sie schloss die Tür hinter sich. Ich betrachtete das mondbeschienene Meer. Der Strand war menschenleer, und auch auf der Promenade war niemand zu sehen. Ich dachte an Alec und wünschte ihn ganz, ganz weit fort.

Wenig später kam Clara heraus. Sie trug einen dunkelblauen Badeanzug mit weißen Paspeln, die ihre Taille betonten. Mein Blick glitt über ihre Schenkel. »Ich habe Alecs Badekostüm herausgelegt. Könnte sein, dass es ein bisschen eng ist«, meinte sie beiläufig, als wäre es normal, dass sie halb nackt vor mir herumlief.

Ich ging hinein. Bis auf ein paar silbrige Lichtstreifen, die durch die Ritzen drangen, war es dunkel. Und eng. Ich schätzte, dass mir gerade einmal ein Meter Platz blieb. Handtücher hingen von einer Leine an der Decke und streiften mein Gesicht, als ich umhertastete. Meine Finger berührten die aufgestapelten Rattanstühle, auf denen Bump und Alec gesessen hatten und auf denen nun etwas Weiches, Wollartiges lag. Vermutlich Alecs Badekostüm.

In der Ecke stand eine schmale Kommode, auf der Farbtuben und Pinsel lagen. Daneben hatte Clara provozierend ihre Unterwäsche und Tante Vivianes Medaillon hingelegt. In einem Anfall von Wagemut nahm ich die Sachen und sog tief ihren Duft in meine Lunge, ehe ich alles schnell wieder zurücklegte aus Angst, dass ich sowieso schon viel zu lange hier drinnen war. Ich schlüpfte aus meinen Sachen.

Alecs Badekostüm war tatsächlich ziemlich eng, so dass ich Mühe hatte, die Träger über die Schultern zu streifen. Bestimmt sah ich wie der letzte Idiot aus, doch als ich heraustrat, stand Clara scheinbar gedankenverloren am Ufer und ließ das Wasser um ihre Zehen spülen.

»Bereit?«, fragte sie lächelnd.

»Wir dürfen aber nicht zu weit hinausgehen«, sagte ich. »Außerdem bin ich nicht der allerbeste Schwimmer.«

»Und Ihre Gesundheit, ich weiß, ich weiß.« Sie streckte mir ihre Hand hin. »Wir gehen zusammen.«

Ich ergriff sie, und obwohl dies nicht das erste Mal war, dass ich ihre Hand spürte, hatte die Berührung etwas Intimes. Vielleicht lag es am Meer und an seiner ungezügelten Wildheit.

Es war kälter als erwartet. Clara schnappte nach Luft, und ich drückte ihre Finger.

»Wir müssen reinlaufen«, quiekte sie. »Wenn man läuft, geht es besser.«

»Ich bin nicht …«, setzte ich an, doch sie rannte bereits los. Das Wasser spritzte über meine Waden und die Schenkel, und schließlich hörte ich ihren leisen Schrei, als es ihr bis zum Bauch reichte.

»Auf drei«, rief sie. »Eins, zwei, dr…«

Die letzte Silbe ging unter, als sie meine Hand losließ, sich in die Fluten stürzte und fluchend mit den Armen ruderte. Ich holte tief Luft und tat es ihr nach.

Die unvermittelte Kälte raubte mir den Atem. Mit einem Mal fiel mir wieder ein, was Briggs, der Lehrer in den Whitemere Baths, mir gezeigt hatte. Mit kräftigen Zügen durchschnitt ich die Wellen und paddelte gleichzeitig mit den Füßen, bis die Kälte allmählich nachließ und ich in der warmen Strömung dahintrieb.

Clara schwamm neben mir. »Sagen Sie sofort, dass das die beste Idee aller Zeiten war«, rief sie und strahlte übers ganze Gesicht.

»Wir dürfen aber nicht zu weit hinausschwimmen«, sagte ich noch einmal. »Nur so weit, wie wir noch stehen können.«

Sie sah mich aufgebracht an. »Robert …«

Ich lächelte. »Ja«, gestand ich. »Es war die beste Idee aller Zeiten.«

Sie lachte vor Vergnügen auf, drehte sich auf den Rücken und breitete die Arme aus. Clara war eine gute Schwimmerin, kräftiger als ich. Während ich im Wasser trieb, beobachtete ich, wie sie hin und her schwamm wie vorhin auf der Tanzfläche, und ich wusste, dass ich diesen Augenblick niemals vergessen würde. Vielleicht war genau das hier die Berechtigung meiner Existenz, der Grund, weshalb ich all diese Asthmaanfälle überstanden hatte und am Leben geblieben war und so oft verzweifelt um Atem gerungen hatte – alles nur, um gemeinsam mit Clara Bray im Mondschein im Meer zu schwimmen.

»Als ich Castaway House das erste Mal sah«, hörte ich plötzlich ihre Stimme unmittelbar neben mir, »wusste ich sofort, dass es mein Haus ist.«

Ich paddelte mit den Füßen und drehte mich auf den Bauch, um in die Richtung zu blicken, in die sie zeigte – die grauen Umrisse von Castaway in der Finsternis.

»Dad war mit mir und Billy zum Pier gegangen«, fuhr sie fort. Die Dunkelheit ließ ihre Stimme anders klingen, rauer. »Damit wir weg von Mum kommen. Sie war todkrank. Ich sah das Haus dort oben stehen, die buttergelbe Farbe, und habe ihn gefragt, wer dort wohnt. ›Viviane Devereau‹, antwortete er. Ich hatte noch nie einen so schönen Namen gehört. Dann sagte er, sie sei jetzt Mrs Bray und habe einen Ehemann und einen Sohn, und wissen Sie, was, Robert? Ich dachte: Clare, Mädchen, eines Tages wird dieses Haus dir gehören.«

Plötzlich erschauderte ich und schwamm ein paar Züge, damit mir wieder warm wurde. »Also hatten Sie ein Ziel vor Augen.«

»Ich war ein kleines gieriges Ding«, gab sie zurück und breitete die Arme im Wasser aus.

»Sie waren noch ein Kind. Das bedeutet doch nichts.«

»Hören Sie mir zu«, sagte sie. »Einfach nur zuhören.«

Also ließ ich mich auf der Wasseroberfläche treiben und lauschte – sie sprach über den Tod ihrer Mutter und von Billy, über die ständige Trinkerei ihres Vaters. Immer wieder war sie den Hügel zu Castaway House hinaufgegangen und hatte sich das Leben dort ausgemalt. Eines Tages erhaschte sie einen Blick auf Viviane Devereau und stellte fest, dass ihr Name tatsächlich perfekt zu ihr passte, zu den samtbesetzten Mänteln, ihren Pelzstolas und den edlen Schnürstiefeln.

Clare Tutt hingegen hatte im Grunde keinerlei Erziehung genossen. Sie ging nur dann zur Schule, wenn sie gerade Lust hatte, klapperte ansonsten die Familien der Nachbarschaft reihum zum Tee ab und ließ das Haus verkommen. Ab und zu ließ ihr Vater sich blicken, klammerte sich an sie und beteuerte ihr, wie sehr er sie liebe, dass er gut für sie sorgen und sich ihre Lage bald bessern werde. In der Zwischenzeit heckte Clare einen Plan aus, wie sie Viviane Devereaus Bekanntschaft machen könnte. Sie nannte sie niemals Mrs Bray. Für Clare existierten weder ihr Ehemann noch ihr Sohn, sondern sie war der Mittelpunkt ihrer eigenen perfekten Welt.

Das Haus wurde lediglich über die Wochenenden und während der Ferien genutzt, was Clare Gelegenheit gab, den Lebensrhythmus der Familie bis ins Detail zu erforschen. Sie wartete, bis Viviane allein übers Wochenende herkam, und folgte ihr samstags in die Stadt und wie ein unsichtbarer Schatten durch sämtliche Etagen bei Bradley's. Als Viviane sich auf den Heimweg machte, nahm Clare die Abkürzung durch enge Gassen, um rechtzeitig vor ihr das Haus zu erreichen und so zu tun, als hätte sie vor Hunger einen Schwächeanfall erlitten.

Die meisten Frauen wären um das kleine Mädchen herumgetreten, aber Viviane hatte ein großes Herz und bat einen der Hausdiener, die Kleine mit hinunter in die Küche zu nehmen und ihr dort etwas von den Resten des Mittagessens zu geben. Danach sollte sie zu ihr in den Salon gebracht werden, damit sie ihre Gönnerin persönlich kennenlernte.

Clare, die in der Princes Street mit ihrer messerscharfen Zunge und ihren genagelten Schuhen unter den Kindern den Ton angab und in Wahrheit nichts als eine freche, schlampige Ausreißerin war, verwandelte sich just an jenem Tag in einen anderen Menschen. Sie wurde zur armen Halbwaise, wissbegierig und klug, aber leider der Möglichkeit beraubt, die Schule zu besuchen, vom Vater verprügelt und von den Nachbarn verhöhnt. Viviane lauschte ihrer Schilderung voller Mitgefühl und erzählte Clare im Gegenzug von ihrem Mann mit seinem wichtigen Job in der Stadt, dessen genaue Bedeutung sie allerdings nicht verstand, und von ihrem ungezogenen Sohn, von dem sie beide inbrünstig hofften, dass die Schule ihn schon auf den rechten Weg bringen würde.

Sie lud Clare ein, sie bald wieder zu besuchen, und Clare, die beim Hinausgehen heimlich einen silbernen Teelöffel in ihrer Schürzentasche hatte verschwinden lassen, nickte schüchtern und antwortete, das sei ganz wunderbar. Zu Hause versteckte sie den Löffel in ihrer kleinen Schatztruhe und schwor sich, Viviane eine gute Ersatztochter zu sein und ihr größere Freude zu bereiten als ihr Sohn.

Während der darauffolgenden beiden Jahre besuchte sie Viviane regelmäßig in Castaway. Meist ging sie zuerst ins Souterrain, wo die Dienstboten ihr etwas zu essen gaben. Mit ihrer Schlagfertigkeit und ihrer Unschuld gewann sie sie für sich. Sie brachte frischen Wind in die düsteren Gemäuer. Dann stieg sie nach oben zu Viviane, mit der sie bei einer Tasse Tee über das jüngste Buch plauderte, das ihr die Hausherrin in der Woche zuvor geliehen hatte. Oder Clare zeigte ihr einen blauen Fleck und behauptete, ihr Vater habe sie geschlagen, obwohl sie ihn sich bei einer Prügelei mit den Jungs aus der Princes Street zugezogen hatte. Dann drückte Viviane ihr eine Münze in die Hand und trug ihr auf, ein schönes Stück Fleisch oder sonst etwas Nahrhaftes zu kaufen.

Nachdem der Krieg ausgebrochen war, bangte Clare mit Viviane um die männlichen Verwandten, die sich gemeldet hatten, und als die ersten Gefallenenlisten ausgehängt wurden, hielt sie ihr die Hand und fühlte sich ebenfalls unendlich erleichtert, wenn Viviane keinen bekannten Namen darauf fand, oder trauerte mit ihr um den Verlust irgendwelcher Neffen und Cousins dritten Grades.

Die ganze Zeit traf sie kein einziges Mal auf Alexander Bray, den Kronprinzen und die Riesenenttäuschung seiner Eltern. Als Kind hatte er als intelligent und vielversprechend gegolten, vergeudete jedoch mittlerweile sein Potenzial, indem er sich mit fragwürdigen Freunden herumtrieb. Manchmal bekam sie bei ihren Besuchen zu hören, was Master Bray am Vorabend wieder angestellt hatte. Doch es hatte den Anschein, als hielte er sich tunlichst vom Salon fern, womöglich sogar, um der potenziellen Konkurrentin im Kampf um die Zuneigung seiner Mutter nicht über den Weg zu laufen.

Und dann, eines Tages, änderte sich alles.

Als Clare kam, stand ein Krankenwagen vor dem Haus. Sie ging nach unten, wo die Dienstboten am Küchentisch saßen, die Mädchen kreidebleich und zitternd, die Männer mit Brandygläsern in den Händen. Allem Anschein nach hatte sich die lebhafte Gina Scott in der Nacht zuvor das Leben genommen, und keiner im Haus hatte eine Erklärung dafür.

Die Gerüchte kursierten. Sie habe ja schon immer die Veranlagung dazu gehabt. Niemand erklärte Clare, was genau das bedeutete, doch als Kind aus dem Armenviertel wusste sie es auch so: Ein Mann hätte sie sitzen lassen, sagten sie; sie stamme ja sowieso aus schwierigen Verhältnissen; vielleicht war sie ja auch noch nie ganz richtig im Kopf gewesen, nur hatte es keiner gemerkt. Die anderen Mädchen sagten, sie würden auf der Stelle kündigen. Keine wollte eine Stellung in einem Haushalt haben, in dem so etwas Schreckliches vorgefallen war. Mrs Bray hätte es wissen müssen, sagten sie, aber sie sei viel zu sehr mit ihrem eigenen Leben beschäftigt, um sich um das Wohl ihres Personals zu scheren.

Und dann starrten sie Clare an, als sei sie der Grund für die mangelnde Aufmerksamkeit, die ihnen zuteilwurde. Clare jedoch ließ sich nicht beirren, sondern sagte, wie sehr sie Ginas Tod bedauere, was auch stimmte. Gina hatte sie am liebsten gemocht, und wenn sich schon eine der Dienstbotinnen das Leben nehmen sollte, dann bitte schön die pummelige Maggie mit ihrem pockennarbigen Gesicht. Danach bat sie, nach oben zu Viviane gebracht zu werden.

Das sollte sich als großer Fehler erweisen. Sie hätte gehen und an einem anderen Tag wiederkommen und damit verhindern sollen, dass ihre Anwesenheit mit Ginas Tod in Zusammenhang gebracht wurde. Aber sie war noch ein Mädchen, und es fehlte ihr an Mitgefühl. Sie konnte nicht nachvollziehen, weshalb Viviane sich so aufregte. Sie war regelrecht hysterisch, weshalb sogar ihr Mann aus London gekommen war, um sie zu trösten – und natürlich wollte keiner, dass Clare Zeugin des Dramas wurde.

»Oh, Clare«, schluchzte Viviane, als sie in den Salon kam, »es ist alles so grauenhaft. Und ganz allein meine Schuld.«

Das war typisch für die weichherzige Viviane. Clare trat einen Schritt vor. Dass Mr Bray seiner Frau die Hand auf die Schulter gelegt hatte, gefiel ihr ganz und gar nicht. »Natürlich nicht«, widersprach sie mit der Weisheit einer Vierzehnjährigen. »Sie konnten doch nicht wissen, dass so etwas passieren würde.«

»Doch, hätte ich«, schluchzte Viviane. »Ich hätte alles verhindern können.«

Clare fand ihr Verhalten albern, aber so war Viviane nun einmal. »Bitte regen Sie sich nicht auf«, sagte sie und streckte ihre – wie sie erst jetzt bemerkte, reichlich schmutzige – Hand nach der Dame des Hauses aus.

»Es wäre mir lieber, wenn du meine Frau nicht anfassen würdest«, sagte Mr Bray steif. Hastig zog Clare ihre Hand zurück, als hätte etwas sie gebissen.

»Ich … Entschuldigung«, sagte sie. »Soll ich lieber gehen?«

»Ja, geh«, sagte er. »Und komm nicht wieder.«

Clara sah Viviane an, deren Schultern immer noch bebten. »Ach, Edward«, stieß sie zwischen zwei Schluchzern hervor, »das ist doch nicht so wichtig.«

»Doch, ist es. Sogar sehr wichtig. Wir wissen, dass du uns bestohlen hast, du undankbare Göre.«

»Ich …« Clare wollte beteuern, dass es nur dieser eine Teelöffel gewesen war, vor zwei Jahren, aber plötzlich war sie nicht sicher, ob sie diesen Diebstahl überhaupt zugeben sollte.

»Meiner Frau Geld aus der Börse zu stehlen! Du wusstest, wo sie sie aufbewahrt.« Er deutete auf die Schublade, in der Vivianes Geldbörse lag. Clare wusste es, weil Viviane sie jede Woche herausnahm und ihr ein paar glänzende Münzen in die Hand drückte.

»Sie … sie hat es mir doch gegeben.« Sie sah, wie Viviane verzweifelt den Kopf schüttelte. »Ich stehle nicht.«

»Der Teelöffel«, krächzte Viviane. »Damit hat alles angefangen.«

Nun durchschaute Clare Vivianes Verrat. Sie hatte Clare das Geld gegen den Willen ihres strengen Ehemannes gegeben, und als dieser es (vielleicht sogar erst heute) herausgefunden hatte, war ihr nichts Besseres eingefallen, als ihn zu belügen und Clare eines Vergehens zu bezichtigen, das sie nicht begangen hatte. Das Ganze war bloß wegen Ginas Tod ans Licht gekommen. Trotzdem hatte Viviane gelogen.

»Du kannst von Glück sagen, dass meine Frau nicht die Polizei rufen will«, sagte Mr Bray. »Ich hätte dich ins Zuchthaus bringen lassen, ob du nun minderjährig bist oder nicht.«

Unter lautstarken Unschuldsbeteuerungen wurde Clare hinausbefördert. Derselbe Hausdiener, der sie bei ihrem ersten Besuch in den Salon gebracht hatte, setzte sie nun vor die Tür. Er hatte sie am Kragen gepackt und stieß sie unsanft die Stufen hinunter. »Das werden Sie bereuen!«, schrie sie so laut, dass Viviane sie im ersten Stock hören musste. »Sie werden schon sehen! Damit kommen Sie nicht durch!«

Von Vivianes Geld hatte sie keinen Penny ausgegeben, sondern es stets brav in ihrer kleinen Schatztruhe gebunkert. Sie ging nach Hause, zählte es und stapelte es vor sich auf dem Tisch. Am nächsten Morgen zog sie sich an, versteckte ihren Schatz in einer Garnitur Wäsche zum Wechseln, schnürte ihre Sachen zu einem Bündel und trug Dotty auf, ihrem Vater Auf Wiedersehen zu sagen, wenn er später betrunken nach Hause käme. Sie stieg in den erstbesten Zug nach London und fuhr zu einer alten Freundin aus der Princes Street, Lil, die siebzehn war und sich ihren Lebensunterhalt auf der Bühne verdiente. Lil nahm sie bei sich auf, gab ihr zu essen und zu trinken, brachte ihr bei, wie man sich zurechtmachte und schminkte. Sie gab ihr einen neuen Namen, steckte sie in ein aufreizendes Babydoll und schickte sie auf die Bühne einer drittklassigen Revue. Und sie ermutigte sie, Sprech- und Schauspielunterricht zu nehmen und sich erstklassige Manieren anzueignen. Clara Fortescue fand heraus, dass sie für die Bühne geschaffen war, und als sie älter wurde, wurden die Theater immer eleganter und die Männer, die sie verehrten, immer wohlhabender. Als sie Alec Bray kennenlernte, hatte sie bereits drei Heiratsanträge bekommen.

»Und wie hätte ich ihm widerstehen können?«, fragte sie und blickte zu den Sternen hinauf. »Er hat mir Castaway versprochen, ohne zu wissen, dass ich aus Helmstone stamme. Seine Mutter sei todkrank, sagte er, und hinterlasse es ihm nach ihrem Tod. Es würde unser Zuhause werden. Er habe genug von London und wünsche sich nichts sehnlicher als ein ruhiges, beschauliches Leben an der Küste.«

Inzwischen waren wir wieder am Ufer angelangt, setzten uns in den Sand und ließen uns von den Wellen umspülen. Trotz der Gänsehaut auf meinen Armen war mir nicht kalt.

»Also haben Sie ihn wegen Castaway geheiratet?«

Sie zuckte die Achseln. »Natürlich war er attraktiv. Und charmant. Als er noch um mich warb, machten wir einen Tagesausflug hierher. Wir waren beide erbärmliche Lügner. Ich tat so, als wäre ich noch nie in Helmstone gewesen, und er behauptete, das Haus sei über den Sommer vermietet. Seine Eltern sollten nicht erfahren, dass er sich mit einer Schauspielerin eingelassen hatte. Also kauften wir uns Zugfahrkarten und verbrachten den Tag hier, und es war wunderschön.« Sie seufzte. »Wir haben drüben bei den Felsen nach Krabben gesucht, und ich habe eine kleine Muschel mit Perlmutt innen drin gefunden, in die ich unsere Initialen eingeritzt und sie ihm geschenkt habe. Die würde uns Glück bringen, habe ich zu ihm gesagt, und er hat versprochen, sie immer ganz nahe an seinem Herzen zu tragen.«

»Und tut er es?« Ich fürchtete mich fast vor der Antwort.

Sie schnaubte. »Gleich am nächsten Tag hat er mir erzählt, er habe sie verloren. Aber ich solle mir keine Sorgen machen, er kaufe mir stattdessen einen Brillantring. Da wusste ich, dass ich eine Närrin wäre, wenn ich mich in ihn verlieben würde. Eine Woche später nahm ich seinen Antrag an. Mit vollem Bewusstsein und dem Gewissen eines Goldgräbers.«

Mein Herz machte einen Satz. Sie liebte Alec also nicht, hatte ihn vielleicht nie geliebt. Stattdessen hatte sie ihn wegen seines Hauses und der damit einhergehenden Sicherheit geheiratet.

»Es ist so schön, mit dir zu sprechen«, sagte Clara. »Wie mit einem Bruder.«

»So wie Billy?« Ich war am Boden zerstört.

»Natürlich. Du kannst mein Billy sein.« Sie lächelte. »Wir sind uns ähnlich, nicht?«

»Hm.«

»Ich meine, keiner von uns passt hierher. Wir müssen stets eine Rolle spielen.« Sie schlang die Arme um die Knie. »Und jetzt passe ich auch nicht mehr in die Princes Street. Ich gehöre nirgendwo mehr hin. Keiner will mich haben.«

Ich schon, dachte ich und streckte die Hand aus. »Bruder und Schwester, loyal bis zum bitteren Ende.«

Sie schloss die Faust um meinen kleinen Finger und lächelte traurig. »Absolut.« Dann verzog sie das Gesicht. »Du meine Güte, wir sind ja voller Sand.«

Sie sprang auf und klopfte sich den Sand ab, der prompt über mich hinwegrieselte.

»Hey!« Ich sprang ebenfalls auf.

»Tut mir leid.«

Im Mondschein sah ich, dass überall an ihrem Körper Sand klebte, und mir erging es nicht besser. Der Sand war überall, auf der Kopfhaut, unter Alecs Badekostüm, in den Kniekehlen.

Sie wandte sich um und runzelte die Stirn. »Ich muss mich irgendwo abwaschen.«

Ich schaute mich um. »Ja, aber wo …« Doch sie lief bereits den Abhang zur Hütte hinauf. »Es dauert nur eine Minute!«

Ich wischte mir den Sand ab.

»Hier oben, Robert!«, schallte ihre Stimme durch die Dunkelheit.

Ich stieg ebenfalls den Abhang hinauf. Dunkel zeichneten sich die Umrisse der Strandhäuschen ab. »Wo bist du?«

»Hier.«

Erst jetzt machte ich ihre Silhouette neben der letzten Hütte aus. Ein Wasserhahn ragte aus dem Boden, und daneben stand ein Eimer. Sie reichte mir ein Handtuch.

»Du musst mir einen Gefallen tun«, sagte sie. »Ich muss mich abwaschen, aber jemand muss dafür sorgen, dass mich keiner sieht. Könntest du das für mich tun?«

»N… natürlich.« Ich war mir nicht sicher, was als Nächstes geschehen würde.

»Danke.« Obwohl ihr Gesicht im Schatten verborgen lag, glaubte ich ein Lächeln zu sehen, als sie die Träger ihres Badeanzugs über die Schultern streifte.

Nun verstand ich. Erschrocken hielt ich das Handtuch in die Höhe und blickte besorgt zu der hohen Kaimauer hinüber, wo die Fischer in wenigen Stunden mit ihren Karren stehen würden, um ihren frischen Fang zu verkaufen. Ich hörte Wasser rauschen und widerstand dem Drang, mich umzudrehen.

»Bestimmt passiert nichts«, hörte ich sie sagen. »Aber man muss nun mal auf Nummer sicher gehen, stimmt's? Schließlich wollen wir doch nicht verhaftet werden.«

»N... nein.«

»Ich bin so froh, dass wir jetzt Freunde sind, Robert. Gott, ist das Wasser kalt! Ich habe das Gefühl, als wären wir richtige Geschwister. So, fertig.«

Sie nahm mir das Handtuch ab, und als ich mich umdrehte, schlang sie es sich gerade um den Körper. Ihr Badeanzug hing wie eine schlaffe Flagge am Wasserhahn. »Willst du auch?«, fragte sie. »Es ist sehr erfrischend. Ich hole dir das andere Handtuch.«

Wir tauschten die Plätze. Sie hielt das Handtuch hoch über den Kopf, so dass ich ihre Waden und Knöchel sehen konnte. Gerade als ich aus Alecs Badekostüm schlüpfte, hörte ich Motorenlärm über uns. Erst jetzt wurde mir bewusst, wie nah die Straße war. Verlegen übergoss ich mich mit dem eiskalten Wasser, das, abgesehen davon, dass es mich von den letzten Sandresten befreite, einen weiteren Vorteil hatte: Mein unterschwelliges Verlangen verabschiedete sich in Windeseile. Wir waren nicht mehr als zwei alberne Kinder, die, betrunken und übermüdet, in den frühen Morgenstunden am Strand herumalberten.

Als ich fertig war, drückte sie mir das Handtuch in die Hand. Kichernd und vor Kälte zitternd liefen wir zur Hütte. Ich schloss die Tür hinter uns. »Mir ist eiskalt«, sagte ich und wandte mich zu ihr um. In der Finsternis konnte ich sie nicht sehen, doch ein Knarzen verriet mir, dass sie sich auf einen Rattanstuhl gesetzt haben musste. Ihr Fuß stieß gegen mein Schienbein. Ich geriet ins Straucheln und streifte ihr Haar, als ich mich wieder aufrichtete.

»Tut mir leid.«

»Schon gut«, hauchte sie.

Die Atmosphäre zwischen uns hatte sich schlagartig verändert. Die schale, heiße Luft schien förmlich zu knistern. Ihr Atem ging stoßweise. Unversehens beugte ich mich vor und drückte meine Lippen auf ihre Stirn.

Sie hob den Kopf. Meine Lippen fanden ihre Nasenspitze, dann ihren Mund. Ich küsste sie, zog behutsam ihre Unterlippe zwischen meine Zähne, so wie Lizzie es bei mir gemacht hatte. Dann schob ich ihr meine Zunge in den Mund und spürte, wie sich ihre Lippen teilten.

Meine Knie gaben nach. Ich ließ mich zu Boden sinken, während sie sich vorbeugte, so dass ihr Haar über mein Gesicht strich. Wieder küssten wir uns. Ich war wie in Trance. »Ich vergöttere dich«, stieß ich hervor, als sie mich losließ.

Sie ließ den Atem entweichen. »Dann lass mich deine Göttin sein«, flüsterte sie, nahm meine Hand und führte sie über ihren Hals zu ihren Brüsten. Ich spürte ihre Brustwarzen und küsste sie, während ich insgeheim fluchte, weil ich nichts als einen vagen Umriss von ihr erkennen konnte. Das feuchte Handtuch öffnete sich. Ich küsste ihren Bauch. Sie stöhnte auf. »Deine Göttin«, wiederholte sie und drückte meinen Kopf ein Stück weiter nach unten, hinab in ihre feuchten, salzigen Tiefen. Ohne zu wissen, was ich da tat, tastete ich mich behutsam vorwärts, geführt von ihrer Hand und ihren leisen Lauten, und als ich das Zentrum ihrer Lust fand, begann ich es mit der Zunge zu liebkosen. Ihr Stöhnen wurde lauter, der Rattanstuhl knarrte und wackelte, und meine Knie waren schon ganz taub von dem harten Holzboden. Der Sand auf ihren Schenkeln scheuerte an meinen Wangen, als sie die Beine auf meine Schultern legte und mich noch tiefer in sich hineinzog. Ich musste mich an den Holzbalken festhalten, um das Gleichgewicht nicht zu verlieren. In diesem Moment bäumte sie sich auf und zuckte einmal und noch einmal. Die

Rattanstühle knackten bedrohlich, und die ganze Hütte schien zu wackeln. »Heilige Scheiße, o Scheiße«, rief sie mit einer mir unbekannten Stimme, dann war es still.

Ich schnappte nach Luft, küsste ihren Schenkel und spürte die Sandkruste auf ihrer Haut. Nicht in meinen kühnsten Träumen hätte ich … und dieser Geruch … ich war völlig überwältigt. Ich setzte mich auf und sog die stickige, schweißgeschwängerte Luft tief in meine Lunge.

Die Stühle knarzten erneut. Sie kniete über mir und drückte mich auf den Teppich zurück. Meine Beine stießen gegen die Stühle, mein Kopf streifte einen Schuh, als sie nach mir tastete und mich in sich aufnahm. Und im ersten Augenblick wusste ich nicht, wie mir geschah. Nein, nein, noch nicht, noch nicht, dachte ich, doch sie begann sich zu bewegen, auf und ab, auf und ab. Zuerst hatten wir zusammen getanzt, dann waren wir schwimmen gewesen, und nun das hier. Plötzlich begriff ich, weshalb ich am Leben war – genau deswegen, und es war so unglaublich schön.

Ich kam in einer Explosion aus Geräuschen und Licht, die Stühle polterten neben mir auf den Boden, der Schuh drückte gegen mein Gesicht. Mit einem Mal war Clara über mir. Unser Schweiß verschmolz, als sie mir etwas ins Ohr hauchte, das ich nicht verstand, weil mir die Sinne zu schwinden drohten. Schließlich löste sie sich von mir. Ich hörte ihre schweren Atemzüge, spürte den Saum ihres Rocks an meiner Brust.

»Du solltest dich anziehen«, sagte sie. Umständlich befreite ich mich aus den umgefallenen Stühlen und stand auf. Ich fühlte mich, als wäre ich soeben von einem anderen Planeten auf die Erde zurückgekehrt. Clara wandte mir den Rücken zu, und ich stieg, noch immer keuchend, in meine Kleider. In der Hütte hing der Duft unseres Liebesaktes, und ich hatte Mühe, aufrecht zu stehen.

Als ich mich mit meinen Hemdknöpfen abmühte, drehte sie sich zu mir um. »Hoffen wir, dass Scone tatsächlich zu Bett gegangen ist, wie ich es gesagt habe.«

»Ich liebe dich«, murmelte ich.

»Sag so etwas nicht.« Sie tippte mir auf die Nase. Dann öffnete sie die Tür und blickte hinaus. Helle Streifen zeigten sich schon am Horizont. »Ich liebe dich«, sagte ich noch einmal.

Sie betrachtete die kaputten Stühle. »Wir müssen das Schloss beschädigen. Diese Kinder – brechen ständig in die Strandhütten ein.« Sie schüttelte den Kopf. »Und du wirst mir nicht mehr sagen, dass du mich liebst, verstanden?«

»Aber ich liebe dich«, gab ich tumb zurück. »Ich vergöttere dich.«

Sie seufzte. »Das war gerade sehr schön, aber es wird nicht noch einmal passieren. Hast du mich verstanden?«

Ich nickte.

Lächelnd blickte sie auf mein Hemd und machte die Knöpfe in der richtigen Reihenfolge zu. Als ihre Finger meinen Hals berührten, schöpfte ich neuen Mut.

»Mit Lizzie hast du ein wunderbares Mädchen gefunden«, sagte sie. »Und ich will, dass du an sie denkst. Tust du das? Für mich?«

»Gut.« Aber ich konnte nicht an Lizzie denken. Sie bedeutete mir nichts mehr.

»Gut. Dann gehen wir jetzt den Hügel hinauf, du legst dich ins Bett und schläfst, und morgen frühstücken wir gemeinsam, so wie jeden Tag. In Ordnung?«

»Natürlich.« In wenigen Stunden schon würde ich sie wiedersehen. Unter welchen Umständen, war mir in diesem Moment vollkommen egal.

»Dann werde ich diese Nacht in bester Erinnerung behalten«, fuhr sie lächelnd fort. »Also, wärst du jetzt so lieb und würdest das Schloss kaputtmachen?«

Ich gehorchte. Ich war ihr Packesel, ihr Gefolgsmann, der alles für sie tun würde. Wir gingen zur Uferstraße hinauf. Sie war hinter mir und sah sich um.

»Warte.«

Ich spürte ihre Finger auf meinem Rücken und blieb stehen. Wir befanden uns nur wenige Meter unterhalb der Straße. Ich spähte über die Kante hinweg und erblickte eine Gestalt, die auf uns zugetorkelt kam. Ein Mann – sein Gang war unverkennbar. Meine Euphorie war wie weggeblasen.

Mit hämmerndem Herzen stand ich da, während Alec näher kam. Auch wenn er betrunken war, bedeutete das keineswegs, dass er uns nicht entdecken würde. Inzwischen fühlte ich mich wie ein gemeiner Verräter, wie ein Idiot. Ich hatte meinen Cousin hintergangen, obwohl er mir stets nur Zuneigung und Freundschaft entgegengebracht hatte. Clara mochte ihre Gründe haben, weshalb sie ihm Hörner aufsetzte, aber ich hatte keine, nur meine skrupellose Fleischeslust.

Alec schien sich mit irgendeinem unsichtbaren Kontrahenten in den Haaren zu liegen. »... ich war doch nie gut genug für dich, was?«, wehte seine Stimme herüber.

Claras gesenkter Kopf machte deutlich, dass auch sie sich in Grund und Boden schämte. Ich überlegte kurz, ob wir uns mit einer Ausrede aus der Affäre ziehen könnten, doch dann erinnerte ich mich an das kaputte Schloss, die zerbrochenen Stühle und den Geruch nach unserem Liebesspiel. Beim Gedanken an Alecs Schmach, mein schamloses Treiben und die Konsequenzen für Clara, wenn er es herausfände, wurde mir ganz elend. Nein, sie hatte Recht – es durfte nicht wieder vorkommen, und ich schwor mir, sie nie wieder anzusehen, wenn wir heil aus dieser Sache herauskämen. Vielleicht könnten wir ja die Stufen einfach wieder hinunterschleichen. Aber ihn trennten nur wenige Meter von uns, und womöglich registrierte er aus den Augenwinkeln eine Bewegung. Schlimmer noch – wenn er jetzt in unsere Richtung sähe, würde er uns klar und deutlich erkennen: zwei Liebende, auf frischer Tat ertappt.

Als er fast auf unserer Höhe war, stellte ich fest, dass sein Gesprächspartner lediglich in seinem Kopf existierte. »Ertrage es nicht … Mutter …«, hörte ich ihn sagen. Er schlug mit der Faust auf das Geländer. Ein Schluchzen drang aus seiner Kehle. »… nicht meine Schuld … Castaway … Es ist nicht …«

Inzwischen befand er sich direkt über uns. Ich hielt den Atem an. »Nicht Sally …«, nuschelte er. »Darfst Sally nicht erwähnen. Ich höre gar nicht zu, Mutter, verstehst du? Ich höre gar nicht zu.«

Dann ging er an uns vorbei und war verschwunden.

Lange Zeit verharrten wir reglos auf der Treppe. Schließlich schaute ich Clara an. Ihre Miene war kalt und entschlossen. Als wir sicher sein konnten, dass Alec längst in seinem Bett liegen und seinen Rausch ausschlafen würde, machten wir uns auf den Nachhauseweg. Ich wusste, dass wir nicht darüber reden würden. Und auch über sonst nichts.

Ihre schwarzen Augen schienen sich in mich hineinzubohren, und die Botschaft war unmissverständlich: Selbst wenn sie mir einen Moment gestattet hatte, sie zu lieben, stand ich bestenfalls an der Schwelle dazu, Clara Bray zu verstehen. Und wenn es nach ihr ginge, würde ich sie niemals wirklich kennenlernen.

DREIZEHN

1965

Ich träumte. Zumindest glaubte ich das.

Ich schwamm im Meer. Durch den Vollmond sahen die Wellen abwechselnd schwarz und weiß aus. Eine Salzkruste bedeckte mein Gesicht, das Haar klebte mir am Kopf. Wenige Meter vor mir hob ein Mädchen die Hand aus dem Wasser und winkte mir zu.

Es war Star. Natürlich. Ich schwamm auf sie zu, kämpfte gegen die Wellen an, aber ich wusste, dass ich eine gute Schwimmerin war und es schaffen würde, die Strömung zu überwinden. »Komm her!«, rief sie. »Es ist toll. So schön!«

»Warte auf mich.« Meine Stimme klang seltsam gedämpft, als säße ich in einem Schrank. Dann war ihr bleicher Arm plötzlich direkt neben mir. Ich packte ihn und zog sie hoch.

Aber es war gar nicht Star. Sondern Mrs Bray – eine jüngere Mrs Bray, wie ich sie auf der Fotografie gesehen hatte, mit akkurat geschnittenem dunklem Haar und Augen, denen nichts zu entgehen schien. Wie auf dem Foto hatte sie den Kopf leicht schief gelegt und trug ein perlenbesetztes Kleid. Sie war in einen Samtvorhang gehüllt, der sie in die Tiefe zog.

Mit aller Kraft packte ich sie bei den Schultern, um sie aus ihrem samtenen Gefängnis zu befreien. Kurz glaubte ich sie lachen zu hören. Aber als sie endlich neben mir an die Oberfläche kam, kippte ihr Kopf nach hinten, und ich erkannte, dass ihre Augen keineswegs alles sahen, sondern blicklos ins Leere starrten. Sie war tot, und zwar schon seit langer Zeit. Ihr Gesicht war grünlich verfärbt, ihre Arme und Beine vom Salz zerfressen.

Tiefe Trostlosigkeit überkam mich. Es war entsetzlich, eine Katastrophe. »Es ist alles schiefgegangen«, versuchte ich zu schreien. Doch im Wasser konnte ich meinen Mund nicht öffnen, und je verzweifelter ich es versuchte, umso fester schienen meine Lippen versiegelt zu sein.

Auf einmal ertönte ein lautes metallisches Hämmern, das nicht enden zu wollen schien. Mühsam kämpfte ich mich aus dem Würgegriff des Schlafs. Das Zimmer lag im Halbdunkel, ein Zimmer, das ich noch nie zuvor gesehen hatte. Mit unermüdlicher Beharrlichkeit schlug der Hammer meines Weckers auf die Metallohren ein.

Meine Glieder, meine Lippen fühlten sich taub an, und die Bettdecke lastete wie ein Zentnergewicht auf meinem Körper und machte jede Bewegung unmöglich. Mühsam befreite ich meinen Arm, um nach dem Hebel zu tasten und dem grauenhaften Lärm ein Ende zu bereiten.

Einen Augenblick lang verharrte ich reglos, bevor ich begriff, wo ich war: in Mrs Brays Wohnzimmer. Ich lag auf einer dünnen Matratze, durch die sich die Metallstäbe des Bettgestells in meinen Rücken drückten. Ich betrachtete die Umrisse des ungewohnten Mobiliars, und mir fiel die letzte Nacht wieder ein: die Truhe, die sich geöffnet hatte, das fürchterliche Pfeifen an meinem Ohr, die Schlaftablette aus Mrs Brays Fläschchen, die mich in einen keineswegs erholsamen Schlaf hinabgezogen hatte. Und nun versuchte ich, mich von diesem bleiernen Gefühl zu befreien.

Meine Zunge war pelzig, meine Kehle wie ausgedörrt, und mein Kopf fühlte sich an, als würde ebenfalls ein Hammer darauf eindreschen. Vermutlich litt ich unter dem, was die Leute gemeinhin als Kater bezeichneten. Meine Augen bekam ich kaum auf, und der Schlaf drohte mich neuerlich zu übermannen. Unter Aufbietung meiner ganzen Willenskraft streckte ich die Hand aus, tastete nach dem Wecker auf dem Boden und hob ihn hoch.

Es war halb sieben.

Scheiße, stieß die Stimme in meinem malträtierten Kopf hervor. Mir blieben genau null Minuten, um bei der Arbeit zu erscheinen, und Mrs Hale hatte bereits gestern angekündigt, dass sie mich womöglich entlassen musste. Ich warf die dicken Decken zurück und schwang die Beine über die Bettkante. Einen Moment lang geriet ich ins Straucheln und taumelte rückwärts, dann fing ich mich und machte mich auf den Weg ins Badezimmer.

Mrs Bray schlief noch. Ihre flachen Atemzüge drangen aus dem angrenzenden Schlafzimmer. Im Gegensatz zu mir schien sie das Schlafmittel in einen angenehmen Kokon eingeschlossen zu haben, denn auf ihrem ungeschminkten Gesicht lag ein unschuldiger, friedlicher Ausdruck. Sie erinnerte mich an die marmornen Skulpturen auf den Sarkophagen adliger Damen in irgendwelchen Königsgruften. Auch sie verströmten diese Aura heiterer Gelassenheit, nicht zu vergleichen mit der Wasserleiche aus meinem Traum.

Im düsteren Morgenlicht zog ich mich an. Jetzt war ich viel zu müde, um mich vor den Schatten zu fürchten. Ich band mein verschwitztes Haar zu einem Pferdeschwanz zusammen und kippte eine Tasse Wasser aus dem Hahn hinunter. Als ich meine Bradley's-Tüte nahm, in der ich meine Sachen gestern Abend heruntergebracht hatte, riss sie entzwei, so dass die seltsam vergilbten Kassenzettel auf den Fußboden trudelten. Mit einem Seufzer warf ich meine Kleider aufs Bett. Ich würde sie später abholen.

Plötzlich flüsterte eine Stimme in mein Ohr.

»Rosie!«

Erschrocken fuhr ich herum und erblickte Star. Sie trug noch ihr Kleid von gestern Abend und war genauso bleich wie das Mädchen, dessen Arm in meinem Traum aus dem Wasser geragt hatte. Sie hielt sich an der Küchenarbeitsplatte fest.

»Puh«, stöhnte sie. Wütend ergriff ich meine Handtasche. »Ich hab stundenlang gekotzt. Ich will bloß noch sterben.«

»Gut.« Ihre letzten Worte von gestern Abend hallten in meinem Kopf wider. Ekelhafte Lesbe. Betatscht. Pervers.

Sie schien viel zu erledigt zu sein, um zu begreifen, was ich gerade gesagt hatte. Sie schlurfte zum Bett, trat sich die Schuhe von den Füßen und kroch unter die Decke, ohne auf meine Sachen zu achten, die noch darauflagen.

»Ich will dich nie wieder sehen«, zischte ich, bekam jedoch lediglich ein lautes Schnarchen als Antwort, und meine Laune wurde noch schlechter.

Ich ging an Mrs Brays Schlafzimmer vorbei in die Eingangshalle. Sicherlich würde sie die nächsten Stunden nichts aus dem Schlaf reißen, nicht einmal das Geräusch eines Truhendeckels oder ein gruseliges Pfeifen. Elendes Miststück.

Fröstelnd hastete ich zum Bella Vista.

»Du kommst eine Viertelstunde zu spät«, herrschte Josie mich an, als ich mich wie eine wandelnde Leiche zur Kellertreppe schleppte. »Würde mich nicht wundern, wenn sie dich vor die Tür setzen würde.«

»Miese Nacht gehabt.«

»Du bist noch jung und hast keine Ahnung, was eine miese Nacht bedeutet.« Sie zog an ihrer Zigarette. »Soll ich dir mal was über meine Rückenschmerzen erzählen?«

Ich brummte nur und ging die Treppe hinunter in die Küche. Zwei Gäste – typische Geschäftsreisende – saßen bereits im Frühstücksraum. Der eine grübelte über dem Kreuzworträtsel in der Zeitung, der andere rauchte eine filterlose Zigarette und starrte mit düsterem Blick auf das Poster von Helmstone im Riviera-Stil.

Mrs Hale würde mir das Fell über die Ohren ziehen. Es war zwölf Minuten vor sieben. Ich schob den Perlenvorhang beiseite und öffnete den Mund, um meine Geschichte von der Vermieterin, die ein Nein als Antwort nicht akzeptierte, dem unbequemen Bett, den gruseligen Vorgängen in der Wohnung und der Schlaftablette zum Besten zu geben.

»Rosie!« Mrs Hale stand am Herd und drehte sich um. »Gott sei Dank, dass du da bist.«

»Ja, ich weiß, ich habe eine fürchterliche Nacht hinter mir«, begann ich und nahm meine Schürze vom Haken, bevor sie mir sagen konnte, dass ich gleich wieder gehen sollte.

»Mm. Na dann.« Sie hängte ihre Schürze auf. »Du musst die Stellung halten, bis ich wieder da bin.«

»Was?« Ich hielt mitten in der Bewegung inne.

»Ich muss nach Vater sehen. Es geht ihm gar nicht gut. Du kommst doch zurecht, oder? Die beiden Herren möchten ein normales Frühstück mit Tee. Du kennst dich ja inzwischen aus. Mit dem Abwasch kannst du warten, bis ich wieder da bin.« Sie runzelte die Stirn. »Allerdings sind wahrscheinlich nicht genug saubere Tassen da, du wirst vielleicht welche spülen müssen. Also, bis nachher.«

Noch bevor ich Luft holen konnte, war sie verschwunden.

»Was?«, sagte ich in die Stille hinein, aber außer dem Scharren von Stühlen war nichts zu hören. Ich spähte aus der Küche und bemerkte, dass sich neue Gäste eingefunden hatten: ein älteres, sichtlich ausgeschlafenes Ehepaar, das sich erwartungsvoll umsah. Ich schloss die Augen und lehnte den Kopf gegen das Regal mit den Teekännchen. Prompt begann sich die Welt fröhlich zu drehen. Eine Frauenstimme erklang. »Entschuldigung! Wir würden gern bestellen. Wir müssen unseren Zug kriegen.«

Ich schlug die Augen auf, warf den Elektrogrill an, nahm die Pfanne vom Haken und ergriff den Behälter mit den Speckstreifen. Ich hatte das dumpfe Gefühl, dass mir ein sehr langer Morgen bevorstand.

Irgendwann tauchte Mrs Hale wieder auf und besänftigte die Gäste, die lautstark nach ihrem Frühstück verlangten. Sie kam in die Küche, wo ich gerade halb zerlaufene Spiegeleier auf zwei Tellern verteilte. »Ich übernehme das«, sagte sie und trug die Teller in den Frühstücksraum. Mit überfreundlicher Stimme sagte sie irgendetwas von einer »neuen Aushilfe« und dass sie sich um ihren hochbetagten Vater kümmern müsse. Der Geruch nach verbranntem Toast stieg mir in die Nase. Eilig riss ich das Blech aus dem Grill und warf die verkohlten Scheiben in den Müll. Die Gäste lachten und beteuerten, sie nähmen das Ganze mit Humor. Erst jetzt merkte ich, dass der Heißwasserboiler leer war. Ich rannte mit der Kanne hin und her und füllte ihn. Nun würde es eine Viertelstunde dauern, bis das Wasser heiß genug für den Tee wäre. Ich setzte zusätzlich den Kessel auf. Die Küche sah wie nach einem Bombenangriff aus. Die Teller, mit Resten von Speck und Bohnen, kippten in der Spüle fast um, die schmutzigen Tassen hatte ich auf der Ablage unordentlich aufeinandergestapelt. Auf dem Boden klebten die Spritzer von zwei Eiern, die mir aus der Hand gefallen waren. Ich hatte einen Lappen darübergelegt, um nicht auf dem glitschigen Boden auszurutschen, und der Besteckbehälter leerte sich mit beängstigender Geschwindigkeit. Es war gerade einmal acht Uhr, und ich wäre am liebsten in Tränen ausgebrochen.

»Ich habe fünf Minuten, dann kommt der Arzt«, sagte Mrs Hale, als sie in die Küche zurückkehrte. »Komm schon, Rosie, Kopf hoch. Mit dieser Einstellung gewinnt man keinen Krieg.«

»Geht es ihm gut?«, fragte ich und starrte immer noch verdattert auf das Chaos.

Mrs Hale drückte mir einen Spüllappen in die Hand. »Er hatte eine fürchterliche Nacht. Hat keine Sekunde geschlafen.«

»Ging mir genauso«, sagte ich, holte tief Luft und suchte die Spüle nach Gabeln ab. »Meine Vermieterin …«

»Er ist fest davon überzeugt, einen Geist gesehen zu haben«, fuhr sie fort, legte Brot unter den Grill und gab noch ein paar Speckstreifen in die Pfanne. »Es sind seine Nerven.«

Ich blickte sie verwundert an. »Wie seltsam«, sagte ich. »Ich habe heute Nacht nämlich …«

»Ich weiß nicht, ob ich dir davon erzählt habe«, sagte sie, nahm die Milch aus dem Kühlschrank und roch argwöhnisch daran, »aber während des Kriegs hat er einen Schock erlitten. Er war in einer Pension in Southend, als eine Bombe einschlug.«

»Mm.« Hektisch ließ ich Teller ins Spülwasser gleiten und schrubbte sie sauber. »Aber dieser Geist …«

»Er lag noch im Krankenhaus, als die Nachricht von Anthony kam. Er war mein jüngster Bruder und bei der Air Force. Seine Maschine wurde irgendwo über dem Mittelmeer abgeschossen. Man hat seine Leiche nie gefunden. Diese Nachricht hat das Fass zum Überlaufen gebracht. Quasi über Nacht ist er ein anderer Mensch geworden. Er geht nicht mehr unter Leute und hat Angst vor seinem eigenen Schatten.«

»Mrs H.« Josies schrille Stimme drang durchs Treppenhaus. »Der Doktor ist da!«

Mrs Hale steckte den Kopf durch den Vorhang. »Ich bin gleich oben«, rief sie über die Köpfe der Gäste hinweg. Sie nahm den Toast aus dem Grill. »Also, Rosie, du kommst eine Weile allein zurecht, ja? Ich bin, so schnell es geht, wieder da. Das Problem ist Lizzie, weißt du? Sie glaubt, sie hilft, dabei macht sie alles nur noch schlimmer.«

»Ich schaffe das schon«, antwortete ich lahm und hielt mich an dem Gedanken fest, dass in zweieinhalb Stunden alles vorbei war.

»Natürlich«, sagte sie. »Diese ganze Robert-Carver-Geschichte ist an allem schuld.«

Abrupt drehte ich mich um, doch sie war bereits im Frühstücksraum. »Robert Carver?« Ich hastete hinter ihr her. »Was ist denn mit Robert Carver?«

»Was?« Sie sah mich abwesend an. »Ach, hör nicht auf mich. Ich habe nur mit mir selbst geredet.«

Sie eilte die Stufen hinauf.

Die zweite Hälfte des Vormittags war genauso schlimm wie die erste. Als die Gäste – alle mehr oder weniger verärgert – endlich gegangen waren, sahen die Küche und der Frühstücksraum wie ein Schlachtfeld aus. Eigentlich sollte ich schleunigst alles sauber machen, doch stattdessen setzte ich mich erschöpft an einen Tisch und vergrub den Kopf zwischen den Armen.

»Oje, oje, oje.«

Ich richtete mich auf und erblickte Josie, die mit ihren violett lackierten Nägeln an den Türrahmen trommelte. Ihre Nasenflügel bebten, und ein selbstzufriedenes Lächeln spielte um ihren Mund.

»Nicht«, murmelte ich und ließ den Kopf wieder sinken. »Lass es einfach.«

Sie schnaubte. »Du bleibst hier«, sagte sie. Ihre Absätze klackerten, als sie in die Küche ging.

Ich stützte den Kopf auf den Ellbogen. »Gütiger Himmel«, hörte ich sie sagen, »da hast du ja noch einiges vor dir.«

»Danke«, sagte ich, als das Klappern von Pfannen ertönte. »Wie geht es Dr. Feathers?«

»Nicht besonders. Sieht aus, als könnte es jeden Tag zu Ende gehen. Aber keine Angst, ich kenne ihn nicht anders. Vermutlich überlebt er uns noch alle.« Sie lachte.

»Mrs Hale hat erzählt, er hätte bei einem Bombenangriff einen Schock erlitten. Im Krieg.« Ich musste wieder an Robert Carver denken, wusste aber nicht recht, wie ich die Sprache auf ihn bringen sollte.

»Das hat ihm den Rest gegeben.«

Der Duft von brutzelndem Speck drang aus der Küche. Mir knurrte der Magen.

»Meine Mutter sagt, dass er schon seit damals, als ihn seine Frau verlassen hat, nicht mehr derselbe war. Das war in den Zwanzigern.«

»Ich dachte immer, sie sei gestorben.« Ich sah zu dem Poster von Helmstone hoch, das unser Frühstücksgast vorhin so eingehend betrachtet hatte. Die Promenade war strahlend weiß, und das Meer leuchtete türkisblau im gleißenden Sonnenschein.

»Ist sie auch. Vor ein paar Jahren. Aber davor waren sie schon lange Jahre getrennt. Sie hat ihn verlassen und sich den Quäkern angeschlossen oder so was. Genau weiß ich es nicht. Mrs H. redet nicht gern darüber. So.«

Sie stellte einen Teller mit einen Specksandwich und eine Tasse Tee vor mir auf den Tisch. »Iss das«, sagte sie. »Schnell, bevor es kalt wird.«

Tränen brannten in meinen Augen. »Josie ...«

Sie warf einen Blick auf die Uhr über dem Kaminsims. »Ich muss wieder hoch. Mrs H. sagt, wenn du fertig bist, soll ich dir deinen Lohn auszahlen. Aber vorher sollst du erst alles sauber machen.« Josie betastete ihre altbackene Frisur. »Du hast wie der Tod auf Latschen ausgesehen, als du heute Morgen reingekommen bist, also iss. Los, los.«

»Danke!«, rief ich ihr hinterher. Ich begann zu essen. Ich konnte mich nicht erinnern, jemals etwas so Köstliches gegessen zu haben.

Einige Zeit später band ich meine Schürze ab und ging nach oben in die Lobby. Geräusche drangen aus Dr. Feathers' Zimmer, doch Josie saß mit einer Zigarette da und las in aller Seelenruhe ihr Buch. Also konnte es nicht allzu schlimm sein.

»Ist mit ihm alles in Ordnung?«, fragte ich, als ich die gedämpfte Stimme von Dr. Feathers vernahm. »Er ist es, ich schwöre, er ist es!«, sagte er.

Josie sah mich an. »Ich hab dir doch gesagt, dass er seit 1926 nicht mehr derselbe ist.« Sie wickelte sich das Telefonkabel um den Finger. »Mrs H. wollte, dass ich nachsehe, ob du auch anständig aufgeräumt hast, aber ich werde bestimmt nicht noch mal da runtergehen, also spuck's am besten gleich aus.«

Ich schloss kurz die Augen. »Es ist alles sauber«, antwortete ich und dachte an die Fettflecke an den Fliesen und an den undefinierbaren, verkrusteten Speiserest auf dem Herd.

Josie zog eine Braue hoch. »Gut«, sagte sie und legte einen

Stapel Münzen auf den Tresen. »Mrs H. wollte dir fünf Shilling extra zahlen. Für die Mehrarbeit.«

»Oh, toll«, erwiderte ich, obwohl fünf Shilling für die Schufterei der reinste Witz waren.

»Und ich will kein Wort hören, junge Dame«, sagte Josie und schob mir das Geld hin. »Mrs H. hat im Moment eine Menge am Hals.«

»Ich weiß. Ihr Vater«, sagte ich.

»Und der Laden hier.« Josie verdrehte die Augen. »Kein Mensch will hier mehr absteigen. Neuerdings machen alle bloß noch Tagesausflüge. ›Wissen Sie, wo Sie ein Hotel aufmachen sollten?‹, hab ich sie neulich gefragt. ›In Spanien. Da wollen heutzutage alle hin, die ein bisschen Geld haben. Die Mittelklasseleute. Es ist schön warm, und das Essen ist billig.‹«

»Ich kann mir Mrs Hale nicht in Spanien vorstellen«, wandte ich ein. »Dort herrscht doch immer noch eine Militärdiktatur, oder?«

»Und Knoblauch essen die auch.« Sie schnitt eine Grimasse. »Aber dort ist jetzt was los. Nicht so wie in diesen alten englischen Seebädern. Hier verrotten die Leute doch, sage ich dir. Vor zwanzig Jahren hat Helmstone noch was hergemacht, und sogar im Krieg, als man noch nicht mal im Meer baden konnte. Aber heute? Nicht einmal die Mods oder die Rocker wollen herkommen. Hier ist es sogar zu langweilig, um ein paar Liegestühle durch die Gegend zu werfen.«

Eine Frauenstimme – entweder Mrs Hales oder die ihrer Schwester – drang aus Dr. Feathers' Zimmer. »Bitte, Vater. Du weißt ganz genau, was beim letzten Mal passiert ist.«

»Aber damals«, fuhr Josie fort, »als meine Cousine Agnes noch im Haus nebenan gewohnt hat, galt diese Straße hier als Nobeladresse.«

Ich starrte sie an. »Deine Cousine hat in Castaway House gearbeitet?«

»Hab ich das nie erzählt?« Josie zog an ihrer Zigarette. »Nur ein Jahr oder so. Sie war Hausmädchen dort, hat aber nach diesem Skandal gekündigt.«

»Welcher Skandal?« Im Geiste sah ich einen dünnen Schnurrbart und ein lila Kopftuch vor mir – das Ehepaar, das vor dem Kiosk über längst vergangene Vorfälle gesprochen hatte, die vor einer Woche noch völlig uninteressant für mich gewesen waren.

»Na ja …« Sie runzelte die Stirn. »Da war dieser … wie hieß er noch gleich?«

Ich holte tief Luft. »Keine Ah…«, begann ich, aber natürlich wusste ich genau, wen sie meinte. »Robert Carver?«

Sie schnippte mit den Fingern. »Ja, genau, der war's.«

Ich lehnte mich über den Tresen. »Was ist damals passiert?«, fragte ich eindringlich.

»Also …« Josies Augen leuchteten vor Freude, weil sie ein Publikum hatte. »Meine Cousine sagt …«

»Rosie!«

Ich fuhr herum. Star stand in der Tür des Bella Vista. Sie war kreidebleich.

Ich verdrehte die Augen und drehte mich wieder zu Josie um. »Beachte sie gar nicht«, sagte ich. »Ich will unbedingt wissen, was mit Robert Carver passiert ist.«

»Hör zu, Rosie.« Star legte mir die Hand auf den Arm. Verblüfft starrte ich sie an. Nach allem, was sie mir gestern Abend an den Kopf geworfen hatte, konnte ich mich nur wundern, dass sie es ertrug, mich anzufassen. Unwillkürlich flammte ein Erinnerungsfetzen auf: meine Lippen an ihrem Hals, ihr Stöhnen, als sie sich meiner Berührung hingab.

»Ich bin gerade mitten in einem Gespräch«, sagte ich so eisig, wie ich nur konnte.

»Es ist aber wichtig.« Ihr versagte die Stimme. »Bitte.«

»Macht ihr beide nur«, meinte Josie. »Ich sehe solange nach, ob Dr. Feathers nun vollends den Verstand verloren hat.«

»Warte, Josie!«

Doch schon öffnete sie die Tür zu Dr. Feathers' Zimmer, ohne vorher anzuklopfen. »Also. Wie wär's mit einer schönen Tasse Tee?«, hörte ich sie fragen.

Ich starrte Star finster an, obwohl ich mich auch ein wenig freute, dass sie so hundeelend aussah. »Was willst du?«

Sie schlug die Augen nieder. »Ich kann mich nicht erinnern, was ich gestern Abend gesagt habe.«

»Zum Glück.«

»Aber ich hab's mir schildern lassen.«

»Ja. Ich fand es ganz besonders rücksichtsvoll von dir, vor all deinen Freunden.«

»Es tut mir so leid.« Sie hielt sich an der Rezeption fest. »Ehrlich, du musst mir glauben. Es tut mir schrecklich leid.«

»Nein, ist schon gut.« Ich nahm meine Handtasche. »Es ist besser, wenn ich weiß, was du wirklich denkst. Aber jetzt muss ich gehen. Bis dann.«

»Warte.« Ihre Hand lag dicht neben meinem Arm. »Geh nicht. Ich … es ist ganz falsch rübergekommen.«

»Das interessiert mich nicht«, sagte ich, obwohl das nicht stimmte. Wenn ich nur daran dachte, wie gemein sie zu mir gewesen war, wurde mir schlecht.

»Aber da ist noch was anderes. Jemand hat nach dir gefragt.«

Ich kniff die Augen zusammen. »Wer?«

»So ein Typ von der Gemeinde. Hat heute Morgen sämtliche Leute aus dem Schlaf geklingelt. Grandma hat die Tür aufgemacht, um ihm die Meinung zu geigen. Er wolle zu Rosie Churchill in Castaway House, hat er gesagt. Er arbeitet unten am Strand.«

Obwohl ich sie am liebsten hätte stehen lassen, war meine Neugier geweckt. »Wer war der Mann?«

»Er macht morgens den Strand sauber und sagt, unten in einem der Gewölbe sei ein alter Mann, der sich weigere zu gehen. Offenbar will er nur mit dir reden.«

Ich seufzte. »Dockie.« Also war er gestern Abend doch nicht nach Dublin zurückgefahren. »Der Mann aus dem Keller.«

»Er wollte wissen, ob du nicht mit ihm sprechen könntest.« Sie sah mich an, ihre Augen waren gerötet.

»Danke für die Nachricht«, sagte ich mürrisch, ließ sie stehen und verließ das Haus. Als ich nach links abbog, stellte ich jedoch zu meiner Verärgerung fest, dass sie mir gefolgt war. »Du brauchst nicht mitzukommen«, schnauzte ich sie an.

»Ich würde dich aber gern begleiten«, sagte sie. »Wenn du nichts dagegen hast.«

»Dies ist ein freies Land«, erwiderte ich. Was sie wohl im Schilde führte?

»Es war so toll von dir, über Nacht bei Granny zu bleiben«, plapperte sie weiter, während wir den Hügel hinuntergingen. »Sie schläft grundsätzlich nicht allein im Haus. Das ist so eine Eigenheit von ihr. Ich hab ihr gesagt, dass ihr nichts passieren kann, aber sie meint, sie müsse dem Haus zeigen, dass es immer noch ihres ist. Sie ist ein bisschen seltsam. Also, danke.«

»Ich war Johnny einen Gefallen schuldig«, sagte ich knapp. »Und sie hat mir fünf Guineas dafür bezahlt.«

»Bitte, Rosie, ich halte das nicht aus.«

Ich blieb stehen. So niedergeschlagen hatte ich sie noch nie erlebt. »Ich weiß nicht, was du willst. Du hast mir doch klipp und klar gesagt, was du von mir hältst. Was gibt es da noch zu reden?«

»Aber so denke ich gar nicht.« Sie fuhr sich mit der Hand durchs Haar. »Ich habe gesehen, wie du Geoff geküsst hast …«

»Da war nichts«, blaffte ich und wurde rot. »Außerdem bist du diejenige, die mich einfach hat stehen lassen und später allen erzählt hat, ich hätte dich belästigt.«

»Natürlich habe ich dich stehen lassen!«, stieß sie hitzig hervor. »Ich hatte eine Scheißangst!«

»Vor mir?«, fragte ich sarkastisch, obwohl ich allmählich begriff, was ihr solche Angst einjagte.

»Nein, nicht vor dir.« Sie lehnte sich gegen das Geländer an der Promenade. »Ich muss dir etwas sagen.«

Wieder lag mir eine sarkastische Erwiderung auf der Zunge, ich konnte mich aber nicht überwinden, sie auszusprechen. »Also?«, fragte ich stattdessen seufzend.

»Es geht um ... erinnerst du dich, wie wir vor ein paar Tagen über Geheimnisse geredet haben?« Sie sah mich an. »Letztes Jahr gab es da diese Freundin. Sie hat zu unserer Clique gehört.«

»Gill?«

Sie schaute mich erstaunt an. »Johnny hat mir erzählt, ihr hättet euch gestritten. Und Geoff ...« Ich wollte lieber nicht sagen, was Geoff angedeutet hatte.

»Das war kein Streit. Sondern wir haben ... Dinge miteinander getan.« Wieder sah sie mich an. »Verstehst du?«

Ich nickte zögerlich, die Worte hallten in meinem Kopf wider. Dinge getan. Dinge. »Äh ... ich meine ... ja.« Wieder wurde ich rot. »Ja, ich verstehe.«

»Ich erzähle dir das, weil ich es dir schuldig bin. Wenn es jemand herausfindet ...« Sie erschauderte. »Jedenfalls haben sie angefangen, zu reden und Vermutungen anzustellen. Wir sind nicht damit zurechtgekommen. Beide nicht. Sie ist weggezogen. Nach London. Eine Woche später sind Johnny und ich zusammengekommen, und ich nahm an, das wär's gewesen.«

Ich dachte an Gill und fragte mich, wie sie wohl aussehen mochte und was die beiden getan hatten. Ein vages, unangenehmes Gefühl – Eifersucht? – überkam mich. Ich lächelte, als wären solche Enthüllungen an der Tagesordnung für mich. »Und wieso hast du jetzt Angst?«

»Weil du eingezogen bist. Und ...« Sie blickte mich mit ihren großen Augen an. »Wir waren Freundinnen. Und ich wusste, dass das nur ein Spiel für dich ist. Du hast Geoff geküsst, und ich dachte, du würdest allen von uns erzählen, und ich hatte solche Angst, dass du die Wahrheit herausfinden könntest, Rosie.«

Ich runzelte die Stirn. »Was? Die Wahrheit über dich und Geoff?«

»Nein«, antwortete sie beinahe resigniert. »Dass ich glaube … Herrgott noch mal, ich glaube, ich bin in dich verliebt, kapiert?«

Sie wandte sich ab und hastete den Hügel hinunter. Einen Moment lang stand ich verblüfft da.

»Warte!«, rief ich und lief hinter ihr her.

»Ist schon okay.« Sie stand an der Straße und sah nach links und rechts, ehe sie sie überquerte. »Du brauchst nichts dazu zu sagen. Ich war dir eine Erklärung schuldig, das ist alles.«

»Star …«

»Da drüben ist es. Er ist unten, am Pier.«

»Hör mir zu.«

Doch sie ging weiter und passierte einen Bus, der an der Promenade geparkt war. Plötzlich war ich von einer ausgelassenen Horde Betriebsausflügler umgeben. »Um vier treffen wir uns hier wieder«, rief der Fahrer. »Und sollte einer von euch Witzbolden zu spät kommen, hat er Pech gehabt!«

Allgemeines Gelächter ertönte. »Trink nicht zu viele Bierchen, Jack«, rief eine mollige, viel zu stark geschminkte Blondine. »Los, macht mal Platz, damit die Mädchen durchkönnen!«, rief sie, als sie uns sah, und zwinkerte mir zu.

Hastig schob ich mich an den Leuten vorbei, die lautstark debattierten, ob sie zuerst in den Vergnügungspark oder lieber in den nächsten Pub gehen sollten. »Ich will eine Runde Esel reiten!«, rief einer, worauf die Umstehenden schallend lachten. Star stieg die Treppe zu dem asphaltierten Weg hinunter, der an den Gewölben in der Promenadenmauer vorbeiführte.

»Bitte warte«, rief ich. Sie redete mit einem Mann im Overall, der mit einer Zigarette in der Hand an der Mauer lehnte. Als ich näher kam, zeigte sie auf mich, sah mich jedoch nicht an.

»Sie sind also Rosie, ja?« Der Mann drückte seine Zigarette an der Mauer aus. »Ist der Kerl ein Freund von Ihnen, oder was?«

»Äh … gewissermaßen.« Dockie kümmerte mich im Augenblick nicht, sondern einzig und allein, was Star gesagt hatte.

Er deutete auf das verrostete Schloss, das lose an der Tür hing. »Hier sind kürzlich ein paar Jugendliche eingebrochen und haben weiß Gott was da drinnen veranstaltet. Das Problem ist bloß, dass die Kids am nächsten Morgen wieder weg waren, er aber nicht. Ich hab ihm gedroht, dass ich die Polizei rufe, aber das ist ihm wohl egal. Er will erst verschwinden, wenn er mit Ihnen geredet hat.«

»Ich gehe dann mal«, murmelte Star.

»Nein.« Ich starrte sie finster an. »Warte.«

Sie hielt inne. Die Sonne fiel auf ihre dichten Wimpern. Sie hob den Kopf und sah mich an. »H… ha…«, begann sie. Mir war bislang nie aufgefallen, dass sie stotterte. Dann zuckte sie die Achseln. »Okay«, sagte sie und ging zum Strand.

Mein Herz zog sich zusammen, als ich ihr nachsah. Der Mann öffnete die quietschende Tür. »Aber schön aufpassen da drinnen, verstanden?«

»Aufpassen?«, wiederholte ich, mit den Gedanken immer noch bei Star.

»Kriegen Sie keine Angst«, sagte er. Die Tür fiel hinter mir ins Schloss. Das einzige Licht drang durch die Milchglasfenster links und rechts der Eingangstür.

Es roch modrig, nach Schimmel und feuchtem Gemäuer. Allmählich gewöhnten sich meine Augen an die Düsternis. Die Steinplatten auf dem Boden waren sandig. Ich machte einen Schritt vorwärts, als scheinbar aus dem Nichts ein nackter Fuß vor mir auftauchte.

Mir blieb beinahe das Herz stehen. Mein Blick wanderte über das Bein, das unmittelbar über dem Knie endete.

Ich schnappte nach Luft. Inzwischen konnte ich meine Umgebung etwas besser erkennen und machte zehn, nein, bestimmt zwanzig Körper aus, einige lagen auf dem Boden, andere lehnten sich aneinander. Glasige Augen, zu einem stummen Schrei aufgerissene Münder. Ich war wie gelähmt. Sie starrten mich an, und dann dämmerte mir, dass die Augen tatsächlich aus Glas bestanden und die aufgerissenen Münder aufgemalt waren. Ich befand mich in einem Lagerraum voll ausrangierter Schaufensterpuppen.

Erleichtert stieß ich den Atem aus, doch das Herz schlug mir immer noch bis zum Hals. Während ich darauf wartete, dass sich mein Puls beruhigte, erkannte ich falsche Schnurrbärte, Perücken, vergammelte Kleider und rot lackierte Fingernägel. Anscheinend hatte jemand die Schaufenster mehrerer Boutiquen geleert.

Der hintere Teil des Raums lag im Dunkeln, und ich bewegte mich vorsichtig vorwärts und rutschte um ein Haar auf einer schwarzen Perücke aus. »Dockie? Ich bin's, Rosie!«

Keine Reaktion. Ich entdeckte eine kahlköpfige Puppe mit spinnengleichen Wimpern in vergammelten Lumpen und mit einer an den Händen angeklebten Gitarre. Daneben stand eine Schaufensterpuppe, die eine Uniform aus dem Ersten Weltkrieg trug.

Am Ende schien ein Tunnel nach rechts in Richtung Meer abzugehen. Ich ging ein Stück hinein. »Dockie! Wo sind Sie?«

Als ich mich weiter vorwagte, stolperte ich erneut über einen Körper. Wieder stockte mir der Atem, doch es war lediglich eine Schaufensterpuppe, diesmal in einem schmutzigen Gewand. Die Glasaugen fehlten, so dass sie mich aus leeren Höhlen anzublicken schien.

»Dockie?«

Ich blieb stehen, doch außer ein paar dunklen Umrissen konnte ich so gut wie nichts ausmachen. »Dockie?«, fragte ich noch einmal beklommen. Vielleicht hatte ich ihn ja verpasst, und er versteckte sich in einem anderen Gewölbe.

»Rosie.«

Ein Schluchzen. Ich fuhr herum und kniff die Augen zusammen. »Hallo?«

»Rosie«, murmelte er. Ich konnte ihn nun im düsteren Schein ausmachen und ging auf ihn zu. Er saß da, das Gesicht in den Händen vergraben, und wiegte sich vor und zurück. Ich schob eine große Gipsplatte zur Seite, kniete mich neben ihn und nahm seine Hand. Er umfasste sie fest. »Dockie«, flüsterte ich. »Ist ja gut. Ich bin hier. Ich bin's, Rosie.«

»Rosie!« Seine schwielige Hand zerquetschte beinahe meine Finger.

»Sie sind also nicht nach Dublin zurückgefahren.«

Er schüttelte den Kopf. »Ich bin am Strand entlanggegangen«, krächzte er. »Ich habe die Nummer gesehen, 231. Das Schloss war kaputt. Also bin ich reingegangen und hab ... hab das hier gefunden.«

Er deutete mit dem Finger auf etwas. Zuerst dachte ich, er zeige auf eine Puppe, doch es war die Gipsplatte, die ich beiseitegestellt hatte.

»Was ist das?« Ich richtete mich auf und hob die Platte hoch. Es war die Hälfte eines Schilds. Auch wenn die Farbe ausgebleicht und von der Feuchtigkeit zerfressen war, erkannte man noch einzelne Wortfragmente:

»SONS & BRAYS KABINE HEITEN«

»Ich hab es gesehen«, sagte er mit zittriger Stimme. »Und hab mich plötzlich erinnert.«

Stirnrunzelnd betrachtete ich das Schild. Bray. »Woran?«

Er atmete pfeifend ein. »An alles. Alles war auf einmal wieder da, so als wäre es nie weg gewesen.«

»Und jetzt?« Ich lehnte das Schild an die Wand.

»Ich erinnere mich immer noch.« Er umklammerte meine Hand noch fester. »Aber ich fürchte, meine liebe Rosie, dass ich alles vergessen werde, sobald ich diesen Tunnel verlasse. Vielleicht kam mein Gedächtnis nur zurück, weil ich mich hier drinnen aufhalte. Deshalb brauche ich Sie hier, verstehen Sie? Ich will Ihnen sagen, wer ich bin. Sie müssen mein Gedächtnis sein, Rosie, müssen mich mir selbst zurückgeben, falls ich es vergesse.«

»Ich dachte ...« Ich hielt inne. »Ich dachte, Sie wollen sich nicht erinnern.«

»Als ich in den Docks geboren wurde ...« Er seufzte. »Damals wollte ich vergessen. Ich wollte ganz von vorn anfangen. Ein neues Leben, wenn man so will. Ich habe jedes Aufblitzen meiner Vergangenheit ignoriert, jeden Hinweis auf mein früheres Leben, dem ich hätte nachgehen können, so lange weggeschoben, bis nichts mehr da war.«

»Aber was ist mit Frank? Sie haben doch erzählt, er hätte Sie verraten.«

Dockie nickte. »Er war ein einsamer Mann, dieser Frank. Hatte keine Familie, kaum Freunde. Er wollte, nein, er brauchte jemanden, um den er sich kümmern konnte. Und da war ich, schutzlos wie ein Neugeborenes. Jemand, der ihm alles glaubte, was er erzählte. Oder eben verschwieg.«

»Glauben Sie, er wusste all die Jahre, wer Sie wirklich sind, hat es Ihnen aber nie gesagt? Das ist ja schrecklich.«

»Die Wahrheit hat er aus der Zeitung erfahren. Er hat die Artikel ausgeschnitten und wollte sie mir vielleicht eines Tages zeigen. Vielleicht hat er sie auch nur vergessen. Wahrscheinlich hat er sich gesagt, dass es so das Beste ist und dass ich tatsächlich vor meiner Vergangenheit geflohen bin. Und in gewisser Weise hatte er sogar Recht, Rosie, weil ich tief in meinem Herzen immer gespürt habe, dass ich gar nicht wissen will, wer ich wirklich bin. Es erschien mir unter diesen Umständen einfacher, ein neues Leben zu beginnen.«

Ich musste daran denken, wie ich selbst fieberhaft eine Tasche gepackt hatte und nach Castaway geflohen war. »Ich glaube, ich verstehe Sie«, sagte ich leise.

»Ich hatte ein gutes Leben, Rosie. Das sollen Sie wissen. Ich war glücklich. Alles war so einfach, unkompliziert. Vielleicht habe ich ja genau danach gesucht.«

»Was ist mit Frank?«

»Ohne Frank würde ich nicht mehr leben.« Er zuckte die Achseln. »Durch seine Schuld ist eine schwere Ungerechtigkeit ungesühnt geblieben, aber natürlich wusste er das nicht. Und jetzt müssen Sie mir helfen, um Verzeihung zu bitten.«

»Was für eine Ungerechtigkeit? Und wen müssen Sie um Verzeihung bitten?«

»So viele Menschen.« Er schüttelte den Kopf. »Aber als Erstes, und das ist das Allerwichtigste, meine Frau.«

Mir schwirrte der Kopf. »Ihre Frau?«

Er nickte. »Clara, meine Frau.« Er zeigte auf die Platte. »Mein Name – mein richtiger Name – ist Alexander Bray.«

»Was?«

Wieder nickte er, diesmal mit mehr Überzeugung. »Mein Name ist Alexander Bray, und Castaway House gehört mir.«

Ich dachte an die beiden Gestalten vor dem Samtvorhang. »Aber Alexander Bray ist tot.«

»Nicht mehr.« Dockie stand auf. »Nicht mehr.«

Das konnte nicht sein. Ausgeschlossen. Er war ein verrückter alter Knabe, in dessen Hirn sich aus irgendeinem Grund dieser Name eingebrannt hatte und der sich nun einredete, es sei die Wahrheit.

»Vielleicht sollten wir … mit einem Arzt reden.«

Er sah mich mit zusammengezogenen Brauen an. »Ich dachte, Sie sind meine Freundin, Rosie.«

»Das bin ich auch! Ich meinte doch nur, vielleicht sind Sie ja krank. Immerhin haben Sie die ganze Nacht in diesem gruseligen feuchten Tunnel verbracht.«

»Sie sagten, Clara sei die Vermieterin von Castaway! Wo ist sie jetzt?«

»In … äh … Paris.«

»Dann müssen Sie mir helfen. Sie müssen mir helfen. Mehr als je zuvor.«

»Okay, okay.« Ich hob beschwichtigend die Hände. »Was soll ich tun?«

»Sie muss doch Telefon haben. Sie müssen ihre Nummer herausfinden, sie anrufen und ihr sagen, dass ihr Ehemann wieder aufgetaucht ist. Natürlich werde ich Sie dafür bezahlen.«

Er stieg über die Puppe mit dem schmutzigen Gewand, und ich folgte ihm.

»Womöglich vergessen Sie ja alles wieder«, sagte ich hoffnungsvoll. »Morgen. Oder in fünf Minuten. All die Erinnerungen könnten schon bald wieder weg sein.«

»Genau deshalb brauche ich Sie ja. Sie müssen mein Gedächtnis sein. Sie müssen mir sagen, wer ich bin. Einverstanden?«

Er schlurfte hustend und keuchend zum Ausgang. »Das werde ich«, sagte ich, obwohl ich längst beschlossen hatte, es nicht zu tun. Wie um alles in der Welt kam er bloß auf die Idee, Alexander Bray zu sein?

Wir traten in die kühle Mittagssonne hinaus. Der Mann von der Stadtverwaltung stauchte Dockie zusammen, was ihm jedoch nichts auszumachen schien. Ich entdeckte Star, die aufs Meer hinausblickte. Wenn Dockie tatsächlich Alexander Bray sein sollte, wäre er ihr Großvater.

»Ich muss mit meiner Freundin reden«, sagte ich. »Bevor wir irgendetwas unternehmen.«

Er nickte und tippte sich an den Kopf. »Ich bin Alexander Bray. Alexander Bray«, wiederholte er. »Reden Sie mit Ihrer Freundin. Los, gehen Sie.«

Star spürte offenbar, dass ich auf sie zuging, denn sie drehte sich um. »Ich habe nachgedacht«, sagte sie. Auf ihrem kreidebleichen Gesicht lag ein Ausdruck gespielter Unbeschwertheit. »Vergiss einfach, was ich gesagt habe. Du weißt schon … der Kater und so. Da redet man eben Unsinn … aber wir sind doch noch Freundinnen, oder?«

»Ja, ja, natürlich«, antwortete ich abwesend. Sie musterte mich erstaunt.

»Es ist etwas passiert.«

»Was ist los?«

Ich zeigte auf Dockie, der auf und ab ging und sich an den Kopf tippte. »Siehst du den Mann dort drüben?«

»Das ist doch der verrückte Alte, der mich Clara genannt hat. Was soll mit ihm sein?«

»Ich habe dir doch erzählt, dass er sein Gedächtnis verloren hat. Nun ja, jetzt ist es zurückgekehrt.« Ich biss mir auf die Lippe. »Das Problem ist nur, dass er steif und fest behauptet, er sei Alexander Bray.«

»Was?« Sie starrte mich an. »Das kann nicht sein. So hieß mein Großvater.«

»Ich weiß. Er sagt, Clara, also deine Großmutter, sei seine Frau und Castaway House gehöre ihm.«

Sie schüttelte den Kopf. »Mein Großvater ist schon lange tot. Er ist vor meiner Geburt gestorben.«

»Genau das habe ich ja versucht, ihm beizubringen, aber er will einfach nicht auf mich hören.«

»Dann spinnt er komplett«, meinte sie. »Aber kennt er Granny denn? Woher?«

»Vielleicht ist er ja ein Fan, sie war doch Schauspielerin.«

»Ja, kann sein.« Sie nickte langsam. »Ich sollte ihr Bescheid sagen. Vielleicht kennt sie ihn ja, weil er sie … o Gott, weil er sie schon länger verfolgt oder so was.«

»Okay. Wir bringen ihn irgendwo für eine Weile hin, dann redest du mit ihr.«

»Gut.« Ich merkte, wie sie sich allmählich entspannte. Vielleicht weil ich ihren Rückzieher halbwegs gelassen aufgenommen hatte. Doch erst als wir auf dem Weg standen und uns den Sand von den Schuhen stampften, wurde mir bewusst, dass sich noch etwas verändert hatte: Die Machtverhältnisse zwischen uns hatten sich verschoben.

»Unglaublich«, sagte Dockie, als Star vor ihm stand. »Sie sehen aus wie meine Frau.«

»So sehr nun auch wieder nicht«, wiegelte ich ab. »Ich meine … früher vielleicht. Aber Mrs … Ihre Frau muss doch viel älter sein.«

Er schaute mit gerunzelter Stirn zum Strand hinüber, wo die Wellen ein geriffeltes Muster auf dem Sand hinterlassen hatten. »Ah. Das hatte ich nicht bedacht.« Seine Züge erhellten sich. »Und jetzt gehen wir zurück zum Castaway House, damit Sie gleich anrufen können.«

»Ja.« Ich sah zu Star. »Ich habe mir überlegt, ob Sie vielleicht lieber irgendwo auf uns warten.« Ich ließ den Blick über den Strand schweifen, als liege die Antwort irgendwo im Schatten des eingefallenen Piers.

»Ich komme mit.« Er hinkte vor uns her zur Treppe, die auf die Promenade hinaufführte. »Ich habe ja noch das kleine Zimmer. Dort werde ich warten, während Sie meine Frau anrufen. Dann können Sie mir erzählen, was sie gesagt hat.«

»Natürlich, aber vielleicht ist sie gar nicht da«, entgegnete ich. Schwer atmend erklomm er die Stufen. »Oder, keine Ahnung, womöglich steht sie gar nicht im Telefonbuch.«

»Ich bin sicher, Sie werden alles in Ihrer Macht Stehende tun, Rosie. Ich vertraue Ihnen.«

»Das werde ich«, sagte ich lahm und schnitt eine Grimasse.

Oben angekommen, umfasste Dockie das Geländer und sah aufs Meer. »Es muss über vierzig Jahre her sein. Ich erinnere mich daran. Einen Penny kostete es damals. Das rot-weiß gestrichene Kasperletheater. Oh, die Vorführungen waren immer herrlich.« Er lachte leise und ging Gaunt's Cliff hinauf.

Es dauerte, da Dockie immer wieder stehen bleiben und verschnaufen musste. Ich sah Star an, dass sie nicht in die Sache hineingezogen werden wollte. Zweifellos gab es offizielle Stellen, die sich seiner annehmen würden, allerdings hoffte ich, ohne Zwangsjacke oder Beruhigungsspritzen. Ich wollte mir gar nicht vorstellen, wie Dockie in einem erbsengrünen Zimmer von Schwestern mit Schutzmasken über dem Gesicht festgehalten wurde, während ein bebrillter Arzt ihm erklärte, dass es jetzt gleich ein bisschen wehtun würde.

»Ihr Name – heißt sie immer noch Bray?«, fragte er unvermittelt.

»Äh …« Ich sah Star an, die die Achseln zuckte. »Ja. Ja, ich glaube.«

»Dann hat sie also nicht wieder geheiratet. Das hätte ich nicht gedacht. Das wäre ja dann auch Bigamie gewesen. Oder wurde ich offiziell für tot erklärt?« Er runzelte die Stirn, als käme ihm der Gedanke zum ersten Mal. »Das wird wohl ein ziemlicher Schock für sie werden, nach vierzig Jahren.«

Star verdrehte die Augen. Auf der Höhe des Bella Vista überquerten wir die Straße. Dr. Feathers saß an seinem gewohnten Platz am Fenster, Lizzie neben ihm. Sie redete hektisch auf ihn ein, doch er schien nicht hinzuhören. Als wir näher kamen, hob er die Hand und deutete mit seinem zittrigen Finger auf uns. Ich lächelte und winkte.

Doch er zeigte keine Regung und wandte sich ab. Er schien mit jemandem hinter ihm im Zimmer zu reden. Lizzie drehte sich um, und Mrs Hale erschien am Fenster. Alle drei sahen in unsere Richtung. Mrs Hale zwängte sich zwischen ihren Vater und ihre Schwester, klopfte an die Scheibe und bedeutete uns, stehen zu bleiben.

»Was ist denn?«, wollte Star wissen.

»Keine Ahnung.« Dockie hielt ebenfalls inne und starrte wie gebannt auf das Fenster.

Plötzlich kam Mrs Hale aus dem Gästehaus und hastete auf uns zu. »Sagen Sie mir sofort, dass Sie es nicht sind«, flüsterte sie und starrte Dockie an.

Endlich löste Dockie den Blick vom Fenster und sah Mrs Hale an. »Bitte entschuldigen Sie, aber mein Gedächtnis ist nicht mehr, was es einmal war. Kenne ich Sie?«

Sie schlug die Hand vor den Mund. »Sie können es nicht sein«, krächzte sie. »Sie können es nicht sein.«

Dockie zeigte auf das Fenster. »Ich erkenne ihn wieder.« Er deutete auf Dr. Feathers, der noch immer zu uns herübersah und fieberhaft auf Lizzie einredete. »Aber ich kann mich beim besten Willen nicht erinnern, wer das ist.«

»Das ist D…«, begann ich, doch Dockie brachte mich mit einer Geste zum Schweigen.

»Nein, Rosie, nichts sagen. Es ist besser, wenn ich mich selbst erinnere. Und das werde ich. Ganz bestimmt.« Vor sich hin murmelnd ging er zum Castaway House.

Mrs Hale wich zurück. »Ich muss …«, stammelte sie. »Ich muss …« Sie machte kehrt und ging die Treppe hinauf, wobei sie sich immer wieder umdrehte.

Star und ich wechselten einen Blick und folgten wortlos Dockie die Treppe von Castaway hinauf. Er deutete auf die Buntglasscheibe über der Eingangstür. »Jugendstil«, sagte er staunend. »Ihr Name war Viviane. Schmale weiße Hände. Eine zarte Stimme. Ich glaube – ja, ich glaube, sie war meine Mutter.«

»Gehen wir rein«, sagte ich und schloss die Tür auf.

»Ja.« Er klatschte in die Hände. »Ich habe Castaway geliebt. Mehr als alles andere, glaube ich. Und jetzt sind wir hier. In der Eingangshalle. O ja, hier sind wir.«

Als er vor uns herging, warf ich Star einen Blick zu, doch sie zuckte lediglich hilflos die Achseln. Vor dem Telefonkästchen blieb er stehen und kramte ein paar Münzen aus der Tasche. »Das sollte reichen. Paris, sagten Sie? Sie müssen die internationale Auskunft anrufen. Clara Bray, so heißt sie. Ich erwarte Ihre Antwort unten.«

»Ich werde alles versuchen«, sagte ich schuldbewusst und hoffte, dass Mrs Bray nicht ausgerechnet jetzt herauskam.

Er legte seine Hand auf meine. »Das weiß ich.« Langsam und unter sichtlichen Schmerzen durchquerte er die Halle und winkte noch einmal, bevor er die Treppe hinunterstieg.

Ich betrachtete die Münzen auf der Ablage unter dem Telefon. Dann wanderte mein Blick zum schwarzen Brett.

Keine Nachricht. Große Erleichterung überkam mich, gleichzeitig spürte ich so etwas wie Enttäuschung, weil Mum womöglich beschlossen hatte, dass die Mühe sich nicht lohnte.

»Kommst du mit?«, fragte Star. Wieder bemerkte ich ihre leichte Verunsicherung. »Wir erzählen es Granny zusammen. Damit haben wir unsere Pflicht getan.«

»Ja.« Ich schüttelte die lähmende Beklemmung ab, die das leere Brett in mir ausgelöst hatte. »Natürlich.«

Star klopfte an die Tür, und Mrs Bray, perfekt geschminkt, in Hahnentrittjacke und hochhackigen Schuhen, erschien. »Da seid ihr ja«, sagte sie. »Und? Hast du das heillose Durcheinander wie versprochen in Ordnung gebracht?«

Die Frage war an Star gerichtet. »Wir müssen mit dir reden«, antwortete Star nur.

Mrs Bray hob eine Braue. »Ich bin im Garten. Ich habe bei Bradley's angerufen und darum gebeten, dass jemand ein paar Lebensmittel vorbeibringt. Vielleicht machst du uns ja Tee und servierst ihn auf der Terrasse.«

Ohne eine Antwort abzuwarten, verschwand sie durch den Wintergarten in den Garten.

»Typisch Granny«, sagte Star. »Entweder es läuft so, wie sie es will, oder überhaupt nicht.«

Ich ging mit ihr ins Wohnzimmer, wo sie den Wasserkessel aufsetzte. »Ist okay, ich mache das schon«, sagte sie.

»Ich wollte nur …« Ich nahm ihre Hand. »Keine Ahnung, ich wollte nur sagen, dass alles gut wird.«

Eine leichte Röte breitete sich auf ihren Wangen aus. »Ich wünschte, ich hätte geschwiegen.«

»Ich bin froh, dass du es mir erzählt hast«, gab ich zurück, woraufhin sie noch stärker errötete. Ich drückte ihre Hand und ging – mit einem idiotischen Grinsen im Gesicht – in den Wintergarten.

Steinerne Blumentöpfe hielten die Terrassentüren offen, damit eine Brise hereinwehte. Die Vorhänge bauschten sich. Mrs Bray hatte auf der Terrasse an einem Gartentisch Platz genommen. Als ich herauskam, drehte sie sich zu mir um und schirmte die Augen mit der Hand ab. »Oh, Sie sind's.«

Ich setzte mich ihr gegenüber hin. »Meine Nacht war ziemlich merkwürdig«, sagte ich.

Ihr Blick schien mich förmlich zu durchbohren. »Tatsächlich?« Sie zog mit unbeteiligter Miene an ihrer Zigarette. »Ich habe wie ein Baby geschlafen.«

»Das habe ich gemerkt.« Fest entschlossen, mich nicht ins Bockshorn jagen zu lassen, ballte ich die Fäuste. »Jemand hat mir ins Ohr gepfiffen.«

»Wie seltsam«, sagte sie. »Und Sie sind sicher, dass Sie das nicht bloß geträumt haben?«

»Ich habe keine Sekunde geschlafen«, herrschte ich sie an.

»Bis Sie eine von meinen Schlaftabletten genommen haben.« Sie musterte mich nachdenklich. »Sie haben vergessen, das Fläschchen zuzuschrauben. Ich merke alles, müssen Sie wissen.«

Ich beugte mich vor. »Dann wissen Sie sicherlich auch von der Truhe. Der Deckel ist von ganz allein aufgegangen.« Sie sah mich gleichgültig an, trotzdem entging mir nicht, dass ihr Auge leicht zuckte. »Sie wussten, dass das passieren würde, stimmt's? Deshalb wollten Sie, dass ich über Nacht bleibe.«

Mrs Brays Blick hätte ohne Weiteres ein Feuer entzünden können. »Sie haben das Geld genommen, oder?«, sagte sie kalt.

Obwohl mir ihr Blick durch Mark und Bein ging, erwiderte ich: »Ja, und jetzt denke ich, dass es im Vergleich dazu ziemlich wenig war.«

Mrs Bray schien eine scharfe Erwiderung auf der Zunge zu liegen, doch auf einmal ertönte ein klapperndes Geräusch aus dem Wintergarten, und Star kam mit einem Tablett heraus. Der Tee schwappte aus der Kanne auf die Untertassen, als sie es abstellte.

»Sag nichts.« Star ließ sich theatralisch auf einen Stuhl fallen. »Louise hätte das natürlich viel besser gekonnt.«

»Das wollte ich gar nicht sagen, Liebes.« Mrs Bray ergriff die Kanne. »Was macht überhaupt dein Drüsenfieber?«

»Was?« Star runzelte die Stirn. Ich riss vielsagend die Augen auf. »Oh. Oh. Ja. Schon viel besser. Ich glaube, es ist nur eine … äh … leichte Halsentzündung«, antwortete sie hastig.

Mrs Bray goss den reichlich dünn aussehenden Tee in die Tassen und reichte sie uns. »Ich schäme mich, dass eins meiner Enkelkinder eine so grauenhafte Lügnerin ist.«

»Ich lüge doch gar nicht«, gab Star beleidigt zurück. »Ich fühle mich tatsächlich schlecht.«

»Dann kannst du ja von Glück sagen, dass du in Miss Churchill eine so gute Freundin gefunden hast.«

Ich spürte, wie ich rot wurde, und blickte auf den verwahrlosten Garten. Der Farn wucherte über die zerbrochenen Steinfliesen, die Bänke hinter den ungeschnittenen Hecken bedeckte Vogelkot, und der Pfad, der zu dem verwaisten Teich und dem Gartenhaus führte, war voller Unkraut. »Wir sollten es ihr sagen«, murmelte ich.

»Mir was sagen?«, fragte Mrs Bray und verlagerte leicht das Gewicht auf ihrem Stuhl.

»Ach, das ist doch lächerlich«, meinte Star. »Rosie hat bloß diesen alten Mann kennengelernt, der ein bisschen plemplem ist. Er wohnt seit letzter Woche in einem Zimmer im Keller und behauptet, er hätte das Gedächtnis verloren.«

»Und er macht Ärger, nehme ich an«, erwiderte Mrs Bray. »Ich gehe davon aus, Mr Clark kümmert sich darum. Dafür bezahle ich ihn schließlich.«

»Das ist es nicht«, sagte ich. »Ich habe Dockie – so nennt er sich – vorhin in einem der alten Gewölbe am Strand gefunden, inmitten all dieser Puppen …«

»Puppen?«, unterbrach sie mich scharf. »Was für Puppen?«

»Ach, ich weiß nicht. Sie sehen wie Wachsfiguren aus.«

»Verstehe.« Ihre Lippen zuckten. »Und weiter.«

»Na ja … Jetzt behauptet er, er hätte sein Gedächtnis zurückerlangt und sei … Ihr Ehemann.«

Mrs Bray hielt mit der Tasse in der Hand auf halbem Weg zum Mund inne und sah mich durchdringend an. »Wie bitte?«

»Er hat gesagt, sein Name sei Alexander Bray und Sie seien seine Frau.« Ich sah zu Star hinüber. »Er ist jetzt unten. Im Souterrain.«

Mrs Bray fuhr herum und starrte auf den Kellerschacht, der ein Stück unter der Terrassenkante hervorragte, als fürchte sie, dass jeden Moment ein Phantom heraussteigen könnte. Ihre Teetasse klirrte unkontrolliert auf der Untertasse. Sie stellte sie mit einer abrupten Bewegung auf den Tisch zurück. Sämtliche Farbe war aus ihrem Gesicht gewichen. Womöglich hatten wir gerade einen nicht wiedergutzumachenden Fehler begangen.

»Das kann nicht sein«, flüsterte sie. »Das kann nicht sein.«

»Wir dachten erst, er sei vielleicht ein verrückter Fan von dir«, sagte Star. »Aber Mrs Hale von nebenan hat ihn offenbar erkannt.«

»Bitte.« Mrs Bray hob die Hand, stand auf und ging auf unsicheren Beinen durch den Wintergarten ins Schlafzimmer.

»Ich dachte, sie lacht sich kaputt«, sagte Star entsetzt.

Ich blickte auf Mrs Brays leeren Stuhl und malte mir aus, wie sie die Truhe aufmachte und das Foto herausnahm. »Dein Großvater, er ist doch tot, oder?«

»Zumindest hat man es mir immer so erzählt«, antwortete Star. »Granny spricht nicht über ihn. Sie hat noch nicht mal Fotos.«

»Bis auf das eine in der Truhe.«

Star schlug die Hand vor den Mund. »Scheiße. Das ist die … bestimmt hältst du mich für verrückt, aber ich nenne sie die Geistertruhe. Der Deckel bleibt einfach nicht zu, auch wenn man den Riegel zuschiebt.«

»Genau das ist mir heute Nacht passiert. Ich dachte, ich sterbe gleich vor Angst.«

»Das Foto …«, begann Star. »Vielleicht sucht mein Großvater sie ja heim.«

»Wie soll er sie heimsuchen, wenn er noch lebt?«

Star bedeutete mir, leiser zu sprechen. Ich drehte mich um. Mrs Bray stand mit ihrer langen Zigarettenspitze in der Hand im Türrahmen des Wintergartens. Langsam setzte sie sich hin und steckte eine Zigarette in die Spitze. Dann reichte sie mir ein silbernes Feuerzeug, damit ich ihr Feuer gab. Ihre Hände zitterten immer noch. Sie schien auf einen Schlag um zehn Jahre gealtert zu sein.

»Ich dachte, Großvater sei tot«, sagte Star leise.

Mrs Bray blickte sie aus ihren tiefschwarzen Augen an. »Dein Großvater, liebes Kind, war nicht Alexander Bray«, erwiderte sie.

Star runzelte die Stirn. »Ich verstehe nicht.«

»Mein Ehemann war nicht der Vater deiner Mutter. Klar?« Mrs Bray warf mir einen Blick zu. »Das darfst du aber deiner Mutter nicht erzählen. Sie wäre am Boden zerstört, wenn sie erfahren würde, dass sie ein Bastard ist. Und ihre Kinder auch. Wie viele sind es inzwischen? Fünf? Sechs?«

»Fünf. Wie schon seit Jahren«, gab Star zurück. »Du willst damit also sagen, dass …«

»Also wirklich, Liebes, ich bin davon ausgegangen, du bist eine Frau von Welt«, meinte Mrs Bray. »Ich dachte, es dauert nicht allzu lange, bis du eins und eins zusammenzählst.«

Star fiel die Kinnlade herunter. »Aber wer war er dann? Mein echter Großvater, meine ich?«

Die Wahrheit sprudelte unwillkürlich aus mir heraus. »Robert Carver. Es ist Robert Carver, nicht wahr?«

Mrs Brays Augen flackerten. Sie stieß eine Rauchwolke aus und nickte.

»Du meinst …«, sagte Star, »… dieser Name in deiner Küche? Und das Bild? R. C.?« Sie sah ihre Großmutter an. »Willst du mir vielleicht jetzt erklären, was hier los ist?«

»Sicherlich hast auch du deine Geheimnisse, mein Liebes.« Mrs Bray musterte Star nachdenklich, und Star lief rot an. Mrs Bray schwenkte ihre Zigarettenspitze. Eine dünne Rauchsäule zog in Richtung Souterrain. »Aber bei alldem … Natürlich hat die Geschichte damals hohe Wellen geschlagen. Es stand in sämtlichen Zeitungen, selbst die landesweiten Blätter haben sie aufgegriffen. Gott sei Dank hat keiner mitbekommen, dass ich Nachwuchs erwarte. Seltsam, aber deine Mutter hat nie Verdacht geschöpft. Das ist einer der Gründe, weshalb ich sie in Frankreich habe aufwachsen lassen, wo sich keiner einen Pfifferling darum geschert hat.«

Ich holte Luft. »Die Zeitungen«, sagte ich. Beide schauten mich an. »Als ich Dockie das erste Mal begegnet bin, sagte er etwas von Zeitungsartikeln und dass sie seinem Gedächtnis auf die Sprünge geholfen hätten. Er hätte sie an einem sicheren Ort versteckt.« Ich runzelte die Stirn, als etwas vor meinem geistigen Auge aufblitzte: ein zusammengehefteter Stapel merkwürdiger vergilbter Kassenbelege in einer Tüte.

Abrupt schob ich meinen Stuhl zurück.

»Ich habe nicht geschaltet«, sagte ich. »Weil ich mit den Gedanken woanders war … o Gott!« Ich stürzte ins Wohnzimmer, wo ich die Zettel, die ich für Kassenbelege gehalten hatte, heute Morgen achtlos auf den Boden geworfen hatte.

Sie lagen immer noch überall verstreut. Wie hatte mir ihre

Bedeutung nur entgehen können!? Diese Zeitungsausschnitte waren der Schlüssel zu Dockies Seele, die Geschichte, die Frank ihm jahrelang vorenthalten hatte. Diese Artikel hatten einen Moment lang sein Gedächtnis in Gang gebracht und ihn bewogen, nach Castaway zurückzukehren.

Ich überflog einen Artikel. Die Nachricht verschlug mir den Atem. Eilig sammelte ich sie ein, strich sie glatt und hastete zurück auf die Terrasse. Mrs Bray und Star sahen auf. »Die hier hatte er bei sich«, sagte ich und gab sie ihnen. »Ist das wahr? Was in den Artikeln steht?«

Mrs Bray fuhr mit dem Finger über die vergilbten Papierfetzen. Ihre Lider flatterten, als sie nickte, und sie biss sich auf die Lippe. Hätte ich nicht gewusst, wer vor mir saß, hätte ich geschworen, dass sie mit den Tränen kämpfte.

»Was steht drin?«, fragte Star. Mrs Bray reichte sie ihr. »O mein Gott«, flüsterte Star.

Ihre Großmutter seufzte. »Ich werde dir alles erzählen«, sagte sie und legte mit zitternden Händen ihre Zigarettenspitze auf den Aschenbecher. »Es wird Zeit, dass du erfährst, was zwischen meinem Mann und Robert Carver vorgefallen ist. Du musst es wissen, damit wir uns überlegen können, was wir als Nächstes tun.«

»Darf Rosie bleiben?«, fragte Star.

Mrs Bray blickte mich an, und ich hatte das eigentümliche Gefühl, als verstehe sie mich; besser als jeder andere. »Ja«, antwortete sie. »Das darf sie.«

Star gab mir die Zeitungsausschnitte. Ich legte sie in meinen Schoß, während Mrs Bray die Armlehnen ihres Stuhls umklammerte, als müsse sie sich für eine unangenehme Reise wappnen. Und dann begann sie zu erzählen.

VIERZEHN

1924

Ich sah Clara Bray beim Schlafen zu, während sich die ersten lachsfarbenen Strahlen am Horizont zeigten. Ich hatte die Vorhänge ein Stück zur Seite gezogen, um sie besser betrachten zu können. Zentimeter um Zentimeter wanderte mein Blick über ihren nackten Körper. Die Nacht war heiß gewesen, und sie hatte die Laken bis zur Taille hinuntergeschoben. Das Medaillon an ihrer Halskette war auf das Kissen gerutscht. Die Gravur stellte einen Vogel im Blattwerk dar. Es sah wunderschön aus. Ich stützte mich auf den Ellbogen und schaute auf ihre kleinen Brüste, die weiche Wölbung ihres Bauches. Unser Liebesspiel hatte stets etwas Düsteres, Dringliches. Ich kannte ihren Körper, weil ich ihn so oft berührt hatte, gesehen hatte ich ihn jedoch niemals.

Vorsichtig hob ich die Bettdecke an und spähte darunter, betrachtete ihren flachen Bauch und das dunkle Haarbüschel, dessen unverfälschte Schönheit mich beinahe erschreckte. So etwas war auf den französischen Fotos, die unter den Pulten in der Schule die Runde gemacht hatten, nie zu sehen gewesen.

Sie seufzte leise und bewegte sich. Schnell ließ ich die Decke sinken und streckte mich neben ihr aus, als wäre ich gerade erst aufgewacht. Verschlafen drehte ich mich zu ihr um und lächelte sie an, als sie die Augen aufschlug. Ich küsste sie.

»Guten Morgen«, flüsterte ich.

»Wie spät ist es?«, murmelte sie und blinzelte. Dann sah sie die Strahlen der aufgehenden Sonne, die durch den Spalt der Vorhänge drangen. »Oh verdammt! Wieso hast du mich nicht geweckt?« Sie tastete nach ihrem Morgenmantel.

»Ich bin selbst gerade erst aufgewacht«, log ich und genoss den Anblick, wie sich die grüne Seide um ihren Körper schmiegte. »Es ist noch früh.«

»Die Hausmädchen stehen um fünf auf«, zischte sie. Ihre Launen wandelten sich immer nach demselben Muster: tollkühn und verwegen bei unserem nächtlichen Liebesspiel, hingebungsvoll und voller Lebensfreude, und danach Übellaunigkeit und lähmende Angst, ausgelöst durch ihr schlechtes Gewissen. Obwohl Alec jederzeit während der Nacht ihr Zimmer betreten und ihr Bett leer vorfinden könnte, kam die Angst stets erst am nächsten Morgen.

»Wahrscheinlich wissen sie sowieso längst Bescheid«, erwiderte ich. »Dienstboten wissen doch immer alles.«

Aber sie war viel zu sehr mit ihren eigenen Gedanken beschäftigt. »Und die Gartenparty«, sagte sie. »Um sieben wecken sie mich.«

Sie verließ das Zimmer, ohne sich noch einmal umzusehen. Angestrengt lauschte ich auf das Knarzen der Stufen, konnte aber nichts hören. Sie habe ja Übung, meinte sie, und ich fragte mich, wie viele Hintertreppen sie in ihrem früheren Leben hinuntergeschlichen, wie viele Männer sie allein in ihren Betten zurückgelassen hatte.

Ich ließ mich in die Kissen zurückfallen und steigerte mich in ein Gefühl der Euphorie hinein. Ich hatte bekommen, was ich wollte: Ich war Claras Liebhaber und intimer mit ihr als jeder andere Mann. Trotzdem verstand ich nicht, wieso es mir so schwerfiel, so etwas wie Triumph zu empfinden. Ich zog mein Nachthemd unter dem Kissen hervor und streifte es über – als Tarnung für Scone, wenn er später hereinkam und mir Tee und Toast servierte. Dann sah ich in den Garten hinaus, wo ich an jenem Tag mit Clara am Teich gesessen hatte, nicht ahnend, dass sie mir erlauben würde, all diese Dinge mit ihr zu tun.

Vielleicht rührte meine Trübsal auch daher, dass sie, sofern sie nicht einschlief, nach dem Liebesakt aus dem Bett sprang und mich in den feuchten Laken mit einem Gefühl zurückließ, als wäre ich ein Gegenstand, den man in die Ecke schob. Vielleicht empfand ich auch einen winzigen Rest Schuld, weil ich Alec hinterging, obwohl ich wusste, dass ihre Ehe längst nur noch auf dem Papier bestand. Mein Morgenmantel hing über der Stuhllehne. Ich schlüpfte hinein, tastete in der Tasche nach dem mittlerweile vertrauten Silberetui, nahm eine Zigarette heraus und zündete sie an. Der Rauch nahm mir jedes Mal den Atem, doch nach den ersten Zügen gewöhnte sich meine Lunge daran, und ich genoss das schwindlige Gefühl im Kopf. Ich legte die Stirn an die kühle Fensterscheibe.

Auf der Klippe auf der anderen Straßenseite erstreckten sich die Felder, die demnächst bebaut werden sollten. Tiefe Furchen waren bereits durch das Gras gezogen und überall Vermessungsstäbe in die verdorrte Erde gesteckt worden. Bungalows, so hieß es, sollten hier entstehen, um die wachsende Bevölkerung beherbergen zu können. Es betraf den gesamten Küstenstreifen bis nach Shanker.

Es klopfte an der Tür. »Herein«, rief ich. Aufgrund des Rauchs und weil ich so müde war, klang meine Stimme, als wäre ich im Stimmbruch. Ich hustete und registrierte den abscheulichen Geschmack in meinem Mund.

Agnes kam mit einem Tablett herein, den Blick auf mein Bett gerichtet. Als sie mich am Fenster stehen sah, zuckte sie vor Schreck zusammen. »Oh! Ich wusste nicht, dass Sie schon auf sind.«

»Es ist so ein schöner Sonnenaufgang«, sagte ich und zeigte aus dem Fenster, sorgsam darauf bedacht, mir nicht anmerken zu lassen, wie schockiert ich war – nicht nur darüber, dass Agnes, und nicht Scone, mich um ein Haar *déshabillé* ertappt hatte, sondern weil es auch später sein musste, als ich gedacht hatte. Ein Glück, dass Clara bereits gegangen war. »Es schien mir eine Schande zu sein, ihn zu versäumen.«

»Ja, Sir«, gab sie desinteressiert zurück und stellte das Tablett ab. Erst jetzt wurde mir bewusst, dass der Sonnenaufgang für Agnes den Beginn eines harten Arbeitstags und keineswegs ein Vergnügen darstellte. »Mr Scone war beschäftigt, deshalb habe ich angeboten, Ihnen den Morgentee zu bringen. Er war einverstanden, weil ich so vertrauenswürdig bin.«

»Nun ja, natürlich«, erwiderte ich und überlegte, ob Vertrauenswürdigkeit nicht eher eine Eigenschaft sein sollte, die auf mich zutraf. »Ach ja, haben Sie inzwischen eine neue Stellung gefunden?«

Sie schüttelte den Kopf. »Nein, aber das macht nichts. Ich kann es mir leisten, mir ein bisschen Zeit zu lassen. Meine Mum nimmt mich bei sich auf. Jetzt, wo mein Bruder arbeitet, ist ein wenig mehr Geld im Haus.«

»Unmöglich«, sagte ich. »Das ganze Hin und Her, und jetzt müssen Sie das Haus trotzdem verlassen.«

»O nein, es ist viel besser so. Mrs Bray hat uns allen ein gutes Zeugnis geschrieben. Ich werde mich als erstes Hausmädchen bewerben.« Sie warf einen Blick zur Tür und senkte die Stimme. »Und in anderen Haushalten muss ich kein Häubchen tragen.«

»Verstehe.« Ich hatte bereits mitbekommen, dass sich die weiblichen Hausangestellten darüber beschwert hatten. Vermutlich empfanden sie es als allzu sichtbaren Beweis ihrer Knechtschaft.

»Nun ja, Sir, der Grund, weshalb ich darum gebeten habe, Ihnen den Tee bringen zu dürfen …« Wieder sah sie zur Tür und lauschte. »Erinnern Sie sich noch, dass Sie sich neulich nach Sally erkundigt haben?«

»Oh!« Im Strudel der Ereignisse der vergangenen Wochen hatte ich keinerlei Gedanken mehr an andere Menschen verschwendet. Seit Clara unter dem Esstisch nach meinen Füßen getastet und meinen Knöchel gestreichelt hatte, während das Personal arglos das Essen servierte, hatte sich jeder Gedanke an das verschwundene Hausmädchen verflüchtigt. »Ich meine, ja, ich erinnere mich dunkel.«

Sie steckte die Hand in ihre Schürzentasche und holte ein längliches, in zwei Teile zerrissenes Papier heraus. »Ich weiß nicht, ob es Sie noch interessiert«, sagte sie leise, »aber Harriet hat gestern in der Bibliothek sauber gemacht und das hier im Papierkorb gefunden. Sie kommt also zu mir und sagt: ›Diese Sally, die abgehauen ist, hieß die nicht Trent mit Nachnamen?‹, und ich sage: ›Ja, das stimmt‹, und sie drückt mir das hier in die Hand und fragt mich, was ich davon halte.«

Ich nahm den zerrissenen Brief an mich. Seit dem bevorstehenden Verkauf von Castaway House und der damit verbundenen Entlassung der Dienstboten war die Atmosphäre spürbar lockerer geworden. Ich hatte schallendes Gelächter aus der Küche gehört, und die Gerüchteküche brodelte ungeniert. Zum Glück war mir nichts zu Ohren gekommen, dass das Personal von mir und Clara wusste; es hatte weder unterdrücktes Gekicher noch verstohlene Blicke gegeben. Vielleicht gelang es Clara ja doch, alle zum Narren zu halten, indem sie jedes Mal so überstürzt mein Bett verließ.

Bei dem Papierfetzen schien es sich um einen Umschlag zu handeln. Er war leer, doch Alecs Name stand auf der Vorderseite und auf der Rückseite die Adresse des Absenders: »Mrs B. Trent, Draker's Farm, Petwick Lane, Petwick«.

»Ist das wirklich die Adresse von Sallys Mutter?«

»Ja, das ist Sallys Nachname, und ich glaube, sie hat erzählt, sie sei auf einer Farm aufgewachsen.« Agnes runzelte die Stirn. »Ich weiß, dass es nicht besonders hilfreich ist, aber Sie wollten doch, dass ich es Ihnen sage, wenn wir von ihr hören, und ich habe versprochen, Ihnen zu helfen.«

»Danke.« Ich schob den zerrissenen Umschlag in die Tasche meines Morgenrocks. »Aber wenn Sallys Mutter Mr Bray geschrieben hat, brauche ich ihn ja bloß zu fragen.«

»Ja, Sir«, sagte sie, den Blick auf das Tablett geheftet. »Das könnten Sie wohl tun.«

Auf einmal verstand ich. »Sie wussten Bescheid«, sagte ich. »Stimmt's? Sie wussten von dieser … dieser Affäre.«

Sie lief rot an. »Er hat es Ihnen also gesagt. Das hätte ich nicht gedacht.«

Ihr Tonfall ließ keinen Zweifel daran, was sie von meinem Cousin hielt. »Deshalb hatten Sie Angst davor, in Sallys altem Zimmer zu schlafen, nicht wahr?«, sagte ich. »Sie dachten, er könnte Sie … nun ja … ausnutzen.«

»Er ist immer die Hintertreppe heraufgeschlichen.« Agnes schürzte die Lippen. »Sally hat mir alles erzählt. Sie dachte, er sei in sie verliebt und würde sie heiraten. Und dann, eines Tages, war sie plötzlich weg. Einfach so.« Sie schnippte mit den Fingern.

»Und was ist aus ihr geworden?«

»Ich hab doch gesagt, seither hab ich nichts mehr von ihr gehört. Aber wie Sie ja gesagt haben, vermutlich weiß Mr Bray Bescheid.«

Ich klopfte auf meine Morgenrocktasche. »Danke, Agnes.«

»Ich mag Sie, Mr Carver«, sagte sie. »Sie sind viel netter als die beiden anderen.«

Beim Frühstück würdigte Clara mich keines Blickes. Bereits die ganze Woche bereitete sie fieberhaft das Gartenfest vor, stimmte sich mit Mrs Pennyworth ab, telefonierte im Arbeitszimmer mit Lieferanten, und die ersten Laufburschen marschierten bereits mit Körben beladen durch den Garten. Sie verließ das Zimmer, kurz nachdem ich mich hingesetzt hatte. Sie müsse dringend zu Bradley's, sobald der Laden aufmache, sagte sie. Ich nickte, griff lächelnd nach der Zeitung und tat so, als würde ich mich nicht danach verzehren, sie in den Armen zu halten und ihre Lider zu küssen.

Als ich bei der letzten Seite angelangt war, kam Alec im Morgenmantel hereingeschlurft und ließ sich auf einen Stuhl fallen.

»Morgen«, sagte ich. Er murmelte irgendetwas und schenkte sich eine große Tasse Kaffee ein. Er hatte abgenommen, und seine Haut wirkte fahl. Es war lange her, dass ich meinen lässigen, fröhlichen Cousin zu Gesicht bekommen hatte. Wann immer wir uns begegneten, plagten mich Gewissensbisse, obwohl er unmöglich von mir und Clara wissen konnte. Er war kein Typ, der stumm vor sich hin litt. »Verkatert?«

Er starrte mich aus rot geränderten Augen an und trank einen Schluck Kaffee. »Wohl ein bisschen sarkastisch heute Morgen, was?«, stieß er bitter hervor.

»Überhaupt nicht«, gab ich unbeschwert zurück. »Ich habe sogar selbst leichte Kopfschmerzen. Ich habe mit dem guten alten Feathers ein paar Gläser Scotch getrunken.«

»Solange du keine anderen Sorgen hast.« Er strich Butter auf seinen Toast und biss hinein.

Ich widerstand dem Drang, ihm unter die Nase zu reiben, dass seine einzige Sorge darin bestand, Castaway verkaufen, das Personal entlassen und sich von seinem gewohnten müßigen Leben verabschieden zu müssen – etwas, das mir niemals beschieden gewesen war und auch niemals beschieden sein würde. Scone brachte frischen Kaffee. Ich nickte ihm dankend zu.

»Ich habe gehört, Onkel Edward hat dir in der Stadt eine Stelle besorgt«, sagte ich und machte mich über mein Rührei mit Würstchen her.

»Ja, ich arbeite jetzt im Finanzwesen«, antwortete Alec mit einer Verachtung in der Stimme, als zwinge man ihn, Fische auszunehmen. »Und wir werden für eine Weile bei Vater unterkommen müssen. Clara wird außer sich sein vor Freude.«

Ich schluckte, meine Kehle war staubtrocken, und versuchte, jeden Gedanken an Alecs und Claras gemeinsame Zukunft in London zu verscheuchen. »Vielleicht fangen sie ja sogar an, einander zu mögen.«

Alec schnaubte. »Vielleicht können Schweine auch fliegen.«

Ich beugte mich vor und vergewisserte mich, dass Scone und Agnes hinausgegangen waren. »Alec, hast du sonst noch etwas auf dem Herzen?«

Er schüttelte den Kopf. »Ich komme schon zurecht.«

»Was ist mit …« Ich überlegte, wie ich es am besten ausdrücken sollte. »Mit den Dienstboten?«

»Wir werden neue in London brauchen. Nun ja, besser gesagt, einen Dienstboten. Unsere Bleibe wird so klein sein, dass nicht mehr Personal notwendig ist.«

»Nein. Ich rede von denen, die fort sind. Hat jemand von ihnen … ich meine …«

»Ich habe nicht die leiseste Ahnung, wovon du sprichst, Robert. Und wenn du mich jetzt entschuldigen möchtest, ich habe ein Erbe zu verhökern.«

Er trank seinen Kaffee aus, zog den Gürtel seines Morgenmantels enger und verließ das Zimmer. Kaum war die Tür ins Schloss gefallen, holte ich den Umschlag aus meiner Tasche und dachte an Agnes, Sally Trent und Gina Scott, das tote Hausmädchen, die alle nacheinander in ein und demselben Zimmer geschlafen hatten. Schließlich gelangte ich zu einem Entschluss.

Ich zog meine alte Anzugjacke an, die ich bei meiner Ankunft getragen hatte, und ging in die Stadt hinunter. Die drückende Hitze war bereits zu spüren. Vor dem Bahnhof stand eine Schlange Taxis. Ich stieg gleich ins allererste, ließ mich auf dem Ledersitz zurücksinken und reckte das Gesicht der Sonne entgegen, als wir aus der Stadt hinausfuhren, vorbei an den stuckverzierten Villen und den adretten Doppelhäusern.

Wenn ich an die Drakers-Farm dachte, stellte ich mir ein fettes, im Koben wühlendes Schwein und Eimer mit sahniger Milch vor, doch als wir uns dem Haus näherten, kam mir wieder dieses heruntergekommene Bauernhaus in den Sinn, an dem wir bei unserem Ausflug mit Claras Malkreis vorbeigekommen waren.

Auf den Hof genau dieser Farm bog das Taxi nun ein. Zwei

magere Pferde beobachteten uns von der Koppel aus, und auf der anderen Seite des Pfads kauten traurig dreinblickende hellbraune Kühe auf gelben Grasbüscheln herum. Eine Atmosphäre der Trübseligkeit und Verzweiflung schien über dem Hof zu liegen, was durch den holprigen Zufahrtsweg und das Farmhaus, das aussah, als hätte es kein Dach, noch verstärkt wurde.

»Würden Sie hier auf mich warten?«, bat ich den Fahrer, als er vor dem Haus anhielt.

Er zog die Bremse an. »Wenn Sie dafür bezahlen«, gab er zurück und holte eine Zeitung hervor. Er wurde von einem rasselnden Raucherhusten geschüttelt.

Ich stieg aus und trat prompt in ein Staubbad für die Hühner. Der aufwirbelnde Dreck landete geradewegs auf meinen Hosenbeinen. Ich betrachtete die Tiere, die scheinbar ungerührt weiter ihre Körner pickten, und ging zur Tür. Das Dach fehlte nicht vollständig, wie ich jetzt bemerkte, aber zumindest etliche Ziegel, und die Scheune daneben erweckte den Eindruck, als falle sie jeden Moment in sich zusammen.

Neben der alten Haustür hing eine Glocke, doch als ich daran zog, geschah nichts. Ich klopfte an, aber mein Klopfen war so leise, dass mich vermutlich niemand hören würde.

»Sie müssen hintenrum gehen«, ertönte eine dröhnende Stimme. Als ich mich umdrehte, stand ein stämmiger Mann mit einer gefährlich aussehenden Pflugschar auf dem Feld neben dem Haus. »Die vordere machen sie nie auf.«

»Danke«, sagte ich, wobei mir nicht entging, wie verschüchtert ich klang. Vorsichtig ging ich um das Haus herum und widerstand dem Drang, meine Hosenbeine hochzuziehen, als ich mir einen Weg zwischen den neugierigen Hühnern hindurchbahnte.

Die Hintertür war moderner, aber in einem schlechteren Zustand: Grüne Farbe blätterte vom Holz ab, und eine schmierige Fettschicht bedeckte die Scheiben. Ich klopfte. Nach einer Weile machte ich einen dunklen Schemen aus, dann öffnete sich quietschend die Tür.

Eine hohlwangige Frau mit einer Haube auf dem grauen Haar sah heraus. »Guten Morgen«, sagte ich. »Ich möchte gern Mrs Trent sprechen. Ich bin Robert Carver.«

»Was iss los?«

»Es geht um ihre Tochter.«

Die Frau grunzte und schloss die Tür. Ich wartete schwitzend in der heißen Vormittagssonne, bis sie zurückkam und mich hereinwinkte. »Aber die Schuhe abstreifen«, befahl sie, ehe sie ein rasches »Bitte« hinzufügte, als wäre es ihr in letzter Sekunde eingefallen.

Ich trat mir die Schuhe auf der Fußmatte ab und gelangte in eine große Küche. Die Wände waren grob verputzt, und die Deckenbalken hingen gefährlich durch. Auf dem Tisch lagen ein großer Haufen Gemüseschalen und mehrere Kassenbücher, mittendrin saß eine Katze. An der gegenüberliegenden Wand standen ein Herd und eine Spüle. Neben einer Anrichte mit nicht zusammenpassendem Geschirr entdeckte ich eine Wiege. Durch die winzigen bleiverglasten Fenster drang kaum Licht. Trotz der Hitze draußen erschauderte ich leicht.

»Setzen Sie sich hin«, forderte mich die Frau auf. »Ich geh die Missis holen.«

Als ich mich auf einen Stuhl setzte, sprang mir die Katze auf den Schoß, doch ich schob sie herunter. Nach einer Weile kam eine plumpe Frau mit einer fadenscheinigen Stola um die Schultern herein. »Also«, sagte sie, lehnte sich gegen die Spüle und starrte mich finster an. »Sie können ruhig gleich mit der Sprache rausrücken. Was hat meine verdammte Vera jetzt wieder angestellt?«

»Wie?«

»Will die Wäscherei sie feuern?« Die Frau hob einen Lappen vom Boden auf und beförderte ihn ins Spülbecken. »Sie können ihr von mir ausrichten, dass sie nicht zurückkommen kann. Ich hab die Nase gestrichen voll, verstanden?«

»Es geht nicht um Vera«, sagte ich. »Sondern um Sally.«

Die Frau richtete sich auf und musterte mich stirnrunzelnd. »Um Sally?«

Erst jetzt dämmerte mir, dass es ein großer Fehler gewesen sein könnte herzukommen. Womöglich hatte die Familie das Mädchen längst aus ihrem Leben verbannt, und mit meinem Besuch riss ich alte Wunden wieder auf. »Ich … äh … äh«, stammelte ich.

»Was ist mit meiner Sally?«, fragte die Frau. »Und wer in drei Teufels Namen sind Sie überhaupt?«

»Ist er es?«, hörte ich eine Stimme, dann ertönten Schritte auf der schweren Holztreppe. Atemlos kam ein zerzaustes Mädchen in die Küche.

Bei meinem Anblick senkte sie enttäuscht den Blick. Ich stand auf. Erst jetzt konnte ich sie richtig sehen – ihr wirres kupferrotes Haar, die Sommersprossen auf ihrem Gesicht, die glatten, frischen Wangen und die hellen Augen – und begriff, was vorgefallen war.

»Sally«, sagte ich. »Sie sind Sally.«

»Ich dachte, er sei es«, meinte sie und trat mit dem Fuß gegen den Türrahmen.

»Glaubst du etwa, ich würd's dir nicht sagen, wenn er es wäre?«, sagte ihre Mutter. »Aber er ist es nicht. Er war's nie und wird's auch nie sein, verstehst du?«

»Ich bin sein Cousin«, erklärte ich. Die beiden Frauen sahen mich an. »Ich bin Alexanders Cousin. Robert Carver.«

Das Mädchen holte tief Luft. »Und haben Sie eine Nachricht für mich?«

»Tut mir leid«, antwortete ich und bemerkte erneut die Enttäuschung in ihren Augen. »Er weiß nicht, dass ich hier bin.«

»Also haben Sie's rausgefunden«, wandte die Mutter ein. »Tja, ich hoffe mal, Sie sagen ihm, dass er gefälligst Verantwortung übernehmen soll.«

Aus der Wiege auf der Anrichte drang ein Laut wie eine Fabriksirene. Sally durchquerte die Küche und beugte sich darüber. »Hörst du denn nie auf zu schreien?«

»Tun sie doch nie«, bemerkte ihre Mutter und schwang sich ein Geschirrtuch über die Schulter.

Sally hob einen winzigen sabbernden Säugling heraus und wiegte ihn hin und her. »Jetzt haben Sie sie sogar noch vor ihrem Vater gesehen«, sagte sie. »Vielleicht bringt ihn ja das dazu, sich bei uns blicken zu lassen.«

Sie war blutjung, höchstens siebzehn. »Ich wusste nichts von … dem Baby«, erwiderte ich. »Ich glaube, niemand außer Alec weiß Bescheid.«

»Ich hab's auch keinem gesagt, aber irgendwann bin ich so dick geworden, dass ich es nicht mehr verstecken konnte.« Mit einer geübten Handbewegung zog sie einen Stuhl heran und setzte sich mit dem Baby auf dem Arm hin. »Nicht mal ihm hab ich es gesagt. Er hat es nicht gemerkt. Oder hat zumindest so getan.«

Ich setzte mich ebenfalls wieder und betrachtete Kind und Mutter. Schließlich holte ich den Umschlag heraus und legte ihn auf den Tisch. »Haben Sie den geschrieben?«

Mrs Trent beugte sich vor, dann drehte sie sich wieder zur Spüle um und füllte den Teekessel mit Wasser. »Zweimal hab ich ihm geschrieben. Zuerst gleich nach der Geburt und dann letzte Woche noch mal. Aber natürlich will er nichts davon wissen. ›So geht es nun mal bei denen da oben zu‹, hab ich zu Sally gesagt.«

»Er ist bankrott«, sagte ich und wand mich innerlich, weil Alecs Definition von Armut im Vergleich zu Sally Trents Leben immer noch der pure Luxus war. »Er muss das Haus verkaufen.«

»Ums Geld geht's uns nicht«, sagte Sally. Ihre Mutter stieß ein abfälliges Schnauben aus und knallte den Wasserkessel auf den Herd. »Ich will nur, dass er herkommt und uns besucht.«

»Ich werde mit ihm reden«, entgegnete ich, wohl wissend, wie erbärmlich das klang. »Er muss etwas tun. Oder vielleicht sollte ich … ich weiß nicht … es meinem Onkel sagen.« Aber schon, als ich die Worte aussprach, war mir klar, dass nichts Gutes dabei herauskommen würde.

Mrs Trent glaubte mir ohnehin kein Wort, wie mir das Zucken ihres Mundwinkels verriet, als sie Tassen und eine Teekanne in einem gehäkelten Wärmer auf den Tisch stellte.

»Alec liebt mich«, sagte Sally schlicht, während das Baby ihren Hals besabberte. »Ich weiß es.«

»Sei still, du dummes Ding«, schimpfte ihre Mutter. »Weshalb willst du bloß die Wahrheit nicht wahrhaben? Er ist verheiratet, und bestimmt bekommt seine Frau auch bald Kinder von ihm.«

»Er liebt seine Frau aber nicht«, beharrte Sally. »Sie hassen sich. Jeder weiß das. Weshalb sollte er mich nicht lieben?«

Mrs Trent sah mich an. »Immer mit dem Kopf in den Wolken, meine Sally«, sagte sie. »Wir können bestenfalls noch darauf hoffen, dass irgendeiner kommt, dem es nichts ausmacht, dass sie schon ein Balg hat.«

»Josh würde mich auf der Stelle nehmen«, sagte sie und ließ das Baby auf ihrem Knie wippen. »Aber Josh lieben wir nun mal nicht, stimmt's? Weil seine Augen in verschiedene Richtungen sehen und er immer bloß von Ackerfurchen redet.«

Ich überlegte, ob Josh der grimmig dreinblickende Farmarbeiter mit der Pflugschar war. Dass er Sallys einzige Alternative sein könnte, betrübte mich. Ich verstand, weshalb Alec sich zu ihr hingezogen gefühlt hatte – sie besaß eine Vitalität, einen Lebenshunger, der ihm fehlte. Ein Kind, so hatte Clara ihn genannt. Ein Kind, das keine Ahnung hatte, welchen Schaden es anderen zufügte.

Ich wandte mich zum Gehen. »Moment«, sagte Sally. »Ich hab noch etwas für Sie.« Sie stand auf, reichte ihrer Mutter das Baby und ging nach oben. Wenig später kehrte sie zurück.

»Würden Sie ihm das von mir geben? Mein Bruder hat es gleich nach der Geburt gemacht.«

Es war eine Fotografie von dem Baby in seiner Wiege irgendwo im Freien. Im Hintergrund war verschwommen Rasen zu erkennen, und die Sonne fiel auf das winzige Gesicht. »Grace, geboren am 23. Juni 1924« stand in säuberlicher Handschrift auf der Rückseite.

Ich schluckte und steckte das Foto ein. »Ich werde dafür sorgen, dass er es bekommt. Ich … ich werde mit ihm reden.«

»Viel Glück«, bemerkte Mrs Trent, die noch immer an der Spüle stand.

Sally lächelte mich an. »Ich weiß, dass er mich heiraten wird. Er muss sich bloß erst an den Gedanken gewöhnen.«

»J… ja«, stammelte ich. »Das hoffe ich.« Zumindest in diesem Punkt sagte ich die Wahrheit, auch wenn Hoffnung nicht genügte. Ich blickte zu Sally zurück, die mit der kleinen Grace auf dem Arm auf der Veranda stand, ihr winziges Händchen packte und mir zuwinkte, als das Taxi losfuhr. Ich winkte zurück. Ob ich meine – tja, was war sie? Meine Großcousine? – wohl jemals wiedersehen würde?

In Castaway herrschte mittlerweile hektische Betriebsamkeit. Die Haustür stand weit offen. Ich bezahlte das Taxi und ging hinein. Zwei Männer trugen einen Tisch durch die mit Schutzmatten aus Bast ausgelegte Eingangshalle, und Scone dirigierte sie hinaus in den Garten. »Alles in Ordnung?«, fragte ich, als ich an ihm vorbeiging.

»Alles bestens, Sir«, gab er erschöpft zurück. Scone würde Castaway House verlassen, sobald es verkauft war. Eine Familie in Shanker konnte es kaum erwarten, dass er bei ihnen seine neue und – wenn man den Gerüchten des Personals Glauben schenken durfte – erheblich besser bezahlte Stellung antrat. Infolgedessen verrichtete er zwar weiterhin seine Arbeit, doch ich hatte den Eindruck, dass es ihm zunehmend lästig war, sich mit den

Launen und Marotten der Brays noch länger herumzuschlagen, zu denen zweifellos auch diese Party zählte.

Mit einem Mal kam Clara aus ihrem Zimmer. Sie trug ein elfenbeinfarbenes Kleid mit einer roten Ansteckblume an der Hüfte und dazu ein grünes Satinhandtäschchen. »Oh, da bist du ja«, sagte sie. »Ich dachte schon, du tauchst überhaupt nicht mehr auf.«

Sie war frisch frisiert, hatte ihre Augen mit grünem Eyeliner umrandet und ihre Lippen korallenrot geschminkt. Sie war bildschön, wenn auch nicht so schön wie die ungeschminkte Frau, die manchmal in der Morgendämmerung im Bett neben mir lag. Am liebsten hätte ich meine Lippen auf ihren Hals gepresst.

»Unsinn«, erwiderte ich. »Ich ziehe mich nur kurz um.«

»Ich dachte, du bist vielleicht mit Alec unterwegs«, sagte sie und hob ironisch die Braue. »Aber offenbar ist er nicht einmal fähig, zu seiner eigenen Party pünktlich zu erscheinen.«

Rumoren drang von unten herauf. Allem Anschein nach hatte sich ein Tischbein gelöst und war zu Boden gefallen. Mit einem theatralischen Seufzer beugte sie sich übers Geländer und erteilte Anweisungen. »Ich sehe, du bist in deinem Element«, meinte ich, was sie mit einem verächtlichen Schnauben quittierte.

Ich ging in mein Zimmer und blickte aus dem Fenster. Unten hasteten Dienstboten hin und her, stellten Klappstühle im Halbkreis auf und befestigten Lampions in den Bäumen am Weg. Clara gab sich alle Mühe, den alten Glanz von Vivianes legendären Gartenpartys wieder aufleben zu lassen. Unwillkürlich musste ich an das kleine Mädchen in dem schmutzigen Kleid denken und empfand eine noch stärkere Zuneigung.

Ich zog den neuen Leinenanzug an, den ich für teures Geld bei Mr Solomon in Snooks hatte anfertigen lassen, und kämmte mir das Haar aus dem Gesicht. Außerdem hatte ich eine frische Garnitur Taschentücher erstanden, darunter eines mit roten Punkten, das ich faltete und in die Brusttasche steckte. Ich schob die Hände in die Taschen und lächelte mir im Ganzkörperspiegel zu. Es war ein souveränes Lächeln, das zeigte, dass ich ohne nennenswerte Schwierigkeiten durchs Leben glitt, all die Regeln und Gesetze kannte und sie trotzdem missachtete, kurz gesagt, ich repräsentierte jene Sorte Mann, die einen Raum betritt und die Anwesenden mühelos um den Finger wickelt.

Etwas an meinem Spiegelbild kam mir bekannt vor, doch ich sah nicht mich selbst, sondern jemand anders. Es dauerte mehrere Minuten, bis ich wusste, wem ich damit huldigte: Alexander Bray, natürlich; aber nicht dem Alexander Bray, wie ich ihn heute kannte, sondern dem Charmeur, der mit mir aus einer Laune heraus ins Naturkundemuseum gefahren war.

Ich hörte die Glocke, dann Scones Schuhe auf den Steinfliesen und mehrere Frauen- und Männerstimmen. Vom Fenster aus beobachtete ich, wie Clara die Gäste empfing, sie überschwänglich umarmte und zur Begrüßung küsste. Ich wartete noch eine Weile, bevor ich nach unten ging.

Inzwischen waren noch mehr Gäste eingetroffen, standen im Garten herum und nippten an ihren Champagnergläsern. Ich holte mir ein Glas an der Bar, schlenderte im Garten umher, vorbei an der Laube, und lauschte den Unterhaltungen, die zu mir herüberwehten. Anscheinend waren etliche Theaterleute aus London hier. Ein Pärchen ließ sich über »Dickies neuestes Stück« aus, das »ein Heidenspaß« gewesen sei, vor allem, als sich »Sophies Schal hinter den Kulissen verfing und sie sich beinahe vor dem ganzen Gesindel in den Rängen stranguliert hat«. Sie lächelten mir zu, als ich vorbeiging, und ich nickte, obwohl ich keinen blassen Schimmer hatte, wovon sie redeten.

Schließlich entdeckte ich Eli Golden, den Besitzer des Nachtclubs am Teich. Auch jetzt trug er seine blau getönte Brille und redete mit einem Mann, ich erkannte George, den Barkeeper. Es überraschte mich, dass Golden seinen Angestellten mitgebracht hatte, aber die beiden schienen dicke Freunde zu sein, da sie sich über irgendetwas rasend Komisches vor Lachen ausschütteten. Sie machten keine Anstalten, mich einzuweihen.

Plötzlich hörte ich jemanden meinen Namen rufen. Ich wandte mich um und erblickte zu meiner Bestürzung Bump. Er saß mit einem mageren Mädchen auf einer Bank in der Laube. Sie machte ein verdrießliches Gesicht.

»Carver!«, dröhnte er. »Ich hab dich seit unserem Saufgelage im Majestic gar nicht mehr gesehen.«

»Das ist wahr.« Seit diesem beschämenden Abend fühlte ich mich um zehn Jahre gealtert. »Es erstaunt mich, dass du eingeladen bist.«

Er musterte mich aus seinen Schweinsäuglein. »Wieso um alles in der Welt sollte ich nicht eingeladen sein?«

Zu meiner Erleichterung stellte ich fest, dass ich mich in seiner Gegenwart nicht länger eingeschüchtert fühlte. »Wenn es dir sonst keiner gesagt hat, steht es mir vermutlich nicht zu, es zu tun.« Ich wandte mich zum Gehen.

»Doch wohl nicht wegen dieses Unsinns mit dem Wachsfigurenkabinett? Bray hat ein paar Shilling in den Sand gesetzt, na und? Wen kümmert das?«

»Es war wohl mehr als nur ein paar Shilling.«

»Er hätte eben nicht mehr investieren dürfen, als er sich zu verlieren leisten konnte.« Bump sah das Mädchen an, das gar nicht zuzuhören schien, und schmollte. »Du brauchst nicht zufällig einen Restposten Wachsfiguren, was, Adne?«

»Wenn du mich fragst, ist es ein Jammer.« Diplomatischer konnte ich es nicht ausdrücken, ich hatte ja einiges an Zeit in das Vorhaben investiert und keinerlei Bezahlung dafür erhalten. »Alec ist ziemlich verärgert über … über diese ganze Angelegenheit.«

»Ach, Bray, der kommt schon wieder auf die Beine. Bei Burschen wie ihm ist das doch immer so. Aber ich habe dich ja noch gar nicht vorgestellt. Das ist Robert Carver, eine Art Künstler …

Lady Ariadne Tarnish, die Tochter des Duke of Dellsway. Oh, und meine Verlobte.«

Ich ergriff ihre Hand, die sich wie ein Bündel vertrockneter Zweige anfühlte. »Herzlichen Glückwunsch«, sagte ich, doch sie schnaubte nur und unterdrückte ein Gähnen.

»Ich habe gehört, das Büfett ist eröffnet«, warf Bump ein. »Ich schlage vor, wir gehen mal nachsehen. Herzchen?«

Herzchen wollte lieber hierbleiben, also ließen Bump und ich sie in der Laube zurück. »Sterbenslangweilig«, bemerkte er wehmütig. »Aber ihr alter Herr stinkt vor Geld. Die Flitterwochen verbringen wir in Indien. Ein paar Bengal-Tiger abknallen und so.«

Das Büfett bog sich regelrecht unter den Speisen: Schinken und Brathühnchen, Eiersalat und eingelegtes Gemüse, Lachs im Blätterteigmantel, schlanke Gläser mit Käsesticks und Gemüseplatten mit Artischockenherzen in der Mitte. Bump stopfte sich ungeniert voll, nahm ein Glas Champagner von Harriet, einem Hausmädchen, das den ganzen Morgen herumgescheucht worden war, und zwinkerte ihr zu. Ich wandte mich vor Scham ab.

»Robert!«, hörte ich eine Frauenstimme und drehte mich um. Lizzie kam, begleitet von ihren Eltern und ihren Geschwistern, auf mich zu.

Ich lächelte reflexartig. »Lizzie!« Es war erstaunlich, wie sehr ihre Augen leuchteten, wenn sie mich sah. Ich hingegen hatte während der letzten Wochen kaum an sie gedacht, obwohl ich unsere Verabredungen so regelmäßig und pflichtbewusst wahrgenommen hatte wie eine Bürotätigkeit. Ich hatte es zugelassen, dass sie im Schaufenster des Juweliers die Ringe bewunderte, hatte nachsichtig gelächelt, wenn sie mich schüchtern nach meiner Meinung zu diesem oder jenem Namen für ein Kind gefragt hatte, als wären all diese Themen so irrelevant für unsere Freundschaft wie die Wolken, die gelegentlich am blauen Himmel vorüberzogen. Ich hatte sie sogar geküsst, wenn auch eher zum Schein, während ich mit den Gedanken woanders war.

»Guten Tag, Robert.« Dr. Feathers packte meine Hand und schüttelte sie. »Grandioses Fest, nicht? Und was für ein herrlicher Garten, was, Tamsin? Natürlich gab es zu Vivianes Zeiten ständig solche Partys. Wir haben getanzt bis zum Morgengrauen, hab ich Recht, Liebes? Vor dem Krieg. Du meine Güte, das waren noch Zeiten.«

»Ja, mein Lieber«, sagte Mrs Feathers matt und reihte ihre älteren Kinder wie Zaunpfähle um sich auf, als gelte es eine kostbare Blume zu beschützen. Weiter hinten tauchte Nanny mit den jüngeren Mitgliedern der Feathers-Familie auf, die Anthony ermahnte, bloß nichts vom Büfett zu mopsen.

»Daddy spricht ständig von den guten alten Zeiten. Davon, wie wunderbar damals alles war, aber ich glaube ihm kein Wort«, warf Maddie ein. »Hallo, Robert, wir haben Sie in letzter Zeit ja recht selten zu Gesicht bekommen. Was machen Sie denn so?«

»G… gar nichts«, stammelte ich, nicht zum ersten Mal mit dem mulmigen Gefühl, dass Maddie genau wusste, was mich umtrieb. »Wie geht es Ihnen?«

»Mir ist langweilig«, antwortete sie. »Ich will auch einen Verehrer, wie Lizzie. Dann hätte ich abends wenigstens eine Beschäftigung.«

»Aber, Liebes, du weißt doch, dass du noch viel zu jung dafür bist«, sagte Mrs Feathers.

»Diese modernen Mädchen wollen viel zu schnell erwachsen werden«, warf Dr. Feathers ein. »Was ist so verkehrt daran, ein junges Mädchen zu sein? Das wüsste ich zu gern. Ach ja, Robert, haben Sie Ihren Cousin gesehen? Ich würde ihn gern fragen, was er von diesen idiotischen Bungalows hält, die hier gebaut werden sollen.«

»Äh … er muss hier irgendwo sein«, sagte ich. Alec scherte sich mit Sicherheit keinen Pfifferling um die idiotischen Bungalows. »Drüben beim Teich vielleicht.«

»Ah. Wir unterhalten uns später weiter.« Er ging davon, gefolgt von Mrs Feathers und den restlichen Familienmitgliedern, so dass lediglich Lizzie und mein schlechtes Gewissen zurückblieben – nicht nur weil ich sie hintergangen, sondern weil ich dabei auch praktisch keinen Gedanken an sie verschwendet hatte.

Sie nippte an einem Glas geeister Zitronenlimonade. »Es ist fürchterlich heiß, nicht?«, sagte sie und spähte unter ihrem Sonnenschirm hervor. »Vater sagt, es gibt später noch ein Gewitter.«

»Das glaube ich nicht. Scone hat sogar das Wetter fest im Griff. Er hat mit dem Mann dort oben ein Wörtchen geredet, musst du wissen.«

Lizzie kicherte. In den letzten Wochen hatte ich sie recht gut kennengelernt, und es gelang mir mühelos, Konversation mit ihr zu machen und den Anschein zu erwecken, als würde ich mich brennend für jedes ihrer Themen interessieren.

»Spürt Mrs Bray die Hitze denn gar nicht?« Sie nickte in Claras Richtung, die mit einer Gruppe Freunde zusammenstand und schallend lachte. Sie war absolut hinreißend in ihrem elfenbeinfarbenen Kleid. »Sie sieht so hübsch aus.«

»Nicht so hübsch wie du«, gab ich automatisch zurück, wohl wissend, was für ein elender Schuft ich war.

Sie seufzte glücklich. »Kennst du ihre Freunde? Sie wirken schrecklich glamourös.«

Eli Golden und George kannte ich zwar, doch die zwei Frauen hatte ich noch nie zuvor gesehen. Die eine war sehr groß, ihre schwarzen Haare waren zu einem Bob geschnitten. Sie trug ein dunkelgraues Kleid, die andere einen Herrenanzug. »Theaterleute, nehme ich an«, sagte ich. »Würdest du sie gern kennenlernen?«

»O nein«, erwiderte sie. »Das ist ein Kreis von Leuten, in den ich nicht hineinpasse.«

»Sei nicht albern.« Ich nahm ihren Arm und zog sie über den Rasen. Ich war viel zu lange von Clara getrennt gewesen und sehnte mich nach ihrer Nähe.

»Ah!« Als ich auf das Grüppchen zusteuerte, drehte Clara sich zu mir um. »Ich habe mich schon gefragt, wo du abgeblieben bist.«

»Entschuldige, altes Mädchen.« Lizzie versteckte sich hinter meinem Rücken. »Ich habe mich mit Bump unterhalten. Wusstest du, dass er mit einer adligen Verlobten, die so gar nicht zu ihm passt, hier ist?«

»O Gott, dabei war er noch nicht mal eingeladen.« Ich merkte, dass sie leicht beschwipst vom Champagner war. »Eigentlich sollte ich ihn für das, was er angerichtet hat, vor die Tür setzen.«

»Ist dieser Bump Lord Mason?«, fragte die groß gewachsene Frau mit der Bobfrisur. Sie hatte eine vulgär klingende Reibeisenstimme. »Er war früher jeden Abend in der Show und hat mir zugesehen. Ein verdorbener Rohling ist das.«

»Wie auch immer.« Die Frau in dem Herrenanzug streckte mir die Hand hin. »Es wird Zeit, dass wir uns vorstellen. Ich bin Mary Garrett, und Sie müssen Claras Mann sein?«

Ich hörte einen der Männer hüsteln. »Keineswegs«, antwortete ich mit einem unbeschwerten Lächeln, obwohl mir das Herz bis zum Hals schlug. Lizzies Gegenwart spürte ich überdeutlich. »Ich bin Robert Carver, Alecs Cousin, und das hier ist meine Freundin Miss Feathers, die im Haus nebenan wohnt.«

Ich schob Lizzie nach vorn. »Ich freue mich, Sie kennenzulernen«, sagte sie mit demselben angespannten, nervösen Tonfall wie bei unserer ersten Begegnung. Ein leicht amüsierter Ausdruck trat auf Miss Garretts Gesicht. Sie musste uns für ein reichlich seltsames Gespann halten.

»Und das ist Miss Lilian Marshall.« Clara zeigte auf die große Frau und strahlte mich an. Mir entging nicht, dass die Verwandlung zu Claras abendlichem Alter Ego eingesetzt hatte und sie zu jener Frau wurde, die, beschwingt vom Alkohol, heimlich mit mir flirtete und mir zuflüsterte, welche Abenteuer uns später erwarteten. Doch ich blieb ungewöhnlich reserviert, nicht zuletzt wegen Lizzie, die verlegen neben mir stand.

»Ich hab mich um die Kleine gekümmert, als sie nach London kam.« Lilian schlang den Arm um Claras Taille. »Ich bin diejenige, die sie auf die Bühne gebracht und damit all diesen grauenhaften Männern ausgeliefert hat.«

»Bis ich gerettet wurde«, bemerkte Clara mit einem ironischen Zucken um die Mundwinkel.

Hinter mir gab es einen lauten Knall, der alle vor Schreck herumfahren ließ. Alec war durch die Glastüren gestolpert und die Treppe hinuntergefallen, wo er nun lag. Scone eilte ihm zu Hilfe, doch Alec bedeutete ihm, dass er ihn nicht brauchte. Er stand auf und verkündete: »Mir geht's gut. Kein Grund zur Panik.«

Er taumelte weiter in Richtung Bar, und Clara stieß ein hohes, sprödes Lachen aus. »Wie aufs Stichwort«, bemerkte sie. »Mein Ritter in schimmernder Rüstung.«

Ich drehte mich zu Lizzie um, doch sie war verschwunden. Ich sah ihren wippenden Sonnenschirm auf dem Pfad, der zum Teich hinüberführte. »Ich glaube, wir haben Ihre Freundin verjagt«, bemerkte George.

»Oh, sie verträgt mehr, als es den Anschein hat«, erwiderte ich, obwohl ich ziemlich sicher war, dass sie irgendetwas aufgebracht hatte, vielleicht diese ungewöhnlichen Frauen. Vermutlich bildete sie sich ein, sie würden sie auslachen. Ich würde später mit ihr reden, aber auch bei mir zeigte der Champagner Wirkung, und ich verspürte nicht die geringste Lust dazu.

»Ich wünschte, ich wäre noch mal jung«, meinte Mary Garrett. »Sein ganzes Leben noch vor sich zu haben, gerade erst am Anfang zu stehen … ich weiß noch genau, wie sich das angefühlt hat. So als liege einem die ganze Welt zu Füßen.«

Lilian lehnte sich an ihre Schulter und blickte bewundernd zu ihr auf. »Bevor sie dich verschlingt und in Stücke reißt«, warf Clara ein.

»Ich kaufe dir nicht ab, dass du das wirklich denkst«, warf ich ein.

Sie schmollte. »Ach, Süßer, ich versuche schon seit Jahren, Zynikerin zu werden.«

»Zyniker meinen aber nicht, was sie sagen«, bemerkte ich. »Sondern sie sind Kinder, die sich verzweifelt ihre Unschuld zurückwünschen.«

»Ich glaube, er hat Recht«, sagte Miss Garrett. »So habe ich das allerdings noch nie betrachtet.«

Unser Geplänkel setzte sich fort, während der Nachmittag allmählich in den Abend überging. Andere Gäste gesellten sich zu uns und gingen wieder, und die Dienstboten zündeten die Lampions in den Bäumen und die Kerzen auf den Stufen an. Die Hitze des Tages lag schwer über dem Garten; lediglich die Brise vom Meer linderte die Schwüle ein klein wenig. Ich lachte und scherzte, und meine Bemerkungen schienen Anklang zu finden, während die Unterhaltung vom Theater und von der Politik zu London und den Unterschieden zwischen Männern und Frauen driftete. Ein wenig konnte ich dieses Gefühl nachvollziehen, das Miss Garrett beschrieben hatte – jene Euphorie, alles tun, jeden Weg beschreiten, jedes Leben beginnen zu können, das mir reizvoll erschien. Und als der Champagner durch Cocktails ersetzt wurde, ertappte ich mich bei dem Gedanken, dass ich mir ein Leben wünschte, wie es sich mir gerade präsentierte. Nicht die friedliche Stille zu Hause, ja noch nicht einmal die Eleganz und Perfektion von Castaway House, sondern das hier: Partys und Lichter und unbeschwerte Gespräche mit Menschen, die nicht die Wege gegangen waren, die die Gesellschaft ihnen vorgezeichnet hatte und die sich keinen Deut darum scherten.

Irgendwann verließ ich den Kreis in der vagen Absicht, nach Lizzie zu suchen, doch als ich die Laube betrat, saß dort nicht mehr Bump, sondern Alec mit einem leeren Glas in der Hand. Er hatte sein Jackett ausgezogen und starrte auf die Sonnenuhr in der Mitte. »Kopf hoch, alter Knabe«, sagte ich.

Er fuhr zusammen. »Oh, du bist es.«

Ich verspürte nicht die geringste Lust, mich von seiner Trübseligkeit anstecken zu lassen. »Die Party läuft jedenfalls prächtig«, sagte ich und setzte mich neben ihn.

»Ach ja?«, erwiderte er desinteressiert und klopfte seine Taschen ab. »Mist, ich habe meine Zigaretten drinnen gelassen.«

Ich zog mein Etui heraus und gab ihm eine. »Mir ist klar, dass der Verkauf von Castaway für dich wie das Ende der Welt ...«, begann ich.

»Nicht noch einen Vortrag, Robert. Ich ertrage das nicht.« Er nahm einen langen Zug und ließ den Rauch mit einem Seufzer entweichen.

»Ich habe dir doch bisher gar keinen gehalten«, gab ich gekränkt zurück.

»Das stimmt, aber alle anderen. Ich habe mir die Suppe selbst eingebrockt, also muss ich sie auch auslöffeln, et cetera, et cetera. Aber dadurch fühle ich mich auch nicht besser.«

»Ich wollte nichts dergleichen sagen.« Ich zündete mir ebenfalls eine Zigarette an. »Sondern dass es wichtig ist wertzuschätzen, was man hat, auch wenn es erheblich weniger ist als vorher.«

»Was habe ich denn schon?«, stieß Alec bitter hervor. »Mutter war die Einzige, die an mich geglaubt hat, und jetzt verhökere ich ihr Haus, obwohl ihre Leiche noch nicht einmal kalt ist.«

Ich verdrehte die Augen. »Du hast immer noch deine Gesundheit.«

Er schnaubte.

»Und eine bildschöne Frau«, fügte ich hinzu, obwohl mir die Worte beinahe im Halse stecken blieben.

»Die mich auf den Tod nicht ausstehen kann. Das wird ein Spaß werden – in irgendeiner Bruchbude in Ealing oder sonst einer potthässlichen Gegend festzusitzen, abends um sechs von der Arbeit nach Hause zu kommen, nach dem Motto ›Hallo, Schatz, wie war dein Tag?‹, dann im Sessel zu sitzen und sich anzustarren und so zu tun, als wäre alles in bester Ordnung.«

»Du kannst dich immer noch von ihr scheiden lassen«, sagte ich leichthin. »Oder … dich trennen.«

»Diese Genugtuung will ich ihr nicht verschaffen«, sagte er. »Damit würde ich ihr ja erst recht in die Hände spielen.«

Ich konnte Alecs Logik nicht nachvollziehen, die sich wie die eines Alkoholikers anhörte. »Außerdem kenne ich jemanden, der sich sehr wohl freuen würde, dich wiederzusehen.«

»So?«, erwiderte er resigniert.

»Ja.« Ich schluckte. »Sally Trent.«

Stille. Alec betrachtete den steinernen Vogel am Rand der Sonnenuhr. »Spionierst du mir nach?«, fragte er schließlich.

»Du hast mir nicht erzählt, dass du … mit ihr zusammen warst«, sagte ich. »Dass sie ein Kind von dir bekommen hat.«

Seine Augen waren rot gerändert, als er mich ansah. »Oh, ich bitte um Entschuldigung. Mir war nicht klar, dass ich dir mein Leben haarklein erzählen muss. Was zum Teufel geht dich das überhaupt an?«

»Gar nichts. Es ist auch nicht wichtig, wie ich es herausgefunden habe. Aber ich war bei ihr und habe das Baby gesehen. Sie hat es Grace genannt.« Ich holte meine Brieftasche heraus und zeigte ihm das Foto, doch er wandte den Blick ab.

»Spiel hier nicht den Moralapostel, Carver. Ich weiß genau, was in der Nacht im Majestic zwischen dir und dem Mädchen vorgefallen ist.«

»Ich spiele überhaupt nicht den Moralapostel«, gab ich ruhig zurück, sorgsam darauf bedacht, meine Wut im Zaum zu halten. »Sie hat mich gebeten, mit dir zu reden. Sie sagt, Geld sei ihr nicht wichtig, sondern sie will nur, dass du sie und das Baby besuchst.«

Alec saß noch immer von mir abgewandt da und starrte auf den Weißdornstrauch hinter der Bank. »Wir, also Clara und ich, haben damals noch in London gewohnt«, sagte er. »Das war, bevor ich die Wohnung verkaufen musste. Wir hatten einen fürchterlichen Streit. Sie hat mir die Wahrheit ins Gesicht geschleudert … dass sie mich nur geheiratet hat, um an Castaway heranzukommen. Ich bin abgehauen und hierhergefahren. Sally war immer so … nun ja, sie war mir aufgefallen. Sie hat es mir leichtgemacht.«

Ich schob das Foto wieder in meine Brieftasche. »Das kann ich mir gut vorstellen«, sagte ich leise.

»Ich bin wieder zu Clara zurück und habe ihr verziehen … einigermaßen. Danach sind wir endgültig nach Castaway gezogen. Ich dachte, es würde sie glücklich machen, aber dem war nicht so. Und ich habe mich weiterhin mit Sally getroffen. Du brauchst mir nicht unter die Nase zu reiben, dass das ein Fehler war, das weiß ich selbst. Sie war sechzehn. Ein Hausmädchen. In jeder Hinsicht absolut unmoralisch. Du verstehst mich nicht, Robert, aber offenbar habe ich ein Talent dafür, mein Leben zu ruinieren. Es ist fast so, als wäre ich dafür bestimmt.«

Wieder herrschte Stille. Über uns schaukelten die Lampions in der warmen Brise. Irgendwo in der Ferne hörte ich hohes Frauengelächter. »Und Gina?«, fragte ich. »Was ist mit ihr?«

Er sah mich an. »Wer ist Gina?«

»Das andere Hausmädchen. Die Geschichte vor neun Jahren.«

»Aber nicht etwa die, die …« Er schüttelte ungeduldig den Kopf. »Du hast keine Ahnung, Robert. Man hat bereits versucht, mir die Schuld in die Schuhe zu schieben, aber ich bin unschuldig. Ich dachte, du kennst mich inzwischen etwas besser.«

»Was meinst du damit? Du hast dasselbe mit ihr getan wie mit Sally.«

Er hob einen Finger. »Das war das erste Mal. Mit einer Dienstbotin. Ich weiß, dass es dazu nicht hätte kommen dürfen.«

»Und auch sie hat ein Kind von dir erwartet.«

»Was soll ich deiner Meinung nach denn sagen?« Er stand auf. »Ich gehe Sally besuchen, in Ordnung? Ich kaufe einen Blumenstrauß, fahre zu dieser verdammten Farm und sehe mir ihr verdammtes Baby an.«

»Sie glaubt, du wärst verliebt in sie. Dass du Clara verlassen und sie heiraten würdest.«

»Das ist doch völlig idiotisch! Davon war nie die Rede.« Er runzelte die Stirn. »Das habe ich nie gesagt. Aber welche Rolle spielt das überhaupt?«

»Für sie spielt es jedenfalls eine.«

»O Gott.« Er ließ sich wieder auf die Bank sinken und barg das Gesicht in den Händen. »Ich will gar nicht darüber nachdenken. Wieso zwingst du mich dazu?«

»Weil du Verantwortung übernehmen musst.«

»Ja? Wer sagt das?«

»Selbst wenn du es nicht willst. Was wir tun, holt uns irgendwann sowieso wieder ein.«

»Du hast doch keine Vorstellung, wie es ist, Alec Bray zu sein«, sagte er, ohne seine Hände herunterzunehmen. »Also herzlichen Dank für deinen Rat, aber ich habe keinen Bedarf.«

»Du hast Recht«, sagte ich und spürte, wie sich meine Lunge verkrampfte, als die Wut in mir aufstieg. »Ich weiß nicht, wie es ist, Alec Bray zu sein, mit dem goldenen Löffel geboren worden zu sein und ihn so tief in den Mund geschoben zu bekommen, dass es dir wie die schlimmste Erniedrigung vorkommt, für deinen Lebensunterhalt arbeiten zu müssen.«

»Wie kannst du es wagen?«, schnauzte er mich an.

Mit der einen Hand zeigte ich auf das Haus, die andere presste ich mir auf die Brust, um den Druck wegzunehmen. »Du hast eine ganze Armee an Leuten, die den lieben langen Tag nichts anderes tut, als dafür zu sorgen, dass deine Butterschale richtig temperiert auf dem Tisch steht, und du hast keine Ahnung, wie sie leben. Deine eigene Tochter muss in Armut aufwachsen, nur weil du keine Verantwortung für sie übernehmen willst.«

»Ganz ehrlich, Robert, aber du weißt doch gar nicht, wie es sich anfühlt, lebendig zu sein, oder?«

»Wovon sprichst du? Ich bin froh und dankbar für alles, was

ich habe, während du in deiner abgeschotteten privilegierten Welt, mit einer Mutter, die dich für ein Geschenk des Himmels hielt, dem immer alles auf dem Silbertablett serviert wurde …«

»Und all das habe ich verloren!«, schrie er. »Angefangen mit Mutter …«

»Du hast alles«, stieß ich zwischen zusammengebissenen Zähnen hervor. »Nach wie vor, nur weißt du es nicht zu schätzen.«

Wütend verließ ich die Laube, wobei ich mit meinem Kopf einen Lampion streifte. Ich hastete den Pfad entlang, als sich eine Hand auf meinen Arm legte. »Hier entlang.«

Ich fuhr herum. Clara stand vor mir, betrunken. Sie kicherte. »Wir haben gerade über Reifen gesprochen«, sagte sie. »Du weißt schon, die Dinger, die man die Straße hinunterrollen lässt, und da fiel mir wieder ein, dass wir doch einen im Gartenhaus haben. Eigentlich wollte ich ihn ja holen, aber da drinnen sind so viele Riesenspinnen. Wenn sich mein Haar in einem Netz verfängt, schreie ich, deshalb musst du mitkommen und mich gegen diese Viecher verteidigen. Das tust du doch für mich, oder? Ist alles in Ordnung mit dir, Liebling?«

Ich schluckte und hatte Mühe, Luft zu bekommen. Mir schwirrte der Kopf. »Mir geht's gut, sogar sehr gut.«

Auf dem Weg zum Gartenhaus beruhigte ich mich allmählich. Carla winkte und warf den Gästen, an denen wir vorbeikamen, eifrig Luftküsse zu. »Tolle Party!«, rief jemand. Sie lächelte affektiert. »Danke schön, vielen, vielen Dank«, gab sie zurück, als wäre sie ein Filmstar bei einer Premiere.

Im Gartenhaus war es kühl. Wir tasteten uns durchs Dunkel, wobei ich mich prompt in einem Spinnennetz verhedderte. »Irgendwo hier drin muss er sein«, murmelte Clara. Durch das winzige Fenster drang das bunte Licht der Lampions herein, und ab und zu huschte draußen eine Gestalt vorbei.

»Ah, da ist er ja.«

Sie ergriff den Reifen. Ich beugte mich vor und küsste sie.

»Du riechst so gut«, raunte ich. Dieser verdammte Alec. Wie war es möglich, dass er nicht jeden Tag vor Dankbarkeit, mit so einer Frau verheiratet zu sein, auf die Knie fiel? Hätte ich sie doch bloß als Erster kennengelernt.

Clara kicherte. »Champagner macht mich immer so unartig.«

Ich nahm ihr den Reifen aus der Hand und stellte ihn beiseite. »Ich dachte, du wärst immer unartig.«

Ihr Blick schweifte zur Tischtennisplatte. Ich betrachtete die verstaubte Oberfläche, und plötzlich waren meine Hände überall, unter ihrem Kleid, in ihrer Unterwäsche. Mit einem leisen Aufschrei schlängelte sie sich aus dem seidigen Etwas, das auf den Fußboden fiel. Ich hob sie hoch, trug sie zum Tisch und setzte sie darauf, doch sie glitt herab und kehrte mir den Rücken zu. »So herum«, flüsterte sie.

Ich nahm sie von hinten, wobei meine Hand ihren warmen, weichen Bauch umfangen hielt und ich in sie eindrang. Draußen lachte ein Mädchen auf, das Klirren von Gläsern ertönte, und obwohl ich in Clara war, musste ich an Alec denken, und für einige Minuten sonnte ich mich in meinem Triumph.

Erschaudernd gelangte ich zum Höhepunkt und verharrte, schwitzend und schwer atmend, noch eine Weile in ihr. Zu guter Letzt löste ich mich von ihr und küsste ihren Nacken. »Ich liebe dich«, flüsterte ich.

»Vorsicht«, sagte sie. »Mein Kleid.« Sie richtete sich auf, hob ihr Höschen vom Boden auf, klopfte den Staub ab und schlüpfte hinein.

»Das war nett.« Sie stellte sich auf die Zehenspitzen, damit ich sie küssen konnte. Ich setzte mich auf die Tischtennisplatte und umfing sie mit den Beinen. Wie gern hätte ich mich mit ihr hingelegt und wäre eng umschlungen mit ihr eingeschlafen.

»Ich will, dass du mit mir weggehst«, sagte ich unvermittelt.

»Robert …«

»Was soll ich denn tun, wenn der Sommer vorüber ist?«

»Ich habe dir doch gesagt, dass ich ihn nicht verlassen kann«, erwiderte sie in einem Tonfall, als hätte sie ein Kleinkind vor sich. »Wovon sollen wir leben?«

»Wir finden schon eine Lösung. Ich liebe dich …«

»Ich werde auf keinen Fall deine Mätresse spielen«, herrschte sie mich an. »Das liegt endgültig hinter mir. Ich bin jetzt eine ehrbare Frau.«

»Er wird sich von dir scheiden lassen«, sagte ich, auch wenn Alec erst vor wenigen Minuten genau das Gegenteil behauptet hatte. »Er wird dich gehen lassen, und dann können wir heiraten. Und es ist mir egal, wenn du keine Kinder mehr bekommen kannst. Dann adoptieren wir eben welche. Von mir aus auch fünf Stück.«

Sie wandte den Blick ab und löste sich aus der Umklammerung meiner Beine. »Das wird nicht funktionieren.«

»Wieso nicht?« Ich sprang von der Platte. »In sechs Jahren bekomme ich Geld ausbezahlt.«

Sie hob den Reifen auf und ging zur Tür. »Aber nicht genug«, sagte sie knapp und öffnete sie. »Wenn du so reich bist wie Bump Mason, überlege ich es mir vielleicht noch mal.«

»Das ist doch nicht dein Ernst, Clara.« Ich legte meine Hand auf ihren Rücken.

»Ich habe dir gesagt, dass ich geldgierig bin. Wenn mein Schwiegervater stirbt, kann Alec von dem Erbe Castaway zurückkaufen. Oder ein Haus, das zehnmal so groß ist.«

»Du willst also deshalb bei ihm bleiben?«

»Ja.« Sie musterte mich aus ihren funkelnden, stechenden Augen. »Genau aus diesem Grund.«

Ich schmiegte mein Gesicht an ihren Hals. »Ich glaube dir nicht«, flüsterte ich.

»Tja, ich fürchte, genau das ist dein Problem.« Sie ließ den Reifen fallen und hob ihn wieder auf. »Wir sollten zurückgehen, meinst du nicht auch?«

Auf einmal erklangen Schritte neben uns. Als ich aufblickte, sah ich Dr. Feathers eilig davongehen.

»O Gott«, stöhnte ich. »Meinst du, er hat uns bemerkt?«

»Er hat zwei Freunde gesehen, die einen Reifen aus dem Gartenhaus holen, mehr nicht«, erklärte sie leichthin. »Und jetzt komm. Ich erzähle, wir wären bei ein paar Gästen kleben geblieben.«

Wir gingen zurück. Doch ich wusste, was Dr. Feathers gesehen hatte, und musste unbedingt mit Lizzie reden, bevor ihr Vater Gelegenheit dazu bekam.

Allerdings war sie nirgendwo zu finden. Ich sah Dr. Feathers mit seiner Frau und der Familie beisammenstehen und hastete mit hochrotem Gesicht an ihnen vorbei. Schließlich erzählte Harriet, Lizzie hätte soeben die Party verlassen. Ich lief hinaus auf die Veranda.

Sie stand mit dem geschlossenen Sonnenschirm neben sich allein auf der anderen Straßenseite.

»Lizzie!«

»Da bist du ja«, sagte sie, als wären wir verabredet gewesen und sie hätte die ganze Zeit auf mich gewartet. »Wollen wir ein Stück gehen?«, fragte sie mit einer Geste in Richtung der Klippen.

»Gern.«

Ihre Züge waren im abendlichen Dämmerlicht nur schwer auszumachen. »Ist alles in Ordnung mit dir?«

Sie gab keine Antwort. Mein Herz hämmerte, als wir die Klippe hinaufgingen zu der Stelle, wo der Trampelpfad ins drei Meilen entfernte Shanker führte.

»Ich glaube, es wird gleich regnen«, sagte sie. »Mein Kopf fühlt sich an, als wäre er in einem Schraubstock gefangen. Ich kann kaum einen Gedanken fassen.«

»Vielleicht liegt es an den Cocktails«, gab ich zurück und rang mir ein Lächeln ab.

»Ich habe nur Zitronenlimonade getrunken«, erwiderte sie knapp. Wir blieben auf einem kleinen Felsvorsprung stehen und blickten auf das immer dunkler werdende Meer. Unter uns schwappten die Wellen ans Ufer, und ein Stück weiter entfernt wiesen die Lichter der Promenade den Weg zurück in die Stadt.

Ich schluckte und beschloss, den Stier bei den Hörnern zu packen. »Hast du mit deinem Vater gesprochen?«

»Mit meinem Vater?« Sie sah mich fragend an. »Nein, schon eine ganze Weile nicht mehr. Warum?«

»Oh.« Ich empfand Erleichterung. Vielleicht würde er ja Stillschweigen bewahren. Zumindest war ich mir sicher, dass er es nicht über sich bringen würde, laut auszusprechen, was Clara und ich getan hatten.

Lizzie betrachtete die aufziehenden Wolken. »Jedenfalls habe ich jetzt verstanden.«

Mir stockte der Atem. »Wovon um alles in der Welt sprichst du, meine Liebe?«, fragte ich, als ich mich einigermaßen unter Kontrolle hatte.

»Als du mich diesem Grüppchen vorgestellt hast … diesen schrecklichen Frauen und den beiden ulkigen Gentlemen. Du hast nichts mitbekommen.«

Sie wusste also nichts vom Gartenhaus. Mein Puls beruhigte sich wieder. »Bitte, klär mich auf, Lizzie. Ich weiß nicht, was du meinst.«

»Mir ist nicht entgangen, wie du sie ansiehst.« Sie wandte sich mir wieder zu, trotzdem konnte ich den Ausdruck auf ihrem Gesicht nicht erkennen. »Mrs Bray. Ich habe deinen Blick gesehen und erkannt, was für eine Närrin ich war.«

»Das bist du auch«, bestätigte ich leichthin. »Weil du völligen Unsinn redest.«

»Du liebst sie, Robert. Ich habe es gesehen, ganz deutlich. Du bist völlig verrückt nach ihr. Und ich sage dir etwas. Ich mag eine Närrin sein, aber du bist ein noch viel größerer Narr.«

»Ich bitte dich. Gütiger Himmel, sie ist die Frau meines Cousins.«

»Genau.« Sie umklammerte den Bambusstiel ihres Sonnenschirms und drückte ihn in die weiche Erde. »Du darfst dich nicht in eine Ehe einmischen. Zumindest nicht, solange die beiden sich noch lieben.«

Das tun sie nicht, dachte ich, sprach es jedoch nicht aus. »Du irrst dich. Wirklich. Lizzie, wie wär's, wenn ich morgen einfach vorbeikomme, und dann besprechen wir alles, bei Tag und in aller Ruhe.«

»Ich will aber nicht reden«, platzte sie aufgebracht heraus, machte auf dem Absatz kehrt und stürmte davon.

»Warte doch, Lizzie«, rief ich und hastete ihr hinterher.

»Ständig reden wir bloß«, rief sie über die Schulter hinweg. »Mit Freddie habe ich auch immer bloß geredet, und wir wissen beide, wie es geendet hat. Und ich Idiotin habe mich natürlich in euch beide verliebt.«

An der Stelle, wo der begrünte Pfad in die Straße überging, holte ich sie ein. »Hör mir zu.« Ich löste ihre Hand vom Bambusgriff ihres Sonnenschirms und spürte die Einkerbungen in ihrer Handfläche, wo sie ihre Nägel ins Fleisch gebohrt hatte. »Immer denkst du solche Sachen. Und immer liegst du falsch damit.«

»Weil ich tief im Herzen die ganze Zeit wusste, dass du mich nicht so liebst wie ich dich.« Sie starrte wütend auf die hell erleuchteten Fenster von Castaway. »Freddie hatte zumindest den Anstand, das Land zu verlassen, bevor er sich in eine andere verliebt hat.«

»So denkst du doch gar nicht«, beharrte ich. »Hör zu. Ich komme morgen Nachmittag vorbei. Um drei Uhr.«

»Dir ist es in Wahrheit völlig egal, dass du mir das Herz brichst, stimmt's?« Ihre Stimme klang brüchig.

»Bitte hör auf damit, Lizzie.«

»Einer von Vaters Freunden will mich heiraten. Das hat er bei mehreren Gelegenheiten deutlich gemacht. Er ist verrückt nach mir, Robert. Völlig aus dem Häuschen.«

»Ganz bestimmt ist er das. Aber hör zu …«

»Er ist fünfundvierzig und besitzt ein schönes großes Haus auf einem riesigen Grundstück. Dort werde ich gewiss sehr glücklich sein.« Sie entzog mir ihre Hand und drehte die Handfläche nach oben. »Oje, es regnet.«

Sie überquerte die Straße. In diesem Augenblick kam die Feathers-Familie aus dem Haus, allen voran der Doktor, der seinen schwarzen Regenschirm aufspannte. »Komm, Lizzie, es wird Zeit, nach Hause zu gehen«, sagte er mit einem eisigen Blick in meine Richtung.

»Bis dann, Robert!«, rief Maddie und lief hinter ihrem Vater den Weg entlang. »Wir sehen uns morgen«, rief ich, als Lizzie die Treppe ihres Hauses hinaufstieg, doch sie gab keine Antwort.

Ich seufzte, aber ich wusste, dass sie es verwinden würde. Ich würde morgen hinübergehen und das Ganze offiziell beenden, ruhig und besonnen. Ich würde erklären, wir seien beide noch zu jung für eine solche Verbindung, außerdem reiste ich in zwei Wochen ohnehin ab. Im Grunde ihres Herzens hatte sie es die ganze Zeit gewusst. Unsere Freundschaft war unschuldiger Natur gewesen, und die Wunden würden auf kurz oder lang heilen.

Es blieb zwar noch das Problem mit Claras Sturköpfigkeit, aber auch das würde ich schon lösen. Mir blieb gar nichts anderes übrig. Von neuem Optimismus erfüllt, kehrte ich ins Haus zurück, wo Schirme an die Gäste verteilt wurden. Viele waren bereits aufgebrochen, aber unter jenen, die dem Regen trotzten, herrschte fröhliche Ausgelassenheit. Es wurde gelacht und das »gute alte England« gefeiert, während Rufe nach mehr Rumpunsch laut wurden. Ich hielt Ausschau nach Alec, konnte ihn jedoch nirgendwo entdecken. Irgendwann verkündete Clara unter lauten Begeisterungsstürmen, drinnen werde ein kleines Abendbüfett aufgebaut, woraufhin die Gäste ins Haus drängten.

Ich borgte mir einen Schirm und ging zur Laube. Wie ich geahnt hatte, war Alec noch dort. Er lag im Schutz des Weißdornstrauchs auf einer Bank und schlief tief und fest.

»Komm schon, alter Knabe«, sagte ich und stieß ihn in die Seite. »Du wirst ja ganz nass.«

Er brummte etwas und drehte sich auf die andere Seite. »Robert.«

»Es tut mir leid, dass wir uns gestritten haben«, sagte ich. »Eigentlich mag ich dich ganz gern, mein Freund. Und, na ja, mir ist klar, wie albern das unter diesen Umständen sein mag, aber ich will auf keinen Fall, dass du schlecht von mir denkst.«

Seine Lider hoben sich ein wenig. »Es ist zu spät. Zu spät für mich«, sagte er mit schleppender Stimme.

»Genau. Vielleicht solltest du lieber zu Bett gehen. Vergiss nicht, mit Lungenentzündungen kenne ich mich aus.«

Er tastete nach meiner Hand und schloss seine Finger darum wie ein Baby. »Ich hab's nicht so gemeint …«, sagte er. »Ich halte sehr viel von dir, Robert.«

Zum ersten Mal seit der Nacht mit Clara in der Strandhütte bekam ich heftige Gewissensbisse wegen der vielen Nägel, die ich in den Sarg von Claras und Alecs Ehe geschlagen hatte. »Und ich von dir«, sagte ich leise und meinte es in diesem Moment auch so.

»Sag Sally …«, murmelte er, dann fing er leise an zu schnarchen. Ich versuchte, ihn hochzuziehen, doch er war viel zu schwer. Zumindest würde er hier draußen keinen Ärger machen. Einem Impuls folgend griff ich in die Innentasche seines Jacketts und holte seine Brieftasche heraus.

Ich nahm das Foto und schob es hinein. Dabei streifte ich etwas Festes, Rundes in einem der Fächer. Aus reiner Neugier zog ich den Gegenstand heraus. Es war eine winzige Muschel, deren Perlmuttinnenseite von den Wellen abgeschliffen war. Im fahlen Schein machte ich zwei eingeritzte Buchstaben aus – C und A.

Ich hielt die Muschel ein, zwei Sekunden in der Hand, bevor ich sie wieder hineintat und die Brieftasche in Alecs Jackett steckte. Was er Sally wohl mitteilen wollte? Ich würde noch einmal versuchen, mit ihm zu reden; vielleicht nicht morgen, da er gewiss einen Kater haben und entsprechend übellaunig sein würde, aber übermorgen.

Clara dirigierte, wie eine Reiseführerin den Schirm über dem Kopf schwenkend, die restlichen Gäste ins Esszimmer. Mir gelang es nicht, dieselbe Ausgelassenheit an den Tag zu legen. Außerdem verteilte Clara schrill lachend Getränke an ihre Freunde und ignorierte mich rundweg. Ich setzte mich ans Fenster und blickte in den Regen hinaus, der auf die Treppe prasselte, bis es hieß, man möge doch in den Salon kommen, wo das Grammophon stand. Am liebsten hätte ich Clara für mich gehabt, deshalb sagte ich Gute Nacht und zog mich zurück.

Selbst in meinem Zimmer hörte ich sie noch, das hohe Gelächter der Frauen und das polternde Dröhnen der Männer. Nach einer Weile drangen Abschiedsworte herauf, begleitet von Claras perlendem Lachen. Stufen knarrten, die Haustür wurde geöffnet und wieder geschlossen. Ich knipste die Nachttischlampe aus, konnte aber wegen des aufziehenden Gewitters nicht einschlafen. Kurz darauf stand ich auf, zog die Vorhänge zurück und beobachtete die zuckenden Blitze am Himmel. Ich zählte die Sekunden, bis der grollende Donner die Fensterscheiben erbeben ließ. Zuerst waren es zwanzig Sekunden, dann nur noch zehn. Das Gewitter kam also näher. Alec fiel mir wieder ein, aber bestimmt war er inzwischen aufgewacht und ins Haus gegangen. Womöglich hatte er sich sogar zu den Partygästen gesellt.

Erst jetzt merkte ich, dass es still geworden war. Vielleicht war noch eine Handvoll von Claras alten Freunden dageblieben, mit denen sie jetzt rauchend und trinkend beisammensaß. Ich malte mir aus, wie sie auf dem Sofa lümmelten, gelegentlich aufstanden, um eine neue Platte aufzulegen, während Clara mit untergeschlagenen Beinen auf dem Fußboden saß, den Rücken gegen einen Stuhl gelehnt, diskutierte, argumentierte und jeden Widerspruch vom Tisch fegte.

Ich war so in Gedanken versunken, dass mir beinahe das Herz stehen blieb, als sich plötzlich ein Körper an mich schmiegte. Sie schlang die Arme um meine Taille, sie waren eiskalt, und ich zog sie enger an mich und breitete die Bettdecke über sie. Ihre Frisur hatte sich gelöst, so dass ihr das Haar ins Gesicht fiel. Ich hob ihr Kinn und betrachtete ihr Gesicht im Dunkel. »Alles in Ordnung?«

Sie nickte knapp. »Halt mich fest«, flüsterte sie. »Ich will nur, dass du mich festhältst.«

»Natürlich.« Eng umschlungen lagen wir da und lauschten dem Gewitter. Ich dachte an die Lampions, die schutzlos den Elementen ausgeliefert waren und vom prasselnden Regen zerfetzt wurden, und mir dämmerte, dass wir, Clara, Alec und ich, im Grunde auch nur wie Papier vom Sturm willkürlich umhergeweht wurden.

Am liebsten wäre ich die ganze Nacht wach geblieben, hätte Clara im Arm gehalten und dem Gewitter gelauscht, doch irgendwann musste ich eingeschlafen sein, denn als ich aufwachte, betrat gerade Scone mit meinem Tee und Toast das Zimmer. Clara war verschwunden.

Beim Anblick des Toasts drehte sich mir der Magen um, als Rache für die vielen Cocktails. »Ich werde heute nicht nach unten zum Frühstück kommen«, murmelte ich, zog mir die Decke über den Kopf und schlief so schnell wieder ein, dass ich noch nicht einmal Scones Erwiderung mitbekam.

Erst Stunden später wurde ich von Geräuschen im Haus geweckt. Schritte ertönten auf der Treppe, im Arbeitszimmer läutete immer wieder das Telefon. Dann hörte ich Stimmen, Scones gedämpfte, fragende, dann die schrille Antwort eines Hausmädchens. Ich kämpfte mich aus dem Bett, als es an meiner Tür klopfte und Agnes hereinkam. Ihr Häubchen war verrutscht, und auf ihrem Gesicht lag ein besorgter Ausdruck.

»Tut mir leid, Sir«, stieß sie atemlos hervor. »Ich wollte Sie nicht stören, aber Mr Scone will wissen, ob Sie den Master gesehen haben. Er ist nämlich heute Nacht nicht nach Hause gekommen, und auch heute Morgen nicht, und jetzt ist es schon Mittag.«

»Was?« Ich rieb mir die Augen. »Gütiger Himmel, sagen Sie bloß nicht, er ist immer noch im Garten.« Ich lachte.

»Im Garten?« Sie sah mich an, als hätte ich den Verstand verloren. »Nein, Sir, da ist er nicht.«

»Das kann ich mir auch nicht vorstellen.« Ich streckte mich gähnend. »Dort habe ich ihn gestern gefunden. Er hat geschlafen und so friedlich ausgesehen, dass ich ihn lieber habe liegenlassen.«

»Ah.« Sie blickte sich um, als wisse sie nicht recht, was sie tun sollte. »Ich … äh … ich gehe dann mal und sage es Mr Scone.«

»Er taucht sicher jeden Augenblick auf«, meinte ich. »Sie kennen ihn doch.«

Sie zupfte am Saum ihrer Schürze. »Ja, Sir. Sicherlich haben Sie Recht, Sir. Normalerweise macht Mr Scone sich auch keine Sorgen wegen ihm.«

»Es ist alles in bester Ordnung«, sagte ich, obwohl mich eine leise Unruhe ergriff, nachdem Agnes gegangen war. Ich malte mir aus, wie Alec aus dem Haus torkelte, und dann … vielleicht war er irgendwo eingeschlafen und hatte es aus welchen Gründen auch immer noch nicht geschafft, den Heimweg anzutreten. Bump und seine Suite im Majestic kamen mir in den Sinn. Durchaus möglich, dass Alec zu ihm gegangen war und immer noch feierte, ohne einen Gedanken daran zu verschwenden, dass man ihn zu Hause vermisste.

Ich zog mich an und ging nach unten. Das Esszimmer war leer. Schließlich fand ich ein Hausmädchen, das ich beauftragte, zu

Mrs Pennyworth zu gehen und sie zu bitten, mir ein paar Sandwiches zu machen. Scone kam mit dem Tablett herein. »Haben Sie inzwischen von Mr Bray gehört?«, fragte ich.

»Nein, Sir.« Er hielt inne. »Allmählich machen wir uns ernsthaft Sorgen.«

Ich schob mir ein Eier-Kresse-Sandwich am Stück in den Mund. »Wieso?«

»Ich habe Mr Bray gestern Abend in der Halle gesehen.«

Ich hob den Kopf. Normalerweise beschränkte Scone sich auf das Notwendigste.

»Nachdem alle gegangen waren«, fuhr er fort. »Bevor das Gewitter anfing. Er hatte den großen roten Schirm aus dem Ständer genommen und sagte, er wolle hinausgehen und eine Weile aufs Meer hinaussehen.«

»Dann haben Sie's. Er wollte sich das Gewitter ansehen und hat dann beschlossen, noch etwas trinken zu gehen. Einige Kneipen machen einem die Tür auch spät noch auf, wenn man das richtige Klopfzeichen kennt.« Ich grinste. »Und mein Cousin kennt sie garantiert alle.«

»Zweifellos.« Scone fegte ein paar unsichtbare Krümel in seine behandschuhte Hand. »Allerdings ist er bisher nicht nach Hause gekommen. Als ich heute Morgen herunterkam, war die Tür immer noch verriegelt.«

»Ich bitte Sie, Scone. Sie kennen Alec doch genauso gut wie ich. Vermutlich liegt er irgendwo und schläft seinen Rausch aus.« Ich griff nach meinem Limonadenglas und trank einen großen Schluck, um meine ausgedörrte Kehle zu befeuchten. »Wo ist Mrs Bray?«

»Bei der Polizei.«

»Was? Macht sie sich etwa so große Sorgen?«

»Sie ist der festen Überzeugung, dass ihm im Gewitter etwas zugestoßen ist. Ein Unfall«, antwortete er, ohne mir ins Gesicht zu sehen.

Ihre Beweggründe kannte ich nur allzu genau: Ihre Gewissensbisse, weil sie die vergangene Nacht in meinem Bett verbracht hatte, bewogen sie nun, bei der Polizei die besorgte Ehefrau zu mimen. »Sie irrt sich. Ich sollte mich auf den Weg machen und ihn nach Hause bringen.«

»Bitte tun Sie das«, sagte Scone. »Sir.«

Inzwischen war der Sturm etwas abgeflaut, trotzdem peitschte eine heftige Brise die Klippe entlang und riss mir beinahe den Hut fort. Ich zog den Kopf zwischen die Schultern. Abgesehen von einer Handvoll Unerschrockener war der Strand menschenleer. In der Ferne sah ich einen Mann schwimmen und blieb stehen, falls Alec sich in einem Anfall von tollkühnem Irrsinn in die Fluten gestürzt haben sollte. Aber als er herauskam, erkannte ich, dass es sich um einen älteren Herrn mit ledriger Haut und sehnigem Körperbau handelte.

Nichts an der Miene des Rezeptionisten im Majestic ließ darauf schließen, dass er mich wiedererkannte. Er sagte, er rufe Seine Lordschaft unverzüglich an. Ich wartete solange unter dem riesigen Kronleuchter in der Lobby und dachte an meinen letzten Besuch zurück – an die tiefe Scham, die ich empfunden hatte, als ich aus dem Hotel geflohen war. Aber das spielte jetzt keine Rolle mehr.

»Carver!« Die Aufzugstüren öffneten sich, und Bump trat heraus. »Mein Kopf fühlt sich wie ein riesiger Kürbis an, aber du bist bestimmt munter wie ein Fisch im Wasser! Ich wette, du hast keinen Tropfen getrunken, du kleiner Betrüger.« Er schlug mir so heftig auf die Schulter, dass ich rückwärtstaumelte.

»Doch, habe ich«, gab ich zurück, doch er hörte gar nicht hin. »Ich bin hier, um meinen Cousin abzuholen. Ich weiß, es ist lästig, aber das ganze Haus ist schon in Aufruhr, und Clara ist sogar schon zur Polizei gegangen.«

»Sag bloß.« Er hielt inne. »Willst du einen Drink? Tee? Kaffee?«

»Nein, gar nichts. Ich bin bloß hergekommen, um Alec zu holen, wenn ich ehrlich sein soll.«

Er runzelte die Stirn. »Weshalb sollte Bray hier sein? Ich hab gehört, er hat zu Hause ein kuschliges warmes Bettchen.«

Mein Magen zog sich zusammen. »Du meinst, er ist gestern Abend nicht vorbeigekommen?«

»Das hoffe ich verdammt noch mal nicht«, gab Bump zurück. »Ich hab tief und fest geschlafen. Du glaubst nicht etwa, wir hätten hier dieselbe kleine Party gefeiert wie neulich, oder? Wenn die eigene Verlobte ein Stockwerk weiter unten schläft, ist man in seiner Bewegungsfreiheit ein bisschen eingeschränkt.«

Bumps Verlobte hatte ich völlig vergessen. »Aber wo steckt er dann?«

Er kratzte sich am Kopf. »Clara ist auf dem Polizeirevier, sagst du?«

Ich nickte. »Sie hatte Angst, es könnte ihm im Sturm heute Nacht etwas zugestoßen sein.«

»Ich werde gleich dort anrufen und hören, was es Neues gibt. Komm mit. Wir gehen nach oben.«

Mit wachsendem Unbehagen begleitete ich ihn zum Aufzug, der uns nach oben brachte. Die Suite sah ganz anders aus als bei meinem letzten Besuch: Es war aufgeräumt und blitzsauber. Bump bedeutete mir, auf dem Sofa Platz zu nehmen – genau gegenüber von dem Sessel, auf dem ich die Demütigung meines Lebens erfahren hatte –, während er sich an den Sekretär setzte und auf dem Polizeirevier von Helmstone anrief.

»Hallo«, sagte er gedehnt. »Hier spricht Lord Hugh Mason-Chambers. Ich rufe wegen eines Freundes von mir an, Mr Alexander Bray. Offenbar wird er seit gestern Abend vermisst. Ich wollte nur hören, ob es Neuigkeiten gibt.«

Er lauschte. »Hallo. Morgan, nicht wahr? Ja, mir geht's gut. Ich bin übers Wochenende mit meiner Verlobten hier. Oh, vielen Dank. Ich rufe wegen Mr Bray an … Ja … Verstehe …«

Er kritzelte etwas auf einen Schreibblock. Obwohl ich ihn nicht ausstehen konnte, war ich beeindruckt von seinem weltmännischen, souveränen Auftreten und wie ihm sein Titel sämtliche Türen öffnete.

Er legte den Hörer auf die Gabel und sagte: »Leider gibt es keine guten Neuigkeiten.« Mein Magen fühlte sich noch flauer an. »Heute Morgen hat ein Mann beim Gassigehen einen einzelnen Schuh auf einem Felsvorsprung auf der Klippe gefunden. Und am Ufer, auf den Felsen, die Überreste eines roten Schirms.«

Meine Hände zitterten. Ich vergrub sie in den Polstern des Sofas. »Vielleicht war es nicht seiner.«

»Vielleicht.« Bump seufzte. »Aber leider sieht es ganz so aus, als hätte der Schuh ihm gehört. Clara hat ihn identifiziert.«

»Er könnte ausgerutscht sein.« Ich klammerte mich an jeden Strohhalm. »Womöglich liegt er irgendwo ganz in der Nähe und ist bewusstlos.«

»Sie suchen bereits das ganze Gebiet ab. Ein Rettungsboot ist auch schon hinausgefahren. Aber wenn sich der Unfall schon heute Nacht ereignet hat, sagt der Inspector … könnte es zu spät sein.«

»Gütiger Himmel.« Ich musste wieder daran denken, wie deprimiert Alec gestern Abend gewesen war, was er über den Verlust von Castaway und die Wertlosigkeit seiner Existenz gesagt hatte. »Ich hoffe nur, er hat keine Dummheit begangen.«

»Was redest du da?«, schnauzte Bump mich an. »Was du da andeutest, ist eine echte Ungeheuerlichkeit, und sie gefällt mir ganz und gar nicht.«

»Mir auch nicht«, gab ich scharf zurück. »Aber vielleicht müssen wir den Tatsachen ins Auge blicken.«

Bump stand auf und trat ans Fenster. »Bray würde sich nicht umbringen«, sagte er. »Und würdest du ihn richtig kennen, wäre dir das auch klar.«

»Ich behaupte ja auch nicht, dass er es getan hat.« Das Wort umbringen schwirrte wie ein wütendes Insekt in meinem Kopf umher.

»Was willst du dann damit sagen?« Er fuhr herum.

»Ich versuche nur zu verstehen, was passiert ist.« Ich erhob mich ebenfalls. »Ich sollte wieder nach Hause gehen. Vielleicht braucht man mich ja.«

»Ja«, sagte er abweisend. »Geh.«

Ich verließ das Hotel. Mit jedem Meter, den ich gegen den heftigen Wind ankämpfte, wuchs meine Furcht. Eigentlich neigte Alec nicht zur Trübsal, trotzdem konnte ich nicht abstreiten, dass ich ihn noch nie so niedergeschlagen erlebt hatte wie gestern Abend. Womöglich hatte er sich in seiner Stimmung zu einer unüberlegten Handlung hinreißen lassen. Ich dachte an unseren Streit und betete, dass ihm nichts Schlimmes passiert war.

Scone fing mich in der Eingangshalle ab.

»Tut mir leid«, sagte ich. »Ich war sicher, ich wüsste, wo er ist. Aber ich habe mich geirrt.«

»Ist schon gut, Sir.« Sein Tonfall war beinahe freundlich. »Im Esszimmer ist ein Polizist, der alle befragt. Ich habe gesagt, Sie kämen bald zurück.«

Ich bemerkte, dass die Esszimmertür im Gegensatz zu sonst geschlossen war. »Glauben Sie ernsthaft …«, begann ich und sah mich um in der Erwartung, Alec käme zur Tür herein und tischte eine seiner typisch abenteuerlichen Geschichten auf. »Es kommt mir wie ein schlechter Scherz vor.«

»Ein Scherz ist es nicht, das kann ich Ihnen versichern, Sir.« Scone wandte sich ab. »Wenn Sie in der Bibliothek warten möchten, rufe ich Sie, sobald man Sie braucht.«

»Ja. Ja, natürlich.« Ich legte eine Hand auf das verschnörkelte Ende des Treppengeländers. Bisher war mir nie aufgefallen, wie wunderschön es aussah. »Ist Mrs Bray hier?«

»Sie ist vor etwa einer halben Stunde zurückgekommen.«

Mein Blick schweifte die Treppe hinauf. »Sie hat jedoch Anweisung erteilt, sie nicht zu stören. Ich bin sicher, Sie verstehen das.«

»Natürlich«, gab ich automatisch zurück, wohl wissend, dass diese Anweisung für mich nicht galt, allerdings wollte ich es lieber nicht darauf ankommen lassen. Mit einem Buch in der Hand saß ich in der Bibliothek, konnte mich aber nicht darauf konzentrieren. Beklommen wartete ich darauf, ins Esszimmer gerufen zu werden, hin- und hergerissen zwischen dem Drang, es endlich hinter mich zu bringen, und dem Wunsch, nicht mit dem Polizeibeamten reden zu müssen.

Ich hörte unbekannte Männerstimmen in der Eingangshalle, aber keiner kam, um mich zu holen. Kränklich gelbes Nachmittagslicht fiel durch die Fenster. Der Regen setzte wieder ein. Der Sommer war vorbei. Alec war ... er war ... ich weigerte mich, den Gedanken zu Ende zu denken.

Zwei Stunden später wurde ich endlich ins Esszimmer gebeten. »Tut mir leid, dass Sie warten mussten, Sir«, sagte der Polizist am Tisch, der sich als Dawes vorstellte. »Ich dachte, ich rede zuerst mit dem Personal. Ich hoffe, es macht Ihnen nichts aus.«

»Keineswegs«, sagte ich lahm und setzte mich.

Er stellte mir ein paar grundsätzliche Fragen – mein Name, mein Alter, weshalb ich hier war –, dann schob er mir einen auf einem weißen Taschentuch liegenden Gegenstand hin. »Dürfte ich Sie fragen, ob Sie die wiedererkennen, Sir?«

Ich stand auf und beugte mich vor. Es handelte sich um das zerbrochene Ziffernblatt einer Armbanduhr, das notdürftig wieder zusammengesetzt worden war. Mir wurde elend. »Ist das Alecs Uhr?«

»Es hat den Anschein. Sie erkennen es also nicht wieder?«

Ich seufzte. »Leider kann ich es nicht mit Bestimmtheit sagen.« Ich setzte mich wieder hin. Meine Brust fühlte sich eng an, enger als seit Wochen. »Lag das auf der Klippe?«

»Nein, unten auf den Felsen am Ufer. Ich nehme an, Sie wissen von dem Schirm?« Ich nickte. »Wir haben Blutspuren auf den Sprossen gefunden, die der Regen nicht verwischt hat.«

Einen Moment lang dachte ich, dass mir übel werden würde. »Aber es muss …«, sagte ich. »Gibt es eine Chance …«

»Tut mir leid. Das Boot war den ganzen Tag draußen, aber man hat nichts gefunden.« Er warf mir einen Blick zu. Er war nur ein paar Jahre älter als ich, vermutlich in Alecs Alter. »Wir sollten uns auf das Schlimmste gefasst machen.«

O Gott, dachte ich. Bitte lass es einen Unfall gewesen sein. Er ist ausgerutscht und in die Tiefe gestürzt. Es war ein fürchterlicher Abend. Ich würde es nicht ertragen, wenn er sich das selbst angetan hätte.

»Ich muss Ihnen diese Frage stellen, Mr Carver, aber welchen Eindruck hatten Sie in letzter Zeit von Mr Bray? War er guter Dinge … oder eher nicht?«

»Er war …« Ich blickte auf die Tischplatte. »Er hatte finanzielle Probleme … ich meine, das ist kein Geheimnis … und … er hat in letzter Zeit ziemlich viel getrunken. Trotzdem kann ich mir nicht vorstellen, dass er … es muss ein Unfall gewesen sein, glauben Sie nicht auch?«

»Genau das versuchen wir gerade herauszufinden, Sir.« Er blickte auf seine Notizen. »Mr Scone sagte, er sei ihm heute Nacht um Viertel nach eins in der Eingangshalle begegnet. Haben Sie ihn danach noch einmal gesehen?«

Ich schüttelte den Kopf. »Als ich ihn zuletzt gesehen habe, lag er schlafend in der Gartenlaube, auf einer der Bänke, wo er nicht nass werden konnte.«

»Und das war um …«

»Gegen neun?«

Er kritzelte etwas auf seinen Block. Am liebsten hätte ich mich irgendwo verkrochen, doch ich beantwortete all seine Fragen über die Party, wann ich zu Bett gegangen war und mit wem ich gesprochen hatte.

»Danke, Sir. Eine letzte Sache noch.« Wieder schaute er stirnrunzelnd auf seine Notizen. »Sie sagen, Sie hätten ihn gegen neun Uhr das letzte Mal gesehen. Allerdings gibt es zwei Zeugen, die beobachtet haben, wie Sie um halb zwei Uhr früh mit Mr Bray zur Klippe gegangen sind.«

Ich blinzelte ungläubig. »Wie bitte?«

Er sah mich an. Das Ganze schien ihm höchst unangenehm zu sein. »Sie leugnen das?«

Ich musste husten. Mir schwirrte der Kopf. »Natürlich leugne ich das. Ich war um elf im Bett, so wie ich gesagt habe. Es muss ... sie müssen mich verwechseln.«

»Und Ihr Verhältnis zu Mr Bray? Ist es ... verstehen Sie sich gut?«

»Absolut. Wir sind Cousins und Freunde. Zumindest sehe ich es so.« Mir wurde bewusst, dass wir in der Gegenwartsform von ihm sprachen, und ich dachte mit einem flauen Gefühl im Magen, ob wir nicht in die Vergangenheitsform wechseln müssten. »Ich weiß nicht, wie jemand darauf kommt, er könnte mich mit ihm gesehen haben, aber fest steht, dass ich es nicht war.«

»Verstehe.« Er klappte sein Notizbuch zu. »Möglicherweise war Ihr Cousin heute Nacht nicht allein auf der Klippe, sofern er sich tatsächlich dort aufgehalten hat.«

Die Worte blieben mir im Halse stecken. »W... w... was meinen Sie damit?«

»Es gibt vage Hinweise darauf, dass zwei Personen dort gestanden haben.« Er hielt inne. »Das Gras ist stark zertrampelt. Das kann viele Gründe haben, aber es könnte dort zu einem Kampf gekommen sein.«

»Wollen Sie ... wollen Sie damit sagen ...« Doch mein Verstand weigerte sich, seine Äußerung zu begreifen.

»Wir stehen mit unseren Ermittlungen noch ganz am Anfang.« Er erhob sich und lächelte. »Aber wir werden herausfinden, was mit Ihrem Cousin geschehen ist, keine Sorge.«

Ich registrierte die leise Drohung in seinem Tonfall. »Ich war's nicht!«, sagte ich.

»Natürlich, Sir«, gab er höflich zurück und lächelte mich aus kalten Reptilienaugen an. Dann ging er hinaus. Als die Eingangstür hinter ihm ins Schloss fiel, holte ich tief Luft, stellte jedoch fest, dass ich keine bekam.

Ich klammerte mich an der Tischkante fest. Es fühlte sich an, als lege sich ein Schraubstock um meine Brust. Luft. Ich brauchte Luft. Das vertraute Rasseln stieg in meiner Kehle auf, als ich verzweifelt um Atem rang. Ich rappelte mich auf und stieß dabei den Stuhl um.

Plötzlich war Scone neben mir. »Ist schon gut, Sir«, sagte er. »Setzen Sie sich hin.«

Ich hörte, wie er den Stuhl hinstellte. Er setzte mich darauf und legte mir die Hand auf den Rücken. »Atmen. Eins … zwei … drei.«

Langsam ließ die Panik nach, und meine Finger lösten sich. Meine Lunge schien vor Anstrengung zu erschaudern, als es mir endlich gelang, Atem zu schöpfen. »Bitte entschuldigen Sie«, krächzte ich.

»Lieber nicht sprechen«, sagte er und verschwand einen Moment aus meinem Blickfeld. Ich vernahm, wie er die Wasserkaraffe auf der Anrichte entkorkte. »Hier, trinken Sie.«

Er stellte ein Glas Wasser vor mir auf den Tisch, das ich ergriff und an die Lippen hob. Ganz allmählich fühlte ich mich besser. »Danke«, flüsterte ich. »Wenn Sie nicht hereingekommen wären …«

»Ich habe Sie in der Halle gehört. Dieses Pfeifen … ich kenne es nur allzu gut.«

»Pfeifen?«

»Ich wurde im Krieg Opfer eines Gasangriffs.« Er legte die Hand auf seinen rechten Lungenflügel. »Hier. Meine Kameraden haben mich immer ausgelacht, weil ich so komische Geräusche gemacht habe, wenn es schlimm wurde. Wie eine kaputte Pfeife, haben sie gesagt. Nachts habe ich ihnen damit regelmäßig eine Heidenangst eingejagt.«

»Ich wusste nicht, dass Sie … ähnliche Probleme haben wie ich.«

»Dass sich mein Brustkasten auch manchmal anfühlt, als säße ein Elefant darauf?« Er nickte. In Alecs Abwesenheit schien er in die Rolle des stellvertretenden Hausherrn geschlüpft zu sein. Sein Verhalten hatte etwas beinahe Väterliches. »Es liegt daran, dass Sie sich Sorgen um Mr Bray machen. Ich sage Agnes, sie soll Ihnen Tee in die Bibliothek bringen.«

Ich erlaubte Scone, mich nach oben zu bringen und dort in den Sessel zu setzen.

Wenig später kam Agnes herein. »Wie geht es Ihnen? Mr Scone sagte, das Ganze setzt Ihnen ziemlich zu.«

»Zwei Zeugen …«, begann ich, konnte jedoch nicht fortfahren. »Vielleicht ist er irgendwo da draußen. Bewusstlos. Oder hat das Gedächtnis verloren.«

»Ja, Sir.« Sie stellte das Tablett auf dem Rosenholztischchen neben dem Kamin ab. »Vielleicht hilft es Ihnen ja, alles aufzuschreiben.«

Ich schaute sie an. »Was?«

»Mir hilft es immer, wenn ich durcheinander bin. Ein Tagebuch oder so was.«

»Oh.« Ich nickte. »Verstehe. Danke.«

Als sie weg war, setzte ich mich an den Sekretär am Fenster, von dem aus sich ein Blick auf den Garten bot. Der Himmel war noch immer bleigrau. Ich nahm den Füllfederhalter, sah mich jedoch außerstande, meine wirren Gedanken zu sortieren. Ich starrte auf die leere Seite. Unvermittelt nahm ich den Brieföffner, zerfetzte das Blatt Papier und hieb zornig auf die Schreibtischunterlage ein.

Ich zerknüllte die Fetzen. »Welche verdammten Zeugen?«

Meine Worte schienen mich aus meiner Erstarrung zu lösen. Ich musste etwas unternehmen. Mit jemandem reden. Ich ließ Brieföffner und Papierfetzen liegen und ging hinaus. Rechts von mir befand sich das Wohnzimmer. Ich klopfte.

Lange Zeit geschah nichts, doch mein Instinkt sagte mir, dass sie dort drinnen war. Mit einem Mal senkte sich der Türgriff mit einem leisen Quietschen, die Tür wurde ein Stück geöffnet, und Clara spähte durch den Spalt.

»Clara. Lass mich rein. Ich muss mit dir reden.«

»Nein.«

Aber ich hatte den Fuß bereits dazwischengestellt. Schließlich gab sie nach und ließ mich eintreten.

Seit meiner Ankunft hatte ich kaum je das Wohnzimmer betreten. Es war stets Claras Reich gewesen – ein Traum in Gold und Blau mit farbenprächtigen Bildern an den Wänden und einem riesigen vergoldeten Spiegel über dem Kamin. Darüber hinaus hatte sie es mit Tante Vivianes Erbstücken dekoriert: Frauenskulpturen als Lampenfüße, eine Truhe mit Beschlägen und chinesischen Schriftzeichen. Ich fühlte mich viel zu sehr wie ein Mann hier drin, wie ein ungebetener Eindringling.

Clara trug immer noch Make-up, allerdings war ihr Eyeliner zerlaufen, und ihr Haar stand wild von ihrem Kopf ab. Sie umklammerte das Medaillon um ihren Hals und starrte mich an. »Was willst du?«

Ich breitete die Arme aus. »Nur mit dir reden.«

»Es gibt nichts zu reden.« Ihre Augen waren rot vom Weinen. »Ich will dich nie wiedersehen.«

»Clara …«

Sie wandte sich ab.

»Ich bin genauso bestürzt und besorgt wie du …«, begann ich.

»Nein, das bist du nicht«, stieß sie zwischen ihren trockenen, rissigen Lippen hervor. »Das ist doch genau das, was du die ganze Zeit wolltest.«

Angesichts der Absurdität ihrer Worte musste ich beinahe auflachen. »Natürlich nicht. Er ist mein Cousin. Und mein Freund. Ich wollte das alles nicht.«

Ihr Gesicht war schmerzverzerrt. »Alec ist der einzige Mann, den …«, sagte sie mit zitternder Stimme, »… den ich je geliebt habe, und ich habe ihn wie einen räudigen Hund behandelt.«

»Du und ich«, sagte ich sanft. »Das hat nichts mit alldem hier zu tun.«

Sie blickte mich wütend an. »Ich liebe ihn! Kapierst du's nicht, du Schwachkopf? Du bedeutest mir nichts, Robert. Ich habe mich nur mit dir eingelassen, um … um … ach keine Ahnung, warum, und jetzt ist er weg, und ich kann nichts dagegen tun.«

Sie brach in Tränen aus und wurde von heftigen Schluchzern geschüttelt. Ich machte einen Schritt auf sie zu, doch sie hob abwehrend die Hand, während sie das Medaillon – Vivianes Medaillon mit einer Locke von ihm, das Alec ihr geschenkt hatte – immer noch umklammerte. »Bleib mir vom Leib! Ich schwöre, wenn du mich anfasst, schreie ich!«

»Ich lasse dich jetzt in Ruhe«, erwiderte ich leise. »Wir reden später.«

»Wir werden gar nicht reden. Nie wieder. Ich will dich nie wiedersehen!« Sie zeigte zur Tür. »Ich will, dass du deine Sachen packst und verschwindest. Hast du mich verstanden?«

»Das meinst du doch nicht so.«

Ihr Gesicht verzog sich zu einer zornigen Fratze, und sie stürzte sich auf mich. »Los, raus! Raus hier! Ich will dich nie wiedersehen!«

»Clara …« Aber es war zwecklos. Ich verließ das Zimmer, machte die Tür hinter mir zu und hörte, wie sie abschloss. Mit hämmerndem Herzen kehrte ich in die Bibliothek zurück. Mein Atem kam stoßweise. Ich musste mich an der Stuhllehne festhalten, und die Tränen schossen mir in die Augen. Ich war selbst schuld.

Ich hatte mich einer Fantasie hingegeben; der Fantasie, dass Clara mich insgeheim liebte, aber in einer Ehe festsaß, die zur Farce verkommen und die sie lediglich aus finanziellen Gründen eingegangen war. Aber sie hatte mich gestern – mir kam es vor, als wären seitdem hundert Jahre vergangen – im Gästehaus belogen. Sie war kein geldgieriges Miststück oder falls doch, dann zumindest eines, das seinen Ehemann trotz allem liebte.

Die Muschel in Alecs Brieftasche fiel mir wieder ein, die Clara am Strand gefunden und in die sie ihre Initialen geritzt hatte. Alec hatte sie gar nicht verloren, sondern stets dicht an seinem Herzen getragen, so wie er es ihr versprochen hatte.

Erst jetzt erkannte ich die ganze Wahrheit: Sie waren zwei Menschen, die einander aufrichtig liebten, jedoch alles darangesetzt hatten, jegliche Zärtlichkeit und Zuneigung zwischen sich zu zerstören. Dumme Narren waren sie, aber nicht so dumm wie ich, weil ich mich von den Gehässigkeiten zwischen ihnen hatte täuschen lassen. Lizzies Worte von gestern Abend kamen mir wieder in den Sinn. Sie hatte die Wahrheit gesagt. Alec und Clara liebten einander. Wie leichtfertig hatte ich ihren Kummer beiseitegeschoben, als könnte man so ein Gefühl mit schierer Willenskraft überwinden. Verzweifelt ließ ich mich zu Boden sinken, schlang die Arme um die Knie und kauerte mich unter dem Schreibtisch zusammen, als wäre das Zimmer viel zu groß und leer, um meiner geschundenen Seele noch Sicherheit zu bieten.

Ich blieb eine ganze Weile dort unten sitzen, den Kopf gegen die kalte Wand gelehnt. Schließlich nahm ich all meine Kraft zusammen, tastete nach dem Brieföffner und begann, etwas in die Unterseite des Fensterbretts zu ritzen.

Ich brauchte eine ganze Weile, doch die Bewegungen hatten etwas seltsam Beruhigendes. In diesem Moment schien es nichts Wichtigeres zu geben, als die Buchstaben im Holz zu hinterlassen, so als könnte ich mich erst einer anderen Aufgabe zuwenden, wenn ich hier fertig war.

Aber auch dann war ich noch nicht zufrieden und nahm das Tintenfass und den Federhalter und versah die Buchstaben mit großer Sorgfalt mit Farbe. Es war nicht ganz einfach. Die Tinte tropfte mir auf Gesicht und Hände, hinterließ Flecke auf meinem Anzug und dem Fußboden, doch das spielte keine Rolle. Allein der Schaffensprozess zählte, und das hier zu vollenden war lebensnotwendiger als ein Aquarell eines Sees oder die Skizze einer Seemöwe.

Endlich war ich fertig. Ein letztes Mal hob ich den Blick und betrachtete mein Kunstwerk:

ROBERT CARVER IST UNSCHULDIG

Erschöpft sank ich zusammen, ließ Federhalter und Tintenfass sinken und schloss die Augen.

Ich schlief sofort ein und träumte von Clara, die auf dem riesigen Skelett eines Diplodokus stand. Neben mir war Alec, der meine Hand nahm und mit der anderen nach oben zeigte. »Nicht hinsehen, Robert«, warnte er. »Gleich springt sie.«

Eine Hand berührte mich an der Schulter. Erschrocken fuhr ich hoch. Es war Scone, der unter dem Sekretär kauerte. »Ich fürchte, die Polizei ist noch einmal hier, Sir«, sagte er und blickte mich mitfühlend an. »Die Herren würden gern noch einmal mit Ihnen im Esszimmer sprechen.«

Ich taumelte die Treppe hinunter. Es fühlte sich an, als hätte man mich mitten in der Nacht aus dem Schlaf gerissen, dabei war es gerade einmal sieben Uhr. Dawes empfing mich im Esszimmer und setzte sich auf einen Stuhl am Fenster. Am Tisch saß ein schmuddelig wirkender Mann mittleren Alters, dessen Hemd sich über seinen Bauch spannte. »Setzen Sie sich, Mr Carver«, forderte er mich auf und zeigte auf den Stuhl neben ihm. »Ich bin Inspector Morgan. Wir haben noch ein paar Fragen an Sie, wenn Sie nichts dagegen haben.«

Ich nahm Platz. Ich fühlte mich, als wäre jedes Fünkchen Energie aus meinem Körper gewichen. »Was möchten Sie wissen?«

»Ich möchte gern über Mrs Bray sprechen«, sagte er. Ich bemühte mich, ein ausdrucksloses Gesicht zu machen. »Wie stehen Sie zu ihr?«

»Nun, sie ist … äh … sie ist die Frau meines Cousins«, antwortete ich so ruhig wie möglich.

Morgan räusperte sich. »Ja, das wissen wir. Aber ich will wissen, welchen Eindruck Sie von ihr haben?«

Ich hatte es satt. Ich wünschte, der Tag wäre endlich vorüber, damit ich einen neuen beginnen konnte. »Inwiefern ist das wichtig?«

»Wir haben heute mit vielen Leuten gesprochen, Mr Carver, und die allgemeine Ansicht ist … nun ja, ich will ganz offen zu Ihnen sein … dass Sie in Mrs Bray verliebt sind.«

»Die Leute irren sich. Wir sind nur Freunde.«

»Das bezweifle ich nicht. Sie und Ihr Cousin sind ja ebenfalls Freunde. Aber Sie haben sich Hoffnungen gemacht, dass zwischen Ihnen und Mrs Bray mehr als Freundschaft besteht, richtig?«

Ich schüttelte den Kopf. Am liebsten hätte ich über die absurde Situation gelacht. »Keineswegs.«

»Sie ist sehr schön.« Er zwinkerte mir unangenehm vertraulich zu. »Sicherlich ist die halbe Stadt verliebt in sie. Dessen muss sich keiner schämen.«

»Ich aber nicht.«

»Sie fühlen sich also nicht im Geringsten zu ihr hingezogen?«

»Nein.« Ich seufzte.

Morgan sah zu seinem Assistenten hinüber, der sich eifrig Notizen machte. »Haben Sie das?«, fragte er und bekam ein Nicken als Antwort. »Gut. Damit wäre das also geklärt. Wie steht es mit Ihrem Verhältnis zu Mr Bray?«

Ich stieß erleichtert den Atem aus. »Gut, würde ich sagen. Es ist sehr großzügig von ihm, mich hier wohnen zu lassen.«

»Ja, nicht?« Morgan schaute sich um. »Ein sehr schönes Heim hat er, stimmt's? Sehr viel schöner als meines, das kann ich Ihnen versichern.«

»Mm.« Ich ahnte nicht, worauf er hinauswollte.

»Und Ihres, nehme ich an.«

»Es ist größer«, sagte ich kalt. »Aber materielle Dinge stehen für mich nicht im Vordergrund.«

»Dann sind Sie ein ungewöhnlicher junger Mann.« Morgan musterte mich mit ausdrucksloser Miene, die mich an einen toten Fisch erinnerte. Ich hatte das ungute Gefühl, dass er mir kein Wort glaubte, brachte es aber nicht über mich, Clara an diesen abscheulichen Kerl zu verraten. Außerdem spielte es vermutlich ohnehin keine Rolle, ob er von unserer Affäre wusste oder nicht. »Die meisten Leute wären grün vor Neid. Immerhin ist er Ihr Cousin und zehn- oder gar fünfzigmal reicher als Sie.«

»Mit fünfundzwanzig erhalte ich mein eigenes Erbe«, wandte ich ein.

»Tja, aber lassen Sie uns den Tatsachen ins Auge sehen – es wird nicht annähernd reichen, um so etwas wie das hier zu kaufen, oder? Sie waren bestimmt neidisch auf ihn, oder? Eine bildschöne Frau, ein riesiges Haus, all die Dienstboten, die ständig zur Stelle sind. Aber er wusste sein Glück nicht zu schätzen, oder?«

»Vielleicht nicht«, räumte ich ein. »Aber neidisch war ich nie.«

Morgan legte den Kopf schief. »Worum ging es dann bei Ihrem Streit gestern Abend?«

Mein Kopf schmerzte. Ich stützte mich auf dem Tisch ab und rieb mir die Stirn. »Welcher Streit?«

»Oh, mehrere Leute haben gehört, dass zwischen Ihnen die Fetzen flogen.« Er gluckste. »Offenbar haben Sie ihm an den Kopf geworfen … wie war das noch, Dawes?«

Hinter mir ertönte das Rascheln von Papier.

»Dass er mit einem goldenen Löffel im Mund geboren worden sei, Sir«, sagte Dawes. »Oh, und dass er in einer abgeschotteten privilegierten Welt leben würde und immer alles auf dem Silbertablett serviert bekommen hätte.«

»Abgeschottete privilegierte Welt.« Der Inspector lächelte. »Ich kann es Ihnen nicht verdenken. Ich an Ihrer Stelle würde genauso empfinden.«

»Das habe ich doch nur gesagt, weil er sich selbst so verdammt leidgetan hat. Ich will es Ihnen erklären.«

»Das ist nicht nötig. Sie leugnen also, dass Sie neidisch auf Ihren Cousin waren?«

Ich sah Claras Gesicht vor mir und wusste mit einem Mal, weshalb es mir stets so schwergefallen war, Freude zu empfinden: Ich war lediglich ein Ersatz für den Mann gewesen, den sie in Wahrheit wollte.

»Ja. Das leugne ich.«

»Nun gut.« Morgan nickte und beugte sich noch weiter vor, so dass mir sein nach Sellerie stinkender Atem entgegenschlug. »Was ist mit dem zweiten Streit?«

»Es gab keinen zweiten Streit. Soweit ich weiß, war das der einzige Streit, den wir jemals hatten.«

»Der Streit auf der Klippe. Heute Nacht zwischen Viertel nach eins und halb zwei Uhr«, sagte Morgan, als hätte er mir nicht zugehört. »Würden Sie mir bitte erzählen, worum es dabei ging, Sir?«

Wieder seufzte ich. »Ich habe es Ihrem Kollegen doch bereits gesagt. Ihr Zeuge muss sich geirrt haben. Als ich Alec das letzte Mal gesehen habe, lag er unter dem Weißdornstrauch in der Laube und hat geschlafen.«

»Ich weiß, was Sie uns erzählt haben, aber ehrlich gesagt, Mr Carver, glaube ich Ihnen nicht. Also. Zwei Personen haben Sie unabhängig voneinander den Hügel vor dem Haus hinaufgehen sehen, in Richtung Klippe, kurz bevor das Gewitter anfing. Sie leugnen das also auch?«

»Ja, das tue ich.«

»Gut. Also. Ich nehme nicht an, dass Sie die *Evening News* von heute gelesen haben?« Ich schüttelte den Kopf. »Ich habe vor der Presse eine Erklärung abgegeben, und auf der Titelseite der heutigen Abendausgabe steht ein Zeugenaufruf. An jeden, der sich heute Nacht vor oder während des Gewitters in der Nähe der Klippe aufgehalten hat.«

Ich sah ihn an. Er grinste breit.

»Natürlich gibt es immer irgendwelche Spinner, die behaupten, sie hätten alles beobachtet, aber die haben wir alle aussortiert. Allerdings blieb am Ende ein Mann übrig – ich werde Ihnen seinen Namen nicht nennen, außerdem kennen Sie ihn ohnehin nicht. Und wir müssen ihm mehr als dankbar für seine Hilfe sein, weil er verheiratet und aus Shanker ist und eine Geliebte in Helmstone hat. Er schleiche sich immer nachts über die Felder, um sie zu besuchen, aus Angst, auf der Straße könne ihn jemand erkennen. Jedenfalls hat er ausgesagt, das Gewitter habe gerade erst eingesetzt. Er sei den Pfad entlanggelaufen, um schnell ins Warme zu kommen, als er ein Liebespaar auf der Klippe gesehen habe. Natürlich habe er sie nicht stören wollen und sei deshalb außen herum gegangen. Erst als er auf ihrer Höhe gewesen sei, habe er gemerkt, dass sie sich gar nicht eng umschlungen gehalten, sondern miteinander gerungen hätten.«

»Das war nicht ich«, entgegnete ich.

»Die Person, die am nächsten zu ihm stand, passt perfekt auf die Beschreibung Ihres Cousins. Dieser Mann, bei dem es sich mutmaßlich um Mr Bray gehandelt hat, rief: ›Ich weiß, was du damals getan hast‹, das hat der Zeuge klar und deutlich gehört. Er hat die Beine in die Hand genommen, weil er nicht spionieren wollte, und erst als er die Abendzeitung sah, dämmerte ihm, dass er womöglich Zeuge eines Verbrechens geworden war. Also hat er, wie es sich für einen anständigen Bürger gehört, angerufen und uns alles erzählt.«

Eisige Hände schienen sich um meine Lunge zu legen. »Ich war nicht dort«, sagte ich mit heiserer Stimme. »Ich schwöre bei … bei allem, was mir heilig ist, dass ich es nicht war.«

Morgan lächelte. »Unfälle passieren nun mal. Sie hatten bloß eine anständige Rauferei, und dann ist Mr Bray ausgerutscht. Sicher fühlen Sie sich schrecklich deswegen, aber Sie werden sich noch verdammt viel schlechter fühlen, wenn Sie uns nicht auf der Stelle sagen, was geschehen ist.«

»Ich war im Bett«, flüsterte ich und spürte, wie mich das letzte Quäntchen Atemluft verließ. »Die ganze Nacht.«

»Und gibt es dafür Zeugen?«, fragte er. Ich schloss die Augen und dachte an Claras zarten, kalten Körper neben meinem. Wie viel Uhr war es wohl gewesen, als sie neben mich geschlüpft war? Ich versuchte, die beiden Polizisten und das große, kalte Esszimmer auszublenden, und sah mich in meinem Bett liegen, als das Gewitter einsetzte.

Ich hatte einen dicken Kloß im Hals und schluckte. »Diese Auseinandersetzung auf der Klippe«, sagte ich. Dawes und Morgan schauten mich aufmerksam an. »Hat sie … wirklich erst nach Ausbruch des Sturms stattgefunden?«

Morgan warf seinem Mitarbeiter einen kurzen Blick zu. Dawes nickte. »Ja.«

Damit war es sinnlos. Selbst wenn Clara diesen Männern sagen würde, dass sie ihren Ehemann in der Nacht seines Verschwindens betrogen und mit mir geschlafen hatte, wäre ihre Aussage wertlos. Sie war erst eine gute halbe Stunde nach Ausbruch des Sturms in mein Zimmer gekommen. Mit einem Anflug von Unbehagen fragte ich mich, wo sie wohl um diese Uhrzeit gewesen sein mochte, verscheuchte den Gedanken jedoch schnell wieder. Clara liebte Alec – der Gedanke bohrte sich wie ein Eiszapfen in mein Herz. Sie hätte ihm niemals etwas angetan.

Ob sie dasselbe auch von mir dachte? Clara hielt mich doch nicht etwa für schuldig, oder? Wir hatten kein Alibi, aber was war so schlimm daran? Sie wusste, wer ich war und dass ich, auch wenn es noch so schlimm für mich aussah, Alec niemals von der Klippe gestoßen hätte, in hundert Jahren nicht.

Ich schüttelte den Kopf. »Nein, es gibt keinen Zeugen dafür.«

Ich holte tief Luft und hörte das vertraute Rasseln in der Brust. Scone hatte Recht. Dieses Pfeifen war fürchterlich, ein Geräusch, das sich mit nichts vergleichen ließ. Der Inspector stand auf und legte mir die Hand auf die Schulter. Schlagartig zog sich das Band um meine Brust noch weiter zu. »In diesem Fall, Mr Carver, muss ich Sie wegen des Verdachts des versuchten Mordes an Mr Alexander Bray festnehmen. Wir müssen Sie leider aufs Revier mitnehmen. Handschellen, Dawes?«

Ich hörte das Klappern von Metall. Etwas Silbernes blitzte auf. Meine Lunge krampfte sich zusammen, und ich begann zu husten. Dann wurde ich hochgezerrt, und jemand riss meine Arme nach hinten. Meine Brust wurde immer enger und enger, während ich inbrünstig darum flehte, Clara möge mir zu Hilfe kommen. Es ist mir egal, wenn du mich nicht liebst, flehte ich stumm, aber bitte komm herunter und sag ihnen, dass du mich kennst und weißt, dass ich niemandem je etwas zuleide tun würde. Bitte, Clara, bitte.

Aber sie kam nicht. Stattdessen öffnete sich die Haustür wie von Geisterhand, und ich wurde hinausgeführt in die dunkle, unerbittliche Nacht.

Liebe Clara,
ich nehme an, du warst einigermaßen erstaunt, als du dich heute Morgen bei einer frischen Kanne Kaffee an den Frühstückstisch gesetzt und meinen Namen auf diesem Päckchen gelesen hast. Vermutlich bist du auch jetzt noch, wenn du diese Zeilen liest, halb wütend, halb verblüfft darüber, dass ich es wage, dir unter diesen Umständen zu schreiben. Wahrscheinlich bist du versucht, das Päckchen einem der Mädchen zu geben, damit sie es verbrennt. Ich hoffe inständig, du tust es nicht.

Jeden einzelnen Tag, den ich nicht auf der Krankenstation verbringen musste, habe ich an dem Manuskript gearbeitet, das du gerade in der Hand hältst. Ich habe an dem winzigen Tisch in meiner Zelle gesessen, im düsteren Licht, das durch das kleine vergitterte Fenster hoch über mir hereinfällt. Das Schreiben hat mich zumindest abgelenkt; vom Klappern der Blechtassen, wenn sie gegen die Gitterstäbe schlagen, von den Schreien dieses Verrückten in der Zelle neben mir, vom Kartoffelbrei und von der verschrumpelten grauen Schuhsohle, die sie hier als Fleisch bezeichnen.

Ich muss mich entschuldigen. Ich wollte nicht taktlos erscheinen, aber mir fehlt die Kraft, den Brief noch einmal neu zu schreiben, außerdem verhärtet einen der Gefängnisaufenthalt. Bereits die Untersuchungshaft hat mich verhärtet, und was einst unvorstellbar erschien, ist inzwischen zur Gewohnheit geworden.

Zweifellos macht dich mein Geschwafel ungeduldig, und du

trommelst schon mit den Fingern auf die Tischplatte, weil ich endlich auf den Punkt kommen soll. Clara, eines habe ich hier drinnen – und das ist Zeit. Hier vergisst man, dass das Leben draußen viel schneller vonstattengeht. Wenn ich, wie mein Anwalt annimmt, schon bald entlassen werde, wird mir die laute Hektik draußen bestimmt gewaltig zusetzen.

Ich will ehrlich sein – ich kann den Tag kaum erwarten. Meine Zellenwände sind feucht, und mein Zustand verschlechtert sich zusehends. Ich habe mehrere Asthmaanfälle erlitten; nichts Schlimmes, aber im Moment erhole ich mich noch von einer Bronchitis. Zum Glück bin ich nicht länger auf der Krankenstation, die weniger der Genesung dient, sondern eher eine Brutstätte für zahlreiche Krankheiten ist.

Ich weiß, ich muss mich beeilen, sonst zerknüllst du meinen Brief und wirfst ihn in den Kamin. Wie geht es dir, liebe Clara? Ich hoffe, du bist nicht schon halb verrückt vor Angst, Verzweiflung und Wut. Ich hoffe, du schläfst gut. Und ich hoffe, das Personal steht dir nach wie vor zur Verfügung, weil der Verkauf von Castaway vorerst verschoben wurde.

Am meisten hoffe ich jedoch, dass du an mich glaubst. Mein Fall wird höchstwahrscheinlich niemals vor Gericht verhandelt werden, und zwar nicht wegen des Mangels an Beweisen, sondern aufgrund der unbestreitbaren und unwiderruflichen Tatsache, dass ich unschuldig bin.

Sicherlich weißt du, dass das Ganze ein tragischer Unfall gewesen sein muss, dass ich es selbstverständlich eingestanden hätte, wäre Alec in meiner Gegenwart von der Klippe gestürzt. Ich mag mich mehr als einmal falsch benommen haben, was meine hier niedergeschriebenen Erinnerungen auch bestätigen, aber um meine Verantwortung habe ich mich niemals gedrückt.

Dir muss inzwischen klar geworden sein, dass sich die beiden Zeugen, wer auch immer sie sein mögen, entweder irren oder dass sie schlichtweg lügen. Anscheinend hatte Alec tatsächlich mit jemandem Streit und hat zu dieser Person »Ich weiß, was du damals getan hast« gesagt. Die Presse hat dieses Detail sehr aufgebauscht, was dir sicherlich großen Kummer bereitet hat, aber für mich haben diese Worte noch eine andere Bedeutung. Hätte Alec von einem kürzlich zurückliegenden Ereignis gesprochen, hätte er gewiss »Ich weiß, was du getan hast« gesagt.

Sicher hat er sich auf ein viele Jahre zurückliegendes Ereignis bezogen. Ich habe nicht die leiseste Ahnung, was passiert sein könnte oder an wen diese Worte gerichtet waren. Ich wünschte, ich wüsste es! Wenn ich daran denke, dass diese Person jetzt in aller Gemütsruhe darauf wartet, dass ich bald … nun ja, es bringt nichts, Spekulationen anzustellen. Ich kann mir nicht vorstellen, wer dieser Jemand ist, aber sollte ich es jemals herausfinden, werde ich ihn oder sie für alle Zeiten verfluchen.

Aber nun zum eigentlichen Grund, weshalb ich dir schreibe – nicht nur diesen Brief, sondern die Geschichte – von dem Tag meiner Ankunft in Castaway bis zu meiner Verhaftung. Ich schere mich keinen Deut darum, ob der Rest der Welt mich für schuldig hält, selbst wenn Onkel Edward von meiner Schuld überzeugt ist und sich weigert, die Kaution für mich zu hinterlegen. Wichtig ist nur, dass du an meine Unschuld glaubst. Dieses Manuskript, das du gerade in Händen hältst, ist die einzige Möglichkeit, es dir deutlich zu machen. Darin steht die Wahrheit, und wenn du es gelesen hast, wirst du mich so gut kennen wie ich mich selbst, wenn nicht sogar besser. Du kannst selbst ein Urteil darüber fällen, was für ein Mensch ich bin, und dir überlegen, ob solch ein Mensch zugesehen hätte, wie der eigene Cousin von der Klippe stürzt, und seine Beteiligung daran verschweigen würde.

Ich liebe dich, Clara. Ich liebe dich wahnsinnig und werde dich immer lieben, und allein die Hoffnung, dich von meiner Unschuld zu überzeugen, lässt mich die endlosen Nächte mit den fürchterlichen Hustenanfällen überstehen. Ich kann nur hoffen, dass du mein Manuskript lesen wirst, und selbst wenn du meine Liebe nicht erwiderst, wirst du mich zumindest verstehen.

Es mag sich seltsam anhören, aber dieser Sommer in Castaway war der glücklichste meines Lebens. Nun, da der Herbst gekommen ist und dunkle Wolken an meinem Zellenfenster vorbeiziehen, gehe ich in Gedanken durch die Eingangshalle mit dem polierten Holzboden oder trinke in der schattigen Laube einen Martini. Es ist ein schöner Gedanke, dass ein Teil von mir für immer in diesem Haus zurückbleiben und das Kommen und Gehen seiner künftigen Bewohner verfolgen wird in der Hoffnung, dass zumindest der eine oder andere die Höhen und Tiefen der Leidenschaft erleben darf. Denn mittlerweile habe ich begriffen, dass uns genau diese Leidenschaft das Gefühl gibt, lebendig zu sein, wirklich zu leben und nicht bloß zu existieren … Nun, heute würde ich mich zweifellos für diesen Weg entscheiden und mich geradewegs in das mondbeschienene Meer stürzen.

Für immer dein
Robert

FÜNFZEHN

1965

Stille breitete sich auf der Terrasse aus, nachdem Mrs Bray geendet hatte. Im Geiste tauchte ich in die Vergangenheit ein: eine Gartenparty mit Kerzen überall an den Wegen und Champagner, der in den Gläsern der leicht beschwipsten Gäste perlt. Dann ein Sturm, der über der Klippe tost. Zwei Männer, die miteinander ringen. Robert und Alec, wie Mrs Bray gesagt hatte. Zwei Cousins, die beide in sie verliebt sind und um sie kämpfen. Einer stürzt von der Klippe in das aufgewühlte Meer, der andere steht da und sieht zu.

Über uns summte eine verspätete Biene müßig um die Hortensien. Taumelnd flog sie durch den vernachlässigten Garten und umkreiste einen halb zerfallenen Pavillon. Ich blickte zu Star, die ausdruckslos auf den kleinen Tisch starrte. Die Sonne stand wie ein gleißender Heiligenschein über ihrem Kopf. Mrs Bray nippte an ihrer Teetasse. Vier Zigarettenkippen lagen zerdrückt im Aschenbecher, zwei von Star, zwei von ihrer Großmutter. Sie hatte fast eine ganze Stunde gesprochen, und ich musste an Dockie denken, der unten in seinem Kellerapartment saß und darauf wartete, dass ich die Frau anrief, von der er behauptete, einst mit ihr verheiratet gewesen zu sein.

Dockie. Vielleicht Alexander Bray. Ich versuchte, die beiden Männer zusammenzubringen – den jungen Ehemann, der mitten in der Nacht von der Klippe stürzte, und den alten Mann mit dem zerfurchten Gesicht und der rauen Whiskeystimme.

»Und hier ist es.« Mit angewiderter Miene stellte Mrs Bray ihre Teetasse ab. Vermutlich war er längst kalt. Sie meinte die

Zeitungsausschnitte in meinem Schoß. »Sie halten das Ende dieser traurigen Episode in den Händen.«

Wieder fiel mein Blick auf den obersten Zeitungspapierfetzen. Zu meinem Erstaunen registrierte ich eine Träne in meinem Auge. Eine Träne für einen Mann, den ich niemals kennengelernt hatte.

VERDÄCHTIGER IM CASTAWAY-DRAMA STIRBT IN UNTERSUCHUNGSHAFT

LAUT POLIZEI
LIEGT KEIN FREMDVERSCHULDEN VOR

Soeben erfahren wir, dass Mr Robert Carver, der im Zusammenhang mit dem Verschwinden seines Cousins, Mr Alexander Bray, am 2. September von der Polizei verhaftet wurde, in der Untersuchungshaft gestorben ist.

Mr Carver, der seit längerem unter gesundheitlichen Problemen litt, wurde gestern Abend tot in seiner Zelle aufgefunden. Offenbar hatte er einen so schweren Asthmaanfall erlitten, dass der herbeigerufene Arzt lediglich den Tod des jungen Mannes feststellen konnte.

Von Mr Bray fehlt nach wie vor jede Spur. Man geht davon aus, dass er während eines heftigen Sturms in der Nähe seines Hauses von der Klippe gestürzt ist. Jegliche Hoffnung, er könnte unversehrt wieder auftauchen, hat sich in den vergangenen Wochen nahezu vollständig zerschlagen.

Ich blätterte durch die restlichen Artikel, »BESITZER VON CASTAWAY HOUSE SPURLOS VERSCHWUNDEN«, »VERHAFTUNG EINES VERDÄCHTIGEN«, »SUCHE NACH VERMISSTEM MANN GEHT WEITER«.

»Es ist grauenhaft.« Star hatte eine halbe Ewigkeit geschwiegen. Immerhin war es ihr leiblicher Großvater gewesen, der die Untersuchungshaft nicht überlebt hatte.

»Sind Sie sicher?«, fragte ich vorsichtig und dachte wieder an die Worte unter dem Fensterbrett. »Sind Sie wirklich sicher, dass er es war? Der Ihren Mann von der Klippe gestoßen hat, meine ich. Ich weiß, dass er verhaftet wurde, aber trotzdem ...«

Ich rechnete damit, dass sie mir ins Gesicht springen würde, doch sie faltete lediglich die Hände im Schoß. »Er war es. Ich will damit nicht behaupten, dass er es mit Absicht getan hat. Vermutlich war es ein tragischer Unglücksfall. Aber wer hätte es sonst sein sollen?«

»Aber ... aber ...«

Mrs Brays Augen durchbohrten mich förmlich, und ich verfiel in Schweigen. Es war idiotisch, wegen ein paar eingeritzter Worte unter einem Fensterbrett von der Unschuld eines Mannes auszugehen. Dennoch konnte ich mir nach wie vor nicht vorstellen, dass Robert Carver es tatsächlich getan hatte.

»Trotzdem war es meine Schuld.« Mrs Bray nickte knapp. »Die beiden Cousins haben sich so gut verstanden, und ich habe alles kaputtgemacht, weil ich bloß meine egoistischen Bedürfnisse befriedigen wollte. Ich habe mich für unglaublich schlau gehalten. Ich dachte, ich verstehe, wie die Welt funktioniert, dabei habe ich mich die ganze Zeit wie ein Kind benommen, das mit dem Fuß aufstampft, weil es nicht bekommt, was es will.«

»Inzwischen ist mir klar, wieso du dich mit Mutter nicht verstanden hast«, sagte Star leise. »Zu wissen, dass ihr Vater ... na ja.«

»Ich glaube, wir sind nur völlig verschieden. Sie haben durchaus Ähnlichkeit miteinander, was ... sehr bedauerlich ist. Gleichzeitig habe ich es nur deiner Mutter zu verdanken, dass mir all das heute gehört.« Mit einem eigentümlichen Lächeln deutete sie auf den Wintergarten, die zerbröckelnden Mauern, die verzogenen Fensterrahmen und das durchhängende Dach. »Allerdings war ich sowieso immer überzeugt davon, dass ich es eines Tages besitzen würde.«

»Hast du es nicht geerbt?«, fragte Star.

Sie nickte. »Aber nur, weil mein Schwiegervater es gekauft hat, um verhindern, dass es verhökert wird. Als ich gemerkt habe, dass ich schwanger bin, habe ich mich vor ihm in den Staub geworfen und behauptet, es sei Alecs Kind. Zu dieser Zeit war er längst ein gebrochener Mann. Er hat mir das Haus in seinem Testament vermacht, damit für sein Enkelkind gesorgt ist.« Ihr Blick schweifte über die abblätternde Farbe. »Leider war ich gezwungen, es in Apartments umzufunktionieren. Vielleicht ist es eines Tages ja wieder ein ganz normales Haus. Vielleicht wenn du es einmal erbst, Kind.« Star starrte sie bestürzt an.

»Das wird wohl noch ein paar Jährchen dauern, Granny.«

»Deiner Mutter hinterlasse ich es jedenfalls nicht. Sie würde es nur in irgendein fürchterliches Waisenhaus oder so etwas ummodeln.« Sie sah mich an und blinzelte, als hätte sie mich völlig vergessen. »Vermutlich halten Sie mich für ein bösartiges Miststück.«

»Weshalb sollte es Sie kümmern, was ich denke?«, gab ich zurück und verzog das Gesicht.

»Ich weiß nicht. Sie müssen wohl irgendetwas an sich haben, Miss Churchill.« Sie runzelte nachdenklich die Stirn. »Vielleicht liegt es an der Klarheit, die Sie ausstrahlen.«

»Stimmt«, bekräftigte Star. Ich schaute sie skeptisch an, doch sie nickte.

»Wie auch immer«, sagte ich. »Ich halte Sie jedenfalls nicht für ein bösartiges Miststück, sondern Sie haben eben getan, was getan werden musste, um zu überleben.«

Mrs Bray legte den Kopf schief, als nehme sie wohlwollend zur Kenntnis, dass ich mit meiner Einschätzung richtiglag. »Er hat mir geschrieben. Aus dem Gefängnis. Kurz vor seinem Tod.

Eine lange Abhandlung über die Ereignisse und darüber, was er getan und was er nicht getan hatte. Das Päckchen traf einen Tag, nachdem sein Tod öffentlich geworden war, ein. Ich ertrug es nicht, es zu lesen, sondern habe es weggepackt. Es muss noch irgendwo hier sein.«

Mir kam ein Gedanke. »Könnte es in der Truhe liegen? Die im Wohnzimmer, meine ich.«

»Ja, genau!«, rief Star. »Ich habe es gesehen. Beim Saubermachen. Ein verschlossenes Paket. Uralt.«

»Dann ist er es«, flüsterte ich.

»Wer?« Star sah mich stirnrunzelnd an.

»Robert. Robert Carver.« Ich sah Mrs Bray leicht verunsichert an. »Deshalb geht der Deckel ständig auf. Er will, dass Sie hineinsehen.«

»Grundgütiger«, stieß Mrs Bray hervor. »Der Deckel ist bloß kaputt, das ist alles.«

»Und dieses Pfeifen?« Ich bemerkte wieder dieses Zucken an ihrem Auge. »Und warum wollen Sie nicht allein hier schlafen?«

Sie seufzte. »Ich dachte, es sei Alec.« Ihre Stimme klang mit einem Mal erschöpft wie die einer alten Frau. »Ich dachte, er macht mir Vorwürfe. Er verflucht mich. Benimmt sich genauso abscheulich wie damals.«

Einen Moment herrschte Stille. »Er lebt«, sagte ich leise.

Mrs Bray presste die Lippen aufeinander und legte ihre Hand an den Hals. Zuerst nahm ich an, etwas hätte ihr die Sprache verschlagen, doch sie zog ein goldenes Medaillon an einer Kette heraus. »Das hat er mir an dem Tag geschenkt, als er um meine Hand angehalten hat«, sagte sie mit leiser, krächzender Stimme.

»Was ist da drin?«, fragte Star. Mrs Bray löste den Verschluss und legte das Medaillon in Stars ausgestreckte Hände. Ich beugte mich über ihre Schulter, während sie die Gravur betrachtete – Blumen und Blätter mit einem winzigen Vogel in der Mitte.

»Wunderschön«, sagte ich.

Behutsam öffnete Star es. Eine blonde Haarsträhne auf blauem Untergrund lag darin.

»Sie sagen, er lebt«, sagte Mrs Bray ärgerlich. »Aber wenn ich ehrlich sein soll, wäre es mir lieber, er wäre tot.«

»Das kann nicht dein Ernst sein, Granny«, sagte Star.

»O doch. Lieber tot als vierzig Jahre am Leben, ohne es mir zu sagen.«

Eine Träne glitzerte in ihrem Augenwinkel.

»Er sagt, er hätte das Gedächtnis verloren«, meinte ich. »Vielleicht als er von der Klippe gestürzt ist.«

»Großartig! Ich wünschte, ich hätte so viel Glück gehabt.« Unwirsch strich sie die Träne fort.

Star drückte ihrer Großmutter das Medaillon in die Hand. »Er glaubt, du bist in Paris«, sagte sie leise. »Du brauchst nicht mit ihm zu sprechen, wenn du nicht willst.«

Mrs Bray schluckte. »Ich mag meine Fehler haben, mein Liebes, aber ein Feigling bin ich nicht. Ich werde mit diesem Mann sprechen, und sollte er … ich kann es nicht aussprechen. Wenn sich herausstellt, dass er mein lange vermisster Ehemann ist, dann … ich habe keine Ahnung, was ich dann tun werde.«

»Sich einen anständigen Drink genehmigen?«, erwiderte ich und bemerkte den Anflug eines Lächelns um ihre Mundwinkel.

»Miss Churchill«, sagte sie in ihrer gewohnt trockenen Art. »Sie sollten diesen Mann sofort herholen. Bevor er wieder vergisst, wer er ist.«

Ich stand auf, und auch Star machte Anstalten, sich zu erheben, aber Mrs Bray hielt sie zurück. »Es wäre mir lieber, wenn du hierbleiben würdest.« Sie hielt kurz inne. »Ich möchte nicht gern allein warten«, fügte sie verlegen hinzu.

»Okay. Ich bringe nur Rosie zur Tür.«

Mrs Bray nickte widerstrebend, während ich mit Star in das halbdunkle Schlafzimmer ging. Sie nahm meine Hand. »Hier entlang.«

Sie führte mich ins Wohnzimmer, wo noch immer ein völliges Durcheinander herrschte. Die Bettdecke lag auf dem Boden, meine Habseligkeiten waren auf dem Teppich verstreut. Ich erwartete beinahe, der Truhendeckel würde sich heben, doch er blieb verschlossen, der Riegel war eingerastet.

Star ließ meine Hand los und setzte sich im Schneidersitz vor die Truhe, schob den Riegel zurück und klappte den Deckel hoch. Das Foto lag immer noch so da, wie ich es gestern Abend hineingelegt hatte. Sie nahm es heraus und wischte mit dem Ärmel darüber. »Was denkst du?«, fragte sie und zeigte auf den jungen Alexander Bray.

Ich beugte mich über sie, betrachtete sein Kinn und seine Augen und versuchte, Dockies verbrauchtes Gesicht im Geiste über das Foto zu legen, mir die roten Adern auf seiner Nase und die tiefen Furchen um seinen Mund wegzudenken. »Er ist es.«

Sekundenlang betrachteten wir schweigend das bildschöne Paar vor dem Samtvorhang, das nichts von seinem Schicksal ahnte. Star stieß einen Seufzer aus. »Ich sollte wieder rausgehen und Granny schonend darauf vorbereiten, dass er es wirklich ist.«

»Das hier solltest du ihr auch zeigen.« Ich ging auf die Knie und kramte in den alten Sachen, bis ich den dicken Umschlag gefunden hatte. Star riss ihn mir aus der Hand.

»Das ist es«, flüsterte sie und drehte es um. »Deshalb kam mir sein Name so bekannt vor. Ich habe den Umschlag schon mal gesehen. Als ich sauber gemacht habe.«

Auf der Rückseite des Umschlags stand ein Name in krakeligen dunkelbraunen Buchstaben in derselben Handschrift wie die Adresse. Absender: »Mr R. Carver Esq., Königliche Haftanstalt Marstone«.

Ich betastete den Umschlag. »Er wollte, dass es gelesen wird«, sagte ich. »Darum ging es ihm. Es sollte keine Strafe sein, sondern eine Bitte.«

»Ich bringe es ihr«, sagte Star, wischte den Staub ab und

drückte den Umschlag an ihre Brust. Als sie den Kopf hob, sah ich eine nie gekannte Verletzlichkeit in ihren Augen.

»Du bist so schön«, flüsterte ich, umfasste ihr Kinn und küsste sie, Robert Carvers Brief wie einen Geist aus längst vergangenen Tagen zwischen uns.

Ich ließ sie dort auf dem Boden zurück und taumelte, übernächtigt, aufgedreht und von einer ungeahnten Lebendigkeit erfüllt, in die Eingangshalle und die Treppe hinunter. Vor mir schien die ganze Welt zu liegen – eine regelrechte Euphorie ergriff Besitz von mir, ein Gefühl, alles tun, jedes Leben leben zu können, das mir reizvoll erschien. Ich ging die Treppe hinunter zu Dockies Apartment, doch es war leer.

Laken und Decken lagen zusammengerollt am Fußende des Bettes. Das grelle Sonnenlicht drang kaum in die Ecken des Zimmers vor.

Ich erschauderte und ging wieder in den Korridor. Als Nächstes sah ich im Badezimmer nach, doch auch hier war er nicht. Ein winziges Stückchen Seife lag auf dem Wannenrand, und Rasierschaumreste klebten im Waschbecken. Der Duschschlauch lag auf dem Boden wie ein gewaltsam niedergerungenes Tier. Die Mausefalle neben der Tür war leer.

Ich rannte nach oben und überlegte, wo ich an seiner Stelle hingehen würde, doch eigentlich wusste ich nicht, wer er in Wirklichkeit war. Ich machte die Haustür auf und ging zum Bella Vista, dann blieb ich stehen und sah mich um.

»Rosie!«

Mrs Hale kam mir entgegen. Haarsträhnen hatten sich aus ihrem Knoten gelöst, ihre Strickjacke war verkehrt zugeknöpft, und einer ihrer Strümpfe hing lose um ihren Knöchel. Sie berührte meinen Arm. »Dieser Mann …«, stieß sie atemlos hervor. »O Rosie, ich bin völlig aufgelöst. Er hat eine solche Ähnlichkeit mit … Vielleicht irren wir uns ja, aber mein Vater ist überzeugt davon, seit er ihn gestern Abend gesehen hat. Er dachte, er sei ein Geist, aber natürlich ist er das nicht, und dann warst du bei ihm, und … du weißt bestimmt nicht, wovon ich überhaupt spreche, stimmt's?«

»Doch«, sagte ich. »Er ist Alexander Bray, der vor vierzig Jahren von der Klippe gestürzt ist und seither als vermisst gilt.«

Mrs Hale packte meinen Arm noch fester. »Das ist völlig unmöglich.«

»Er hat das Gedächtnis verloren.« Ich versuchte, mich aus ihrer Umklammerung zu lösen, doch sie hielt mich weiter fest. »Aber ich muss ihn dringend finden. Er ist plötzlich weg und völlig verwirrt.«

»Aber … aber …« Mrs Hales Mund öffnete und schloss sich mehrmals hintereinander. »Hat er etwas gesagt? Über … über die Vergangenheit?«

»Nicht viel. Noch nicht.« Ich musterte sie stirnrunzelnd. »Was wollen Sie damit sagen?«

»Gar nichts«, wiegelte sie ab. »Ich dachte nur. Großer Gott, was für ein Schock. Was für unglaublicher Schock.«

Unvermittelt fiel mir etwas ein. »Heute Morgen, in der Küche«, sagte ich. »Sie haben Robert Carver erwähnt. Sie sagten, Ihr Vater sei wegen dieser Geschichte mit Robert Carver völlig außer sich.«

»Habe ich das?« Sie strich sich eine lose Strähne hinters Ohr. »Ich war so durcheinander, dass ich nicht mehr wusste, was ich daherrede. Er war die ganze Nacht auf und hat herumgeschrien … von Gespenstern und all solchen Dingen.«

»Aber Robert Carver«, beharrte ich. »Sie haben ihn gekannt, richtig?«

Sie nickte. »Er war Lizzies Verehrer. Ein paar Monate lang. Er … er gehörte beinahe zur Familie. Er war einfach wunderbar. Ehrlich gesagt war ich ziemlich verliebt in ihn. Natürlich ahnte er nichts davon. Für ihn war ich damals noch ein Kind.«

»Und dann wurde er wegen Mordes verhaftet«, fuhr ich fort.

Sie sah mich scharf an und nickte. »Es war ein echter Schock. Für mich.«

Etwas an der Art, wie sie es sagte, kam mir seltsam vor. »Sie dachten, er sei unschuldig?«

»Natürlich«, sagte sie. »Natürlich dachte ich das.«

»Dockie wird sich erinnern. Mr Bray, meine ich. Jetzt, wo sein Gedächtnis zurückgekehrt ist, wird er uns sagen können, wer ihn von der Klippe gestoßen hat.«

»O Gott …« Mrs Hale legte sich die Hand vor die Augen. »Ja, das wird er.«

Es war so ein Schock, hatte sie gesagt. Für mich.

Für mich. Ein Gedanke schlich wie ein Dieb durch meine Hirnwindungen.

»Sie wissen es, stimmt's? Sie wissen, wer versucht hat, Mr Bray zu töten, und es war nicht Robert. Robert Carver war unschuldig.«

Sie packte meinen Ärmel. »Damals wusste ich es nicht. Jahrelang nicht. Ich habe zwar nicht geglaubt, dass er es war, aber die Wahrheit kannte ich nicht. Ich hätte ihn niemals im Gefängnis verrotten lassen, Rosie. Das musst du verstehen. Aber als ich es herausgefunden habe, war es längst zu spät«, sagte sie eindringlich.

Ich starrte sie mit angehaltenem Atem an. »Wer war es dann?«

Statt einer Antwort wandte sie sich um. Ich folgte ihrem Blick, der sich auf das Zimmer im Erdgeschoss des Bella Vista richtete.

Und dort, am Fenster, saß Dr. Feathers. Sein Kopf wackelte unkontrolliert, er sah zu uns herüber.

»Nein«, stieß ich hervor. »Nein.«

»Du musst es ihm sagen, Rosie. Du musst Mr Bray sagen, dass es ein tragischer Unfall war. Ein schrecklicher Unfall. Er wollte nicht, dass so etwas passiert.«

Ich betrachtete seinen wackelnden Kopf, seine auf den Stock gestützten Hände. »Robert ist im Gefängnis gestorben. Und Ihr Vater hat es zugelassen.«

»Ich wusste es nicht, ich schwöre es. Erst nach dem Bombenangriff, als er im Lazarett lag, habe ich davon erfahren. Und was hätte ich denn da noch tun sollen? Zwanzig Jahre danach?«

»Aber Robert ist gestorben«, presste ich hervor und spürte, wie mir die Trauer die Luft abschnürte. »Er ist gestorben.«

Nun, da der Damm gebrochen war, schienen die Worte nur so aus Mrs Hale herauszusprudeln. »Mein Vater hatte Angst, verstehst du? Am Tag, nachdem Mr Bray als vermisst gemeldet wurde, kam die Polizei zu uns. Sie wollten wissen, ob wir etwas gesehen hätten, und er hat ihnen erzählt, er hätte sie zur Klippe gehen sehen. Robert und Alec.«

»Mrs Bray hat gesagt, es hätte zwei Zeugen gegeben«, sagte ich leise. »Aufgrund ihrer Aussage wurde Robert verhaftet.«

»Der zweite Zeuge, das war Lizzie«, antwortete Mrs Hale. Und da war sie – groß und stämmig stand sie hinter dem Stuhl ihres Vaters und sah finster zu uns herüber.

»Sie meinen …« Ich starrte Mrs Hales Schwester an. »Sie hat die Polizei belogen? Ich dachte, er sei ihr Verehrer gewesen.«

Mrs Hale fuhr sich mit der Hand durch ihr wirres Haar. »Er hat ihr das Herz gebrochen. Genau dasselbe hatte vor ihm schon ein anderer Mann getan, und ein zweites Mal hat sie es nicht ertragen. Er wusste nicht, wie rachsüchtig sie sein konnte, sondern dachte, sie sei sanftmütig und nett. Aber an diesem Abend war sie außer sich vor Wut auf ihn. Sie wollte ihm genauso wehtun, wie er ihr wehgetan hatte. Sie hat mitbekommen, wie Vater draußen mit Mr Bray geredet hat, und als die Polizei kam, hatte er ihr längst eingeredet, Robert sei der Mann gewesen, den sie gesehen habe. Sie hat nicht absichtlich gelogen, aber ich nehme an, es war einfach … praktisch für sie, es zu glauben. Das ist einer der Gründe, weshalb wir uns heute noch nicht gut verstehen.«

»Das ist …« Ich war sprachlos vor Empörung und Wut über diese Ungerechtigkeit. Inzwischen war mir klar, was Dockie bewogen hatte, die lange, beschwerliche Reise zurück nach Castaway zu machen. »Er ist ungeschoren davongekommen. Vierzig Jahre lang.«

»Nein, Rosie, absolut nicht.« Sie schüttelte entschieden den Kopf. »Absolut nicht. Mutter ist ihm irgendwann auf die Schliche gekommen und hat ihn verlassen. Sie ist zu den Quäkern gegangen. Dann der Bombenangriff, die Nachricht von Anthonys Tod und die Praxis, die schon davor nicht mehr gut lief. Nein, ich denke, ungeschoren davongekommen ist er nicht. Vielmehr scheint seit vierzig Jahren ein Fluch auf ihm zu liegen. Auf uns allen.«

»Aber Ihre Schuld war es ja nicht.«

»Die Sünden der Väter ...« Sie zuckte die Achseln. »Aber du wirst doch zumindest versuchen, es zu erklären, oder? Er kann nicht ins Gefängnis gehen. Ihm bleibt sowieso nicht mehr viel Zeit.«

Ich blickte zu Dr. Feathers hinüber, der zittrig die Hand zum Gruß hob und versuchte, mich anzulächeln.

»Vorher muss ich ihn erst mal finden«, sagte ich. »Mr Bray, meine ich. Ich weiß nicht, wo er ist.«

Sie deutete zur Klippe. »Ich habe ihn vorhin in diese Richtung gehen sehen.«

»Was?«

»Es ist nur gefährlich, wenn man ganz nach vorn an den Rand geht«, sagte sie. »Aber das würde er doch nicht tun, oder?«

»Keine Ahnung.« Ich hastete den Hügel hinauf. Nach ein paar Metern drehte ich mich noch einmal um. Mrs Hale stand immer noch da, die Hände auf die Brust gepresst. Ich lächelte ihr zu. »Sicher ist alles in Ordnung.«

Sie nickte unsicher. Ich winkte ihr ein letztes Mal zu und ging weiter.

Die Sonne schien mir ins Gesicht. Ich kam an einer Frau vorbei, die sich mit einem Kinderwagen den Hügel hinaufquälte. Sie war viel zu warm angezogen mit ihrem Übergangsmantel und ihrem Kopftuch. Abgesehen vom Kreischen der Möwen und dem Quietschen der Räder des Kinderwagens war es still.

Ich überquerte die Straße und ging den Weg an den Bungalows vorbei die Klippe entlang. Die tiefen Furchen, die der Sturm letzte Woche im Boden hinterlassen hatte, waren inzwischen vertrocknet und fest. Auf einmal entdeckte ich eine dunkle Gestalt am Rand der Klippe, die auf die donnernden Wellen hinabblickte.

»Dockie!«, rief ich, doch meine Stimme wurde von dem heftigen Wind verschluckt. Ich beschleunigte meine Schritte.

Er musste sich leicht vorbeugen, um nicht vom Wind fortgerissen zu werden. »Dockie! Bitte kommen Sie da weg«, rief ich.

Er wandte sich um. Tränen standen in seinen Augen. »Ich erinnere mich«, sagte er mit heiserer Stimme. »Ich erinnere mich an alles.«

»Ich weiß. Ich weiß von Robert Carver. Aber bitte kommen Sie da weg. Es ist gefährlich.«

Er rührte sich nicht vom Fleck. »Die Geschichte in den Zeitungen«, fuhr er. »Die Frank mir verheimlicht hat. Sie haben ihn wegen des Mordes an mir verhaftet. Meinen Cousin. Meinen Freund. Im Gefängnis, wo er gestorben ist.«

»Dockie …«

»All die Jahre, Rosie. Können Sie sich das vorstellen? All die Jahre habe ich mein Gedächtnis verkommen lassen. O ja, Frank hat natürlich seinen Teil dazu beigetragen, aber ich hätte es trotzdem wissen können, wenn ich bereit gewesen wäre, tiefer zu graben. Ich hätte alles aus meinem Innern hochholen können. Auf die Idee, dass eine solche Ungerechtigkeit passiert sein könnte, bin ich nie gekommen.«

Noch immer machte er keine Anstalten, von der Kante zurückzuweichen, und ich trat ein Stück näher.

Seine Augen funkelten. »Er war es.« Er deutete zum Bella Vista. »Der Doktor. Er ist an unser beider Verderben schuld.«

Mrs Hales Worte kamen mir wieder in den Sinn. »Vielleicht war es ja doch ein Unfall«, wandte ich ein.

Er kniff die Augen zusammen. »Es ist, als hätte jemand einen Vorhang zur Seite gezogen, jetzt sehe ich alles klar und deutlich vor mir.«

Ich kam noch einen Schritt näher. Unter mir ragten die kantigen Felsen am Ufer empor. »Was sehen Sie?«

»Eine Party. Ich, betrunken und unglücklich. Wehleidig, voller Selbstmitleid. Ich lehne mich ans Geländer vor dem Haus. Er kommt die Straße herauf. Er konnte mich ja noch nie leiden. Nach außen hin tut er, als wäre alles in bester Ordnung, aber insgeheim hält er mich für einen Tunichtgut.«

Er stieß schwer den Atem aus. Ich machte noch einen Schritt auf ihn zu und ergriff sein Handgelenk. Beim Anblick des Abgrunds begann mein Herz zu rasen. »Weiter.«

»Er riecht nach Schnaps. Muss mich dringend sprechen, sagt er. Will, dass wir ein Stück spazieren gehen. Dann erzählt er mir, dass meine Frau und mein Cousin … dass man mir Hörner aufsetzt. Es sei seine Pflicht, es mir zu sagen.«

Der Wind nahm an Stärke zu. Eine Möwe flog vorwurfsvoll kreischend vorbei, und ich duckte mich instinktiv. Dockie schien nichts davon mitzubekommen, sondern war in Gedanken bei den Ereignissen vor vierzig Jahren.

»Ich glaube ihm kein Wort. Nicht Robert. Nicht mein Cousin, mein guter Freund. O doch. Er behauptet steif und fest, dass es stimmt. Seine Augen funkeln, als es blitzt. Sein Bart ist tropfnass vom Regen. Der Sturm schürt meinen Zorn noch. Ich schreie. Fluche. Du nutzloser Wurm, ich bin dir doch vollkommen egal, schreie ich. Du interessierst dich doch bloß für dich selbst! Ich weiß … ich weiß …«

Nun befand auch ich mich in der Vergangenheit. Donner grollte bedrohlich. Zwei Männer, auf der Klippe, außer sich vor Wut. »Was?«, flüsterte ich. »Was?«

»Ich weiß, was du damals getan hast. Du hast Gina Scott ermordet und zugelassen, dass man mir die Schuld daran gibt.«

»Wer ist Gina Scott?«

Dockie kniff seine rot geränderten Augen zusammen. »Ich habe es schon immer geahnt. Dass du mehr Patienten umgebracht als gerettet hast, das habe ich mir immer gedacht. Du hast sie wegen ihrer Schlaflosigkeit behandelt und ihr Veronal verschrieben. Aber du hast die Dosierung falsch notiert, und deshalb ist sie gestorben, stimmt's? Dann hast du das Gerücht gestreut, sie sei schwanger, damit ihre armen Eltern glauben, sie hätte Selbstmord begangen. Und damit alle … alle glauben, ich sei der Vater ihres ungeborenen Kindes.«

»Oh, Dockie.« Ich hielt ihn noch fester. Wenn er jetzt fiele, würde ich mit ihm in die Tiefe stürzen.

»Er packt mich am Kragen.« Dockie umfasste hart meine Schulter und zog mich hoch. »Er schüttelt mich wie einen Hund. Undankbarer Junge. Ich hab doch nur versucht zu helfen. Wir kämpfen am Rand der Klippe … So … So …«

Meine Füße streiften ein Gänseblümchen. Ein Wunder, dass eine so zarte Pflanze an einem so unwirtlichen Flecken Erde überleben konnte. »Lassen Sie mich runter, Dockie, bitte lassen Sie mich runter.«

»Dann sind seine Hände auf meiner Brust, ich werde hochgerissen und fliege durch die Luft.« Er hob seinen anderen Arm über seinen Kopf. »Ich halte immer noch den Schirm in der Hand. Heiter, wunderschön. Lebendig.«

Der Wind wehte mir das Haar ins Gesicht. Ich hörte den Ruf des Meeres. »Ich warte«, zischte es, als es gegen die Felsen schlug. »Komm, komm, komm.«

Dockie schwankte, als befände er sich in einem Traum. »Das Meer, die Steine, es schlägt über mir zusammen. Schlägt und schlägt. Ich muss kämpfen, werde fortgetrieben. Und dann, viel, viel später, schlafe ich ein und wache wieder auf, und die Wellen sind immer noch da, streiten sich, ob sie mich untergehen lassen oder mich retten sollen. Ein fürchterlicher Gestank, nach Fischabfällen und schalem Bier. Meine Kleider sind pitschnass, vom Blut und vom Wasser. Alles ist weg. Bis auf das Foto. Es ist wertlos, lasst es ihm. Es ist sowieso ruiniert. Ich darf niemandem verraten, wer mich gefunden hat, sonst kommen sie und schlitzen mir die Kehle auf.«

»Dockie!«, schrie ich ihm ins Gesicht, als der Boden unter mir zu bröckeln begann. »Kommen Sie zurück, Dockie … Alec!«

Sein Blick richtete sich auf mich. »Was?«

Ich spürte, dass er allmählich ins Hier und Jetzt zurückkehrte. »Lassen Sie mich runter, Alec. Lassen Sie mich runter«, befahl ich.

Er runzelte verwirrt die Stirn, doch sein Griff lockerte sich, und ich machte einen Schritt zurück.

»Kommen Sie mit«, sagte ich.

Zögernd nahm er meine Hand, und ich führte ihn langsam auf den Weg zurück. Meine Beine versagten ihren Dienst, und ich sank zu Boden. Ich zitterte am ganzen Leib.

»Rosie«, sagte Dockie über mir und streckte die Hand nach mir aus. »Liebe Rosie.«

Ich packte seine knochigen Finger und ließ mich hochziehen. »Mein liebes Mädchen«, sagte er. »Mein liebes, liebes Mädchen.«

Ich holte mehrmals tief Luft und schaute ihn an. »Ihre Frau. Sie ist nicht in Paris.«

Er starrte mich an. »Wo dann?«

»Sie ist hier, in Castaway.«

Angestrengt blickte er in Richtung des Hauses. »Wirklich?«

Ich nickte. »Sie erwartet Sie.«

Er sah an sich hinunter. »Aber ich kann nicht. So kann ich ihr doch nicht unter die Augen treten.«

Ich berührte seinen Arm. »Sie sehen gut aus. Ehrlich.«

Er strich sich über sein kurz geschnittenes Haar, das ihm wirr vom Kopf abstand. »Wird sie mir verzeihen, Rosie? Ich war so lange fort.«

»Ich denke … ich schätze, Sie werden einige Überzeugungsarbeit leisten müssen.«

Als wir zurück zum Haus gingen, zog er etwas aus seiner Hosentasche und rieb es zwischen den Fingern. »Sie muss mir verzeihen. Sie muss.«

Er hielt eine kleine Muschel in der Hand. »Die hatten Sie bei sich«, sagte ich. »Als Sie am ersten Tag Ihre Taschen geleert haben, fiel sie mir schon auf.«

»Ich habe keine Ahnung, ob es überhaupt dieselbe ist.« Er lächelte. »Mein Talisman. Mein Glücksbringer. Meine Clara.«

Er murmelte vor sich hin. In der Ferne ragte Castaway empor. »Sally!«, rief Dockie unvermittelt. »Ich hatte Sally völlig vergessen. Aber jetzt … sie wird mir niemals verzeihen, ganz bestimmt.«

»Sally?« Mit einem Mal fiel mir der Sonnenstrahl auf der Stirn des Babys auf dem Foto wieder ein. Mein Herzschlag beschleunigte sich. »Meine … meine Großmutter hieß Sally.«

Er strich sich über den Kopf. »Für Robert ist es zu spät. Viel zu spät.«

»Hat sie auf einer Farm gelebt, wissen Sie das? Und einen Mann namens Josh Brewer geheiratet? Und hatte sie eine Tochter namens Grace?«

Doch Dockie hörte mir gar nicht zu. Später, dachte ich. Ich konnte nur hoffen, dass es ein Später geben würde. Ich hakte mich bei ihm unter. Mrs Hale war ins Haus zurückgegangen. Von Dr. Feathers war nichts zu sehen, ebenso wenig von Lizzie. Ich fragte mich, was in ihnen vorgehen mochte.

Die Haustür stand immer noch offen, und als wir über die Schwelle traten, fiel das Sonnenlicht durch das Buntglasfenster über der Tür und schuf ein buntes Muster auf den steinernen Fliesen in der Eingangshalle – die Geschichte von Castaway House, in Rot, Grün und Gelb.

Ich klopfte an die Tür des Apartments und wartete mit hämmerndem Herzen. Dockie zupfte an seinen Manschetten und strich sich über die Brauen. Schließlich öffnete Star die Tür.

»Ist alles in Ordnung?«, fragte sie. »Ihr habt ja eine Ewigkeit gebraucht.«

»Ich war spazieren«, erklärte Dockie mit seiner tiefen Whiskeystimme, und nur ich hörte das nervöse Zittern darin. »Darf ich reinkommen?«

»Sie ist im Garten«, antwortete Star. Ich bemerkte, dass sie den dicken Umschlag immer noch gegen ihre Brust drückte. »Sie hat gesagt, Sie sollen reinkommen.«

Dockie sah sie an. »Allein?«

Star nickte. »Allein.«

»Tja, wenn das so ist …« Er streckte die Hand aus. »Danke für alles, Rosie. Ich bin Ihnen von Herzen dankbar.«

Statt seine Hand zu ergreifen, schlang ich die Arme um ihn. »Danke«, flüsterte ich.

»Wofür um alles in der Welt, meine Liebe?«

»Nicht so wichtig.« Ich fuhr mir mit dem Handrücken über die Augen. »Gehen Sie jetzt.«

Er nickte uns zu und ging hinein. Star schloss die Tür und betrachtete den grünen und roten »Castaway House«-Schriftzug auf den Steinfliesen. »Was für ein Tag, was?«

»Allerdings. Los, lass uns schwimmen gehen«, sagte ich.

Sie grinste. »Wir treffen uns in fünf Minuten hier.«

»Okay.«

Sie rannte die Treppe hinauf. Ich holte den Schlüssel heraus. Sonnenstrahlen tauchten die Wohnung in warmes, behagliches Licht und fielen auf die Stuckverzierungen an den Decken und die alten Farbreste an den Wänden. Ich kramte meinen Badeanzug unter einem Stapel ungetragener Sommerblusen aus dem

Koffer und zog mich aus. Ich schlüpfte hinein und streifte mir ein altes Sommerkleid über den Kopf.

Dann holte ich Robert aus dem Versteck und betrachtete die Skizze. Mit dem Finger fuhr ich die Umrisse seines Gesichts nach und drückte ihm einen Kuss auf die Stirn, ehe ich ihn wieder zurücklegte und vor den Spiegel trat. Mein Haar war immer noch zerzaust, und tiefe Ringe lagen unter meinen Augen, trotzdem entdeckte ich einen neuen Ausdruck darin, den ich nicht recht zuordnen konnte.

Ich ging in die Eingangshalle, um auf Star zu warten. Ich horchte auf das Pfeifen, doch da war nichts. Dockies Münzen lagen noch auf der Telefonkonsole. Ich sortierte sie zu einem ordentlichen Stapel. Auf dem schwarzen Brett stand immer noch nichts.

Ich nahm eine Sixpence-Münze und drehte sie zwischen den Fingern hin und her. Mrs Brays Worte kamen mir wieder in den Sinn: »Ich mag meine Fehler haben, aber ein Feigling bin ich nicht.«

Tja, und wie sah es mit Rosie Churchill aus? War sie ein Feigling, der weglief, wenn es eng wurde? Ich holte tief Luft, nahm den Hörer, schob die Münze in den Schlitz und wählte die Nummer, die ich auswendig kannte.

Mit geschlossenen Augen lauschte ich dem Freizeichen und wünschte, ich hätte vorher ein Glas Wasser getrunken, denn meine Kehle fühlte sich staubtrocken an. Dann drang die Stimme meiner Mutter durch die Leitung: »Petwick 287?«, und ich wusste, dass es kein Zurück mehr gab.

»Hallo?«, sagte sie. »Hallo? Bist du das, Rosie?«

Ich drückte die »A«-Taste, woraufhin die Münze in das Kästchen fiel. »Ja«, sagte ich und schluckte. »Ja, ich bin's, Rosie.«

Einen Moment lang herrschte Stille, und ich hörte nur das Blut in den Ohren rauschen. »Nachdem du neulich gegangen warst, habe ich dein Zimmer durchsucht«, sagte meine Mutter, als hätten wir vor fünf Minuten das letzte Mal geredet.

Sie hielt inne, und ich lauschte mit angehaltenem Atem.

»Ich habe deine Schmuckschatulle gefunden.«

Ich ließ den Atem entweichen, dessen Echo mit einem lang gezogenen »Haaaah« an mein Ohr drang. Das Geheimfach meiner Schmuckschatulle – dort bewahrte ich alle Nachrichten von Harry auf. Ich hatte vergessen, sie wegzuwerfen. Eigentlich schnüffelte meine Mum nicht hinter mir her; zumindest hatte sie es früher nie getan.

»Rosie.« Ihre Stimme brach, und ich hörte ein unterdrücktes Schluchzen.

»Mum …« Meine Hand schloss sich um die Telefonschnur.

»Ich hätte es wissen müssen.« Sie stieß ein bitteres Lachen aus. »Als ich ihn bei der Party der Dashwoods kennengelernt habe, haben mich alle gewarnt. ›Bei dem musst du vorsichtig sein, Grace‹, haben sie gesagt, aber natürlich wollte ich nicht auf sie hören. Aber dass er sich an meine eigene Tochter heranmachen würde, hätte ich niemals gedacht.«

»Es tut mir leid«, flüsterte ich. Wie unangemessen sich die Worte anhörten. »Es tut mir so schrecklich leid.«

»O Rosie.« Wieder lachte sie so eigentümlich. »Oh, Rosie, dir braucht gar nichts leidzutun.«

»Ich …«, stammelte ich, wusste aber nicht, was ich sagen sollte. Vielleicht hatte sie ja nicht begriffen, was seine Nachrichten zu bedeuten hatten, und nun, da ich es erklären sollte, fehlten mir auf einmal die Worte dafür.

»Er ist weg«, sagte sie. »Endgültig. Deshalb kannst du nach Hause kommen und wieder zur Schule gehen und alles, ja?«

»Er …« Die Worte blieben mir im Halse stecken. Ich versuchte es noch einmal. »Ich habe ihn …«

»Rosie, Schatz.« Plötzlich wurde ihre Stimme weich. »Gott, Rosie, du glaubst doch nicht ernsthaft, dass ich dich dafür verantwortlich mache, oder?«

»Ich … ich hätte nicht …«

»Hör mir zu«, sagte sie fest, und mit einem Mal war sie wieder meine Mum von früher; jener Mensch, der mir Stück für Stück die Welt erklärte. »Es war nicht dein Fehler. Du warst unschuldig.«

»Unschuldig«, wiederholte ich. Rosie Churchill ist unschuldig, sagte ich im Geiste und verspürte plötzlich den übermächtigen Drang zu kichern.

Star erschien auf dem Treppenabsatz. Sie trug ein grünes Kleid mit schmalen Trägern und einen Schlapphut. Über ihrer Schulter hing eine Strandtasche aus Bast. Sie sah mich an, und mir war sofort klar, dass sie verstand.

»Natürlich. Ich habe noch mal nachgedacht. Wie wär's, wenn ich morgen Nachmittag vorbeikäme? Dann können wir zusammen Tee trinken und reden. Was sagst du dazu?«

Ich nickte, obwohl sie mich nicht sehen konnte. Unwillkürlich musste ich an Dockie und das Foto und Sally denken. »Ich habe jede Menge Neuigkeiten. Gute, wie ich hoffe.«

Mum seufzte. »Du hast mir gefehlt.«

»Du mir auch.«

Ich legte auf und lehnte mich gegen die Wand.

»Alles in Ordnung?«, fragte Star und berührte meinen Arm.

Ich lächelte sie an. »Ja.«

Gemeinsam gingen wir im Sonnenschein den Hügel hinunter. Aus ihrer Tasche hing der Zipfel eines leuchtend orangefarbenen Schals, mit dem sie irgendetwas eingewickelt hatte.

»Was ist das?«

»Oh, das ist nur der Umschlag.« Sie hob vielsagend die Brauen. »Granny hat ihn mir gegeben.«

»Was? Aber doch nicht Roberts Manuskript, oder?«

Sie nickte. »Doch. Ich soll es zuerst lesen und ihr dann sagen, ob etwas Schlimmes drinsteht.«

»Wahnsinn.« Hier und da ließen sich Familien in der Sonne am Strand nieder. Ein Stück weiter saß die Frau vom Eselreiten in ihrem Liegestuhl, und in der Ferne ragte das Eisengestell des Piers empor. »Offensichtlich hat sie großes Vertrauen zu dir.«

»Ja.« Sie stieß mich an. »Du darfst es natürlich auch lesen. Sie wird es nie erfahren.«

»Oh, Star!« Erfreut hakte ich mich bei ihr unter. »Und du darfst unser Date heute Abend nicht vergessen. Das One-Two, du weißt schon.«

Sie wurde rot und senkte den Blick. »Auf keinen Fall«, sagte sie. Wieder spürte ich meine neu gewonnene Macht und straffte die Schultern. »Oh, sieh mal, da ist ja Johnny«, sagte ich, als wir die Straße zur Promenade überquerten.

Wir betraten den Strand. »Das ist okay, oder?«, fragte Star mit Staunen in der Stimme; offenbar hatte sie Mühe, ein Kichern zu unterdrücken.

Ich strahlte förmlich vor meinem neuen Selbstvertrauen. »Ja«, sagte ich.

Wir stießen uns gegenseitig an. Unsere Zehen gruben sich in den Sand, als wir zu der Stelle hinübergingen, wo Johnny in Shorts, Unterhemd und mit seiner Sonnenbrille auf der Nase auf einem Handtuch lag.

»Ihr habt euch also versöhnt?«, fragte er, während wir unsere Handtücher ausbreiteten. »Ich habe den Kater des Jahrhunderts, also bitte nicht laut reden, verstanden?«

Star schlüpfte aus ihrem Kleid und stand in ihrem schwarzweißen Badeanzug vor mir. »Kommst du, Rosie?«

»Äh …« Ich betrachtete die Tasche, die Star in den Sand gestellt hatte. »Gleich. Eine Sekunde.«

»Ich geh schon mal vor. Bis gleich.« Sie rannte zum Ufer, wo die Kinder kreischend planschten.

Ich wickelte den Umschlag aus dem Schal und nahm die ersten Seiten heraus. Bei der obersten schien es sich um einen Brief zu handeln. *»Liebe Clara«* stand in elegant geschwungener Handschrift da.

Auf der zweiten Seite stand:

»Beide Züge vom Bahnhof Birmingham New Street nach London waren über die gesamte Strecke proppenvoll. Dasselbe galt auch für die Anschlussverbindungen nach Süden.«

»Los, geh schon«, murmelte Johnny. »Ich passe auf, dass es keiner wegnimmt.«

»Das solltest du auch.« Vorsichtig legte ich die Seiten in die Tasche zurück. Als ich mich aufrichtete, sah ich Stars Kopf über den Wellen auf und ab hüpfen.

Ich zog mein Kleid aus und ging auf das glitzernde blaue Meer zu, vorbei an den Familienvätern mit ihren Zeitungen und den Kindern, die Sandburgen bauten. Als das kalte Wasser um meine Waden schwappte, schnappte ich nach Luft.

»Du musst laufen«, rief Star. Ihr Mund stand offen, und auf ihren Wimpern glitzerten Wassertropfen. Ich holte tief Luft, ging bis zu den Schenkeln hinein, bevor ich mich mit einem wilden, unbändigen Schrei ins Meer stürzte. Die Sonne brannte mir auf den Kopf, und irgendwo weit über mir kreischten die Möwen.

DANKSAGUNG

Ich danke Judith Murry und allen bei Greene & Heaton.
Danke an das Team bei Michael Joseph und Penguin.
Danke, Stella Kane und Laura Longrigg.
Danke, Grit Lit und Rattle Tales in Brighton.
Danke, Sam.
Mein größter Dank geht an meine Leser. Ich hoffe, die Reise hat euch Spaß gemacht.